George R. R. Martin (Hrsg.)

Wild Cards 3
Der höchste Einsatz

AF144177

Buch

Nachdem das People's Paradise of Africa Nigeria in Mitleidenschaft gezogen hat, kommt es nun auch zu Zusammenstößen mit dem Sudan und dem Kalifat. Nicht nur die Beteiligung des wahrscheinlich gefährlichsten Asses der Welt verhilft dem PPA zu militärischen Erfolgen. Ein menschenverachtendes Programm, bei dem Kinder entführt, mit dem Wild-Card-Virus infiziert und so zu Assen gemacht werden, verleiht der Armee zusätzliche Schlagkraft.
Das Komitee jedoch weiß nichts davon und sieht sich nicht mehr in der Lage, in den Konflikt einzugreifen. Das tun seine Mitglieder auf eigene Faust. Rusty sorgt sich um seinen jungen afrikanischen Brieffreund Lucien, der ihm in seiner letzten Nachricht mitteilte, dass er auf eine eigenartige Schule käme, von der er keine Briefe mehr verschicken dürfe. Woraufhin er sich auf die Suche nach Lucien macht. Zudem hat Bubbles Visionen, die sie dazu bewegen, nach Afrika zu gehen. Im Kampf gegen das People's Paradise of Africa muss das Komitee sich dem gefährlichsten Ass der Welt stellen: dem Radical!

Autor

George R. R. Martin, 1948 in Bayonne/New Jersey geboren, veröffentlichte seine ersten Kurzgeschichten im Jahr 1971 und gelangte damit in der Science-Fiction-Szene zu frühem Ruhm. Gleich mehrfach wurde ihm der renommierte *Hugo Award* verliehen. Sein mehrteiliges Epos *Das Lied von Eis und Feuer* wird einhellig als Meisterwerk gepriesen, doch die *Wild Cards* gelten als sein Lieblingsprojekt.
George R. R. Martin lebt in Santa Fe, New Mexico.

WILD CARDS

Das Spiel der Spiele
Der Sieger der Verlierer
Der höchste Einsatz

WILD CARDS. Die erste Generation

Vier Asse
Der Schwarm
Der Astronom

GEORGE R.R. MARTIN

unterstützt von Melinda M. Snodgrass

präsentiert

DER HÖCHSTE EINSATZ

Wild Cards 3

Geschrieben von
Daniel Abraham, S L. Farrell, Victor Milán,
Melinda M. Snodgrass, Caroline Spector,
Ian Tregillis

Ins Deutsche übertragen
von Simon Weinert

blanvalet

Die amerikanische Originalausgabe erschien 2009 unter dem Titel
»Wild Cards 3 – Suicide Kings« bei Tor Books, New York.

Sollte diese Publikation Links auf Webseiten Dritter enthalten,
so übernehmen wir für deren Inhalte keine Haftung,
da wir uns diese nicht zu eigen machen, sondern lediglich auf
deren Stand zum Zeitpunkt der Erstveröffentlichung verweisen.

FSC
www.fsc.org

MIX
Papier aus verantwor-
tungsvollen Quellen
FSC® C014496

Verlagsgruppe Random House FSC® N001967

1. Auflage
Copyright der Originalausgabe © 2009 by
George R.R. Martin and the Wild Cards Trust
Published by agreement with the authors and the authors' agent,
The Lotts Agency, Ltd.
Copyright der deutschsprachigen Ausgabe © 2017
by Penhaligon in der Verlagsgruppe Random House GmbH,
Neumarkter Straße 28, 81673 München
Redaktion: Hannes Riffel
Umschlaggestaltung und Composing Art: © Isabelle Hirtz, Inkcraft,
unter Verwendung einer Fotografie von © Phoung Herzer,
Dojo Filmhouse; Fersch Media
HK · Herstellung: wag
Satz: Uhl + Massopust, Aalen
Druck und Bindung: GGP Media GmbH, Pößneck
Printed in Germany
ISBN 978-3-7341-6163-6

www.blanvalet.de

Für Wanda June Alexander
und alle Englischlehrer auf der ganzen Welt

Ohne euch gäbe es keine Leser

Donnerstag, 26. November
Thanksgiving

Guit Distrikt
Der Sudd, Sudan

Arabisches Kalifat

Von hier oben war alles so eindeutig.

Links waren die Simba-Brigaden, die Streitkräfte des People's Paradise of Africa. Sie waren dummerweise in ein Gebiet vorgedrungen, das gerade mal ein paar Quadratmeilen maß und in den Papyrussümpfen im südlichen Sudan lag, im sogenannten Sudd. In der bleichen sudanesischen Morgensonne glitzerten die Gefechtsstellungen, die sie mit Bulldozern eingegraben und hinter Gebüsch und kleinen Baumgruppen versteckt hatten. Es waren vor allem indische Vijayanta-Panzer und britische Mark III aus Nigeria, die im Grunde denselben Panzertyp darstellten. Sporadisch waren sie von den Schutzpatronen des PPA, den Chinesen, aufgerüstet worden.

Neben den Kampfpanzern lagen Panzerwagen, Spähpanzer und mechanisierte Infanterietruppen von einigen tausend Mann Stärke in Stellung. Sie bestanden aus altgedienten Veteranen des Kriegs, der zur Befreiung und Vereinigung Zentralafrikas geführt hatte. Die Truppen waren von gnadenlos ausgebildeten Nigerianern durchsetzt. Unter der Anleitung indischer Offiziere hatten sie versucht, den Feind, der an diesem namenlosen oder zumindest nicht dauerhaften Zufluss oder Seitenarm des Nils an Land ging, abzufangen, bevor er auf manövrierbares Gelände gelangte. Jetzt lieferten sie sich eine verzweifelte Schlacht gegen die zahlenmäßige Übermacht der Panzer und Truppen des Kalifats, ausgerüstet mit leichten Geschützen und Raketen.

Die Panzergeschütze hallten wie Donner. Raketen schossen hervor und zogen Striche aus flauschigem weißem Rauch hinter sich her. In der feuchten Luft, die so schwer war, dass der am Himmel kreisende Mann beinahe meinte, darauf laufen zu können, verflüchtigte sich der Rauch langsam. Fahrzeuge verwandelten sich plötzlich in Feuerbälle, und die tödlichen Explosionen lösten Schockwellen aus, die sich ringförmig ausbreiteten und auf die nackte, blasse Gesichtshaut des Mannes einprügelten. Säulen aus schwarzem Rauch und roten Flammen trugen den Geruch verbrannten Benzins in den Himmel. Für Augenblicke wurde der Gestank der faulenden Sumpfvegetation vom säuerlichen Treibstoffqualm überdeckt, danach roch man das trügerische Grillaroma verbrannten Menschenfleischs.

Er war zu weit oben, um die Schreie zu hören. Nicht dass man sie aus dem kolossalen, erdrückenden Lärm der modernen Kriegsführung herausgehört hätte.

Unter dem Schutz russischer Panzerflussschiffe rollten die Streitkräfte des Kalifats von den Barken an Land. Die grünen Flaggen, die sie gehisst hatten, wurden vom selben Wind gekräuselt, der auch die kackbraune Oberfläche des Flusses in träge Bewegung versetzte. Auch die Kampffahrzeuge stammten größtenteils aus Russland. Flache T-75 und ein paar moderne T-90 führten den Vorstoß an, gefolgt von Staffeln aus BMP-1 und -3 mit schnarrenden 30-Millimeter-Maschinengeschützen und lasergeführten Panzerabwehrgeschossen, die aus niederen Geschütztürmen hervorschossen.

Nachdem das PPA anfangs Erfolge verzeichnet hatte, zahlte sich die zahlenmäßige Überlegenheit der Kalifatstruppen nun doch aus. Da sie ihre Position durch eigenes Feuer verrieten, wurden ihre Jagdpanzer und Artilleriestellungen schnell zerstört. Die Armee der Angreifer nahm die klassische Halbmondformation des Islam ein, indem sie zwei lange Seitenflügel bildete, die ihre Feinde halbkreisförmig umschlossen. Jetzt konnten die Infanteristen aus den gepanzerten Truppentransportern springen, die Feinde aufspüren und töten. Doch trotz hoher Verluste hielten die in Tarnfarben gekleideten Veteranen des PPA hartnäckig stand und kämpften weiter.

So hoch über der Erde, die Wolken am Himmel durchschneidend, kümmerte es den Mann nicht, ob er gesehen wurde. Natürlich war es besser, wenn man ihn nicht sah, denn so war der Überraschungseffekt größer. Nicht dass es auf den Überraschungseffekt angekommen wäre, zumindest nicht im militärischen Sinne. Die ameisenhaften Menschen dort unten am grünen und dunkelbraunen Boden konnten sowieso nicht verhindern, was gleich geschehen würde.

Aber niemand sah zu ihm auf. Selbst in einer Welt, in der man von fliegenden Menschen wusste, rechnete man nicht mit ihnen.

Ein Grollen füllte den Himmel, rollte von Norden heran. Trotz des apokalyptischen Getöses der modernen Kriegsmaschinerie war es gut zu hören. Als er sich umsah, erkannte der Mann am blauen Himmel zwei Punkte, die dicht über dem flachen Sumpfhorizont auftauchten.

»Jetzt bin ich dran«, sagte er zum Wind. Er ließ sich in die Tiefe fallen.

Sie schossen rechts an ihm vorbei: zwei russische SU-25-Bodenkampfflugzeuge, so plump und unansehnlich wie ein Froschfuß – und diesem Umstand hatten sie auch ihren NATO-Spitznamen, »Frogfoot«, zu verdanken. Die Kämpfer des PPA, die ständig Mangel an Kampfflugzeugen hatten – zu teuer in der Anschaffung, der Bemannung und im Unterhalt –, konnten den Angreifern kaum mehr entgegensetzen als tragbare Boden-Luft-Raketen. Diese schwirrten bereits durch die Luft und jagten den blendenden Lichtsignalen nach, die die Piloten des Kalifen hinter sich absetzten. Selbst mit nur zwei Flugzeugen, die mit Gatling-Kanonen, Panzerabwehrgeschossen und panzerbrechenden Bomben ausgestattet waren, konnte man Panzer abfackeln wie ein Kind, das Ameisen mit einem Vergrößerungsglas in Brand steckt.

Bevor sie allerdings an dem Mann vorbeisausten, streckte der den rechten Arm aus. Aus seiner Handfläche schoss ein weißer Strahl hervor, in dessen Schein die Signalleuchten verblassten. Der Strahl durchlöcherte beide Flugzeuge.

Als sich ihre Treibstofftanks und Munitionslager entzündeten, trudelten sie, in gelbe Flammen gehüllt, vom Himmel herab wie in Ungnade gefallene Sterne.

Es war ein Zeichen. Einen Herzschlag nachdem die Flugzeuge explodiert waren, legte sich Finsternis über das Land. Wie eine hoch aufgetürmte Welle rollte sie über die unterlegenen Verteidigungslinien des PPA hinweg und auf die siegreich vorrückende Armee der Muslime zu.

Wieder lachte der fliegende Mann. Er stellte sich den Feind mit seiner grünen Fahne dort unten vor: wie seine Zuversicht schwand und sich rasch in existentiellen Schrecken verwandelte. Den Soldaten des Kalifats musste es vorkommen, als hätte Allah sie ganz und gar im Stich gelassen.

Die Befreier hatten die Schlacht allerdings nicht gewonnen. Noch nicht. In dieser unnatürlichen Finsternis waren ihre Nachtsichtgeräte ebenso unbrauchbar wie die des Kalifats. Die Feinde brauchten nur blindlings weiterzurollen und die Verteidiger in ihren Löchern zu Brei zu zerstampfen. *Jetzt ist es Zeit für Leucrotta.* Und natürlich für den fliegenden Mann, der millionenteure Flugzeuge wie Stechmücken zerquetschte.

Es tat gut, ein Ass zu sein. Und mehr noch: ein Ass mit den

Kräften eines Gottes. Eines Gottes der Vergeltung. Eines Gottes der Revolution.

Er war Radical. Und es war cool, Radical zu sein.

Er ließ sich in die Finsternis stürzen. Sie griff nach ihm wie die Finger eines Ertrinkenden in einem kalten Ozean. Hüllte ihn in einen Nebel, der schwärzer war als das Herz eines Bankers. Dennoch konnte er etwas erkennen, denn das Mädchen hatte seine Augen mit seinen kalten, schlanken Fingern berührt. Das Zwielicht saugte alle Farben aus seiner Umgebung. Um seine Ankunft zu verkünden, sandte er einen Sonnenstrahl aus, und gleich darauf noch einen. Zwei der vorderen T-90, blitzten auf. Der Geschützturm des einen sprang auf einem Geysir aus weißen Flammen drei Meter in die Höhe, als das Munitionslager in die Luft flog. Dann fiel der Geschützturm wieder herab, landete aber nicht am alten Platz, sodass das Höllenfeuer, das aus dem Panzerinneren hervorglühte, selbst für diejenigen zu sehen war, deren Sehkraft die Finsternis nicht durchdrang.

Die Panzerfahrer der Kalifatstruppen flippten nun völlig aus. Die meisten hatten angehalten, als sie außerhalb ihrer gepanzerten Monstrositäten nichts mehr erkannten. Andere waren weitergefahren, stießen mit anderen zusammen oder plätteten kleinere Panzerfahrzeuge wie Kakerlaken. Ein T-72 feuerte aus dem Hauptgeschütz und setzte einen seiner Kollegen in fünfzehn Metern Entfernung in Brand. Ungeachtet des giftigen Qualms, der ihn zu ersticken drohte, warf Tom den goldenen Lockenkopf zurück und lachte.

Panisch sprangen die arabischen und sudanesischen Soldaten von ihren Mannschaftstransportern herab. Einige fielen im Maschinengewehrfeuer, das andere panische Kalifatssoldaten eröffneten. Immer mehr Panzer feuerten ziellos in der Gegend herum. Andere flogen in die Luft wie gigantische Feuerwerksfontänen.

Von hinten schwirrten Raketen an ihm vorbei. Die Finsternis war in die Löcher der Panzerabwehrstellungen gekrochen und übergoss Panzer mitsamt ihren Mannschaften. Die blinden Feinde brauchte man nur noch abzuschlachten.

Tom sah zu den Linien des PPA zurück. Durch die Dunkelheit preschte eine große Gestalt auf vier Beinen mit hohen Schultern und steilem Rücken, eine Lawine aus geflecktem Fell und dicken Muskeln. Aus ihrem riesigen schwarzen Maul troff Speichel. Es handelte sich um eine gefleckte Hyäne, eine *Crocuta crocuta*. Aber sie war kein herkömmliches Tier, sondern ein riesiges Exemplar mit einem Meter zwanzig Schulterhöhe, das mit Leichtigkeit vierhundert Pfund auf die Waage brachte. Sie war ein Werwesen, eine Gestaltwandlerin. Das dritte Ass, das vom PPA in die Schlacht geschickt worden war.

Hinter dem Tier lief ein Dutzend nackter Männer. Kaum hatte Tom sie erkannt, als ihre dunklen, schweißglänzenden Körper verschwammen. Sie verwandelten sich in Leoparden, vier von ihnen waren melanistisch, die anderen besaßen gelbbraun geflecktes Fell.

Diese jedoch waren keine Asse. Sie bildeten den engsten Kreis der geheimnisvollen Leopardengesellschaft und hatten während eines grauenerregenden Rituals den Biss von Alicia Nshombo entgegengenommen. Selbst von ihren Kollegen, den Leopardenmännern der Stoßtruppen und der Geheimpolizei, wurden sie gefürchtet.

Das Rattern eines Zwölfzylinders drang Tom in die Ohren und übertönte selbst die nahezu andauernden Explosionen. Er schnellte nach oben. Einen Moment lang verharrte er im Orbit. Die Sterne schienen auf ihn herab. Ein Herzschlag verging, genug, dass er das Stechen der nackten Sonne spürte. Im Vakuum dehnten sich seine Augäpfel und sein Blut aus, doch er explodierte nicht im Vakuum. Das tat niemand. Es handelte sich lediglich um eine starke Schwankung des Atmosphärendrucks. Punkt.

Dann war er wieder zurück und schwebte zwei Meter über

einem T-90, dessen Fahrer beschloss – oder den Befehl erhalten hatten –, direkt auf die Ungläubigen zuzuhalten in der Hoffnung, der Finsternis zu entkommen oder wenigstens in Kontakt mit dem Feind zu kommen. Tom wurde von einer Hitzeschwade aus dem Auspuff des 1100 PS starken Getriebes eingehüllt wie vom Feueratem eines Drachen. Er ließ sich hinter dem Geschützturm auf den Panzer fallen.

Hingekauert packte Tom zu, dann stand er ächzend auf. Dabei riss er den Turm aus seiner ringförmigen Einfassung. Auf der Stelle wirbelte er herum und schleuderte ihn wie einen riesigen Diskus auf einen T-72 in der Nähe. Das Geschoss traf den Panzer seitlich am Geschützturm. Die Munition, die in den beiden Türmen gelagert war, entzündete sich, und ein grellweißer Lichtblitz machte es einen Augenblick lang unmöglich, irgendetwas zu erkennen.

Auf der anderen Seite des Panzers sprang Tom hinab. Obwohl es keinen Geschützturm mehr besaß, wirkte das Gefährt immer noch gigantisch. Von den Druckwellen mehrerer Explosionen erfasst, neigte sich der Panzer sichtbar in Toms Richtung. Splitter schwirrten wie Gewehrkugeln über ihn hinweg.

Klirrend fiel die Luke des Fahrers herab. Das letzte verbliebene Besatzungsmitglied wollte das sinkende Schiff verlassen. Plötzlich beugte sich eine gigantische Borstengestalt über den flachen Bug des geköpften Panzers. Anscheinend spürte der Fahrer, der schon halb zur Luke herausgekrochen war, die Gefahr, denn er erstarrte.

Als sich Leucrottas riesige Kiefer schlossen, schrie der Soldat auf. Es knirschte grauenvoll, und die Bestie biss dem Fahrer das Gesicht weg.

Tom verschaffte sich einen Überblick über die Lage. Kopflos liefen die gesamten Streitkräfte des Kalifats umher, zumindest diejenigen Truppenteile, die nicht brannten. Ungehindert trabten Leucrotta und die Werleoparden umher und erlegten die Soldaten, die aus den Fahrzeugen ausgestiegen waren, als wären sie Hasen. Die von der Finsternis berührten Schützen des PPA feuerten unaufhörlich in die Reihen der Feinde. Die Armee der Muslime zerfiel. Sie glich einer aufgescheuchten Herde, die in alle Richtungen nach einem Ausweg suchte.

Jetzt galt es nur noch, jeden abzuschlachten, dessen man habhaft werden konnte. Diese Phase der Schlacht mochte Tom Weathers am meisten.

Jackson Square
New Orleans, Louisiana

Michelle liegt an einem Strand und lässt sich die Sonne auf den Pelz scheinen.

Die Silhouette eines Jungen verstellt ihr die Sonne. »Wer bist du?«, fragt sie.

Er macht den Mund auf, bringt aber keine Worte heraus. Er spuckt nur Licht und Feuer.

Michelle möchte weglaufen, aber sie weiß, dass sie nicht entkommen kann. Feuer und Licht und Energie ergießen sich in Wellen in ihren Körper. Der dehnt sich aus und öffnet sich der überwältigenden Kraft. Die Energie wächst immer mehr an, dann wird Michelle von ihrem eigenen Gewicht erdrückt und in den Boden hineingetrieben. Die Erde stöhnt, die Energie in ihr strömt überwältigend durch ihre Adern, will hinaus.

Sie möchte Blasen werfen.

Gerade als Michelle meint, die Blasen würden ihr entweichen, hört sie Juliets Stimme.

»Ich habe keine Ahnung, wie lange ich das noch machen kann«, sagt Juliet. Sie sitzt auf der Bettkante und streichelt ein kleines Kaninchen.

Wann sind wir zusammen in diesem Bett gelandet?, fragt sich Michelle. *Und woher kommt der Hase?*

»Ink, du musst auch nicht jede beschissene Sekunde hier verbringen«, sagt Joey, die auf der anderen Bettkante sitzt. Ein kalter Wurm wühlt sich durch Michelles Bauch. Weiß Juliet von ihrer Nacht mit Joey während des Hurrikans?

»Was soll ich sonst machen?« Juliet rollt eine Träne über die Wange, und Michelle streckt die Hand aus, um sie ihr wegzuwischen. Aber ihre Hand berührt nicht Juliets warmes Gesicht, sondern kaltes, gummiartiges Fleisch.

Sie zuckt zurück, doch trifft sie dabei nur erneut auf tote Haut.

»Mein Gott«, sagt sie. Doch Gott ist nicht da. Sie ist ganz allein.

Es ist dunkel, aber die Dunkelheit ist nicht undurchdringlich. Michelle liegt in einem Gewirr aus aufeinandergestapelten Leichen.

Ist das ein weiterer Albtraum über das Behatu-Lager? Aber es fühlt sich nicht richtig an. Die Farben stimmen nicht. Das Licht ist falsch. Und es stinkt. Es stinkt nach faulendem Fleisch. Davor hat sie nie von Gerüchen geträumt.

Michelle versucht sich umzudrehen, aber sie spürt ihre Beine nicht. Auch ihre Arme sind nur nutzloser Ballast. Das Licht, das durch die toten Zweige hindurchscheint, schimmert grünlich. Und die Luft ist dick und feucht.

Panik schleicht sich in ihre Kehle. Sie lebt, aber niemand weiß es. Niemand weiß, dass sie hier ist. »Hilfe!«, schreit sie.

»Wissen Sie, wir sind ihre Eltern, und wenn wir sagen, dass sie tot ist, dann ist sie tot.« Mama? Was macht die hier?

»Ihr seid noch schlimmer, als Michelle euch geschildert hat.« Was sagt Ink da? Jetzt sitzen sie alle auf dem Bett in Juliets und Michelles Wohnung. Das Bettzeug hat ein Blumenmuster. Michelle hat es gekauft, weil Juliet Blumen mag.

»Es ist mir gleichgültig, ob Sie und Michelle eine widerwärtige Beziehung führen oder nicht«, sagt Daddy. »Wir haben Rechte.«

»Einen Scheiß haben Sie«, sagt Hoodoo Mama.

O Gott, denkt Michelle. *Joey wird sie umbringen.*

»Wenn ihr mich fragt, habt ihr Arschgeigen überhaupt gar

kein gottverdammtes Recht, wenn es um Bubbles geht. Ihr eigennütziger Haufen klebriger brauner …«

»Joey!«, unterbricht Ink.

»Meine Güte«, sagt ihre Mutter. Wieso kann die Stimme ihrer Mutter ihr einen schmerzhaften Stich versetzen, wo sie sich gleichzeitig am liebsten in ihren Armen einrollen würde?

Doch nun ist ihre Mutter verschwunden. Michelle befindet sich wieder in dem Leichenberg. Im Zwielicht toten Fleischs.

»Hilfe«, flüstert sie.

Eine Spinne lässt sich an einem feinen Seidenfaden herab und baumelt vor ihrem Gesicht. Sie tastet mit den Vorderbeinen nach Michelles Kinn und untersucht es. Dann zeigt sie nach oben. Michelle rollt sich umständlich auf den Rücken und schaut in die Richtung, in die das Spinnenbein deutet.

Über den Rand des Abgrunds späht ein Leopard herab. Seine Augen glühen gelb. Michelle steht kalter Schweiß auf der Stirn. Die Angst in ihrem Mund schmeckt wie Kupfer. Ein zweiter Leopard gesellt sich zum ersten. Bald ist der ganze Abgrund von ihnen gesäumt.

Die Leoparden wechseln Blicke. Gelegentlich gähnen sie und entblößen dabei scharfe elfenbeinfarbene Zähne. Dann knurren sie. Sie geben tiefe, kehlige Laute von sich, so als würden sie sich miteinander unterhalten.

Das Herz hämmert in ihrer Brust. Bestimmt wissen die Leoparden, dass sie hier unten ist. Bestimmt wissen sie, dass sie am Leben ist. Bestimmt wittern sie ihre Furcht. Sie riecht sie jetzt schon selbst, und auch den schweren wilden Geruch der Raubkatzen. Tränen brennen ihr in den Augen. Sie versucht, sie wegzublinzeln, aber sie entwischen ihr, rollen ihr über die Wange und hinterlassen eine juckende Spur.

Was zum Teufel?, denkt Michelle. *Ich bin Amazing Bubbles. Ich heule doch nicht in einer Grube rum, nur weil mich ein paar belämmerte Leoparden angaffen, als wäre ich ihr Mittagessen! Die können mir nichts anhaben.*

Sie versucht, Blasen zu werfen, schafft es aber nicht. *Keine Hände*, denkt sie. *Wenn ich Hände hätte, könnte ich Blasen werfen.*

»So verdammt besonders bist du auch nicht, Michelle«, sagt Joey. »Und Zombies sind nicht widerlich.«

Michelle sieht an sich hinab. Sie hat eine gräuliche Farbe angenommen, und die Kleider hängen ihr in Fetzen am Leib. Auf ihrer Haut wächst schwarzer Schimmel. Sie hält sich die Hand vors Gesicht. Jetzt hat sie wenigstens eine Hand. Zwischen dem faulenden Fleisch ihrer Finger schauen die Knochen heraus.

»Da stimmt was nicht«, sagt sie.

Barataria-Becken
New Orleans, Louisiana

Jerusha Carter blickte auf eine offene Wasserfläche von einer Meile Breite. Wie schnelle, laute Wolken huschten Silberreiher über den Himmel. Kanadareiher wateten durchs seichte Gewässer, und nicht weit von Jerushas Boot glitt der Schwanz eines Alligators durch das brackige Wasser.

Es war keine durch und durch idyllische Szenerie, denn die Sonne brannte gnadenlos herab, sodass Jerusha feuchte Ringe unter den Achseln und eine nasse Stirn bekam. Schnaken, Moskitos und riesige Kriebelmücken plagten sie. Der Schlamm war über den Rand ihrer hohen Stiefel geschwappt und war ihr an beiden Beinen hinuntergelaufen. Dazu näherte sich vom Golf eine Sturmfront: Oben weiße und unten schiefergraue Gewitterwolken türmten sich am Horizont, und aus der Ferne drang Donnergrollen durch die Nachmittagshitze.

Das Barataria-Becken war ein Sumpfgebiet südlich von New Orleans und im Fall eines Hurrikans eine von mehreren natürlichen Pufferzonen der Stadt und von St. Bernard Parish. Jerusha sollte dabei helfen, es wieder zu bepflanzen. Früher einmal, so hatte man ihr erzählt, als die Dämme noch nicht gebaut gewesen waren, war die ganze Gegend hier kein See, sondern Marschland gewesen. Seit den Dreißigerjahren hatte New Orleans über fünftausend Quadratkilometer an Feuchtgebieten eingebüßt. Laut den Experten, die Jerusha eingewiesen hatten, vermochten sieben Quadratkilometer Feuchtgebiet die Höhe einer Sturmflut um jeweils einen Fuß zu verringern. Deshalb war es für die künftige Sicherheit der Stadt so enorm wichtig, dass die Marschen wiederhergestellt wurden.

Das war harte, mörderische Arbeit. Schlamm musste herangeschafft und ins offene Wasser gekippt werden, damit es flach genug wurde, um den Pflanzen, die früher hier gediehen waren, einen Lebensraum zu geben. Wenn der Schlamm ausgekippt und die Seeränder für die neue Bepflanzung bereit waren, kam Jerusha mit ihrer Arbeit an die Reihe. Dank ihrer Wild-Card-Gabe war das, was sonst Monate und Jahre dauerte, eine Affäre von Augenblicken.

Gestern war Seetang an der Reihe gewesen. Heute pflanzte sie Schlickgras, *Spartina spartinae*, um genau zu sein, das Golf-Schlickgras, das schnell wuchs und in Gewässern mit unterschiedlichem Salzgehalt gedieh. Wäre Jerusha nicht gewesen, hätten Freiwilligenteams im Schlick Bodenmatten mit Setzlingen ausgelegt, die mit der Zeit zu dicken, zähen Büscheln herangewachsen wären, hinter denen sich ein Mensch verstecken konnte.

Heute war Thanksgiving. Deshalb waren keine Teams hier draußen, und Jerusha arbeitete allein. Alle waren mit irgendwem verabredet: mit Familie, mit Freunden. Jerusha bemühte sich, nicht darüber nachzudenken, versuchte, den tiefgefrorenen Swanson-Truthahn zu vergessen, der zum Abendessen in ihrer leeren Wohnung auf sie wartete, oder den Anruf bei ihren Eltern, den sie während des Essens hinter sich bringen musste. Würde sie ihre Stimmen hören, ihre guten Wünsche und das Gelächter ihrer Freunde im Hintergrund, würde sie sich nur noch einsamer fühlen. Jerushas Gürteltaschen waren voller Schlickgrassamen, die heute noch gesät werden mussten.

Sie stapfte in ein knietiefes Loch aus neuem Schlamm, der sich an ihren Stiefeln festsog und laut quatschte. Sie steckte die Finger in eine ihrer Gürteltaschen und verstreute eine Handvoll winziger Samen in einem weiten Bogen vor sich. Einen Moment lang schloss sie die Augen. Dabei spürte sie die Samen und das Pulsieren aufkeimenden Lebens in ihnen. Sie zapfte ihre Wild-Card-Fähigkeit an, Gardeners Gabe, und ließ sie aus ihrem Geist in die Samen strömen. Sie reagierten, wuchsen, brachen auf, und winzige grüne Keimlinge entrollten sich, Wurzeln gruben sich in den weichen Schlamm, und zarte Sprösslinge strebten der Sonne zu. Jerusha lenkte das Schlickgras, indem sie ihre Macht langsam und behutsam fließen ließ.

Sie war selbst das Schlickgras, nahm aus Sonne, Wasser und Erde Nahrung auf, verwertete sie, sodass ihre Zellen barsten und mit unglaublicher Geschwindigkeit wuchsen, sich formten und wieder umformten und mit jeder Sekunde neue Sprösslinge hervorbrachten. Sie konnte dem Gras beim Wachsen zusehen, wie es sich wand und zuckte: das Wachstum eines Jahres innerhalb einiger Augenblicke. Während sich das Gras immer weiter erhob, lachte Jerusha. Es war ein kehliger Laut, der eine tiefe, eigenartige Befriedigung ausdrückte. Es gab nur wenige Leute, die diesen Laut schon einmal gehört hatten, denn manchmal stieß sie ihn – unfreiwillig – beim Sex aus, ein klangvoller, freudiger Laut, der aus ihrem tiefsten Inneren kam.

Gärtnern als Orgasmus.

Das Schlickgras wuchs sich windend in die Höhe – und auf einem Halmbüschel ein paar Meter von ihr entfernt blieb etwas schlaffes Braunes hängen, unter dessen Gewicht sich das Gras bog.

Sie ließ die Macht versickern. Dann wurden ihre Schultern schwer. Jedes Mal wenn sie die Kraft nutzte, die die Wild Card ihr ausgeteilt hatte, erschöpfte sie das. Nach einem solchen Tag kehrte sie normalerweise in ihre Wohnung zurück, um aufs Bett zu fallen, sofort einzuschlafen und erst nach zwölf Stunden wieder zu erwachen. So war es an den meisten Tagen: früh aufstehen, hinausgehen, um Samen auszusäen und das Sumpfland wiederherzustellen, und kurz vor Sonnenuntergang wieder in die Stadt zurückfahren, um in einem Restaurant oder ihrer Wohnung (aber allein, immer allein) einen Happen zu essen, dann schlafen. Und dann wieder dasselbe Spiel. Immer und immer wieder.

Jerusha watete durch den Schlamm zu dem neu gewachsenen Schlickgras. Sie nahm das triefend nasse Filzstück von dem Büschel hinunter und brauchte einen Moment, um es auseinanderzufalten. Dann erkannte sie, dass es ein Hut war – ein übel mitgenommener, schimmliger und schmutziger Fedora, dessen Innenauskleidung größtenteils herausgerissen war und dessen Hutband vollständig fehlte. Eine Muschelschale hing hartnäckig an dem Stoff, der nach Sumpf stank.

Jerusha schüttelte den Kopf. *Noch ein Fedora. Wir haben Cameo mindestens ein Dutzend Hüte geschickt, die wir hier draußen gefunden haben. Immer in der Hoffnung, dass es der ist, den sie verloren hat.* Die Wahrheit ließ sich nur herausfinden, indem man ihr auch diesen Hut sandte: als Thanksgiving-Geschenk. Sie würde es gleich machen, wenn sie zurück in der Stadt war.

Jerusha seufzte und schaute zur Sonne und den Wolken empor. Der Sturm rollte heran. Es wurde Zeit zurückzukehren, wenn sie nicht von dem Unwetter erwischt werden wollte, was ein ohnehin schon trübseliges Thanksgiving noch trübseliger machen würde.

Sie hielt den durchweichten Hut an der Krempe und machte sich mit ihm zu der Stelle auf, wo sie ihr Boot festgemacht hatte.

Im Haus der Winslows
Boston, Massachusetts

»So ein Penner! Ich glaub's einfach nicht, dass er den Pass vergeigt hat!«

Vom Aufschrei seines Schwiegervaters wurde Noel Matthews in die Gegenwart zurückgerissen. *Er* konnte nicht glauben, dass er vor einer Heimkinoanlage saß, die aussah wie die Kommandobrücke eines Flugzeugträgers, während seine amerikanischen Schwäger Football schauten und in den Flachbildschirm brüllten.

Natürlich war es kein richtiges Football, nicht das, was ein Engländer darunter verstand, nämlich Fußball. Stattdessen war es dieses langsame, aufgedunsene amerikanische Spiel, in dem sich furchtbar große Männer in Polstern und knallengen Hosen gegenseitig ansprangen und den Hintern versohlten. Seltsam, dass dieser Sport der Lieblingszeitvertreib einer Nation war, die so verklemmt war, wenn es um Schwule ging.

Noel griff nach seinem Bourbon Soda, und als er sich auf der Couch nach vorn beugte, um sein Glas zu erreichen, ächzte er leise. Ihm war, als wären seine Innereien durch eine Kanonenkugel ersetzt worden, und er öffnete heimlich den Knopf an seiner Hose. Es war Thanksgiving – dieses eigentümlich amerikanische Fest, bei dem man Fresssucht und die Übervorteilung der Indianer feierte.

Aber sie hatten keine Wahl gehabt. Wegen einer Behandlung gegen Unfruchtbarkeit in der Jokertown Clinic wohnte er mit Niobe in New York. Ihre Eltern lebten ganz in der Nähe in Massachusetts. Und Niobe hatte es sich in den Kopf gesetzt, mit ihrem berühmten und erfolgreichen Ehemann vor dem alten Geldadel anzugeben, der sie gemieden hatte, als ihre Wild Card aufgedeckt und sie zum Joker geworden war. Noel hatte sich einverstanden erklärt, wie ein preisgekrönter Fang herumgezeigt zu werden, weil Niobe von allen so schäbig behandelt worden war und weil Großtun eine vollkommen akzeptable Antwort darauf war.

Noel murmelte etwas von »für kleine Jungs«, um der Männerversammlung zu entkommen und seine Frau zu suchen. In der Küche traf er auf Leihpersonal, das damit beschäftigt war, Geschirr zu spülen und die Reste vom Essen in Plastikboxen zu verpacken. Noel war jetzt ein reicher Mann, aber er war nicht reich aufgewachsen. Mit dem Gehalt seiner Mutter als Professorin in Cambridge hatten sie bescheiden gelebt. In seinem Elternhaus hatte es kein Leihpersonal gegeben.

Er blieb im Gang stehen und lauschte. Die piepsigen Sopranstimmen der Frauen im Wohnzimmer wetteiferten mit dem tiefen Gebrüll aus der Männerhöhle. Während er den langen Gang entlangging, den eine beeindruckende Sammlung moderner Kunst zierte, knöpfte er sich die Hose und das Jackett zu.

Das Wohnzimmer war in Gold- und Grüntönen gehalten, und ein Feuer im großen Marmorkamin verlieh dem Raum etwas Warmes und Anheimelndes. Draußen, im Vorgarten, ächzten die hohen Kiefern im Wind. In der Nacht würde es noch schneien. Gott sei Dank hatten sie eine Möglichkeit, nach Hause zu kommen, auch wenn der Flughafen dichtmachen würde.

Er setzte ein freundliches Lächeln auf und ging zu den Frauen, die auf Sofas um einen niedrigen Tisch mit silbernem Tee- und Kaffeegeschirr herumsaßen. Der Duft verstärkte die gesellige Stimmung im Zimmer, genau wie das Stakkato der Unterhaltung. Zufrieden stellte er fest, dass Niobe mit den feinsten Damen der Gesellschaft quatschte und dass sie mindestens so schick, wenn nicht noch schicker gekleidet war als die anderen Frauen.

Es war erstaunlich, was ein Jahr der Zufriedenheit – und die sorgfältige Pflege der Friseure in New York, der Spas am Toten Meer und der Modegeschäfte in Paris – für ihr Haar, ihre Haut und ihren Kleiderschrank vollbracht hatte. Der einzige Schönheitsfehler war der Schwanz, der sich um die Füße seines Lieblings ringelte. Mit den Laserbehandlungen hatten sie wenigstens die Borsten davon entfernt.

Ihre Blicke trafen sich, und Noel freute sich über das Triumphgefühl, das aus ihren Augen leuchtete. Er stellte sich hinter ihr Sofa, beugte sich hinab, küsste sie auf die Wange und zauberte eine weiße Rose hervor. Niobe errötete, und er beobachtete mit Genugtuung, dass ihre Kusine Phoebe stirnrunzelnd den Blick senkte und in ihre Teetasse starrte. Diese Person hatte den ganzen Nachmittag über immer wieder die Finger auf seinen Unterarm gelegt, sich nach vorn gebeugt, damit ihre Brüste zur Geltung kamen, und sich bei jeder Gelegenheit zum Affen gemacht.

»Du schaust dir das Spiel nicht an?«, fragte seine Schwiegermutter.

»Verzeih mir, aber das sind Schafsköpfe. Die sehen große Männer an, die herumstöhnen und in den Matsch fallen. Ich dagegen bin kein Schafskopf. Ich verbringe meine Zeit lieber mit den Damen.«

Das Gelächter der Frauen klirrte wie zerspringende Eiszapfen. Niobe lachte nicht. Ihr heiseres leises Kichern war ihm wohl vertraut. Sie sah ihn mit großen Augen fragend an, was er mit einem aufmunternden Lächeln beantwortete.

Er betrachtete seine Schwiegermutter im Profil, und für einen Augenblick bedauerte er es, dass er seinen vorherigen Beruf aufgegeben hatte. Wenn es jemals ein Mensch verdient hatte, getötet zu werden, dann war es Rachel Winslow. Als

Niobes Wild Card aufgedeckt worden war, hatte Rachel versucht, Niobe als das Kind einer Kusine auszugeben. Und nachdem Niobe schließlich zu einem Selbstmordversuch getrieben worden war, hatte Rachel sie in eine Einrichtung verschickt, wo man sie wie eine Kreuzung aus Laborratte und Sexspielzeug behandelt hatte.

Seine Frau reichte Noel eine Tasse Tee. Das Porzellan war so fein und zerbrechlich, dass es sich in seiner Hand anfühlte wie der Flügel einer Heuschrecke. Als er darauf hinabsah, stellte er fest, dass sie ihm bereits einen Klacks Sahne in den Tee getan hatte. Die Tatsache, dass es jemanden auf der Welt gab, der wusste, wie er seinen Tee trank, wie weich er seine Eier mochte, wie heiß sein Badewasser zu sein hatte, das wrang ihm das Herz aus. Und er erwiderte den Gefallen. Sie waren körperlich, seelisch und geistig miteinander verbunden, und sie hatte ihm geholfen, das Loch in seinem Leben zu füllen, das durch den Tod seines Vaters vor etwas mehr als einem Jahr entstanden war.

Er setzte sich neben Niobe aufs Sofa und nippte an seinem Tee. Noel ertappte sich dabei, dass er zu einem der Käsecracker griff. Dabei war er weiß Gott nicht hungrig, doch wusste er nicht, was er sonst mit seinen Händen anfangen sollte, um seine Nerven zu beruhigen. Schließlich durfte er im Haus seiner Schwiegereltern nicht rauchen. Das Vibrieren seines Handys in seiner linken Hosentasche bewahrte ihn vor zusätzlichen Kalorien.

Er stellte seine Tasse ab, zog das Telefon heraus, murmelte eine Entschuldigung und zog sich zum Fenster zurück. Das Display gab nur einen »Unbekannten Anrufer« preis, aber er erkannte die internationale Vorwahl – Bagdad!

Er kannte viele Leute in Bagdad, aber die kannten ihn nur in seiner Identität als das muslimische Ass Bahir. Nur einer wusste, dass Noel Bahir war – sein ehemaliger Mitbewohner in Cambridge, der inzwischen Kopf des Kalifats und Noels erbitterter Gegner war: Prinz Siraj von Jordanien.

Dieses Handy war sauber. Die Tatsache, dass Siraj seine Nummer hatte, bedeutete, dass der Geheimdienst des Kalifats Überstunden gemacht hatte. Sie hatten nach ihm geforscht und ihn ausfindig gemacht. Alle Nerven waren angespannt, während Noel über seine Optionen nachdachte.

Besser, ich weiß, was er vorhat. Noel nahm ab.

»Ich war mir nicht sicher, ob du rangehen würdest«, drang die vertraute Baritonstimme aus dem Hörer.

»Fast wäre ich nicht rangegangen.« Schweigen breitete sich zwischen ihnen aus. Noel zog sein Zigarettenetui heraus.

Schließlich sprach Siraj weiter. »Ich brauche deine Hilfe. Kannst du nach Bagdad kommen? Jetzt?« Sein klangvolles BBC-Englisch klang vor Angst aufgeraut.

Damit hatte Noel am wenigsten gerechnet. Er fummelte eine Zigarette aus dem Etui und steckte sie sich in den Mund. »Ah, nun … lass mich mal sehen … als wir uns das letzte Mal begegnet sind, hast du deinen Wachen befohlen, auf mich zu schießen. Das Mal davor hast du mich in ein ägyptisches Gefängnis geworfen. Ich glaube, ich verzichte auf ein drittes Wiedersehen. Nicht dass es wie im Märchen geht und es beim dritten Mal klappt.«

»Ich gebe dir mein Wort, dass ich nichts gegen dich unternehme. Tatsächlich brauche ich deine Hilfe.«

Plötzlich hörte sich Siraj sehr jung an. Wie der Freund, der mit der Tochter des Profs Mist gebaut und Noel anschließend um Hilfe gebeten hatte. Oder wie der Freund, der ihm Geld geliehen hatte, um seine Spielschulden zu begleichen, als sich Noel im zweiten Studienjahr für Pferdewetten begeistert hatte.

Doch es gab keinen Platz mehr für Sentimentalitäten. »Warum?«

»Im Sudd wurde die Hälfte meiner Truppen vernichtet. Das ist die letzte Armee, die ich habe, Noel, und außer ihr steht nichts mehr zwischen dem Kalifat und dem People's Paradise of Africa. Und ihr im Westen wollt bestimmt nicht, dass

Nshombo und Tom Weathers mein Öl unter ihrer Kontrolle haben. Glaub mir.«

»Nun, das ist die Krux an der Sache. Ich glaube dir nämlich nicht. Es tut mir leid um deine Armee, aber ich bin ausgestiegen. Für immer. Ich bin jetzt nur noch ein durchschnittlicher Bürger. Es war schön, mir dir geredet zu haben.« Noel legte auf und kehrte zu Niobe zurück.

Sie sah zu ihm auf, und wieder raubten ihm ihre wunderschönen grünen Augen den Atem. »War das Kevin?«, fragte sie und meinte seinen Agenten.

»Ja«, log Noel.

»Du hast ja eine Zigarette im Mund!«, empörte sich seine sonnengebräunte und spröde Schwiegermutter durch zusammengebissene Zähne.

»Ja, aber sie brennt nicht. Ich geh raus, um dem Abhilfe zu schaffen.«

Stellar
Manhattan, New York

Wally zupfte am Kragen seines Fracks. Der Schneider hatte nicht lockergelassen, bis er perfekt gesessen hatte. So perfekt, wie ein Frack bei einem Mann mit Eisenhaut und Nieten nur sitzen konnte. Aber anfühlen tat er sich deshalb noch lange nicht perfekt.

Wally gab es auf, an seiner Fliege herumzufummeln. Er wusste nicht, wie man sie band. Er würde einen Kellner bitten müssen, ihm damit zu helfen, und das war peinlich.

Der Aufzug hielt an. Er federte ein wenig, als Wally ausstieg.

»Hey, Rusty! Komm hier rüber.«

Ana Cortez stand mit dem Handy am Ohr vor dem Stellar. Anscheinend war sie hinausgegangen, um einen Anruf entgegenzunehmen. Sie lächelte und winkte Wally zu, als er scheppernd aus der Ecke der Lobby mit den Aufzügen kam.

Wie sein Frack so waren auch seine Schuhe speziell für ihn angefertigt worden. Die schicken italienischen Schuhe sahen zwar gut aus, waren aber dünn, sodass das Stampfen von Eisenfüßen auf Marmor kaum gedämpft wurde. Wally wäre ein weniger formelles Thanksgiving lieber gewesen.

Daheim bei seinen Leuten konnte man sich auch im Jeansoverall und Arbeitsschuhen an den Festtagstisch setzen. Er hatte sich überlegt, über die Feiertage nach Hause nach Minnesota zu fahren, aber trotz der wachsenden Einsamkeit und dem Heimweh, die in letzter Zeit wie dunkle Wolken über ihm geschwebt waren, hatte er sich dagegen entschieden. Jedes Mal wenn er zu Hause einen Besuch machte, fühlte er sich ein bisschen unwohler.

Nicht dass er Mom, Dad und Pete nicht sehen wollte. Er vermisste sie schmerzlich. Mehr als alles andere wollte er die Zeit zu den Tagen vor *American Hero* zurückdrehen. Er wollte wieder einen Samstagnachmittag mit seinem Bruder vor dem Fernseher verbringen, während Dad im Polstersessel schnarchte.

Die Sache war nur die, dass Pete noch nie weiter als bis Duluth von zu Hause weggefahren war. Seine Eltern waren in der Iron Range im nördlichen Minnesota zur Welt gekommen und groß geworden. Sie war ihre ganze Welt. Manchmal wünschte sich Wally, es könnte auch für ihn wieder so sein.

Seine Familie hatte die Vorstellung, dass sein Leben glamourös war. Aufregend. Voller Abenteuer. Und mit dieser Vorstellung waren sie glücklich. Beim letzten Wiedersehen mit seiner Familie hatte er gemeint, sie würden vor Stolz platzen. Wally Gunderson, der Held. Wally Gunderson, Weltreisender. Wally Gunderson, Friedensbringer der Vereinten Nationen. Pete fragte ihn immer über die Orte aus, die er im Auftrag des Komitees besucht hatte, und über die Leute, mit denen er arbeitete, und über all seine guten Taten.

Mit jedem Besuch wurde es schwerer, ihnen das aufzutischen, was sie hören wollten, und ihnen stattdessen nicht von der Langeweile zu erzählen, der Einsamkeit, der Sorge und Angst, die er jedes Mal empfand, wenn das Komitee ihn zu einem neuen Einsatzort schickte. Und von dem Gefühl der Ungewissheit darüber, was er tat und warum er es tat. Von dem Gefühl, schon lange kein Held mehr zu sein.

Nach seiner Reise ins Kalifat hatte Wally nicht mehr viel Zeit zu Hause verbracht.

»Rusty ist da«, sagte Ana ins Telefon. Dann deckte sie es mit der Hand ab. »Ich soll dich von Kate grüßen.«

»Moin, Ana. Moin, Kate.«

Ana sprach wieder ins Telefon. »Er sagt Moin zurück…

aha … aha.« Sie lachte. »Das bezweifle ich … Ich muss auflegen. Auch dir ein schönes Thanksgiving. Lass uns später noch
mal telefonieren und unsere Wertungen vergleichen.« Ana ließ
ihr Handy zuschnappen. »Freut mich, dich zu sehen. Du siehst
gut aus.«

»Du auch, Ana.« Ihr Kleid wirkte teuer und passte sogar zu
ihren blauen Ohrringen.

Sie hob die Arme, um ihn flüchtig zu umarmen. Neben
Wally wirkte sie klein. »Mensch«, sagte er und erwiderte die
Umarmung vorsichtig.

Er schaute ins Restaurant, in dem weiß gekleidete Kellner
Tabletts, Wasserkrüge und Flaschen zwischen den Tischen hin
und her trugen. Sie sahen wie Fotonegative von ihm aus, nur
dass sie nicht so groß waren. Drinnen war das Murmeln der
Gespräche und das Klirren von Besteck zu hören. Lauter unvertraute Gesichter, lauter unvertraute Stimmen. Wally beschlich leise Trauer.

Er ging mit Ana hinein, wo sie vom Maître d'Hotel begrüßt
wurden. Der fragte erst gar nicht, ob sie auf der Gästeliste
stehen würden, denn jeder kannte Rustbelt und Earth Witch,
zwei der Gründungsmitglieder des Komitees. Er führte sie zu
ihren Horsd'ouvres, zögerte aber einen Moment, als ihm die
Furchen auffielen, die Wallys Fersen im Boden hinterließen.
Der bleistiftdünne Schnurrbart zitterte. Er rümpfte die Nase,
machte aber weiter kein Aufhebens darum. Schließlich war
sein Restaurant voller Asse.

Allerdings kannte Wally die meisten von ihnen nicht. Das
Komitee war nicht mehr das, was es anfangs gewesen war. Inzwischen war es viel größer. Was auch wirklich gut war, denn
es wurde immer internationaler und bestand nicht mehr nur
aus einem Haufen Kids aus einer bescheuerten Fernsehshow.
Es kam ihm professioneller vor, gleichzeitig aber auch steriler.
Ein paar der neuen Mitglieder hatte er bei anderen Komiteeveranstaltungen flüchtig kennengelernt – Garou, Noppera-bo

und die Strangelets. Einer der neuen, Glassteel, nickte Wally kumpelhaft zu, als er an ihm vorbeikam. In Haiti hatten sie zusammengearbeitet, und sie bildeten ein ziemlich annehmbares Team. Auch wenn Wally am liebsten mit DB zusammenarbeitete, aber DB war ja jetzt nicht mehr da.

Die meisten Gäste hatten sich um die langen Tische versammelt, auf denen die Vorspeisen angerichtet worden waren, bei den Fenstern, durch die man einen Blick auf die Skyline von Manhattan hatte. Wally mampfte in ausgefallenes Ketchup getunkte Miniatur-Hot-Dogs, während er sich umhörte. Er war auf der Suche nach einem Gespräch, in das er sich einklinken konnte. Die Schlacht im Sudd beherrschte die meisten Unterhaltungen. Im Taxi zum Empire State Building hatte Wally auf einem dieser Live-Ticker-Bänder am Times Square eine Meldung darüber gesehen.

»Das PPA hat sich übernommen«, erklärte Snowblind mit ihrem eleganten frankokanadischen Akzent. Wenn Seide sprechen könnte, würde es sich so anhören, dachte Wally. »Für das Komitee besteht kein Grund, sich einzumischen. Wenn das Kalifat sich erst einmal wieder neu aufgestellt hat, wird das Ganze bald vorbei sein.«

Brave Hawk schüttelte den Kopf. »Nicht wenn sich Ra einmischt. Das Alte Ägypten hat keinen Bedarf für das Kalifat.«

Wally hatte keinen Kopf für politische Debatten, und um ehrlich zu sein, mochte er Brave Hawk auch nicht besonders. Also schlenderte er weiter am Tisch entlang, wo es Horsd'œuvres mit Trauben, stinkigem Käse und in Portwein marinierte Birnenschnitten gab. Die waren ziemlich lecker.

Tinker und Burrowing Owl diskutierten über den Internationalen Gerichtshof. Das schwebende Verfahren wegen Kriegsverbrechen gegen Captain Flint und Highwayman spalteten die Gemüter beinahe genauso wie die Kämpfe im Sudan. Burrowing Owl meinte, es handele sich um einen bedeutungslosen Schauprozess, während Tinker fand, dass es die beiden verdient hätten, vor der Welt verurteilt zu werden. »Oi, Rusty«, sagte Tinker. »Was meinst du?«

Wally zuckte mit den Schultern. »Ähm…« Ja, was meinte er? »Ich meine, dass es unrecht war, die ganzen Leute zu töten. Aber dass sie das Töten dem armen kleinen Jungen überlassen haben, damit haben sie ein noch viel größeres Unrecht begangen, glaube ich.«

Burrowing Owl runzelte die Stirn. »Ja, aber was ist mit dem Problem von Staatshoheit und internationaler Rechtsprechung?«

Wally seufzte und wünschte sich, es wäre schon Zeit, sich zum Essen zu setzen.

Jerusha Carters Wohnung
Garden District
New Orleans, Louisiana

Ihr Handy zirpte, bevor der Alarm an der Mikrowelle los-
ging. Das wunderte sie, denn bei ihren Eltern war es noch
eine Stunde früher, und normalerweise würden sie zu diesem
Zeitpunkt noch am Thanksgiving-Tisch sitzen. Sie nahm das
Handy von dem Tischchen im Flur und las die Nummer auf
dem Display.

Es waren nicht ihre Eltern, sondern Juliet Summers. Ink. Seltsam. Natürlich kannte sie Ink, aber sie standen sich bestimmt
nicht nahe.

»Hey«, meldete sie sich. »Ink. Was los?«

»Jerusha? Du musst mir helfen.« Im Hintergrund rief, nein
fluchte jemand. Eine Frau. »Das ist Joey. Diese hinterfotzigen
LaFleurs haben den Richter dazu gekriegt, ihnen diese gericht-
liche Verfügung zu bewilligen. Die ziehen bei Michelle den Ste-
cker.«

Jerusha war entsetzt. Michelle Pond – Amazing Bubbles –
lag schon seit über einem Jahr auf dem Jackson Square im
Koma. Seit dem Tag, an dem sie New Orleans vor der Vernich-
tung bewahrt hatte, indem sie die Wucht einer Atomexplosion
absorbiert hatte. Sechs Monate lang hatten ihre Eltern vor Gericht um das Recht gekämpft, ihrer Tochter die weitere Nah-
rungs- und Flüssigkeitszufuhr abzustellen.

Jerusha konnte nicht glauben, dass sie tatsächlich gewonnen hatten. »Was meinen die Ärzte, was mit Bubbles passieren
wird, wenn sie das tun?«

»Das weiß niemand sicher«, sagte Ink. »Aber bei den extremen Mengen an Nährstoffen, die Michelle stündlich verbraucht, und bei der Dichte und dem Gewicht ihres Körpers würden sich die Folgen extrem schnell zeigen, vermuten sie. Ihre Körperfunktionen könnten beinahe augenblicklich zusammenbrechen – erhöhter Puls, Blutdruck, Organversagen. Tod innerhalb von drei Stunden, möglicherweise sogar schneller.« Ink seufzte. »Vielleicht verhungert sie aber auch einfach nur.«

An Thanksgiving. Die LaFleurs hatten einen grauenhaften Sinn für Humor, dachte Jerusha. »Was kann ich machen?« Sie war keine Anwältin. Das Komitee hatte keinen Rechtsstatus in den USA.

»Du kannst helfen, Joey aufzuhalten«, antwortete Ink. »Sie spielt verrückt. Sie hat jede halbwegs frische Leiche in der Stadt auf den Plan gerufen, und auch welche, die nicht mehr ganz so frisch sind. Sie behauptet, dass sie die LaFleurs umbringen wird, sobald sie sich auf dem Jackson Square blicken lassen.«

Hoodoo Mama. Ich hätte es wissen müssen. Joey Hebert musste schon wütend auf die Welt gekommen sein, anders konnte Jerusha es sich nicht erklären. Und dass sie vom Komitee abgelehnt worden war, hatte ihr Gemüt nicht gerade aufgehellt.

»Sie hört nicht auf mich«, sagte Ink. »Und du bist die Einzige in New Orleans, die vielleicht die Macht hat, sie aufzuhalten, bevor jemand zu Schaden kommt. Aber du musst dich beeilen, hörst du?«

Im Hintergrund hielt das Geschrei an. *Joey*, fiel Jerusha erst jetzt auf. Ink brüllte die andere Frau an. »Verdammt, Joey. Beruhige dich, Mädchen. Sonst platzt dir noch eine Blutader.«

Dann war die Verbindung weg. »Ink?«, fragte Jerusha. Nichts.

Sie klappte das Handy zu. In der Küche machte die Mikrowelle Pling. Der Truthahn duftete.

Jerusha steckte das Telefon in die Tasche ihrer Jeans und griff nach den Schlüsseln.

Im Haus der Clarkes
Barlow's Landing, Massachusetts

»Verstehe«, sagte Margaret Tipton-Clarke in einem Ton, der deutlich machte, dass sie nichts verstand. »Dann sind Sie also … tot?«

Jonathan Tipton-Clarke, oder Jonathan Hive, meistens jedoch einfach nur Bugsy, hatte geahnt, dass es heikel werden konnte, wenn er seine Freundin zum Thanksgiving-Essen mitbrachte. Allerdings war er sich nicht über das wahre Ausmaß des Problems im Klaren gewesen. Seine Mutter stellte unaufhörliche schwierige Fragen. Sein älterer Bruder Robert und seine Schwägerin Norma starrten stirnrunzelnd auf ihre Teller mit Truthahn und Preiselbeersoße – wie zwei missmutige Buchstützen ohne Bücher dazwischen. Die Zwillingsschwestern dagegen grinsten vor kannibalischem Vergnügen. Es würde kein guter Abend werden.

Ellen war sehr hübsch – schlank, blond und mit einem kohleschwarzen Kleid, das genau an den richtigen Stellen eng anlag, ohne nuttig zu wirken. Wie alle guten Kleider von Ellen war es vom Geist Coco Chanels speziell für sie entworfen worden. Das Cameo, das sie um den Hals trug, wirkte so, als wäre es wegen des Kleids gewählt worden, dabei war es in Wirklichkeit genau andersrum. Wenn man sie so betrachtete, passte sie perfekt zum Stil der Familie Tipton-Clarke: edel und teuer, ohne neureich rüberzukommen. Lediglich der Ohrring war vielleicht etwas gewagt, aber der war alternativlos.

Sicher, sie war beinahe zwei Jahrzehnte älter als Jonathan,

was für sich schon ein bisschen eigenartig war. Problematischer war allerdings, dass sie selbst gar nicht seine Freundin war, sondern das Ass, das die Geister der Toten channeln konnte. So zum Beispiel auch den Geist seiner Freundin.

Aliyah trug Ellen nicht mit derselben Eleganz, mit der Ellen das Kleid trug.

»Ja«, sagte sie durch Ellens Mund. »Ich … ich bin gestorben, als die Armee des Kalifats die ägyptischen Joker angegriffen hat. Das war kurz bevor sie das Komitee gegründet haben? Sollten Sie mal etwas darüber lesen, dann werde ich darin wahrscheinlich Simoon genannt. Das war mein Assname bei *American Hero*. Bei den Gegnern gab es ein Ass namens Rechtschaffener Dschinn? In Ägypten, meine ich. Nicht bei der Show.«

Wenn Aliyah nervös wurde, brachte sie Sätze durcheinander und machte Fragen aus ihren Aussagen. Wenn Jonathan nervös wurde, lösten sich kleine Stücke aus seinem Körper in Form von grünen, wespenartigen Insekten, deshalb konnte er ihr kaum einen Vorwurf machen. Er nahm einen Bissen von der Füllung. Sie war ein bisschen versalzen, wie immer, aber solange er den Mund voll hatte, brauchte er mit niemandem zu reden. Das schien ihm die beste Strategie zu sein.

»Das muss schrecklich für Sie gewesen sein, meine Liebe«, sagte seine Mutter.

»Oh, ich erinnere mich nicht daran«, sagte Aliyah. »Ich hatte meinen Ohrring nicht an – zu dem Zeitpunkt. Ich meine, ich war ein Sandsturm, als es passiert ist, deshalb hatte ich keine Kleider an oder so.«

Eine der beiden Zwillinge, Charlotte, vermutete er, beugte sich auf die Ellbogen gestützt nach vorn. Sie hatte ein verschlagenes Grinsen. »Das ist echt *faszinierend*«, sagte sie.

»Nun, Ellen kann mich nur bis zu dem Zeitpunkt zurückholen, an dem ich zum letzten Mal meine Ohrringe anhatte.«

»Nein«, sagte Charlotte (oder auch Denise). »Ich meinte, Sie haben *nackt* gekämpft?«

Aliyah errötete und geriet ins Stammeln. Dabei machten ihre Hände Bewegungen, als wüssten sie nicht, wo sie hingehörten. Mit einem inneren Seufzen beschloss Jonathan, dass es Zeit war, die Beherrschung zu verlieren. »Sie war ein Sandsturm«, sagte er. »Ein großer, wirbelnder Sandsturm, der dir das Fleisch von den Knochen schmirgelt. So ein Ding, das dich töten kann.«

Jetzt wandte Charlotte ihm ihr Lächeln zu. Etwas Triumphierendes lag darin. *Ich könnte dich auch töten*, dachte er, und Charlotte stieß ein Kreischen aus und schlug sich auf den Schenkel. Dann hob sie einen kleinen grünen Wespenkadaver mit verschrumpelten Flügeln hoch.

»Ups«, sagte Bugsy. »Entschuldige.«

»Du tust so, als könntest du die Teile nicht kontrollieren«, sagte Charlotte. Oder vielleicht auch Denise. »Doch damit täuschst du hier keinen.«

»Ist es möglich«, mischte sich Bugsys älterer Bruder mit erstickter Stimme ein, »ein einfaches, ruhiges, normales Essen in der Familie zu feiern, ohne dabei über die Details der nackten toten Frauen zu sprechen, mit denen mein Bruder ins Bett steigt?«

»Das ist der Geist des Feiertags«, sagte Jonathan. »Ich meine, gibt es etwas anderes, wofür man dankbar sein sollte?«

»Entschuldigt mich«, sagte Aliyah, stand auf und ging unsicher aus dem Zimmer.

»Und, Robert«, sagte Jonathan, »hast du Norma schon einen Braten in die Röhre geschoben, oder haben die Ärzte herausgefunden, dass die Mine in deinem alten Stift leer ist?«

»Das geht dich nichts …«

»Ach, Robert, damit wollte er doch nicht sagen …«, unterbrach ihn ihre Mutter.

»Norma!«, rief Denise (oder auch Charlotte). »Das Thema beschäftigt mich total, aber ich habe mich nicht getraut zu …«

Nachdem er den Penis seines Bruders aufs Hackbrett gelegt

hatte, schob Jonathan den Teller von sich und folgte Ellen in ihren Schlupfwinkel. Das Zimmer leuchtete im Glanz der Festtagskerzen. Von den beiden breiten Sofas, die mit schokoladenbraunem Leder bezogen waren und gemütlich wirkten, hatte man durch die Fensterwand einen Blick auf den wütenden Atlantik. Auf einem von ihnen saß Ellen und hatte sich die Füße unters Gesäß geschoben. An ihrer Haltung merkte er, dass sie die Ohrringe ausgezogen hatte.

»Ich hab's dir ja gesagt«, stellte er fest.

»In der Tat«, entgegnete Ellen. »Es tut mir leid, dass ich dir nicht geglaubt habe.«

»Das Gute an der Jerry-Springer-Show ist, dass du Stühle werfen darfst. Ich durfte nie Stühle werfen.«

»Und deine Mutter«, sagte Ellen. »Sie ist die Schlimmste von allen.«

»Sie hat etwas von einer Dämonenkönigin, die ihre Armee von Ungeheuern befehligt. Als Tante Ida noch gelebt hat, war das alles spaßiger, denn die war noch viel schlimmer.«

»Aliyah hat sich schrecklich gefühlt. Ich habe ihr gesagt, dass ich mich für sie entschuldigen würde.«

»Dafür, dass sie von meiner Familie fertiggemacht wird? Geht das Entschuldigen normalerweise nicht andersrum?«

»Normalerweise schon«, sagte Ellen kühl.

Bevor Jonathan sich eine treffende Antwort überlegen konnte, klingelte sein Handy. Es war der Klingelton, den er für die UNO reserviert hatte, also ein geschäftlicher Anruf des Komitees. Er kramte das Telefon aus seiner Jacketttasche, brachte Ellen mit einem erhobenen Zeigefinger zum Schweigen und sagte Hallo.

»Bugsy! Ich hoffe, ich störe dich nicht«, meldete sich Lohengrin.

»Ganz und gar nicht«, sagte Jonathan. »Was gibt's?«

Ellen stand auf, schüttelte leicht den Kopf und begab sich wieder zu der auf eine Entgleisung zusteuernden Thanksgiving-Gesellschaft. Jonathan hielt sich wegen des Lärms ein Ohr zu.

»Kannst du nach New York kommen?«, fragte Lohengrin. »Wir müssen was besprechen. Einen Auftrag.«

Jonathan nickte. Um ehrlich zu sein, waren es diese Momente, die seine Arbeit für die UNO so interessant machten. »Aber klar doch, Kumpel. Und wie ich kommen kann!«, sagte er. Und dann: »Weißt du was, hätte ich mich angestrengt, hätte ich da noch mehr K unterbringen können. Klar doch, Kumpel, und wie krass ich kommen kann ...«

»Jonathan? Alles okay mit dir?«

»Ich bin vielleicht ein ganz kleines bisschen betrunken«, gab Jonathan zurück. »Oder vielleicht hasse ich meine Familie. Das lässt sich nur schwer unterscheiden. Morgen bin ich in New York. Keine Bange.«

Lohengrin legte auf, und Jonathan steckte das Handy weg. Die Stimmen im Wohnzimmer klangen anders. Eine ekelerregende Neugier erfasste ihn, und er kehrte an den Tisch zurück.

»Das hast du schon immer so gemacht, Maggie, seit du ein kleines Mädchen warst«, erklärte Ellen und deutete mit einem antiken Buttermesser aus Silber auf Jonathans Mutter. »Salz, Salz, Salz. Man könnte meinen, Gott hätte dir keine Geschmacksnerven gegeben.«

Seine Mutter hatte hochrote Wangen, aus denen die zusammengepressten, blutleeren Lippen herausleuchteten. Ellen sah Jonathan an, doch war sie nicht Ellen. Gemächlich musterten ihn die vertrauten Augen. Dann schnaubte sie.

»Tante Ida?«, sagte er.

»Ich mag deine Ellen, Johnny«, sagte Ida. »Es erstaunt mich, dass sie es mit dir aushält. Setz dich, setz dich. Wenn du so neben mir aufragst, komme ich mir vor, als würde ich in einem Brunnen hocken.«

»Wie bist du ...?«, fing er an, während er sich setzte.

Ida hielt das Silberbesteck hoch. »Ich habe immer gesagt,

dass dieses Service mir gehört, und jetzt konnte ich es beweisen, nicht wahr? Robert, mein Lieber? Reich mir die Kartoffeln.
Mal sehen, ob sie die auch versalzen hat. Maggie, hör auf, mich
so anzuschauen. Ich hatte recht, du hattest unrecht, und niemand ist darüber auch nur im Geringsten überrascht. Thanksgiving ist ein Familienfest. Bitte ruiniere es nicht.«

Stellar
Manhattan, New York

»Ana?«, flüsterte Wally. »Darf ich neben dir sitzen?«

»Klar.«

Wally folgte ihr durch ein Labyrinth aus runden, mit bauschigen Decken ausgelegten Tischen. Das Licht war gedämpft, der Schein von Kerzen und der Deckenlampen brachte Weingläser und Silberbesteck zum Funkeln. Den wenigen Leuten, die er kannte, nickte oder winkte er zu.

Ana führte ihn zu einem Tisch in der Mitte des Saals. Wallys Stuhl knarrte bedenklich, als er sich zwischen Ana und Llama setzte. Zwar hatten sie nie zusammengearbeitet, aber Wally hatte das Ass aus Südamerika schon bei anderen Komiteeveranstaltungen kennengelernt. Wally fand, dass Llama immer ein bisschen wie eine Giraffe aussah mit seinem langen Hals und all dem, aber er hatte es nie angesprochen. »He, alles klar, Kumpel? Fröhliches Thanksgiving.«

»Hi«, sagte Llama und kaute auf etwas herum. Das war seltsam, denn die Kellner hatten noch nichts zu essen serviert. Nicht einmal etwas Brot stand auf dem Tisch.

Llama wirkte abgelenkt, und Wally fiel auf, dass er damit beschäftigt war, Lama am anderen Ende des Saals zu beobachten.

Wally drehte sich zu Ana um. »Und, wie geht es Kate?«

»Gut, denk ich mal. Sie ist froh, dass sie wieder in der Schule ist, aber es ist wahrscheinlich auch ein bisschen komisch. Ich glaube, dass sie uns vermisst. Diesen Kram hier vermisst sie natürlich nicht.« Dabei deutete sie auf das blaugrüne Banner der Vereinten Nationen, das über dem Tisch an der Stirnseite des Saals hing, an dem Lohengrin, Babel und ein paar andere saßen.

»Ja.« In den letzten Jahren hatte das Komitee für Wally gewaltig an Anziehungskraft eingebüßt. Irgendwie blieb er aber doch bei dem Verein, auch wenn er bessere Wege gefunden hatte, das Leben der Menschen zu verbessern, und zwar richtig. Außerdem waren die Partys ohne die alte Mannschaft nicht mehr wie früher.

Als hätte sie seine Gedanken gelesen, fragte Ana: »Hast du immer noch Kontakt zu DB?«

»Klar.« Sie waren zusammen in den Krieg gezogen, Wally und der Rock Star. Zweimal sogar. Sie hatten eine Menge zusammen durchgemacht.

Er sah sich im Saal um. Außer Ana war niemand von den Leuten da, die er besser kannte. Neben Kate und DB vermisste er Michelle, die noch immer in New Orleans war und der es anscheinend nicht gut ging. King Cobalt, sein erster Freund bei *American Hero*, war in Ägypten gestorben. Genau wie Simoon, die ziemlich nett zu ihm gewesen war.

Allerdings war sie nicht ganz tot, zumindest nicht immer. Bugsy und Simoon gingen zusammen, was Wally einfach nicht in den Kopf wollte. Er wusste nur, dass Bugsy inzwischen den Großteil seiner Zeit mit Cameo verbrachte, die dem Komitee vor einem Jahr in New Orleans beigetreten war, bevor sie ihren altmodischen Hut verloren hatte. Die beiden feierten ihr eigenes Thanksgiving.

Thanksgiving verbrachte man eigentlich mit der Familie. Aber mit welcher Familie? Seine Besuche daheim in Minnesota hinterließen bei ihm mehr und mehr ein Gefühl von Einsamkeit und Isolation. Er hatte geglaubt, mit dem Komitee eine Art Familie gefunden zu haben, und eine Zeit lang hatte das sogar gestimmt. Inzwischen fühlte er sich beim Komitee aber nicht mehr zu Hause. Deshalb hatte Wally versucht, anderen Familien zu helfen, auf eigene Faust, doch selbst das schien ihm nun wegzubrechen.

Als eine Reihe Kellner aus der Küche strömte, brach im Saal leiser Jubel aus. Sie brachten Truthahn, Hähnchen, Gans, Süßkartoffeln, Kartoffelpüree, Füllung, drei verschiedene Soßen, Preiselbeeren, Maisbrot, Spinatsalat, Obstsalat und Kürbis-, Pekannuss-, Apfel- und Kirsch-Pie. Sie trugen sogar einen »Turducken« heraus, einen Braten aus dreierlei Geflügel. Wally hätte nicht gewusst, was das war, hätte er Holy Roller und Toad Man nicht einmal über das Thema streiten hören, bevor der dicke Prediger das Komitee verlassen hatte, um in seine Kirche in Mississippi zurückzukehren. Wally vermisste ihn.

Er konnte sich nicht vorstellen, wer das alles essen sollte. Und da musste er an Lucien, seinen kleinen Brieffreund denken. Auf einem der Tische im Stellar stand wahrscheinlich mehr Essen, als Luciens Familie in einem Monat zu Gesicht bekam.

»Du wirkst mürrisch«, sagte Ana.

»Ich schätze mal, dass mir einfach nur ein paar Leute fehlen.«

»Ja«, sagte sie.

»Ich habe so Brieffreunde, weißt du. Das ist gekommen, weil sie einmal spätnachts während einem Frankie-Yankovic-Marathon so eine Werbung gebracht haben. Du weißt schon, für eine dieser Einrichtungen, wo man ein paar Dollars hinschickt, um irgendwo auf der Welt einem Kind zu helfen?«

Ana lächelte. Sie nahm sich eine Keule von dem Teller in der Mitte des Tischs. »Das ist toll, Rusty.«

»Nun, ich habe gleich mehrere bekommen. Aber dieser eine Steppke, er heißt Lucien, er und ich sind richtig gute Freunde geworden, wir schreiben uns Briefe hin und her. Aber in seinem letzten Brief stand …«

Babel klopfte mit einem Buttermesser gegen ihr Weinglas, sodass es durch den Saal hallte.

Lohengrin erhob sich. Er wartete, bis es ruhig wurde. Nur der Lärm aus der Küche brandete immer wieder herein, wenn die Kellner durch die Schwingtüren hinaus- oder hineingingen.

»Ja, ja. Willkommen. Meine Freunde, wir sind das Komitee für außerordentliche Interventionen der Vereinten Nationen.«

Höflicher Applaus.

»Heute versammeln wir uns, um unsere Errungenschaften zu feiern und uns dankbar für die Chancen zu zeigen, die sich uns bieten. Und auch die Welt hat seit unserer Gründung einigen Grund, dankbar zu sein, nicht?« Er lachte und ließ dabei tatsächlich ein Hohoho hören. Wie der Nikolaus, wenn dieser eine magische Rüstung tragen würde. Bevor er Lohengrin begegnet war, hatte Wally niemanden gekannt, der ernsthaft so lachte.

Sollten Lucien und seine Familie Grund zur Dankbarkeit haben, dann bestimmt nicht wegen des Komitees. Rusty hatte vielmehr den Eindruck, dass er in den letzten Jahren lediglich das Leben von Luciens Familie verbessert hatte, aber sonst von niemandem. Damit konnte er aber nicht einmal ansatzweise wiedergutmachen, was er und DB im Irak getan hatten.

Das deutsche Ass laberte in einem fort und spickte seine Rede mit Anspielungen auf »meine Vorgänger«, als hätte es eine besondere Übergabezeremonie gegeben, als er die Macht über das Komitee übernommen hatte. Dabei wusste jeder, dass sich John Fortune still und rasch zurückgezogen hatte, nachdem er zum zweiten Mal ein Normalo geworden war. Gerüchteweise reiste er um die Welt, allerdings wusste niemand zu sagen, zu welchem Zweck er das tat.

Doch als er über John Fortune und seine Reisen nachdachte, kam Wally eine Idee.

Jackson Square
New Orleans, Louisiana

Auf dem Jackson Square herrschte eine hässliche Stimmung.
Die drei Türme der St. Louis Cathedral funkelten im Scheinwerferlicht, nicht weit davon entfernt schwenkte Andrew Jackson auf seinem sich aufbäumenden Pferd den Hut. So weit war
noch alles normal, aber als Jerusha näher kam, bemerkte sie,
dass mit der Menschenmenge vor ihr etwas... nicht stimmte.
Der Geruch von Tod umwaberte sie, und ihre Gesichter waren
steif und zeigten keine Reaktionen.

Zombies.

Es waren Dutzende, mehr als Hoodoo Mama seit Langem
hatte auferstehen lassen. Wenigstens waren an Thanksgiving
nicht viele Leute auf dem Jackson Square unterwegs. Dennoch
trieben sich noch Schaulustige herum, die aus sicherem Abstand zusahen. Genug, um Jerusha nervös werden zu lassen.

Joey und Juliet standen neben dem Holzprovisorium, das
Bubbles wie einen »Schrein« einschloss. Zwischen den Brettern
steckten Bänder und von Hand geschriebene Dankschreiben.
Aus dem weißen Stoff, der Michelle bedeckte, kamen mächtige Schläuche heraus, mit denen ihr Körper versorgt wurde.
Dieser war so tief in den Boden eingesunken, dass man Pumpen hatte installieren müssen, damit sich die Vertiefung nicht
mit Regenwasser füllte. Jerusha hörte Joey in die Nacht hinein-
rufen: »Scheiß auf die. Verdammte Blutsauger. Erst haben sie
ihr alles Geld gestohlen, und jetzt wollen diese Scheißtypen sie
auch noch umbringen? Scheiß drauf!«

Ink stand neben Joey und hatte einen Arm um sie gelegt. Sie sprach so leise, dass Jerusha sie nicht hören konnte. Doch was immer sie sagte, es passte Joey nicht. Ihre Zombies murmelten und stöhnten. »Ich lasse nicht zu, dass dieser Wichser von Vater und ihre Mutterschlampe Michelle schon wieder verscheißern. Das lasse ich nicht zu.« Ihre Lippen waren schmal, und ihr dünnes Gesicht wirkte hart. Sie fuhr sich mit der Hand durchs verfilzte braune Haar, sodass die rote Strähne zerzaust wurde. »Ich mache beschissenes Kleinholz aus den beiden, Mann, das schwöre ich.«

»Ink, Joey«, sagte Jerusha laut, während sie einen Bogen um die Zombies machte. »Hört mal, ihr könnt nicht…«

Als Martinshörner das laute Heulen der Pumpen übertönten, die an Michelles Schläuche angeschlossen waren, hielt sie inne. Über die Decatur Street schwenkte eine kleine Autokolonne auf den Platz und hielt auf der anderen Seite von Bubbles' Schrein neben einem grauen Stromkasten an. Jerusha steckte eine Hand zwischen die offenen Reißverschluss des Beutels an ihrer Hüfte und tastete nach den Samen darin.

Männer einer Spezialeinheit der Polizei von New Orleans sprangen aus dem ersten von drei schwarzen Bussen. Ihre Gesichter waren von Schutzhelmen verdeckt, und sie hatten Gewehre. Ira und Sharon LaFleur stiegen aus einer Limousine und wurden von einer weiteren Phalanx Polizisten flankiert.

Jerusha hatte sie sich immer als Schurken, als Ungeheuer vorgestellt, die ihrem Kind Geld stahlen. Sie rechnete damit, dass ihnen ihre Vergehen auf die Stirn geschrieben standen, aber so war es nicht. Ira hatte schütteres Haar und Übergewicht, er wirkte untersetzt und belanglos. Sharons Gesicht dagegen war ausgezehrt und schmal, aber sie hatte die Züge eines Models. So würde Bubbles vielleicht einmal in einem Vierteljahrhundert aussehen. Die beiden sahen ganz gewöhnlich aus.

»*Scheißkerle!*«, kreischte Hoodoo Mama, und ihre Zombies

heulten mit ihr. Ink hatte Joey mit beiden Armen umfasst und hielt sie verzweifelt zurück. Joey zeigte auf die LaFleurs. »Ihr elenden Wichser! Kommt ihr bloß nicht näher, habt ihr mich verstanden?«

Sharon hielt sich die Hand vor den Mund und sah zu ihnen herüber. Die Zombies setzten sich schwankend in Bewegung, sodass die Polizisten unruhig wurden, ihre Waffen hoben und entsicherten. »Joey, das kannst du nicht tun!«, rief Jerusha.

Joey schüttelte den Kopf. »Wenn ihr sie umbringt«, brüllte sie die LaFleurs an, »dann lasse ich sie wieder auferstehen. Dann ist sie der größte Scheißzombie auf der ganzen gottverdammten Welt. Hört ihr, ihr Arschgeigen?«

Ira LaFleur nickte den Polizisten zu, die dem grauen Kasten am nächsten standen. Eine der Klappen des Kastens stand inzwischen offen. Plötzlich verstummte das tiefe Summen der Pumpen, die Bubbles versorgten. Die Stille war schlimmer, als es jedes Geräusch hätte sein können.

Die Zombies kreischten wie auf ein Kommando. Dann stürmten sie vorwärts.

»Verdammt.« Jerusha zog ihre Hand aus dem Beutel. Ihre Faust war voller Samen, die sie in hohem Bogen von sich schleuderte. Sobald die Samen auf dem Boden landeten, schlängelte sich ein ganzer Teppich aus Ranken aus dem Pflaster des Jackson Square hervor. Kudzu. Jerusha lenkte das Wachstum der Pflanzen kraft ihrer Gedanken, ließ die Ranken um die Beine, Rümpfe und Arme der Zombies winden, sodass sie von grünen Ketten gefesselt waren. Auch um Joey und Ink ließ sie sie wachsen. Hoodoo Mama starrte sie finster an und fluchte bestialisch.

Die Polizisten der Spezialeinheit zogen sich in ihre Mannschaftswagen zurück und scheuchten die LaFleurs ins Innere der Limousine. Das Martinshorn heulte auf, und die Fahrzeuge stießen rückwärts auf die Straße und rauschten davon.

»Haltet sie auf!«, kreischte Joey, dass ihr der Speichel aus dem Mund spritzte. »Verdammt noch mal, Gardener, du bist genauso ein Arsch wie die. Genau wie die. Du lässt zu, dass sie sie umbringen.«

Darauf hatte Jerusha keine Antwort. »Tut mir leid«, sagte sie.

»Scheiß auf ›tut mir leid‹«, sagte Hoodoo Mama. »Leck mich, du Fotze. Kannst bloß hoffen, dass Bubbles nicht stirbt. Denn wenn sie stirbt, bist du als Nächste dran.«

Stellar
Manhattan, New York

Nach dem Essen – nachdem das Klappern des Silberbestecks und der chaotische Chor aus Rülpsern und zufriedenen *Mmmmms* abgeebbt war, nachdem die letzten Stücke des Kürbiskuchens weggeräumt worden (Wally hatte zwei Portionen davon gegessen) und die meisten Unterhaltungen zu einem gedämpften Murmeln abgeflaut waren, weil alle in Verdauungsstarre verfallen waren – entschuldigte sich Wally und ging zu Lohengrins Tisch.

Klaus unterhielt sich gerade angeregt mit Babel, als Wally scheppernd näher kam. Anscheinend sprachen sie über etwas ziemlich Wichtiges, denn sie brauchten ein paar Sekunden, bis sie Wally bemerkten. Er schnappte Dinge wie New Orleans, Sudan und das Kalifat auf, bevor sie innehielten und ihn ansahen.

Babel grinste. »Frohes Thanksgiving, Rustbelt.«

Wally sagte: »Danke. Ähm, dir auch.« Er kannte sie nicht gut, aber sie bereitete ihm ein unbehagliches Gefühl. Er konnte nicht vergessen, wie sie DB bloßgestellt hatte, als der sich vom Komitee losgesagt hatte, und er fragte sich, ob sie mit ihm genauso verfahren würde, weil er mit DB befreundet war.

Lohengrin gähnte. Zwei leere Weinflaschen schwankten auf dem Tisch, als er die Beine ausstreckte. Mit einer Handbewegung bot er Wally einen Platz an. »Ein schönes Festmahl, ja?«

»Oh, das kannst du laut sagen«, sagte Wally und nahm sich einen Stuhl. »Ich mag Süßkartoffeln mit Marshmallows drauf. Echt lecker.«

Er nickte und tätschelte sich den Bauch. Das Klirren von Eisen auf Eisen wurde von seinem Kummerbund nur wenig gedämpft.

»Hey, ich hab da mal 'ne Frage.«

Lohengrin setzte sich etwas aufrechter hin. »Was hast du für ein Anliegen, mein mächtiger Freund?«

»Nun, also, ich habe mich gefragt, ob wir in nächster Zeit vielleicht mal was in Afrika unternehmen. Ich meine, du weißt schon, vom Komitee aus.«

Babel schlug den Ton an, den die Leute Wally gegenüber so oft anschlugen. Jenen Ton, der nur allzu deutlich zeigte, wie hoch sie seine geistigen Fähigkeiten einschätzten. »Nun, Rustbelt, die Lage ist sehr kompliziert. Nachdem sich das Komitee in New Orleans mit Noel Matthews eingelassen hat, ist unsere Beziehung zu Tom Weathers, beziehungsweise zu den Nshombos, ziemlich heikel.«

»Oh, klar. Klar. Aber das alles habe ich gar nicht gemeint. Es ist nur so, verstehst du, dass ich dort einen Brieffreund habe. Mein Freund Lucien. Er und seine Familie leben da irgendwo im Kongo.«

Babel zog eine Braue nach oben. »Brieffreund?«

»Ich bin sein Sponsor. Ich schicke jeden Monat ein paar Dollars hin, damit zahlen sie ihm Schule, Arznei und so Kram.«

»Ah.« Lohengrin nickte. Edle Taten fand er gut.

»Wie auch immer, sein letzter Brief hat mir irgendwie Sorgen gemacht. Er war total aufgeregt, weil man ihn ausgewählt hat, dass er eine ganz neue Schule besuchen soll. Aber er meinte, dass die Soldaten, die ihn ausgesucht haben, ihm gesagt hätten, dass es ihm nicht mehr erlaubt wäre, mir zu schreiben. Und als Schwester Julie – Schwester Julie ist 'ne Nonne in seinem Dorf, wisst ihr –, als die versucht hat, sie aufzuhalten, als sie das letzte Mal ein paar Kinder mitnehmen wollten, nun, da haben sie ihr wehgetan. Da habe ich gedacht, für mich hört sich das nicht okay an. Ich meine, welche beknackte Schule hat

Soldaten? Deshalb dachte ich mir, dass du mich vielleicht mit dem nächsten Auftrag in den Kongo schicken könntest, damit ich mal nach dem Rechten sehe.«

Babel sagte: »Ich glaube, das ist keine gute Idee, Rustbelt. Niemand kann sagen, wie Weathers und das PPA reagieren würden, wenn sie Grund zu der Annahme hätten, dass das Komitee in ihr Gebiet eindringt.«

»Aber das würde ich ja gar nicht, nicht richtig. Ich würde ja nur Lucien besuchen und mich vergewissern, dass es dem kleinen Kerl gut geht.«

Wieder dieser Ton. »Ja, sicher. Du weißt das, und wir wissen das, aber die Nshombos würden das nie glauben. Und seien wir mal ehrlich: Du bist nicht gerade unauffällig. Sie würden erfahren, dass du dort warst. Und daraus würden sie schließen, dass es um Komiteeangelegenheiten geht.«

Wieder gähnte Lohengrin. »Frau Baden hat recht, die Lage ist kompliziert. Bei den Nshombos müssen wir aufpassen.«

Wally sackte auf seinem Stuhl zusammen.

»Aber«, fuhr Lohengrin fort und legte Wally dabei feierlich eine Hand auf die Schulter, »dein Anliegen ist nur recht und billig. Ich verspreche dir zu tun, was ich kann, um deinem verschollenen Freund zu helfen.«

»Mensch, wow. Das ist klasse, Lohengrin.« Wally sprang förmlich auf und grinste. Das Komitee würde ihm helfen, Lucien zu finden! »Kann's kaum erwarten.«

»Ja. Ich glaube, wenn ich ihn frage, wird Jayewardene über die diplomatischen Kanäle vorsichtige Anfragen rausgeben.«

Anfragen? Oh. Wally versuchte, seine Enttäuschung zu verbergen. »Gut. Das wird 'ne Menge helfen, bestimmt. Ich bin jedenfalls echt dankbar.«

Er kehrte an seinen Tisch zurück, wo er allerdings nur lange genug blieb, um Ana eine gute Nacht zu wünschen. Llama war schon gegangen. Als Wally unten auf die Straße trat, war ihm nicht nach Taxi zumute, weshalb er zu Fuß den Weg nach Jokertown einschlug.

Der Gehweg war von einer dünnen Schneeschicht bedeckt. Wie große Baumwollflocken schwebte er langsam zu Boden. In den Wolken und im Schnee spiegelten sich die Lichter der Stadt in all ihren Farben, und alles sah aus wie Christbaumschmuck.

Zu Hause hatten Wally und sein Bruder Pete in den Weihnachtsferien immer Schneeburgen gebaut. Auch an zahllose Wintermorgen konnte er sich erinnern, an denen sie sich, während sie auf den Schulbus warteten, Schneeballschlachten geliefert hatten. Diese Dinge hatte Lucien gern gehört, denn für ihn war Schnee das weiße Zeug auf den fernen Bergen. Insgeheim hatte Wally gehofft, dass er den Jungen einmal in die Berge mitnehmen würde, um ihm den Schnee zu zeigen.

Lohengrin und Babel hatten sich jedoch ziemlich klar ausgedrückt. Wenn er nach Afrika wollte, musste er das auf eigene Faust tun.

Das Haus der Winslows
Boston, Massachusetts

Sie ließen den Abend mit ein paar Partien Bridge und einer weiteren Runde Pie ausklingen, bevor sie sich in Niobes früheres Schlafzimmer zurückzogen, was Niobe peinlich war, Noel aber entzückend fand. Er begutachtete ihr Bücherregal, das mit Kinderbüchern aus dem späten viktorianischen Zeitalter und dem frühen zwanzigsten Jahrhundert gefüllt war – *The Birds' Christmas Carol, Der geheime Garten, Sara, Die kleine Prinzessin, Der kleine Lord*. Er stöberte im Schrank und entdeckte (aufs oberste Fach verbannt) eine Sammlung Plüschtiere. Er wählte ein paar besondere Exemplare aus, um sie mit nach New York zu nehmen. *Für unser Baby*, dachte er, aber keiner von ihnen sprach es aus. Es war der vierte Versuch, und sie waren beide zu abergläubisch, um, indem sie es aussprachen, eine weitere Fehlgeburt zu beschreien.

Noel las aus dem *Kleinen Lord* vor, bis Niobe die Augenlider herabsanken und ihr Atem ruhiger wurde. »Er hatte eine grausame Zunge und ein bitteres Wesen, und es bereitete ihm Vergnügen, andere höhnisch zu belächeln und ihnen Unbehagen zu bereiten…« Noels Stimme brach ab. Langsam zog er den Arm unter ihr hervor, knipste das Licht aus und legte sich hin.

Es brauchte lange, bis er Schlaf fand, denn im Kopf ging er immer wieder das Gespräch mit Siraj durch und rätselte, was es zu bedeuten hatte.

Rustys Hotelzimmer
Jokertown
Manhattan, New York

»Ähm, hi? DB?«

Der Hörer verzerrte die Geräusche einer rauschenden Party und spuckte ein dumpfes Dröhnen aus. »Was? Wer ist da?«

»Ich bin's. Wally.«

Langes Schweigen. »Ollie?« DB klang abgelenkt. Dann rief er, durchs Telefon nur gedämpft zu hören: »He! Überlasst mir den Arsch!« Darauf folgte hohes, glockenhelles Gelächter. Wally hatte online nachgeschaut: In Mumbai war es jetzt kurz nach elf.

»Nein, Wally. Du weißt doch, Rustbelt?«

Wieder Schweigen. Dann: »Rusty! Meine Fresse, wie geht's dir? Schön, dich zu hören. He, Leute, es ist Rusty!«

Das löste ein vielstimmiges Johlen bei den anderen Mitgliedern von *Joker Plague* aus, die Wally Grüße zuriefen.

»Euch auch einen schönen Abend, Kumpels. Sieh mal, ich habe mich gefragt ...«

»Brauchst du Tickets für die Show? Kein Ding! Du hast einen lebenslangen Backstageausweis, das weißt du.« Irgendetwas zerbrach, worauf die Groupies wieder lachten. Bottom rief etwas, das Rusty nicht verstand. »Halt mal. Bist du in Indien?«

»Was? Nein. Aber ich habe mich gefragt, weil eure Tour doch bald zu Ende geht ...«

»... ja, noch einen Monat, dann sind wir wieder zurück in den Staaten. Verdammte Scheiße, S'Live, ich hab dir gesagt, du sollst es lassen ...«

»…ob du vielleicht in den Kongo gehen willst…«

»…Bongos? Wir machen eigentlich keine Weltmusik…«

»…Nein, ich sagte Kongo, wie das Land und der Fluss…«

»…Blues? Ja, der geht mir auch auf den Sack. Mann, was ist das? He, Rusty, ich muss auflegen, hier riecht's nach Rauch. Pass auf dich auf, Junge!« Klick.

Hm, Mist. Wenn ihn überhaupt jemand auf eine Reise nach Afrika begleiten würde, dann wäre es Drummer Boy, hatte Wally angenommen. Schließlich waren sie mehr als einmal gemeinsam in den Kampf gezogen. Doch anscheinend war DB mit seinem alten Leben beschäftigt.

Wally dachte an die anderen Leute, die er kannte. Kate war wirklich nett, aber nach dem, was Ana über sie erzählte, hatte sie wohl genug vom Herumreisen. Ana hätte er auch gefragt, die hatte ihm allerdings schon gesteckt, dass das Komitee sie nach China schicken wollte. Die dortige Regierung hatte ausdrücklich nach Ana verlangt, die beim Bau einiger Dämme helfen sollte.

Er spielte mit dem Gedanken, Jamal Norwood anzurufen. In seiner Zeit bei SCARE hatte er vermutlich einiges darüber gelernt, wie man verschollene Personen aufspürte. Außerdem war er ein zäher Hund, und Wally hatte etwas gut bei ihm wegen der Dinge, die er bei *American Hero* über ihn gesagt hatte. Aber Jamal würde sich nie dazu bereit erklären, ihm zu helfen. Außerdem wollte Wally nicht mit jemandem unterwegs sein, der ihn so sehr verabscheute. Selbst er wusste, wann er mit einem unangenehmen Gespräch zu rechnen hatte.

Noch ein Name fiel ihm ein: Jerusha Carter. Gardeners Assfähigkeit konnte für eine Reise durch Afrika nicht besser geeignet sein. Sie war in jeder Hinsicht perfekt für den Trip. Er kannte sie sogar ein bisschen.

Er musste ein wenig bei anderen Komiteemitgliedern herumtelefonieren, um Jerushas Handynummer in Erfahrung zu bringen. Wally setzte sich auf das Bett in seinem Hotelzimmer.

Die Matratze ächzte. Irgendwo, ein paar Staaten weiter, klingelte ein Handy.

»Hallo?« Eine müde, vor Erschöpfung undeutliche Stimme meldete sich. Im Hintergrund war eine Art Chor zu hören, der leise eine Hymne anstimmte. Nicht wie in der Kirche, sondern eher wie bei einer Mahnwache.

»Ähm, hi. Jerusha?«

»Ja.« Ihre Stimme wurde leiser, und die Hintergrundgeräusche wurden lauter, als würde sie das Handy von sich weghalten, um die Nummer auf dem Display zu lesen. »Wer ist da?«

»Ich bin's, Wally. Gunderson. Du weißt doch, Rustbelt? Wir haben zusammengearbeitet, als das Komitee uns nach Timor geschickt hat.«

»Oh, *Wally*. Hab mir doch gedacht, dass ich die Stimme kenne.« Sie machte eine Pause. »Was gibt's?«

»Ich habe mich gefragt – ähm, geht's dir gut? Du hörst dich total müde an. Ist jetzt nicht bös gemeint oder so.«

»Äh… die letzten paar Tage hier waren hart. Hast du von Michelle gehört? Ihren Eltern?«

»Ja. Eine schlimme Sache.« Der Gedanke an Bubbles, die so hilflos und der Gnade anderer ausgesetzt war, rief ihm Lucien ins Gedächtnis, und aufs Neue erfasste ihn leichte Panik.

»Total schlimm«, seufzte Jerusha laut. »Sei's drum: Was los?«

Wally wusste nicht, wie er es am besten zur Sprache bringen sollte, deshalb platzte er einfach damit heraus: »Willst du mit mir nach Afrika?«

»Warum schickt Lohengrin dich nach Afrika?«

»Tut er nicht«, sagte Wally.

Wieder entstand eine Pause. »Hä?«

Wally erklärte ihr die Situation.

»Also… du willst, dass ich mit dir ins PPA gehe und dir helfe, deinen Brieffreund zu finden?«

»Ja. Das heißt nein. Ich meine, ich wollte erst mal in den Kongo, wo Lucien herkommt.«

Jerusha sagte: »Der liegt *im* PPA.«

»Oh.«

»Ach, Wally …« Wally kannte diesen Tonfall. Es war der Tonfall vom jemandem, der gerade seinen Kopf in den Händen vergrub. »Sag mal, warum hast du mich gefragt?«

Ups. »Nun, du bist echt schlau. Und du kennst dich mit Dschungeln aus und so. Und du bist, ähm …«

»Ich bin was?«

»Schwarz.«

»Aha.« Ihr Ton war jetzt ein wenig schwieriger zu deuten. Vielleicht hätte er das nicht sagen sollen. »Schau mal, das ist echt total lieb von dir. Aber ich glaube, dass du dir zu viel vornimmst. Selbst für einen Eisenmann. Außerdem habe ich hier unten alle Hände voll zu tun.«

»Und was, wenn ich kommen und dir helfen würde?«

»Das ist nett von dir, aber das würde an meiner Antwort nichts ändern.«

»Oh.«

»Sorry, Wally. Tu nichts Unüberlegtes, okay?«

»Darauf kannst du dich verlassen.«

Wally starrte an die Decke. *Der liegt im PPA.* Den Zusammenhang hatte er zuvor noch nicht hergestellt. Er wusste ein wenig über das PPA. Der ganze Mist dort unten in New Orleans mit Bubbles und all dem hing mit dem PPA zusammen, so viel wusste er. Doch bevor sie es gesagt hatte, war ihm die Verbindung zwischen Tom Weathers, Dr. Nshombo, dem PPA und Luciens Kongo nicht bewusst gewesen.

Umso mehr Grund, nach Afrika zu gehen, und je eher, desto besser. Umso mehr Grund, einen Reisegefährten zu finden. Doch je länger er darüber nachdachte, desto mehr erschien ihm Jerusha als die beste Wahl.

Freitag, 27. November

Im Haus der Winslows
Boston, Massachusetts

Ein Vermächtnis seiner früheren Profession war, dass Noel nicht in der Lage war, tiefer als nur dösend zu schlafen. Deshalb erwachte er, als sich die Matratze bewegte und Niobe aufstand. An den Rändern der blauen Samtvorhänge sickerte das Licht einer kalten grauen Dämmerung herein, und Noel hörte, wie Schnee gegen die Fensterscheibe rieselte. Er verkroch sich tiefer unter der Daunendecke und war gerade dabei, wieder einzuschlafen, als er aus dem Bad ein leises verängstigtes Wimmern hörte. Sofort sprang er aus dem Bett. »Niobe!«

Im selben Augenblick rief sie ihn. »Noel!« Das Entsetzen in ihrer Stimme zog ihm das Herz zusammen.

Er rannte ins Bad, sodass ihm die Beine seines Pyjamas gegen die Knöchel peitschten. Sie saß auf der Toilette und hatte die Arme um ihren Bauch geschlungen. Er sank vor ihr auf die Knie.

»Ich habe Krämpfe.«

»Schlimm?«, fragte er.

»Nicht so schlimm wie beim letzten Mal«, erwiderte sie mit weißen Lippen.

Seltsamerweise starrte sie dabei auf die Kante zwischen

Badewanne und Bodenfliesen und nicht auf ihn. Plötzlich kam Noel die Erinnerung an den felsigen Strand einer fernen schottischen Insel, auf dem sie gestanden hatten. Damals hatte sie ihm erzählt, wie sie versucht hatte, sich das Schandmal ihres Jokerseins abzuschneiden, um die Liebe ihrer Eltern wiederzuerlangen. Er betrachtete die dicken weißen Narben, die sich um ihren Schwanz wanden. Im Bad ihrer Eltern war sie beinahe verblutet. Noel wurde bewusst, dass es dieses Bad war. *Und diese Schlampe hat uns hier einquartiert.* Wieder zitterte er vor Verlangen, seine Schwiegermutter zu töten. »Ich bring dich in die Klinik.«

»Wir können nicht einfach weggehen«, rief Niobe ihm hinterher, als er zurück ins Schlafzimmer hastete. »Die werden stinksauer sein.«

»Das wollen wir mal sehen. Scheiß auf die.«

Noel kramte ihren langen, pelzbesetzten Veloursmantel und seinen eigenen Mantel aus dem Schrank. Damit ging er wieder zu Niobe, streifte ihr Pantoffeln über die Füße und steckte sie in ihren Mantel. Die Kapuze rahmte ihr Gesicht ein, sodass sie aussah wie eine russische Ikone. Er schlüpfte in seine eigenen Pantoffeln und führte sie zurück ins Schlafzimmer.

Dann zog er die Gardinen zurück, um den Sonnenaufgang zu beobachten. *Komm schon, komm schon!* Sie durften nicht noch eines verlieren, Niobe konnte nicht mehr. Und er war sich nicht sicher, wie lange er es noch aushalten würde.

Es dauerte noch vier Minuten, bis er sich in Bahir verwandeln konnte. Der Pyjama spannte ihm im Schritt, und der Mantel straffte sich über seiner breiten Brust, aber das war egal. Sobald sie erst einmal in der Jokertown Clinic wären, würde er sich wieder zurückverwandeln.

Jackson Square
New Orleans, Louisiana

Michelle schlug die Augen auf.

Juliet, Joey, ihre Mutter und ihr Vater und ein paar Leute in Krankenhauskitteln standen um sie herum. Ihre Kehle war rau, als hätte sie eine Entzündung im Hals. Sie wollte etwas sagen, hatte aber keine Stimme.

»Sie lebt!«, sagte Juliet.

»Woher wollen Sie das wissen?«, blaffte Michelles Mutter sie an.

»Es könnte eine Reaktion darauf sein, dass der Versorgungsschlauch gekappt wurde«, sagte die Frau im babyblauen Arztkittel.

Michelle wollte sich umsehen, konnte den Kopf aber kaum bewegen. Hinter ihrer Mutter stand ein Tisch voller Blumen und Kerzen. Auch auf dem Boden rund um den Tisch standen lauter gekaufte Blumensträuße. Sie sah nach oben. Die Decke bestand aus unbehandeltem Sperrholz und hatte Wasserflecken.

Gegenüber von ihr hing ein Fernseher an der Wand, doch jemand hatte den Ton abgestellt. Es lief ein Nachrichtenkanal, und über das Band am unteren Bildschirmrand liefen Meldungen. Sie schnappte das Ende einer Geschichte auf: »...der zuletzt aus der dritten Staffel von *American Hero* hinausgewählte Kandidat ist...«

Sie blinzelte. Es konnte sich unmöglich um die dritte Staffel handeln. Sie waren doch noch nicht einmal mit der zweiten durch. Sie sollte doch einen Gastauftritt in der zweiten Staffel machen.

Sie sah an sich hinab.

Sie war riesig. Größer als riesig. Enorm. Größer. Gigantisch. Gab es noch etwas Größeres als gigantisch? Sie sah überhaupt nicht mehr aus wie eine junge Frau. Sie hatten sie mit etwas zugedeckt. Vielleicht mit einem Fallschirm? Sie spürte die Speckwülste, durch die ein Zittern lief. Es war unmöglich, so dick konnte man gar nicht sein.

Da fiel es ihr wieder ein. Eine durch die Luft schwirrende goldene Halskette. Drake, der sich an die Brust fasste. Sein Blick. Seine Augen weiß und glühend. Sie hatte ihn umarmt und…

Nein. Nein. Nein. Nein. NEIN!

Blythe van Renssaeler
Memorial Clinic, Jokertown
Manhattan, New York

Dunkelheit und Kälte währten nur einen Sekundenbruchteil,
und dann standen sie vor der Notaufnahme der Jokertown
Clinic. Noel befahl seinem Körper, sich wieder in seine normale Form zurückzuverwandeln. Das fühlte sich an, als krabbelten seine Muskeln über seine Knochen, und die Knochen
selbst taten ihm auch weh, als er wieder normale Größe annahm.

Niobe war schon hineingegangen und sprach mit dem Joker
an der Anmeldung. Früh um sieben war es relativ ruhig in der
Klinik. Lediglich in einer Ecke ratzte ein Saufbruder, und eine
Jokermama umklammerte ihren vierjährigen Sohn, der abwechselnd schluchzte und fürchterlich hustete.

Niobe starrte den Jungen mit blankem Neid in den grünen
Augen an. Anders als seine Mutter war er vollkommen normal.
Wegen des grünen Rotzes, der ihm an der Oberlippe klebte,
fand Noel den Anblick des krebsroten Gesichts unangenehmer
als den der Mutter.

Der Joker an der Anmeldung telefonierte, und Niobe setzte
sich auf die Stühle und wartete. Im Fernseher, der an der Wand
hing, lief der Nachrichtensender MSNBC. Die Überschrift er-
regte Noels Aufmerksamkeit: DER SUDD. Die Hubschrauber-
aufnahme einer riesigen Fläche aus Schilf und Wasser wurde
gezeigt. Auf einigen Flecken festen Bodens, die wie die Rücken
prähistorischer Wassertiere aus dem Sumpf herausragten,
qualmten zerstörte Panzer. Leichen, die aus dieser Höhe wie

Puppen wirkten, trieben in Tümpeln oder netzten mit ihrem Blut den Boden.

Noel las die Untertitel. *Die sudanesische Regierung hat für eine Vereinigung mit dem Kalifat gestimmt. Darauf warf der Staatschef des People's Paradise of Africa, Dr. Nshombo, dem Sudan einen Völkermord an den nicht muslimischen, farbigen Stämmen des Südens vor. Er marschierte im Sudan ein, um diese zu schützen. Offensichtlich kam es zu einer bedeutenden Schlacht zwischen dem PPA und den Streitkräften des Kalifats.*

Noel riss sich von dem verführerischen Flimmerkasten los. Das war nicht sein Problem. Mit den politischen Spielchen der globalen Bühne hatte er nichts mehr zu tun. Er wünschte beiden die Pocken an den Hals.

Allerdings konnte man Prinz Siraj unmöglich mit dem Geisteskranken vergleichen, der die Armeen des PPA anführte. Siraj war ein gerissener Politiker, der nur tötete, wenn es sinnvoll war. Dr. Nshombo dagegen war ein kalter Mörder aus Ideologie. Und Tom Weathers war einfach nur ein Mörder. *Und sie alle hassen dich. Warum sorgst du nicht dafür, dass wenigstens einer von ihnen von der Bildfläche verschwindet? Dass Siraj nicht mehr dein Feind ist, sondern zu deinem Verbündeten wird? Schließlich wart ihr einmal enge Freunde.*

Weil ich nicht weiß, ob ich ihm jetzt noch vertrauen kann. Die Jungen aus Cambridge sind tot, erwiderte Noel jenem Teil von sich, der manchmal den Kick des Spiels und das Gefühl vermisste, einer höheren Sache zu dienen.

Fünfzehn Minuten später polterte der Zentaurarzt durch die Tür. Dr. Finn nahm Niobes Handgelenk und fühlte ihr den Puls. »Schlimmer oder besser?«

»Besser«, sagte sie.

»Das ist gut.«

»Wenn… wenn etwas schiefgehen sollte… Ich werde es nicht noch einmal probieren. Ich kann nicht zusehen, wie ein weiteres meiner Kinder stirbt.«

Niobe meinte damit nicht nur die Fehlgeburten. Sie dachte dabei auch an Hunderte »Kinder«, die sie mit ihrer Assfähigkeit zur Welt gebracht hatte. Ihr »Schwanz« war in Wahrheit ein Legeapparat. Minuten nachdem sie Sex hatte, bewegten sich zwischen zwei und fünf Eier ihren Schwanz entlang und wurden gelegt, und ihnen entschlüpften winzige Kinder. Für gewöhnlich waren sie Asse, und ihre Kräfte hatten anscheinend etwas mit Niobes momentanen Bedürfnissen zu tun.

Diesen Kindern war es vor allem zu verdanken, dass sie aus einer geschlossenen Einrichtung fliehen und dem Jungen hatte helfen können, dessen nukleare Assfähigkeit für alle eine Gefahr darstellte. Allerdings lebten diese Kinder nur ein paar Stunden oder Tage. Ihre Wohnungen waren voll mit den Fotos dieser Kinder, und Niobe trauerte noch immer um jedes von ihnen. Die letzten vier hatte sie zusammen mit Noel gehabt, und um die trauerte auch er.

Einer der Gründe, weshalb Niobe – oder Genetrix, wie man sie im BICC genannt hatte – zum Studienobjekt geworden war, lag in ihrer Fähigkeit, die Wahrscheinlichkeitsverhältnisse der Wild Card umzukehren. Statt neunzig Prozent Pikdamen zogen neunzig Prozent ihrer Brut Asse. Sie und Noel hatten gehofft, dass diese Wahrscheinlichkeit auch greifen würde, wenn sie versuchen würden, Kinder auf herkömmliche Weise zu zeugen.

Leider war das nicht der Fall gewesen.

Die Chancen, für ihr Baby eine Pikdame zu ziehen, waren bei ihnen genauso niederschmetternd hoch wie bei allen anderen Assen oder Paaren aus Jokern und Assen, die ein Kind wollten. Dazu kam, dass Noel ein Hermaphrodit und praktisch steril war, sodass Niobes Traum von Mutterschaft in noch weitere Ferne rückte ... bis sie bei der Jokertown Clinic gelandet waren, an der mehr Spezialisten auf dem Gebiet des Wild-Card-Virus arbeiteten als irgendwo sonst. Dr. Clara van Renssaeler hatte eine geniale Behandlungsmethode ersonnen, die ihr Gatte, Dr. Bradley Finn, nun anwandte.

Erst pumpte er Niobe mit Hormonen voll, damit ihre Eierstöcke mehrere Eizellen produzierten. Daraufhin hatte Finn den Kern eines Eis aus Niobes Legeapparat genommen und mit Noels nahezu unbeweglichem Sperma und einer richtigen Eizelle aus ihrem Bauch verbunden. Nach Noels Zählung hatten sie dreiundvierzig Zygoten verschlissen. Traurig anzusehende kleine Geschöpfe, die ihr Leben in Petrischalen begonnen und wieder ausgehaucht hatten, als sich herausstellte, dass sie eine Pikdame oder einen Joker gezogen hatten. Vier waren überlebensfähig gewesen, doch davon hatten sie drei durch Fehlgeburten verloren.

Und jetzt dieses Kind. Sie kannten sein Geschlecht – männlich. Sie wussten, dass er ein Ass werden würde. Finn hatte ihnen erklärt, dass sie aus dem Schneider wären, wenn sie die ersten sechzehn Wochen überstehen würden. Aber jetzt …

»Dann schauen wir uns das mal an.« Der Zentaur führte sie aus dem Wartesaal in ein Behandlungszimmer. Noel wartete direkt hinter den Trennvorhängen, während Finn und eine Arzthelferin Niobe untersuchten. Ein paar Augenblicke später klapperten die metallenen Vorhangringe, als Finn den Sichtschutz zur Seite schob.

Niobe strahlte.

»Alles gut«, sagte der Jokerarzt. »Bisher dreizehn Wochen. Wir werden den kleinen Kerl nicht verlieren.« Er betonte das wie einen Schwur.

Noel trat an das Bett heran und erstaunte, als Niobe seine Hand ergriff und ihn zu sich hinabzog. »Setz dich, bevor du umfällst«, sagte sie.

Da erst bemerkte Noel, dass ihm vor Erleichterung die Glieder weich geworden waren. »Woher kamen die Krämpfe?«

»Nur ein bisschen Luft im Bauch«, gab Finn zurück.

Niobe ließ den Kopf hängen und schien sich hinter ihrer kastanienbraunen Haarmähne verbergen zu wollen. »Tut mir leid.«

»Kein Problem. Ich kann verstehen, dass Sie bei jeder Kleinigkeit erschrecken«, sagte Finn.

»Können Sie uns das verübeln?«, blaffte Noel, und Niobe beruhigte ihn, indem sie ihm mit der Hand über den Arm strich.

»Nein, natürlich nicht. Nicht nach drei Fehlgeburten«, beschwichtigte ihn Finn. »Aber es sieht alles gut aus.«

Noel sah ins blasse Gesicht seiner Frau und nahm sie ungestüm in die Arme.

Finn räusperte sich. »Sie meinten zwar, dass Sie keine Medikamente einnehmen möchten, aber ich kann Ihnen ein schwaches Beruhigungsmittel verschreiben.«

Niobe schüttelte bereits den Kopf.

»Nur um es ein bisschen leichter zu machen.«

Das Kopfschütteln wurde bestimmter.

Finn seufzte. »Na schön.« Er klopfte Noel auf die Schulter. »Bringen Sie sie nach Hause und sorgen Sie dafür, dass es ihr gut geht, okay?«

Noel nickte und gestand sich ein, dass es ihr definitiv nicht gut gehen würde, wenn er nach Bagdad gehen würde.

Louis B. Armstrong
International Airport
New Orleans, Louisiana

Das Erste, was Wally auffiel, als er die Gangway hinunterging, war der Geruch.

New Orleans roch anders als Manhattan. Es roch nicht nach Abfall auf den Bürgersteigen und Lastwagenabgasen, sondern ganz leicht nach Erde und Wasser. Wegen der Luftfeuchtigkeit in Kombination mit den Gerüchen fühlte er sich an die Sommer in der Hütte am See daheim in Minnesota erinnert. Auch als er das erste Mal nach New Orleans gekommen war und Bubbles die Stadt gerettet hatte, war es so gewesen.

Der Gedanke an Michelle stimmte ihn traurig. Teils hatte er überhaupt nicht hierher zurückkehren wollen, und teils schämte er sich, dass er Michelle nicht besucht hatte.

Eine Stunde lang wartete er am Flughafen und sah den Leuten zu, die den Boden wachsten, bevor er Jerusha anrief. Er ging davon aus, dass sie nicht besonders glücklich über seinen Anruf sein würde, und schon gar nicht, wenn er sie damit aufweckte. War sie Frühaufsteherin? Mit ihr hatte er sich in Timor nie das Zelt geteilt, wie er es mit DB öfter getan hatte, deshalb hatte er keine Ahnung. DB hingegen schnarchte.

»Hallo?« Ihre Stimme klang nicht so heiser wie bei den meisten Leuten, wenn sie gerade vom Telefon geweckt wurden. *Puh.*

»Jerusha? Wally hier.«

»Oh, hey, Wally. Sieh mal, ich hoffe, dass du wegen gestern nicht sauer bist…«

»Nee, ich versteh schon. Ich bin damit ja auch aus heiterem Himmel herausgeplatzt.«

»Nun, ja. Ich bin froh, dass du das verstehst.«

»Klar. Aber hey, kann ich dir was zeigen? Das geht ganz schnell, versprochen.« Ein Stück weiter im Terminalgebäude ertönten mehrere kurze, laute Summtöne, bevor sich ächzend ein Gepäckband in Bewegung setzte.

Auch Jerusha hörte es. »Wo bist du denn?«

»Ich bin am Flughafen. Ich hab 'nen Flieger genommen.«

»Wally ...« Sie tat es schon wieder – sie legte den Kopf in die Hände. Er wusste es.

Er sagte: »Es dauert nicht lange.«

Ein Seufzen. Und dann: »Keine Ahnung, warum, aber ich habe gestern viel über deine Reise nachgedacht. Von daher habe ich ein paar Ratschläge für dich.«

Wally richtete sich auf. »Wow! Großartig!« Seine Stimme hallte durch die Gepäckhalle. Ein paar der Leute, die darauf warteten, dass ihre Koffer auf das Band purzelten, drehten ihm den Kopf zu. »Ähm, wo kann ich dich treffen?«

»Ich bin gerade bei Michelle auf dem Jackson Square. Jeder Taxifahrer weiß, wo das ist.«

Wally bedankte sich und legte auf. Er warf sich seinen Rucksack über die Schulter und stampfte auf der Suche nach einem Taxistand davon.

Wie so oft, wenn Wally ein Taxi nahm, bemerkte der Fahrer seinen Akzent und folgerte daraus umgehend, dass man mit Wally leicht ein paar Extrakröten machen konnte. Wallys Taxifahrer pflegten lange Umwege zu fahren, um das Taxameter hochzutreiben. Normalerweise machte ihm das nichts aus, denn er sah sich gern die Sehenswürdigkeiten von Orten an, die er noch nicht kannte. Hier war er allerdings schon gewesen, und als der Fahrer anfing, ihn auf einige Sehenswürdigkeiten im French Quarter aufmerksam zu machen, verlor er die Geduld. Am Ende verzichtete der Fahrer jedoch auf die

Fahrtkosten, nachdem er erfahren hatte, dass Wally Michelle kannte.

Jackson Square sah anders aus als beim letzten Mal. Zum einen wirkte er so, als wäre hier vor Kurzem ein Wald aus Kudzu gewuchert. Das meiste hatte man weggeschnitten, aber an den Buden und in den Ritzen im Asphalt entdeckte er überall noch Ranken. *Seltsam.*

Die größte Veränderung stellte jedoch der Holzverschlag unterhalb der Statue in der Mitte des Platzes dar. Er war mit Blumen, Kerzen, Karten und selbstgebastelten Schildern übersät, bitte und Dankeschön. Die Blumen und Transparente flatterten im Wind, und Wally stieg ein Hauch Magnolien in die Nase. An einer Stelle hatten sich zwei Nägel gelöst, sodass eines der Bretter des Schreins in der Brise klapperte. Wally spähte durch den Spalt und erkannte etwas Rosafarbenes. Erst nach ein paar Sekunden begriff er, dass er auf den weißen Stoff starrte, mit dem Michelle zugedeckt war, und hätte am liebsten geheult.

Wally schlenderte um den Schrein herum, las, was auf den Transparenten und Karten stand, bis er den Eingang fand. Eine Polizistin winkte ihn herein. Jerusha musste ihr sein Kommen angekündigt haben.

Wenn schon der flüchtige Blick von draußen ihn traurig gemacht hatte, so fühlte er sich angesichts dessen, was er im Innern vorfand, vollends scheußlich. Ihr Körper – sie war nicht wiederzuerkennen, aber wer hätte es sonst sein sollen? – bebte unter den Stofflagen des größten Kleids, das er jemals gesehen hatte. Sie roch … gar nicht mal so gut. Eine Wasserpumpe summte vor sich hin und saugte das Wasser auf, das ständig in Michelles Krater hineinlief.

Auch sie selbst war von einem Bündel Schläuchen umgeben. Versorgungsschläuche, wie er feststellte. Doch sie waren leer, ihre Maschinen standen still.

»Hey, Wally. Hier drüben.« Jerusha winkte ihm von der anderen Seite aus zu.

Wally winkte zurück. Er trottete zu ihr hinüber, wobei seine eisernen Schritte auf dem Boden von Michelles Schrein, dem einstigen Bürgersteig, widerhallten. »Ach du liebe Scheiße«, sagte er. »Arme Michelle. Wie geht es ihr?«

Jerusha sah ihn stirnrunzelnd an. »Sie lebt noch, falls du das meinst. Aber sie ist noch immer teilnahmslos.«

»Ich wünschte, wir könnten was für sie machen«, sagte er.

»Ich glaube, dass sie tief drinnen weiß, dass wir hier sind.«

Hm. »Hey, Michelle«, sagte er. »Halte durch!«

Jerusha sah ihn mit einem seltsamen Ausdruck an. »Komm schon. Lass uns was essen gehen«, sagte sie.

Sie führte ihn die Decatur Street entlang zum Café du Monde. Dort roch es nach Zichorien und frischen Donuts. Sie setzten sich draußen an einen kleinen runden Tisch, von dem sie Michelles Schrein ungehindert beobachten konnten. Da unter dem Tisch kein Platz für seine Beine war, streckte er sie seitlich aus. Er bestellte sich eine heiße Schokolade und einen Teller mit extravaganten französischen Donuts unter einem Berg Puderzucker. Jerusha ließ sich einen Kaffee bringen.

»Okay«, sagte sie, nachdem sie sich niedergelassen hatten. »Was gibt es Wichtiges, dass du extra hierherfliegen musstest, um es mir zu zeigen?«

Während er mit dem Reißverschluss herumhantierte, rieselte ihm Puderzucker von den Lippen in seinen Rucksack. Dann zog er den Ringordner heraus, in dem er die Briefe seiner Brieffreunde aufbewahrte. Während er darin herumblätterte, skandierte Wally ihre Namen. »Marcel, Antoinette, Nicolas…« Endlich kam er zu der ersten Seite von Luciens Abschnitt und hielt sie Jerusha hin. »Das ist mein Freund Lucien«, erklärte er. Von dem Foto grinste sie ein Junge mit Zahnlücken an. Er trug ein braun und weiß gestreiftes T-Shirt, das ihm locker drei Nummern zu groß war, hatte knubbelige Knie, und sein kahl geschorener Kopf ließ seine Ohren irrwitzig groß aussehen. Er hielt dem Betrachter zwei erhobene Daumen entgegen.

Jerusha musterte das Foto und fragte: »Hast du diesen Ordner nur zusammengestellt, um hierherzukommen und ihn mir zu zeigen?« Sie wirkte überrascht, aber nicht auf negative Art, sondern fast so, als hätte er etwas Gutes getan, wenn er auch nicht wusste, was es war. Schließlich hatte sie ein wenig genervt geklungen, als er ihr eröffnet hatte, dass er in New Orleans war.

»Nee. Ich wollte bloß keinen der Briefe verlieren.« Wally blätterte um. »Das ist der erste, den Lucien mir geschickt hat.« Wie das Foto steckte auch der Brief in einer durchsichtigen Schutzhülle. Im Geist zitierte er den Brief, während Jerusha die krakelige Schrift entzifferte. *Lieber Wally, ich heiße Lucien, ich bin acht Jahre alt. Ich wohne in Kalemie …*

Leise, fast als rede sie mit sich selbst, sagte Jerusha: »Hm. Ein pfiffiger Junge.« Dann fragte sie: »Wann hast du damit angefangen?«

»Vor einer Weile. Nachdem DB und ich ins Kalifat gegangen sind.«

Da überkam ihn eine Erinnerung. Statt in einem Café saß er auf dem Deck eines Flugzeugträgers und trank Bier mit DB, während die Sonne über dem Persischen Golf versank.

Hey, Rusty.

Mieses Geschäft, was?

Ja. Der größte Scheiß.

Kinder. Ich will nicht gegen Kinder kämpfen.

Keiner von uns sollte das müssen.

Jerushas Stimme brachte ihn in die Gegenwart zurück. »Okay, ich beiße an. Kann ich den letzten Brief sehen, den er geschrieben hat?«

Wally suchte ihr das Blatt heraus. Jerusha las nachdenklich.

»Und was hältst du davon?«, fragte er.

♣

»Und was hältst du davon?«, fragte Rusty Wally.

Jerusha hatte das Café du Monde noch nie so leer und ruhig erlebt. Vor allem nicht so frühmorgens. Hin und wieder kamen Leute herein, um einen Beignet in einer Papiertüte und einen Café au Lait zu kaufen. Einige der anderen Tische waren belegt, aber niemand saß in ihrer Nähe. Vielleicht lag es an Wallys klobiger Gestalt und seinem Aussehen. An Jerusha lag es bestimmt nicht – sie fragte sich, wie viele der Gäste sie überhaupt erkannten, denn bis auf den Gürtel, an dem mehrere Beutel hingen, war sie vollkommen unauffällig. Dennoch blitzten die Touristenkameras unablässig, und die Kellner beäugten unruhig ihren Tisch.

Was hältst du davon?

Jetzt, da sie Wally sprechen hörte und seine Ringordner gesehen hatte, war sie sich da nicht mehr so sicher. Ursprünglich war sie mit dem festen Vorsatz hierhergekommen, Wally mit einem eindeutigen »Nein« zu antworten und zu versuchen, ihm die Sache auszureden. Jetzt allerdings …

Das Gesicht Luciens starrte sie an. Die Schutzhülle war von Wallys Metallfingern zerkratzt. *Mächtig* zerkratzt. Anscheinend blätterte er oft in dem Ordner herum. Und er hatte die Lippen bewegt, während sie den krakeligen Brief gelesen hatte. Offenbar hatte er ihn auswendig gelernt.

Sie wollte ihn für seine schlichte Gutherzigkeit und sein Mitgefühl umarmen, aber sie war sich nicht sicher, ob sie ihn auch begleiten wollte.

Jerusha nippte an ihrem Kaffee. Die Tasse klapperte, als sie sie auf dem Tisch abstellte. »Nach unserem Telefonat habe ich mir die Landkarten mal ein bisschen näher angesehen und Babel angerufen.« Als Jerusha merkte, dass sie damit Hoffnung bei Wally weckte, runzelte sie sogleich die Stirn, um sie wieder zu dämpfen. *Du machst das nicht, nein, das machst du nicht.* »Wally, ihr passt es gar nicht, dass du nach Afrika gehen willst, und ihr passt es gleich zweimal nicht, dass du ein Komiteemitglied mitnimmst …« Jerusha zögerte, weil sie sich fragte, ob sie tatsächlich weitersprechen wollte. »*Sollte* ich es tun«, sagte sie mit starker Betonung auf dem ersten Wort und einer langen Pause nach dem Satz, »oder ganz gleich, wer am Ende mit dir geht, Wally, ich stimme mit Babel überein, dass du nicht direkt ins PPA gehen solltest. Am besten würde mir erscheinen, wenn man nach Tansania fliegen und dann über den Tanganjikasee fahren würde, vor allem weil du sagst, dass Luciens Familie in Kalemie, also direkt am See wohnt.«

Nun strahlte die Hoffnung ganz offensichtlich aus Wallys Gesicht. »Also … kommst du mit?«

Klar, schließlich bin ich schwarz, was?, wollte sie wütend erwidern, schüttelte aber nur den Kopf. »Ich habe hier noch zu tun. Das ganze Sumpfland, das wiederhergestellt werden muss, bevor hier der nächste Sturm aufschlägt …« *Allein. Draußen im Sumpf. Allein.*

Wally sah auf den Tisch hinab, auf dem Beignetkrümel herumlagen. »Nehme an, die Pflanzen wachsen mit dir viel schneller …« Sie sah, dass er die Schultern hochzog und aufstehen wollte. »Tja, danke, dass du dir die Karten angeschaut hast. Das hilft.« Plötzlich zerknitterte sein kantiges Gesicht, sodass sich seine Eisenstirn in Falten legte. »Wo ist dieses Tansania eigentlich?«

Jerusha seufzte. »Tansania ist …«, fing sie an, brach aber gleich wieder ab. *Auf sich allein gestellt, hält der da draußen keine fünf Minuten durch.* Sie merkte, dass sie irgendwann während des Gesprächs bereits eine Entscheidung getroffen hatte. *Was hast du hier zu verlieren? Nichts. Keine Freunde, nur Arbeit fürs Komitee. Und wenn Michelle stirbt, dann wird man die Schuld nicht dem Komitee geben, sondern dir. Du hast die Chance, ein Leben zu retten …*

»Ach, zum Teufel«, sagte sie. »Ich zeig's dir unterwegs auf der Karte.«

Jackson Square
New Orleans, Louisiana

Michelle hält sich eine Hand vors Gesicht. Fünf Finger. Das ist gut. Sie zieht ihre Beine an die Brust, fasst hinunter, betastet ihre Füße. »Das ist besser«, sagt sie. Obwohl sie wieder unten in der Grube ist, freut sie sich darüber, dass sie ihre Füße und Hände zurück hat.

Die Spinne springt vor ihr herunter und deutet auf den Rand der Grube. »Ja, Leoparden, ich weiß. Aber mich kann man mit kleinen Kätzchen nicht erschrecken.«

Die Spinne packt Michelle am Haar. Ihr Körper dehnt sich, wird länger, und die vier mittleren Beine verschwinden in ihrem Rumpf. Die Mundwerkzeuge gleiten in den Kopf zurück, und die acht Augen verschwimmen ineinander, bis es nur noch zwei sind.

Auf Michelles Schoß sitzt ein Mädchen, vielleicht acht oder neun Jahre alt. Sie trägt ein abgetragenes Kleid. Das Muster ist verblichen, und im trüben Licht der Grube wirkt es grau marmoriert. Das Mädchen legt Michelle die Hand auf den Mund, beugt sich vor und flüstert ihr etwas ins Ohr.

Michelle flüstert zurück: »Ich verstehe dich nicht.«

Das Mädchen weicht zurück, und über ihre Wange gleitet eine Träne hinab. Michelle wischt sie mit dem Finger weg. »Tut mir leid«, sagt sie.

Das Mädchen fasst Michelle an die Schläfen, schließt die Augen, und plötzlich prasseln Bilder auf Michelle ein.

Sie rennt, und Zweige peitschen ihr ins Gesicht. Ranken greifen nach ihren Beinen, aber sie kann nicht anhalten. Dabei hört sie ihren eigenen, keuchenden Atem. Sind sie ihr schon näher? So nah, dass sie nur die Pranken nach ihr ausstrecken müssen und … eine Klaue zerfetzt ihr den Rücken.

Sie schreit. Heißes Blut quillt brennend hervor. Sie stolpert und stürzt.

Halt mal, denkt Michelle. *Klauen können mir nichts anhaben.* Sie fasst nach oben und zieht die Hände des Mädchens von ihrem Kopf weg.

Das Mädchen sieht sie mit solcher Sehnsucht und so schmerzerfüllt an, dass sie weinen möchte. Michelle streckt die Hand aus und berührt ihrerseits die Schläfen des Mädchens, stellt sich vor, dass sie auf sich selbst zeigt und flüstert: »Michelle.«

In ihrem Kopf entsteht ein Bild. Es ist das Mädchen auf ihrem Schoß, doch jetzt trägt es ein blassblau kariertes Kleid. In ihr Haar hat sie ein hübsches pinkfarbenes Band geflochten. Das Mädchen zeigt auf sich selbst und sagt: »Adesina.«

Vereinte Nationen
Manhattan, New York

Die Vereinten Nationen lungerten am Rande Manhattans wie Partygäste, die eigentlich dringend gehen mussten, aber noch etwas Wichtiges zu sagen hatten.

Bugsy zeigte den Wachleuten am Eingang, die ihn sowieso alle kannten, seinen Ausweis, bevor er mit dem gebürsteten Stahlaufzug in den siebten Stock fuhr. In der kurzen Zeit, seit das Komitee existierte, hatte die internationale Bürokratie ihm mehr Platz zugestanden, als Bugsy für möglich gehalten hätte. Wahrscheinlich half es, wenn man viele übermenschliche Fähigkeiten auf sich vereinigte.

Lohengrins Büro befand sich auf der Westseite, sodass seine Fenster auf den Moshpit aus Wolkenkratzern in Manhattans Uptown hinausgingen. Die Korridore waren mit gequält aussehenden Leuten in Tausend-Dollar-Anzügen gefüllt. Er nickte denjenigen zu, die ihm zunickten, und ignorierte die anderen.

Es wurde immer schwerer, den Überblick darüber zu bewahren, wer nun genau zum Komitee gehörte und wer nicht. Ihm kam es so vor, als ob er sich nicht mehr umdrehen konnte, ohne dass es hieß: *Darf ich dir Glassteel vorstellen? Er kann alles zerspringen lassen, was aus festem Material ist.* Oder: *Nopperabo kann die Gestalt jedes x-beliebigen Menschen annehmen.* Dann schüttelte Bugsy den Neuzugängen die Hand (bei Nopperabo war das besonders gruselig gewesen, da er bei der Berührung sofort Jonathans Gesicht angenommen hatte), wechselte ein paar Höflichkeiten mit ihnen und hastete davon, um ihre Namen in seine Datenbank aufzunehmen. Und trotzdem vergaß er die Neulinge öfter, als dass er sich an sie erinnerte.

Wenigstens war ihm Lohengrin bekannt. Sein langes blondes Haar machte sich sogar gut mit einem dunkelgrauen Geschäftsanzug. Um die Augen wirkte er vielleicht ein bisschen erschöpft, aber auch das passte gut zum Anzug.

Bugsy schloss die Bürotür hinter sich und ließ sich auf die Couch fallen, während der Teutonenheld ein Telefonat beendete. »Nein«, sagte er. »Mit der Anklage habe ich im Tagesgeschäft nichts zu tun. Da müssen Sie sich an den Internationalen Gerichtshof wenden. In Den Haag.« Seufzend legte er den Hörer auf.

»Kommen Highwaymans Anwälte immer noch mit diesem Mist bei dir an?«, fragte Bugsy.

»Heute war es Captain Flint«, sagte Lohengrin. *Käptön Flünt.* Gerundete Vokale machte den Deutschen so schnell keiner nach, außer vielleicht die Österreicher. Und die Holländer. »Es gab einmal eine Zeit, mein Freund, als ich geglaubt habe, dies wäre eine erfüllende Arbeit. Aber manchmal verbringe ich Wochen damit zu kämpfen, zu kämpfen und nochmals zu kämpfen, und am Ende denke ich mir, ich hätte genauso gut zu Hause bleiben können.«

Es war lange her, seit sie sich gemeinsam betrunken und Peregrines Haus abgefackelt hatten. Nur wenige Menschen kannte Bugsy nun schon so lange. Zumindest keine, die noch nicht tot waren.

»Wenn man für den Weltfrieden sorgt, kommt keine Langeweile auf«, sagte er und machte sein Mitgefühl im Tonfall deutlich.

»Recht auf Wasser. Menschenrechtsverletzungen. Sklavenhandel. Jeden Morgen, wenn ich reinkomme, gibt es etwas neues Schreckliches. Und jeden Nachmittag muss ich feststellen, dass wir direkt nichts dagegen tun können. Nichts

Endgültiges. Langsam habe ich es satt«, sagte Lohengrin und seufzte. »Was weißt du über Sudd?«

»Ihr zweites Album war scheiße.«

Jemand aus dem Büro nebenan benutzte kurz Lohengrins Aktenvernichter. »Du hast keine Ahnung, wovon ich rede, oder?«, sagte Lohengrin.

»Ja, nicht so richtig. Nein.«

Lohengrin nickte, als hätte er gerade eine Wette mit sich selbst gewonnen, und beugte sich über seinen Tisch. »Die muslimische Regierung im Sudan hat Schritte unternommen, um ihren Staat dem Kalifat einzugliedern.«

»Ah«, sagte Bugsy. »Das ist 'ne üble Sache.«

»Nein«, sagte Lohengrin. »Das ist der Hintergrund.«

»Das ist gar nicht das eigentliche Problem?«

»Nein.«

»O-kay.«

»Das People's Paradise of Africa«, sagte Lohengrin, »unter der Führung von Dr. Kitengi Nshombo, wirft Khartum vor, eine Politik des Völkermords gegen die farbigen Stämme im Süden und Westen des Sudan zu betreiben.«

»Verstehe. Völkermord. Problem.«

»Nein«, sagte Lohengrin.

»Völkermord ist kein Problem?«

»Es gibt keinen Völkermord. Das ist ein Vorwand. Das PPA hat Beweise gefälscht und die Sache propagandistisch aufgeblasen, um eine Rechtfertigung für einen Einmarsch im Sudan zu haben. Seine Streitkräfte fallen über die Grenzen ein, und das Kalifat hat mobilgemacht, um das sudanesische Staatsgebiet zu verteidigen. Gestern kam es im Sudd zu einer Schlacht. Eine furchtbare Schlacht.«

»Und das ist jetzt das Problem, richtig?«

»Ja«, sagte Lohengrin. »Im Großen und Ganzen ist das das Problem. Aber es wird noch schlimmer. Die Armee des PPA wird von Tom Weathers befehligt. Von Radical.«

Bugsy setzte sich aufrechter hin. »Halt mal«, sagte er. »Derselbe Typ, der letztes Jahr versucht hat, Little Fat Boy als Atombombe hochgehen zu lassen und New Orleans zu zerstören?«

»Derselbe Typ, ja.«

»Den mag ich nicht besonders, weißt du. Er wollte mich umbringen. Ich meine, das Kalifat mag ich auch nicht. Denn die haben auch versucht, mich umzubringen.«

»Tom Weathers hat versucht, mehrere hunderttausend Leute umzubringen«, sagte Lohengrin.

»Ja, und ich war einer von ihnen.«

»Das PPA ist jetzt schon seit Jahren eine destabilisierende Kraft. Jetzt haben sie auch noch angefangen, Asse zu benutzen, um ihren politischen Zielen näher zu kommen.«

In der Stille war nur das rhythmische Rattern der Klimaanlage und das entfernte Klingeln von Telefonen zu hören. Lohengrin sah ernst drein und wartete, bis sich Bugsy alle Auswirkungen klargemacht hatte.

»Weltkrieg«, sagte Bugsy. »Nur dass er mit Assen ausgefochten wird. Was wahrscheinlich bedeutet: mit dem Komitee.«

»Und mit vielen Toten«, sagte Lohengrin.

»Und wie wäre es, Little Fat Boy wieder ins Spiel zu bringen? Eine vierzehn Jahre alte Atombombe, die sauer auf Weathers ist, sollte das PPA doch in die Schranken weisen können, oder?«

»Ra«, sagte Lohengrin. »Er heißt jetzt Ra. Und nein. Solange das Alte Ägypten nicht angegriffen wird, werden die Lebenden Götter sich aus dem Konflikt raushalten.«

»Wie schweizerisch von ihnen.«

»Es gibt noch ein anderes Problem mit Tom Weathers. Wir wussten ja bereits, dass Weathers mehr Fähigkeiten besitzt als die meisten Asse. Körperlosigkeit, Stärke, Ultraflug, Hitzestrahlen. Wir wissen auch, dass er an der Schlacht teilgenommen hat, weil diese Kräfte teilweise zum Einsatz gekommen sind. Aber es wurde auch von anderen Kräften berichtet.

Eine Welle der Dunkelheit? Die schrecklich zugerichteten Leichen?«

»Du meinst, er ist wie der Dschinn?«, fragte Bugsy und beugte sich auf der Couch nach vorn. Nichts machte eine Situation so unlustig wie der Dschinn. »Glaubst du, dass Weathers neue Fähigkeiten sammelt?«

»Ich weiß es nicht«, sagte Lohengrin. »Neue Fähigkeiten. Oder neue Verbündete. Über ihn selbst wissen wir nicht viel. Woher er kommt, wie er die Wild Card gezogen hat, was seine Schwächen sind. Was genau seine Fähigkeiten sind. Das ist es, was du herausfinden sollst, Jonathan. Tom Weathers ist vermutlich das mächtigste Ass der Welt, er zettelt einen Krieg an, und ich weiß nichts Brauchbares über ihn.«

»Also«, sagte Bugsy, »wer zum Henker ist Radical?«

Namenlose Insel
Ägäis, Griechenland

»Daddy!«

Die Frau, die über den steinigen, mit blassgrünen Grasbüscheln gesprenkelten Grund auf ihn zuflog, war hochgewachsen und schlank. Obwohl ihr hübsches Gesicht verriet, dass sie schon in den mittleren Jahren war, zeigte es kaum Falten. Und nur ganz allmählich fanden sich in ihrem langen blonden Haar silberne Strähnen. Dennoch entsprach ihr Verhalten dem einer Siebenjährigen.

Einer sehr glücklichen Siebenjährigen. So ungestüm schlang sie die Arme um ihn, dass sie ihn trotz seiner übermenschlichen Kräfte beinahe umgerissen hätte. Sie war nur zehn Zentimeter kleiner als er mit seinen eins neunzig.

Er küsste sie. »Sprout. Hey, Süße.« Dann wuschelte er ihr durch das lange glatte Haar. »Ich habe dich vermisst.«

»Ich habe dich auch vermisst. Können wir bald in den Park gehen?«

»Ja, das ist eine gute Idee«, sagte Mrs. Clark, die hinter ihnen aus der bescheidenen Hütte aus Feldsteinen trat. »Es ist nicht gut für sie, wenn sie tagaus, tagein allein hier eingepfercht ist und nur ihren iPod und eine vertrocknete alte Schachtel wie mich als Gesellschaft hat.«

»Ich würde Sie nicht als vertrocknet bezeichnen, Mrs. Clark«, sagte er, als er ihre tränennasse Wange küsste.

»Das würden Sie nicht wagen.«

»Da haben Sie recht.«

Das entsprach der Wahrheit. Sprouts Aufpasserin war eine etwas ältere Neuseeländerin, eine halbe Maori mit dickem schottischem Akzent. Sie hatte die Statur und die Hautfarbe einer Ziegelwand. Auch der stramme Dutt aus gelocktem Haar hatte beinahe dieselbe Farbe. Sprout mochte sie sehr, denn sie behandelte sie mit Geduld und heiterer Bestimmtheit. Von allen anderen aber ließ sie sich absolut gar nichts gefallen. Nicht einmal von Tom.

Was vollkommen in Ordnung war. Dafür bezahlte er sie ja schließlich, und dazu noch fantastisch gut, wie er so vage mitbekam. Anders als die meisten selbsternannten sozialistischen Revolutionäre, denen er begegnete, interessierte sich Tom nicht für Geld. Das war einer der Gründe, warum ihm die Wichtigtuer immer wieder auf den Sack gingen und es Ärger gab. Dr. Nshombo – und öfter noch Alicia – gaben ihm, was er brauchte. Am meisten kostete die Versorgung seiner Tochter, die er so einrichten musste, dass sie an den abgelegensten Orten der Welt glücklich war.

Ihm fiel keine andere Möglichkeit ein, sie vor dem teleportierenden Kotzbrocken zu bewahren. Zumindest so lange, bis er ihn aufgespürt und getötet hatte.

»Mir würde es auch nicht schaden, wenn ich einen Tag lang einkaufen gehen könnte, muss ich zugeben«, sagte Mrs. Clark. »Ein bisschen Zeit für mich, und ein paar Sachen für den täglichen Bedarf für die Kleine und mich. Morgen vielleicht, Mr. L.?«

Sie versuchte erst gar nicht, den Namen auszusprechen, den er ihr genannt hatte: Karl Liebknecht. Zu den Dingen, für die sie bezahlt wurde, gehörte auch, dass sie sich nicht darüber wunderte, wieso seine Tochter sich manchmal den Nachnamen Weathers und manchmal den Namen Meadows gab. Oder wieso die Tochter älter aussah als der Vater. Für sie war nur wichtig, dass zwischen ihrem Mündel und ihrem Arbeitgeber keine schlüpfrigen Sachen liefen. Hatte er sie erst einmal davon überzeugt gehabt, hatte sie sich bereit erklärt, mit ihrem Mündel in aller Abgeschiedenheit zu leben, solange sie hin und wieder einen Tag in der Zivilisation verbringen durfte. Und solange sie für die Zeit dazwischen einen ausreichenden Vorrat Krimis hatte.

»Morgen?«, fragte seine Tochter, und ihre blauen Augen blitzten erwartungsvoll. »Versprochen?«

Er nickte. »Versprochen.«

Sprout umarmte ihn stürmisch. »Ich würde so gern bei dir bleiben, Daddy.«

»Irgendwann kannst du das machen, Süße. Irgendwann. Aber vorher muss ich mich noch um ein paar Sachen kümmern.«

Noel Matthews Wohnung

Manhattan, New York

Niobe war von den Aufregungen der letzten Stunden ganz mitgenommen und schlief. Noel tigerte durch die Wohnung, die sie für die Dauer der Behandlung gemietet hatten. Die Sofas und Stühle, mit denen sie möbliert war, waren eher für Zeitschriftenbilder als für menschliche Rücken entworfen worden. Sie hatten sich Mühe gegeben, den unpersönlichen Räumen eine persönliche Note zu verleihen, vor allem indem sie Fotos von Niobes »Kindern« aufgestellt hatten – von den kleinen Assen, die wie Eintagsfliegen gelebt hatten und gestorben waren. Zwar fand Noel die Bilder deprimierend, aber da sie für Niobe wichtig waren, sagte er nie etwas. Sein Beitrag waren die Zeitschriften, die sich auf dem gläsernen Couchtisch stapelten, und die benutzten Teetassen auf den Beistelltischen. Niobe hatte sogar eine Tagesdecke gehäkelt, um sie über das Sofa aus Chrom und schwarzem Leder zu werfen.

Noch drei Wochen, dann können wir wieder nach Hause. Noel ging in die Küche, um sich eine Tasse Tee zu brühen. Dann merkte er, dass er Hunger hatte, und nahm sich ein Muffin. Sein Rücken war verspannt. Seit Wochen hatte er nicht mehr trainiert, und auch im Karateunterricht war er seit Monaten nicht gewesen. Dass er plötzlich träge geworden war, erschreckte ihn, und er beschloss, wieder ins Fitnessstudio zu gehen.

Er schaltete den Fernseher in der Küche ein und wollte sich bis CNBC durchzappen, um die Wirtschaftsnachrichten zu sehen. Dabei blieb er bei CNN hängen. Kurz erhaschte er einen Blick auf den Präsidentenpalast in Bagdad und einen grimmig dreinschauenden Prinz Siraj, der von Leibwächtern umringt die Stufen nach oben hastete. Siraj wirkte alt. Erschreckend alt.

Ich brauche deine Hilfe ... Ich brauche tatsächlich deine Hilfe.

Die Worte seines alten Freunds hallten vorwurfsvoll und voller Bedauern in seinem Kopf wider.

Noel zog sein Handy heraus und wählte. »Was genau soll ich tun?«, fragte er.

Jackson Square
New Orleans, Louisiana

Michelle war wieder in diesem seltsamen Zimmer. Juliet und Joey waren bei ihr, aber ihre Mutter und ihr Vater waren nicht mehr da.

Noch immer war ihre Kehle schrecklich rau. Sie konnte kaum schlucken, geschweige denn sprechen. Ihre Arme und Beine waren genauso wenig zu gebrauchen wie ihre Kehle.

Und ihre Asskraft loderte in ihren Venen wie Napalm. *Drake*, dachte sie. *O Gott, Drake. Was ist passiert? Habe ich ihn getötet? Hat Sachmet ihn getötet? Tom Weathers? War die Verletzung durch das Medaillon schlimmer, als sie aussah? Und wie kommt es, dass ich nicht tot bin? Wie kommt es, dass wir alle noch nicht tot sind?*

»Wa…« Sie klang wie ein rostiges Scharnier. Und wenn sie schluckte, fühlte es sich an, als steche ihr jemand mit einem Messer in den Hals.

Juliet fing an zu weinen, und Michelle wollte sie trösten. Ihr sagen, dass alles in Ordnung war. Was immer Michelle widerfahren war, hatte Juliet offenbar Kummer bereitet. Juliet wanderten nicht mal irgendwelche Tätowierungen über den Körper.

Michelle schloss die Augen. Vielleicht schlief sie am besten wieder ein, und wenn sie später aufwachte, würde alles wieder in Ordnung sein.

Samstag, 28. November

Präsidentenpalast
Bagdad, Irak
Arabisches Kalifat

Der Geruch von Staub, getrockneten Zitronen und Safran stach ihm nicht nur in die Nase, sondern versetzte ihm auch einen Stich ins Herz.

Noel taumelte und hielt sich an der Steinmauer fest. Sie war heiß. Er atmete tief ein, und es gesellten sich noch mehr Sinneseindrücke hinzu – Kerosin von unzähligen Kochstellen, der Mief von Eseln, Räucherwerk von der nahe gelegenen Moschee. Die Sonne knallte ihm auf den Kopf und wärmte ihm die Schultern. Fast war ihm, als fühle er, wie ihm der kalte Nebel von New York und England aus den Poren drang. *Ja,* dachte er mit leichtem Bedauern, als er aus der Seitengasse trat und ihm der Saum seiner Gewänder gegen die Knöchel schlug, *ich bin anscheinend einer von diesen in die Wüste vernarrten Engländern.*

Um ihn herum erklang die Musik des gesprochenen Arabisch wie funkelnde Töne, doch die Gesprächsthemen waren dunkel und trüb. Zu viele Väter, Brüder, Ehemänner und Söhne waren in den Sudd marschiert, und von zu wenigen hatte man danach wieder etwas gehört. Auf den Straßen wurde wild spekuliert.

Während er am Palast entlangging, hielt er die dunkle Sonnenbrille fest, die seine golden wirbelnden Augen verbarg, und den Zipfel seiner Kufija warf er sich vors Gesicht. Allerdings rechnete er nicht damit, erkannt zu werden. Bei der Entwicklung seines neuen männlichen Avatars hatte er darauf geachtet, dass Etienne glatt rasiert war. Die goldenen Augen würden aber immer ein Problem bleiben.

Noel kannte die Stadt fast so gut wie London. Hier hatte er sein zweites Leben als Bahir, das Schwert Allahs, das Assassinenass des Kalifen, geführt. Er hatte sich sogar eine Frau genommen, die er letztes Jahr wegen Unfruchtbarkeit wieder verstoßen hatte, obwohl allein er daran schuld gewesen war. Er war ein Hermaphrodit und praktisch unfruchtbar. Finn hatte Mühe gehabt, bei ihm ein paar lebensfähige Spermien zu finden. Zum Glück hatten sich die Jungs nicht aus eigener Kraft stromaufwärts arbeiten müssen.

Was wäre gewesen, wenn er und Gamal sich dieser Behandlung unterzogen hätten? Gott sei Dank hatten sie das nicht getan. Sie war lediglich eine Spielfigur gewesen, während er als Agent für den britischen Geheimdienst gearbeitet hatte. Das war in einem anderen Leben gewesen, einem Leben, das er hinter sich gelassen hatte.

Allerdings war er jetzt trotzdem hier, mit drei Pistolen und vier Messern bewaffnet, und erkundete die Lage. Er hatte Siraj sein Kommen angekündigt. Er hatte ihm sogar einen Zeitpunkt genannt, aber Noel würde sich nicht an die Verabredung halten. Vielmehr würde er früher auftauchen, zu einem von ihm gewählten Zeitpunkt. Zu einem Zeitpunkt, wenn jeder gute Moslem beim Gebet war.

Die Rufe von den Minaretts setzten ein. Schmerzhaft schön, ein Echo, das durch die Jahrhunderte hallte. Noel kam der Gedanke, dass die katholische Kirche die lateinische Messe niemals hätte aufgeben sollen. Damit hatte sie diese Verbindung zur Geschichte verloren.

Die Straßen leerten sich. Noel duckte sich hinter einen geparkten Laster, starrte mit zusammengekniffenen Augen auf den Palast, stellte sich Sirajs Büro vor und teleportierte. Es gab einen leisen Knall, als sein plötzlich auftauchender Körper Luft verdrängte. Doch der Mann, der auf seinem Gebetsteppich kniete und die Stirn auf den Boden drückte, reagierte nicht darauf.

Noel musterte Sirajs ungeschützten Rücken. Es wäre so leicht, diese Gefahr für immer zu beseitigen. Ein Schuss. Fertig.

Aber war Siraj wirklich das schlimmste seiner Probleme? Tom Weathers war ein weitaus gefährlicherer Feind, und Siraj und Weathers waren erbitterte Kriegsgegner. *Der Feind meines Feindes.*

Noel zog eine Pistole, huschte zu Siraj hinüber, kauerte sich neben ihn und drückte ihm von der anderen Seite den Waffenlauf gegen den Körper.

Siraj keuchte auf. Er wirkte wütend und belustigt zugleich, senkte den Blick aber rasch wieder zu Boden und fuhr mit seinem Gebet fort. Noel beteiligte sich. Sie beendeten das Gebet und richteten sich auf, bis sie beide auf den Fersen saßen.

Siraj warf erneut einen Blick auf die Waffe. »Willst du mich töten?«

»Heute nicht.«

»Wahrscheinlich ist das klug. Weißt du, ich habe so ein paar Pakete mit Informationen über Englands besten Assassinen und seine familiären Verbindungen geschnürt.«

Bei dieser indirekten Anspielung auf Niobe zerraufften zornige Krallen die Innenseite von Noels Schädel. Sein Finger spannte sich um den Abzug.

Siraj spürte Noels Wut, denn er fügte hastig hinzu: »Und wenn ich ermordet werde, werden diese Pakete verschickt. An den Internationalen Gerichtshof, an die Presse ...« Er machte eine Pause, damit sich die Wirkung seiner Worte voll entfalten konnte. »An Tom Weathers.«

Noel zwang sich, sich zu beruhigen.

»Das ist schon besser. Möchtest du einen Drink?« Siraj ging zu einem Tisch und nahm eine Karaffe aus einem Eiseimer.

»Was ist das?«, fragte Noel.

»Fruchtsaft.«

»Bist immer noch ein braver Moslem, wie ich sehe.«

Ein Seufzer brachte den Körper des Prinzen zum Erzittern. »An solchen Tagen ist es nicht leicht.« Siraj stellte die Karaffe zurück ins Eis, dann ging er im Büro auf und ab, faltete und löste seine Hände. »Was ist aus den Jungen in Cambridge geworden?«

»Die sind groß geworden.« Noel hielt kurz inne. »Und sie haben festgestellt, dass die Welt kompliziert ist.«

»Wir haben geglaubt, dass wir sie retten können.«

»Ja ... nun ... inzwischen habe ich bescheidenere Ziele.«

»Ja, ich habe gehört, dass du geheiratet hast. Meinen Glückwunsch.«

»Danke.«

»Du siehst ganz anders aus«, bemerkte Siraj. »Wie machst du das?«

Er schien nicht auf den Punkt kommen zu wollen, doch Noel war bereit, sich noch eine Weile zu gedulden. Niobe hatte er gesagt, dass er nach England gehen würde, um mit seinem Manager zu reden. »Schlichte Masseumverteilung«, entgegnete er. »Etienne ist größer und schlanker als Bahir. Den Bart wegzulassen ist nicht schwer.« Noel berührte das Gestell seiner Sonnenbrille. »Die Augen sind nicht so einfach. Die verändern sich nie.«

Siraj ging hinter seinen Schreibtisch, zog willkürlich ein paar Zettel hervor, drehte sich um und starrte zum Fenster hinaus. Die Hände auf seinem Rücken wanden sich immer noch, als würde er etwas erwürgen.

»Also, was willst du?«, fragte Noel schließlich.

»Ich muss sehen, was passiert ist. Du musst mich in den Sudd bringen.«

»Hast du denn keinen Hubschrauber?«

»Du bist unauffälliger als ein Hubschrauber«, kam die trockene Antwort. »Warum zierst du dich? Das ist keine große Sache, verglichen mit all dem, was du getan hast, um mich an diese Stelle zu bringen.«

Noel schloss einen Moment lang die Augen und dachte an die Nacht voller Chaos und Tod zurück, in der er den Nur getötet und damit den Weg für Siraj frei gemacht hatte, um die Herrschaft über das Kalifat zu übernehmen. Geplant war, dass er den britischen Ambitionen als gefügige Marionette diente.

Das hatte allerdings nicht funktioniert.

»Das war in einem anderen Leben. Ich habe mich geändert. Ich bin verheiratet und werde bald Vater. Ich mache meine Auftritte. Mit Politik habe ich nichts mehr zu tun.«

Für einen Moment überkam Noel Wut, als sich Sirajs Lippen zu einem Lächeln verzogen. »Dir muss sterbenslangweilig sein«, sagte der Prinz, und als plötzlich Gelächter aus ihm herausbrach, war Noels Wut verflogen.

Auf einmal hatten sie vor lauter Lachen Mühe, Luft zu bekommen. Siraj musste sich Tränen abwischen. »Nun?«, fragte er.

»Ach, na gut. Noch ein letztes Abenteuer, bis sich das bedächtige Familienleben meiner bemächtigt. Aber denk dran, ich kann dich noch immer töten.«

»Und ich kann dich noch immer ruinieren.«

Jackson Square
New Orleans, Louisiana

Ein Feuerblitz. Der Geruch von Speck.

Kein Speck. Versengtes Fleisch. Und das ist auch kein Feuer. Es ist schiere Kraft, bevor sie sich in etwas anderes verwandelt. Etwas Spezifischeres.

Und jetzt ist da ein Hase.

»Scheiß auf den verdammten Hasen.«

Michelle braucht nicht hinzuschauen, um zu wissen, wer es ist.

»Hallo Joey«, sagt sie. »Werden wir auch ein paar Zombies haben? Denn du weißt schon, ich mag zwischendurch ein paar Zombies.«

Hoodoo Mama kauert vor ihr. »Was ist denn das für ein beschissener Laden, Bubbles. Diese Wichser da draußen wollen dich hier weghaben, Baby, weg. Du kannst so nicht bleiben.«

Michelle kann Joey nicht ansehen. Nicht nach dem, was sie getan haben.

»Was? Sind wir am Arsch?«, fragt Joey. Hinter ihr taucht eine Gruppe Zombies auf. *Verdammt*, denkt Michelle. *Obwohl es mein Traum ist, sind da Zombies.*

»Scheiße, Bubbles, wenn du jedes Mal so abgehst, wenn dir ein Stück…«

»Okay, es war alles ganz anders!«, schreit Michelle, aber sie erinnert sich daran, was zwischen ihnen passiert ist, und fühlt sich beschämt und erregt zugleich.

»Verstehst du denn nicht?«, klagt Michelle. »Ich habe Juliet betrogen. Warum habe ich das getan? Und jetzt habe ich die Größe eines Elefanten, allem Anschein nach zu fett, um mich zu bewegen oder transportiert zu werden. Oh, und wenn ich mich nicht irre, steckt in mir die Kraft einer Atombombe.«

Die Zombies verschwinden. Joey steht allein in einer verheerten Landschaft. Sie ist klein, zerbrechlich, und es braucht nicht viel, um ihr wehzutun.

Dann ist Michelle wieder in der Grube. Adesina ist auch dort. Ihre Haare haben sich aus den Zöpfen gelöst und verdecken ihr Gesicht. Das verblichene Kleid hat sie abgelegt. Jetzt trägt sie Lumpen, die sie nur spärlich bedecken.

»Adesina«, sagt sie leise. Michelle kriecht zu ihr hinüber. Dabei versucht sie, nicht an die Leichen zu denken. Sie schiebt Adesina die Haare aus dem Gesicht. Auf der linken Wange des Mädchens prangte ein blauer Fleck. Auf Kinn und Stirn sieht man halb verheilte Schnittwunden.

»Warum bist du in meinen Träumen?«, fragt sie. Michelle legt Adesina die Hände auf die Schläfen und lässt zu, dass Bilder durch ihren Geist fließen und versuchen, eine Verbindung zu ihr herzustellen.

Adesina zieht sich zurück. Das tut weh. Eigentlich sollten Träume nicht wehtun. Nichts kann Michelle wehtun. Und Träume riechen auch nicht. Und hier fehlen eindeutig die Hasen. *Wenn es keine Hasen gibt, dann ist das auch kein Traum. Aber wenn das kein Traum ist, was ist es dann?*

In der Grube stapeln sich Leichen. Sie befinden sich in unterschiedlichen Stadien der Verwesung. Und es stinkt. Ein so abscheulicher Gestank, dass es sie fast würgt.

»Adesina, bist du wirklich hier unten?«

Während sie das sagt, kreischt etwas in ihrem Kopf, und Michelle läuft weg, weit weg, an den einzigen Ort, an dem sie es nicht mehr hören kann.

Der Sudd, Sudan
Arabisches Kalifat

Der Sudd war ein stinkender Sumpf.

Die aufgedunsenen Leichen, die in der Sonne faulten, machten es nicht besser. Siraj keuchte, würgte, kramte nach einem Taschentuch, aber sein Mageninhalt ließ sich nicht mehr aufhalten. Er wandte sich zur Seite und erbrach sich. Galle und unverdaute Brocken prasselten ins stehende Wasser. Eine Brise säuselte durch die Papyrusstauden und trug den Geruch des Erbrochenen davon, brachte aber stattdessen den mit Kordit und Schießpulver vermischten Gestank von Blut und Tod mit sich. Gerüche, die Noel gut kannte.

Sie bahnten sich einen Weg durch Schilf und Papyrus und suchten einigermaßen trockenen Boden. Links und rechts von ihnen trieben Leichen im Wasser, und an den trockenen Stellen lagen noch mehr herum. Noel blieb neben einer Leiche stehen. Das Gesicht des Mannes war verschwunden. Noel ging in die Hocke und untersuchte die Wunden am Scheitel des Leichnams und unterm Kinn. »Das war keine Kugel«, sagte Siraj.

»Nein. Das Gesicht wurde ihm abgebissen.« Noel zeigte auf die rauen Wundränder. »Das sind Bissspuren.« Dann stand er wieder auf und sah sich um. Jetzt, da er wusste, nach was er Ausschau halten musste, entdeckte er noch weitere gesichtslose Leichen.

»Wer macht so etwas?«, fragte Siraj.

»Wahrscheinlich nicht der Nullachtfünfzehnsoldat der Simba-Brigaden.«

Sie schlugen sich durch Schilf zu einem relativ freien trockenen Fleck durch. Wie Statuen für einen vergessenen Kriegsgott standen dort zerstörte und noch qualmende Panzer. Einige davon lagen auf der Seite, als hätte das Kind eines Riesen einen Trotzanfall bekommen und sie durch die Gegend gepfeffert.

»Ich denke, wir können getrost davon ausgehen, dass Tom Weathers hier gewesen ist.« Noel ließ den Blick über den Panzerfriedhof schweifen und entdeckte eine menschliche Gestalt, die an einem verhältnismäßig unbeschadeten Panzer lehnte.

Er und Siraj liefen zu dem Mann hin. Sein Gesicht war vom Rauch geschwärzt, und geronnenes Blut hatte sein Hemd in eine verkrustete Rüstung verwandelt. Er war Anfang vierzig und erkannte Siraj. »Herr Präsident. Es tut mir leid.« Er hustete, und es klang feucht, was Noel gar nicht gefiel. »Wir hätten beinahe gesiegt. Wir waren den Simbas zahlenmäßig überlegen. Aber dann wurde es dunkel. Unnatürlich, schrecklich dunkel. Unsere Soldaten konnten nichts mehr erkennen, aber die Schwarzen sahen irgendwie trotzdem etwas. Sie haben uns massakriert. In der Dunkelheit war noch etwas anderes. Nichts Menschliches. Ein Dämon.« Der Kopf fiel ihm nach vorn auf die Brust.

»Diese Dinge zählen nicht zu den bekannten Fähigkeiten von Tom Weathers«, sinnierte Noel.

»Wir müssen diesen Mann in ein Krankenhaus schaffen«, blaffte Siraj.

»Wir setzen ihn auf dem Weg nach Paris in Kairo ab.«

»Weshalb gehen wir nach Paris?« Siraj schob seinen Arm unter den des Soldaten. Ächzend hob er ihn hoch.

»Weil du einen Drink brauchst«, sagte Noel.

Redaktionsbüros des Magazins *Aces*
Manhattan, New York

»Das ist der Grund«, sagte sich Bugsy, »weshalb die Printmedien tot sind.«

Die Redaktionsbüros von *Aces* hatten sich einmal in der hippsten, angesagtesten Gegend von Manhattan befunden. Zwar waren sie nicht umgezogen, aber die Gegend hatte sich verändert. Die Gezeiten der Jahre hatten Mode und Finanzwelt unterspült, indem sie alles Coole darunter wegerodiert hatten. Deshalb waren die Straßen nun zwar schick, aber nicht außergewöhnlich, und das Viertel war still und heimlich auf den absteigenden Ast geraten. So wie die Zeitschrift.

Bugsy lehnte sich gegen die Tür und spähte mit zusammengekniffenen Augen durch dickes Panzerglas hinein. Er war Digger Downs nur wenige Male begegnet, und das war während seiner kurzen Zeit bei *American Hero* gewesen. Ihm kam es vor, als wäre seither ein halbes Leben vergangen. Doch es waren nur drei Jahre. Der Typ war ziemlich arschlochmäßig gewesen, soweit Bugsy das hatte beurteilen können, als er sich die Seele aus dem Leib gesungen hatte, um den Durchbruch im Showbiz zu schaffen, während Digger hinter seinem großen Entscheidertisch gesessen hatte. Aber genau aus diesem Grund war er von Hollywood ausgewählt worden, und deshalb suchte Bugsy ihn jetzt auf. Digger gehörte zur alten Schule. Er kannte alle Tricks und Kniffe. In mancherlei Hinsicht verkörperte Digger Downs die Geschichte der Wild Card.

Aber ganz offensichtlich arbeitete die Geschichte der Wild Card nicht am Wochenende. Also vergiss es.

Bugsy warf sich die Laptoptasche über die Schulter und schaute auf die Uhr seines Handys. Halb drei. Noch mindestens drei Stunden, bis Ellen nach Hause kommen würde. Er musste Zeit totschlagen, und in einem Radius von acht Häuserblocks gab es ungefähr eine halbe Milliarde Starbucks-Filialen. Er wählte die dritte, an der er vorbeikam, weil ein Schild im Fenster mit kostenlosem WLAN warb und die Barista ihn anlächelte, als er draußen vorbeiging.

Mit einem doppelten Cappuccino in der Hand belegte er einen Barhocker vor dem Fenster, durch das man auf die Straße hinausblicken konnte. Er klappte den Laptop auf, verfluchte Windows Vista, startete neu und verbrachte fünfzehn Minuten damit, seine E-Mails und einige Blogs zu lesen. Er ließ die Fingerknöchel und seine Nackenwirbel knacken, rief Google auf und durchforstete die größte Maschine, die die Menschheit jemals gebaut hatte, nach Spuren von Radical.

Wikipedia lieferte ihm einen passablen Überblick. Tom Weathers alias Radical war erstmals 1993 in China aufgetaucht. Das war gar nicht so lange her, wie Bugsy geglaubt hatte. Er klickte auf einige der Links in den Einzelnachweisen am Ende der Seite.

♥

Solange Faschisten, Kapitalisten und ihre willigen Kollaborateure die Herrschaft in der Hand zügeln, ist es die Pflicht der Menschen, sich gegen sie zu wehren. Erst wenn der letzte Grundbesitzer mit den Eingeweiden des letzten Bankers erdrosselt worden ist, kann die Arbeit am Frieden beginnen. Bis dahin ist jedes Friedensgespräch ein Verrat an der Menschheit.

♣

Bugsy nahm an, dass der Typ »die Zügel der Herrschaft in der Hand halten« meinte, aber geschenkt. Er las noch ein paar Sätze weiter, murmelte flüsternd: »Und so weiter blabla, blablabla.« Dann navigierte er zu einer anderen Seite. Im Lauf der Jahre war Weathers an einer langen Serie kleinerer Kriege, bei Guerillatrupps und Freiheitskämpfen beteiligt gewesen und in Polizeieinsätze verwickelt worden. Burma, Indonesien, Kolumbien, Turkmenistan, Afghanistan … und so weiter blablabla.

In einem Wild-Card-Forum gab es einen Thread über ihn. Seit Jahren war nichts mehr darin gepostet worden, aber die archivierte Diskussion zeichnete dasselbe Bild. Radical war gegen Herrschaft in jeglicher Form, kämpfte – für wen er auch immer kämpfte – gegen alles, was er als faschistisch oder unterdrückend abstempelte. Er hatte einige Fähigkeiten, echte Ausstrahlungskraft und die schlechte Angewohnheit, seine Verbündeten für politisch nicht wahrhaftig genug zu halten. Es gab ein halbes Dutzend Webseiten, auf denen man T-Shirts mit seinem Porträt kaufen konnte. Oft mit Slogans in Sprachen bedruckt, die Bugsy auf Anhieb nichts sagten.

»Noch einen Wunsch?«, fragte die Barista. Sie war vielleicht zweiundzwanzig und blond, und an ihrem Schlüsselbein schlängelte sich die schwarze Spitze einer Tätowierung hervor.

»Freiheit von den Unterdrückern«, sagte er scherzhaft.

»Sie sagen es«, gab sie zurück und klang dabei so sehr nach weißer Mittelklasse, wie man es sich nur vorstellen konnte.

Es wäre lustiger gewesen, wenn Bugsy dabei nicht der Gedanke durch den Kopf gegangen wäre, dass Radical sie beide einfach nur so zum Spaß getötet hätte, wenn er dabei gewesen wäre.

Die willigen Kollaborateure. Das klang wie der Name einer Garagenband.

Tuileriengarten
Paris, Frankreich

»Wenn Weathers diese Fähigkeiten nicht besitzt, wer hat meine Soldaten dann umgebracht?« Siraj hielt sich an dem Stiel seines Champagnerglases fest, als wäre er ein Rettungsring.

»Andere Asse. Asse, Plural.« Noel nippte von seinem Martini mit Hendricks Gin und genoss das sanfte, heiß-kalte Gefühl an der Zungenwurzel.

Siraj kippte den Champagner auf einen Rutsch hinunter und winkte einem Kellner mit dem leeren Glas zu. Damit erntete er das typisch gallische Naserümpfen, Stirnrunzeln und Schulterzucken, doch ging der Kellner nichtsdestotrotz in Richtung Bar. Durchs Fenster sah Noel auf den Tuileriengarten auf der anderen Straßenseite. Eigentlich hätte er gern draußen gesessen, aber wegen des Novemberregens war das nicht möglich. Wie menschliche Skelette in triefenden Mänteln stecken gefaltete Schirme in Metalltischen.

»Dann verfügt das PPA also über mehrere Asse.« Siraj klang verzweifelt. »Wie kann das sein? Das Virus ist nur in der Gegend von New York aufgetreten. Die allermeisten Asse gab es immer schon in Amerika. Ich hatte eines … Bahir … dich. Jetzt habe ich keins mehr. Es sei denn …?« Die angedeutete Frage hing zwischen ihnen in der Luft.

Abwehrend hob Noel die Hand. »Oh, nein, nein, nein, nein. Weathers hat geschworen, Bahir zu töten.«

»Ich brauche Asse. Wenn das PPA welche rekrutiert, dann kann ich das auch.«

Etwas an der ganzen Sache kam Noel falsch vor. Er dachte über Tom Weathers nach – charismatisch, arrogant, ungeduldig. Und ständig stellte er bei anderen die Hingabe zur Revolution infrage. »Ich kann mir nicht vorstellen, dass Weathers Söldner in seiner Armee dulden würde.«

»Du nimmst zwei entgegengesetzte Positionen ein«, fuhr ihn Siraj an. »Was denn nun?«

»Oh, natürlich setzen sie Asse ein. Die Frage ist nur, woher die kommen.« Noel rief sich Weathers Dossier ins Gedächtnis. Vor dem PPA war der Kerl aus jeder Revolutionsbewegung hinausgeschmissen worden, weil sich die anderen Mitglieder immer gegen ihn gewandt hatten. Ideensplitter begannen sich in ihm zusammenzufügen.

Siraj ergriff noch einmal das Wort: »Sieh mal, wenn du nicht für mich kämpfen willst, kannst du mir dann wenigstens helfen, ein paar Asse anzuheuern? Du hast aufgrund deiner Arbeit für die Silver Helix doch noch Kontakte.«

Noel schüttelte mitfühlend den Kopf. »Wenn du eigene Asse ins Feld führst, wird Weathers Bagdad direkt angreifen. Ich habe eine bessere Idee. Nur beruht sie mehr auf Gerissenheit, List und Manipulation als auf roher Gewalt. Die Dinge, in denen ich richtig gut bin …«

»Ja, ja, ja, du bist ein Genie. Weiter im Text.«

»Nimm die Nshombos aus dem Spiel, und das PPA wird in sich zusammenbrechen. Die Armeen werden sich aus dem Sudan zurückziehen und sich dem unausweichlichen internen Kampf um die Macht anschließen …«

»Den Weathers gewinnen wird.«

»Nein, er besitzt weder die nötige Persönlichkeit noch die Charakterstärke, um alles zusammenzuhalten. Und er ist ein Weißer. Die Erinnerungen an die Kolonialzeit sind noch zu lebendig, als dass das passieren könnte.«

»Ja, die Erinnerungen an die Kolonialzeit sind sehr lebendig.« Siraj lächelte spröde. »Dann tötest du also die Nshombos.«

»Das erscheint mir sehr plump. Ein schäbiger Diktator, der zum Märtyrer wird, hätte uns gerade noch gefehlt. Vielleicht wird es so weit kommen, aber lass uns vorher etwas Eleganteres und Subtileres versuchen.«

»Ich nehme an, dass du dieselben Vokabeln wählst, wenn du über mich sprichst«, sagte Siraj und zeigte wieder ein sprödes Lächeln.

»Oh nein, du bist kein schäbiger Diktator.« Noels Lächeln stand dem von Siraj an Sprödigkeit nicht nach. »Ich weiß, dass du deinem Volk wirklich helfen willst, und davor habe ich Respekt. Und das ist einer der Gründe, weshalb wir dich ausgewählt haben, um den Nur zu ersetzen.«

»Bitte erspare mir deine selbstgefällige britische Anerkennung.« Der Kellner kam mit einer Champagnerflasche und einem Eimer mit Eis zurück. Siraj schenkte sich ein Glas ein. »Ich will, dass das bis Jahresende erledigt ist. Falls nicht, sende ich ein kleines Dossier über dich an den Internationalen Gerichtshof, die Presse und an Tom Weathers.«

Es gab Momente, in denen Widerspruch zwecklos war. Dies war einer von ihnen. Noel zuckte mit den Schultern. »Na schön, aber wir müssen den Marsch des PPA auf Bagdad hinauszögern. Wir müssen Zeit gewinnen.«

»Und wie soll ich das deiner Meinung nach machen?«

»Bitte Dr. Nshombo um eine Friedenskonferenz. Wenn Nshombo ablehnt, wird er als Aggressor dastehen. Diese ganzen Diktatoren sehen sich doch so gern als die Helden in ihrer eigenen Groschenoper. Auf schlechte Presse wird er lieber verzichten.«

Siraj trank einen weiteren Schluck. »Und wenn ich die UNO mit ins Boot hole, steigt der Druck auf Nshombo, sich darauf einzulassen.«

»Es wird einige Zeit dauern, bis die Konferenz organisiert ist, und wenn es nötig ist, kannst du die Gespräche mehrere Wochen in die Länge ziehen.«

»Fünf, um genau zu sein.« Siraj füllte Noels leeres Martini-glas mit Champagner auf. Ihre Blicke trafen sich über den Rändern ihrer Gläser, und Noel sah in Sirajs Augen keinerlei Wärme.

Sein alter Mitbewohner würde mit seiner Drohung ernst machen.

Jackson Square
New Orleans, Louisiana

Michelle hatte bereits einige Stunden wach gelegen, als Juliet und Joey auftauchten. Der Sicherheitsmann ließ die Mädels herein, und als die Tür aufging, roch Michelle die Olivenbäume, den schweren Geruch des Mississippi und der Beignetbäckerei im Café du Monde.

»Oh, Schatz«, sagte Juliet. »Du bist wieder wach!«

Michelle machte den Mund auf, bekam aber nur ein heiseres Krächzen heraus. Sie schluckte und sagte: »Ölkanne.«

»Ölkanne?«, fragte Juliet.

»Scheiße, Mann. Das is'n dummer Witz, Ink«, sagte Hoodoo Mama. »Weißt du nicht mehr? Der verdammte Zauberer von Oz? Sie braucht Wasser.«

»Klar«, sagte Juliet. »Du hattest diesen Schlauch so lange im Hals stecken.« Sie eilte hinaus und kam gleich darauf mit einer Tasse und einem Strohhalm zurück. Michelle trank und glaubte, die Welt hätte nicht genug Wasser, um ihren Durst zu löschen.

»Trink nicht zu viel, Baby«, sagte Juliet. »Der Arzt meinte, davon könnte dir schlecht werden.«

Michelle ließ den Strohhalm aus dem Mund fallen. »Ich bin so gut wie unzerstörbar«, sagte sie. »Ich bezweifle, dass mir ein bisschen Wasser etwas anhaben kann.«

Adesina hat weiß Gott wie lange kein Wasser mehr gehabt, dachte Michelle. *Und sie ist nur ein kleines Mädchen. Schon ein paar Tage ohne Wasser könnten ...* Michelle spürte, wie ihr etwas Warmes und Feuchtes auf die Wange tropfte. Juliet weinte.

»O Gott, Juliet … nicht.«

Doch Juliet weinte nur noch mehr. Michelle sah zu Hoodoo Mama hinüber – und bekam dabei ein schlechtes Gewissen, weil Juliets heiße Tränen auf sie herabfielen. Sie schob es beiseite, und stattdessen keimte Wut in ihr auf.

Es war alles Tom Weathers Schuld, dass sie hier war und keine Blasen werfen konnte, auch wenn sie es die letzten paar Stunden lang probiert hatte. In ihr ballte sich diese wahnwitzige Energie, und sie fand einfach keinen Weg, sie wieder loszuwerden.

Und das machte ihr so sehr Angst, dass sie fürchtete, den Verstand zu verlieren. Und dann wiederum spielte das alles gar keine Rolle, denn Adesina war noch immer in der Grube gefangen, und Michelle konnte ihr nicht helfen, solange sie in ihrem Fettberg steckte.

Eine weitere Träne landete auf Michelles Kopf und brachte ihre Gedanken nach New Orleans zurück. Bei ihrer letzten Begegnung hatte Juliet wegen ihres Jobs bei Billy Ray noch Arbeitskleider angehabt. Jetzt waren ihre Haare wieder kurz und igelig. Nur ihre Tätowierungen waren nicht mehr die hübschen Mayamotive, sondern schwarze Stammeszeichen, die aggressiv wirkten.

Und dann fiel Michelle auf, dass Joey und Juliet dasselbe anhatten. Sie trugen beide ein *Joker Plague*-T-Shirt und eine verschlissene Jeans. Was war passiert, dass sich Ink wieder in eine Punkerin zurückverwandelt hatte? Und wieso war Joey Fan von *Joker Plague* geworden? Michelle erkannte die Anzeichen dafür, dass zwei Mädels zu viel Zeit miteinander verbracht hatten. Sie entwickelten eine Schwarmintelligenz. »Was ist los, Joey?«, fragte sie. Allmählich fiel ihr das Sprechen leichter. »Wo bin ich? Ich bin noch in New Orleans, oder?«

»Auf dem bekackten Jackson Square«, sagte Joey. »Nachdem du diese Scheißatombombe geschluckt hast, bist du total dick und echt total abartig krass schwer geworden. Die Penner konnten dich nicht wegbringen, deshalb haben sie erst mal für eine Weile ein Zelt über dir aufgestellt.«

Michelle schüttelte den Kopf. Wenigstens versuchte sie es. »Wie lange bin ich schon hier?«

»Ein Jahr und 'n bisschen.«

Michelle war vollkommen fassungslos. *Ein Jahr. Ein Jahr. EIN JAHR?* Ihr wurde kalt, dann heiß und dann wieder kalt. Ihre Hände fingen an zu zittern. Wie kam es, dass sie nach einem Jahr überhaupt noch lebte?

»Ich weiß, das hört sich echt lange an…«, sagte Juliet.

Joey fiel ihr ins Wort. »Du hast Thanksgiving verpasst. Die Stadt hat um dich herum dieses Tempeldings gebaut, weil sie die Touristen und dankbaren Bürger der Stadt nicht mehr von deinem fetten Hintern fernhalten konnten. Für die meisten Idioten auf diesem Planeten bist du eine Scheißheilige. Bis auf deine beschissenen Eltern, die die lebenserhaltenden Geräte abschalten ließen, weil sie mal wieder an deine Kohle rankommen wollten.

Oh, und leck mich am Arsch, Tiffani ist bei jeder Gelegenheit angereist, um dir nächtelang vorzulesen. Sie hat uns gesagt, dass du nicht tot wärst. Und meine Fresse, damit hatte sie verdammt recht.«

Michelle versuchte, tief Luft zu holen, aber es ging nicht. Sie fühlte sich, als hätte ihr jemand einen Tritt in den Bauch versetzt. Nur dass sich das normalerweise ziemlich gut anfühlte. Jetzt aber fühlte sie sich schrecklich. Ihre Eltern hatten versucht, sie umzubringen.

»Alles okay mit dir, Michelle?«, fragte Juliet. »Du siehst blass aus. Sollen wir den Arzt holen?«

Joey warf die Arme hoch. »Du liebe, gottverdammte Scheiße, Ink. Sie stirbt nicht. Sie hat bloß eben erfahren, dass ihre verfickten Eltern versucht haben, sie umzubringen, um an ihr Geld zu kommen. Das steckt keiner so leicht weg.«

Michelle schloss die Augen. Sie wollte sich übergeben. Sie

wollte weglaufen. Sie wollte schreien. Sie wollte heulen. Würde sie für den Rest ihres Lebens ein Monstrum bleiben? Ein Fleischberg mit so viel Energie im Innern, dass es wehtat?

Tränen brannten ihr in den Augen. Sie hoffte, dass Juliet es nicht merken würde. Sie verabscheute es, so abstoßend zu sein. Und so hilflos.

Sonntag, 29. November

Paraguaçu
Bahia, Brasilien

In dem schlammigen Fluss rings um ihn schwammen große Krokodile. Der Delfin, der mit beinahe mühelosen Wellenbewegungen seines Körpers und angetrieben von der Schwanzflosse durchs Wasser glitt, nahm die Krokodile mithilfe von Ultraschalltönen wahr, die er in der typisch gerundeten, fettreichen Stirn über dem Oberkiefer bündelte.

Er empfand keine Furcht, denn er war der härteste Knochen im Paraguaçu-Fluss. Der Delfin besaß einen schnabelartigen Kiefer, mit dem er große weiße Haie töten konnte. Was konnten ihm zu groß geratene Wassereidechsen schon anhaben?

Das warme Süßwasser schmeckte nach Festland und fühlte sich ölig an. Trotzdem schwelgte er darin. Fast widerwillig steuerte er die Insel an.

Als er aus dem Wasser auftauchte, entdeckte er, verschwommen in den Schatten, die Hütte zwischen den Mangroven und die Frau auf der Veranda. Im Näherkommen wurden die Details schärfer, aber was waren schon Augen, dazu noch an der trockenen Luft, gegen den Reichtum der akustischen Sinneseindrücke im Wasser?

Mit einem letzten Sprung brachte er sich vollends ans Flussufer. Der sandige Schlick schmiegte sich seinem Bauch an, als er aufkam. Nur mit einiger Willenskraft konnte er sich zu der Verwandlung zwingen. Als er tropfnass in seiner schlanken, aber muskulösen zweibeinigen Gestalt aus dem Wasser trat, war er wieder Tom Weathers.

»Hu«, sagte er und schüttelte sich Tropfen aus dem goldenen Haar. »Und dabei habe ich vor einem Augenblick noch geglaubt, die Luft hier sei trocken. Das ist mal ein Perspektivenwechsel.« Mit seinem menschlichen Geruchssinn erschien ihm die Luft so geschwängert von tanninreichem Wasser und taubenetzten Mangrovenwäldern, dass ihm beinahe schwindelig wurde.

Die Frau lachte. Mit seinen Menschenaugen erkannte er sie deutlich. Auch in ihren Vierzigern war eine nackte Sun Hei Lian ein lohnender Anblick. »An diese Fähigkeit von dir kann ich mich einfach nicht gewöhnen«, rief sie ihm entgegen, während er den Kiesweg vom Fluss zu den grob gezimmerten Holzstufen der Veranda hinaufstapfte. Die Nachmittagssonne flussaufwärts knallte ihm auf die Haut. »Wie bist du nur an eine solche Fähigkeit gekommen?«

Von der Frage zogen sich ihm die Hoden zusammen, als wollten sie in seinen Bauch zurückschlüpfen. »Die Macht der Weltrevolution kennt keine Grenzen«, sagte er. »Das solltest du wissen, Shang Xiao.«

Das bedeutete »Colonel«. Die Öffentlichkeit kannte Hei Lian als unerschrockene Fernsehreporterin für den englischen Nachrichtenteil von Chinese Central Television. Unter Geheimdienstlern war sie als Topagentin des gefürchteten chinesischen Ministeriums für Staatssicherheit bekannt, des Guojia Anquan Bu oder kurz: Guoanbu. Peking hatte sie damit beauftragt, das aus dem Westen stammende supermächtige und sprunghafte Ass des PPA zu verführen.

Das war ihr so gut gelungen, dass sie nun als Ratgeber der Volksrepublik für ihren Verbündeten Nshombo fungierte, und das, obwohl ihre gerontokratischen Kommunistenbosse alle-samt chauvinistische Hardliner waren. Im Verlauf der Mission hatte sie sich in ihre Zielperson verliebt.

»Wenn du meinst«, sagte sie.

Als er die Stufen unter dem reetgedeckten Vordach hinauf-tapste, reichte sie ihm eine offene Flasche mit einer nahezu leuchtenden grünen Flüssigkeit. Sie war eiskalt, was bedeutete, dass sie frisch aus der Kühlbox kam, die sie aus Salvador, der Hauptstadt des brasilianischen Bundesstaats Bahia drei Mei-len flussabwärts an der Mündung in den Atlantik, mitgebracht hatten. In der kleinen Hütte gab es weder Strom noch fließend Wasser oder sonstigen modernen Komfort – was ihrer Beliebt-heit als Wochenendzuflucht unter den Baianos aus der Stadt keinen Abbruch zu tun schien. Sie zu bekommen war nicht leicht gewesen. Vor allem, weil Tom den Typen im Buchungs-büro nicht mit seinen Assfähigkeiten hatte beeindrucken kön-nen. Schließlich sollte das ein Geheimversteck sein: Nie schlief er zwei aufeinanderfolgende Nächte am selben Ort, denn der teleportierende Scherge Bahir war immer noch hinter ihm her, und irgendwann musste er einmal schlafen.

Doch er war zunehmend weniger gewillt, überhaupt noch zu schlafen, allerdings aus Gründen, die nichts mit dem arabi-schen Ass mit den goldenen Augen zu tun hatten.

Tom schraubte den Deckel ab und trank einen Schluck. Die Kühle, die sich von seiner Kehle in den Körper ausbreitete, war angenehm wohltuend, nachdem er gerade einmal zehn Meter zu Fuß gegangen war. Auch wenn man nur im Verhältnis zur überwältigenden Tropenhitze von Kühle sprechen konnte.

Mit einem halb leeren Bier lehnte Hei Lian im Durchgang, einem ins natürliche Holz geschnittenen Rechteck, das ins dunkle Innere führte. Ihr langes schwarzes Haar hatte sie zu einem Pferdeschwanz zusammengebunden. Ihre sonst elfen-beinfarbene Haut mit einem Rosastich leuchtete golden im schräg einfallenden Sonnenlicht.

Sie war eigentlich nicht sein Typ. Er wäre der Erste gewesen, dies einzugestehen. Nicht dass er auf blonde Cheerleaderinnen mit dicken Möpsen gestanden hätte, vor allem nicht, wenn sie vergrößert worden waren, denn künstliche Brüste verkörperten den demonstrativen Konsumzwang des Kapitalismus. Dennoch stand er mehr auf üppigere Frauen.

Und vor allem auf jüngere. Sun Hei Lian sah man ihre Jahre zwar nicht sehr an, auch wenn er wusste, dass sie sie mit harter Arbeit verbracht hatte. Sie hielt sich bemerkenswert in Form, in Turnerform, in Kampfkunstform. Bei ihrem Vater, einem daoistischen Priester, hatte sie Tai-Chi-Chuan und innere Kampfkünste gelernt, und ihre Arbeitgeber hatten ihr gefährlichere Varianten beigebracht.

Sie behauptete, er wäre dafür verantwortlich, dass sie sich um Jahre jünger fühlte. Im letzten Jahr, das Jahr, in dem sie zusammen gewesen waren, hatte sie mehr gelacht als in ihrem ganzen Leben davor, sagte sie. Da sie ansonsten immer noch sehr ernsthaft war, glaubte er ihr das.

Sie war die schönste Frau, der er je begegnet war, nicht trotz, sondern wegen ihres Alters. Und sie war klug, leidenschaftlich klug, und das nötigte ihm Respekt ab. Hei Lian war etwas, das Radical in der kurzen Zeit seiner Freiheit nicht gekannt hatte: Sie war mehr als eine begabte und inzwischen leidenschaftliche Liebhaberin, sondern auch eine Vertraute.

»Du wirkst nachdenklich, Geliebter«, sagte Sun.

Er drehte sich um und lehnte sich gegen das Geländer. Das von der Sonne aufgeheizte Holz stach ihm in die Arme. »Ich vermisse Sprout«, sagte er leise. »Ich vermisse es, sie bei mir zu haben.«

»Du hättest sie mitbringen können.«

»Würdest du dann so rumlaufen?«

»Natürlich nicht«, sagte Sun mit gespielter Empörung. »Doch nicht vor einem Kind!« Sie kam zu ihm, um ihm das Kinn auf die Schulter zu legen und ihm durchs Haar zu wuscheln. Er spürte ihre Wärme und ihren festen und doch nachgiebigen Rücken und Po, Haut auf Haut, und das sanfte Kratzen ihres Schamhaars. Anders als so viele Frauen heutzutage rasierte sie sich die Muschi nicht. Sie war dort ohnehin nicht dicht behaart.

Als sich der Tag zu neigen begann, ließen sich riesige Schwärme Scharlachsichler, die nach ihrem Aufenthalt im Norden und dem langen Flug in den Sommer des Südens ein blasses Rosa angenommen hatten, auf Sandbänken, überwucherten Inseln und den dichten Mangrovenwäldern zu beiden Seiten des Flusses nieder. Sie fielen herab wie Zuckerwatte, um zwischen den harten, knorrigen Wurzeln, die sich ins schwarze Wasser beugten, nach Mangrovenkrebsen zu suchen. Ihre Schreie stiegen wie Blasen zum Himmel auf, der sich allmählich mit orangefarbenen und gelben Streifen überzog.

Im sirupartigen Wasser gluckste es, und ein Krokodil, ein *jacaré*, wie es die Einheimischen nannten, tauchte neben dem kleinen Anleger auf. Momentan war kein Boot daran festgemacht, denn das war nicht nötig. Der *jacaré* war ein großer Kerl, an die dreieinhalb Meter lang. Er schleppte sich den Kiesweg hinauf und starrte die Menschen mit gallertartigen, von gepanzerten Lidern überwölbten Augen an, als wolle er sie als Abendessen beanspruchen.

Tom zeigte auf das Tier. Aus seinem Finger fuhr ein Feuerstift und versengte einen Grasbüschel einige Zentimeter vor der spitzen Schnauze des Krokos. Die Feuchtigkeit in den Pflanzen und im Schlamm verwandelte sich in Dampf und verschmorte die Schnauze des Tiers, und Kiesel spritzten ihm ins Gesicht. Erschrocken riss das Krokodil sein gelbrosa Maul auf, um zu fauchen, und entblößte dabei beeindruckende Zähne. Dann hastete es mit wedelndem fetten Schwanz zurück ins Wasser und war verschwunden.

»Arroganter Schnösel«, sagte Tom. Er hob den Finger und tat so, als würde er Pulverdampf wegpusten.

Hei Lian lachte. »Das sieht schon eher nach dir aus. Ich habe mich gewundert, warum du uns zum Übernachten in dieses ländliche Tropenparadies gebracht hast. Von Sicherheitsgründen abgesehen. Ich hatte den Eindruck, dass du nicht sonderlich auf diesen hippiesken Zurück-zur-Natur-Kram stehst.«

Vor Wut entflammte eine Supernova in ihm. Er wirbelte herum. Wie eine aufgeschreckte Katze machte Hei Lian einen Satz zurück. »Was zur Hölle soll das heißen?«, brüllte er ihr ins Gesicht. »Was zur Hölle?«

In ihren schwarzen Augen stand weniger Furcht als Erstaunen, aber durchaus auch Furcht. Colonel Sun, die schon vor ihrer Pubertät auf den Dienst im Guoanbu und an ihrem Land eingeschworen worden war und Jahrzehnte inmitten der größten und blutigsten Krisenherde der Erde überlebt hatte, ließ sich nicht so leicht ängstigen.

Tom war jedoch das mächtigste Ass der Welt, mit Ausnahme vielleicht von Ra. Er zerschmetterte fünfzig Tonnen schwere Schlachtpanzer wie Fliegen. Sie wusste nur zu gut, was er ihr antun konnte. »Nichts«, sagte sie, und es gelang ihr, dass ihre Stimme kaum zitterte. »Ich habe einen Witz gemacht. Ich hab's versucht. Und es ist mir nicht gelungen.«

Ihr niedergeschlagener Blick durchfuhr ihn wie das Geschoss einer Kalaschnikow. Er atmete tief aus. Die Wut war bereits verflogen, so rasch, wie sie gekommen war, und ließ eine klamme, zitternde Leere zurück.

»Tut mir leid, Mann«, grummelte er. »Wollte dich nicht so anfahren.« *Du musst dich zusammenreißen, Mann*, ermahnte er sich. *Du findest zwar wieder eine andere Frau, aber hier steht viel mehr als das auf dem Spiel.* Mehr, als er irgendjemanden argwöhnen ließ. Nicht einmal Hei Lian. Nicht einmal Sprout. Mehr, als er sich eigentlich bewusst machen wollte. *Alles.*

Mit einem Kopfschütteln wandte er sich wieder dem Geländer und dem Fluss, den sich sammelnden Vögeln und dem Abend zu. »Ich bin zurzeit nur etwas angespannt.«

Sie stand wieder hinter ihm, schmiegte sich an ihn und streichelte ihn beruhigend. Sein Schweiß mischte sich mit ihrem und bildete eine glitschige Membran zwischen ihnen. Er bewunderte ihren Mut, weil sie es wagte, sich ihm wieder zu nähern.

»Wegen dem Sudan?«, fragte sie.

»Ja«, sagte er und stützte sich schwer auf das Geländer. »Der falsche Krieg zur falschen Zeit am falschen Ort.« Tom griff wieder zu der Limo, die inzwischen mehr als abgestanden, fast schon heiß war, und trank sie zur Hälfte aus. Nur zu gern hätte er wenigstens ein Bier gewagt, um etwas gegen seine Anspannung zu tun. Aber er tat es nicht. Er hatte es in den beinahe eineinhalb Jahrzehnten, seit er … er selbst geworden war, nicht getan. Auch hatte er sich nie bekifft. Er konnte es sich nicht leisten, sein Bewusstsein zu beeinflussen. »Nshombo hatte schon immer ein Problem mit Muslimen, besonders mit Arabern. In seiner Erinnerung waren es immer die Araber, die den Sklavenhandel vorangetrieben haben, und jetzt glaubt er, sie wollten ihn wiederbeleben.« Er zuckte mit den Schultern. »Scheiße. Das machen sie vielleicht sogar. Im Südsudan haben wir einheimische Muslime entdeckt, die sich Araber nennen, obwohl sie kein bisschen anders aussehen als ihre Nachbarn, und die Leute aus den animistischen Stämmen als Sklaven halten. Wir haben die Sklavenhalter ihren eigenen Sklaven überlassen. Die Tat ist die beste Propaganda. Dieser Kalif ist nur eine Marionette, und Siraj ist ein Möchtegernwestler. Ich habe kein Problem, ihn an die Wand zu stellen. Aber in zehn Jahren. Vielleicht auch fünf. Nachdem wir der Welt gezeigt haben, dass die Revolution funktioniert, dass wir aus dem People's Paradise wirklich ein Paradies für die Menschen gemacht haben. Jetzt ist es zu früh. Viel zu früh, verdammt.« Tom wandte sich von ihr ab, um sich auf das Geländer zu stützen. »Und Alicias Asse … die stellen ein zu hohes Risiko dar. Sieh dir nur an, was mit dem Letzten geschehen ist.«

»Dolores.« Sie legte ihm eine kühle Hand auf die Schulter. »Butcher Dagon hat sie umgebracht.«

»Alicias erste Erfolgsgeschichte, und sieh dir an, wie sie ausgegangen ist.« Die Sonne schien durchs Reetvordach, das gitterförmige Schatten warf, und sank dem Mangrovenwald und dem Ursprung des großen Flusses in der Chapada Diamantina im Herzen Bahias entgegen. Das Licht war milder geworden, und die Sonne stach nicht mehr so. Die Luft war aber immer noch unbewegt und heiß und so feucht, dass man in ihr schwimmen konnte. Die allgegenwärtigen Insekten summten nicht mehr geschäftig, sondern fieberhaft umher.

Tom blies die Backen auf und stieß einen Seufzer aus. Mit schiefem Lächeln drehte er sich zu Sun um. »Was hältst du davon, wenn wir reingehen und in die Horizontale wechseln?«

Jackson Square
New Orleans, Louisiana

Und dann ist sie wieder in der Grube.

Adesina kauert am Boden. Ihre Haare haben sich aus den Zöpfen gelöst und hängen ihr wirr vor dem Gesicht wie eine Wolke. Sie sieht wild aus.

Michelle sieht sich um. *Leichen. Ja. Leoparden. Ja. Adesina. Ja. Keine Hasen. Ja.*

Sie drückt fest die Augen zu und wünscht sich nach New Orleans zurück.

Juliet und Joey starrten sie an. »Was hast du da gesagt?«, fragte Juliet.

»Ich habe nichts gesagt«, erwiderte Michelle.

»Und wie du nichts gesagt hast«, sagte Joey. »Das war mal 'ne abgedrehte Scheiße, Bubbles. Du hast in Zungen geredet.«

Michelle wollte den Kopf schütteln, konnte ihn aber nur ein bisschen bewegen. »Nein. Das war Adesina.«

Ink und Hoodoo Mama sahen sich an.

»He!«, rief Michelle. »Das habe ich gesehen!«

Juliet strich Michelle über die Stirn. »Süße, du hast ein Jahr lang im Koma gelegen. Wahrscheinlich bist du müde.«

»Ich bin nicht müde!«, blaffte Michelle. »Hallo? Koma? Ich bin mächtig ausgeruht. Und ich habe diese krassen Träume, von denen ich überzeugt bin, dass sie keine Träume sind. Ohne Hasen.« Finster sah Michelle zu ihnen auf. »Ihr braucht euch nicht so anzuschauen. Ich kann euch beide sehen.«

Doch sie sahen sich gar nicht an, sondern starrten zu Michelle.

Zu einem anderen Zeitpunkt hätte sie vielleicht über ihren Gesichtsausdruck gelacht. »Was zum Donnerwetter? Ich schwöre, dass ich nicht gefurzt habe.«

Juliet deutete auf Michelle. »Du wirfst Blasen.«

Michelle sah auf ihre Hand hinab. Auf ihr bildete sich eine große Blase. Sie schillerte in allen Regenbogenfarben und war wunderschön. Und es fühlte sich so an, als könnte es tagelang so weitergehen.

Sie entließ die Blase, die an die Decke schwebte. Dann fing ihre Hand an zu zittern, und sie glaubte, die Kontrolle über sich zu verlieren. Wieder wurde sie von fürchterlicher Übelkeit erfasst, und dann zerrte die Energie an ihr. Sie hatte Feuer in den Venen. Aber sie konnte Blasen werfen.

Irgendwo über dem Atlantik

Von New Orleans flogen sie nach New York. Von New York würden sie nach Rom fliegen. Dort würden sie in ein kleineres Flugzeug umsteigen, das sie nach Addis Abeba bringen würde, wo sie noch einmal in einen noch kleineren Flieger nach Daressalam wechseln würden.

Wally schüttelte das Paket, das der Flugbegleiter ihm vor ein paar Stunden gegeben hatte. Er beugte sich über den Mittelgang (Wally brauchte einen Platz am Gang, weil die Leute sich beschwerten, wenn sie eine Armlehne mit einem Metallmann teilen mussten.) und sagte ins Brummen der Triebwerke hinein: »Willst du meine Erdnüsse?«

Jerusha schüttelte den Kopf und studierte noch immer die Landkarten, die sie auf ihrem Tisch vor sich ausgebreitet hatte. Damit hatte sie sich beschäftigt, seit sie in New York losgeflogen waren. Sie studierte viel. »Nein danke.«

In der Kabine war es dunkel. Die Flugbegleiter hatten die Beleuchtung gedimmt, damit die Leute den Wechsel der Zeitzonen besser verschlafen konnten. Wally war zwar schon viel umhergereist, seit er dem Komitee beigetreten war, aber er hatte immer noch nicht gelernt, an Bord eines Flugzeugs zu schlafen.

Er gähnte, sodass seine Kiefergelenke quietschten. Dann streckte er sich, bis das Metallgestell seines Sitzes ächzte. Er unternahm noch einmal einen Versuch, sich auf die Reiseführer zu konzentrieren, die sie gekauft hatten, aber die waren voller Kram, den er nicht verstand. Er nahm an, dass das klarer würde, wenn er erst einmal vor Ort sein würde.

Der im Bordkino gezeigte Film sah gut aus. Ein paar Leute lachten sogar, aber die Kopfhörer passten ihm nicht.

»Hey, Jerusha?«

»Aha?«

»Was glaubst du, was uns dort erwartet? Im Kongo?«

Jerusha antwortete mit einem Bühnenflüstern: »Angst! Und Schrecken!« Sie grinste, als hätte sie einen Witz gemacht.

Wally starrte sie an.

»Vielleicht treffen wir auf einen Elfenbeinhändler.«

Wally schüttelte langsam den Kopf.

»Joseph Conrad? *Herz der Finsternis*?«

Wally zuckte mit den Schultern.

»Das ist ein Buch.«

»Oh, ich lese nicht so viel.« Noch einmal zuckte er mit den Schultern, doch innerlich fuhr er zusammen. Solche Geständnisse zogen beißende Bemerkungen an wie Magneten Eisenspäne. Er machte sich auf den unvermeidlichen Spott gefasst.

Aber es geschah etwas Seltsames: Auch sie zuckte mit den Schultern. »Du hast nichts verpasst. Ich musste es in der Highschool lesen. Hab's tierisch gehasst.«

»Wir mussten den *Großen Gatsby* lesen. Das ist das dickste Buch, das ich je gelesen habe. Ich musste Mr. Schwandt um eine zusätzliche Woche bitten, aber ich hab's geschafft.«

»Schön für dich.« Seltsam – es klang, als meine sie es tatsächlich so. Ohne Sarkasmus. »Oh, ich weiß schon. Guckst du dir viele Filme an?«

»Oh, klar. Einen Haufen.«

»Hast du mal *Apocalypse Now* angeschaut? Der basiert auf *Herz der Finsternis*.«

»Ja, den habe ich gesehen. Hat mir ziemlich gefallen, als ich ihn gesehen habe.« Der Gedanke an Kriegsfilme rief ihm die Dinge ins Gedächtnis, die er in den letzten paar Jahren erlebt und getan hatte. Etwas leiser sagte er: »Ich glaube nicht, dass er mir heute noch so gefallen würde.«

Wally schwieg lange. Als er irgendwann wieder aufsah, stellte er fest, dass Jerusha ihn noch immer anschaute.

»Wally? Wie viele Kinder unterstützt du?«

»Sieben. Wenn man Lucien mitzählt.« Wieder diese plötzliche, panische Sorge. »Wir werden ihn doch wiederfinden, nicht wahr?«

»Weißt du, was ich glaube? Ich glaube, dass wir die ganze Reise unternehmen, um am Ende herauszufinden, dass Lucien eben noch ein kleiner Junge ist.«

»Was meinst du damit?«

»Ich meine, dass er noch ein Kind ist. Kinder sind vergesslich. Sie spielen und tollen herum und vergessen die Sachen, die ihre Eltern ihnen aufgetragen haben. Kinder sollen so sein.«

»So habe ich da noch nie drüber nachgedacht. Ich hoffe es.«

Freundlicher fragte Jerusha: »Und? Wie kommst du mit diesen Reiseführern voran?«

»Oh, gut. Wirklich gut.« Sie warf einen Blick auf die nicht aufgeschlagenen Bücher auf seinem Tisch und zog eine Augenbraue nach oben.

Wallys Seufzer klang wie das Druckventil eines überhitzten Boilers. »Ich lese nicht viel«, gestand er.

»Hast du dich, bevor du mich angerufen hast, überhaupt irgendwie auf diese Reise vorbereitet?«

»Nun, ich habe alle Briefe von Lucien. Und an Samstagen habe ich früher mit meinem Bruder immer diese alten Tarzanfilme im Fernsehen gesehen. Wahrscheinlich kenne ich sie alle.«

»Tarzan.« Jerusha rieb sich die Augen. »Bestens.«

»Ich kann auch einen ziemlich guten Tarzanschrei nachmachen.«

Hastig sagte sie: »Bitte nicht!«

»Du bist nicht sauer, oder?«

»Ich bin nicht sauer auf dich, Wally. Ich bin sauer auf…« Sie lächelte ihn halbherzig an. »Ich bin bloß ein bisschen erschöpft, das ist alles. Seit gestern habe ich nicht mehr geschlafen.«

Wally wusste nicht, was er antworten sollte, und sagte: »Danke.«

Er nahm einen Reiseführer in die Hand, und als er wieder erwachte, waren sie in Rom.

Hauptquartier der Silver Helix
London, England

Noel saß auf dem Boden des Aktenzimmers, lutschte an einem Karamell-Lolli (aus dem Restvorrat der Halloweensüßigkeiten, auch wieder so eine amerikanische Eigenart) und las sich die Geheimdienstakte über die Nshombos durch. Er hatte die Silver Helix vor einem Jahr verlassen, und seither herrschte zwischen ihm und der Organisation ein brüchiger Friede.

Noels Aussagen in Den Haag hatten zur Verhaftung von John Bruckner alias Highwayman und Brigadier Kenneth Foxworthy alias Captain Flint wegen Kriegsverbrechen geführt. Vor einem Jahr waren Flint und Bruckner ins Haus von Noels Eltern eingebrochen, hatten die Asskinder getötet, die Noel mit Niobe gezeugt hatte, und einen amerikanischen Jungen entführt, den Regierungen in aller Welt wegen seiner nuklearen Asskräfte töten oder kontrollieren wollten. Bruckner hatte Drake nach Nigeria gebracht, um den Vormarsch der Armee des PPA in das ölreiche Land zu stoppen. Bei der Detonation waren Tausende gestorben, und am Ende war Nigeria doch vom PPA besetzt worden.

Foxworthy und Bruckner waren in Holland inhaftiert. Bruckner beteuerte, dass er »nur Befehle befolgt« hätte, doch Flint stürzte sich für Land und Krone ins Schwert, indem er alle Schuld auf sich nahm. Die Silver Helix wusste, dass Noel eine Akte mit allen Morden angelegt hatte, die er für die britische Regierung ausgeführt hatte, und dass er diese veröffentlichen würde, falls sie etwas gegen ihn unternehmen würden.

Noel sah keinen Grund, weshalb die infolge eines Versprechens einer wechselseitigen Zerstörung getroffene Vereinbarung nicht auch dahingehend ausgeweitet werden sollte, dass er die Ressourcen der Silver Helix nutzte.

Rasch überflog er die Seiten und suchte nach etwas, mit dem er die Geschwister diskreditieren konnte. Der Bruder war ein enthaltsamer Mensch – keine Liebhaberinnen, keine Drogen, kein Alkohol. Die Schwester war schon etwas genusssüchtiger – sie konsumierte Essen und Sex im Übermaß. Man vermutete, dass sie mit den meisten Männern ins Bett ging, die für ihre Leopardengesellschaft rekrutiert wurden. Aber sie war nicht die Staatschefin, weshalb es wenig nützen würde, ihre Exzesse bekannt zu machen.

Noel schlug eine neue Seite auf. Die Überschrift lautete: Vermögenswerte. Die Nshombos hatten drei Schweizer Bankkonten – leicht zu erraten, wer von ihnen eines besaß und wer zwei –, doch ihre Nummern waren nicht bekannt. Außer dem Palast in Kongoville hatten sie noch eine Wohnung in Paris und ein Haus an der dalmatischen Küste. Dazu eine Yacht. Da fiel sein Blick auf eine Zeile: *Der Staatsschatz scheint aus einer Kombination von Gold- und Platinbarren und ungeschliffenen Diamanten zu bestehen, die in der Zentralbank des Kongo aufbewahrt werden.*

Plötzlich ging die Tür auf.

Noel verfluchte sich, weil er so vertieft in die Akten gewesen war, dass er die sich nähernden Schritte nicht gehört hatte. Schnell sah er auf die Uhr: 16:42. Draußen versank die Wintersonne in den Nebeln und dem Dunst der Old Town von London. Aber es war noch nicht ganz Nacht, sodass Noel in seinem eigenen Körper gefangen war und nicht teleportieren konnte. Die Chefpsychologen der Silver Helix hatten ihm nicht helfen können, die psychologische Störung zu überwinden, wegen der er nur in Gestalt seiner Avatare, nicht aber als Noel teleportieren konnte.

Er fasste unter seinem Jackett nach der Pistole. Da er keinen seiner ehemaligen Kameraden erschießen wollte, legte er erst mal nur die Hand auf den Griff der Waffe.

»Noel, was zum Teufel machst du hier, Mann?«

Es war Devlin Pear alias Ha'Penny. Da Noel auf dem Boden saß, befanden sie sich auf einer Augenhöhe. Dev war kleinwüchsig. Er konnte aber auch noch kleiner werden, noch viel kleiner.

Noel hielt die Akte in die Höhe. »Bloß ein paar Infos.«

»Das kannst du nicht machen. Lady Margaret sitzt heute Abend im Chefsessel. Wenn die wüsste, dass du hier bist, würde sie dir die Eier abschneiden.«

Und das entsprach zweifellos der Wahrheit. Lady Margaret alias Titania war seit Jahren hoffnungslos verknallt in den ehemaligen Chef der Silver Helix gewesen. Jetzt erwartete Captain Flint seinen Prozess wegen Kriegsverbrechen, und Noel war daran schuld. »Nun, dann sag's ihr halt nicht.«

»Das muss ich aber. Du kannst hier nicht einfach reinschneien ...«

Noel legte eine Hand auf die Akte. »Sieh mal, ich führe Gottes Werke aus. Oder zumindest die Englands, was fast dasselbe ist.« Er lächelte Dev an, doch das kleine Ass wirkte immer noch beunruhigt. »Ich suche nach einer Möglichkeit, die Nshombos aus dem Weg zu schaffen, ohne dass etwas auf den Westen hindeutet. Damit ist den britischen Interessen in der Region doch nur gedient, oder?«

»Warum solltest du das tun? Du bist aus dem Geheimdienst ausgeschieden.«

»Die Silver Helix kratzt mich nicht die Bohne, aber ich bin immer noch Engländer. Ich wollte nur ein paar Informationen.«

»Das ist wirklich alles?«

»Ich schwöre es.«

»Na schön, aber mach das nie wieder.« Das kleine Ass zögerte. »Ruf mich lieber an.«

Sie schüttelten sich die Hände, dann legte Noel die Akte zurück, stand auf und sah auf die Uhr. Es waren noch immer drei Minuten bis Sonnenuntergang.

»Ich wünschte, du hättest uns nicht verlassen«, sagte Devlin.

»Das musste ich aber. Mir widerstrebte, was für ein Mensch aus mir geworden war.«

Ha'Penny dachte über Noels Rolle – als Meuchelmörder – in der Silver Helix nach und nickte bedächtig. »Das kann ich verstehen.«

Es war Zeit. Noel verwandelte sich in Lilith. »Das PPA ist die Gefahr, Dev«, sagte sie. »Ich will nur helfen.« Und sie teleportierte.

Montag, 30. November

Paraguaçu
Bahia, Brasilien

In der Dunkelheit schlug er die Augen auf.

Die feuchte Luft war auch lange nach Mitternacht noch heiß. Schweiß lief ihm kitzelnd in die Achselhöhlen, die ihm vertraut und gleichzeitig vollkommen fremd vorkamen. Insekten summten wie ein Chor aus Motorsägen. Umwerfend schöne Pfeilgiftfrösche trillerten, um für sich zu werben. Der Fluss wimmerte und gurgelte durch die Mangrovenwurzeln. Das Wasser roch wie starker Tee oder der Tod und überdeckte sogar den Geruch der schweißgetränkten Bettwäsche.

Durch das offene Fenster fiel Sternenlicht und bestätigte seine vom Übergang etwas vage Erinnerung, und er identifizierte den Schemen neben sich als das Gesicht der schlafenden Sun Hei Lian. Während Geist und Sicht klarer wurden, schälten sich auch die Einzelheiten ihrer unheimlich delikaten Umrisse heraus. Die Furchen, die das Leben in ihrem Gesicht hinterlassen hatte, ließen sie in Mark Meadows Augen noch schöner erscheinen.

Wie gut, dass sie so nahe ist, dachte er. Er war schon immer kurzsichtig gewesen. Und während der letzten vierzehn Jahre hatte er mit Adleraugen gesehen.

Er brauchte drei Atemzüge, bis er es wagte, die Augäpfel zu bewegen. Es gab weiter nicht viel zu sehen. Das Bett, das einfache Zimmer mit seiner absichtlich spärlichen und primitiven Möblierung aus Holz und groben Stricken, die Petroleumlampe, die sie aus Salvador mitgebracht hatten und die inzwischen erloschen war. Und der Körper der Frau, bleich, schlank und außergewöhnlich.

Das war immerhin ein Vorzug, wenn auch im selben Maße Folter wie Vergnügen. Er kannte jede Wölbung dieses Körpers. Und doch war sie noch nie von ihm berührt worden, nur von dem Körper, den er bewohnte. *Bin ich nicht ein Glückspilz?*, dachte er. *Ich verliebe mich in eine tödliche chinesische Spionin. Und sie verliebt sich in mein böses Alter Ego, das sich meines Körpers bemächtigt hat. Bestens.*

Es war nicht das erste Mal, dass er sich aus Liebe zum Idioten gemacht hatte. Seine Obsession mit seiner ersten Liebe, Sunflower, hatte ihn auf die zwanghafte Quest geführt, die damit geendet hatte, dass Radical seinen Körper usurpiert hatte. Lange nachdem die Liebe, die er für sie empfunden hatte, in einer Scheidung, Bitterkeit und Sprout geendet hatte.

Sprout – die Art, wie Hei Lian Marks Tochter behandelte, war der Grund dafür, dass er sich in sie verliebt hatte. Erst war sie ihr gegenüber kühl gewesen, beinahe hasserfüllt. Jetzt zeigte sie alle Anzeichen von Liebe. Es war, als hätte Sprout in dieser Frau, die praktisch ihr ganzes Leben von berufsbedingter Kaltherzigkeit erfüllt gewesen war, die Fähigkeit zur Freundlichkeit erweckt.

Hei Lian hatte einen rasiermesserscharfen Verstand und eine so düstere Entschlossenheit, dass ihre engstirnigen Bosse ihre hervorragenden Leistungen hatten anerkennen müssen. Viele Jahre, in denen sie Zeugin – und zweifellos auch Verursacherin – von Brutalität gewesen war, hatten sie nicht unterkriegen können. Aber es war ihre unerwartete Fähigkeit zur Wärme, mit der sie ihn für sich eingenommen hatte.

Ich liebe dich, wollte er ihr sagen. *Ich kenne die verführerische Kraft von Radical nur zu gut. Und sie ist eine Lüge.*

Er hatte das schmerzhafte Verlangen, sie zu warnen. Die Welt zu warnen. *Der Mann, den du zu lieben glaubst, verwandelt sich in etwas Unmenschliches. Wenn er nicht aufgehalten wird, zerstört er alles. Er…*

Mark fühlte, wie er in einem Strudel von der Welt wegdriftete, hinunter ihn die altbekannte Dunkelheit. Er stieß einen heftigen und verzweifelten Schrei aus, dem seine Kehle keine Stimme mehr verleihen konnte.

»Aaahh!«

Von dem Schrei schreckte Tom aus dem Schlaf hoch. Haare, Gesicht und Körper waren patschnass vor Schweiß, als wäre ein tropisches Gewitter in der Hütte niedergegangen. Die grobe Leinwanddecke unter seinem Hintern war aufgeweicht und feuchter, als sie allein wegen der Hitze hätte sein dürfen.

Finger wanderten an seinem Arm hinunter. »Alles okay?«, fragte Hei Lian und setzte sich neben ihm auf.

Er holte tief Luft und schob sich Haare aus der Stirn, damit der Schweiß ihm nicht mehr in den Augen brannte.

»Ja«, sagte er heiser. »Bloß ein Albtraum.«

Ellen Allworths Wohnung

Manhattan, New York

Als Bugsy erwachte, war es draußen noch dunkel. In grellen Ziffern zeigte der Wecker 06:22 Uhr an. Bugsy ächzte und wälzte sich auf die Seite, indem er die Decke hinter sich herzog. Die Frau neben ihm gab einen genervten Laut von sich und zerrte die Decke wieder zurück. Er setzte sich auf, betrachtete die Schlafende im spärlichen Licht, das durch die Fenster hereinsickerte.

Sie war schön, vor allem wenn sie schlief und weder Ellen noch Aliyah war. Ihr nackter Leib war ihm inzwischen vertraut. Bekanntes Territorium, und doch immer noch aufregend. Wie sich ihre kleinen Brüste beim Atmen hoben und senkten. Die namenlose Falte, wo ihr Schenkel aufhörte und in den Rumpf überging. Der Leberfleck an ihrer Wirbelsäule. Wenn sie niemand war und ihr Gesicht sich entspannte, wirkte sie jung. Dann sah sie aus wie jemand in seinem Alter. Er seufzte.

Im Zimmer roch es noch nach Sex und Alkohol. Der Kopf tat ihm ein wenig weh, aber nicht so sehr, dass er etwas dagegen hätte unternehmen müssen. Das leise Summen einiger verstreuter Wespen bildete ein weißes Rauschen, das ihm wie Stille vorkam. Dennoch rief er sie zu sich, ließ sie mit seinem Körper verschmelzen, denn sie schlief besser, wenn es ruhig war.

Er stand auf, duschte und wärmte sich Rührei und Kaffee in der Mikrowelle auf. Die Wohnung glich einem hochklassigen Ramschladen oder einem billigen Museum. Um ihn herum waren lauter Artefakte aus dem Leben anderer Menschen. Das Cameo, das Ellen trug und mit dem sie manchmal ihre Mutter channelte. Der Stift, mit dem sie einen verstorbenen Investmentbanker herbeirief, wenn sie ihre Finanzen plante. Eine Schere. Eine Brille. Hundert Tote, die Ellen alle zur Verfügung standen, wenn und falls sie sie brauchte. Er ging mit einer ganzen Republik aus.

Als er sich wieder in ihr Schlafzimmer stahl, um seine Kleider zu holen, waren ihre Augen weit geöffnet. Erst als sie sich bewegte, wusste er, wer sie war.

»Aliyah«, sagte er. »Hast du gut geschlafen?«

Sie nickte sanft.

»Ellen?«

»Die schläft noch«, sagte Aliyah und berührte den Ohrring. »Es ist seltsam, wenn sie nicht in meinem Hinterkopf ist. Ich habe mich wohl daran gewöhnt, was?«

»Ja«, sagte er.

»Das bedeutet aber, dass ich echt bin«, sagte Aliyah. »Ich meine, wenn ich hier sein kann, ohne dass sie dabei ist, dann bedeutet das, dass ich wirklich ich bin und nicht nur… ich weiß nicht. Ein Echo. Wenn ich wach bin und sie schläft, bin ich nicht nur ihre Wild Card. Ich bin nicht nur ein Traum.«

»So ist es«, pflichtete er ihr bei, denn das war es, was sie gerade hören musste.

Mit hörbarem Ausatmen ließ sie sich wieder auf die Matratze sinken und beobachtete, wie die schwarze Decke sich grau färbte, dann blau und schließlich weiß. Auf dem Weg zurück zur Küche ertappte sich Bugsy dabei, wie er etwas vor sich hin summte. Louis Armstrong ging ihm durch den Kopf.

♣

Say nighty-night and kiss me
Just hold me tight and tell me you'll miss me
While I'm alone and blue as can be
Dream a little dream of me

♥

Er hörte auf zu summen.

Der FedEx-Lieferant kam, als Ellen und Aliyah gerade unter der Dusche waren. Bugsy quittierte die Lieferung mit seiner Unterschrift und stellte das Paket auf den Tresen. Dann nahm er es wieder in die Hand und las den Absender. New Orleans. Jerusha Carter, seine alte Mannschaftskameradin von Team Herz. Die Erinnerung an die Herzen kam ihm wie ein Omen vor, er konnte nur nicht sagen, ob es etwas Gutes oder Schlechtes verhieß. Wahrscheinlich war der Restalkohol an diesen Gedanken schuld.

Ellen kam hinter ihm ins Zimmer und trocknete sich die Haare mit einem Handtuch. »Wer war das?«, fragte sie.

»Weihnachten im November«, sagte er und nickte in Richtung Paket. Ellen hob es auf und drehte es um. Dann nahm sie ein Steakmesser aus der Schublade und schlitzte das Paketband auf. Etwas in Luftpolsterfolie kam zum Vorschein, und ein Zettel. »Was ist das?«, fragte Bugsy.

»Wieder ein Hut«, sagte Ellen und seufzte angesichts des Lottoscheins. Angesichts der neuerlichen Chance, dass dies der Hut sein konnte, den sie verloren hatte. Nick. Will-o'-Wisp. Ihre verlorene Liebe, die von den stürmischen Winden in New Orleans davongetragen worden war. In dem Jahr, das seither vergangen war, hatte sie Hunderte Hüte bekommen, und nicht nur Fedoras, sondern auch Baseballmützen, Kangols, zwei riesige Cowboyhüte aus Leder und einen Porkpie-Hut aus Stroh.

Ellen riss die Luftpolsterfolie auf, und das Platzen der Blasen klang wie fernes Gewehrfeuer. Das widerliche Ding, das zum

Vorschein kam, war grün-braun, roch faulig und nach Fluss-wasser und war früher einmal ein Fedora gewesen. »He«, sagte Bugsy. »Der da sieht ja mal wirklich aus wie …«

Sie hatte den Hut bereits herausgenommen und stülpte ihn über ihr noch nasses Haar. Da erstarrte sie. Bugsy hielt den Atem an, und Nick schlug an Ellens Stelle die Augen auf.

Nun, dachte Bugsy, *leck mich doch kreuzweise. Jetzt ist doch wieder alles kompliziert geworden.*

»Was ist passiert?«, fragte Nick.

»Du bist in einem Hurrikan davongeblasen worden. Ellen wird dir die Einzelheiten verklickern«, sagte Bugsy. »Ich würde ja gern mit dir abhängen, aber ich muss noch was erledigen. Ihr beiden Turteltauben habt ja ohnehin was nachzuholen, stimmt's?«

Nick wirkte verblüfft, seine Aufmerksamkeit war nach innen gerichtet, wo sich Ellen vermutlich mit ihm unterhielt. *Noch ein Toter im Haus.* Als Bugsy zur Tür hinausschlüpfte, standen ihr Tränen in den Augen, und er wusste nicht, ob sie von Nick oder von Ellen stammten.

Aus ihrem Dreier war wieder ein Vierer geworden. Dass er einen verstorbenen Menschen liebte, war wahrscheinlich das Einzige, was er mit Ellen gemeinsam hatte. Es würde schwierig werden, den Tipton-Clarkes beim Weihnachtsessen die Sache mit Nick zu erklären.

Die Büros des *Aces*-Magazins waren offen, als er dort ankam. Er wartete in der Lobby und trank schalen Kaffee aus einem Pappbecher, bis Digger Downs zu ihm kam, ihm die Hand schüttelte und ihn in sein Büro führte. »Entschuldige, dass ich dich habe warten lassen«, sagte Digger. »Wir sind nur gerade dabei, die nächste Ausgabe in trockene Tücher zu bringen. Schreibst du eigentlich noch?«

»Nicht viel«, sagte Bugsy mit einem Anflug von Bedauern. Das Phantomjucken einer amputierten Karriere. »Ich denke mal, ich spare mir das für meine Memoiren auf.«

Digger kicherte, deutete auf einen Stuhl und lehnte sich mit verschränkten Armen gegen seinen Schreibtisch. Aus der Nähe sah er älter aus. Um die Augen waren mehr Falten und in den Haaren mehr weiße Strähnen zu erkennen.

»Was kann ich für dich tun?«, fragte er.

»Ich recherchiere gerade über Radical. Wann er das erste Mal auf der Bildfläche erschienen ist. Wer seine Freunde sind.«

»Falls von denen noch jemand am Leben ist«, sagte Downs.

»Genau den meine ich«, sagte Bugsy. »Zum ersten Mal ist er 1993 in China aufgetaucht, aber er stammt offensichtlich aus dem Westen, weil er ...«

»Neunundsechzig.«

Bugsy hielt den Kopf schief.

»Neunzehnhundertneunundsechzig«, sagte Downs. »San Francisco. Kurz nachdem sie in Kent State diese Kids erschossen haben. Radical war bei den Unruhen im People's Park dabei, als der Lizard King gegen Hardhat gekämpft hat.«

»Ah. War T. T. in den Sechzigern überhaupt schon auf der Welt?«, sagte Bugsy.

»Wer?«

»Todd Taszycki. Hardhat.«

»Nein, nein, nein«, sagte Digger Downs. »Nicht der. Damals gab es schon mal einen, der diesen Namen benutzt hat. Kam aus dem Arbeitermilieu. Konnte mit den Hippies nicht viel anfangen.«

»Aber wenn du Lizard King sagst, dann meinst du schon Thomas Marion Douglas, den Leadsänger von Destiny?«, fragte Bugsy.

»Na klar«, sagte Downs. »Die Heilige Dreifaltigkeit. Jimi, Janis und der Lizard King. Er war ... er war unglaublich. Einmal habe ich ihn in einem Konzert erlebt. Als er starb, war das wirklich ein Verlust für uns. Das war allerdings ein bisschen vor deiner Zeit.«

»Vierundneunzig war vor meiner Zeit«, sagte Bugsy. »Neunundsechzig war das Ende der Napoleonischen Kriege. Was hat Weathers in den Sechzigern in San Francisco gemacht? Und wo hat er in den fünfundzwanzig Jahren dazwischen gesteckt?«

»Da bin ich tatsächlich überfragt«, sagte Digger.

Jackson Square
New Orleans, Louisiana

»Und wie fühlen Sie sich heute, Miss Pond?«

Michelle machte ein Auge auf. Eine Frau in mittlerem Alter in einem Krankenhauskittel beugte sich über sie. »Als hätte mich gerade jemand, den ich nicht kenne, aufgeweckt.« Ihre Stimme war noch immer rau. Und sie war durstig. Verdammt durstig. »Können Sie mir etwas zu trinken besorgen?«

»Das dachte ich mir. Ich bin Mary. Ich soll Ihre Vitalfunktionen überprüfen.«

»Ich bin nicht tot.«

»Das ist offensichtlich.« Die Frau verschwand aus ihrem Blickfeld.

Michelle wollte den Kopf drehen, aber sie war zu fett dafür. Als Mary wieder in Michelles Gesichtsfeld auftauchte, hielt sie eine Wasserflasche in der Hand. Es war süß und kalt, und Michelle leerte fast die ganze Flasche, bevor sie keuchend Atem holte.

Dann fiel ihr ein Geräusch auf. Es hörte sich an wie ein Vogelschwarm, aber auf dem Jackson Square hatte sie noch nie einen großen gesehen. »Woher kommt der Lärm?«

»Das? Oh, das sind die Gläubigen, die sich unterhalten, Schätzchen.«

»Die Gläubigen?«

Mary zog das Stethoskop aus ihrer Tasche und nickte. »Die Leute, die Ihnen immer die Blumen gebracht, für Sie gebetet und Sie zum Mittelpunkt ihres Lebens gemacht haben.«

Michelle versuchte, ihr Bein zu bewegen, schaffte es aber nicht. Das kotzte sie richtig an. »Das ist verrückt.«

Mary zuckte mit den Schultern und steckte sich das Stethoskop in die Ohren. »Schätzchen, Sie machen sich kein Bild. Und seien wir mal ehrlich: Sie haben nun mal viele von ihnen vor einem schrecklichen Tod bewahrt.«

»Ich habe nur versucht, meine Freunde zu retten.«

Mary fasste Michelle an den Puls und drückte den Kopf des Stethoskops auf Michelles Brust. »Es spielt keine Rolle, warum Sie es getan haben. Wichtig ist nur, dass Sie es getan haben. Jetzt seien Sie mal für eine Minute ruhig.«

Michelle kümmerte es nicht, dass Mary sie mit dem Stethoskop abtastete. Blut würde man ihr sowieso nicht abnehmen, denn alle Nadeln zerbrachen an ihrer Haut. Das war schon immer so gewesen, seit ihre Karte aufgedeckt worden war.

»Klingt alles gut«, sagte Mary. »Genauso wie das letzte Jahr über.«

Michelle hörte ihr nicht zu. Ihre Aufmerksamkeit war auf den Fernseher gerichtet. Der Ton war zwar noch abgestellt, aber hinter dem blonden Nachrichtensprecher blitzten Bilder von ihr selbst auf. Einmal sah man sie auf der Höhe ihrer Karriere als Model. Dann wurden Werbefotos von *American Hero* gezeigt, und schließlich kamen Bilder von ihr auf dem Jackson Square, nachdem … danach.

Michelle hatte ihr Fett lieb gewonnen, denn das Fett verlieh ihr Kraft und Kontrolle, und es bedeutete, dass sie unverwundbar war. Aber wenn sie sich jetzt sah – da kam ihr die Galle hoch. Die ganze Welt hatte sie in diesem Zustand gesehen!

Ihr Körper war eine unförmige Masse. Speckrollen wabbelten über Speckrollen. Der Asphalt unter ihr war geplatzt. Sie war größtenteils nackt, und ihre bleiche Haut sah in der Sommersonne kränklich aus. Und alle Welt hatte sie so gesehen. Tränen brannten ihr in den Augen.

»Ach, verdammt, Schätzchen«, sagte Mary. »Die hätten das

ausschalten sollen.« Sie ging zum Fernseher hinüber und drückte den roten Knopf.

»Warum zeigen die das jetzt?«, fragte Michelle.

»Weil Sie aufgewacht sind. Sie sind nicht gestorben, als man die Apparate abgestellt hat. Sie sind ein Wunder.«

»Ich bin kein Wunder. Ich hab mir ein Virus eingefangen, das mich verändert hat. Das hätte jedem passieren können. Sind die Leute wirklich so krank?«

»Möchten Sie sie kennenlernen?«, fragte Mary.

»Oh, klar doch, schließlich habe ich nie besser ausgesehen«, sagte Michelle. »Dass ein Haufen Fremder mich für ihre Retterin hält und mich mit offenen Mündern anstarren, finde ich großartig.« Sie schloss die Augen. Warum war sie eine solche Zicke? »Tut mir leid.«

»Ist schon gut, Schätzchen«, sagte Mary, hantierte im Zimmer herum, schmiss verwelkte Blumen weg und verstaute die leeren Blumenvasen in einer Schachtel. »Ich kann mir vorstellen, dass das eine Art Schock sein muss, wenn man ein Jahr verliert. Und diese Sache mit Ihren Eltern. Und dann festzustellen, dass man selbst auch … nun ja, anders ist.«

Michelle konnte ein Kichern nicht unterdrücken. *Anders.* Klar, sie war eben anders.

Noel Matthews Wohnung
Manhattan, New York

»Das sind Zlotys, was machst du mit Zlotys? Du hast doch keinen Auftritt in Polen.«

Er hatte das Telefon gehört und Niobe in einem Gespräch vermutet. Deshalb hatte er die Zlotys herausgeholt und angefangen, sich auf seinen Kurztrip nach Polen vorzubereiten. Ertappt versuchte Noel, die Banknoten und – noch verräterischer – ein Passbild seines neuen männlichen Avatars unter ein Buch zu schieben, aber es war viel, viel zu spät.

Niobe stand in der Tür des Schlafzimmers, das er in ein Büro verwandelt hatte. Auf dem Schreibtisch lagen Spielkarten, aneinandergekoppelte Metallringe, Schals, Handschellen und Vorhängeschlösser herum. In einem Käfig beim Fenster schnäbelten und gurrten ein Paar Tauben, dabei machten sie diese bekloppten Kopfbewegungen, die nur Tauben machen. Noels Handwerkszeug.

In diesem Augenblick schien das leise Gurren der Tauben nicht beruhigend auf Niobe zu wirken. Ihr dicker Schwanz peitschte hin und her und klatschte laut auf den Boden. Ihr Blick war zu zwei Dritteln ängstlich und zu einem besorgt.

»Nur so«, nuschelte Noel. »Ich wollte dich nicht beunruhigen. In deinem Zustand …«

»Versuche nicht, mich für dumm zu verkaufen! Ich bin nicht aus Glas. Immerhin bin ich aus einer staatlichen Einrichtung ausgebrochen und jedem Ass entkommen, das die Regierung mir auf den Hals gehetzt hat.«

»Nun, ich habe dabei schon ein bisschen mitgeholfen«, protestierte Noel.

»Na schön, aber entweder sind wir ein Team, oder ich bin draußen.«

Allein von der Drohung geriet sein Herz ins Stocken. Er sagte ihr die Wahrheit. »In Warschau lebt der beste Passfälscher des Planeten.«

»Und wozu brauchst du einen gefälschten Pass?«

»Wegen eines kleinen Gefallens für Siraj.«

Niobe verschränkte die Arme vor der Brust. »Ist er gefährlich?«

»Ein bisschen. Aber ich lebe immer in Gefahr. Wegen meiner früheren Verbündeten ...«

»Und Tom Weathers.«

»Ja, seinetwegen auch.«

»Und was machst du mit dem Pass, wenn du ihn hast?«

»Ich reise damit herum.«

»Wohin?« Noel blinzelte und saugte an seiner Unterlippe. Niobe rückte ihm auf die Pelle. »Ich lasse mich nicht mit Halbwahrheiten abfertigen!«

»Haben wir unseren ersten Streit?«, fragte Noel unernsthaft.

»Das hättest du wohl gern. Wenn du glaubst, ich wäre schon wütend ... nun, dann musst du noch einiges lernen. Also, wohin gehst du?«

»Nach Kongoville.«

»Dorthin, wo Tom Weathers lebt. Der Mann, der geschworen hat, dich umzubringen.«

»Nun, er hat geschworen, Bahir umzubringen.«

»Und wenn er Bahir tötet, bist du dann nicht auch tot?«

Plötzlich musste sich Noel eingestehen, dass dieses unbestimmte Gefühl in seinem Bauch Furcht war. Er stand auf, schlang die Arme um Niobe und vergrub das Gesicht an ihrer Schulter. Die Spannung in seinem Nacken löste sich, als sie ihm übers Haar strich.

»Das PPA ist gefährlich, gemeingefährlich«, murmelte Noel ihr ins Haar.

»Oh, mein Liebster, tu das nicht. Lass jemand anders sich ums PPA kümmern. Das SCARE, die Silver Helix, das Komitee …«

Noel lächelte ihr von oben ins Gesicht. »Diese Idioten? Du bist dem SCARE entkommen, ich habe das Komitee in die Tasche gesteckt, und die Silver Helix ist handlungsunfähig, solange Flint und John ihrer Gerichtsverhandlung entgegensehen. Ich bin die einzige Option.«

Mit gespreizten Fingern fasste sie sich schützend an den Bauch. »Wage es nicht, dich umbringen zu lassen.«

»Damit du richtig wütend auf mich bist? Keine Chance.« Ihr Mund schmeckte so süß, und er wünschte so sehr, nicht gehen zu müssen.

Sie löste sich aus der Umarmung und fragte: »Hast du Zeit, mich nach New Orleans zu bringen?«

»Warum um alles in der Welt willst du nach New Orleans?«

»Bubbles ist aus ihrem Koma aufgewacht.« Niobes Augen leuchteten. »Sie ist meine Freundin, und ich würde sie gern sehen.« Wieder berührte sie ihren Bauch. »Und ich möchte ihr von dem Baby erzählen.«

»Ich dachte, wir halten es geheim, bis … wir sicher sein können …«

»Aber nicht vor meinen engsten Freunden.«

Noel seufzte, und während Niobe hinausging, um sich etwas Leichteres anzuziehen, rief er Bazyli an, um ihm mitzuteilen, dass er sich verspätete.

Dienstag, 1. Dezember

Mwalimu J. K. Nyerere
International Airport
Daressalam, Tansania

Daressalam. Der Name bedeutete so viel wie »sicherer Hafen« –
zumindest stand das in dem Reiseführer, den Jerusha gelesen
hatte. Und sie hoffte, dass das stimmte.

Sie landeten auf dem Internationalen Flughafen Mwalimu
J. K. Nyerere. Ein Assistent der amerikanischen Botschaft erwartete sie – das hatte bestimmt das Komitee eingefädelt –
und schleuste sie durch den Zoll. Jerusha lenkte auf ihrem Weg
durch den Flughafen nicht viel Aufmerksamkeit auf sich, Wally
aber umso mehr. Sie sah Leute auf ihn zeigen und tuscheln,
hörte sie tuscheln und sich gegenseitig zurufen. In klugem Abstand folgte ihnen eine Menschentraube, während der Assistent sie durch die Flughafenlobby zum wartenden Auto dirigierte.

Als die Türen aufgingen, trafen sie die Hitze und Luftfeuchtigkeit wie ein Schlag ins Gesicht. »Donnerwetter«, sagte Wally.
»Ist das heiß hier.«

Der Assistent grinste breit. »Willkommen in Afrika«, sagte
Jerusha zu Wally. »Daran müssen wir uns beide gewöhnen.«

Als sie nach Osten auf die Stadt zufuhren, sah sie zu den
getönten Scheiben hinaus. Die Gegend unmittelbar um den

Flughafen herum wurde von Industriebauten beherrscht: Lager-
häuser und Betriebe standen entlang der vierspurigen Straße.
Die Landschaft war ziemlich öde. Zwischen den Häusern breiteten sich nackte braune Flächen aus, auf denen gelegentlich ein
paar Sträucher wuchsen. Jerusha fühlte sich an Amerikas Südwesten und an die Parks erinnert, in denen ihre Eltern gearbeitet hatten, nur dass im Südwesten keine so hohe Luftfeuchtigkeit herrschte.

Nach einer Weile bog der Fahrer jedoch von der Schnellstraße nach Norden ab, und sie fuhren an Wohnhäusern vorbei. Hier sah man viele Kinder, die lachten, hintereinander
herrannten, in Gruppen um Eltern oder andere Erwachsene
herumsaßen oder Ball spielten. Der Assistent hatte sie schon
seit ihrer Ankunft am Flughafen unablässig damit zugetextet,
wie stolz hier alle waren, dass sie zwei so berühmte *American
Hero*-Teilnehmer wie Rustbelt und Gardener als Gäste begrüßen durften, wie wichtig ihnen gute Beziehungen zur UNO
waren und dass Miss Baden höchstpersönlich die Botschaft
informiert hatte.

Jerusha hörte ihm zu und antwortete mit höflichem Nicken
und knappen Erwiderungen, Wally jedoch starrte zu all den
Kindern hinaus. Jerusha beobachtete, wie er die Kinder betrachtete, als hoffe er, in jedem Gesicht seinen teuren Lucien
erkennen zu können. Sie fragte sich, was in seinem Kopf vor-
ging.

Sie fuhren an einem Fluss entlang, der sich Richtung Meer
schlängelte. Hier standen saftige Bäume dicht gedrängt. Das
war schon mehr so, wie sich Jerusha Conrads Afrika vorstellte.
Kurz erhaschten sie einen Blick auf eine tiefblaue Wasserfläche, die sich bis zum Horizont erstreckte: der Sansibar-Kanal.
Der Wagen bog auf eine weitere mehrspurige Schnellstraße
und fuhr weiter nach Norden. Wally hatte die Augen geschlossen und schnarchte leise. Darum beneidete ihn Jerusha. Der
Jetlag machte ihr zu schaffen, und sie wünschte sich, dass der

Assistent die Klappe halten würde. Sie lehnte den Kopf gegen das Fenster und starrte auf eine fremde Welt hinaus, die an ihr vorüberzog.

Dann nahm sie den Kopf wieder weg. »Was ist das?«, fragte sie und deutete auf etwas.

Der Assistent drehte sich um. »Oh… das ist ein Affenbrotbaum«, sagte er. »Um ihn kreisen bei den Einheimischen viele Geschichten. Der Affenbrotbaum ist eines der Symbole Tansanias… im Grunde auch von ganz Afrika. Auf unserem Botschaftsgelände in Daressalam steht einer der ältesten Affenbrotbäume.«

Der Baum ragte im Mittelstreifen auf, als wäre das gigantische Gewächs von Götterhand ausgerissen und kopfüber wieder in den Boden gerammt worden, sodass die Wurzeln in der Luft baumelten und über beide Fahrbahnen hingen. Der Stamm war ungeheuer dick und von tiefen Furchen durchzogen. Hier und da waren die Äste von grünen Blättern gesäumt. Der Baum sah tatsächlich alt und mächtig aus und schien hierherzugehören wie die Eiche zu ihrer Heimat in den Staaten, wo sie die Wälder überragte.

Jerusha starrte den Baum an und berührte ihren Samenbeutel. »Ein Affenbrotbaum, was?« Das wollte sie sich einprägen. »Hören Sie mal«, sagte sie zu dem Assistenten. »Ich… wir sind echt dankbar, dass Sie uns zur Botschaft bringen wollen, aber es wäre ungemein wichtig, dass wir so schnell wie möglich zum Tanganjikasee kommen. Wir…« Jerusha wusste nicht, was Barbara dem Botschafter erzählt hatte, aber zu erwähnen, dass sie ins People's Paradise einzudringen gedachten, erschien ihr unklug. »… wir sind dort mit jemandem verabredet. Eine Angelegenheit des Komitees, die wir unauffällig halten sollen.«

»Ahh.« Der Assistent schürzte die Lippen und trommelte mit dem Zeigefinger darauf herum. »Es gibt dort jemanden«, sagte er. »Einen Joker, Denys Finch. Er ist Buschpilot und operiert von einem kleinen Flugplatz ein paar Meilen nördlich der Botschaft aus. Manchmal macht er Botenflüge für uns oder fliegt Honoratioren zu den Nationalparks oder zum Kilimandscharo.«

»Könnten Sie uns zu ihm bringen?«, fragte Jerusha. Wally schnarchte noch immer. »Jetzt gleich?«

Ein Schulterzucken. »Der Botschafter würde gern mit Ihnen zu Abend essen, aber bis dahin sind es ja noch ein paar Stunden.« Er klopfte gegen das Fenster, das die Fahrgäste vom Fahrer trennte, und teilte dem Chauffeur das neue Ziel mit. Jerusha schnappte das Wort »Kawi« auf, dann wandte sich der Assistent ihr wieder mit einem Lächeln zu.

»Wir fahren direkt dorthin«, sagte er.

Jackson Square

New Orleans, Louisiana

Diesmal liegen noch mehr Leichen auf dem Haufen. Auf seiner Spitze liegt Adesina, zusammengerollt wie ein Fötus. Michelle kriecht auf sie zu. Die Gliedmaßen unter ihr rutschen weg, wenn sie sie mit ihrem Gewicht belastet. Manche von ihnen fühlen sich matschiger an. Sie kann die Leichen nicht deutlich erkennen. Denn sie sieht nur Adesina – die noch immer zusammengerollt ist, aber vor und zurück schaukelt. Mit zitternder Hand fasst Michelle nach Adesinas Stirn. Kaum hat sie sie berührt, als Bilder in ihrem Kopf explodieren.

Adesina läuft durch den Wald. Die Leoparden verfolgen sie. An Zweigen und Dornen reißt sie sich die Kleider ein.

Sie ist in einem Dorf mit hässlichen, aus Betonsteinen erbauten kleinen Häusern mit Wellblechdächern. Sie sind leuchtend bunt angestrichen: gelb, blau und grün. Kinder spielen auf der ungeteerten Straße und wirbeln mit ihren Füßen Staubwolken auf, die lange in der windstillen Luft verharren.

Unter den Kindern erkennt Michelle Adesina. Sie trägt das blau und weiß karierte Kleid und geht barfuß. Jemand hat ihr das zu Zöpfen geflochtene Haar rings um den Kopf festgesteckt, sodass es aussieht, als trüge sie eine Krone.

Die Kinder lachen. Von den schattigen Hauseingängen sehen ihnen einige Frauen zu und tratschen miteinander. Es ist warm, und in der Luft liegt der schwere Geruch von Regen.

Da poltern drei Jeeps ins Dorf. In jedem sitzen drei Männer. Sie sind bewaffnet, und man hört Schüsse. Die Frauen schnappen sich die Kinder und schützen sie mit ihren Körpern. Michelle möchte Blasen werfen – möchte etwas tun, um ihnen zu helfen. Aber sie weiß, dass sie nichts ausrichten würde. Diese Erinnerung steckt in Adesinas Kopf.

Die Männer tragen grüne Tarnuniformen. Ihre Köpfe sind kahl geschoren, und ein paar von ihnen tragen Fese aus Leopardenfell. Über ihren Schultern hängen Maschinengewehre, die sie nun auf die Frauen und Kinder richten, und sie stoßen Befehle in französischer Sprache aus. Michelle versteht ungefähr die Hälfte davon und versucht, keine Angst zu haben – das ist schwer. Denn sie befindet sich im Brunnen von Adesinas Furcht.

Michelle sieht sich im Dorf um und bemüht sich, sich nicht von ihrer Angst ablenken zu lassen. Am einen Ende der Straße sind Reifen gestapelt. Gegen die Reifentürme sind ein paar Fahrräder mit breiten Rädern gelehnt. Das hilft auch nicht weiter.

Wieder fallen Schüsse. Die Frauen und Kinder ächzen und weinen. Michelle sieht sich die Soldaten an, von denen einige ihre Gewehre in die Luft halten. Die restlichen zielen auf die Dorfbewohner.

Und dann ist ihr klar, dass es Zeit zu gehen ist. Was in diesem Traum, dieser Vision, dieser Erinnerung auch immer als Nächstes passiert, spielt keine Rolle.

Adesina weckte Michelle aus ihrem Koma. Und jetzt ist es Zeit, dass Michelle den Gefallen erwidert. Aber das kann sie nicht, solange sie in ihrem Fett gefangen ist und Angst davor hat, ihre Macht zu benutzen.

Kawi
Daressalam, Tansania

»Wally.« Jerusha stupste ihn an. »Wir sind da.«

Wally schreckte hoch und zerkratzte aus Versehen die Fensterscheibe mit seinem Ohr. *Mist*. Er sah sich um und wollte sich bei dem netten Kerl von der Botschaft entschuldigen, aber der war schon ausgestiegen. Jerusha sah aus, als würde sie sich das Lachen verkneifen. Sie wechselten einen Blick und zuckten beide mit den Schultern.

Wally folgte Jerusha aus dem kühl klimatisierten Kokon der Diplomatenlimousine hinaus in das äquatoriale Dampfbad. Zwar hatte er es bei ihrer Landung schon einmal erlebt, aber nach dem angenehmen Nickerchen im Auto hatte er schon fast wieder vergessen, wo er war.

Als Kind, bevor seine Karte aufgedeckt worden war, hatte es wenig gegeben, was Wally lieber gemacht hatte, als zu seiner Tante Karen und Onkel Bert nach Ely in Minnesota zu fahren. Bert hatte nämlich in seinen Keller eine Sauna eingebaut. Eine richtige Sauna aus Fichtenholz mit einer Tür ins Freie, von der es nur ein paar Dutzend Schritte zum Bootssteg war. Wally liebte den Fichtenduft, das Kitzeln in der Nase und das Zischen der Steine.

Er und sein Bruder wechselten sich mit dem Aufguss ab, bis die Sauna so voller Dampf war, dass das Atmen wehtat. Wenn sich der Dampf verteilte, verkrochen sie sich immer tiefer und tiefer, bis es nicht mehr auszuhalten war. Dann forderten sie sich gegenseitig heraus und rannten in Unterwäsche zum See und sprangen hinein. Wenn sie schnell genug liefen, war es selbst im Oktober oder November nicht kalt. In frischen, klaren Nächten konnten sie sehen, wie der Dampf von ihrer Haut aufstieg, wenn sie aus der Sauna ins Freie traten.

Tansania im Dezember war ein bisschen wie diese Sauna, außer dass man die Temperatur nicht regulieren konnte. Und wenn man »Onkel« sagte, hörte der Bruder nicht auf, Wasser auf die Steine zu schütten. Seit seine Karte aufgedeckt worden war, kam Wally nicht mehr so gut mit Feuchtigkeit zurecht.

Hier herrschte gerade Regenzeit. Die kürzere von zwei Regenzeiten, erklärte Jerusha, was im November und Dezember zweiunddreißig Grad und täglich acht Zentimeter Niederschlag bedeutete.

Sie parkten auf einem Streifen festgestampfter roter Erde neben einer von dichtem Grünzeug gesäumten Straße. Wally nahm sich vor, Jerusha nach den Bäumen zu fragen. Alles war so grün. Auf der anderen Seite der Straße drängten sich einige provisorische Gebäude um eine große, zu zwei Seiten offene Wellblechhütte. Teils aus Holz, teils aus Blech, wirkten die Hütten so, als wären sie hastig erbaut worden und würden nicht lange hier stehen. Im Schatten der Wellblechhütte erkannte Wally ein Flugzeug, und zwischen den Bäumen hindurch schimmerte eine Lichtung mit einer Landebahn. Sie befanden sich nicht weit vom Meer entfernt. Bei stärkeren Windböen konnte Wally es riechen. Vor allem aber roch er die Feuchtigkeit und einen Gestank, der vielleicht von verbranntem Abfall stammte.

Drei krakeelende Kinder liefen an ihnen vorbei und lachten. Sie kickten einen Ball die Straße entlang, der sich als zusammengedrückte und mit Tape umwickelte Plastikflasche herausstellte. Wally fragte sich, was sie sich gegenseitig zuriefen, ob sie nach Regeln spielten und ob Lucien etwas Ähnliches spielte.

»Äh, Jerusha?«, fragte Wally. »Wo sind wir hier?«

Sie sagte: »Ich glaube, dieser Ort heißt Kawi. Wir sind ein

paar Meilen nördlich der Botschaft. Hier gibt es einen Busch-piloten, der uns zum Tanganjikasee fliegen kann.« Sie sprach flüsternd weiter. »Ich habe ihm gesagt« – mit einem Nicken deutete sie auf den Assistenten, der auf der anderen Seite der Straße an eine Hangartür klopfte – »dass wir im Auftrag des Komitees hier sind und am See jemanden treffen müssen. Ich habe durchblicken lassen, dass die ganze Sache geheim gehal-ten werden muss, falls jemand danach fragt. Spiel das Spiel einfach mit, dann dürften wir keine Probleme kriegen.«

»Okeydokey. Das klingt echt gut«, sagte er. »Gut gemacht, Jerusha!« Er hob den Daumen und lächelte sie an.

Sie ging nicht darauf ein. Stattdessen starrte sie seine Schul-ter an und zog die Brauen nach oben. »Wally? Hast du ge-merkt, dass du … rostest?«

Wally reckte den Hals, um auf seine Schulter zu blicken. Seine Haut war von kleinen orangefarbenen Flecken über-zogen. Natürlich war es hier feucht, aber er hatte dennoch ge-hofft, es würde nicht so schnell losgehen. »Ahh, verdammt.«

»Tut das weh?«

Äh. Das hatte ihn noch niemand gefragt.

»Nö«, sagte Wally. »Nicht wenn es nur so oberflächlich ist.« Er kramte in seiner Tasche, bis er etwas Stahlwolle gefunden hatte. Mit ein bisschen kräftigem Rubbeln verwandelten sich die Flecken in roten Staub. Der leiseste Windhauch trug ihn davon.

Jerusha wirkte noch immer beunruhigt. Sie runzelte die Stirn. »Passiert das oft?«

»Manchmal. Wenn's draußen feucht ist.«

»Feucht? Wir gehen in den Dschungel. In der Regenzeit.«

»Mach dir keine Sorgen. Ich habe massig Stahlwolle dabei.«

Jerusha hatte ihre Zweifel und verzog das Gesicht. Sie wollte etwas sagen, hielt aber inne, als laute Stimmen über die Straße hallten.

Sie drehten sich um. Der Assistent sprach mit einem Kerl

mit grauer Haut, dunklen kleinen Augen, die tief in seinem runden Gesicht lagen, und einer Schnauze mit einem dicken Horn auf der Spitze. Er war groß und gebaut wie ein Feuerhydrant. Wally musste an die Lebenden Götter denken, Joker, die die Gestalt von Göttern des antiken Ägypten angenommen hatten. Ähnlich wie bei Wally, der in der Nähe von Erztagebaustätten aufgewachsen war und am Ende eine Eisenhaut abbekommen hatte. Auch bei diesem Typen schien es sich so zu verhalten, nur das sich sein Jokersein hier in Afrika in Nashorngestalt äußerte.

Der Assistent winkte Jerusha und Wally herüber. Sie gingen zu ihm. Zu dem Nashorntypen sagte der Assistent: »Das sind sie. Jerusha Carter und Wally Gunderson.« Zu Wally und Jerusha sagte er: »Das ist Denys Finch. Er ist der Pilot, den ich gemeint habe.«

»Der beste Pilot im Busch«, sagte Finch.

Wally streckte die Hand aus. »Freut mich, Sie kennenzulernen, Kumpel.«

Finch musterte ihn von oben bis unten. Dabei zuckten seine kurzen Ohren wie verrückt. Jerusha unterzog er derselben Inspektion, bevor er sich wieder an den Assistenten wandte. »O nein«, sagte er. »Nicht schon wieder. Ich habe genug von Ihren verdammten Touristen.«

Der Assistent wirkte verlegen. »Keine Touristen, Mr. Finch. Ich habe Ihnen doch gesagt, dass sie im Auftrag des Komitees hier sind. Von der UNO.«

»Ja, Sie und Ihre sogenannten Honoratioren.« Finch spuckte auf den Boden. »Kommen den weiten Weg nach Tansania und bitten mich, sie durch die Gegend zu fliegen. ›Uh, Mr. Finch, zeigen Sie uns den Kilimandscharo. Uh, Mr. Finch, zeigen Sie uns die Seen, zeigen Sie uns Elefanten und Nashörner und das verdammte echte Afrika, damit wir ein paar Urlaubsschnappschüsse machen können, bevor wir wieder nach Hause gehen, um mit unseren Safariabenteuern anzugeben.‹ Dann heißt es

Danke-Mister-Finch-gute-Arbeit, und ruckzuck hocken sie wieder in ihren ordentlichen europäischen Hotels mit ihrem ordentlichen europäischen Essen und ordentlicher europäischer Klimaanlage.« Er spuckte noch mal aus. »Wichser.«

Der Botschaftsassistent zupfte sich am Kragen und wurde rot. Wally verstand zwar nicht jedes Wort, das Finch sagte, aber er begriff, worauf er hinauswollte.

»He, Kumpel, wir sind keine Touris«, sagte er. »Zumindest nicht so. Versprochen. Könnte sein, dass wir 'ne Zeit lang hier sind.«

»Ach wirklich? Und wo ist dann euer Rucksack?«

Wally runzelte die Stirn. »Rucksack?«

Finch verdrehte die Augen. Er wirkte so aufgebracht, als würde er jeden Moment jemanden mit seinem spitzen Horn rammen wollen. Wally trat seitlich vor Jerusha hin.

»Ja, Rucksack«, sagte Finch. »Proviant. Ausrüstung. Zelte und der ganze Krempel.«

»Eigentlich«, sagte Wally, »hatten wir gehofft, dass Sie uns damit aushelfen würden.«

Jackson Square
New Orleans, Louisiana

Die Frau war widerlich, eine mit dünnem Seidentuch behängte Fleischmasse. Noel fragte sich, ob sie ein Zirkuszelt als Decke genommen hatten. Um des Anstands willen musste man sie zudecken, aber wegen der drückenden Hitze durfte es kein dicker Stoff sein.

Michelle und Niobe waren tief in ein Gespräch versunken. Ink hockte lauernd daneben, und die schreckenerregende Hoodoo Mama trabte hin und her wie ein Rottweiler, der auf sein Revier aufpasst.

»Wir sind nun schon fast ein Jahr verheiratet, und ... ich bin schwanger«, jubelte Niobe. Darauf ließen alle Weibchen jenes ganz besonders schrille Kreischen hören, das für die Verkündigung einer anstehenden Geburt reserviert war. Selbst Noels beleibte und pferdegesichtige Mutter hatte diesen Laut von sich gegeben, als sie ihr die Neuigkeit überbracht hatten.

Michelle drehte ihm den Kopf zu. »Ich wusste gar nicht, dass du das draufhast.«

»Du würdest staunen.«

»Das bezweifle ich.«

»Oh, Michelle, sei nett. Allerdings mussten wir uns echt anstrengen«, fügte Niobe hinzu, und Noel schloss die Augen, während Salven von Frauengelächter an seinen Ohren vorbeirauschten. Er fragte sich, ob er diese tribalistischen Reaktionen verstehen würde, wenn seine Mutter ihn nicht als Junge, sondern als Mädchen erzogen hätte.

Aber hätte sie das getan, dann wäre er jetzt nicht mit Niobe zusammen, was darauf hindeutete, dass sein Hirn männlich konditioniert war, auch wenn seine Körperteile unentschieden waren.

Michelle lächelte Niobe an. »Kannst du mir einen Becher Limonade bringen? Ink hilft dir dabei.«

Niobe und Ink sahen sie verblüfft an. Noel grinste Michelle zynisch und wissend zu. Als sich die beiden Frauen entfernten, ging er näher zu ihr heran. Er bemerkte, dass sie in einem Krater lag, den sie mit ihrem eigenen Gewicht in den feuchten Boden von New Orleans eingedrückt hatte.

»Das war wenig kunstvoll«, sagte er. »Also, was möchtest du mir sagen?«

»Bist du aus dem Spionagegeschäft ausgestiegen?«

»Ich habe die Silver Helix verlassen, ja.«

»Das beantwortet nicht meine Frage.«

»Mehr Antwort bekommst du nicht.«

»Dann heckst du also doch etwas aus. Dachte mir doch, dass Niobe besorgt wirkt. Sie versucht zwar, es zu verbergen, aber sie ist mit den Nerven runter.«

Noel starrte die Frau finster an und gestand sich mit größtem Widerstreben ein, dass sie sehr aufmerksam war.

»Sag's mir, oder ich muss Jayewardene und dem Komitee eine Nachricht zukommen lassen.«

»Ich habe es allmählich satt, erpresst zu werden«, sagte Noel.

»Das Leben ist hart.«

Er zögerte, stellte jedoch fest, dass er keine Wahl hatte. »Nun gut, ich zettle im Kongo gerade einen kleinen Regierungswechsel an.«

Er meinte, in Bubbles Augen ein Funkeln zu erkennen, als er Kongo sagte. »Oh, super, das hat ja beim letzten Mal schon so toll geklappt.« Und ihr Spott und ihre Verachtung machten jedes Rätseln, wie sie wohl reagieren würde, hinfällig.

»Wenn alles gut geht, wird Tom Weathers das Finale übernehmen«, sagte Noel zähneknirschend.

»Wenn ich den Satz ›alles geht gut‹ im Zusammenhang mit dir höre, bekomme ich gleich Ausschlag.«

»Ich würd mal sagen, das ist das geringste deiner Probleme.«

Jackson Square
New Orleans, Louisiana

»Okay, und warum kannst du Noel nicht ausstehen?«, fragte Juliet, als er und Niobe sich endlich verabschiedet hatten.

»Während meiner Zeit als Model hatte ich genug mit prahlerischen Maulhelden zu tun«, erwiderte Michelle. »Jedes Mal wenn Noel auftaucht, verbringt er die ganze Zeit nur damit, auf alle anderen herabzusehen.«

Joey lachte. »Der glaubt, dass seine Scheiße duftet. Ja. Ganz zu schweigen, dass er das Arschloch war, das dieses Sprout-Gör entführt hat und diesen Wichser Weathers wütend gemacht hat.«

»Menschen können ihr inneres Wesen nur selten ändern«, sagte Michelle. »Klar, manchmal hört jemand endgültig mit irgendeinem Mist auf, aber meistens kehren sie bei nächster Gelegenheit zur alten Form zurück. Noel hat jetzt Verantwortung. Er hat eine Frau mit einem Kind unterwegs, aber er spielt immer noch den Spion. Je mehr er Tom Weathers zum Narren hält, desto mehr bringt er sich, Niobe und das Baby in Gefahr.«

»Niobe scheint er glücklich zu machen«, sagte Ink.

Joey zuckte mit den Schultern. »Er hat sie geschwängert, meinst du das?«

»Sieht so aus«, entgegnete Michelle. »Ich muss gestehen, dass es mir kalt den Rücken runterläuft, aber offenbar ist es das, was sie will. Mir ist es gleich, ob sie einen Spachtel oder eine Bratensaftspritze dafür genommen haben.«

Juliet nickte und wechselte das Thema. »Hattest du wieder Träume?«

»Das sind keine Träume. Und ja, jede Nacht, mehr oder weniger. Ich muss zu ihr gelangen…«

»Du gehst davon aus, dass sie wirklich existiert.«

»Ich kenne den Unterschied zwischen Traumwirklichkeit und richtiger Wirklichkeit. Die Träume von Adesina sind echt. Ich kann in ihnen sogar riechen, Herrgott noch mal. Wann hattest du den letzten Traum, in dem du was gerochen hast?«

»Noch nie. Aber wie kann sie überhaupt noch leben, wenn sie in der Grube steckt?«

Und wie lange wird sie am Leben bleiben? Diese Frage hatte Michelle nicht aussprechen wollen, nicht einmal in ihren eigenen Gedanken.

»Zeit, das Tempeldach herunterzureißen«, verkündete sie. »Ist der Platz geräumt worden?«

»Die Polizei hat ihn abgesperrt.«

»Dann mal los.«

»Wird auch höchste Zeit.« Hoodoo Mama sprang grinsend auf. »Ein Scheißdach weniger.«

Michelle lächelte Joey an, aber nur kurz. Was sie getan hatten, bereitete ihr immer noch ein quälend schlechtes Gewissen.

Dann ertönte ein lautes Knacken wie von billigen Knallkörpern. Über ihr wurde der Mitternachtshimmel sichtbar. Sie sah das blauweiße Licht der Sterne. Zombies gingen auf den Stützbalken entlang. Einige von ihnen trugen Sperrholzplatten fort, andere rissen mit bloßen Händen Teile des Dachs heraus.

Michelle bat Ink und Hoodoo Mama hinauszugehen. Juliet fing an zu heulen. »A… a… aber ich will bei dir bleiben.« Sie hatte eine rote Nase.

Michelle wünschte sich, sie hätte ein Taschentuch, um ihr die Tränen abzuwischen. Gleichzeitig war sie wütend auf Juliet. Schließlich gab es schlimmere Dinge auf der Welt.

»Und ich will ein Pony«, sagte Michelle. »Aber ich weiß

nicht, was passieren wird. Deshalb möchte ich, dass du in Sicherheit bist, wenn ich loslege.«

Joey legte den Arm um Juliet. »Komm schon, Ink. Bubbles ist 'ne Gottesnervensäge, aber sie hat recht, dass wir vorsichtig sein müssen. Schließlich hat sie 'ne Atombombe geschluckt, falls du's vergessen hast.«

»Dir ist aber schon klar, dass ich die Bombe nicht wirklich geschluckt habe, oder?«

Juliet küsste Michelle auf die Stirn. »Ich liebe dich«, flüsterte sie. Das schlechte Gewissen drehte Michelle den Magen um, als die beiden hinausgingen.

Sie wartete, bis sie die beiden nicht mehr hörte. Dann wartete sie noch etwas länger. Über ihr flatterte ein Spatz aus dem Himmel und setzte sich auf einen der Balken.

»Joey, nimm diesen gottverdammten Zombievogel von meinem Tempel runter«, sagte Michelle.

Der Spatz stieß ein hässliches Krächzen aus und flog davon. Ein paar seiner vermoderten Federn segelten auf Michelle herab.

Es war Zeit, sich ans Werk zu machen.

Erst war sie vor Angst gelähmt, doch dann kitzelte sie der Gedanke ans Blasenwerfen. Es war nicht so gut wie Sex, aber nah dran. Michelle streckte die Finger aus und hielt die offenen Handflächen nach oben. *Erst mal nur eine*, dachte sie. *Mal sehen, wie es geht.*

Flüssige Hitze fuhr ihr durch den Arm in die Handfläche, und sie beobachtete, wie die Blase wuchs. Für einen Augenblick schien sie wieder zu schrumpfen, und dann ließ Michelle sie fliegen. Sie schwebte nach oben, prallte an den Holzbalken ab und stieg zu den blassen Sternen auf.

Mittwoch, 2. Dezember

President's Hotel
Daressalam, Tansania

Jerusha erwachte in ihrem Zimmer im President's Hotel. Der Wecker beharrte darauf, dass es halb sechs am Morgen war, auch wenn ihr Körper sich anfühlte, als wäre es noch mitten in der Nacht. Aus dem Zimmer nebenan hörte sie Wallys Schnarchen wie eine schnaubende Dampflok. Einige Minuten lang lag sie da und versuchte, wieder einzuschlafen, aber ihr gingen all die Dinge im Kopf herum, die sie erledigen musste. Die Bedenken bezüglich des Flugs mit Finch und noch größere Bedenken, wie sie den Tanganjikasee überqueren sollten und was sie im PPA erwarten würde.

Wallys Schnarchen nach zu schließen, machte der sich gar keine Sorgen. Darum beneidete sie ihn.

Jerusha warf die Decke von sich. Zwanzig Minuten später war sie geduscht und angezogen und ging durch das Foyer auf das Botschaftsgelände hinaus. Die amerikanische Botschaft glich einer öden Festung, denn sie bestand aus einer Reihe kastenförmiger Betonbauten hinter einem hohen Sicherheitszaun. Auf Jerusha wirkte sie mehr wie ein Gefängnis. Beim Abendessen hatte ihnen der Botschafter erzählt, dass dies bereits der dritte Standort in Daressalam war und dass auf dem Gelände früher das sogenannte Old Drive-in Cinema gewesen war. Dann schwadronierte er darüber, dass ihnen das Land bei Bedarf noch viel mehr Platz zur Verfügung stellen würde.

Der Empfangssekretär hatte ihr beschrieben, wo sich auf dem Gelände der Affenbrotbaum befand. Jetzt ging Jerusha in diese Richtung. Über Nacht hatte der Regen den Boden aufgeweicht, und während das Thermometer nach oben kletterte, stieg Dampf aus dem Gras. Noch war es aber so kühl, dass die Luftfeuchtigkeit nicht unangenehm war.

Ohne Probleme fand sie den Affenbrotbaum. Aus der Nähe war er noch beeindruckender als der, den sie auf der Straße gesehen hatte, und noch seltsamer. Er hatte einen wuchtigen Stamm – um ihn zu umfassen, hätten ein Dutzend Leute mit ausgestreckten Armen einen Kreis bilden müssen. Tiefe Furchen und Beulen überzogen ihn, und weiter oben gabelte er sich in mehrere laubfreie Äste, die sich bald weiter teilten und ein verworrenes Dickicht aus Zweigen bildeten. In seinen Höhlungen nisteten Vögel, und als Jerusha über den Stamm strich, flogen einige von ihnen auf. Auch eine Eidechse entdeckte sie, die vor ihr floh und über die Borke huschte. Von weiter oben hörte sie das wütende Meckern von dunklen Hörnchen.

Von manchen Ästen hingen Hülsen herab, und ein paar lagen zu Jerushas Füßen auf dem Boden. Sie hob eine auf, eine Kapsel, die ungefähr die Größe und Form eines Footballs hatte und von einer harten ledrigen Hülle umgeben war. Sie fühlte sich schwer an.

»Affenbrotbaumfrucht«, sagte jemand, und als sich Jerusha umdrehte, sah sie jemanden in der Botschaftsuniform ein paar Meter von ihr entfernt aus einem elektrischen Golfmobil steigen. Allerdings war der Wagen hinten nicht mit Golfschlägern beladen, sondern mit Spaten, Rechen und Motorsensen. »So wird sie von manchen genannt.« Der Mann hatte einen starken Akzent, der sich nach Swahili oder einer der anderen einheimischen Sprachen anhörte und den Jerusha sehr charmant fand.

»Die Baobab-Frucht ist sehr nahrhaft. Tiere fressen sie gern: Affen, Paviane, Elefanten, ja sogar Antilopen. Sie brechen die Kapseln auf, um das Fleisch zu essen, und die Samen werfen sie entweder beiseite oder scheiden sie wieder aus, wodurch neue Bäume entstehen.«

»Die Samen sind da drin?« Jerusha wog die Kapsel in der Hand.

Der Mann nickte. Seine Haut hatte die Farbe dunklen Kakaos, aber das schwarze Haar war reichlich von grauen Strähnen durchzogen. »Sind Sie diejenige, die Pflanzen wachsen lässt?«

Jetzt war Jerusha mit Nicken an der Reihe. »Ich heiße Jerusha Carter«, sagte sie. »Manchmal nennt man mich auch Gardener.«

»Ich bin Ibada. Ich bin der Gärtner fürs Botschaftsgelände. Werfen Sie mir das mal rüber.« Er streckte seine Hand aus, und Jerusha warf ihm die Kapsel zu. Er zog ein langes Messer aus einer Scheide an seinem Gürtel, drückte die schwere Klinge in die Hülse und brach sie auseinander. Im Innern erkannte Jerusha das Fruchtfleisch, in dem große Samen eingebettet waren. »Baobab ist auf Swahili der Baum des Lebens«, sagte er, während er die Frucht aufschnitt. »Der da ist uralt. Der wächst schon seit vor der Geburt eures Christus.«

Erneut betrachtete Jerusha den Baum und versuchte sich vorzustellen, wie viel Geschichte schon verflossen war, seit er gekeimt hatte. Doch es war unmöglich. »Sie sehen so … seltsam aus.«

»Eine Geschichte erzählt, dass die Götter jedem Tier einen Samen gegeben haben, um etwas zu pflanzen. Der Same des armen Affenbrotbaums war der letzte, und er wurde dem dummen Schakal gegeben, der den Samen verkehrt herum setzte, sodass die Wurzeln oben herauswuchsen.« Er lachte, und Jerusha musste mitlachen. Er zog Samen aus dem Fruchtfleisch und sammelte sie in seinem großen Handteller. »Baum des Lebens, denken Sie dran. Sie werden feststellen, dass man aus den Blättern ein Gemüse macht. Kuka nennt man das. Meine Mutter hat immer Kukasuppe gemacht. Hier, sehen Sie ...«

Er gab ihr eine Hälfte der Kapsel und bohrte einen Finger ins Fruchtfleisch. »Kennen Sie Cremor Tartari? Das stammt ursprünglich von dieser Frucht. Unten auf dem Markt können Sie getrocknetes Fruchtfleisch in Zucker kaufen. Das nennt man Bungha. Oder man kann es auch mit Milch oder Haferbrei mischen. Sehr vielseitig.« Er nahm ihr die Kapsel wieder ab, ergriff ihre Hände und schüttete ein Dutzend Samen hinein. »Die hier, die kann man mahlen, um damit Suppen anzudicken. Oder man röstet oder mahlt sie, um Öl zu gewinnen. Aber ich vermute, Sie werden sie benutzen, um Bäume wachsen zu lassen, was?« Er grinste sie an.

»Danke, Ibada«, sagte sie. Die Samen waren kühl und feucht, und sie spürte in ihnen die großen Bäume, die nur darauf warteten hervorzusprossen. »Später«, flüsterte sie ihnen zu. Sie öffnete einen der Beutel an ihrem Samengürtel und ließ sie hineinfallen. Danach fühlte sich der Beutel schwer und angenehm an.

»Deshalb sind Sie zu dem Baum gegangen, nicht wahr?«, fragte er. »Sie haben den Ruf der Großen Mutter in ihm gespürt?«

»Ja.« Jerusha strich mit der Hand über den dicken Stamm, worauf wie als Antwort eine Hitzewelle vom Boden her zu ihr aufstieg. »Ich glaube, dass ich es gespürt habe.«

»Hey, Jerusha!« Ein lautes Bellen drang zu ihr herüber. Sie sahen zu den Botschaftsgebäuden zurück, von wo Wally winkend zu ihnen herüberstapfte.

Ibada grinste schon wieder und nickte noch mal. »Ich spüre den Ruf auch. Sie und der Eisenmann sind nicht nur hier, um Tiere anzuschauen und hübsche Fotos vom Kilimandscharo zu machen?«

»Nein.«

»Dann kann es sein, dass sie den Affenbrotbaum gut gebrauchen können«, sagte er. »Verwenden Sie die Samen klug, Gardener.«

»Das werde ich tun.«

Ibada senkte den Kopf, fast als würde er sich vor ihr verneigen. Dann ging er zu dem Elektrowagen zurück. Wally warf ihm im Vorübergehen einen misstrauischen Blick zu. »Belästigt er dich?«

»Nein. Und ich kann selbst auf mich aufpassen.«

Wally besaß genug Anstand, um verlegen dreinzublicken. »'tschuldige«, sagte er. Ibada verabschiedete sich mit einem Winken, und der Wagen fuhr knarzend los. »Sie meinten, der Wagen würde in einer Stunde bereitstehen, um uns zu diesem Finch-Typen zu fahren. Ich habe bei dir angeklopft, um es dir auszurichten, aber du hast nicht geantwortet. Der Typ am Empfang sagte, du wärst hier draußen, also …« Er ließ den Satz unvollendet, denn er sah an dem Affenbrotbaum hinter Jerusha hinauf. »Meine Fresse, das ist ja mal ein großer Baum«, sagte er. In seiner Stimme schwang Ehrfurcht mit. Dadurch fühlte sich Jerusha irgendwie besser.

»Ja, das ist er«, sagte sie. »Komm, wir müssen uns fertig machen.«

Flugplatz Kawi
Daressalam, Tansania

Finch hatte gesagt, dass es mindestens ein paar Stunden dauern würde, um sie ausreichend auszurüsten. Sie wollten am frühen Nachmittag zum Tanganjikasee aufbrechen. Finch führte sie in einen ... nun, es war kein richtiges Geschäft. Wenigstens hätte Wally es für keines gehalten. Es wirkte eher wie ein Depot oder ein kleines Lagerhaus unweit des Hangars, in dem Finch sein Flugzeug untergestellt hatte.

Aus dem Gebäude aus Lehmziegeln waberte ein stickiger, modriger Geruch, als Finch die Tür aufmachte. Wally und Jerusha folgten ihm hinein. Drinnen gab es keine elektrische Beleuchtung, lediglich das senffarbene Licht, das durch die verrußten Fensterscheiben fiel, erleuchtete das Innere. Allerdings waren manche Scheiben auch eingeschlagen. Alles war mit Regalreihen und Kistenstapeln vollgestellt. Viele Regale waren leer, aber trotzdem lagerte hier eine Menge Ausrüstung. Campingausrüstung, wie es schien.

»Wow!«, sagte Wally. »Gehört das alles Ihnen?«

»Wer's findet, darf's behalten«, sagte Finch. »Fliege seit dreißig Jahren in den Busch. Leute verschwinden, lassen Sachen zurück, manche sehen den Dschungel von Weitem und laufen schreiend ins Hotel zurück. Was ich finde, bringe ich hierher und verkaufe es an Glückspilze wie Sie.«

Jerusha sagte: »Das Zeug ist doch nicht etwa gestohlen, oder?«

»Passen Sie auf, was Sie sagen!« Der Pilot schnaubte durch

die großen Nasenlöcher. »Ich bin ein ehrlicher Geschäftsmann.«

Vorsichtshalber stellte sich Wally vor Jerusha. »He, sie fragt ja nur, mehr nicht.«

»Nur dass das zwischen uns klar ist, Kumpel. Ich stehle nicht, aber ich betreibe auch keinen Wohltätigkeitsverein.«

»Hä?«

Finch verdrehte wieder die kleinen Augen. »Sie bezahlen für Ihre Ausrüstungen, oder nicht?«

»Oh, klar, darauf können Sie einen lassen.«

»Ich habe nur ein Problem«, sagte Finch. »Sicher ist das Komitee zahlungsfähig, allerdings kann ich keine sechs Monate darauf warten, dass ein Scheck aus den USA eintrifft. In der Gegend gibt es sowieso nicht viele Banken, die ihn einlösen würden, stimmt's?« Er kicherte und gab Wally einen Klaps auf den Rücken. Die meisten Leute zuckten danach zusammen, nicht aber Finch. Anscheinend hatte er eine dicke Haut. Das Klirren hallte durch die Lagerhalle.

»Wird schon stimmen, nehme ich an. Also, ähm, was heißt das jetzt?«

»Das heißt, dass ich ein ehrliches Bargeldgeschäft betreibe.«

Wally sah Jerusha an. Sie zuckte mit den Schultern. Was blieb ihnen anderes übrig?

Der Ausflug ins Ausrüstungslager entpuppte sich bereits als eine Expedition. Hatte sie Finch mit ihrer Frage auch beleidigt, so empfand Jerusha doch, wenn auch widerwillig, Achtung vor dem Piloten, nachdem sie angefangen hatten, Geschäfte mit ihm zu machen. Sie hatte ihre Hausaufgaben erledigt und auf dem Weg von New York hierher eine Liste zusammengestellt. Wally war zwar klar, dass die ganze Aktion sehr spontan war, aber er hatte keine Ahnung, wie unvorbereitet sie wirklich gewesen waren.

Früher hatte er in der Boundary Waters Canoe Area in Minnesota gecampt, doch das ließ sich nicht mit den Vorbereitungen vergleichen, die für einen Ausflug in den Busch notwendig waren.

Es war eine Mordsliste: Rucksäcke, Safariwesten (mit Extrataschen), biologische Wasserfilterflaschen, Chlortabletten, Schmerzmittel, Antibiotika, Durchfallmittel, WHO-Trinklösung, Taschenmesser, Macheten, um sich durchs Gestrüpp zu schlagen, Kompasse, Toilettenpapier, Seil, Taschenlampen, Laternen, ein GPS-Gerät, massenweise Batterien, Schlafsäcke, Zelte.

Für Jerusha nahmen sie auch Insektenspray, Moskitonetze und Tabletten gegen Malaria mit. Seit seine Karte aufgedeckt worden war, war Wally nicht mehr von einem Insekt gestochen worden. Jerusha besorgte sich außerdem noch einen breitkrempigen Hut. Obwohl Wally kaum einen Sonnenbrand zu befürchten hatte, kaufte er sich zum Spaß einen Tropenhelm. Er hatte schon immer einen Tropenhelm gewollt, spätestens seit er *Tarzan, der Affenmensch* gesehen hatte (den alten Film, nicht das Remake). Damit würden ihm Schweiß und Regen nicht in die Augen laufen.

Finch legte viel Wert auf das Schuhwerk. Es sollte bequem sein, sagte er, aber gleichzeitig mussten die Füße darin atmen können. Wally beschloss, barfuß zu gehen. Das wäre bequemer als alles andere, und außerdem hatte Finch keine gebrauchten Stiefel oder Wandersandalen auf Lager, die von Wallys eisernen Füßen nicht zerkleinert worden wären. Solange er peinlichst auf Rost achtete, würde er barfuß keine Probleme bekommen.

Noch größeren Wert legte Finch auf das Satellitentelefon. »Verlieren Sie bloß nicht dieses verdammte Telefon«, sagte er und wedelte damit vor ihren Gesichtern herum. »Das ist Ihre Rettungsleine, die Sie mit der Außenwelt verbindet. Im Dschungel sind Ihre Handys nutzlos.« Er hielt ihnen einen langen Vortrag und erklärte ihnen, wie man das Telefon bediente. Wally versuchte ihm so gut er konnte zu folgen, insgeheim aber hoffte er, dass Jerusha alles verstand.

Auf der Suche nach einem Schlafsack, der nicht von Schimmel befallen war, rollten sie einen nach dem anderen auf. Finch fragte Wally: »Treibt das Komitee dieses Spiel oft mit Ihnen?«

»Was für ein Spiel?«

»Dass es Sie ohne Ausrüstung an den Arsch der Welt schickt?« Finchs Ohren zuckten. »Wenn Sie mich fragen, klingt das nach einem ziemlich miesen Arbeitgeber.«

»Äh, nein. Ich meine, das passiert schon mal. Aber nicht immer.«

Jerusha mischte sich ein. »Unsere Expedition zum See kam ganz unerwartet. Deshalb hatten wir nicht mehr genug Zeit, um uns in den Staaten richtig auszurüsten. Wir mussten so schnell wir konnten hierherkommen.«

»Ah, stimmt. Stimmt. Das hatten Sie ja gesagt.« Finch hörte sich allerdings nicht vollkommen überzeugt an.

Nach zwei Stunden hatten sie fast alles, was sie brauchte. Jerusha feilschte mit Finch, sodass sie am Ende etwas weniger als die Hälfte dessen bezahlten, was sie bei sich hatten.

Dann war es Zeit aufzubrechen. Sie schnürten ihre Rucksäcke und folgten Finch hinaus. Wally bot sich an, Jerushas Tasche für sie zu tragen, aber das schien ihr nicht recht zu sein.

Finch verschwand im Hangar, und Wally wartete mit Jerusha davor. »Ich glaube nicht, dass er uns das abkauft«, sagte er. »Was sollen wir machen?«

Jerusha runzelte die Stirn. Sie sah müde aus. »Was können wir machen? Bei unserer Geschichte bleiben, bis er uns zum See fliegt.«

»He, Blechmann!« Finch deutete auf Wally. »Kommen Sie mal. Helfen Sie mir, sie rauszuschieben.«

Wally stellte seinen Rucksack neben Jerusha ab. Kleine Wölkchen aus rotem Staub wirbelten auf, als er klirrend zum Hangar ging. Der Staub blieb am Schweiß seiner Beine kleben. So schlimm war er noch nie gerostet.

Wally war noch nie in einem derart kleinen Flugzeug geflogen, nicht einmal in Ägypten. Zwar war er schon in Hubschraubern gesessen, aber die gehörten der UNO und waren größer als dieses Flugzeug. Er machte sich mit den Händen Schatten, um durch die Scheibe zu blicken, und sah hinein. Drin hatten vielleicht vier oder fünf Leute Platz, mit Gepäck etwas weniger.

»Greifen Sie sie hier«, sagte Finch. »Vorsichtig.« Er stemmte sich gegen den schrägen Holm, der die Tragfläche vom Rumpf her abstützte. Mit einem Blick auf Wallys eiserne Hände fügte er hinzu: »Aber zerkratzen Sie sie nicht.«

Zusammen schoben sie das Flugzeug hinaus. Finch verströmte Moschusgeruch, wenn er sich anstrengte. Wally hätte den Flieger auch allein schieben können, aber das Teil sah zerbrechlich aus.

Und tatsächlich ... als sie es erst mal draußen im Sonnenlicht stehen hatten, sah es erst recht zerbrechlich aus. Über manche Fenster zog sich ein ausgedehntes Spinnennetz aus Rissen. In der weißen Farbe des Rumpfs waren einige lange silbrige Kratzer. Selbst die Tragflächen hatten Beulen und schienen an einer Stelle von Hand geflickt worden zu sein, und an dem Landegestell schien es mehr Flickwerk als Reifen zu geben.

»Hey, Mr. Finch? Ist das sicher?«

Wieder schnaubte Finch. »Touristen«, grummelte er.

Jackson Square
New Orleans, Louisiana

CNN übertrug live, so wie jeder andere größere Nachrichtensender. Juliet berichtete Michelle, dass es auch im Netz live gestreamt werden würde.

Michelle hatte nun schon fast seit zwölf Stunden Blasen geworfen. Sie war zwar noch immer so dick wie am Anfang, spürte aber, dass sie leichter wurde.

Die Blasen sprudelten aus ihrer Hand hervor – so viele Blasen, wie sie nur werfen konnte. Sie machte sie so dicht, dass sie nicht gleich platzten, aber auch leicht genug, dass sie davonschwebten. Einfach nur Seifenblasen zu werfen hätte nichts gebracht, und alle anderen Varianten, die ihr durch den Kopf gegangen waren, brachten Risiken mit sich. Sie versuchte, die Blasen so zu erschaffen, dass sie auch platzen konnten, aber es war ihr nicht möglich, sie so zu kontrollieren, wie sie das wollte. Selbst jetzt noch, nachdem sie bereits seit Stunden Blasen warf, wühlte sich die Energie durch sie hindurch. Sie zurückzuhalten war sehr anstrengend.

Im Fernsehen zeigten sie eine lange Einstellung des Tempels, aus dem Blasen emporstiegen. Dann gab es Luftaufnahmen, allerdings waren dies nur Wiederholungen, da der Flughafen Louis B. Armstrong geschlossen und der Luftraum über New Orleans gesperrt worden war. Jetzt schnitten sie zu Amateuraufnahmen.

Durch jedes Bild schwebten und tänzelten schöne, durchscheinende Blasen wie Kinderspielzeug. Sie stiegen immer weiter auf, flogen hierhin und dorthin, bis sie vom Wind in eine Richtung getrieben wurden und allmählich wieder zur Erde herabsanken.

In New Orleans regnete es Blasen.

Im Fernsehen war ein junger Mann vor dem Super Dome zu sehen, der sich vor der Kamera wichtigmachte. »Ja, ich weiß, dass sie die Stadt gerettet hat, aber verdammt noch mal, hätte sie dieses Blasenzeugs nicht woanders machen können?«

Es folgte ein Schnitt zu einer gequält dreinblickenden Frau mit einem kleinen Kind auf der Hüfte.

»Ich muss an meine Kinder denken. Man weiß ja nicht, was da drin ist. Oh, klar sehen die hübsch aus, aber haben Sie mal versucht, Ihr Kind davon abzuhalten? Die nehmen alles in den Mund. Und ich habe mir *American Hero* angeguckt. Die kann damit Sachen in die Luft jagen.«

Michelle brüllte den Fernseher an. »Aber die jagen nichts in die Luft. Die sind nicht dafür gemacht!«

»Siehst du, das ist eins deiner verdammten Probleme, Bubbles.« Joey stellte den Ton leiser. »Du machst dir Gedanken darum, was diese Arschgeigen über dich denken. Ich dagegen? Mir ist das schnurz.«

»Hast du Juliet von uns erzählt?«, platzte Michelle heraus. *Dumm, blöd, bescheuert*, dachte sie.

Joey sah sie genervt an. »Scheiße, nein. Himmel, Arsch und Zwirn, warum sollte ich so was tun?«

»Ich weiß nicht. Vielleicht um dich zu erleichtern? Damit du dich nicht mehr so schuldig fühlst.«

»Ich fühl mich wegen gar nichts schuldig.«

»Warum hast du es ihr dann nicht gesagt?«

»Du weißt, warum«, erwiderte Joey. »Sie hat hier ein geschlagenes Jahr lang rumgehockt und gewartet, dass du aufwachst. Sie hat deine Eltern so lange von dir ferngehalten, wie es verdammt noch mal ging. Schließlich hatte sie keine rechtliche Handhabe. Und sie hat das alles gemacht, ohne was zu verlangen.« Joey schüttelte den Kopf. »Du und ich, wir sind uns ähnlich. Wir sind es gewohnt, dass wir uns um uns selbst kümmern müssen. Juliet aber weiß gar nicht, wie das geht. Sie liebt dich, und das bedeutet, dass sie alles andere hinten anstellt, um für dich zu sorgen.«

»Kommt mir vor, als wüsstest du mehr über meine Freundin als ich«, blaffte Michelle.

»Ja, das tu ich.« Joey saß lümmelnd auf ihrem Stuhl. Juliet war hinausgegangen, um Kaffee und Beignets zu kaufen, sodass Michelle und Joey zum ersten Mal allein waren.

»O mein Gott. Du schläfst mir ihr!«

»Meine Fresse, du bist ja echt mal eine durchgeknallte Ziege. Nein, aber es ist nicht so, dass ich nicht gewollt hätte. Du weißt einfach gar nichts über Ink, oder? Leck mich doch am Arsch.« Joey sprang auf und griff sich ihre Baseballmütze. »Ich seh mal, ob sie mit den Donuts Hilfe braucht.«

Michelle schäumte. Sie wollte Joey nachlaufen, um ihr zu sagen, dass sie sich irrte. Dass sie Juliet nur zu gut verstand. Aber sie war noch immer zu beleibt. Und dann waren da noch diese vermaledeiten Blasen, die einfach immer weiter und weiter sprudelten …

Jokertown
Manhattan, New York

Das berühmte Bowery Wild Cards Dime Museum war nur wenige U-Bahn-Stationen entfernt. Die Fahrt verbrachte Ellen damit, durchs Fenster auf den verschwommen vorbeirasenden Beton und die Dunkelheit zu starren. Sie trug ein feines Lächeln im Gesicht und war von einem inneren Frieden erfüllt, als hätte sie gerade Sex gehabt. Bugsy wusste jedoch, dass dies nicht der Fall war.

Er wusste, woher es kam. »Wie geht es Nick?«, fragte er.

Ellen holte tief Luft und atmete langsam aus. »Der Hut selbst trägt sich nicht mehr so gut. Es ist seltsam, ihn wieder zurückzuhaben. Ich kann noch immer nicht richtig...«

Einen Augenblick lang erstickte ihre Stimme. Sie hatte nicht damit gerechnet, Nick zurückzugewinnen. Er war gestorben, bevor sie ihn kennengelernt hatte. Und nachdem das Objekt, mit dem sie ihn gechannelt hatte, verloren gegangen war, hatte sie geglaubt, dass er für immer von ihr gegangen wäre. Sie war mitten in der Trauerphase gewesen.

Jetzt war er zurück, und sie hatte den vorigen Tag fast vollständig damit zugebracht, sich mit ihm auszutauschen – ihn auf den Stand der Dinge zu bringen, ihm Verschiedenes anzuvertrauen und zweifellos lustige Geschichten über Bugsy und Aliyah zu erzählen. Und über das eine Mal, als der FedEx-Typ die Wohnungstür aufgemacht und sie in flagranti in der Küche erwischt hatte.

Es hatte etwas grundsätzlich Irritierendes, wenn aus demselben Mund, den man beim Knutschen mit seiner Freundin geküsst hatte, eine Männerstimme kam, die einen auslachte.

Die Bahn hielt an der gewünschten Station, und Bugsy und Cameo stiegen ins Tageslicht hinauf.

Jokertown nahm einen Teil von Manhattan ein, der so klein war, dass man ihn an einem halben Vormittag zu Fuß durchqueren konnte. Es war eine andere Welt. Im bleichen Sonnenlicht des frühen Morgens joggte ein Jokerpärchen gemächlich die Straße entlang, er war halb Mastodon, halb Insekt, und sie hatte einen schönen Frauenkörper mit dem Kopf einer zu groß geratenen Bremse. Dabei unterhielten sie sich jedoch über Tara Reids neueste Modeschöpfungen, womöglich war es also doch keine so andere Welt.

In einem der Stadtbusse, der anhielt, um eine Ladung Freaks und Außenseiter aussteigen zu lassen, weinte eine Teenagerin. Aus dem Handy, das sie an ihr Ohr drückte, kam wortreiches Quietschen und Summen in einer unbekannten Sprache. Ein alter Mann, der noch betrunken vom Vorabend war, pinkelte in einer Seitengasse. Dabei prahlte sein Penis in einer hohen gurgelnden Stimme mit eingebildeten sexuellen Eroberungen. Eine Fledermaus von der Größe eines Rottweilers und mit dem Gesicht einer zwölfjährigen Chinesin flatterte verzweifelt mit den Flügeln und versuchte, einen Schulbus in einiger Entfernung einzuholen. Die Cafés füllten sich mit Männern, Frauen und weiß Gott wem alles, die auf dem Weg zur Arbeit einen Becher Kaffee und ein Maismuffin mitnahmen, während ein neonblauer Mann in der hintersten Sitzecke acht Frühstücke hintereinander verschlang. Neben ihm stapelten sich die Teller und wuchsen ihm über den Kopf.

Bugsy und Cameo überquerten vor einem langsamen Lieferwagen die Straße und gingen ins Museum. Hier roch es nach alten Pommes und Schimmel, aber trotzdem machte das Geschäft den Eindruck eines einwandfreien Secondhandladens. In den Schaukästen drängten sich Antiquitäten und Kuriositäten. In der Ecke stand eine Peregrine aus Wachs in derselben Haltung und in demselben Outfit wie auf dem Titelbild von *Aces*, das hinter der Figur eingerahmt an der Wand hing. Bei dem Joker hinter dem Tresen konnte es sich sowohl um einen Mann als auch um eine Frau handeln. Das lange Gesicht sah nach einer Mischung aus geschmolzener Kerze und verschmutzter Schürfwunde aus. Aus einem Yankees-Trikot quollen dicke, seilartige Arme. »Cameo!«, sagte es.

»Jason«, erwiderte Ellen lächelnd. »Lange nicht gesehen. Wie geht es Annie?«

»Unverändert«, sagte der Joker und breitete dabei die gespreizten, von Auswüchsen übersäten Hände aus, als wolle er sagen: *Frauen. Was soll man da machen?* »Womit kann ich dir heute dienen?«

»Mein Freund hier stellt Nachforschungen an. Über die Unruhen im People's Park.«

»Über was?«

»Anscheinend gab es 1969 im People's Park Unruhen«, sagte Bugsy.

»Kann schon sein«, räumte der Joker ein. »Da war ich zwei Jahre alt, von daher kann es gut sein, dass ich mich nicht mehr daran erinnere.«

»Thomas Marion Douglas war damals dabei«, sagte Ellen.

»Der Lizard King? Oh, Scheiße, ja. Über den haben wir kistenweise Zeug.« Der Joker kniff die Augen zusammen, kratzte sich und nickte. »Nichts davon stellen wir mehr aus. Den ganzen Sechziger-Jahre-Rock-Kram holen wir nicht mehr hervor, es sei denn, es gibt ein Revival oder es passiert was Bestimmtes. Aber … ja. Ich glaube, wir haben vielleicht auch was in den Wochenschauen.«

»Was auch immer du hast, wäre großartig«, sagte Ellen.

Der Joker hielt einen abgetrennten Finger in die Höhe. »Eine Minute.« Damit verschwand er in den Schatten im hinteren Bereich des Museums.

Bugsy schlenderte langsam umher und betrachtete die Hunderte kleiner Gegenstände und Bilder. Ein Poster von *Golden Boy*, dem Film, dem das Ass seinen Namen verdankte, bevor er Probleme mit McCarthy bekommen hatte. Der Gedanke, dass Bugsy denselben Kerl vor zwei Jahren in Hollywood getroffen hatte, war seltsam. Er sah immer noch gleich aus. Fotos aus dem Roxkrieg. Eine kitschige Actionfigur aus Zinn von The Great and Powerful Turtle, die wegen der Furchen auf der Oberseite aussah wie eine der Länge nach halbierte Handgranate.

»Ich liebe dieses Museum«, sagte Ellen.

Ein Kleid, das Water Lily getragen hatte. Die Kopie eines Haftbefehls für Fortunato. Eine metallisch grüne Feder von einem von Dr. Tachyons Hüten. Gut zwei Dutzend Bilder an einer Wand, auf denen, jedes Mal anders, Croyd Crenson dargestellt war. »Es ist wie eine Reise«, sagte Bugsy.

Der Joker tauchte aus den Schatten auf und winkte sie zu sich. Das dämmrige Büro war bis zur Decke mit Kartons und Zeitungsstapeln vollgestopft. Auf dem Schreibtisch stand ein 10-Zoll-Farbmonitor, und darauf war ein Nachrichtensprecher in blassen, ausgewaschenen Farben zu sehen, die Bugsy immer mit dem Fernsehen der Siebzigerjahre verband.

»Das ist der Bericht, den ich meinte«, sagte der Joker. »In der Kiste da habe ich ein Handtuch von seinem letzten Konzert. Wir haben es vor ein paar Jahren bei eBay ersteigert, von daher kann es auch Schmu sein, aber es ist das einzige, von dem ich mir sicher sein kann, dass er es nach der Geschichte im People's Park getragen hat.«

»Du bist großartig, Jason«, sagte Ellen.

»Ich bemühe mich«, sagte der Joker mit einem schiefen, ungelenken Grinsen.

Bugsy kauerte sich hin, nahm die Fernbedienung und startete das Video. Da war er, Thomas Marion Douglas. Er sprach laut und mahnend vor einer Menge, und ihm gegenüberstand

Schulter an Schulter eine Reihe Männer der Nationalgarde. Das war noch vor der Ankunft der Spiegelgesichtsmaske, weshalb die Soldaten nervös wirkten.

Dann wurde es laut. Der Reporter duckte sich, und die Kamera wirbelte herum. Ein VW Käfer stand in Flammen. Die Kamera schwenkte wieder herum auf einen gepanzerten Truppentransporter, auf dem Thomas Marion Douglas stand und das Kanonenrohr verbog, als wäre es nichts. Das Maschinengewehr löste sich von dem Panzerfahrzeug, und Douglas hielt es beinahe um hundertachtzig Grad verbogen über seinen Kopf.

»Seht euch diesen Teil an«, sagte der Joker. »Das ist grandios.«

Lizard King bückte sich und schleuderte jemanden in einer Uniform aus dem Transporter. Der arme Normalo zappelte mit den Beinen in der Luft, und dann ging Lizard King zu Boden.

»Halt!«, sagte Bugsy und drückte die Tasten der Fernbedienung. »Was ist passiert?«

Der Joker nahm ihm die Fernbedienung aus der Hand, und der Film lief rückwärts. Dann gingen sie die Aufnahme Bild für Bild durch. Das brennende Auto. Der zerstörte Truppentransporter. Der Captain, der wie das Fleisch einer Auster herausgerissen worden war. Und dann etwas, das sich so schnell bewegte, dass man nur einen verschwommenen Schatten erkennen konnte. Thomas Marion Douglas' Kopf wurde erst nach vorn und dann nach rechts gerissen, bevor er in sich zusammensackte, als bestünde er aus Wackelpudding.

Der Mann, der nun anstelle des Lizard Kings dastand, trug einen Blaumann und einen Bauhelm. In der Hand hielt er einen langen, stählernen Schraubenschlüssel. Der Kerl war riesig, schien aber zu schrumpfen. »Geht nach Hause!«, rief der Hardhat der Vorgängergeneration. »Geht jetzt nach Hause. Es ist aus. Ihr braucht nicht mehr zu kämpfen.«

Es sah aus, als weine der große Kerl. Jemand rief etwas,

was Bugsy nicht verstand, und es brauchte weniger als eine Sekunde, damit aus dem weinerlichen ein wütender Hardhat wurde.

»Das ist nicht gut«, sagte Jason der Joker. Aber gerade, als der Typ mit dem großen Schraubenschlüssel auf die Menge losgehen wollte, ging auch er zu Boden, da Thomas Marion Douglas ihn stolpern ließ. Gleichzeitig mit Hardhat stand auch Lizard King wieder auf. Das Bild wackelte hin und her, da der Kameramann offenbar zwischen einer sensationellen Story und der Furcht, als Kollateralschaden zu enden, hin- und hergerissen war. Bugsy beugte sich vor. Dem Lizard King lief Blut über die Stirn und in die Augen, und er wurde von einem mächtigen Schlag in die Rippen wieder zu Boden geworfen. Hardhat stellte sich über ihn und war drauf und dran, ihm den Schädel einzuschlagen. Der Schraubenschlüssel fuhr in die Höhe, doch dann schlang sich etwas – vielleicht eine Kette – um das Werkzeug und wirbelte Hardhat herum, sodass er einem neuen Feind ins Angesicht blickte.

Tom Weathers. Bugsy hielt den Film an.

Weathers sah zwar ein bisschen anders aus, war aber gut zu erkennen. Schlank, mit schulterlangem blondem Haar, trug er lediglich eine blaue Jeans und ein untertassengroßes Peace-Medaillon an einer Kette. Doch war er zweifellos Radical. Der Mann, der New Orleans bedroht hatte, der seit fast zwei Jahrzehnten Feinde wie Verbündete gleichermaßen getötet hatte.

Aber Bugsy konnte sich nicht helfen: Der Tom Weathers auf dem Bildschirm sah… nicht unbedingt jünger aus, aber sanfter. Freundlicher. Weniger wie ein tobsüchtiger Schlächter.

Er ließ das Band weiterlaufen. Hardhat, Radical und Lizard King kämpften weiter, bis Hardhat am Boden lag, nur noch normalmenschliche Größe besaß und heulte. Radical und Lizard King umarmten sich triumphierend, beinahe wie ein Liebespaar.

»Mehr haben wir nicht«, sagte Jason.

»Na schön«, sagte Cameo. »Seid ihr bereit, dem Lizard King zu begegnen?«

Bugsy nickte. Jason der Joker hielt Cameo das alte graue Frottierhandtuch hin. Sie nahm es, legte es sich wie eine Boxerin auf die Schultern und schloss die Augen. Fast augenblicklich bemerkte Bugsy die Veränderung. Sie sackte auf dem Stuhl zusammen, hielt die Schultern anders, und der Kopf ruckte nach hinten wie bei einem bockigen Schuljungen. Er wusste, dass Thomas Marion Douglas ihre Augen aufschlagen würde.

Anscheinend nutzte Ellen die zwei oder drei Minuten der Stille, um Lizard King alles zu erklären, denn er wirkte nicht überrascht.

»Ich bin auferstanden, Mann«, sagte Tom Douglas theatralisch gedehnt. »Es ist nicht tot, was ewig liegt, bis dass die Zeit den Tod besiegt.«

»Ja, schon klar. Also, ich heiße Jonathan«, sagte Bugsy. »Ich habe mich gefragt, ob du mir vielleicht ein wenig über Radical erzählen könntest. Nach dem Aufstand im People's Park.«

Tom Douglas schüttelte den Kopf, als meinte er, noch längeres Haar zu haben, lehnte sich noch weiter zurück und rutschte dabei etwas tiefer. Wogen aus Arroganz und Verachtung schlugen Bugsy entgegen. »Er kämpft immer noch für die gute Sache, nicht wahr? Echt cool, Mann. Der war korrekt.«

»Wie gut hast du ihn gekannt?«, fragte Bugsy.

Lizard King schüttelte den Kopf. Dabei bewegte er sich träge, als wollte er die Antwort nur um des Hinauszögerns willen verschleppen. »Bloß die eine Nacht, Mann. Nur diesen einen strahlenden Moment lang. Da haben wir denen da oben gezeigt, dass wir uns nicht einschüchtern lassen. Die Menschen lassen sich nicht unterdrücken. Wir haben's der Nationalgarde und ihren Assen gezeigt, Mann. Und danach: Liebe. Süße Liebe bis zum Morgengrauen.«

Bugsy blinzelte, während er das Gehörte im Kopf verarbeitete. »Dann waren du und Radical also... äh... Liebhaber?«

»Wirst du deswegen gleich verklemmt, Mann?«, fragte Lizard King lächelnd.

»Nun, nicht in dem Sinne, dass ich Homos eklig finden würde. Ich habe in Tom Weathers bloß noch nie ein Objekt sexueller Wünsche gesehen.«

»Jeder hat es mit jedem getrieben, Mann. Keine Eifersucht, keine Besitzansprüche, keine Komplexe. Wir waren frei und wild und voller Liebe, Mann. Aber nein, Radical und ich, wir waren die Kraft und das Licht. Die Leute wurden von uns angezogen. Wir hatten zu viel, um es nicht mit allen zu teilen. Radical verbrachte den Großteil der Nacht mit einem Häschen namens Saffron … nein, nein, Sunflower. So war's. Schien total auf sie zu stehen.«

»Und nach der Nacht«, sagte Bugsy. »War er danach noch mit ihr zusammen?«

»Es gab kein ›nach dieser Nacht‹, Mann, nur den einen Augenblick, und dann nichts mehr. Der Kerl kam, wenn er gebraucht wurde, und verschwand im Morgengrauen wieder.«

»Du hast ihn sonst nie gesehen?«

»Weder davor noch danach.«

»Na toll«, sagte Bugsy.

Thomas Marion Douglas beugte sich nach vorn und verzog Ellens Gesicht zu einer finsteren Miene, die Bugsy von den Covern klassischer Rockalben kannte. »Die Sache war die, dass wir keine Angst vor dem Tod hatten, Mann. Wir haben ihn willkommen geheißen. Wir wurden frei, und alles um uns herum wurde von unserer Macht verwandelt. Nach uns war nichts mehr wie früher. Nichts.«

»Zwei Worte«, sagte Bugsy.

Lizard King nahm die darin eingeschlossene Herausforderung mit gehobenem Kinn entgegen.

»Britney Spears«, sagte Bugsy, und während Thomas Marion Douglas ihn verwirrt ansah, nahm er ihm das Handtuch von den Schultern und verwandelte ihn wieder in Ellen.

»Nun«, sagte sie. »Das hätte gern auch etwas nützlicher sein dürfen.«

»Immerhin haben wir Sunflower als Spur, mit der wir weiterarbeiten können.«

»Neunundsechzig hießen auch höchstens acht oder neun Millionen Mädchen so«, sagte Ellen.

»Es ist zumindest etwas«, sagte er. Und indem er auf das Handtuch blickte: »Dieser Typ war also das angesagte, gefährliche Sexsymbol einer Generation, was?«

»Scheint so«, sagte Ellen.

»Man muss wohl dabei gewesen sein.«

Flugplatz Kawi
Tansania

Das Flugzeug hatte geknarrt, als Wally eingestiegen war, und es sackte in der Federung sichtlich ab. Misstrauisch beäugte Jerusha den geflickten und rostfleckigen Rumpf. »Wie alt ist dieses Flugzeug eigentlich?«, fragte sie Finch.

Er grinste. »Ah, diese Büchse ist so alt wie ich und genauso mies«, sagte er. »Sie ist eine Cessna 206, Baujahr 1964 – insgesamt ein guter Jahrgang. Wir sind beide noch gut in Schuss, meine Dame, wenn Sie verstehen, was ich meine.« Er blinzelte ihr mit einem Knopfauge zu, und sein Blick glitt an ihrem Körper hinunter.

»Trägt sie Wally?«

»Ihren Eisenmann, meinen Sie? Klar. Wie viel kann der Bursche schon wiegen?«

Sie erwiderte nichts, sondern stieg ins Flugzeug und setzte sich auf einen der vier Plätze in der Kabine vor einen Stapel Kisten, die mit Riemen und Gurten festgemacht worden waren. Finch setzte sich auf den Pilotensessel, und der Propeller an der Flugzeugschnauze beschleunigte sich, bis er nicht mehr zu sehen war, während die Motoren husteten, stotterten und dröhnten. Klappernd fuhren sie die Startbahn hinunter, und es war so holperig, dass sich Jerusha an die Armlehnen klammerte. Als der Flieger endlich abhob und an Höhe gewann, bekam Jerusha einen Blick auf den Sansibar-Kanal, und am Horizont war der grüne, durch die Entfernung etwas bläuliche Höcker der Insel selbst zu sehen. Unter ihnen breitete sich die Hafenstadt in all ihrer Komplexität und Geschäftigkeit aus.

»Wo ist der Kilimandscharo?«, fragte Wally und musste gegen das Rauschen der Motoren anbrüllen, während sie höher stiegen und die Tragfläche links nach unten sackte, weil sie auf einen Westkurs umschwenkten. »Der ist doch in Tansania, oder?«

Finch schnaubte. Dann zeigte er zum rechten Fenster hinaus. »Der Kilimandscharo liegt in dieser Richtung, ungefähr sechshundert Kilometer entfernt. Norden, nicht Westen.«

»Mist«, sagte Wally. Er wirkte enttäuscht.

»Vielleicht können wir auf dem Weg zurück einen Umweg machen«, sagte Jerusha zu ihm. »Mit Lucien.«

Wallys Miene heiterte sich sofort auf. »Das wäre eine feine Sache«, sagte er. »Hoffentlich können wir das.«

»Das hoffe ich auch«, sagte sie, doch das mulmige Gefühl im Magen strafte ihre Zuversicht Lügen.

Als sie unter der hoch stehenden Sonne nach Westen flogen, huschte der Schatten des Flugzeugs erst über grüne Gegenden, aber je weiter sie sich von der Küste entfernten, desto trockener wurde das Land. Die dunkle Erde wurde nur noch hin und wieder von grünen Baum- und Buschflecken gesprenkelt, und in unregelmäßigen Abständen schlängelte sich ein Fluss hindurch. Nachdem sie ungefähr eine Stunde geflogen waren, stieg das Gelände an und wurde faltiger. Unter ihren Tragflächen glitten steile, mit Grün überzogene Berge und tief eingeschnittene Täler vorbei. »Die Region Mongoro«, erklärte Finch und deutete nach unten. »Schön, wenn man Berge mag.«

Jerusha nickte. Während sie nach unten blickte, begriff sie, dass es auf den serpentinenreichen Straßen, die durch dieses wilde Land schnitten, wahrscheinlich Tage gedauert hätte, Tansania wie ursprünglich geplant mit dem Auto zu durchqueren. Schließlich blieben die Berge hinter ihnen zurück, und sie flogen über flache Savanne. Finch machte sie auf Gnuherden aufmerksam und flog tief über Elefanten und Giraffen hinweg. Wally war hin und weg, starrte aus dem Fenster und zeigte mit dem Finger.

Am späten Nachmittag landete Finch neben einem kleinen Dorf. »Eine Auslieferung«, sagte er und deutete mit dem Daumen auf den Kistenstapel. »Wir übernachten hier …«

Das Dorf – laut Finch ein Boma der Massai – bestand aus einer Ansammlung von Lehmhütten. Erst drückten sich die Kinder hinter den Erwachsenen und starrten vor allem Wally an. Doch als sie das Flugzeug ausluden, hatten sie ihre Schüchternheit abgelegt. Sie liefen herbei, um einmal auf Wallys metallische Haut zu klopfen, liefen wieder davon, kehrten wieder, schlugen kräftiger zu und lachten über den Lärm, den es machte. Zwar zupften sie auch an Jerushas Kleidern, aber es war Wally, der sie faszinierte, und Wally schien ihre Aufmerksamkeit zu genießen. Er ließ die Belästigungen über sich ergehen, stürzte sich scherzhaft auf sie und brüllte, wenn sie kreischend davonliefen. Er zeigte ihnen das Bild von Lucien und erklärte ihnen (auf Englisch, was sie nicht verstanden), dass er Lucien besuchen wollte, der sein Freund war. Eines der Kinder kickte Wally einen Fußball zu, und dieser schlug ihn hoch und weit davon. Mit aufgeregtem Johlen liefen die Kinder dem Ball hinterher.

Jerusha sah zu und lachte mit ihnen. Sie griff in ihren Samenbeutel und angelte einen Orangensamen. Sie ließ ihn fallen und rief das Leben ihn ihm wach, sodass innerhalb weniger Minuten ein Orangenbaum blühte und reife Früchte an seinen Zweigen hängen hatte.

In dieser Nacht roch es im Dorf nach Orangenschalen.

Speziallager Mulele
Distrikt Guit, Südsudan
Arabisches Kalifat

»He!«, rief Tom. »He! Lasst den Scheiß!«

Die beiden hörten nicht auf ihn. Der eine war dieser gedrungene Junge Leucrotta, der andere dieses Gör aus Lagos mit dem britischen Akzent, Charles Abidemi, den man Wrecker nannte oder manchmal auch, nach irgendeinem unverständlichen englischen Schwachsinn, ASBO.

Tom wusste bereits, wer damit angefangen hatte. Das arme Gerippe Charlie würde mit niemandem Streit anfangen, auch wenn er deinen Austin Mini kilogrammweise hätte explodieren lassen können, wenn man ihm das Okay dafür gegeben hatte. Leucrotta dagegen war ein typischer Teenager: ein wandelnder Schwanz. Und wenn man bedachte, dass er ein Ass war, so war er ein verdammt gefährlicher Schwanz.

Tom zerrte Leucrotta am Kragen seines übergroßen Simba-Brigadentarnhemds weg, gerade noch rechtzeitig, bevor es anfing, ihm zu klein zu werden. Denn als Leucrottas Hyänenbrust die Knöpfe an der Front wegsprengte und die Ärmel aufblies, riss Tom die wild gewordene Werkreatur so weit in die Höhe, dass er ihn am stoppeligen Nacken greifen konnte. Der Hemdkragen hatte sich bereits in einen Stoffstreifen verwandelt.

»Was zum Kuckuck ist los mit euch elenden Bengeln? Wisst ihr nicht, dass wir eine Revolution auszufechten haben?« Tom sprach Französisch. Nach sieben Jahren im Kongo konnte er es ungefähr so gut, wie er es wollte. Er hatte festgestellt, dass eine saloppe Ausdrucksweise mit absichtlich fiesem amerikanischem Akzent für gewöhnlich die beste Wirkung erzielte. Schließlich würde ihn niemand wegen seiner schlechten Aussprache anmachen. Zumindest nicht zweimal.

Natürlich musste er es in seiner Muttersprache noch einmal wiederholen, denn als Sohn eines Igbo-Soldaten, der seine Yoruba-Mutter in einem Slum von Lagos zurückgelassen hatte, hatte Charlie den Großteil seines kurzen, armseligen Lebens in einer Wohnsiedlung in einem wenig angesagten Teil des Londoner Vororts Brixton verbracht. Dort hatten ihm Gangs pakistanischer Muslime, Gangs armer Weißer, jamaikanische Gangs und Gangs von in England geborenen Farbigen, die Einwanderer aus Afrika verachteten, den Hintern versohlt. Er verstand nur Englisch. Als die Briten ihn abschoben, hatte Charlies alleinstehende Mutter ihn zurück nach Lagos genommen, das kurz darauf von den Simba-Brigaden überrannt worden war. Sofort hatte die Mutter die Gelegenheit ergriffen, ihren lästigen Sohn für ein paar hundert Kröten an die Werber von Alicia Nshombo zu verscherbeln. Er aber war gar nicht das verdammte Problem.

Wie um das zu beweisen, biss Leucrotta nach Tom. Nur aufgrund seiner Assreflexe gelang es Tom, ihn auf Armeslänge von sich wegzuschieben, bevor die beiden sabbernden schwarzen Kiefer zuschnappten. Sie hätten ihm das Gesicht so glatt abgebissen wie ein bescheuertes ägyptisches Panzergeschoss, ob er nun ein Überass war oder nicht. »Du kleines Arschloch«, rief er. »Du kommst mir mit dieser Scheiße? Du musst echt wieder runterkommen, Mann.« Und damit schleuderte er die vierhundert Pfund geschecktes, wild gewordenes Ungeheuer mit einer beiläufigen Bewegung im Handgelenk zweihundert Meter durch die Luft. Mit einem verzweifelten Heulen segelte Leucrotta dahin und landete mit einem enormen Platschen mitten in einem braunen Sumpfkanal.

Ungefähr die Hälfte der paar Dutzend Jugendlichen, die bei den Zelten abhingen, applaudierte. Tom schenkte ihnen ein missmutiges Lächeln und stapfte davon, um die sogenannten Autoritätspersonen zu stellen, die sich bei dem Streit nur allzu rargemacht hatten.

Das Lager der Spezialeinheit war sorgfältig vom Rest der Armee des PPA abgetrennt und befand sich im Bahr al-Ghazal, umgeben von aufgewickeltem NATO-Draht, der bösartig in der weiß glühenden Sonne funkelte. Das Lager lag auf einem Fleck sumpfiger alkalischer Erde mit rasiermesserscharfem Gestrüpp, elendem Gras und hyperaktiven Moskitos. In all den Jahren, die Tom sich in den unerfreulichsten Winkeln der Dritten Welt herumgeschlagen hatte, hatte er noch keinen Ort gesehen, der deprimierender gewesen wäre. *Was zum Teufel hat mich geritten, dass ich meinen freien Tag in Brasilien verbracht habe?*, fragte er sich wütend. *Nächstes Mal gehe ich verdammt noch mal nach Grönland.*

Die erwachsenen Aufsichtspersonen standen abseits und bildeten einen Klumpen. Vier griesgrämige und überfütterte kongolesische Pflegerinnen der nationalen Gesundheitsbehörde und zwei Kommandos der Leopardenmenschen in ihren gefleckten Tarnuniformen. Alle trugen Gurte mit offen zur Schau gestellten Tasern und Tränengassprays. Die Soldaten waren zusätzlich mit 9-Millimeter-Pistolen des Typs SIG P226 bewaffnet.

»Herrgott noch mal«, sagte Tom und breitete mit nach oben deutenden Handflächen die Arme aus. »Dieses Arschloch Leucrotta markiert den starken Mann. Ihr könnt unmöglich so dumm sein, dass ihr nicht wisst, wie das endet. Entweder er macht jemanden kalt, oder jemand anders macht ihn kalt. In beiden Fällen verliert das People's Paradise eine wertvolle Ressource. Deswegen müsst ihr diese Kids im Griff haben. Die sind panisch und stinksauer. Die zerfleischen sich gegenseitig, ohne dass Siraj auch nur den kleinen Finger rühren muss!«

»Die sind doch sowieso wie die Tiere«, sagte eine der Pflegerinnen. »Sollen sie ihre Hackordnung doch untereinander ausmachen.«

»Dann gebt ihnen als Erwachsene wenigstens eine moralische Richtung vor«, sagte er frustriert. »Versucht es mit Überredung. Gebt ihnen ein gutes Beispiel.«

»Wenn uns der große Führer den Weg weist«, sagte Achille, der kleinere der Leopardenmenschen.

Tom ging zwei Schritte zurück in die Sonne. Dann wirbelte er herum und deutete energisch auf die Aufpasser. »Na schön. Das werde ich machen. Diese Kleinigkeit werde ich tun. Hey, Kids. Hört mal.«

Leucrotta kehrte, wieder in menschlicher Form, schlaksig und kochend, von seinem Bad zurück. Tom bedachte ihn mit einem durchdringenden Blick.

»Hast du dich jetzt wieder im Griff, Fido?«

Der Junge sah ihn finster an. »Aha.«

»Wenn du noch mal so eine Scheiße abziehst, dann nehme ich dich auf einen kleinen Trip in die Erdumlaufbahn mit. Ungefähr fünf Minuten lang. Hast du verstanden? Sag ja.«

»Oui«, sagte Leucrotta mürrisch.

Tom nickte. »Kluge Antwort. Lass uns hoffen, dass das ein Zeichen dafür ist, dass du tatsächlich klug wirst.« Er wandte sich den anderen zu. Sie starrten ihn mit großen Augen an. In manchen Gesichtern erkannte er Bewunderung, in anderen Furcht, aber keine Spur von Feindseligkeit. Das war ein Grund zur Erleichterung, denn manche von ihnen konnten sogar für ihn eine Gefahr darstellen. *Ich bin der Pfadfinderführer der Hölle*, dachte er. *Leck mich.* Er holte tief Luft. »Na gut. Und was machen wir hier mitten in dem widerlichsten Sumpf, den Gott je geschaffen hat? Kann mir das einer sagen?«

»Wir helfen, die unterdrückten Menschen des Südsudan zu befreien«, sagte ein Junge.

»Ja«, erwiderte Tom mit einem Nicken. »Das ist die offizielle Version, nicht wahr? Und hey, das stimmt auch. Genau das werdet ihr tun. Vergesst das nicht. Und was noch?«

»Wir versuchen, nicht umzukommen.« Das sagte ein spindeldürres Mädchen in einem lachhaft weiten Simba-Kampfanzug. Sie war um die dreizehn, hatte extrem dunkle Haut und drohte, dereinst hübsch zu werden. Das Haar hatte sie kurz geschoren. Trotz strikter Verbote, was »unnötigen« persönlichen Besitz anging, trug sie zwei riesige rote Plastikohrringe und eine dazu passende Brille mit großen runden Gläsern.

»Gefälligst mehr Achtung vor deinen Vorgesetzten, du kleine Missgeburt«, bellte die feisteste der Matronen von der Gesundheitsbehörde, eine Frau mit plattem Gesicht und Drahtbrille namens Monique.

Tom machte den Mund auf, um Monique zu sagen, dass sie sich zum Teufel noch mal raushalten sollte. Doch bevor er sprechen konnte, umtanzten Flammen aus pechschwarzer Dunkelheit das dürre Mädchen und stürzten sich auf die Pflegerin. Diese wandte sich kreischend zur Flucht, und die anderen machten ihr den Weg frei.

»Das war jetzt aber nicht nett, Candace, was?«, fragte Tom.

Darkness schob ihre nicht vorhandene Hüfte nach vorn und machte einen niedlichen, vorpubertären Schmollmund. »Wir sind hier nicht, um nett zu sein, non? Und außerdem unterdrückt sie uns. Oder gilt die Befreiung etwa nicht für uns?«

Candace Sessou war eine clevere und freche Teenagerin aus einem Mittelklasseviertel Kinkalas in der Nähe von Brazzaville, das heute ein Stadtteil von Kongoville war und im Südwesten der einstigen Republik Kongo lag. Nshombo und Tom hatten es befreit. Er staunte immer wieder, dass sie lebend aus den Laboren gekommen war. Sie hatte ein Problem mit Autoritätspersonen.

So wie Tom.

»Doch«, erklärte er der Gruppe. »Die Revolution gilt für alle. Es geht darum, jeden Menschen zu befreien. Alle Völker der Welt. Die Menschen im Südsudan. Euch.«

Damit erntete er tödliche Blicke von den Aufsehern, als würde er den Jugendlichen die Erlaubnis erteilen, erbarmungslos über sie herzufallen. Doch keiner von ihnen wagte es, etwas zu sagen. Sie waren allesamt Despoten. Aber er konnte schlecht zulassen, dass die Kinderasse hier einen Herrn der Fliegen abzogen. Es war höchste Zeit, ihnen die verdrehten kleinen Köpfe zurechtzurücken.

»Aber bei der Revolution geht es auch um Disziplin«, erklärte er den Kindern. »Darum, dass ihr eure eigennützigen kleinen Egotrips und Kabbeleien aufgebt. Schaut her, die Mächtigen unterdrücken die Menschen, indem sie teilen und herrschen. Deshalb müsst ihr alle an einem Strang ziehen. Steuert euren Teil zur Revolution bei für all die anderen Kinder auf der ganzen Welt, die aufgrund von Unterdrückung leiden. Und vor allem für euch, füreinander. Habt ihr das kapiert?«

»Ja!« Sie sprangen auf die Beine und reckten die kleinen Fäuste an ihren dünnen Armen in die Höhe.

»Das nenne ich die richtige Einstellung. So sehen meine Brüder und Schwestern aus. Die Mächtigen haben keine Chance gegen eure Hingabe. Jungs und Mädels, ihr werdet die Welt retten!« Er ließ ihnen einen Moment, um seine Worte aufzusaugen, dann sagte er: »Und nun hört her. Wir haben eine Aufgabe. Und dieses Mal werdet ihr Kids dafür sorgen, dass die Erwachsenen in der ganzen Welt aufhorchen werden.«

Donnerstag, 3. Dezember

In der Nähe des Tanganjikasees
Tansania

Die Cessna hüpfte und schlingerte durch die Luft, sodass sie kräftig hin und her gestoßen wurden. Wally klammerte sich so fest am Vordersitz fest, dass der Metallrahmen eine Delle bekam. Finch in der Pilotenkanzel drehte sich grinsend zu ihnen um, dabei zuckten seine stummeligen Nashornohren. Jedes Mal wenn er Jerusha ansah, schien sein Blick nach unten auf ihre Brust zu gleiten und dort eine Weile zu verharren. Wenigstens hatte sie einen sportlichen BH an. »Bisschen holperig, was?«, fragte er. »Aber wir sind fast da.«

Die Turbulenzen wurden immer brutaler, und Finch widmete dem Flugzeug mehr Aufmerksamkeit als Jerusha. Sie streiften purpurfarbene Gewitterwolken, die Blitze auf die Savanne hinabschleuderten, und gelegentlich durchflogen sie Regenschauer. Tansania glitt langsam unter ihnen vorbei, bis Jerusha vor ihnen endlich einen gigantischen blauen Wasserstreifen erkennen konnte. In einer Schlaufe steuerte Finch das Flugzeug auf das Seeufer zu und sprach durch die knisternden Lautsprecher: »Wir landen hier.« Dabei zeigte er auf einen winzigen Flugplatz.

Zehn Minuten später waren sie unten, umgeben von einer

Wolke aus braunem Staub, und rollten auf eine lang gestreckte Wellblechhütte zu. Finch stellte den Motor ab, doch das Dröhnen hallte noch in Jerushas Ohren nach, und die Stille war betäubend. Finch machte die Tür auf und deutete nach draußen. Dort war die Luft drückend heiß und feucht. Auf Wallys Haut bildeten sich bereits orangefarbene Pünktchen. Im Osten türmten sich hohe Berge, doch im Westen konnte Jerusha hinter den Häusern des Städtchens den See ausmachen. »Willkommen in Kasoge«, sagte Finch.

Gegen die Hütte gelehnt, standen ein halbes Dutzend Soldaten. Als Jerusha aus dem Flugzeug ausstieg, schlenderten sie auf die Neuankömmlinge zu. In dem Moment, in dem Wally aus der Maschine kletterte, blieben sie allerdings stehen. Einer von ihnen bellte etwas, und plötzlich waren die Gewehrläufe der Soldaten auf sie gerichtet.

»Ganz ruhig, Kumpels«, rief ihnen Finch zu, der die offenen Handflächen hob. Jerusha folgte seinem Beispiel, aber Wally hob lediglich eine Augenbraue und stellte sich demonstrativ vor Jerusha. So rührend die Geste war, so verstellte er ihr doch die Sicht. Deshalb ging sie um ihn herum, während Finch mit den Soldaten auf – wie Jerusha annahm – Swahili sprach.

Erst war das Gespräch laut und schrill, und Jerushas Hand wanderte zu ihren Samenbeuteln hinab und schloss sich um ein paar Kudzusamen. Mit einem raschen Wurf würde sie die Soldaten einwickeln können…

Sie trat dichter an Wally heran. Zwar starrten die Soldaten sie immer noch an, aber sie hatten die Waffen wieder gesenkt. Finch verhandelte noch immer und winkte Jerusha und Wally herbei. »Ich brauche Ihre Pässe«, sagte er. Jerusha gab sie ihm.

Der Offizier des Trupps sah sich die Ausweise an und gab sie Finch zurück. Dann kehrten die Soldaten zur Hütte zurück, um sich zu besprechen. Dabei beobachteten sie die Ankömmlinge unablässig. »Die Jungs suchen nach Eindringlingen aus dem PPA oder nach Flüchtlingen von dort«, erklärte Finch.

»Ich habe ihnen gesagt, dass wir aus Daressalam und nicht aus dem Kongo kommen. Ich habe ihnen gesagt, dass Sie sich nicht für das PPA interessieren. Ich denke mal, dass sie mir glauben.« Er schnüffelte, sodass das Horn auf seiner Schnauze nach oben fuhr. »Und … stimmt das?«

Jerusha gab keine Antwort, und Wally zuckte nur mit den Schultern. Solange am Ufer des Tanganjikasees Soldaten patrouillierten, mussten sie sehr vorsichtig sein. »Wenn Wally und ich morgen gern eine Bootstour auf dem See machen würden«, sagte sie zu Finch, »könnten Sie das für uns aushandeln? Wir könnten Sie bezahlen …«

♦

»Bootstour, was?« Finch runzelte die Stirn, und während er Wally und Jerusha mit finsterem Blick fixierte, flatterten seine winzigen Ohren. »Eine gemütliche kleine Sightseeingrundfahrt?«

»Ja. Genau«, sagte Wally. »Sightseeing.«

Jerusha hinter ihm seufzte.

Finch kratzte sich mit einem langen schwarzen Fingernagel am Hornansatz. *Kratz. Kratz. Kratz.* Er kniff die Kugelaugen zusammen und musterte Jerusha und Wally eine Weile lang … wobei er Jerusha länger zu mustern schien, und sein Blick wirkte weniger verärgert, solange er auf ihr ruhte. Für Wally schien er nicht viele Worte übrigzuhaben.

»Nun, da Sie bloß zwei unschuldige Touristen sind, die sich nicht fürs People's Paradise of Africa interessieren, gehe ich davon aus, dass Sie nicht wissen, dass die Grenze zwischen Tansania und dem PPA genau in der Mitte des Sees verläuft.« Finch hustete etwas Dunkles, Feuchtes herauf und spuckte es in den Staub. Dann fügte er hinzu: »Und Sie sollten sich tunlichst nicht auf der falschen Seite dieser Grenze wiederfinden.«

Jerusha sagte leise: »Was würde dann passieren? Was würden wir dort vorfinden? Nur mal so aus Neugier.«

»Rebellen und Leopardenmenschen. Wenn Sie Glück haben.«

Leopardenmenschen? Rebellen? Was zum Henker ging dort drüben nur vor sich? Was zum Henker war mit Lucien geschehen? Wally konnte nicht mehr anders: »Himmelarsch! Leopardenmenschen?« Die Soldaten, die sich bei der Wellblechhütte beratschlagten, sahen auf. Die Sorge um Lucien raubte ihm die Nerven, deshalb hatte er seine Frage lauter gestellt, als er es gewollt hatte.

»Das spielt doch verdammt keine Rolle, oder? Weil Sie nicht dort rübergehen werden.« Finch hatte einen eigentümlichen Blick, als würde er das eine sagen, dabei aber etwas anderes meinen. »Alles, was Sie wissen müssen, ist, dass man Sie dort sofort erschießen würde, sobald man Sie entdeckt.« Um seinen Worten Nachdruck zu verleihen, ruckte er mit dem Kopf herum und deutete mit dem Horn auf den See und, in der Verlängerung, zum PPA.

»Ach, sieh mal, Kumpel, Kugeln können …«

Jerusha klopfte Wally auf den Arm. »Danke für die Warnung. Wir wollen bloß keinen Missverständnissen aufsitzen.« Sie betonte die »Missverständnisse«, dann zerrte sie an Wallys Arm. »Wir verlassen uns darauf, dass Sie uns ein Boot mieten.«

Als Finch sie nicht mehr hören konnte, fragte Wally seine Gefährtin: »Was, wenn er ein Boot bekommt, mit dem wir nicht über den See kommen?«

»Ich glaube nicht, dass das ein Problem wird, Wally. Ich glaube, Finch hat uns durchschaut, als er uns zum ersten Mal gesehen hat. Er geht davon aus, dass wir in einer Geheimmission des Komitees unterwegs sind.«

Sie folgten der Straße zu einer engen Kurve. Hinter ihnen, von wo sie gekommen waren, lud Finch Kisten aus der lädierten Cessna. Um die Kurve herum in die andere Richtung öffnete sich Wally zum ersten Mal der Blick auf die Randbezirke von Kasoge.

Es sah nicht viel anders aus als die anderen Dörfer, die sie gesehen hatten. Die Häuser bildeten eine zusammengewürfelte Ansammlung aus Holz, Lehmziegeln und Metallverkleidungen und wirkten so, als wären sie aus allem erbaut worden, was gerade irgendwie verfügbar war. Der Wind seufzte in den Bäumen, die nach dem hellen tropischen Himmel griffen. Er brachte den Erdgeruch des Dschungels mit sich, den Geruch von toten Fischen und Süßwasser vom Seeufer und den Gestank der Müllverbrennungen. Der Rauch brannte Wally in den Augen.

Von oben aus Finchs Flugzeug aus betrachtet, hatte Afrika wie ein Paradies gewirkt, das von Horizont zu Horizont reichte. Am Boden aber fielen Wally unterschiedlichste Dinge auf. Wie zum Beispiel die Müllfeuer. Die Menschen sammelten ihren Müll in Haufen auf der Straße. Waren die Haufen groß genug, wurden sie verbrannt. Wally vermutete, dass das daran lag, dass sie nicht wie zu Hause städtische Deponien und regelmäßige Müllabfuhren hatten. Das erschien ihm logisch. Sie taten, was sie konnten.

Trotzdem war Wally enttäuscht gewesen, als er festgestellt hatte, dass der Rauch von den Müllfeuern ihm den Blick auf die Sterne vernebelte. Er hatte angenommen, dass er in Afrika alle möglichen Sterne würde sehen können. Und andere als die, die er schon kannte.

Trotz all seiner Schönheit war Afrika bestimmt kein Paradies. Nicht einmal hier in Tansania. Und Finchs Warnung bezüglich des PPA hatte nicht dazu beigetragen, dass Wally sich weniger Sorgen um Lucien machte. Er wünschte, er könnte sich einfach ein Boot schnappen und nach Kalemie übersetzen.

Wally und Jerusha machten einen Schritt von der Straße herunter, um einem Lastwagen Platz zu machen. Als er an ihnen vorbeifuhr, sah Wally, dass jemand ein langes Brett hinten an den Laster genagelt hatte, an dem sich einige Fahrradfahrer festhielten und ziehen ließen. Einer hatte seine Fahrradkette mit einem Stück Draht ausgebessert.

Sie hielten an einem Pavillon aus Pfosten, auf denen unterschiedlich große gewellte Aluminiumplatten befestigt waren. Wie in dem Dorf, in dem sie letzte Nacht übernachtet hatten, zog Wally viel Aufmerksamkeit auf sich. Er ließ sich auf eine Bank fallen und zog den Reißverschluss seines Rucksacks auf.

»Willst du was zum Beißen?«

»Ja, tatsächlich.« Jerusha sah seinen Rucksack an. »Was hast du da alles drin?«

»Ich hab Erdnussbutter mitgebracht. Die macht sich gut zu Bananen.«

Ein amüsiertes Grinsen breitete sich auf Jerushas Gesicht aus. »Wart mal eine Sekunde«, sagte sie. Sie ging zum Waldrand an der dem Wind und dem Rauch abgelegenen Seite. Dort fasste sie in ihren Beutel und warf etwas auf den Boden. Ein paar Augenblicke später kehrte sie zum Pavillon zurück und hatte eine gelbe Frucht in der Hand, etwas größer als eine Birne.

»Was ist das?«

»Das ist eine Mango.« Jerusha holte das Messer aus ihrem Rucksack und löste geschickt lange, breite Streifen der Schale von der Mango ab.

»Oh, ich hab noch nie Mango gegessen.«

Wieder dieses Grinsen. Ohne vom Schälen aufzublicken, sagte sie: »Doch, hast du. Und es hat dir auch geschmeckt.«

»Hab ich?«

»In der Botschaft. Erinnerst du dich? Das ganze Obst auf dem Frühstückstisch?«

»Ich erinnere mich bloß an Ananas und Bananen, denn das mag ich, und noch so ein oranges Zeug. Das war ziemlich lecker.«

»Das orange Zeug war Mango. Und ich habe gemerkt, dass es dir schmeckt, weil du eine ganze Schüssel davon gegessen hast.«

»Oh.« Wally spürte, dass er rot wurde. »Das hast du gesehen?«

»Ja.« Nachdem sie die Mango geschält hatte, schnitt sie sie in Streifen und löste säuberlich einen großen Kern aus der Mitte heraus. Den trocknete sie ab und steckte ihn in eine ihrer Gürteltaschen.

Über die Straße hallte Kinderlachen zu ihnen herüber. Zwei Kinder, nicht viel älter als Lucien, liefen die Straße entlang und zogen einen selbstgebastelten Flugdrachen hinter sich her, der aus einer Mülltüte, zwei Stecken und einer Million kurzer Fadenstücke bestand, die zu einer langen Schnur zusammengebunden waren. Die Kinder teilten sich ein Paar Schuhe, eines hatte den linken an, das andere den rechten.

Wally fragte sich, ob Lucien jemals einen Drachen hatte steigen lassen. Vielleicht würde Wally es ihm zeigen können.

Sie aßen in kameradschaftlichem Schweigen und sahen den Kindern zu.

»Jerusha?«

»Ja?«

Wally stierte auf seine Füße, weil er sie nicht verlegen machen wollte. »Ich bin wirklich froh, dass du beschlossen hast mitzukommen.«

Jackson Square
New Orleans, Louisiana

Im Fernsehen zeigen sie eine Aufnahme aus dem French Quarter. Erst sieht es so aus, als wäre ein unnatürlicher Schneesturm niedergegangen. Aber als die Kamera näher heranzoomt, erkennt man, dass alles voller Blasen ist. Die Leute waten knietief durch sie hindurch, kicken sie in die Luft. Manchmal platzt eine, dann lachen alle.

»So etwas habe ich noch nie gesehen«, sagt der Reporter. »Schon seit drei Tagen regnet es hier Blasen. Wir haben uns um ein Gespräch mit Michelle Pond bemüht, um sie zu fragen, wann das aufhören wird.«

Michelle verdrehte die Augen. Sie hatte das Interview abgelehnt, weil sie selbst nicht wusste, wie lange das noch so weitergehen würde. Sie war definitiv etwas leichter und meinte auch, dass sie kleiner wurde, aber noch steckte viel zu viel Energie in ihr. Wieder sah sie auf den Bildschirm.

Die nächste Einstellung zeigte einen Spielplatz. Kreischend und lachend schlitterten die Kinder in das Meer aus in allen Regenbogenfarben schillernden Blasen. Sie hoben welche auf und bewarfen sich gegenseitig damit. Manche platzten gleich, doch die meisten prallten harmlos von ihren Zielen ab.

Dann setzte eine weitere Blasendusche ein, und die Kinder breiteten die Arme aus und ließen die Blasen auf sich herabregnen.

Freitag, 4. Dezember

Tanganjikasee
Tansania

»Die Grenze zum PPA zu überschreiten wäre äußerst unklug«, sagte Barbara Baden, untermalt vom Rauschen in der Funkverbindung. »Tut es nicht. Die Lage dort wird zunehmend brenzliger. Der Krieg, die Leopardengesellschaft, Tom Weathers ...«

»Mach dir um uns keine Sorgen«, erklärte ihr Jerusha, die an dem Landesteg stand, an dem ihr gemietetes Boot angelegt hatte. Vom See stieg Nebel auf, und im Dschungel um sie herum wurde es laut, als das Leben erwachte. »Ich helfe Wally bloß, ein bisschen herumzuschnüffeln.«

»Gut«, sagte Barbara. »Sei vorsichtig und halte uns auf dem Laufenden.«

»Klar doch«, erklärte Jerusha und klappte das Handy zu.

»Klar doch was?«, fragte Wally. Mit seinem Stahlwollschwamm kratzte er sich wütend an der linken Schulter.

Finch stand ein paar Schritte entfernt und sprach mit dem Bootsbesitzer. Ihre Ausrüstung stand in mehreren Bündeln im Kreis um sie herum und wirkte im Licht der Dämmerung schwer, doch Wally konnte kaum stillhalten, jetzt, da er Lucien so nahe war.

Jerusha zog eine Schulter nach oben. »Nichts Wichtiges.«

Sie fragte sich, ob sie ihm sagen sollte, was Barbara ihr über das PPA erzählt hatte, doch sie war sicher, dass es Wally nicht umstimmen würde. Würde sie sich weigern, ihn zu begleiten, würde er eben allein gehen. Ohne recht zu begreifen, warum, wusste sie jedoch, dass sie das nicht zulassen konnte. *Er braucht dich, und du …*

Finch unterbrach ihre Gedanken. »Hamisi gefällt die Idee nicht, zum PPA-Ufer des Sees zu fahren«, sagte er. »Er meint, er benötigt noch einmal hundert Dollar. Gefahrenzuschlag.«

»Sie haben den Preis doch bereits ausgehandelt. Wir haben ihm schon fünfzig gezahlt.«

Finch zuckte mit den Schultern. »Jetzt will er eben mehr. Oder er tut's nicht, meint er. Kann nicht behaupten, dass ich es dem Kerl verüble. Nach allem, was man hört, würde ich dem PPA auch nicht gern nahe kommen. Sie haben Glück, dass Sie einen Dummen gefunden haben, der bereit ist, Sie rüberzufahren.« Er wedelte in Hamisis Richtung, der bei seinem angetäuten Boot stand und sie von dort beobachtete. »Wollen Sie selbst mit ihm sprechen?«

»Ich zahl's dir zurück, wenn wir heimkommen, Jerusha«, warf Wally ein. Er trommelte mit dem Fuß auf die Planken des Stegs, die sich unter seinem Gewicht ohnehin schon durchbogen, und brachte sie zum Wackeln.

Jerusha seufzte. »Bieten Sie ihm noch einmal fünfzig an«, sagte sie zu Finch, der mit einem Schulterzucken zu Hamisi ging. Nach einem hitzigen Wortwechsel kehrte er zu ihnen zurück. »Hab ihn auf weitere siebzig runtergehandelt. Mehr kann ich nicht machen. Oder Sie beide suchen sich einen anderen … oder besser noch, Sie bleiben hier. Das ist Ihre Entscheidung.«

Jerusha sah Wally an. »Na gut«, sagte sie. »Siebzig.«

Zehn Minuten später hatte Finch die Leine ins Boot geworfen. Es roch darin nach altem Fisch und Dieselruß. Das Deck war schmutzig und glitschig, die Bänke waren nur geringfügig sauberer. In der kleinen Kabine hantierte Hamisi mit der

Steuerung herum. Aus der Maschine, die das Wasser am Heck blasig schlug, wurde blauer Qualm ausgespuckt. »Viel Glück Ihnen beiden«, rief Finch ihnen hinterher, während das Boot aufs schwarze Wasser des Sees hinausfuhr. »Das werden Sie bitter nötig haben.«

Jerusha bemühte sich, die letzte Bemerkung zu verdrängen, während sie beobachtete, wie Finchs Gestalt in der Ferne und im Nebel verschwand.

Die dreißig Meilen weite Fahrt ans andere Ufer – diese Entfernung hatte Finch ihnen genannt – würde laut Hamisi, der kein Englisch verstand, aber – widerstrebend – Französisch sprach, mindestens drei Stunden dauern. Im Kongo war Französisch schon seit Langem die neutrale, von Stammessprachen unabhängige Amtssprache, und das PPA hatte dies beibehalten. Vor langer Zeit war Hamisi aus dem Kongo ausgewandert. *Drei Stunden* ...

Das Wasser schien langsam am Rumpf vorbeizufließen, während in der aufgehenden Sonne Nebel aufstieg. Vom anderen Seeufer war jedoch nichts zu sehen. Jerusha machte andere Schiffe auf dem See aus: Schoner mit weißen Segeln, ferne Fischkutter mit ihren Gewirren aus Netzen, Sportboote, deren Schnauzen steil aus dem Wasser ragten. Vor ihnen bildete die Wasserfläche einen ununterbrochenen Horizont, der trotz ihrer Bewegung ewig am selben Fleck zu verharren schien. Doch die Landschaft war schön: der tiefe See, und in ihrem Rücken die Wände aus grünen Bergen, die sich fortsetzten, bis sie sich in der Ferne verloren. Direkt im Norden verdüsterten Regenwolken den Himmel, und dahinter dräute eine Gewitterfront. Das Ganze erinnerte Jerusha an die Beschreibungen der wilden Schönheit in Conrads Kongo.

Wally ließ den Blick nicht über die umliegende Landschaft schweifen, sondern saß regungslos in der Mitte des Boots und sah besorgt auf den See hinaus. »Wally, alles okay mit dir?«

Er zuckte mit den Schultern und ließ die Schaufelbaggerkiefer kreisen. »Dieses ganze Wasser«, sagte er. »Meine Güte, ich bin so gern geschwommen, bevor meine Karte aufgedeckt worden ist. Aber jetzt…« Er klopfte sich mit der Faust gegen die Brust, was so klang, wie wenn man mit dem Mülleimer gegen den Abfallcontainer stößt. »Kann nicht schwimmen. Mag kein Wasser.«

»Es ist bald vorbei. Halte noch ein bisschen durch.« Sie rieb sich den Nacken, um die Schmerzen zu vertreiben, die in ihren Kopf zu wandern drohten. *Und danach kommen der Dschungel und der Regen und die Flüsse, die wir dort wahrscheinlich überqueren müssen, und am Ende müssen wir über den Tanganjikasee wieder zurück…*

Nach einer Weile fiel Jerusha auf, dass sie das PPA-Ufer wie einen Schmierstreifen erkennen konnte. Die in blauen Dunst getauchten Buckel krochen näher, viel zu langsam für Jerushas Geschmack, aber immerhin war jetzt ein Ziel in Sicht. Das Boot tuckerte weiter, und allmählich gewann Jerusha den Eindruck, dass die Überfahrt entgegen Finchs pessimistischen Vorhersagen ereignislos verlaufen würde.

»He, was ist das?«, fragte Wally.

Er zeigte nach Norden. Dort schnitt ein schwarzer Punkt durchs Wasser: ein Patrouillenboot, das eine Schaumspur hinter sich herzog. Gerade als sie es bemerkt hatten, wechselte das Boot den Kurs und hielt auf sie zu. Hamisi am Steuerrad stieß einen Fluch aus.

»Können Sie die nicht abschütteln?«, fragte Wally hoffnungsvoll und deutete auf die Stelle, wo die Bäume an den See heranreichten.

Hamisi runzelte die Stirn und entließ einen langen, lauten Wortschwall auf Swahili, wie Jerusha annahm. »Was hat er gesagt?«, fragte Wally, doch Jerusha vermochte lediglich den Kopf zu schütteln.

Jemand auf dem Patrouillenboot rief ihnen mit einer Flüstertüte etwas auf Französisch zu: »Schalten Sie Ihren Motor aus!«

Hamisi sah Jerusha an, aber sie wusste nicht, was sie dem Mann sagen sollte. Der Befehl wurde wiederholt, und diesmal feuerte das Maschinengewehr ein paar Geschosse ab, die jenseits ihres Boots spritzend ins Wasser platschten. Von der Gewehrmündung stieg weißer Rauch auf, und die Schüsse hallten mit einiger Verzögerung vom Ufer wider. Hamisi riss den Zündschlüssel herum, und der Motor schwieg, während die Wellen das Boot hin- und herschaukelten.

Wally klammerte sich am Dollbord fest, um nicht das Gleichgewicht zu verlieren. In ungefähr zwanzig Metern Entfernung umkreiste sie das Patrouillenboot. »Jerusha«, sagte er. »Bleib einfach hinter mir, wenn sie das Feuer eröffnen, und ich… ich…«

»Du machst was? Schwimmst du zu ihnen rüber?« Sein niedergeschlagenes Gesicht ließ sie ihre Worte sogleich bereuen. Ihre Hand fuhr zu ihrem Gürtel, glitt in die Beutel, die daran hingen, und tastete nach den Samen darin. Hier draußen konnten sie sich nicht verstecken. Falls die Soldaten sie töten wollten, brauchten sie ihr armseliges kleines Boot nur zu durchlöchern und zuzuschauen, wie sie absoffen. Genauso einfach konnten sie sie gefangen nehmen.

Jerusha hatte nicht die Absicht zu erfahren, wie ein PPA-Gefängnis von innen aussah. Ohne festen Boden unter den Füßen war Wally mit seinen Fähigkeiten nicht besonders hilfreich. Und Hamisi trat sowieso schon mit erhobenen Händen vom Steuerrad zurück.

»Wally«, sagte Jerusha. »Hände hoch.«

Verblüfft sah er sie an. »Wir können doch nicht einfach aufgeben.«

»Aber sie müssen glauben, dass wir es tun«, erklärte sie ihm mit einem Kopfnicken in Richtung des Kanonenboots. Sie nahm die Hände hoch. »Komm schon«, sagte sie, und widerwillig folgte Wally ihrer Aufforderung. Auf seinem Unterarm waren große orangerote Flecken zu sehen.

Das Kanonenboot drehte noch eine Runde, bevor es auf sie zusteuerte. Als es auf Armeslänge an ihrem Boot vorbeiglitt, warf Jerusha die Samen in ihrer Hand hinüber und öffnete ihren Geist der Kraft ihrer Wild Card.

Noch bevor die Samen auf dem Deck des Kanonenboots oder im Wasser aufkamen, sprossen wild wuchernde Kudzuranken aus ihnen hervor. Manche wickelten sich rasend schnell um Besatzungsmitglieder, die versuchten, ihre Waffen zu ziehen, während andere die Schiffsschraube lahmlegten. Jerusha hörte, wie die Motoren ächzten, weil sich die Propeller nicht mehr bewegen ließen. Dann heulte die Maschine auf, spuckte weißen Rauch aus und gab den Geist auf.

»Hamisi! Weg hier!«, rief sie auf Französisch. »Hâte!«

Hamisi drückte den Anlasser, und mit einem Gurgeln setzte sich das Boot in Bewegung, glitt langsam an dem Kanonenboot vorbei. Die Besatzungsmitglieder schrien und zerrten an den Kudzuranken. Allerdings hatte Jerusha die kleinen Samen nicht bis zu dem installierten Maschinengewehr werfen können. Jetzt schwang der Lauf herum und richtete sich auf sie, und sie hörte, wie es nachgeladen wurde. Da nahm sie einen Affenbrotbaumsamen aus ihrem Beutel, war sich jedoch nicht sicher, ob sie ihn so weit werfen konnte. »Rusty!«, sagte sie. »Hier. Wirf das aufs Boot.«

Wally nahm ihr den Samen aus der Hand und warf ihn weit und hoch. Klappernd landete er an Deck und trieb Wurzeln und seine eigentümliche Baumkrone aus – das Wachstum von einem Dutzend Jahren innerhalb eines Atemzugs. Als sich die dicken Wurzeln auf der Suche nach Wasser und Erde nach unten gruben, gaben die Deckplatten ein metallisches Ächzen von sich. Ein Zweig drückte den Lauf des Maschinengewehrs nach oben, und als es losratterte, hämmerte es eine Leuchtspur in den Himmel.

Jerusha bog den Baum kraft ihrer Gedanken und verdrehte ihn so, dass das Kanonenboot krängte. Um den Stamm des jungen Affenbrotbaums herum sprudelte plötzlich Wasser herauf. Innerhalb weniger Augenblicke neigte sich das Kanonenboot vollständig zur Seite, und das halbe Dutzend Männer an Bord fing an zu schreien. Dann befahl Jerusha den Ranken, die Besatzungsmitglieder über Bord zu schleudern und loszulassen.

»Fahr zu!«, rief sie Hamisi zu. »Allez! Au rivage! Rapidement!« Sie schob ihn Richtung Bootskabine, während die Besatzung des Kanonenboots mit Händen und Füßen im Wasser ruderte und nach den Zweigen des Affenbrotbaums fasste, obwohl sich das Schiff nun vollends auf die Seite legte und sie nur noch dessen Kiel vor sich sahen. Der Affenbrotbaum schwamm im Wasser, und Hamisis Motor hustete und heulte. So entfernten sie sich von den Männern, die mit den Armen wedelten und hinter ihnen herriefen.

»Guter Wurf«, sagte Jerusha zu Rusty.

Er grinste. »Das war doch nichts«, sagte Wally. »Aber Donnerwetter, das war echt bombig, Jerusha.«

Sie lächelte ihn an, doch nur kurz, denn sie spürte, dass der Affenbrotbaum im Wasser starb, dass er ohne nahrhafte Erde ertrank. Die Männer vom Kanonenboot schrien immer noch, ihre Stimmen klangen jedoch schon leiser. Der Baum würde ihnen als Floß dienen, bis man sie finden würde. *Tut mir leid*, flüsterte sie dem Baum zu. *Es tut mir leid.* »Lasst uns zum Ufer fahren, bevor Verstärkung auftaucht.« Sie starrte auf die Hänge und deutete auf den nächstgelegenen Landeplatz. »Dort«, erklärte sie Hamisi. »Bringen Sie uns dorthin ...«

Jackson Square
New Orleans, Louisiana

Ausnahmsweise befindet sich Michelle einmal nicht in der Grube, sondern an einem Ort, der ganz angenehm wirkt. Aber sie hat noch immer Angst. *Nein*, denkt Michelle. *Adesina hat Angst.*

Hier stehen kleine Häuser, die kreisförmig angeordnet sind. Sie sind hübscher als alle Häuser in Adesinas Dorf. Die sind robust, aus Betonsteinen erbaut und in leuchtenden Farben gestrichen, und ihre Dächer sind aus roten Ziegeln. Sie verfügen über Glasfenster, und Stromleitungen laufen von Generatoren zu den Gebäuden. Ihre Auffahrten sind gekiest, damit sie sich nicht in Matsch verwandeln, wenn es regnet. Irgendwo prangt sogar ein hübsch gemaltes Schild: Kisa... irgendwas Kinderklinik. Michelle kann es nicht richtig entziffern.

Obwohl sie Angst hat, ist Adesina beeindruckt. Sie war noch nie an einem so angenehmen Ort. Aus dem roten Gebäude kommt eine Frau heraus. Sie hat einen weißen Kittel an und hält ein Klemmbrett in der Hand. Irgendetwas an ihr jagt Adesina Angst ein, und sie drängt sich näher an die anderen kauernden Kinder heran. Die Frau geht an den Kindern vorbei, deutete auf jedes und dann einmal den Pfad hinauf, einmal hinunter.

Nachdem die Kinder aufgeteilt sind, bringt man sie in unterschiedliche Gebäude. Adesina kommt ins grüne Haus. Eigentlich mag sie Grün, aber heute nicht. Heute hasst sie die Farbe. Sie weint und verlangt nach ihrer Mutter und ihrem Vater.

Eines der anderen Kinder zwickt sie und meint, sie solle keine solche Memme sein. Aber Adesina schert sich nicht darum. Ihr ist es egal, wenn sie eine Memme ist.

Eine andere Frau in Weiß betritt den Raum. Sie trägt ein Tablett, das mit einem weißen Tuch zugedeckt ist. Adesina weint noch mehr, und bald weinen alle Kinder. Die Frau kümmert sich nicht um ihre Tränen.

Stattdessen öffnet sie die Tür zu einem anderen Zimmer und geht hinein. Bevor sie die Tür wieder hinter sich schließt, deutet sie auf einen der Bewacher der Kinder. Dieser schnappt den Jungen, der Adesina gezwickt hat, und schleppt ihn in das andere Zimmer.

Eins nach dem anderen werden die Kinder in das kleine Hinterzimmer gebracht. Sie kommen nicht wieder heraus. Als Adesina schließlich dran ist, erkennt sie, warum. Hinten führt eine Tür aus dem Gebäude hinaus.

Die Frau im weißen Kittel herrscht Adesina an. Michelle versteht die Worte nicht, begreift aber ihre Bedeutung. Adesina hört auf zu weinen, schnieft allerdings beim Versuch, sich zusammenzureißen.

Die Frau nimmt das Tuch von dem Silbertablett. Darunter kommt eine Reihe Nadeln zum Vorschein. Adesina weiß nicht, wozu sie dienen, aber sie sehen spitz und schmerzhaft aus. Wieder fängt sie an zu weinen. Die Frau packt ihren Arm, und ehe Adesina sich herauswinden kann, steckt ihr die Nadel im Fleisch.

Einen Moment lang geschieht nichts. Adesina ist so überrumpelt, dass sie nicht mehr weint. Dann brandet das Feuer durch sie hindurch. Es zerrt an ihrem Geist und zerreißt sie. Sie sieht auf ihre Hände hinab und stellt fest, dass sie sich verwandeln. Sie fängt an zu schreien. Dann wird die Welt dunkel.

Khartum, Sudan
Arabisches Kalifat

Das Mädchen war unnatürlich ruhig in seinen Armen, während sie für einen atemlosen Augenblick in der Erdumlaufbahn schwebten. Die Verbände, mit denen ihr schrumpeliger kleiner Körper umwickelt war, fühlten sich rau an. Tom verschaffte sich rasch einen Überblick: Ausnahmsweise war sein Ziel anhand eines Landschaftsmerkmals zu orten – der Zusammenfluss des Blauen Nils aus Äthiopien mit dem Weißen Nil aus Uganda. Sie vereinigten sich zu jenem Nil, den jeder kannte. Angeblich hatten die Menschen in der Antike in ihm die Form eines Elefantenrüssels erkannt. Wie sie darauf gekommen waren, da das Land hier genauso platt war wie weiter südlich im Sudd, war Tom schleierhaft. Doch die angebliche Ähnlichkeit hatte dem Ort seinen Namen verliehen: al-Chartum, der Elefantenrüssel.

Khartum, Hauptstadt der ehemaligen Republik Sudan. Jetzt war sie nur noch Hauptstadt der jüngsten Provinz des Kalifats.

Wegen der Verbände, die den schmächtigen Leib und den großen Kopf bedeckten und die empfindliche Haut vor der sengenden Sonne Afrikas schützten, nannte man das Mädchen Mummy. Die Ärzte behaupteten, sie wäre elf, auch wenn sie die Größe einer Vierjährigen mit kränklicher Statur hatte. Während der kürzlichen Befreiung Ugandas hatten die Simbas sie im von Trockenheit geplagten Nordosten des Landes beim Herumstreunen gefunden.

Abwärts wie ein Lichtstrahl ...

Und an dieser Stelle ging alles ein bisschen anders als geplant. Tom und seine Schutzbefohlene fanden sich auf einem festlich mit Wimpeln in den Farben des Sudan – Rot, Schwarz, Weiß und das unvermeidliche islamische Grün – geschmückten Podest wieder. Er stand auf dem Hof des Verteidigungsministeriums, einer blendend weißen kolonialen Hochzeitstorte von einem Bauwerk, das wie ein kleinerer Nachbau des nahen Präsidentenpalasts wirkte und fast direkt am Ufer des Blauen Nils lag.

Der Hof lag im Schatten von Bäumen, die ebenfalls von den vor langer Zeit verschwundenen englischen Kolonialherren gepflanzt worden waren. Er war angefüllt mit Märtyrern aus den Kriegen des Sudan. Mit lebenden Märtyrern, versteht sich. Verwundete, die sich darauf freuen konnten, ihr Leben künftig mit den Krumen eines bettelarmen Staats zu fristen, auf einem Brett auf Rädern zu hocken, das ihnen als Beinersatz dienen musste, und Schmerzen zu haben, die auch mit einer der seltenen Dosen Morphium nicht ganz weggingen.

Ein Mann mit Schnurrbart und außergewöhnlich vielen Medaillen an der blauen Uniform stand hinter dem Podest und starrte die unmögliche Erscheinung an: ein großer Weißer mit einem winzigen, ganz in Bänder eingewickelten Mädchen, die plötzlich direkt neben ihm auftauchten. Aber der in der blauen Uniform war nicht der sudanesische Präsident Omar Hasan Ahmad al-Bashir. Eigentlich hätte er es sein sollen.

Der Teufel allein wusste, wo Bashir steckte. Vielleicht war er durch einen Anruf von einer seiner Frauen (er hatte zwei) aufgehalten worden. Oder er hatte eben den Veteranen einen Besuch abgestattet. Auch wenn sie ihm zu nichts mehr nütze waren außer zu Publicityzwecken. Der Typ in Blau war Generalmajor Abdel Rahim Mohammad Hussein, Sudans Verteidigungsminister. Man hatte ihn blutrünstiger Kriegsverbrechen in Darfur und im Südsudan beschuldigt.

Der tut's auch. Tom deutete auf ihn. »Zieh deine Show ab, Schatz«, sagte er.

Mummy sagte kein Wort. Wahrscheinlich verstand sie nicht viel Englisch. Aber sie ging, wohin er deutete, und tat, was er verlangte. Mehr brauchte Tom im Moment nicht.

Neben dem Minister stand ein dicker Mann in einer blauen Gelehrtenkutte und mit einem struppigen grauen Bart. Seine verschwenderischen Augenbrauen schienen unter seinen sackförmigen Hut kriechen und sich verstecken zu wollen. Er war ein weiterer wertvoller Fang, der sunnitische Imam al-Bushehri aus dem Irak, der vom Kalif gestellte Ratgeber im Sudan. Augenblicklich raffte er seine Kutte und rannte mit erstaunlicher Nilpferdgeschwindigkeit zum Säulengang des Gebäudes.

Tom grinste und verschwand blitzartig. Er war einigermaßen froh, sich das erstickte Kreischen und die Mahlgeräusche ersparen zu können, die der Verteidigungsminister von sich gab.

Hinauf. Dann wieder hinunter ins Lager im Sudd.

Sein nächster Fahrgast war ein kleiner Junge, der zwar unterernährt war, ansonsten aber viel normaler aussah als Mummy. Nur seine Augen waren unheimlich. Tom kannte seine Geschichte nicht und war sich nicht sicher, ob er sie erfahren wollte. Und er achtete darauf, dass er dem Jungen mit keiner seiner Gliedmaßen zu nah kam. *Vorsichtshalber.*

Erneut landete er auf dem Podest. Dies war genau die Stelle im Hof, die die Wachen wahrscheinlich eher nicht mit panischem Kalaschnikowfeuer eindecken würden, da sich hier sudanesische Honoratioren drängten. Der Verteidigungsminister war geschrumpft, stand aber noch aufrecht und klammerte sich mit steckenartigen Fingern ans Rednerpult. Mummy war aufgeblasen wie ein Ballon. Zum Glück hatten sie aus der Erfahrung gelernt und sie nur locker und mit viel Luft in elastische Binden gewickelt.

Jetzt war der Imam dran – sein fetter Hintern und die wehende Kutte verschwanden gerade zwischen zwei verdutzten Wachleuten durch die Eingangstür. Tom hielt den Jungen noch immer umklammert und flog ebenfalls durch die Tür. Schnell wie ein geschleuderter Ball, nicht wie ein Photon. Aber schneller, als die Wachen reagieren konnten.

Auf dem wundervoll polierten Holzboden gaben die Pantoffeln des Imam nur ein leises Tappen von sich. Es roch nach Generationen von Lack, und Tom schoss an dem keuchenden Mann vorbei. Drei Meter vor al-Bushehri setzte er den Jungen ab.

Schnaufend blieb der bärtige Kleriker stehen. »Hier«, sagte Tom auf Englisch. »Ich möchte Ihnen gern jemanden vorstellen. Wanjala, Imam. Imam, Wanjala.«

»Machen Sie schon und töten Sie mich, Mokèlé-mbèmbé«, sagte al-Bushehri. »Dann sterbe ich als Märtyrer.«

Der Iraki traute sich was, das musste Tom ihm lassen. Es änderte bloß nichts. »Ich werde Sie nicht umbringen«, sagte Tom, während der dürre Junge den beleibten Mann mit wildem Blick anstarrte und dann auf ihn zuraste. »Aber Hunger.«

»Ein Kind? Was soll … autsch! Er hat mich gebissen!«

»So was kommt vor, Effendi. Muss mich sputen.« Er packte das Rückenteil von Wanjalas Tarn-T-Shirt – schließlich wollte er nicht selbst gebissen werden – und raste an dem Fettsack vorbei, der sich die weiche braune Flosse hielt und zusah, wie das Blut aus der Bisswunde am Handrücken austrat.

Die Wachen am Eingang waren herumgewirbelt, um mit ihren Gewehren in den halligen Korridor zu zielen. Doch sie zögerten, weil sie Angst hatten, den Imam zu treffen. Tom dagegen zögerte nicht. Zweimal schoss purpurrotes Plasma aus seiner Hand hervor, und die beiden Wachleute schwankten wie Fackeln zurück und brachen brennend auf den Stufen des Ministeriums zusammen. Obwohl beide augenblicklich tot waren, produzierte die überhitzte Luft aus ihren Lungen Schreie, als ob sie das Feuer, das sie verzehrte, spüren würden.

Noch bevor Tom unter der Tür hindurchtrat, bemerkte er die Verwirrung, die draußen herrschte. Mummy war inzwischen beinahe kugelrund. Neben ihr lag General Hussein wie ein Bündel brauner Stecken in einem prunkvollen blauen Sack. Die anderen sudanesischen Kriegstreiber standen mit offenen Mündern da, zu verdutzt und entsetzt, um auch nur die Flucht zu ergreifen. Tom vermutete, dass das Mädchen noch eine Gnadenfrist von einigen Sekunden haben würde, bevor es von einer Wache erschossen wurde. Sobald Tom unter freiem Himmel stand, raste er in den Orbit und tauschte Wanjala mit einer Handbewegung gegen Charlie Abidemi aus.

Diesmal tauchte Tom am Rand des Dachs auf. Von hier konnte er das Durcheinander auf dem Hof überblicken. Er ließ Charlie auf den heißen geteerten Kies fallen, bevor er einen Sonnenstrahl aufblitzen ließ, der vor der ersten Reihe von Märtyrern im Gras niederging. Die Verwundeten fielen aus ihren Rollstühlen. Das war Pech, denn eigentlich hatte er nichts gegen sie. Aber er hatte ihnen ja auch nicht direkt wehgetan.

Fest stand, dass er es nicht mit zu vielen Wachen aufnehmen konnte. Die schnell aufeinanderfolgenden Hypersprünge und das Fliegen hatten ihn ausgelaugt. Er wollte lediglich, dass die Bewaffneten vor ihm zurückschreckten.

Und das taten sie. Er wandte sich dem Jungen zu, den er auf dem Dach abgesetzt hatte. »Also gut, Wrecker, dann demolier mal schön. Du hast zwei Minuten Zeit. Viel Spaß.«

Gerade bekam ein Wachmann freies Schussfeld auf Mummy, als ihm der Kolben seiner Kalaschnikow vor dem Gesicht explodierte. Der Mann kreischte. Es gab keinen Blitz, kein Feuer, keine Splitter, die größer als getrennte Moleküle gewesen wären. Doch die Schockwelle, die entstand, als die Molekülverbindungen alle gleichzeitig aufgelöst wurden, riss ihm Kleider, Haut und Muskeln vom Oberkörper, vom Arm und von der Stirn. Aus der roten Maske seines Gesichts drang ein Heulen, und er fiel nach hinten.

Überall im Hof waren ähnliche Knalle zu hören, und auf jeden folgten Schreie. Charlie Abidemis Assfähigkeit wirkte nur auf anorganische Materie und reichte nur fünfzehn Meter weit. Aber er brauchte nichts weiter zu tun, als Gegenstände aus Stein oder Metall anzuschauen und mit den Fingern zu schnippen, und schon verpufften ungefähr zwei Pfund des Materials.

Tom sprang hinunter und landete neben Mummy. Er lächelte ihr in die Augen, die teilnahmslos aus den gespannten Verbänden herausfunkelten. Die gelbe Pfütze zu ihren Füßen versuchte er, so gut es ging, zu ignorieren. Ihre Nieren versuchten verzweifelt, all das überschüssige Wasser, das sie in ihr Gewebe aufgesogen hatte, auszuscheiden. Tom legte den Arm um sie. »Nimm's mir nicht übel«, sagte er. »Aber du bist ein ganz schönes Gewicht.«

Hinter einer Ecke des Gebäudes, vor Toms Blicken durch hohe weiße Mauern geschützt, aber vom Dach aus bestimmt gut einsehbar, ging etwas in die Luft. So etwas wie ein russisches BTR-Panzerfahrzeug. Wrecker machte seinem Namen alle Ehre.

Tom grinste. Und war verschwunden.

Samstag, 5. Dezember

Irgendwo südlich von Kalemie, Kongo
People's Paradise of Africa

Es wäre einfacher gewesen, am Seeufer entlang nach Norden zu gehen, aber nach der Begegnung mit dem Kanonenboot hatte Wally vorgeschlagen, sich mehr landeinwärts zu halten, damit man sie vom See aus nicht entdecken konnte. Jerusha war damit einverstanden. Vom See aus waren sie zwar nicht zu sehen, aber da sie sich auch von den Straßen fernhalten mussten, bedeutete das, dass sie sich langsam durch eine dichte Wand aus Vegetation kämpfen mussten.

Wally ging voraus. Er versuchte, sich durchs schlimmste Dickicht zu schlagen, doch das war nicht so einfach, wie es in den Tarzanfilmen aussah. Er hatte nicht geahnt, dass es eine gewisse Technik erforderte, eine Machete zu schwingen. Das Schwierigste war, das Handgelenk so zu drehen, dass er auch beim Zurückschwingen Blattwerk zerteilte. Und jeder Schlag musste mit einem Schritt von genau der richtigen Länge kombiniert werden, damit der nächste Hieb nicht zu anstrengend wurde. Ein paarmal hatte er sogar das Kunststück geschafft, sich beim Rückhandschlag selbst zu treffen.

Mangelnde Technik machte er mit roher Gewalt wett. Durch das unablässige Hacken und die Vibrationen schlecht abgestimmter oder fehlgegangener Schläge war seine Klinge stumpf geworden.

Wally ignorierte das zunehmende Kribbeln in der Hand. Kalemie war nicht mehr fern. Nur noch ein paar Meilen bis zu Lucien, und dann wäre alles okay.

Hacken, Spalten, Schwingen, Spalten, Hacken. Sie waren kaum eine halbe Stunde gegangen, da waren sein Gesicht, seine Brust und seine Arme schon ganz mit gehäckseltem Grünzeug bedeckt.

Er war tatsächlich mitten in Afrika, ein richtiger Abenteurer samt Tropenhelm und Machete – so wie in den Spielen, die er und sein Bruder als Kinder gespielt hatten. Allerdings machte es keinen sonderlichen Spaß. Eigentlich machte es gar keinen Spaß.

Im Fernsehen kam nicht rüber, wie nass und feucht es im Dschungel wirklich war. Selbst abgesehen vom Regen, der, wie Wally schnell gelernt hatte, manchmal so plötzlich und heftig fiel, dass es wehtat. Er fragte sich, wie Jerusha das aushielt. In den alten Filmen kam auch der ungesunde, süßliche Fäulnisgeruch nicht rüber, der ihn unablässig wie Nebel umwaberte. Ganz zu schweigen davon, dass man klebrig wurde, wenn man sich durch diese ganzen Pflanzen hackte.

Im Kino rettete Tarzan seine Freunde immer in letzter Sekunde. Wenn Wally beim Komitee eine Sache gelernt hatte, dann war es die Tatsache, dass das wahre Leben nicht mit solchen Garantien aufwartete. *Rebellen und Leopardenmenschen … Was ist geschehen, Lucien? Was geht an deiner Schule vor sich?*

Wally blickte über die Schulter. Jerusha war ein beträchtliches Stück zurückgefallen, um dem herabregnenden Häckselgut zu entgehen. Sie sagte zwar nichts, aber er fragte sich trotzdem, ob sie sauer war, weil er so viele Pflanzen verletzte.

Er verfiel in einen meditativen Rhythmus und ließ die Überfahrt über den See ein ums andere Mal Revue passieren. Vor dem Auftauchen des Kanonenboots war sich Wally nicht im

Klaren gewesen, wie wenig er dieser Reise gewachsen war. Tatsächlich hätte er es ohne Jerusha nicht mal bis hierher geschafft.

Ganz abgesehen von ihrer Wild-Card-Fähigkeit konnte sie sich mit den Leuten auf Französisch unterhalten. Er konnte das nicht. Ihm war nicht mal der Gedanke gekommen, dass es Kommunikationsschwierigkeiten geben könnte. Seine bisherigen Auslandsreisen waren allesamt vom Komitee organisiert worden, sodass er und DB entweder nur mit Leuten zu tun gehabt hatten, die Englisch sprachen, oder man ihnen Dolmetscher zur Seite gestellt hatte. Dazu kam, dass Lucien für einen kleinen Jungen ziemlich gut Englisch beherrschte. Deshalb hatte Wally angenommen, dass alle anderen es auch konnten.

Doch als das Boot des PPA aufgetaucht war, hatte Wally... nichts unternommen. Er war keinerlei Hilfe gewesen. Jerusha hatte die Situation innerhalb von Sekunden geregelt. Selbst im Zielen war sie gut, fast so gut wie Kate.

Sie brauchte seine Hilfe gar nicht. Aber er war ganz und gar auf sie angewiesen.

New York Public Library
Manhattan, New York

»Ja! Mann, ja, ja, ja, ja! Geilomat, ja!«

Wie auf ein Kommando hoben die Besucher des Lesesaals die Köpfe und betrachteten mit Belustigung, Unbehagen oder Widerwillen den jungen Mann, der in seiner Nische Luftsprünge machte. Dann wandten sie sich wieder ihren Arbeiten zu. Bugsy nickte dem Wärter entschuldigend zu und setzte sich wieder. »Ich bin einfach zu cool«, sagte er leise. »Ich bin der Held. Ja, Mann. Ja, Mann. Mit mir kann es keiner aufnehmen.«

Vor ihm stapelten sich drei fette Wälzer. Beim ersten handelte es sich um alte Haftberichte von Ende 1970 bis Anfang 71. Im zweiten fanden sich Zusammenfassungen von Verfahren für geringfügige Forderungen aus demselben Zeitraum. Das dritte Buch, ganz in schwarzes Leder gebunden wie ein altes Zauberbuch, enthielt Dokumente für den New York City Family Court aus den Achtzigern.

Das Urteil, über dem Bugsy brütete und das seinen Freudenausbruch ausgelöst hatte, betraf einen Sorgerechtsfall zwischen einer gewissen Kimberly Ann Cordayne und ihrem getrennt lebenden Ehemann Mark Meadows. Bugsy wackelte auf seinem Stuhl herum und grinste so breit, dass es wehtat. Er griff zu seinem Notizblock, schrieb BITTE NICHT ZURÜCK-RÄUMEN – BIN GLEICH WIEDER DA auf das oberste Blatt und legte es auf das aufgeschlagene Buch. Um sicherzugehen, ließ er ein paar Wespen losschwirren und rings um das Buch

Wache halten, bevor er aus dem Lesesaal hinauseilte und sein Handy herauszog.

Ellen nahm nicht ab, weshalb er es mit der Nummer von Lohengrins Büro probierte. Die Sekretärin teilte ihm mit, dass Lohengrin nicht im Haus war, sie aber gern eine Nachricht entgegennehmen oder Bugsy zum Anrufbeantworter weiterleiten würde. Er entschied sich für den Anrufbeantworter.

»Lohengrin!«, sagte er mit einem Grinsen. »Lohengrin, du nordischer Kriegshalbgott! Du Musterbeispiel für Amok laufende deutsche Technik! Du bist nie einem cooleren Typen begegnet als mir. Ich habe die Sunflower im Heuhaufen gefunden. Kimberly Ann Cordayne alias Sunflower. Ihr Vorstrafenregister liest sich wie das Telefonbuch einer Kleinstadt, das fängt mit Kleinigkeiten in den späten Sechzigern an und geht – ich verscheißer dich nicht – bis zum Verdacht auf Mitgliedschaft bei der Symbionese Liberation Army. Hat 1975 'nen armen Döskopp namens Mark Meadows geheiratet, von dem sie sich einundachtzig wieder scheiden ließ. Zäher Rechtsstreit über das Sorgerecht an einem geistig zurückgebliebenen Kind zieht sich bis neunundachtzig. Am Ende entscheidet der Richter, dass beide Eltern nicht geeignet sind, und gibt das Kind in staatliche Obhut. Und der Name des Kindes … wart's ab … Sprout!

Also entweder es gibt einen ganzen Haufen Teilnehmer der Special Olympics, die Sprout heißen und circa siebenundsiebzig geboren wurden, oder es ist genau die, wegen der sich Tom Weathers letztes Jahr in die Hose gemacht hat, als er New Orleans mit 'ner Atombombe auslöschen wollte. Was ich nicht weiß, ist, ob diese Meadowsgestalt ihr biologischer Dad ist, oder ob Sunflower in den Siebzigern mit Radical rumgevögelt hat oder was, aber ich bin an dem Fall dran. Ich bin dran.

Also … ja.

Ähm. Sobald ich mehr weiß, melde ich mich.« Bugsy legte auf, grinste das Handy etwas weniger breit an und kehrte in den Lesesaal zurück.

In den nächsten sieben Stunden förderte er kaum Informationen über Sunflower Cordayne zutage, dafür hatte Mark Meadows deutliche Spuren in den Akten hinterlassen. Zeitungsausschnitte und Prozessakten ließen darauf schließen, dass er so etwas wie ein Ass mit dem Virusnamen »Capt'n Trips« war, worin seine angebliche Fähigkeit jedoch bestand, wurde nie offensichtlich. Stattdessen führte er den Cosmic Pumpkin Head Store und einen Bioimbiss (der irgendwann in den späten Achtzigern auf New Dawn Wellness Center getauft worden war) zwischen Jokertown und der Village und hing mit einigen bekannteren Assen ab. Jumping Jack Flash. Moonchild. Aquarius.

Als Moonchild zur Präsidentin Südvietnams gewählt worden war, hatte sich Meadows zum Kanzler aufgeschwungen, nur um ins Gras zu beißen, als sich der Präsidentenpalast in einen Feuerball verwandelte. Angeblich war seine Tochter Sprout mit ihm gestorben. Genau zu der Zeit, als Tom Weathers in Ostasien aufgetaucht war, Leute vermöbelte und unterschiedliche Namen annahm, deren Liste noch immer weiterwuchs.

Bugsy schlug die Bücher zu und rieb sich die Augen. Vor den Fenstern war es inzwischen dunkel, und der Wind aus Osten wehte den Geruch von Taxis und dem Atlantik herüber.

Einige gute Szenarien waren denkbar. Tom Weathers tritt neunundsechzig in Erscheinung und bandelt mit Sunflower an. Vielleicht lebt er seither mit ihr im Untergrund, und die beiden werden mit den Jahren immer verrückter und politischer.

Und dann... dann passiert etwas, und Sunflower fängt etwas mit Capt'n Trips an. Jemand schwängert sie – Meadows oder Weathers –, und alles geht den Bach runter. Sie kommt in eine geschlossene Anstalt, in der sie vielleicht noch heute vegetiert. Meadows legt eine langjährige Karriere als illegaler Apotheker, Flüchtling vor dem Gesetz, unbedeutender südostasiatischer Politiker und Verstorbener hin.

Dann kehrt Radical aus der Wildnis zurück, zusammen mit seiner Tochter. Könnte Tom Weathers wirklich derjenige sein, der Moonchild getötet hat? Das erschien Bugsy zunehmend plausibel.

Er kehrte zu Ellen zurück, in deren Wohnung es nach Curry und Kokosmilch duftete. Ellen saß an der Küchentheke, hielt eine Gabel in der einen und eine weiße Imbissbox in der anderen Hand. Fragend zog sie die Braue hoch, als er sich auf die Couch fallen ließ. »Hast du die Nachrichten gesehen?«, fragte sie.

»In letzter Zeit nicht«, sagte er. »Ist was passiert?«

»Radical hat einen Überfall auf Khartum angeführt. Hat einige sudanesische Funktionäre und ein paar Abgesandte des Kalifats getötet«, erklärte Ellen. »Die Lage verschlimmert sich.«

»Tja, wenigstens bei mir gab es einen kleinen Sieg. Die gute alte Recherchearbeit hat sich ausgezahlt«, sagte Bugsy. »Es war alles in den Archiven.«

»Keine Datenbank?«

»Nein. Das Internet weiß davon nichts.«

»Gut zu wissen.«

»Ellen? Schau, ich habe keine Ahnung, was du dir für heute Abend vorgenommen hast, aber …?«

Sie sah ihn an und lächelte sanft. Er verspürte ein leichtes körperliches Verlangen. »Du willst sie sehen?«, fragte sie.

Eigentlich hatte er nach Nick fragen wollen. Der Kerl war zwar ein Idiot, aber immerhin war er ein verdammt guter Detektiv, der besser wissen würde, wie man Sunflowers Fährte finden konnte. Andererseits sah es so aus, als stünde das Angebot von Sex im Raum, und Nick und sein im Sumpf eingeweichter Hut wären morgen früh immer noch da.

»Ja«, sagte er. »Falls das okay ist.«

Kalemie, Kongo
People's Paradise of Africa

Kalemie war schlimmer als alles, was Jerusha bisher erlebt hatte.

Die Stadt war dem Erdboden gleichgemacht worden. Überall standen Ruinen – hier hatte ein Massaker stattgefunden, und der Großteil der Stadt war niedergebrannt. Im prasselnden Regen konnte man die vollgesogenen schwarzen Holzstümpfe sehen, die die Stellen markierten, an denen früher Häuser gestanden hatten. Zwischen ihnen lugten schon die ersten grünen Sprösslinge und Ranken hervor. Hin und wieder hatten sie weiße Rippenbögen gesehen, die sich aus dem Schutt hervorwölbten.

Schlimmer war der Anblick der Menschen, die überlebt hatten: ausgemergelt und am Verhungern, verlorene Seelen, die verstört aus den eingefallenen Augenhöhlen blickten und Arme ausstreckten, an denen man jeden Muskel- und Sehnenstrang deutlich erkennen konnte. Ihre Bäuche hatte der Hunger aufgeblasen, und ihre offenen Wunden wurden von Fliegen heimgesucht.

Auch die Schule, in der Lucien gelebt hatte, war nicht verschont geblieben. Das meiste erfuhren sie von Schwester Julie, die sie bei dem Versuch vorfanden, Bücher aus den Trümmern des Haupthauses zu bergen. »Sie kamen vor mittlerweile zwei Wochen«, sagte sie in einwandfreiem Französisch, während sie auf den Resten des Sportriegels herumkaute, den Jerusha ihr gegeben hatte. »Leopardenmenschen. Sie sagten, Kalemie wäre ein Unterschlupf der Rebellen, die gegen Nshombo kämpfen, und dass sie es säubern würden. Sie nahmen die Kinder fort, und dann…« Sie stockte mit zusammengepressten Lippen. »Sie haben Dinge getan, die ich euch nicht erzählen werde.«

»Frag sie nach Lucien.« Mit seinen dicken Fingern schob er das Foto des Jungen zu ihr hin und pochte ein paarmal darauf, als er es der Nonne unter die Nase legte. »Frag sie, ob sie ihn kennt.«

Die Nonne verstand kein Englisch, nahm ihm das Foto jedoch trotzdem aus der Hand. »Das ist Lucien«, sagte sie, und ihr Blick wurde noch mehr von Leid erfüllt. Sie sah Wally an. »Sie waren sein Sponsor, nicht wahr? Die Leopardenmänner haben ihn mit den anderen mitgenommen«, erklärte sie Jerusha auf Französisch. »Sie haben sie alle mitgenommen.«

»Wohin?«, fragte Jerusha. »Wohin haben sie sie gebracht?«

Die Nonne schüttelte den Kopf. »Flussaufwärts. In den Dschungel. Zu dem bösen Ort, wo sie sie verändern. Nyunzu, munkelt man.« Sie fing an zu weinen. Schmerzvolle Trauer brach sich Bahn, als hätte sie sich so lange in ihr aufgestaut, bis die Dämme nicht mehr hielten.

Jerusha bewegte sich auf sie zu, doch Wally war schneller. Mit erstaunlicher Zärtlichkeit nahm er ihr Luciens Foto aus der Hand und nahm Schwester Julie in seine mächtigen Arme, hielt sie fest. »Ist schon gut«, sagte er, und Jerusha entdeckte Tränen in Wallys Augen. »Ist gut.«

Aber es war nicht gut. Jerusha befürchtete, dass es für viele Menschen in Kalemie niemals wieder gut werden würde. Sie ließ Wally zurück und trat in den Hof gleich neben der Straße. Der Regen war zu einem anhaltenden Nieseln abgeflaut. Die Schule lag an einem Hang, von dem man das geschwungene Ufer von Kalemie und den regenreichen Ausfluss des vielarmigen Lukugaflusses übersah, der den See auf seiner Reise zum Oberlauf des Kongo an dieser Stelle verließ. Es waren Leute zu sehen, die die eingefallenen Fundamente von einst vermut-

lich schönen Häusern durchstöberten. An ihren zu Knochenge-
rüsten abgemagerten Leibern klebten durchnässte Kleider. Sie
zogen jeden Abfall heraus, den sie finden konnten. Jerusha beobachtete eine Frau, die mit einem Stein nach einer Ratte warf
und ihr gierig durch den Schlamm hinterherrobbte.

Dann hörte sie, dass Wally neben sie trat, seine bloßen Füße
schmatzten im Schlick. *Heute Abend wird er Stahlwolle für seine
Füße brauchen.* Der Gedanke war seltsam und respektlos. »Tut
mir leid«, sagte sie. »Ich weiß, dass du gehofft hast, Lucien zu
finden.«

»Ich werde ihn schon noch finden.«

»Wally ...«

»Ich werde ihn finden«, bekräftigte Wally. »Du musst ja nicht
mitkommen.«

»Ich komme mit«, sagte sie. Ohne nachzudenken, entschlüpften ihr die leichtfertigen Worte. Eine Zeit lang schwieg
Wally. Wie sie beobachtete auch er die Menschen, die die
Ruinen ihrer Stadt durchwühlten. *Er braucht dich. Und du ... du
sorgst dich um ihn. Du magst ihn.*

»Sie brauchen Essen.« Er ließ den Rucksack von seinen
Schultern gleiten und stellte ihn ab, um den Reißverschluss
aufzuziehen. »Das Zeug, das wir mitgeschleppt haben ...«

»Warte«, erklärte ihm Jerusha. »Es gibt noch einen anderen
Weg.« Sie griff in ihren Samengürtel. Dort hatte sie immer noch
Orangen-, Apfel- und Maissamen. Und – groß und schwer –
die Affenbrotbaumsamen.

Jerusha nahm eine Auswahl davon in die Hand. Dann schloss
sie die Augen und spürte ihnen nach, spürte das Leben in ihnen.
Sie ließ zu, dass sie mit ihnen eins wurde, das Geschenk ihrer
Wild Card ließ es zu, dass sie ein Teil von ihnen wurde. Dann
warf sie die Samen mit einem Schrei in hohem Bogen von sich.
Orangen, Äpfel, Mais und zwei Affenbrotbäume. Kaum trafen
sie im Schlamm auf, schossen Bäume empor, verzweigten sich,
Jahreszeiten vergingen innerhalb eines Wimpernschlags. Ein

kurzer Moment der Blüte, und die Blütenblätter fielen ab. Dann wuchsen die Früchte und reiften, hingen schwer an den Zweigen. Das Wäldchen aus Maisstauden stand höher als Wallys Kopf und leuchtete golden. Vor allem die Affenbrotbäume blühten, zwei dicke, schwere Gebilde links und rechts der ehemaligen Straße. Ihre Stämme hatten einen Umfang von drei Metern, und die Fruchthülsen hingen reif und prall herab.

Die Leute in ihrer Nähe zeigten herüber und stießen Rufe aus. Schüchtern pirschten sie sich heran und flüsterten untereinander.

»Nur zu«, forderte Jerusha sie auf. »All das – ist für euch.«

Sie sahen sie an und sahen Wally an, als fürchteten sie, dass all der Reichtum in einem Augenblick wieder verschwinden würde, so wie er gekommen war. Dann pflückte eine Frau einen Apfel von einem Ast und biss in sein knackiges Fleisch. Saft spritzte, und sie lachte.

Da stürmten sie alle hinzu.

Sonntag, 6. Dezember

Auf dem Lukuga, Kongo
People's Paradise of Africa

Die Einwohner Kalemies gaben Wally und Gardener ein altes Boot und tankten den Außenbordmotor auf, aber keiner von ihnen wollte sie führen, nachdem sie erfahren hatten, dass die beiden nach Nyunzu gehen wollten. Bei dieser Erwähnung murmelten die Leute, machten Zeichen gegen Flüche und sprachen Gebete.

Jerusha fragte sich, ob sie darin hätten ein Zeichen sehen sollen.

Ein Stück nördlich von Kalemie floss der Lukuga aus dem Tanganjikasee heraus und wand und schlängelte sich träge nach Westen in den Dschungel. Die Häuser, die sich auf den Hügeln am Ufer ballten, ließen sie schnell hinter sich, und bald fanden sie keine Anzeichen menschlicher Zivilisation mehr vor, nur noch dichten Dschungel auf beiden Seiten. Jerusha kam sich mehr und mehr wie in Conrads Geschichte vor, wie sie den Fluss in den smaragdfarbenen Schatten einer verborgenen Welt hinabtrieb, in der Menschen weniger Eroberer als vielmehr Eindringlinge waren.

Je weiter sie sich vom See entfernten, desto schmaler wurde der Fluss, bis er nur noch so breit war wie ein Footballfeld.

Ein paar Krokodile räkelten sich an den Ufern, badeten in der Sonne und hoben ihre schweren Köpfe, um sie zu beobachten. Raubwürger, Nashornvögel, Reiher und Störche brüteten im Flachwasser oder huschten durch die Zweige und verschwanden. In den Schatten glucksten, jaulten und kreischten fremdartige Tiere, die sie nicht benennen konnte, und hoch oben in den Bäumen jagten sich brüllende Affen. Die Moskitos waren hungrig und unnachgiebig... wobei dieses Problem nur Jerusha traf. Von Wally wollten sie gar nichts wissen.

Einmal kamen sie an einer Herde Nilpferde vorbei und gaben sich große Mühe, ihnen aus dem Weg zu gehen. Manchmal versperrten ihnen grüne Inselkuppen die Fahrt, und wenn sich der Fluss plötzlich verzweigte, mussten sie entscheiden, welchem Arm sie folgen sollten. Sie wählten stets den breiteren, in der Hoffnung, damit auf dem Hauptstrom zu bleiben. Bäume und andere Pflanzen, die Jerusha oft nicht kannte, bildeten ein dichtes Blätterdach. Hier im Dschungel fanden sich keine Affenbrotbäume mit ihren blattlosen Ästen und auch nicht die in der Savanne allgegenwärtigen Akazien. Das Unterholz erreichte eine Höhe von fünfzehn bis dreißig Metern, und der Boden war dicht mit Farnen, rankenden Schmarotzern und anderen Pflanzen mit großen Blättern bewachsen.

Die Luft war schwer und stickig. Auch ohne Regen waren Jerushas Kleider nach wenigen Stunden von Schweiß, Nebel und der Luftfeuchtigkeit durchnässt. Und sie konnte praktisch zusehen, wie auf Wallys Haut orangefarbene Rostflecken wuchsen. »Ich gäbe tausend Dollar für zwei Minuten in einem Zimmer mit Klimaanlage«, meinte Jerusha.

Wally sah sie verwundert an. »Ich dachte ...«, sagte er, schien es sich dann aber anders zu überlegen. Mit einem Klappern, als schlügen zwei gusseiserne Bratpfannen zusammen, machte er den Mund zu.

Jerusha beäugte ihn mit schiefem Kopf. »Ich hoffe wirklich, dass du nicht sagen wolltest, dass ich mich doch pudelwohl fühlen müsste, weil ich schwarz bin und meine Vorfahren vor ein paar Generationen irgendwo auf diesem gottverlassenen Kontinent gewohnt haben.«

Wally sah weg, richtete den Blick nach unten und sagte nichts.

»Dachte ich mir doch.« Jerusha zog an ihrem durchnässten T-Shirt, das ihr hartnäckig an der Schulter klebte. Innerlich grinste sie über Wallys Unbehagen.

In regelmäßigen Abständen tauchte an einem der Ufer ein Dorf auf, und die Leute sahen ihnen nach, wenn sie vorbeiglitten, oder sie beobachteten sie aus ihren Fischerbooten. Niemand näherte sich ihnen, niemand rief ihnen zu, niemand hielt sie auf. Die Leute starrten sie nur an. In den Dörfern entdeckte Jerusha fast keine Kinder und nur wenige junge Männer. Soweit sie erkennen konnten, wurde diese Gegend hauptsächlich von erwachsenen Frauen und Alten bewohnt.

Einmal, als sie an einer größeren Siedlung vorbeikamen, beobachteten sie eine Gruppe älterer Männer in Anzügen, die Aktentaschen trugen und eine zu den Seiten offene Grashütte betraten, als hätten sie eine Firmenbesprechung. Der Kontrast war verblüffend. Die Männer beobachteten sie ihrerseits, und einer von ihnen griff in die Brusttasche seines Jacketts und sprach hastig in sein Handy. Dabei starrte er unablässig zu ihnen herüber.

»Mist«, grummelte Wally. »Das gefällt mir nicht.«

Jerusha konnte ihm nur beipflichten.

Sie fuhren weiter flussabwärts. Um die Mittagszeit überquerte ein Bienenschwarm vor ihnen den Fluss, ein dicker, verworrener und dunkler Arm, der sich zuckend und windend aus einer weiteren Flussinsel hob und sich auf das nächste Flussufer zuschlängelte. Jerusha stellte den Bootsmotor ab, um nicht in den Schwarm hineinzufahren. Die Stille, in der sie zusahen, wie der Schwanz des Schwarms zwischen den Bäumen verschwand, war angenehm.

»Das sind eine Menge Bienen«, sagte Wally.

Jerusha nickte. »Der größte Schwarm, den ich je gesehen habe. Nicht mal die im Yosemite ... ähm, was ist das?«

Wallys Kopf war zur selben Zeit herumgeschwenkt. Von weiter flussabwärts hörten sie ein kehliges Jaulen, das lauter wurde. »Ein Boot«, flüsterte Jerusha. Nur wenige Boote, denen sie bisher begegnet waren, hatten Motoren, und wenn sie Motoren hatten, dann waren es einfache Vergaser-Zweitakter, wie ihres auch einen hatte. Was sie hörten, war ein weit leistungsfähigerer Motor: tief, brummend, unheimlich. »Komm«, sagte sie zu Wally, »lass uns das Boot zu der Insel bringen ...«

Mithilfe der Paddel manövrierten sie das Boot zu den Felsen am Rand der Insel. Jerusha sprang heraus und hielt das Gefährt fest, während Wally ausstieg. Wally nahm die Leine am vorderen Bootsende in seine Pranke und zog das Gefährt ins Dickicht. Sie kauerten sich daneben und beobachteten durch ein paar Farnwedel den Fluss. Einige Minuten später wurde das Dröhnen lauter, und ein Patrouillenboot, ähnlich dem, das sie auf dem See gesehen hatten, kam um die nächste Biegung. Es bewegte sich langsam flussaufwärts, und die Männer an Bord ...

Einige waren keine Männer, sondern Jungen zwischen zwölf und fünfzehn Jahren. Um die Hälse hingen ihnen halbautomatische Waffen, und sie trugen Uniformen. Was Jerusha das Blut in den Adern gefrieren ließ, war allerdings der Mann in der Nähe der Bootskabine. Hochgewachsen, in Militäruniform und mit einer dunklen Fliegersonnenbrille über den Augen und einem Fes aus Leopardenfell auf dem Kopf.

Ein Leopardenmensch. Babs hatte ihr von Alicia Nshombos Leopardengesellschaft erzählt. Und Finch ebenso.

»Runter!«, flüsterte sie Wally aufgebracht zu, als das Boot näher auf ihre Insel zuglitt. Laut und heftig wie ein einstürzender Turm machte Wally sich klein. Jerusha duckte sich zwischen das Gras und die Binsen und verzog das Gesicht. Für den

Fall, dass sie entdeckt würden, hatte sie die Hand bereits am Samengürtel. Zwar hatte sich Wally hingeworfen und lag flach auf dem Schlamm und den Steinen der Insel, doch fürchtete Jerusha, dass seine Farbe durchschimmerte. Sie pflückte eine Samenkapsel von einer der Binsen und verteilte die Samen um Wally herum, sodass neu aufsprießende Halme die Sicht vom Fluss her abschirmten. Dabei ging sie äußerst vorsichtig vor, damit man das Rascheln der Halme nicht hörte.

Inzwischen dröhnte der Motor schon ganz nah. Jerusha nahm den Kopf runter. Eine Hand ließ sie auf Wally, die andere auf ihrem Samenbeutel ruhen, und so lauschte sie, ob sich das Geräusch veränderte. Sie machte sich bereit. Das Geräusch kam näher, zu nah, dann entfernte es sich schließlich wieder. Sie hörte das Plappern der Kindersoldaten auf dem Boot, hörte den Leopardenmann einen Befehl grunzen. Vorsichtig hob sie den Kopf.

Das Boot war an ihnen vorbeigefahren und bewegte sich weiter flussaufwärts. Der Leopardenmann und die anderen suchten das Flussufer vor ihnen ab und kehrten Wally und Jerusha den Rücken zu.

Die beiden warteten, bis das Patrouillenboot hinter der nächsten Biegung verschwunden und sein Motor nicht mehr zu hören war, dann standen sie auf. »Ich denke mal, wir haben Glück gehabt«, sagte Wally. Jerusha nickte. Wally richtete sich auf. »Oh-oh«, sagte er.

»Oh-oh?«, wiederholte Jerusha.

Wallys Hand ruhte auf der Hülle des Satellitentelefons an seinem Gürtel. »Das Telefon«, sagte er. »Das war unter mir ...« Er öffnete die Hülle und zog eine Antenne heraus, an der Drähte und gesprungene Plastikteile hingen. »Donnerwetter, das ist irgendwie futsch. Das tut mir echt leid, Jerusha. Hätte besser aufpassen sollen.«

Er sah sie so traurig an, dass sie nichts weiter tun konnte, als den Kopf zu schütteln. »Da können wir jetzt sowieso nichts dran ändern. Vielleicht finden wir in einem der Dörfer eine Festnetzverbindung, oder es steht wo ein Handymast rum. Im Moment müssen wir uns um andere Dinge kümmern.«

»Es könnten noch mehr Boote kommen«, pflichtete ihr Rusty bei. »Dann können wir nicht mehr auf dem Fluss bleiben, stimmt's?«

»Wenn wir auf dem Fluss bleiben, gelangen wir auf jeden Fall nach Nyunzu«, erklärte ihm Jerusha. »Über Land brauchen wir länger, und selbst mit dem GPS-Gerät können wir uns leicht verlaufen. Das Gerät haben wir ja noch, weil es an *meinem* Gürtel hängt.«

Er machte ein betroffenes Gesicht, und sie bereute ihre Bemerkung. *Du darfst nicht so gemein zu ihm sein. Er hätte kein Wort darüber verloren, wenn du das GPS-Gerät verloren hättest.* Zu spät setzte sie ein Lächeln auf, um ihrer Bemerkung die Schärfe zu nehmen. Doch hatte sie Zweifel, ob das noch etwas brachte.

Wally seufzte. Er ließ die Überreste seines Telefons in die Handytasche fallen. Dann kratzte er sich mit dem Fingernagel am Arm, sodass sich orangefarbene Flocken ablösten. Schweigend stieß er das Boot aufs braune Wasser des Lukuga hinaus.

Ellen Allworths Wohnung
Manhattan, New York

Nick bewegte sich anders als Ellen. Während Ellen die Welt aus einer Neigung von drei Grad nach hinten zu betrachten schien, war Nick stets fünf Grad nach vorn geneigt. Während sie bei allem ein Anflug von Melancholie umgab, war er stets wuterfüllt.

Oder vielleicht auch nicht. Vielleicht hatte er auch nur eine Abneigung gegen Bugsy.

»Na gut«, sagte Nick ins Telefon. »Du hast was gut bei mir.«

»Und?«, fragte Bugsy.

Nick legte auf, legte Ellens Beine auf dem Couchtisch ab und zuckte mit den Schultern. »Sie war bis Mitte der Neunziger in Behandlung. Mit der großen Reform, bei der alle Anstalten geschlossen wurden, war es damit zu Ende. Danach sollte sie in einer ortsansässigen Klinik behandelt werden, aber dazu kam es nie.«

»Und dann? Hat sie sich einfach in Luft aufgelöst? Wohin bringt mich das jetzt?«

Nick musterte Bugsy voller Ungeduld. Das Faxgerät in Ellens Gästezimmer/Büro klingelte zweimal. Bugsy warf einen Blick über die Schulter, und als er sich wieder nach vorn wandte, sah er Nick schmunzeln.

»Nirgendwohin«, sagte er. »Du bleibst auf der Couch.«

Bugsy suchte gerade nach einer Erwiderung, als Nick von der Couch aufstand und in den hinteren Teil der Wohnung ging. Er hatte sogar den Gang eines Kerls. Es war unheimlich.

Von hinten drang Nicks Stimme zu Bugsy, tief und im Plauderton. Zweimal lachte er. Bugsy sah sich das Zimmer an. Es roch nach altem Curry. Der Ohrring lag im Schlafzimmer, vorsichtig neben dem Buch abgelegt, das Ellen vor dem Einschlafen gelesen hatte. Bugsy stand auf, ging ein wenig auf und ab, setzte sich wieder und schaltete den Fernseher ein.

Auf CNN ging es die ganze Zeit nur um New Orleans. Die Bilder waren verblüffend. Tausende heller, weicher Blasen stiegen in die Luft, tänzelten in der Golfbrise. Hin und wieder setzte eine Explosion eine Kettenreaktion in Gang, und gegen die dabei entstehenden Lichtkaskaden sah selbst das prächtigste Feuerwerk lahm aus. Der Nachrichtensprecher erklärte, dass der Luftraum über New Orleans gesperrt wurde, dass Reisende in der Stadt festsitzen würden und dass dadurch Kosten und Unannehmlichkeiten entstanden. Amazing Bubbles erwachte wieder zum Leben, und Bugsy war überrascht und erfreut zugleich. Die ganze Energie, die in den Himmel Louisianas schwebte, war die Detonation einer Atombombe gewesen, und jetzt entströmte sie langsam über Stunden und Tage und bot einen schönen Anblick. Mardi Gras im Dezember. Das größte, lauteste und unpassendste Freudenfest über die einfache Tatsache, dass New Orleans noch existierte.

Er vergaß die Angelegenheiten im Sudd und im Kalifat und ging in Ellens Büro, um sie zu holen. Auf ihrem Stuhl saß Nick, vornübergebeugt und das Telefon zwischen Schulter und Ohr geklemmt. Bugsy, dessen Gedanken noch immer bei den Nachrichten weilten, war beinahe überrascht, ihn hier zu sehen.

»...mit der Bundessteuerbehörde«, sagte dieser. »Ich versuche, Kimberly Ann Goodwin zu erreichen. Oder vielleicht auch Meadows oder Cordayne, so klar geht das aus den Unterlagen nicht hervor, aber ich habe ihre Sozialversicherungsnummer... Oh, sie ist gestorben? Nun, das erklärt einiges. Haben Sie das? Natürlich.«

Nick sah auf. »Hat Konkurs angemeldet und vor fünf Jah-

ren ihren Namen geändert«, sagte er. »Ich besorge die neue ...
Hallo? Ja, das ist korrekt. Danke.« Nick klopfte leicht auf die
Tischplatte, sah Bugsy an und machte eine Bewegung, als
würde er schreiben. Bugsy zog Notizblock und Stift aus dem
Schrank und reichte sie Nick. »Gut. Bestens. Ja, und haben
Sie ihre aktuelle Telefonnummer?« Nick lauschte eine Weile.
»Sie machen Witze«, sagte er. Dann schüttelte er den Kopf und
notierte etwas. »Okay. Sehr gut. Ihnen auch.«

Womöglich bemühte sich Nick, nicht selbstgefällig zu wir-
ken, als er Bugsy den Notizblock hinhielt. Wenn es so war,
dann strengte er sich nicht sonderlich an. Bugsy nahm den
Block. Kimberly Joy Christopher, stand darauf. Darunter eine
Telefonnummer mit der Vorwahl 541. Und in Großbuchstaben:
GEMEINDEZENTRUM *DER AUFERSTANDENE ERLÖSER*.

»Sie hat Jesus entdeckt«, sagte Nick. »Anscheinend leben sie
zusammen.«

»Du bist ein Held«, sagte Bugsy und stopfte den Zettel in
seine Tasche. »Aber komm und sieh dir die Nachrichten an.
Das musst du dir anschauen.«

Kongoville, Kongo
People's Paradise of Africa

»Wir sind ein großes Volk. Ein großes Volk«, sagte der Taxifahrer in Maschinengewehr-Französisch. »In Afrika gab es schon viele große Königreiche, bevor die Weißen aus ihren Höhlen gekrochen sind.«

Der Verkehr in Kongoville war das reinste Chaos, auf einer eigentlich zweispurigen Straße drängelten sich drei, vier Reihen von Autos. Wie sinnierende Dinosaurier ragten Kräne über der Stadt auf. Vielerorts sah man die Trümmer von Baracken und älteren Häusern, die man abgerissen hatte, um neuere »Volks-« zu bauen: Volkstheater, Volksgerichtshof, Volkskaufhaus, Volkswaschsalon ...

Selbst Anfang Dezember lief die Klimaanlage im Wagen auf Hochtouren, dazu die Musik aus dem Radio und die Kommentare des Taxifahrers. All das machte es Noel schwer, einen klaren Gedanken zu fassen und sich auf das Treffen mit dem Präsidenten auf Lebenszeit, Dr. Nshombo, vorzubereiten. Noel trug einen maßgeschneiderten italienischen Anzug und am kleinen Finger einen Ring mit einem Diamanten und einem Opal. Er wollte Etienne Pelletier nicht allzu gehoben schick wirken lassen. Die goldenen Augen des Avatars verbarg er hinter einer dunklen Sonnenbrille.

Die Aussage des Taxifahrers über untergegangene afrikanische Königreiche fand er verständlich und traurig zugleich. Er hatte viel Zeit im Nahen Osten verbracht, und die Menschen dort empfanden denselben völkischen, nationalen und geografischen Stolz, der so gar nicht zur tatsächlichen Lage dieser Länder passte. In Bagdad erzählten die Leute, dass man dort schon Straßenbeleuchtung gehabt hatte, als Europa noch im finsteren Mittelalter geschlummert hatte. Und in Afrika waren es die untergegangenen Königreiche.

Das alles waren die Träume eroberter und wirtschaftlich unterdrückter Völker, die auf die Macht des Westens reagierten. Noel musste daran denken, dass Prinz Sirajs Öl zu dreihundert Dollar pro Barrel Europa und Amerika beinahe in die Knie gezwungen hatte. Und daran, dass die Eroberungen des PPA in Afrika den Westen von entscheidenden Rohstoffen abschnitten. *Vergeltung kann echt fies sein*, dachte er.

Da fiel ihm ein Gebäude aus Stein auf. Bei seinem letzten Besuch in Kongoville hatte es noch nicht existiert. Um was immer es sich dabei handelte, es war in dem Stil eines Albert Speer errichtet, den der gute Doktor so schätzte. »Was ist das?« Noel deutete darauf.

Der Fahrer drehte am Radio die Lautstärke runter und sagte leise und respektvoll: »Das ist das Grab für Unsere Schmerzensdame.«

Noel zog den Ärmelaufschlag zurück und sah auf die Uhr. Es war noch Zeit. »Das würde ich mir gern anschauen.«

Der Fahrer fuhr rechts ran und stellte das Auto ab. Noel stieg die Steinstufen hinauf, die schon Zeichen der Abnutzung aufwiesen. Tausende mussten schon durch diese Türen gegangen sein, dachte er.

Das ganze Gebäude bestand aus einem einzigen hohen Raum. Hoch über sich hörte Noel das Kreischen von Fledermäusen, die aus dem Grab eine Höhle machten. In der Mitte leuchtete ein kräftiger Scheinwerfer auf eine Kristallbahre herab. In dem Glassarg lag eine hübsche junge Frau. Die Bestatter hatten exzellente Arbeit geleistet, denn die glatte schwarze Haut der Frau wirkte weich und geschmeidig, und niemand hatte ihrem Gesicht ein falsches Lächeln aufgezwungen. Vielmehr erweckten die Wimpern über ihren Wangen den Eindruck, als würde sie lediglich schlummern. Um ihren Hals hing eine gewaltige Goldmedaille an einem purpurnen Samtband.

Kurz dachte Noel über das extreme Bedürfnis von Diktaturen nach, ihre Toten zu ehren. *Lenin. Mao. Dieses Mädchen. Die Engländer haben so etwas nie gemacht. Niemand hat Victoria öffentlich ausgestellt. Nicht einmal die Amis sind derart krass.*

»Eine Volksheldin«, murmelte der Fahrer.

»Was hat sie getan?«, fragte Noel.

»Sie hat unseren Schmerz auf sich genommen und uns geheilt.« Der Mann neigte den Kopf.

Jackson Square
New Orleans, Louisiana

Und am fünften Tage ruhte Michelle.

Gestern war sie in der Lage gewesen aufzustehen. Es fühlte sich seltsam an, und sie war ziemlich wacklig auf den Beinen, aber es war nicht unmöglich.

Heute war sie beinahe so dünn wie damals, als sie gemodelt hatte. Doch noch immer steckte Energie in ihr. Sie fühlte sich schwerer, auch wenn sie dünn aussah. Nach dem, was ihr widerfahren war, schienen das die Altlasten zu sein. Sie würde jetzt für immer schwerer bleiben. Ohne Spiegel hatte sie keine Ahnung, wie sie aussah, aber Jeans und T-Shirt, die Juliet ihr gekauft hatte, fühlten sich so an, als würden sie passen.

Der Tempel machte einen traurigen Eindruck. Die Blumen waren vertrocknet, und Juliet und Joey hatten sie weggeworfen. Die Mädels warteten draußen im Nieselregen auf sie.

Michelle wusste, was sie als Nächstes tun musste.

Von draußen hörte sie ein lautes Raunen. Hätte sie es nicht besser gewusst, hätte sie dahinter die Schar der Gläubigen vermutet. Aber die waren während des Blasenregens verschwunden. Statt ihrer erwarteten Michelle die Reporter.

Sie formte eine winzige Blase auf der Fingerspitze. Die Blase war hart und leuchtend, und sie warf sie in den Nachthimmel hinauf. Hoch über dem Tempel platzte sie – ein leiser Knall, der niemandem auffallen würde. Dann wandte sie sich um und ging zur Tür hinaus.

Auf dem Lukuga, Kongo
People's Paradise of Africa

Sie tasteten sich weiter flussabwärts. Mit jeder Flussbiegung kam Wally Nyunzu ein Stück näher. Und Lucien, wie er hoffte.

Jetzt verstand er, was Lucien in seinem letzten Brief gemeint hatte, als er von den Soldaten schrieb, die Schwester Julie wehgetan hatten. Aber es war schlimmer, als er befürchtet hatte. Luciens Dorf, Kalemie … es war das Schlimmste, was er je gesehen hatte, selbst gemessen an dem, was er im Auftrag des Komitees getan und erlebt hatte. Er machte sich bittere Vorwürfe, dass er nicht früher nach Afrika gekommen war. »Jerusha?«

»Ja?«

»Was glaubst du hat sie gemeint, kürzlich in Kalemie? Die Nonne, meine ich. Schwester Julie.«

»In Bezug auf was?«

»Dass sie die Kinder mitgenommen haben. Dass sie sie verändern.«

Jerusha schwieg lange. Das Boot schaukelte, als er über die Schulter nach hinten sah und nach Nilpferden und Krokos Ausschau hielt. Vor ihm hielt Jerusha eine Hand am Steuer und den Blick auf den Fluss gerichtet. Auch sie hielt Ausschau nach Gefahrenquellen. Schließlich sagte sie: »Ich weiß es nicht, Wally. Ich wünschte, ich würde es wissen.«

Das *Töfftöff* ihres kleinen Motors hallte auf dem Fluss auf und ab, wurde vom dichten Dschungel links und rechts hin und her geworfen. Leise gurgelte das Wasser unterm Bug, wo das Boot das trübe Wasser des Lukuga sanft teilte. Nicht wie die Patrouillenboote, die die Wellen durchschnitten wie eine Messerklinge.

»Auf dem Patrouillenboot waren Kinder. Kinder mit Gewehren.« Das erinnerte ihn an den Irak. *Kinder … Ich will nicht gegen Kinder kämpfen.*

»Ja«, sagte Jerusha. »Da waren welche.« Er brauchte sie nicht anzusehen, um zu wissen, wie sie sich fühlte. Sie war traurig. Allmählich vermochte Wally Jerushas Stimmungen und ihre verschiedenen Empfindungen an ihrem Tonfall abzulesen. In gewisser Weise war das ein kleiner Lichtpunkt in der ansonsten inzwischen ziemlich finsteren Angelegenheit.

»Glaubst du, dass sie das gemeint hat? Dass sie die Kinder zu Soldaten machen? Dass sie das vielleicht auch mit Lucien machen?«

»Ich weiß nicht … Autsch.« Sie schlug sich in den Nacken. Dann schnippte sie ein erschlagenes Insekt in den Fluss. Das schrille Klatschen hallte laut wider. »Ich fürchte, das könnte der Fall sein, Wally.«

»Ich auch. Ich glaube, dass sie das in Nyunzu machen. Dorthin haben sie Lucien gebracht. Aber wir bringen alles wieder in Ordnung für Lucien, wenn wir erst einmal dort ankommen. Für alle, für all die Kinder.«

»Ich hoffe, dass du recht hast.«

Wally verfiel in nachdenkliches Schweigen. Erneut teilte sich der Fluss, und wie immer wählte Jerusha den breiteren Arm. Eine kleine Insel, nicht mehr als ein Streifen Dickicht und Bäume trennten sie vom anderen Flussarm. Wally konnte auf der anderen Seite sogar das Wasser sehen. Um sie herum schnatterte, kreischte und sang es überall, der Dschungel war voller Leben. »Es tut mir leid, was ich vorhin gesagt habe. Oder, ich meine, du weißt schon, was ich beinahe gesagt hätte.«

Sie schwieg wieder. Diesmal, so wusste er, hatte sie eine Augenbraue hochgezogen. Ein Ausdruck zwischen Belustigung und Irritation. Er konnte es sich vorstellen.

»Manchmal sage ich dummes Zeug. Aber damit meine ich nichts, okay?« Kaum hatte er den Mund zu, merkte Wally, dass auch das ziemlich dumm gewesen war. Sie konnte es leicht in den falschen Hals kriegen. Dann würde sie ihn hassen, er wollte wirklich, wirklich nicht, dass Jerusha ihn hasste. Sie waren jetzt Partner und mussten zusammenarbeiten. Er brauchte ihre Hilfe. Aber das war nicht alles. Er wollte einfach nur … dass Jerusha ihn mochte.

»Ich meine, ich sage nicht immer dummes Zeug. Manchmal glauben die Leute … ach, zum Kuckuck. Erinnerst du dich an die Sache zwischen mir und Stuntman? Damals, als wir alle im Fernsehen waren?«

Ein vorsichtiges: »Jjjjaaa.«

»Diese Sachen habe ich nicht gesagt.«

Jerusha lachte. Kein schallendes Lachen, aber dennoch ein deutlicheres als alles, was er seit Beginn ihrer gemeinsamen Reise von ihr gehört hatte. »Ich weiß, Wally. Das weiß jeder.«

Wally seufzte. Immerhin eine kleine Erleichterung. »Na dann, okay. Dann ist ja gut. Ich wollte nur …«

Er sprach nicht zu Ende, denn sie fuhren gerade am letzten Stück der Insel vorbei. Dahinter vereinigten sich die beiden Flussarme wieder. Praktisch. Das erinnerte ihn an die Kanufahrten zu Hause.

Wally drehte sich gerade rechtzeitig um, um den Jungen im Bug des Patrouillenboots zu entdecken, der mit seinem Gewehr auf sie anlegte. »Runter«, schrie er.

Jerusha musste es ihm an der Haltung angesehen haben, denn sie war schon aus dem Sitz am Steuer heraus und duckte sich hinter das Dollbord, noch ehe er die Warnung über die Lippen gebracht hatte.

Rat-tat-tat. Rat-pling-tat. Der Junge drückte zweimal den Abzug. Eine Kugel prallte knallend von Wallys Bizeps ab und landete weiß spritzend im Wasser. Eine andere durchschlug die Windschutzscheibe. »Jerusha?«

»Alles okay«, sagte sie. »Ich …«

Doch Wally hörte nur noch das Heulen eines Motors. Eines mächtigen Motors. Aus ihrer Deckung tastete Jerusha nach dem Steuer und versuchte, das Boot Richtung Ufer zu lenken.

Der Leopardenmann rief etwas. Das Patrouillenboot brauste aus seinem Versteck hervor. Wie ein Pfeil schoss es auf die Stelle zu, wo sie das Land erreichen würden. Noch mehr Kugeln schwirrten an ihnen vorbei. Wally stand auf. Zwar wackelte das Boot dabei bedenklich, aber er wollte sein Bestes tun, um Jerusha abzuschirmen.

Ping-ping-ping. Wie Hagelkörner auf einem Blechdach.

Noch sieben Meter zum Ufer. Noch drei.

»Jerusha, bleib hinter mir!«

In letzter Sekunde riss sie das Steuerrad ein weiteres Mal herum und würgte den Motor ab. Das Boot schwenkte herum, sodass Wally sie noch immer vor dem Patrouillenboot abschirmte, und stieß gegen die Wurzeln eines gewaltigen Mahagonibaums, der auf den Fluss hinausragte.

Pingpingpingpingpingping.

Mit einem Schritt stand er im anderen Ende des Boots, während die Kugeln wirkungslos auf seinen Rücken einprasselten. Er packte Jerusha unter den Achseln. »Pass auf«, sagte er. Und so behutsam er konnte, schleuderte er sie in den Dschungel.

Dabei kenterte das Boot beinahe. Wasser schwappte über die Dollbords. Aus dem Dickicht drangen ein Krachen und ein *Uff!* Wally wirbelte zu den Angreifern herum und hoffte inständig, dass Jerusha nichts passiert war.

Der Leopardenmann rief einen weiteren Befehl. Der Soldat am Steuerrad – der einzige andere Erwachsene auf dem Patrouillenboot – ließ den Motor aufheulen, sodass sich ihr Gefährt zwischen Wally und das Ufer schob. Im Bug standen drei Kinder und der Leopardenmann. Der Fahrer befand sich in der Bootsmitte und ein weiteres Kind im Heck.

Wally sprang an Bord des Patrouillenboots, um die Angrei-

fer von einer Verfolgung Jerushas abzuhalten. Der Leopardenmann wich hastig zurück, um aus Wallys Reichweite zu gelangen. Dabei brüllte er noch einen Befehl. Die drei Kinder *(Die
sind alle noch Kinder!)* eröffneten das Feuer. In dem ohrenbe-
täubenden Schusslärm konnte Wally keinen anderen Gedanken fassen, als die Angelegenheit so schnell wie möglich zu beenden, bevor eine Kugel abprallte und eines der Kinder tötete.
So wie es dem armen King Cobalt damals in Ägypten ergan-
gen war.

Wally beschwor seine Wild-Card-Fähigkeit herauf, machte
einen Satz nach vorn und griff mit beiden Händen nach einem
Gewehr. Die Kinder wollten vor ihm zurückweichen. Ein Ge-
wehrlauf wurde in seiner Faust zerknautscht, doch das zweite
Gewehr bekam er nicht richtig zu fassen. Immerhin streifte er
es mit dem Finger, was ausreichte, um die Eisenteile der Waffe
rosten und zu Staub zerfallen zu lassen. Das Gewehr fiel auseinander.

Das dritte Kind stellte das Feuer ein, doch der Fahrer zog
seine Handwaffe und richtete sie auf Wallys Kopf.

*Verflixt! Rafft ihr Penner denn gar nichts? Ihr könntet eins von den
Kindern erschießen!* Wally stieß die beiden entwaffneten Jungen
in den Fluss. Dort war es zwar nicht ganz ungefährlich, aber
um einiges sicherer, als direkt neben Wally zu stehen, solange
Leute auf ihn schossen. Dann wirbelte er herum, packte die Pistole in der ausgestreckten Hand des Fahrers und drückte zu.

Der Fahrer schrie. Wally schleuderte ihn in die Mitte des
Flusses.

Der dritte Junge flitzte an ihm vorbei und sprang an Land,
dicht gefolgt von dem Leopardenmann.

»Hey! Rührt sie nicht an!« Wally stürmte ihnen nach.

Der Junge war keine Dutzend Schritte weit gekommen, als
der Boden unter ihm in einem Knäuel aus Ranken explodierte.
Innerhalb von Sekunden schnürten sie ihn ein. *Gut gemacht,
Jerusha!*

Schlitternd blieb der Leopardenmann stehen. Er drehte sich zu Wally herum und löste sich auf.

Nein, er löste sich nicht auf, aber sein Körper zerfloss wie weiches Wachs, wurde kleiner und glatter, während das gelbschwarze Fleckenmuster auf seinem Fes hinabtroff und seinen Leib mit Fell bedeckte.

Die große Raubkatze knurrte und entblößte dabei eine Reihe Fangzähne. Unter dem Fell zuckten Muskeln mit tödlicher Eleganz, während das Tier fauchend hin und her schlich. Dann machte es einen Satz wie eine gespannte Feder, die sich löst. Seine Fänge schlugen klappernd in Wallys Hals. Fingerlange Krallen scharrten harmlos an seiner Schulter und seiner Brust entlang. Der Leopard ließ sich herabfallen und bereitete sich auf den nächsten Sprung vor.

»Ach, komm schon, Kumpel. Lass den Blödsinn.«

Doch der Leopard stürzte sich erneut auf ihn. Mitten in der Luft erwischte Wally ihn mit einem Fausthieb auf die Schnauze. Es krachte, und die große Katze plumpste wie ein Sack Kartoffeln zu Boden. Schwankend stand sie auf, kroch in den Dschungel davon und winselte.

Wally rief: »Jerusha? Alles in Ordnung mit dir?«

Bitte, bitte, bitte …

»Alles gut.« Sie trat hinter einem dichten Vorhang aus Blättern hervor und rieb sich die Achseln. »Nur ein paar blaue Flecken.«

»Oh, verflixt, habe ich dir wehgetan? Das tut mir echt leid.«

Jerusha schüttelte den Kopf. »Mach dir keinen Kopf. Die haben bestimmt nicht damit gerechnet, dass du mich einfach so in den Dschungel schleudern würdest.« Ihre Mundwinkel verzogen sich zu einem schiefen Lächeln. »Ich auch nicht.« Sie berührte ihn am Arm. »Du hast gut reagiert, Wally. Aber nächstes Mal warnst du mich vor, wenn's geht, okay?«

Wally lief rot an. »Okay.«

Sie nickte in Richtung der raschelnden Kudzuranken, aus

denen der Junge vom Patrouillenboot sich zappelnd zu befreien versuchte. »Nun. Mal sehen, was der uns erzählen will, was?«

Montag, 7. Dezember

Auf dem Lukuga, Kongo
People's Paradise of Africa

Nyunzu. Nyunzu. Nyunzu.

Wally trommelte mit den Fingern auf das Dollbord und wünschte sich, das Boot hätte einen stärkeren Motor und der Fluss eine stärkere Strömung. Er hatte den Gashebel schon voll aufgedreht. *Knack.* In dem in der Sonne halb verrotteten Holz unter seiner Hand entstand ein weiterer haarfeiner Riss. Er hörte auf zu trommeln, aber er wusste nicht, wohin mit seiner Unruhe. Ohne dass er es wollte, wippte er mit den Beinen. Bald schwankte das Boot im Rhythmus seiner ungeduldigen Bewegungen.

»Hey, Wally.« Jerusha drehte sich zu ihm um. »Du machst mich noch seekrank. Flusskrank.« Ihr Lächeln reichte nicht bis zu den Augen. Auch sie machte sich Sorgen.

»'tschuldigung.« Wally richtete seine Aufmerksamkeit auf den Fluss und drehte ein wenig am Steuer, um sie in der Mitte des Flusses zu halten, der hier eine leichte Biegung machte. Jerusha hielt weiter nach Überraschungen Ausschau: Patrouillenboote, Stämme im Wasser, Nilpferde, Krokodile…

Lucien war in Nyunzu. Er musste dort sein. Dorthin brachte das PPA all die Kinder. Das hatte der Junge, den sie gefangen hatten (den Jerusha gefangen hatte), ihnen erzählt, mehr oder weniger.

Um sie zu verändern. Um sie zu Soldaten zu machen. Kleinen Kindern wie Lucien drückten sie Gewehre in die Hand und brachten ihnen das Töten bei.

Am Ende hatte Jerusha den gefangenen Jungen entwaffnet, während Wally die beiden anderen am Ufer aus dem Wasser gefischt hatte. Dann hatten sie das Patrouillenboot mit Vorräten für ein paar Tage beladen und sie gehen lassen. Was hätten sie sonst tun sollen? Schließlich waren es noch Kinder.

Als sie um die Biegung tuckerten, kamen sie an einem Krokodil vorbei, das sich auf einer Sandbank sonnte. Wally verkrampfte sich, doch das riesige Reptil reagierte nicht auf ihre Anwesenheit. Es lag einfach nur mit offenem Maul und geschlossenen Augen da. Jerusha erklärte, dass sie auf diese Weise schwitzen würden – sie hechelten wie Hunde. Und dass ein ruhendes Kroko oft auch ein sattes Kroko war.

Eine halbe Stunde später trafen sie auf ein weiteres Krokodil. Und dann noch mal auf eins. »Hm.« Jerusha kramte ihren Reiseführer hervor und blätterte in ihm herum. Wally beobachtete, wie die Windstöße beim Umblättern die einzelnen Haare anhoben, die sich auf ihre schweißnasse Stirn verirrt hatten. Der Anblick war aufwühlend, aber gleichzeitig auch irgendwie beruhigend.

»Ja, so hatte ich das auch in Erinnerung.« Sie tippte auf die aufgeschlagene Seite. »Afrikanische Krokodile rotten sich normalerweise nicht zusammen. Außer«, fügte sie mit einem erneuten Tippen hinzu, »während der Paarungszeit oder wenn es Fressen im Angebot gibt. Für gute Kadaver nehmen sie Wanderungen von vielen Meilen auf sich.«

Misstrauisch betrachtete Wally die Krokodile. Immer wieder blickte er zu der Sandbank hinüber, bis sie hinter der nächsten Biegung verschwand. Jerusha tat es ihm gleich.

»Eine Menge Krokos«, sagte Wally.

»Eine Menge *gut gefütterter* Krokos«, sagte Jerusha.

»Tarzan hat mal mit einem Krokodil gerungen. In *Tarzans Vergeltung*. Johnny Weissmüller und Maureen O'Sullivan.«

»In einem Film.«

»Ja, aber der war ziemlich spaßig. Er hat sogar …«

»Wally, pass auf!« Jerusha ließ das Buch fallen, sprang auf und zeigte auf etwas im Fluss.

Wally riss das Steuerrad herum, der Motor ging aus. *Bitte, kein Nilpferd.* Finch hatte sie vor den Flusspferden gewarnt. »Total fiese Kerle. Die bringen euer Boot zum Kentern und beißen euch aus lauter Gemeinheit den Kopf ab. Sogar deinen, Kumpel«, hatte er gesagt und dabei mit seinem Horn in Wallys Richtung gezeigt.

Jerusha hinter ihm machte sich auf einen Aufprall gefasst. Wally drückte die Augen zu und zog die Schultern ein.

Rumms. Etwas stieß sacht gegen das Boot.

Wally öffnete erst das eine, dann beide Augen. Sie waren nicht gekentert. Er atmete die Luft aus, die er angehalten hatte. Dann sah er sich nach Jerusha um.

Sie zuckte mit den Schultern. »Ich habe etwas unter Wasser treiben sehen. Konnte nicht sagen, was es war. Vielleicht ein Baumstamm oder ein Tier.«

Jetzt konnte Wally es auch erkennen, ein paar Armlängen vom Boot entfernt. Sie mussten es gestreift haben, als Wally das Boot quer zum Fluss gelenkt hatte. Seltsam. Es war ein Stück bleiches Treibholz, das in Stoffffetzen gewickelt war.

Nein, keine Stofffetzen. Kleider. Eine in der Sonne gebleichte Cargohose.

An einer Leiche.

Vereinte Nationen
Manhattan, New York

Die Aufzugtür ging auf. Lohengrin trat heraus. Ohne seine schimmernde weiße Rüstung sah er ganz normal aus. Groß und blond und gut aussehend, aber stämmiger, als sie ihn in Erinnerung gehabt hatte. *Er verbringt zu viel Zeit am Schreibtisch.*

»Bubbles. Es ist viel zu lange her.« Er hatte noch immer einen starken Akzent. Er nahm sie in den Arm .und gab ihr einen Kuss auf die Wange. »Wer ist das?«

Michelle stellte ihm Joey und Juliet vor. Lohengrin schüttelte Joey nickend die Hand. »An dich kann ich mich erinnern. Du lässt die Toten auferstehen. Hoodoo Mama, ja?«

»Ja. Und ich erinnere mich daran, dass euch mein Milieu nicht gepasst hat. Scheißmimosen.«

Klaus wurde rot. »Ach, du bist noch jung, das verstehst du nicht. Die ganze Welt beobachtet uns, ständig. Das Komitee muss über alle Kritik erhaben sein.«

»Ich bin nicht so viel jünger als du Arschgeige«, fuhr ihn Joey an. »Du kannst mich mal mit deiner Kritik. Komm mir nicht mit deinem hochgestochenen Gelaber.«

»Joey, bitte.« Michelle hätte das Gör würgen können. Es fehlte ihr gerade noch, dass sich Hoodoo Mama mit dem Komitee anlegte. »Tut mir leid, Klaus.« Michelle schob ihre Hand unter seinen Arm und zog ihn beiseite.

Lohengrin zuckte die Achseln. »Es ist alles noch viel komplizierter als davor, Bubbles. Jayewardene tut, was er kann, aber wir müssen extrem vorsichtig sein. Er wartet oben auf dich. Komm.«

Der Gang, der zum Büro von Generalsekretär Jayewardene führte, war mit Fotos der Komiteemitglieder behängt. Michelle schmunzelte, als sie an Jonathan Hive, Rustbelt und Gardener vorbeiging. Doch statt der Porträts von Curveball, Drummer Boy, John Fortune und Holy Roller, an die sie sich erinnerte, hingen an den entsprechenden Plätzen jetzt Fotos von Leuten, die sie nicht kannte. Das erfüllte sie mit einem unguten Gefühl. Sie war diesen Gang oft entlanggegangen. *Ein Jahr lang*, dachte sie. Trotzdem war es nicht in Ordnung, dass so viele ihrer Freunde nicht mehr dabei waren.

Lohengrin machte die Tür zu Jayewardenes Büro auf und folgte den Mädels hinein.

»Michelle, meine Liebe, es ist schön zu sehen, dass es Ihnen so gut geht.« G. C. Jayewardene erhob sich von seinem Platz, ging um den Schreibtisch herum und durchquerte das Zimmer, um sie zu umarmen. Einer der Vorteile seiner Position war, dass er eines der größten Büros im UNO-Gebäude hatte. Eine Fensterwand ging auf den East River hinaus. Der Platz reichte für eine Sitzgruppe aus mehreren Sesseln und Jayewardenes Arbeitsplatz mit Schreibtisch und mehreren schlanken, modernen Lederstühlen. Das Büro war größer als die meisten Wohnungen der Lower East Side.

Jayewardene war klein, aber es schien ihm nichts auszumachen, dass Michelle ihn überragte. Das war einer der vielen Gründe, weshalb er ihr ans Herz gewachsen war. Außerdem hatte er etwas Altmodisch-Höfliches an sich, was ihr sehr gefiel.

»Wie ich sehe, haben Sie Miss Summers und Miss Hebert mitgebracht«, stellte er fest. Die beiden Mädchen waren überrascht. Michelle bemerkte sogar, dass er Joeys Namen richtig ausgesprochen hatte. »Wie geht es Ihnen, meine Liebe?«, fragte Jayewardene, während er zu seinem Schreibtischsessel zurückkehrte.

Michelle lächelte ihn an. »Das wissen Sie doch bestimmt schon, Mr. Jayewardene. Wenn man bedenkt, was mir passiert ist, geht es mir erstaunlich gut.«

»Sie wissen, dass wir Sie so bald wie möglich wieder im Einsatz haben möchten.«

Die Tür zu Jayewardenes Büro ging auf. Eine dralle, dunkelhaarige Frau kam mit einer Aktenmappe herein. Sie war zwar hübsch, aber ihre Haltung verriet Michelle, dass sie sich nicht immer hübsch fühlte. »Oh, Mr. Jayewardene«, sagte sie. »Ich habe nicht gemerkt, dass Sie Besuch haben…«

Jayewardene stand auf. »Das sind alte Freunde von mir, Barbara. Kennt ihr euch? Das ist Miss Pond, Miss Summers und Miss Hebert. Miss Barbara Baden.«

»Wir kennen uns.«

Michelle erinnerte sich, dass Barbara erst kürzlich dem Komitee beigetreten war. Kurz vor New Orleans. Ihr Assname war Translator, aber viele nannten sie auch Babel. »Schön, dich wiederzusehen, Barbara«, sagte Michelle.

Lohengrin trat nach vorn. »Babs ist jetzt unsere Vizevorsitzende, Michelle. Du musst wissen, dass John uns nach der Sache in New Orleans verlassen hat… nachdem er seine Kräfte verloren hat.« Der zarte Ton, in dem er ihren Namen aussprach, ließ Michelle vermuten, dass zwischen Klaus und Babs mehr als nur übersetzt wurde.

»Kommst du zum Komitee zurück?«, fragte Barbara. »Ein Ass mit deinen Fähigkeiten könnten wir dringend brauchen.«

Michelle steckte die Hände in die Taschen. »Ich weiß nicht. Ich bin erst seit einer Woche wach.« Sie wandte sich wieder zu Jayewardene um. »Ich wollte dem Generalsekretär gerade von den Träumen erzählen, die ich in letzter Zeit hatte.«

»Träume?« Babel wirkte skeptisch.

Wieder beschlich Michelle ein ungutes Gefühl. Diese… *Übersetzerin* ging ihr langsam auf die Nerven.

»Ja, Träume. Die haben mich aus meinem Koma geholt. Es

waren keine richtigen Träume, sondern Sachen, die dem kleinen Mädchen tatsächlich passiert sind. Sie braucht meine Hilfe.«

»Telepathie?«, sinnierte Jayewardene. »So etwas würde mich nicht überraschen. Erzählen Sie uns von dem Kind.«

Michelle trat zurück, damit sie die Gesichter der anderen sehen konnte. »Sie ist in einer Grube voller Leichen. Und sie ist ein kleines Mädchen, vielleicht sechs oder sieben. Es ist entsetzlich.«

Babel machte ein völlig ungläubiges Gesicht.

Doch Michelle ließ sich nicht beirren. »Ich bin dem Mädchen etwas schuldig. Ich muss sie finden.«

Jayewardene stand auf und stelle sich vor eines der Fenster, durch das man den Hafen überblickte. »Haben Sie eine Ahnung, wo diese Grube sein könnte?«

»Nicht so genau«, antwortete Michelle. »Ich glaube, dass ich die grobe Region weiß.« Eigentlich wollte sie nur, dass er ihr das verdammte Komitee zur Verfügung stellte. »Da waren Soldaten in Uniformen und diese Leopardenfellmützen. Die Uniformen kannte ich aus der Ausbildung. Sie waren kongolesisch. Die Fese verwirren mich zugegebenermaßen, aber vielleicht hängen die mit Adesinas Trauma zusammen. In ihren Träumen ist sie wie besessen von Leoparden.«

»Ja«, sagte er leise. »Leoparden.«

»In den Träumen wird sie von diesen Soldaten gefangen genommen und von zu Hause fortgeschleppt. Es ist fast, als würde sie mich rufen … mich zu sich ziehen.«

Jayewardene wandte sich vom Fenster ab. »Träume können mächtig sein, Michelle. Wenn du überzeugt bist, dass du sie finden musst, dann musst du wohl in den Kongo.«

Barbara blinzelte verblüfft.

»Sir«, sagte sie. »Amazing Bubbles ist derzeit eines der bekanntesten und beliebtesten Asse auf der ganzen Welt. Nach New Orleans ist sie fast eine Legende. Wenn sie einen Fuß ins

People's Paradise setzt, wird Radical sie… Klaus, sag doch was!«

Lohengrin wirkte zerknirscht. »Babs, wenn dieses Kind in Gefahr ist… wofür ist das Komitee da, wenn nicht für solche Dinge?«

Entsetzt riss Babel die Hände hoch. »Sie kann nicht einfach ins PPA reinstolzieren. Nicht solange Rustbelt und Gardener schon in Afrika sind und weiß Gott was tun. Das könnte Weathers zu einer neuen Runde von Gewalttaten provozieren.«

Michelle zuckte zusammen, als Babs Weathers Namen aussprach. Schon sehr lange hatte ihr niemand mehr Angst eingejagt, aber Weathers hatte es ganz gut hinbekommen, als er New Orleans beinahe mit einer Atombombe zerstört hatte.

Sie konnte an nichts anderes mehr denken als an das Feuer, das durch ihre Venen gezischt war. »Mr. Jayewardene«, sagte sie. »Ich weiß, dass es sich dumm anhört, aber Adesina ist dort in einer Grube voller Leichen gefangen. Ich gehe zu ihr. Mit der Hilfe des Komitees oder ohne sie.«

»Ich kann Ihnen das Komitee nicht geben.« Jayewardene klang traurig. »Sie müssen tun, was Sie tun müssen, aber Barbara hat recht. Die Nshombos achten sehr darauf, wer ihre Grenzen überschreitet. Die Männer mit den Leopardenfellmützen, die Sie in Ihrem Traum gesehen haben, sind die Geheimpolizei von Alicia Nshombo, die Leopardengesellschaft. Die würden Sie festnehmen, sobald Sie das Land betreten.«

Zumindest können sie es versuchen, dachte Michelle. Sie sah zu Juliet und Joey hinüber, die beide nicht besonders zufrieden aussahen. Joey rutschte auf ihrem Sessel hin und her, als hätte sie Sand in der Unterhose.

»Scheiß drauf«, platzte sie heraus. »Seid ihr taub, ihr Arschnasen, oder was? Habt ihr nicht gehört, was sie gesagt hat? Die kleine Rotznase in ihren Träumen ist ein Kind!«

Dr. Nshombos Yacht
Kongoville, Kongo
People's Paradise of Africa

Der Empfang fand auf der Nshombo-Yacht statt. Vermutlich handelte es sich um eine »Volksyacht«, doch die kräftigen Leopardenmänner mit ihren Leopardenfellmützen bewachten die Gangway und sorgten dafür, dass kein einfaches Volk an Bord kam. Es ging das Gerücht um, dass Alicias Kerntruppen sich tatsächlich in Leoparden verwandeln konnten, doch wie viel davon berechnete Manipulation war und wie viel der Wahrheit entsprach, wusste Noel nicht zu sagen.

Als sich die Glasfasergangway unter seinen Schritten durchbog, fiel Noel ein, dass er sich auf die Maskerade vorbereiten sollte. Er wagte sich in die Höhle des Löwen … des Leoparden und musste sich konzentrieren. Monsieur Pelletier zeigte seine Einladung einem grimmigen Wachmann und wurde an Bord durchgewinkt.

Indem er dem schicken Beat eines Jazzquartetts, dem Klappern von Eiswürfeln in den Gläsern und dem Dröhnen vieler Stimmen folgte, gelangte er zu der Party. Er berührte seine schwarze Sonnenbrille, um sich zu vergewissern, dass Etiennes goldene Augen verdeckt waren. Dann sah er auf die Uhr, weil er genau wissen wollte, wie viel Zeit er noch bis Sonnenuntergang hatte. Ihm blieben eine Stunde, siebzehn Minuten und zweiundvierzig Sekunden.

Dr. Nshombo stand an der Reling und diskutierte die Theorie des Marxismus mit zwei Ingenieuren aus Kenia. Die beiden Männer warfen sehnsüchtige Blicke zur Bar hinüber und zu den gut aussehenden jungen Frauen, die sich zwischen den Gästen hindurchschlängelten und auf ihren Silbertabletts Kanapees und Champagner anboten. Noel streckte die Hand aus. »Ah, Monsieur Président, wie freundlich von Ihnen, mich einzuladen. Die Yacht, so ravissant, und der Fluss, wie ein gewaltiges Herz in ihrer großartigen Nation«, sagte er auf Französisch. Tatsächlich fand er, dass der Kongo wie ein offener Abwasserkanal roch, in dessen fauligem schwarzem Wasser Pflanzenreste, menschliche Ausscheidungen und wahrscheinlich Leichen – für die die allzeit hilfsbereite Geheimpolizei unermüdlich sorgte – vor sich hin rotteten.

Die Ingenieure ergriffen die Gelegenheit für einen schnellen taktischen Rückzug, und Noel gesellte sich zu Dr. Nshombo an die Reling. Der hagere kleine Mann mit seinem ausdruckslosen Ebenholzgesicht schnippte mit den Fingern, worauf eine der Bedienungen herbeieilte. Noel ließ sich eine Champagnerflöte geben. Dann schickte Nshombo die Bedienung mit einer Handbewegung weg – er selbst rauchte und trank nicht. Noel hatte die hurende, saufende und spielende Diktatorenvariante der enthaltsamen, selbstgerechten immer vorgezogen. Die Hedonisten waren nämlich leichter zu Fall zu bringen.

»Monsieur Pelletier, haben Sie eine Stelle für Ihre Fabrik gefunden?«, fragte Dr. Nshombo.

»Noch nicht, Sir, aber ich habe einige vielversprechende Orte besichtigt.«

»Sie werden feststellen, dass mein Volk aus tüchtigen Arbeitern besteht. Sie werden ausgezeichnete Autos bauen.«

»Die sie sich mit den Löhnen, die sie dabei verdienen, auch leisten können«, sagte Noel.

Kaum waren ihm die Worte über die Lippen gegangen, bemerkte Noel seinen Fehler, denn Nshombos Gesicht wurde zu einer verschlossenen, harten Maske. »Wollen Sie damit andeuten, dass mein Volk ohne das Zutun eines Weißen keine anständigen Löhne verdienen würde?«

»Nein…«

Nshombo fiel Noel, der sich entschuldigen wollte, ins Wort. »Das wäre vielleicht so gewesen, bevor ich das People's Paradise of Africa gegründet habe. Damals haben korrupte Führer mit Westfuzzis zusammengearbeitet und dem Volk die Früchte seiner Arbeit geraubt. Aber das habe ich geändert. Durch mich fließt der Reichtum eines Kontinents und ergießt sich in die Hände meines Volks.«

»Ja, ja, eben. Und nichts anderes wollte ich damit ausdrücken, habe es aber leider ungeschickt formuliert. Dank ihrer Voraussicht bin ich in der Lage, dieses Peugeotwerk zu gründen. Ihr Volk wird von Ihrer Weisheit und Ihrem harten Einsatz profitieren.«

»Mein lieber Monsieur Pelletier, bitte machen Sie sich nichts aus meinem Bruder.« Alicia Nshombo erfasste ihn wie die Böen eines Hurrikans. Erst der erdrückende Duft ihres Gardenienparfüms, dann der moschusartige Geruch einer kräftig gebauten Frau, die sich in der stickigen Kongohitze anstrengte. Als Nächstes schlang sich das in leuchtend bunten Blumenmustern bedruckte Muumuu-Kleid um seine Brust und Beine, und schließlich legten sich ihre schweren, pummeligen Arme um seine Schultern. »Er meint immer noch, wir würden in den alten Zeiten leben, als man uns nicht mit Respekt behandelte und der Westen in uns nichts als die üblichen schwarzen Unterdrücker gesehen hat. Sie sind einer der ersten weißen Geschäftsleute, der das Potenzial des PPA erkannt hat.«

Noel verneigte sich leicht vor Alicia und deutete einen Handkuss an. »Gewiss bin ich nur der Erste von vielen. Ihre Gastfreundlichkeit und Ihre Bereitschaft, mir bei meiner kleinen Unternehmung behilflich zu sein, sind überwältigend.«

Noel richtete sich wieder auf und war beinahe hypnotisiert von den ausdruckslosen Blicken, mit denen ihn die drei Sicherheitsoffiziere anstarrten, die Alicia begleiteten. Er musste an die Patrouillen denken, die durch die Straßen in Flussnähe fuhren, und an die Scharfschützen auf den Dächern der umliegenden Gebäude, und er kam zu dem Schluss, dass die Streitkräfte des PPA reichlich Arbeitsplätze und Karrieremöglichkeiten zu bieten schienen.

Alicia schloss ihn so fest in die Arme, dass ihm die Luft wegblieb. »Ihr Franzosen, immer so freundlich. Aber nun, bitte, kommen Sie, damit ich Ihnen ein paar unserer berühmten Mitbürger vorstelle.«

Noel folgte ihr und fühlte sich wie ein Holzsplitter, der ins Kielwasser eines Flugzeugträgers geraten war. Während sie über die polierten Eichenplanken gingen, fuhr Alicia fort: »In ein paar Wochen werden lauter schöne Mädchen auf diesen Planken stehen. Ich habe mit der Zeitschrift *Jalouse* vereinbart, dass sie ihre Badeanzug-Fotosession in Kongoville auf unserer Yacht machen. Sie sollten Ihre Rückreise so planen, dass Sie dabei sein können.« Sie zwinkerte ihm zu, schob seinen Arm unter ihrem durch und drückte ihn gegen ihren Leib. »Wobei mir nicht klar ist, weshalb ihr Männer auf diese dünnen Hungerhaken steht … Afrikanische Männer sind klüger. Die mögen Frauen, an denen was dran ist.« Sie grinste ihn anzüglich an.

Noel unterdrückte einen Schauder und deutete erneut einen Kuss auf ihre Fingerspitzen an. Alicia kicherte, ihre Brüste wackelten, und sie tätschelte Noel im Schritt. Er bemühte sich, eine Reaktion herbeizuführen, aber so weit reichten seine Schauspielkünste nicht.

Sie führte ihn eine kurze Treppe auf das kleine obere Deck hinauf. »Von hier oben ist der Sonnenuntergang so schön«, schmachtete sie.

»Leider, leider, Madame, muss ich ins Hotel zurück wegen einer Telefonkonferenz mit einigen unserer amerikanischen Investoren. Die Amis besitzen zwar keinen Geschmack, aber einen Haufen Geld.«

Erneut kicherte Alicia, ein Geräusch, das gar nicht zu einer derart beleibten Frau passte.

»Alicia, du Luder, da bist du ja.« Die Worte hatten einen trällernden, jungenhaften Ton. Noel spürte, wie sich seine Genitalien tiefer in seinen Bauch zurückzogen.

Als er sich umdrehte, sah er Tom Weathers die Stufen heraufflaufen. Er hatte das Gesicht eines alternden Models. Er war gut aussehend, wirkte aber zu jung für all die Falten, als hätte er nicht mitbekommen, dass die Zeit voranschreitet und selbst die goldene Jugend einmal erwachsen werden muss.

Ein paar Schritte hinter ihm kam eine Chinesin herauf, die zwar schon in mittlerem Alter, aber noch sehr attraktiv war. Bei ihrer letzten Begegnung hatte Sun Hei Lians Gesicht von Liliths Säften geglänzt, da Sun sie geleckt hatte, während Tom Weathers sie von hinten gevögelt hatte. *Was ich nicht alles für Krone und König getan habe.* Laut ihres Dossiers in den Akten der Silver Helix war sie eine chinesische Agentin, äußerst gerissen und äußerst tödlich. Heute wirkte sie eigenartig gedrückt, sie hielt den Kopf gesenkt und den Blick auf die polierten Holzplanken gerichtet. Nur hin und wieder sah sie zu Toms Rücken auf, und in ihrem Gesicht stand eine seltsame Mischung aus Furcht, Wut und Trauer.

So, dachte Noel. *Dann ist sie womöglich gar nicht bloß eine Agentin, die sich an einen nützlichen Informanten ranschmeißt. Vielleicht hat sie echte Gefühle für Weathers. Sollte ihm etwas an ihr liegen, dann wäre sie ein schicklicher Ersatz für Sprout. Oder sie ist eine Agentin, die weiß, dass ihr Informant nicht mehr zuverlässig ist, und sich fragt, wie sie ihn liquidieren soll. In beiden Fällen kann sie sich noch als nützlich erweisen.*

Noels Aufmerksamkeit war so sehr auf Sun Hei Lian gerichtet, dass ihm nicht auffiel, dass Alicia die Arme ausbreitete, um Weathers Umarmung zu erwidern. Dabei blieb einer ihrer dicken Armreifen an Noels Sonnenbrille hängen und riss sie ihm vom Kopf. Noel wandte sich ruckartig ab, hielt sich die Hände vors Gesicht und bückte sich, um die Brille wieder aufzuheben.

»Oh, Monsieur Pelletier, das tut mir leid«, gurrte Alicia.

»Hey, Mann, ich helf dir.«

Noel bekam die Brille knapp vor Weathers zu fassen und setzte sie sich hastig wieder auf. *Hat er etwas gesehen? Oh, Niobe, es tut mir so leid.* »Grauer Star«, murmelte er atemlos vor Furcht. »Eigentlich will ich eine Operation vermeiden.«

Argwohn verwandelte sich in Sorge, auch wenn Noel sah, dass die Reaktionen genauso gespielt waren wie seine eigene Rolle. »O Mann. Tut mir leid. Das ist ja scheiße. Bist du dafür nicht ein bisschen zu jung?«

»Das ist eine genetische Veranlagung. Mein Vater ist davon erblindet«, log Noel schlagfertig.

»Wow, das ist ja scheiße«, wiederholte Weathers.

»Monsieur Pelletier, ich möchte Ihnen unseren teuren Tom vorstellen und die entzückende Dame Sun Hei Lian.«

»Sehr erfreut, Sie kennenzulernen.« Sie schüttelten sich die Hände, und Tom mimte den kleinen Jungen, indem er zu fest zudrückte. Noel hielt absichtlich nicht dagegen, sondern zog rasch die Hand zurück und schüttelte sie verstohlen ... allerdings nicht zu verstohlen. Weathers bemerkte es, grinste und tat ihn als Schwächling ab, der es nicht wert war, dass er ihm Aufmerksamkeit schenkte. Noel wandte sich zu Sun um und begrüßte sie mit Monsieurs ausgesuchter Höflichkeit. Sie sprang nicht halb so sehr darauf an wie Alicia.

Noel kam zu dem Schluss, dass es wenig sinnvoll war, mit Tom Weathers und einer chinesischen Agentin, die für ihren klugen Kopf und ihre Tödlichkeit berühmt war, Smalltalk führen zu wollen. »Mein Champagner ist alle«, sagte er. »Ich lasse Sie dann mal unter sich.«

Eilig stieg er die Treppe hinunter, nur um auf halbem Wege innezuhalten. Er trat auf der Stelle und versuchte zu lauschen.

Da schob sich ein Schatten über die Luke. Jemand kam.

Es war zu spät, um die Treppe weiter hinunterzugehen, deshalb stellte Noel rasch sein Glas ab und bückte sich, um seinen Schnürsenkel zu knüpfen. Aus diesem Grund trug er immer Budapester. Einen Schuh neu zu knüpfen war jederzeit ein Vorwand, um stehen zu bleiben.

Sun erschien am oberen Ende der Treppe und starrte auf ihn herab. Noel richtete sich auf, griff nach seinem Glas, nickte ihr lächelnd zu und ging die restlichen Stufen hinab.

Manhattan, New York

Auf dem Weg zurück in die Wohnung schwiegen sie.

An der Fourteenth Street stiegen sie aus der U-Bahn, der nächstgelegenen Haltestelle zu Michelles Wohnung. Der erste Winterschnee fiel in dicken, feuchten Flocken, und die meisten Leute, die aus der U-Bahn kamen, zogen ihre Krägen gegen die Kälte hoch und die Köpfe ein.

»Schnee«, sagte Joey mit Ehrfurcht in der Stimme, was Michelle noch nie bei ihr gehört hatte. Sie streckte die Hand aus und starrte die Flocken an, die darauf landeten. »Cool, ich habe noch nie Schnee gesehen.« Die Verwunderung stand ihr ins Gesicht geschrieben.

Michelle wollte einfach nur schnell ins Trockene und entscheiden, was sie als Nächstes tun sollte. Aber Juliet nahm sie an der Hand, und sie blieb stehen.

Und so standen Michelle, Joey und Juliet auf dem Bürgersteig und ließen den Schnee auf sich herabrieseln, bis sie ganz kalt und klamm waren.

Dienstag, 8. Dezember

Auf dem Lukuga, Kongo
People's Paradise of Africa

Die Zahl der Leichen im Fluss nahm zu. Allein in der letzten halben Stunde waren sie an drei weiteren vorbeigekommen, und eine der treibenden Leichen war die eines Kindes. Wally hatte den aufgedunsenen Körper und das verzerrte Gesicht angestarrt und versucht herauszufinden, ob es Lucien war. Jerusha spürte seine stumme Qual, konnte aber nichts anderes tun, als ihm eine Hand auf die Schulter zu legen. »Das ist er nicht, Wally, das ist er nicht.«

Die Sorge und Furcht in seinem Gesicht waren die reinste Folter für sie. Beim Anblick seiner Pein stiegen ihr Tränen in die Augen. Sie nahm ihn in den Arm und wünschte, sie könnte etwas tun, um ihn zu trösten. Sie hätte ihm so gern versichert, dass am Ende alles gut werden würde.

Aber das glaubte sie selbst nicht. Sie konnte es nicht. Sie brauchten Hilfe, und zwar schnell. Falls von dem Gestammel des verängstigten Kindersoldaten, den sie gefangen hatten, auch nur die Hälfte stimmte, dann musste das Komitee davon erfahren. Sofort.

Jerusha konnte es selbst kaum glauben: ein Gefängnis, in dem man Hunderten Kindern das Wild-Card-Virus gespritzt hatte und in dem bereits Hunderte gestorben waren, um zwei oder drei Asse für das PPA zu produzieren. Bei dem Gedanken wurde ihr übel, und sie wurde wütend. Sie wollte, dass dieser Ort dem Erdboden gleichgemacht, niedergebrannt wurde, wollte Nshombo und Tom Weathers vor Gericht und zum Tode verurteilt sehen für das, was sie hier taten. Und Wally…

Der arme Wally. Sie wusste nicht, was sie ihm sagen sollte. Er starrte flussabwärts, als könne er sie mit seinem Blick näher an Nyunzu und seinen teuren Lucien heranbringen. Sie konnte nur bei ihm sein, ihm die Schultern streicheln und ihm zuflüstern, dass sie Lucien schon noch lebend vorfinden würden. Dass sie…

Ihr Satellitentelefon war nutzlos, und ihr Handy funktionierte nicht – kein Empfang, kein Netz. Zudem war der Akku fast leer. Jerusha seufzte und steckte das Handy in eine der Taschen ihrer Cargohose zurück. Im Sonnenlicht kniff sie die Augen zusammen und erkannte in der nächsten Flussbiegung ein Dorf.

Wally zwängte sich in die winzige Kabine ihres Boots, während sie an dem Dorf vorbeifuhren, und Jerusha vermied es, zu den Leuten hinüberzusehen, die sie beobachteten. Vielmehr richtete sie den Blick nach vorn, als hätte sie keinerlei Zweifel bezüglich ihrer Flussreise.

Sobald sie das Dorf hinter der Biegung außer Sichtweite zurückgelassen hatten, hielt sie Wally die Hand hin, um ihm aus der Kabine herauszuhelfen. »Bring uns hier ans Ufer, Wally«, sagte sie. »Wir müssen wirklich einen Weg finden, Lohengrin zu berichten, was hier vor sich geht. Vielleicht gibt es in dem Dorf eine Festnetzverbindung, die ich benutzen kann.«

Wallys Gesicht versteinerte. »Das ist zu gefährlich.«

Das Rumoren in ihrem Bauch gab ihm recht. »Ich sehe keine andere Möglichkeit. Manche von diesen Leuten mögen die Nshombos vielleicht genauso wenig wie wir. Sie haben Angst, aber vielleicht sind sie einverstanden, dass ich mal ein Telefon benutze.«

»Und was ist, wenn dort ein Kerl vom PPA ist? Einer würde schon reichen.«

Genau das hatte sie auch gedacht, aber sie versuchte, so gleichgültig wie möglich mit den Schultern zu zucken. »Das Risiko müssen wir eingehen. Ich bin mir nicht sicher, ob wir das allein schaffen, Wally. Hier geht es um etwas ganz Furchtbares, etwas Großes – in das Lucien verwickelt zu sein scheint.«

Schnaubend atmete Wally aus. Das Boot tuckerte aufs Ufer zu, und Jerusha stellte den Motor ab. Wally sprang heraus, sodass er knietief im Wasser landete, und zerrte das Boot aus dem Wasser und in den Schutz des Blattwerks.

Jerusha umarmte ihn noch einmal. »Bin gleich wieder zurück«, sagte sie.

»Ich komme mit.«

Sie schüttelte den Kopf. »Vergiss nicht, ich bin Schwarze«, sagte sie mit einem kurzen Lächeln. »Wally, es ist eine Sache, wenn eine Frau in ihrem Dorf auftaucht, die halbwegs wie sie aussieht. Man sieht mir nicht an, dass ich ein Ass oder eine Bedrohung bin. Aber es ist etwas völlig anderes, wenn ich von einem großen Kerl aus Eisen begleitet werde. Dann würden sie sofort wissen, dass wir etwas vorhaben.« Sie fuhr ihm mit der Hand über den Arm. Dabei spürte sie die Rostflecken wie Hautstellen, die trocken und schuppig geworden sind. »Bleib hier. Hey, schrubb dich doch mal mit dem Stahlwollschwamm, den du mitgebracht hast.«

»Das gefällt mir nicht.«

»Mir auch nicht«, gestand sie. »Wie wäre es damit: Wenn du mich schreien hörst, läufst du los und kommst zu mir, okay?«

Er verzog das Gesicht. »Okay.«

Ein weiteres Mal nahm sie ihn in den Arm, bevor sie am Ufer entlang flussaufwärts ging und sich so unauffällig wie möglich durchs Dickicht in Richtung der Siedlung schlug. Sollte ihr an dem Dorf irgendetwas komisch vorkommen, würde sie sofort wieder zu Wally und dem Boot zurückkehren, nahm sie sich vor.

Als sie näher kam und durch die Farnwedel und Blätter spähte, sah sie auf einen Streifen Ackerland zwischen sich und dem Dorf. In der wenig nahrhaften Dschungelerde wuchsen Mais, Soja und andere Getreidesorten. Auf dem Feld arbeitete eine Frau. Mit einem Leinensack, aus dem ein paar Maiskolben heraussahen, ging sie durch die Reihen. Die Frau war nur ein paar Dutzend Schritt von Jerusha entfernt. Jerusha schob den Blättervorhang zur Seite und raunte der Frau auf Französisch zu. »Bonjour.«

Die Frau sah auf, zuckte zusammen und wich ein paar Schritte zurück. »Nein«, rief ihr Jerusha zu und zeigte ihr die leeren Hände. »Ich will Ihnen nichts tun. Ich brauche ein Telefon. Eine Festnetzverbindung. Haben Sie hier eine?«

Die Frau sah über ihre Schulter zurück, und Jerusha folgte ihrem Blick. Beim Dorf, am anderen Ende des Felds, stand ein Mann mit einer umgehängten Automatikwaffe. Allerdings sah er nicht in Jerushas Richtung, sondern auf den Fluss hinaus.

»Nein«, antwortete die Frau auf Französisch und mit starkem Akzent. Sie sprach leise und hastig, ihre Augen waren angstvoll aufgerissen. »Sie müssen gehen. Hier gibt es nichts. Nichts.«

»Ich muss telefonieren«, beharrte Jerusha. »Es ist dringend. Bitte. Wenn irgend möglich …«

»Hier gibt es kein Telefon. Was die Rebellen nicht zerstört haben, ist von den Leopardenmännern zertrümmert worden. Kein Telefon. Kein Strom. Seit Monaten.« Sie wedelte mit der Hand. »Gehen Sie! Sie dürfen nicht hier sein!«

Der Bewaffnete rief zu der Frau hinüber, allerdings nicht auf Französisch – jetzt sah er sie auch. Jerusha zog sich ins Gebüsch zurück, aber es war bereits zu spät. Er kam auf sie zugerannt und richtete die schwarz angelaufene Gewehrmündung auf sie. Als der Mann ihr erneut etwas zurief, was Jerusha nicht verstand, steckte sie die Hand in ihren Samenbeutel am Gürtel. Mit einem Schrei warf sich die Frau auf den Boden.

Etwas Dunkles, Schweres stieß Jerusha von hinten, sodass auch sie zu Boden stürzte. Im selben Moment erklang das tödliche Stakkato des Gewehrs. Sie hörte die Kugeln an sich vorbeiheulen, das Blattwerk durchschlagen und auf Eisen prallen. Wally hatte sich vor sie gestellt.

Gardener schleuderte den Samen, den sie aus dem Gürtel gefischt hatte, als wäre er eine Handgranate. Es war einer der verbliebenen Affenbrotbaumsamen. Er rollte dem Angreifer vor die Füße, und er sah stirnrunzelnd auf das Geschoss herab, während Jerusha ihre Kraft in den Samen lenkte. Dieser schien zu explodieren. Wurzeln schlugen in die Erde, Äste schossen nach oben. Einer verhakte sich in dem Gewehr und riss es dem Mann aus der Hand. Bald war er in einem Käfig aus Ästen gefangen und hing drei Meter über dem Boden.

Wally hob Jerusha auf. Die Frau aus dem Dorf hatte sich zusammengerollt. Wally starrte an dem neuen Affenbrotbaum hinauf zu dem Gefangenen.

»Du solltest doch beim Boot bleiben«, sagte Jerusha zu ihm.

Wally grinste. »'tschuldige.«

Der Mann im Astkäfig schrie und zog damit die Blicke der Leute im Dorf auf sich.

»Wir sollten abhauen, Jerusha«, sagte Wally.

»Ja«, gab sie zurück. »Ich glaube, das sollten wir.«

Wally wandte sich um und stürmte in den Dschungel, bahnte eine Schneise durchs Dickicht, trampelte es mit seinen schweren Eisenfüßen nieder. Jerusha, seinen Rücken mit den orangefarbenen Flecken vor sich, folgte ihm.

Volksbank

Kongoville, Kongo
People's Paradise of Africa

Das Bankgebäude stammte noch aus der Kolonialzeit, weshalb es – anders als die proletarische Pracht (ein Oxymoron, wenn es nach Noel ging) des Volkspalasts der Nshombos, des Kunstpalasts, des Sitzes der Volksverteidigung, des Justizpalasts usw. – Eleganz und Charme verströmte.

Eigentlich hätte ihn heute der Finanzminister herumführen sollen, aber der war in letzter Minute von Alicia ersetzt worden. Sie saßen auf den Rücksitzen eines Mercedes, und Noel sah zu der Frau hinüber. »Was für ein... äh... aus dem Stil fallendes Gebäude«, sagte er, denn er wollte es nicht schön nennen für den Fall, dass Alicia auf proletarische Pracht stand.

Alicia verzog das Gesicht. »Ich finde es schön. Ich wünschte, wir hätten uns das zum Vorbild genommen, aber mein Bruder hat ein Problem mit der Kultur des Westens. Ich dagegen glaube, dass wir alles annehmen sollten, was der Westen zu bieten hat.« Und damit streckte sie die Hand aus und strich mit der Fingerspitze Noels Nacken und Arm entlang.

So wie Liliths sexuelle Ausstrahlung Männer heißmachte, so wirkte Noels männlicher Avatar auf Frauen. Dies war einer der Augenblicke, in denen sich Noel wünschte, er könnte als stinknormaler Engländer mittlerer Größe auftreten.

Er beugte sich zu Alicias Ohr und flüsterte vertrauensvoll: »Auch ich liebe französische Architektur. Aber wir Franzosen lieben vieles.«

Alicia wandte sich ihm zu. Nur wenige Zentimeter trennten

sie. Jede Kontur ihres Körpers und ihre weichen Lippen zeugten von ihrem Verlangen, geküsst zu werden. Noel war klar, dass er ihr den Gefallen tun musste.

Als er sich nach der Knutscherei wieder von ihr löste, dachte er: *Mein Gott, hoffentlich bleibt es dabei.* Noel wusste, dass Alicia eine Vorliebe für Folter hatte … nein, mehr als das, eine regelrechte *Leidenschaft* für Folter. Und außerdem wartete Niobe zu Hause auf ihn. Er wollte das Töten und Vögeln für Krone und Vaterland endlich hinter sich lassen.

Als er merkte, dass das Schweigen etwas zu lange anhielt, sagte er: »Allerdings hoffe ich, dass die Sicherheitssysteme seit 1920 erneuert worden sind. Wenn nichts dagegen spricht, würde ich statt elektronischer Überweisung lieber eine höhere Summe Bargeld einzahlen.«

Alicia machte eine beruhigende Geste mit ihrer dicken, aber ausgesprochen gepflegten Hand. »Machen Sie sich da keine Sorgen. Der Präsident hat die modernsten Sicherheitssysteme einbauen lassen.«

»Dürfte ich andeutungsweise erfahren, um welche es sich handelt?«, fragte Noel.

»Ein paar darf ich Ihnen verraten, aber ein paar Geheimnisse muss ich auch für mich behalten«, sagte Alicia mit einem vieldeutigen Lächeln.

Noel erwiderte das Lächeln. »Danke, das beruhigt mich.«

Der Fahrer hielt im Parkverbot vor der Bank, und sie stiegen aus. Noel warf einen Blick zurück auf die Straße, wo langsam ein schlecht getarntes Wachfahrzeug vorbeirollte. Die drei Männer darin waren solche Hünen, dass es wie ein Collegescherz oder eine Clownnummer im Zirkus wirkte. Doch Monsieur Pelletier würde so etwas nicht bemerken, egal, wie offensichtlich es war, also sagte Noel nichts.

Der Bankdirektor hielt ihnen persönlich die angestoßene und trüb angelaufene Tür aus Messing und Glas auf und lud sie mit einer Verbeugung in das marmorne Foyer herein. Dort wurden Messinglampen von Jugendstilnymphen gehalten, die verzierten Giebeldreiecke zeigten klassisch-griechische Einflüsse, und zwei riesige Kronleuchter erhellten auch noch den letzten Winkel des Foyers. Auf dem Marmor hallten ihre Schritte wider. Mit dem ganzen Messing, Glas und Marmor hätte Noel erwartet, dass es drin etwas kühler wäre, doch auch hier herrschte die feuchte, stickige Hitze des Kongo. Die Europäer hatten zwar ihre Architektur hierhergebracht, pochten auf ihre eigene Küche, trugen Wolle, Korsetts und Krawatten und starben hier, aber den Dschungel konnten sie nicht besiegen. Am Ende würde immer er gewinnen. Er gewann immer.

»Monsieur Pelletier wird ein Peugeot-Werk bauen, das dreitausend Menschen beschäftigen soll«, erklärte Alicia dem Direktor. »Wie Sie wissen, bevorzugt mein geliebter Bruder Bargeldgeschäfte, damit die Westmächte unseren Reichtum nicht stehlen können.«

Der Kopf des Direktors wackelte so heftig auf und ab, dass Noel ihn sofort als Wackelkopf auf einem Armaturenbrett sah.

»Ich würde mir gern den Tresorraum anschauen, nur um mich zu vergewissern«, sagte Noel.

Der Direktor sah Alicia fragend an. Sie nickte und sagte: »Aber natürlich.«

Zwei Männer aus dem Wagen stolzierten ins Bankgebäude und fingen an, Kunden aus dem Weg zu schieben. Das – und die Uzis, die sie umhängen hatten – war so auffällig, dass Noel eine Bemerkung wagen konnte. »Hier scheinen viele… äh… Sicherheitsleute zu sein. Das macht mir Sorgen. Besteht Gefahr?«

»O nein, nein, nein, Monsieur. Innerhalb des Landes gibt es keine Probleme.« Alicia runzelte die Stirn. »Ein Problem stellen lediglich die Konterrevolutionäre dar, die den Vormarsch unserer glorreichen Nation aufhalten wollen. Eines dieser Asse hat es tatsächlich fertiggebracht, ins Land einzudringen und unseren geliebten Tom zu töten. Hat ihn erschossen, als er unsere Soldaten gerade mit Kampfgeist erfüllt hat.«

So hatte es sich nicht zugetragen. Bahir hatte ein MG-Magazin in Tom Weathers' Rücken leergefeuert, als dieser gerade in eine Latrinengrube gepinkelt hatte. Noel machte ein angemessen entsetztes Gesicht. »Aber ich habe ihn gestern doch gesehen. Wie hat er das überlebt?«

»Unsere Schmerzensdame hat ihn wieder zum Leben erweckt, bevor sie von denselben bösartigen Leuten ermordet wurde.«

Ah, das ist des Rätsels Lösung, dachte Noel. *Das habe ich tatsächlich nicht verstanden. Aber da ich zu den »bösartigen Leuten« gehöre, weiß ich, dass ich sie nicht getötet habe, und ich habe auch von keiner anderen Westmacht gehört, die etwas gegen sie unternommen hätte. Interessant.* »Sie müssen schreckliche Angst um Ihren Bruder haben«, sagte Noel.

»Ich mache mir Sorgen, aber die Leopardenmänner sind stets sehr wachsam. Wenn wir schlafen, stehen sie sogar neben unserem Bett Wache. Und wir schlafen jede Nacht in einem anderen Zimmer.«

»Wie vernünftig. Das beruhigt mich.« *Verdammt. Paranoia erschwert mir meinen Job gewaltig.* Und dann, als hätte er Niobes Stimme gehört, korrigierte er sich: *Nein, das ist nicht mehr mein Job.*

Alicia lächelte ihn heimlichtuerisch an. »Und wir verfügen über andere… Mittel. Bald wird das PPA zu den Großmächten gehören.«

Noel schlang einen Arm um Alicias Taille. Dazu brauchte er einen langen Arm. »Oh, Sie machen mich neugierig. Darf ich erfahren, was das für Mittel sind? Vielleicht bekomme ich dann Lust, eine größere Investition zu tätigen.«

Alicia tätschelte ihm verführerisch die Wange. »Aber, aber, wir wollen doch nicht zu naseweis werden. Vielleicht, wenn wir uns etwas… besser kennen.«

Der Direktor führte sie in den Tresorraum. Die dicken Stahltüren wurden zur Seite geschoben, doch noch immer trennten Noel Gitterstäbe vom eigentlichen Tresorraum. Die beiden Wände, die nicht von Schließfächern verdeckt wurden, waren verfärbt. An einigen Stellen erkannte man sogar Schimmel, wo die Feuchtigkeit des Erdreichs durch den Beton gesickert war. Noel prägte sich die in den Boden gefrästen Stahlgleise ein, die Kameras, die einen entmutigend weiten Winkel abdeckten, und die winzigen Düsen in den Wänden unterhalb der Decke. Ein Durchgang führte in einen weiteren Raum, und Noel erkannte die gut ein Meter hoch gestapelten und mit einer Plane abgedeckten Stahlpaletten. Dabei konnte es sich nur um eines handeln: den Staatsschatz des PPA.

Und zwischen dem Schatz und Noel lagen nur sechs Meter und ein Haufen Sicherheitsvorkehrungen. Noel sah zu dem Bankdirektor hinüber. »Sie haben Leute, die die Kameraaufzeichnungen mitverfolgen?«

»Aber natürlich.«

»Möchten Sie den Kontrollraum anschauen, mein lieber Etienne?«, gurrte Alicia.

»Ja, bitte.«

Während sie die Treppe nach oben stiegen, sagte der Direktor: »Und wann dürfen wir mit einer Einzahlung von Monsieur rechnen?«

»Ich werde mehrere Wochen brauchen, um eine solche Summe Bargeld aufzutreiben und den sicheren Transport nach Kongoville zu organisieren.« *Und bis dahin hoffe ich, mit ein paar angeheuerten Helfern wiederzukehren und euch den Keller auszuräumen.*

Gemeindezentrum *Der Auferstandene Erlöser*
Ashland, Oregon

Das Gemeindezentrum *Der Auferstandene Erlöser* sah aus wie ein billiges Community College. Ein sauber gepflegter »Campus« mit wintergelbem Rasen, auf dem der Schnee noch nicht ganz geschmolzen war, gepflasterte Wege und Betonbänke, die auch ein Armageddon überstanden hätten. Sollte die Welt im Feuer enden, so vermutete Bugsy, würde sich trotzdem noch etwas Bequemeres zum Sitzen finden als diese Bänke. Die Schlafsäle lagen dahinter, sie sahen allerdings weniger wie die eines Klosters aus, sondern wie die von Studentenwohnheimen.

Er fragte eine Frau mit angenehmem Gesicht in einem altmodisch geschnittenen blauen Kleid, wo er Kimberly Joy finden würde, und wurde in den hinteren Bereich gewiesen.

Das Besprechungszimmer sah weniger wie ein College und mehr wie eine Vorschule für Erwachsene aus. Weiche Couchen und billige Linoleumtische. Günstige Butterkekse und ein kitschiger Blechsamowar, der neben einem Stapel Plastikbechern und einem Korb mit Kräutertees kauerte. In den niedrigen Bücherregalen fanden sich Zeitschriften mit Bildern eines weißen Jesus mit großen Augen oder eines seiner Jünger und Bücher mit Kreuzen auf dem Buchrücken. Die Frau am Fenster sah zu ihm auf, als er eintrat.

Hätte er nicht den Großteil des Flugs von New York hierher damit zugebracht, seine Aufzeichnungen durchzugehen, hätte er sie nicht erkannt. Das lange blonde Haar war unter einer schulterlangen Nonnenhaube verschwunden. Das provokante Grinsen war zu einem angespannten, nervösen Lächeln geworden, das Falten zum Vorschein brachte. Ihr Mund wirkte gekräuselt, auch wenn er das nicht war. Keine freizügige Hippiemode mehr, und zurückgeblieben war eine beleibte Großmutter in ihrem nicht sonderlich beeindruckenden Sonntagskleid.

Und doch, da er wusste, wer sie war, erkannte er die Form der Augen und den Schwung der Nase. Kimberly Ann Cordayne, oder vielmehr ihr Geist.

»Sie müssen Mr. Tipton sein«, sagte sie.

»Tipton-Clarke«, antwortete Bugsy. »Doch ja, der bin ich. Danke, dass Sie ein so kurzfristiges Treffen möglich gemacht haben.«

»Ich musste erst mit dem Herrn reden«, sagte Kimberly Joy. Und so, wie sie es betonte, sollte es heißen: *Ich musste darüber nachdenken.* Kurz hatte Bugsy das verstörende Bild vor sich, wie Jesus Christus auf der billigen Couch saß und mit ihr über ihre Entscheidung sprach wie ein ebenso billiger Therapeut.

»Nun«, sagte er. »Danke. Ich arbeite für die Vereinten Nationen«, erklärte er, bereute es aber gleich. Ihr Gesicht wurde eisig. »Nicht die mit den schwarzen Hubschraubern und der neuen Weltordnung. Das ist eine ganz andere Abteilung. Das sind richtige Vollpfosten. Ich gehöre zu der Truppe, die hungernde Kinder in Afrika füttert.«

»Sie brauchen nicht herablassend zu werden«, sagte sie.

»Entschuldigen Sie.«

»Mir ist vollkommen klar, wie Sie über mich denken. Sie glauben, ich wäre emotional verkrüppelt und würde mein Leben damit verbringen, von einem Kult zum nächsten zu tingeln.«

»Macht es Ihnen etwas aus, wenn ich mir einen Tee einschenke?«

Sie nickte in Richtung des Samowars und der Tassen. Mit Erstaunen stellte er fest, dass seine Hände zitterten. Er hatte schon in Kriegen gekämpft. Von einer durchgeknallten Christin bloßgestellt zu werden, hätte ihn eigentlich kaltlassen sollen.

»Darf ich Sie etwas fragen, Mr. Tipton-Clarke?«

»Klar.«

»Haben Sie Jesus Christus als Ihren persönlichen Herrn und Erlöser angenommen?«

»Ah. Nun, nicht direkt, nein. Ich kam mit dem Kerl noch nie so richtig ins Quatschen, wenn Sie verstehen, was ich meine.«

»Dann sind Sie zu Höllenfeuer und Verdammnis verurteilt«, sagte sie, als wäre sie die Sachverständige einer Versicherung und würde ihn auf das Kleingedruckte in der Police aufmerksam machen.

»Wenn möglich, würde ich dieses Thema gern für einen Moment aufschieben«, sagte er. »Ich würde Ihnen gern ein paar Fragen zu Radical stellen.«

»Wer?«

»Radical. Inzwischen nennt er sich Tom Weathers. Sie haben ihn neunundsechzig gekannt. Er war bei den People's-Park-Unruhen dabei. Meinen Informationen zufolge hatten er und Sie …«

Es war, als hätte sich eine Glückshaube über ihre Augen gelegt. Ein grauer Film, der eigentlich gar nicht da war. »Ich erinnere mich«, sagte sie. »Ich erinnere mich an ihn. Seinen Namen habe ich nie gekannt. Ich war in meinem Leben oft verloren. Ja, ich weiß, wen Sie meinen.«

»Die Sache ist die, dass aus ihm eine Art … nun … verrückter, mörderischer Fanatiker geworden ist, an dessen Händen das Blut von Hunderten, wenn nicht Tausenden von Menschen klebt.«

Einen Moment schloss sie die Augen und seufzte. Als sie sie wieder aufmachte, war noch weniger Freude in ihnen als davor. »Es tut mir leid, das zu hören, aber ich kann nicht behaupten, dass es mich überrascht. Wir alle waren vom Satan verhext. Ich bedaure, dass er zum Werk des Teufels berufen wurde.«

»Das bedauern viele Leute. Im Ernst. Ich würde gern wissen, ob Sie mir mehr über Ihr Verhältnis zu ihm erzählen können und woher er Mark Meadows kannte.«

»Mark?« Sie lachte. »Oh, der arme Mark. Mark kannte Radical nicht. Ich auch nicht. Ich hatte kein Verhältnis zu ihm.«

»Aber …«

»Ich habe eine Nacht mit ihm verbracht und ihn seither nicht mehr gesehen. Ich weiß, dass Sie das kaum glauben können, aber als ich jung war, hatte ich mit vielen, vielen Männern sündigen Umgang.«

»Oh, das glaube ich«, sagte Bugsy. »Ich habe Bilder gesehen.«

Über Kimberlys Gesicht flackerte ein Schwall von Gefühlen – Erstaunen, Verlegenheit, Genuss –, und sie sah zum Fenster hinaus. Er nippte an seinem zu heißen Tee.

»Was ist mit Mark?«

»Mark … daran war ich schuld. Das habe ich akzeptiert. Er war einer der vielen, die ich vom Pfad der Rechtschaffenheit weggeführt habe. Wir gingen zusammen auf die Highschool. Er war brillant, das wusste jeder. Aus ihm würde mal ein neuer Einstein werden. Er war fasziniert von Chemie und Physik … von allen Naturwissenschaften. In New York habe ich ihn wiedergetroffen, und er hatte sich nicht verändert. Er war so … anständig.«

Mit dem letzten Wort schien die Maske von Kimberly Joy Christopher zu verrutschen, und dahinter sah Kimberly Ann Cordayne hervor. Bugsy saß ihr gegenüber, nach vorn gebeugt, damit er nicht unrettbar in der Couch versank.

»Er wollte unbedingt zur Szene gehören«, sagte sie. »Er wollte frei und ungehemmt von den alten Moralvorstellungen leben, mit denen wir erzogen worden waren. Er wollte politisch werden. Und das war er einfach nicht. Er wollte …«

Sie zögerte und hielt den Kopf schief, als würde sie jemandem lauschen. Jesus vielleicht. »Das ist ungerecht«, sagte sie. »Das stimmt nicht. Er wollte nichts von alledem. Nicht wirklich. Aber alle Männer, mit denen ich damals schlief, wollten das. Nicht nur Radical. Auch Jim und Teddy und Gabriel und … Ich könnte sie nicht mehr auflisten, Mr. Tipton. Aber sie waren alle gleich. Jung, voller Energie, politisch, von sich selbst überzeugt. Mark wollte auch so sein.«

»Weil er mit Ihnen schlafen wollte?«, fragte Bugsy.

»Er war ein lieber Junge«, sagte sie.

Ach, Mark, du armer kleiner Streberjunge, dachte Bugsy. *Eigentlich wolltest du sie vögeln, aber am Ende warst du bloß ihre beste Freundin.* »Was ist mit Sprout?«, fragte er.

»Ich kehrte zu Mark zurück«, erzählte sie. »Das war später. Ich war dem Pfad gefolgt, den ich gewählt hatte. Er führte mich … in die Finsternis. Damals war ich richtig, richtig verloren. Ich suchte nach dem Licht Christi, und ich kannte nichts, was dem so nahe kam wie Mark. Er hatte ein gutes Herz. Und als ich einen sicheren Hafen brauchte, landete ich bei ihm.«

»Sie haben geheiratet«, sagte Bugsy. »Wurden schwanger. Brachten Sprout zur Welt.«

»Ich bin eine Sünderin«, sagte sie. »Ich habe es meinem Herrn bekannt, und er hat mir vergeben. Er hat mich von meinen Sünden reingewaschen.« Als sie das sagte, klang sie verärgert. Als wollte sie Bugsy von etwas überzeugen. Oder vielleicht auch sich selbst. Kimberly Joy zog die Schultern hoch und reckte trotzig, womöglich auch stolz das hängende Kinn.

»Okay«, sagte Bugsy. »Gut. Ich meine, gut für Sie, das mit dem Sündewaschen und so. Aber … Sprout?«

»Ich habe es verabscheut, mit einem zurückgebliebenen Kind gestraft worden zu sein«, erklärte sie. »Schon allein den Gedanken fand ich abstoßend. Sehen Sie, wie tief ich gefallen war? Gott hatte mir eine Tochter voll der reinsten Liebe gesandt, und ich habe sie in meinem Herzen zurückgewiesen.«

»Als es an den Streit um das Sorgerecht ging, haben Sie wie eine Berserkerin für sie gekämpft«, sagte er.

»Ich war wütend«, sagte sie. »Ich war schwach, und ich hasste Mark, weil er es schaffte, sie zu lieben, und ich nicht. Deshalb habe ich mir eingebildet, dass ich sie lieben würde, dass ich sie brauchen würde, und ich habe alles getan, um sie ihm wegzunehmen. Und das habe ich dann wohl auch hingekriegt. Geheult habe ich, als sie sie in die Obhut des Staats gegeben und mich im selben Zug eingewiesen haben. Und Mark. Sie haben Mark als nicht geeignetes Elternteil eingestuft, weil er in die Drogenszene verwickelt war. Ihm haben sie sie auch weggenommen. Das war alles mein Werk, Mr. Tipton. Die Drogen, meine Tochter, Marks sogenannte Freunde…«

»Was hat es mit Sprout und Radical auf sich? Wieso hat er so einen Narren an ihr gefressen?«

In der Stille tickte die kleine Heizung an der Wand. Der Samowar entließ ein leises Zischen. Verwirrt und verzweifelt sah Kimberly Joy Christopher ihm in die Augen, und ihm war klar, dass er auf etwas tief in ihrem Inneren gestoßen war. Als sie weitersprach, war ihre Stimme heiser.

»Wovon zum Teufel reden Sie?«, fragte sie.

Mittwoch, 9. Dezember

Das Labor in Nyunzu, Kongo
People's Paradise of Africa

Der Kindersoldat hatte ihnen gesagt, nach was sie Ausschau halten sollten. Das Labor in Nyunzu, hatte er erklärt, würde sich östlich des Orts befinden, weshalb sie es als Erstes erreichen würden.

Wally schaltete den Motor aus, als sie die felsige Insel erblickten, die ihnen der Junge beschrieben hatte. Sie ließen das Boot mit der Strömung flussabwärts treiben und hielten sich nah am südlichen Ufer, bis sie es dort schließlich festmachten, ein gutes Stück, bevor sie in Sichtweite des Geländes kamen. So leise wie möglich schlugen sie sich in den Dschungel. Wally ging voraus und bahnte mit seinen kräftigen Armen den Weg.

Unter anderen Umständen hätte es eine idyllische Wanderung werden können. Affen kletterten über ihnen, kreischten und zerstreuten sich. Leuchtende Papageien und Aras huschten von Ast zu Ast. Man hörte allerlei Tierrufe: Grunzen, Johlen und Gurgeln, und Jerusha konnte sie nicht identifizieren. Kreaturen, die sie nicht zu Gesicht bekamen, ergriffen vor ihnen die Flucht und brachen durchs Unterholz. Auf dem Boden zu ihren Füßen wuchsen seltsame Pflanzen und Blumen. Hätte sie

Zeit gehabt, ihnen Aufmerksamkeit zu schenken, wäre es faszinierend gewesen.

Aber … es roch, ein furchtbarer Gestank waberte durch den Dschungel, und er wurde schlimmer, je näher sie dem Lager kamen.

Plötzlich ging Wally in die Hocke und gab Jerusha ein Zeichen. Kauernd tastete sie sich vor. Der Geruch war beinahe überwältigend. Durch den Vorhang aus großen, wie ein Ruderblatt geformten Blättern erkannte sie, dass das Gelände vor ihnen bis zum Fluss gerodet worden war. Keine drei Meter links von ihnen stand ein Bagger mit lehmverkrusteten Schaufeln und Reifen. Auf dem Gelände hatte man Gebäude errichtet, doch die meisten davon waren lediglich Unterstände.

Und dort, im feuchten Schatten …

Sie waren in kleine, in zwei Reihen übereinandergestapelte Käfige gepfercht: Kinder, keins von ihnen älter als zehn oder elf. Sie waren ausgemergelt und von Fliegenmaden befallen. Dürre Finger umklammerten den Draht, der ihre hölzernen Zellen zusammenhielt. Bewacht wurden sie von Kindern, die kaum älter waren als sie selbst, und von ein paar Erwachsenen in Militäruniformen.

Doch noch entsetzlicher war das, was sie in ihrer unmittelbaren Nähe sahen: Neben dem Bagger war der Boden umgegraben, und über den Schollen schwirrten schwarze, aufgedunsene Fliegen. Im Erdreich wanden sich weiße Maden. Geier mit weißen Köpfen drängten sich darauf. Hier und da ragte etwas aus dem Boden heraus, wie um das Leben zu verspotten: ein Arm, ein Bein, eine Hand mit gespreizten Fingern, an denen die Geier mit ihren gekrümmten Schnäbeln pickten. Es war ein schlecht abgedecktes Massengrab und der Ursprung des Gestanks. Jerusha spürte, wie sich ihr der Magen umdrehte, und sie musste Galle hinunterschlucken.

O Gott, das ist schlimmer, als wir es uns vorgestellt haben …

Im selben Moment öffnete sich die Tür eines Gebäudes mit

rostigem Blechdach. Zwei Leopardenmänner kamen heraus. Dann ein Mann in einem weißen Arztkittel und ein Junge, der vielleicht zwölf war und ihn begleitete.

Der Junge wirkte verängstigt und unsicher. Jerusha spürte, dass Wally zusammenzuckte, als er die Leute sah. Einer der Leopardenmänner war der Werleopard, dem sie auf dem Fluss begegnet waren. Im Gesicht und auf den Armen hatte er vernarbte Schnittwunden. Der Arzt hielt ein Tablett mit einigen Spritzen darauf. Damit ging er auf den nächstgelegenen Unterstand voller Kinderkäfige zu.

»Lass es ihn machen«, hörte Jerusha einen der Leopardenmänner auf Französisch zu dem Doktor sagen und dabei auf den Jungen zeigen. »Mach schon«, sagte er dann zu dem Jungen. »Beweise deine Treue. Beweise, dass du ein Mann bist.«

Der Junge musste sichtlich schlucken, als er eine der Spritzen vom Tablett nahm. Damit ging er auf einen Käfig zu. Einer der Soldaten machte das Schloss auf, zog an der klapprigen Tür und griff nach dem Mädchen in dem Käfig, das sich ganz an die gegenüberliegende Wand drückte. Doch der Soldat bekam den Arm des Mädchens zu fassen und zerrte es halb aus dem Käfig heraus. »Allez-y«, sagte der Leopardenmann. »Tu es.«

Der Junge rammte die Spritze in den Arm des Mädchens, das aufschrie, als er den Kolben drückte und die Nadel wieder herausriss. Dann stieß der Soldat das Mädchen wieder in den Käfig zurück und schlug die Tür zu. Und Wally …

Wally brüllte, reine, unartikulierte Wut, und stürmte auf die Leopardenmänner zu. Kreischend flatterten die Geier auf. Jerusha blieb keine Zeit, um ihn zurückzuhalten. Innerhalb von Sekunden befand sich Wally inmitten eines Feuergefechts, und sie konnte nur noch darauf reagieren.

Aus allen Richtungen knatterten Automatikgewehre. Sie hörte Kugeln pfeifen und zu beiden Seiten von ihr das Blattwerk zerfetzen. Um sie herum fiel grüner Regen nieder.

Jemand schrie – nicht Wally –, und sie hörte das unheimliche, tiefe Knurren eines Leoparden. Noch einmal holte Jerusha Luft, bevor sie durch den Blättervorhang brach und auf die Lichtung trat, wo sie versuchte, sich einen Überblick über das Chaos zu verschaffen.

Alle schienen sich auf Wally zu konzentrieren, der sich den Leopardenmännern näherte. Der Doktor rannte mit flatterndem Kittel auf das Laborgebäude zu, und der Junge, der ihn begleitet hatte, entfernte sich ebenfalls, allerdings in Richtung Fluss. Einer der Leopardenmänner war mit gebrochenem Arm zu Boden gegangen, und seine Waffe hatte sich in Rost aufgelöst. Der andere hatte seine Leopardengestalt angenommen, knurrte Wally an und machte sich zum Sprung bereit. Die Wachen schossen auf Wally, doch die Kugeln prallten scheppernd und heulend von ihm ab und hinterließen auf dem schwarzen Eisen glänzende Dellen.

Jerusha hastete über das aufgewühlte Erdreich der Massengräber und wurde von den Geiern finster beäugt. Sie wagte es nicht, nach unten zu sehen, und hoffte, dass man sie nicht entdecken würde. Panisch steckte sie die Hand in den Samenbeutel, und es war ihr egal, welche Samen sie zu fassen bekam. Mit Wucht schleuderte sie die Samen auf die Soldaten. Um die Männer herum schoss Grünzeug empor. Darunter waren auch ein paar Ranken, denen Jerusha befahl, sich um die Wachen zu wickeln und ihnen die Waffen aus den Händen zu reißen. Die Bäume ließ sie so wachsen, dass sie zwischen den Wachen und Wally aufragten. Dieser kämpfte inzwischen Mann gegen Mann mit dem Werleopard. Sie schloss halb die Augen, weil sie mit den Pflanzen eins sein und so viele wie möglich von ihnen lenken wollte. Und sie wollte sie so genau wie möglich lenken. Da vernahm sie das gurgelnde Fauchen eines Leoparden.

Von hinten. *Hinten.*

Jerusha drehte sich um, und im selben Moment hetzte der

Leopard auf sie los, stieß sich mit seinen kräftigen Hinterläufen vom Boden ab und streckte die Klauen aus, um sie zu zerfetzen. Sie schleuderte ihm den Samen in ihrer Hand entgegen. Dabei gelang ihr ein Wurf, der Curveball Ehre gemacht hätte: Sie traf in das aufgerissene Maul der Raubkatze. Mit ihrem Geist, mit der Kraft, die ihr die Wild Card verliehen hatte, riss sie an dem Samen, zerrte das Wachstum schneller daraus hervor, als sie es jemals getan hatte. Mitten im Sprung spross dem Leoparden Laub aus Hals und Maul, und es wuchs weiter, als das Tier auf ihr landete, als sie zu Boden stürzte und der Leopardenmann an ihr vorbeirollte. Wurzeln fassten nach dem Erdreich und krallten sich fest. Der Leopard jaulte, schrie fürchterlich, und plötzlich war die Katze wieder ein Mann, wand sich und riss an den Zweigen, die immer länger und dicker wurden, seinen Hals aufbrachen und ihm schließlich den Kopf vom Rumpf trennten. Blut schoss aus der Arterie hervor, während der Baum in die Höhe trieb.

Ein Mangobaum, bemerkte Jerusha zu spät.

Zwei der Gebäude standen in Flammen. Jerusha wusste nicht, warum. Vielleicht hatten fehlgegangene Kugeln oder Querschläger die Öl- und Benzinkanister in Brand gesetzt, die überall auf dem Gelände herumstanden. Einige Meter weiter warf Wally den anderen Werleoparden zu Boden und trampelte auf ihm herum. Trotz der Gewehrschüsse war das Knacken seiner Wirbelsäule zu hören.

Der nächste Kindersoldat warf seine Waffe weg und rannte schreiend davon, und plötzlich flohen sie alle. Seltsamerweise sah sie Blut an Wallys linkem Bein hinunterlaufen, ein langes Rinnsal, und er hinkte, als er einen Schritt nach vorn machte und herumwirbelte.

Wally rief: »Lucien! Wo bist du?«

Jerusha hörte das unheimliche Knistern des Feuers und die kläglichen, angsterfüllten Rufe der Kinder in den Käfigen. Wally war schon zu ihnen unterwegs, packte die Drähte und verwandelte sie in rotes Pulver. Während er Kinder aus den Käfigen zerrte, rief er weiter nach Lucien.

Jerusha schauderte. Beinahe auf Augenhöhe starrte sie der Kopf des Werleoparden an, eingeklemmt in einer Astgabel des Mangobaums. Um ihn herum reiften Mangos heran, und Jerusha zitterte.

Sie eilte Wally zu Hilfe.

Michelle Ponds Wohnung
Manhattan, New York

»Du musst diese Rechnungen bezahlen«, sagte Juliet in vorwurfsvollem Ton, während sie durch den Stapel Post wühlte, der Michelles Küchentisch bedeckte.

»Weißt du, ich habe angefangen, sie alle durchzugehen, aber ich konnte mich einfach nicht konzentrieren«, sagte Michelle. »Ich meine, im Moment kümmert mich das auch nicht wirklich. Schließlich liegen die nicht unter einem Berg Leichen, verstehst du?«

Sie spürte, dass Juliet sie auf den Scheitel küsste. »Trotzdem müssen sie bezahlt werden«, sagte sie sanft.

»Wenn ich Adesina gefunden habe.« Michelle sah zu Juliet hinüber und bemerkte ihren nachdenklichen Ausdruck. *Jetzt bin ich schon wieder die schlechte Freundin.* Dabei war sie gerade mal eine Woche aus dem Koma erwacht. Wenn das mal kein neuer Geschwindigkeitsrekord war.

»Schätzchen«, sagte sie und berührte Juliets Gesicht. »Du hast mehr für mich getan als sonst jemand in meinem ganzen Leben. Es tut mir leid, dass ich es nicht geschafft habe, den ganzen Erwachsenenkram zu erledigen, dass ich dich nicht zu meiner Vermögensbevollmächtigten gemacht habe, kein Testament aufgesetzt habe und uns, na ja … egal.«

Sie zog Juliets Gesicht heran und verharrte eine Weile, während sich ihre Lippen berührten und ihre Zungen miteinander tanzten. Als ihnen beiden schwindelig war und sie Luft holen mussten, fuhr sie fort: »Aber vor allem muss ich zu Adesina.

Und es gibt einen Weg. Zwar muss ich Noel dafür um einen Gefallen bitten, und das ist ätzend, aber in der Not frisst der Teufel Fliegen.«

»Was zum Donnerwetter ist hier los?«, fragte Joey, als sie die Küche betrat. Ihre Haare waren vom Schlaf zerzaust, und auf der Wange hatte sie einen Kissenabdruck. Sie ließ sich in Michelles protzigen Sessel fallen. »Gibt wohl keinen Kaffee, was? Scheiße.«

»Kaffee und Frühstück stehen auf dem Herd«, erklärte Michelle. »Iss schnell, denn in ein paar Minuten rufe ich Niobe an, um zu fragen, ob ich bei ihr vorbeischauen kann.« Es war fast neun. Um neun konnte sie anrufen. Neun war eine total angemessene Zeit, um jemanden anzurufen.

In der Nacht davor hatte Michelle wieder einen Traum gehabt. Er war ein wenig anders gewesen. Diesmal war Adesina nicht in der Grube, sondern in einem kleinen Zimmer gewesen. Es war in einem kalten bläulichen Weiß gestrichen, und an den Wänden hingen Bilder von Figuren aus Märchenbüchern. Die meisten erkannte Michelle nicht, und diejenigen, die sie kannte, wirkten fehl am Platz. Jemand hatte versucht, dieses Zimmer weniger nüchtern und furchteinflößend erscheinen zu lassen, hatte damit letztlich aber nur umso deutlicher gemacht, dass ein Kind in diesem Zimmer keinen Spaß haben würde.

Als sich Michelle umsehen wollte, war sie aus Adesinas Erinnerungen herausgerutscht und in einem ihrer eigenen Träume gelandet.

Es war ein alter Traum. Sie war allein im Haus, aber es war nicht das Haus ihrer Eltern, sondern das seltsame, sich fremdartig anfühlende Haus, das in diesem Traum immer auftauchte. Sie ist in dem Haus und hat sich verirrt. Dann entdeckt sie den Hasen. Sie beginnt, ihm zu folgen, aber er rennt weg. Schließlich gelangt sie am Ende des Gangs an eine Tür. Der Hase muss da drin sein. Aber wenn sie die Tür aufmacht, ist der Raum dahinter blutverschmiert.

Neun Uhr.

Michelle klappte das Handy auf. »Seid leise, ich telefoniere.« Ein paar Minuten später legte sie auf. »Niobe sagt, dass wir gleich rüberkommen können.«

»Und was müssen wir in den Kongo mitnehmen?«, fragte Juliet.

»Nun, du brauchst gar nichts mitnehmen«, erwiderte Michelle. »Du kommst nicht mit.«

»Du gehst nicht allein ins PPA!«

»Mach ich auch nicht«, gab Michelle zurück. »Joey begleitet mich.«

Damit hatte sie Joeys Aufmerksamkeit. »Scheiße, was?«

»Ich brauche eine, die gut im Kampf ist«, sagte Michelle. »Eine, die sich notfalls gut einfügen kann.«

»Sie kommt aus *New Orleans*, nicht aus Afrika.« Juliet schrie regelrecht. »Hast du den Verstand verloren? Und was wirst du ihnen über sie erzählen? Dass sie deine Dschungelprinzessin ist?«

»He!«, protestierte Joey.

»Sie begleitet mich als meine Assistentin«, sagte Michelle.

»Sie kann nicht deine Assistentin sein. Sie hat nämlich keine Ahnung von … von *nichts*! Arghhh!«

Michelle war hin- und hergerissen zwischen Wut und schlechtem Gewissen. Eigentlich wollte sie auf der Stelle zu Niobe, aber sie wollte auch, dass Juliet verstand, weshalb sie nicht in den Kongo mitkommen konnte.

»Sieh, Juliet, ich liebe dich.« Sie zog einen Stuhl heran und nahm Juliets Hand. »Deshalb nehme ich dich nicht mit in eine Bananenrepublik, in der weiß Gott was für eine haarsträubende Scheiße abgeht. Du bist zwar ein Ass, aber, Schätzchen, deine Fähigkeit ist ziemlich luschig.«

Juliet sank im Sitzen in sich zusammen. Ihr Gesicht zerknitterte, und Michelle wurde übel, als Juliet zu weinen anfing.

»Du bist so dumm tapfer.« Michelle küsste Ink die Hand.

»Mein Gott, du hast es mit meinen Eltern aufgenommen. Allein dafür solltest du einen Orden bekommen. Aber ich will dich nicht unnötig in Gefahr bringen.«

Juliet weinte wortlos.

»Verdammt, Ink«, sagte Joey. »Hier geht's um Scheißafrika, Mann. Löwen und Tiger und so Scheiß, Typen mit Knarren, und zum Dank kriegst du von Weathers den Hintern versohlt. Willst du die etwa mit deinen Tattoos in die Flucht schlagen? Geschissen, Mann.«

»I... i... ihr zwei Dumpfbacken seid völlige Versagerinnen, wenn es um Menschen geht!«, stotterte Juliet.

»Stimmt, da kacken wir voll ab.«

»Assistentin? Die kann doch niemandem was vormachen!« Juliet riss ihre Hand von Michelle los und zerrte eine Handvoll Taschentücher aus dem Spender. »Die vermasselt es, sobald sie das Maul aufmacht. Schau sie dir doch an. Total verlottert.«

»Deshalb müssen wir sie herrichten, bevor wir Noel dazu überreden, dass er uns hinbringt.«

»Mich herrichten?« Joey war empört. »Was soll denn die Scheiße?«

»Nichts Aufwendiges. Bloß deine Frisur und ...«

»Hölle, nein! Mir gefällt meine Frisur, wie sie ist.«

»Was ist im Koma bloß mit dir passiert?«, fragte Juliet zwischen Schluchzern. »Wann bist du nur so herrisch geworden?«

Michelle starrte sie an. Die Frage verblüffte sie. »Ich mache das, was ich immer gemacht habe. Ich kümmere mich um alles.«

Nyunzu, Kongo
People's Paradise of Africa

»Lucien!«, Wally formte mit den Händen einen Trichter vor dem Mund. Seine Stimme hallte durch das qualmende Lager. In der Ferne verlor sich das Heulen überlasteter Bootsmotoren, darunter auch ihr eigenes Boot. »Lucien!«

Wally holte Luft, pumpte sich voll wie den Blasebalg einer Orgel. »LUCIEN! Komm schon raus, Junge! Ich bin es, Wally!«

Die Ecke eines Blechdachs krachte scheppernd zu Boden, als eine Wand aus Lehmziegeln einstürzte. Jerushas Pflanzen hatten die Mauer beschädigt, und Wallys Geschrei gab ihr den Rest.

Er hastete durch die Ruinen, dabei schossen ihm Schmerzen ins Bein, und er humpelte. Eine Kugel hatte ihn an einem großen Rostfleck gestreift... was das zu bedeuten hatte, darüber würde er nachdenken, wenn er Lucien gefunden hätte.

Rauch stach ihm in die Nase, brannte ihm in der Kehle, als müsse er ersticken. »Du bist...« Sein Husten klang wie das Rollen eines Steins in der Trommel einer Waschmaschine. Nur mühsam brachte er Worte heraus. »Du bist jetzt in Sicherheit.«

Tränen traten ihm in die Augen. Lag das am Qualm?

Warum war Lucien noch nicht herausgekommen? Der Kampf musste ihn erschreckt haben. Offenbar konnte er sich inzwischen gut verstecken, der Kleine. Wally hatte nicht die geringste Spur von ihm entdeckt. Weder in den Baracken. Noch im Labor. Auch nicht in den Käfigen, Gott sei Dank.

Und dort drüben, am Waldrand... Nein. Dort wollte Wally

nicht nachsehen. Dort war Lucien nicht. Das konnte nicht sein.

»Lucien!«

»Wally.«

»LUCIEN!«

»Wally!« Jerusha nahm seine Hand. »Lass mich dir helfen.«

Wally war so mit seiner Suche und seinen Sorgen beschäftigt, dass er erst gar nicht merkte, dass sie sich an der Hand hielten. Doch als es ihm auffiel, machte sein Magen einen Purzelbaum.

Sie zerrte ihn zu einem Knäuel Kinder, die dicht aneinandergedrängt im Schatten des zerstörten Labors kauerten. Sie zuckten zusammen und umklammerten sich gegenseitig noch fester, als die beiden näher kamen. Ihre Gesichter waren tränenverschmiert, und ihre Nasen trieften.

Jerusha kniete sich vor ihnen hin. Sanft sagte sie etwas auf Französisch zu ihnen. Dabei zeigte sie auf sich und Wally, und Wally schnappte den Namen Lucien auf.

Die Kinder sagten nichts. Mit großen Augen starrten sie Jerusha und Wally an. Ein kleiner Junge schüttelte ganz leicht den Kopf. Er sagte etwas zu seinen Gefährten, aber es klang nicht wie Französisch.

»Was hat er gesagt?«

»Bin mir nicht sicher«, gab Jerusha zurück. »Aber ich glaube, er übersetzt es für mich in die Sprache der Baluba.«

»Augenblick«, sagte Wally und drückte noch einmal Jerushas Hand, bevor er sie losließ. Die befreiten Kinder und das Lagerpersonal duckten sich, als Wally über die Rodung humpelte. Das Lagerpersonal sah dabei noch furchtsamer aus als die befreiten Kinder, und womöglich mit gutem Grund.

Ohne auf die Schmerzen in seinem Bein zu achten, eilte Wally zu der Stelle, wo er und Jerusha ihr Gepäck versteckt hatten. Er kramte das Foto von Lucien hervor und brachte es Jerusha.

Die sprach mit dem kleinen Jungen, der für sie übersetzte.

Er hatte große, mandelförmige Augen und mochte wohl neun oder zehn Jahre alt sein. Anscheinend hieß er Cesar, sagte sie.

Wally zeigte auf das Foto. »Lucien?«

Cesar schüttelte den Kopf, und die anderen taten es ihm gleich.

Jerusha nahm Wally an der einen und Cesar an der anderen Hand und führte sie zu einer anderen Gruppe von Kindern. Wally hielt das Foto hoch, während Jerusha Französisch sprach und Cesar für sie auf Tschiluba übersetzte. Nichts. Nur ratlose Blicke.

Sie fragten jeden. Ein paar der Mitarbeiter zitterten oder plapperten wie Wasserfälle auf Französisch los, als Jerusha sie ansprach. Dann übersetzte sie ihre Bitten um Verständnis und Gnade und ihr Flehen, dass Wally und Jerusha ihnen nichts tun sollten. Offenbar hatte man sie gegen ihren Willen dazu gezwungen, diese schrecklichen Dinge zu tun, behaupteten sie. Auch Jerushas Augen füllten sich mit Tränen.

Mit jeder Befragung wurde Wally unruhiger, und Jerusha hielt seine schweißnasse Hand. Jeder verständnislose Blick bedeutete eine Chance weniger, Lucien zu finden. Mit jedem Kopfschütteln wurde ein weiterer Weg zu Lucien verstellt.

Etwas zerrte an seinem Hosenbein. Er sah nach unten. Ein kleines Mädchen, nicht viel älter als acht oder neun, sah zu Wally auf. Aus Hals, Armen und Beinen wuchsen ihr Dutzende zitternde Finger mit knorrigen gelben Nägeln. Sie gehörte zu den vielen Jokern, die Wally aus den Käfigen befreit hatte. »Lucien?«, fragte sie leise.

»Ja! Lucien!« Er hielt ihr das Foto hin. »Lucien?«

Das kleine Mädchen sagte etwas auf Französisch. Jerusha kniete sich neben sie. Sie unterhielten sich kurz, was damit endete, dass das Mädchen weinte und Jerusha erbleichte.

»Was? Was hat sie gesagt?«

Jerusha stand auf und schlang schniefend die Arme um Wally. »Oh Wally … Sie erzählt, dass sie zu einer Gruppe von

288

Kindern gehört hat, die vor zwei Tagen Injektionen bekommen haben. Sie ist die einzige Überlebende.« Ihre Stimme versagte. Sie drückte Wally noch fester. »Ich glaube, Lucien gehörte zu der Gruppe.«

»Nein. Nein, bestimmt nicht. Das ist nicht wahr. Sie irrt sich.«

»Sie hat ihn gekannt, Wally. Sie kommt auch aus Kalemie.«

»Nein, Lucien lebt, und ich werde ihn finden.«

»Lucien«, sagte das Mädchen und streckte den Arm aus. All ihre zusätzlichen Finger zeigten in eine Richtung, wie Weizenhalme, die sich im Wind beugten. Sie wiesen zum Rand der Rodung, zu dem Ort, an dem Wally nicht nachsehen wollte.

Wo der Bagger neben einem Berg frisch aufgeworfener Erde stand. Wo der Dschungel nach Tod stank. Wo Geier im Boden herumpickten.

»Nein!« Wally humpelte zu dem Erdhügel. »Nein, nein, nein. Bitte nicht.« Er packte die Schaufel des Baggers und riss sie los, sodass das Metall kreischte. Keifend beschwerten sich die Geier und peitschten Wally mit ihren Flügelschlägen Wind ins Gesicht, als sie davonflatterten.

Wally nahm die Schaufel in beide Hände und grub eine lange, schmale Furche in den Hügel. Die Erde schleuderte er beiseite. Das wiederholte er immer und immer wieder, und mit jedem Mal drang er tiefer, und mit jeder Schaufel bewies er erneut, dass Lucien nicht hier war, sondern am Leben und in Sicherheit. Irgendwo.

Bis er auf etwas Weiches stieß. Einen kleinen mit Kalk überzogenen Fuß, dessen aufgerollte Zehen aus dem Lehm herausragten.

»Nein!« Wally schleuderte die Baggerschaufel von sich. Pfeifend segelte sie über den Dschungel und verschwand. Ein paar Sekunden später hallte aus der Ferne ein Scheppern herüber, gefolgt vom Kreischen und Zetern aufgescheuchter Tiere.

Wally fiel auf die Knie und grub mit den Händen weiter. Ein

Schatten fiel auf ihn. Jerusha stand leise weinend am Rand des Grabs.

Das Grab enthielt die vom Wild-Card-Virus entstellten Leichen von siebzehn Jungen und Mädchen. Geschmolzen, kristallisiert, verfault, ohne Haut, ohne Knochen, ohne Gesicht. Pikdamen und Joker, die die Transformationen überlebt hatten, nur um danach mit einer Kugel im Kopf beseitigt zu werden. Oder was man noch als Kopf durchgehen lassen konnte.

Lucien lag fast ganz zuunterst.

Sein Körper hatte sich in einen Flugdrachen verwandelt. Dünne, bleistiftartige Knochen bildeten in der wächsernen, durchscheinenden Haut hässliche Beulen. An manchen Stellen hatten sie seine Haut wie brüchiges Pergament durchstochen und standen heraus. Sein Gesicht war flach, zweidimensional, als hätte ein Glasmaler das Porträt eines Jungen angefertigt. Doch noch immer hatte er diese Ohren, diese lächerlich großen Ohren…

Lucien war in einem *American Hero*-T-Shirt gestorben. Wally hatte es ihm mit einem Kleiderpaket geschickt. Vorn war sein eigenes Gesicht abgebildet.

Er hob Lucien aus dem Grab. Jerusha hielt Wally, der seinen toten Freund wiegte. Lange Zeit verharrten sie so, und Wallys Tränen tropften auf Luciens leblosen Körper, ein Regen aus Salz und Rost.

Halifax
Nova Scotia, Kanada

Es war ein austauschbares, billiges Hotelzimmer, so altmodisch, dass selbst Mark es so empfand. Eine cremefarbene Tapete, die vom jahrzehntelangen Zigarettenrauch gelb geworden war, bevor das Rauchen selbst in dieser abgelegenen Gegend verboten worden war, grüne Nadelstreifen- und Lilienmuster und ein Jagdgemälde mit Hunden, Gewehren und Enten an der Wand. Ein kleiner Fernseher mit abstehenden Antennen statt einer Kabelbuchse oder eines Sat-Receivers. Er roch das Putzmittel, hörte das Zikadensummen einer Lachkonserve aus dem Fernseher im nächsten Zimmer, weil die Wand nicht dick genug war. Sein Alter Ego machte sich nicht viel aus Komfort und noch weniger aus Luxus. Tom ging es einzig um Sicherheit.

»Sun Hei Lian«, sagte er. *Der Mund gehorcht mir*, dachte er. *Und er weiß es nicht.* »Hör mir zu.«

Die nackte Frau, die neben ihm im Bett saß und sich das prächtige schwarze, von Silberstreifen durchzogene Haar kämmte, erstarrte. Nur ihre Augen wanderten zu der Stelle, wo er auf der Seite lag. Sonst wagte sie nicht, sich zu rühren. »Deine Stimme ...«

»... klingt anders. Ja. Ich bin nicht Radical. Tom, nennst du ihn. Ich bin Mark.«

Sehr behutsam legte sie die Bürste auf den wackeligen Nachttisch. Er wusste sehr wohl, dass gleich daneben eine kompakte schwarze Makarov-Pistole lag. Sun war erfahren im

Umgang mit Handwaffen. »Wer sind Sie? Wie haben Sie sich Toms Körper bemächtigt?«

»Ich bin sein rechtmäßiger Eigentümer«, antwortete er. »Der Mann, der sich Tom Weathers nennt, ist ein Hausbesetzer.« Sie entspannte sich nicht, aber sie legte die Hand in den Schoß. Das war ein gutes Zeichen. »Mit eigenen Augen betrachtet sehen Sie besser aus«, sagte er, bevor er sich bremsen konnte. Sie runzelte die Stirn. »Ich beobachte Sie schon die ganze Zeit«, sagte er und dachte: *Meine Güte, ich höre mich an wie der gruseligste Stalker.* »Ich sehe … so ziemlich alles, was Tom sieht. Aber für mich ist alles etwas unscharf. Wie in einem Traum.«

»Ist das eine Falle?«

»Radical kann Aussehen und Stimme eines beliebigen Menschen annehmen. Wieso sollte er mit seinem eigenen Mund in einer seltsamen Stimme sprechen?«

Sie brauchte einen Moment für die Antwort. »Seit einiger Zeit«, sagte sie, ohne ihn anzuschauen, »hatte ich das Gefühl, dass da etwas in Tom schlummert. Etwas Sanftes. Jemand … Nettes.«

Sie schüttelte den Kopf. »Ich fühlte mich von Anfang an zu ihm hingezogen. Er war dieses schöne westliche Tier, stärker und lebendiger als jedes andere menschliche Wesen. Und da war diese Wildheit in ihm. Wie eine Naturgewalt. Wie Wind und Feuer.« Als sie sich zu ihm umdrehte, wehten ihr Haarsträhnen ins Gesicht wie Fahnen. »Wieso erzähle ich Ihnen das?«

»Weil ich er bin«, sagte er. »Nur nicht wirklich.«

Sie kräuselte die Stirn. »Was wollen Sie von mir?«

Alles, hätte er gern gesagt. Aber … was war er? Was konnte er einer Frau in seinem Zustand bieten? Sein Körper war der eines Mannes mittleren Alters, schlaksig, nicht anziehend, nicht der Body eines rebellischen griechischen Gottes, über den er nicht einmal verfügen konnte. Und ohnehin war es nicht das, was ihn trieb wie einen Verdurstenden der Wunsch nach kaltem Wasser. »Ich möchte mich bei Ihnen bedanken. Dafür, dass Sie gut zu Sprout sind. Aber vor allem möchte ich Sie warnen. Jemand muss ihn aufhalten. Haben Sie nicht bemerkt, dass er von Mal zu Mal jähzorniger wird und dass seine Ausbrüche mit jedem Mal gewalttätiger werden? Er verliert all seine Hemmungen.«

»Ihn aufhalten? Wie?« Sie schien aus rein intellektueller Neugier zu fragen.

»Ich weiß nicht«, sagte er. *Vielleicht können wir das gar nicht.* Er erstickte den Gedanken. Wenn er wieder sicher in Radicals Unterbewusstsein verwahrt wäre, hätte er noch genug Zeit, sich seinen Zweifeln hinzugeben.

»Wie könnten Sie ihn aufhalten?«

»Indem ich die Kontrolle zurückerlange.«

»Können Sie das?«

Er lächelte traurig. Dabei dehnten sich seine Lippen auf seltsame Art. Wie das Sehen war auch das *Fühlen* anders, wenn er es selbst tat. »Bisher war mir kein Glück beschieden.« Er schüttelte Toms goldenen Kopf nur leicht, mehr wagte er nicht. »Ich werde Sie nicht bitten, mir zu vertrauen. Trauen Sie lediglich Ihrem Urteil. Ich glaube, Sie kennen die Wahrheit bereits. Nicht wahr? Niemand kann ihn kontrollieren. Er kann sich nicht einmal selbst kontrollieren.«

Die vollkommenen Lippen wurden zu einer schmalen Linie. Das Netz von Fältchen, das dabei zum Vorschein kam, ließ sie in seinen verlorenen, einsamen Augen nur noch schöner erscheinen. »Selbst wenn Sie mir die Wahrheit sagen, was kann ich schon machen?«

»Helfen Sie mir. Versuchen Sie … etwas zu finden. Egal was. Wenn es Ihnen nicht gelingt, mich zu befreien, dann müssen Sie sich einen Weg überlegen, uns zu zerstören. Mich. Ihn. Wen auch immer … oh, Scheiße. Ich verliere die …« Er hörte seine Stimme undeutlicher werden, als würde sie sich immer weiter entfernen. Ihr Gesicht flimmerte, und seine Lider flatterten.

»Muss gehen ... Er wird Sie umbringen, wenn er erfährt, dass ich mit Ihnen geredet habe. Ich will nicht, dass wegen meines bescheuerten Traums noch mehr Leute zu Schaden kommen.«

»Welcher Traum?«

»Friede, Liebe, Gerechtigkeit. All das Gute. Hat sich alles als nicht ganz so einfach rausgestellt ... keine Zeit. Ich halte es nicht mehr aus, wenn noch jemand zu Schaden kommt. Vor allem nicht Sie. Aber auch sonst niemand. Niemals. Wenn Sie mich nicht herausholen können, müssen Sie uns auf irgendeine Weise vernichten. Mich und ihn. Egal. Bitte ...«

Mark spürte, wie er zu trudeln begann. »... vernichten Sie ...«

Und dann war er weg.

»Aaaahh!« Tom Weathers setzte sich im Bett auf und hielt sich den Kopf mit beiden Händen.

Sie saß neben ihm mit der Bürste in der Hand, sein chinesischer Engel. »Die Träume ...«, sagte sie.

»Ja.« Unerklärlicherweise hatte er einen trockenen Mund. Seine Zunge schmerzte. »Die Träume.«

Donnerstag, 10. Dezember

Nyunzu, Kongo
People's Paradise of Africa

Allen Kindern in dem Massengrab bereitete Wally ein ordentliches Begräbnis. Vor allem Lucien.

Es wäre schneller gegangen, wenn er die Baggerschaufel nicht durch das halbe PPA geschleudert hätte. Aber er hätte sie sowieso nicht benutzt. Er fragte sich, ob Lucien noch mitbekommen hatte, wie die Leute des PPA das Grab mit dem Bagger ausgehoben hatten, und falls ja, ob er geahnt hatte, dass sie sein eigenes Grab gruben.

Wally nutzte stattdessen eine Schaufel, die er in den Ruinen eines Geräteschuppens gefunden hatte. Doch ihr Griff zerbrach unter Wallys Händen, der unerbittlich schuftete, um das Verbrechen wiedergutzumachen. Von da an wühlte er mit den Händen weiter. Die ganze Zeit über lehnte er Jerushas Hilfe ab. Das war allein seine Aufgabe.

Stundenlang grub er. Der Rücken tat ihm weh, höllisch. Schlimmer war es allerdings, wenn er auf seinem verletzten Schienbein kniete. Dort hatte ihn die Kugel an einer verwundbaren rostzerfressenen Stelle erwischt. Dann war es, als ramme ihm jemand eine rot glühende Stricknadel ins Bein. Doch auch das war nichts im Vergleich zu den Schmerzen in seiner Brust, in seinem Herzen. Die waren so stark, dass er kaum Luft bekam.

Die Schmerzen waren eine Strafe. Er hatte sie verdient. Sein Freund war in Schwierigkeiten gewesen, und er hatte nichts getan, um ihm zu helfen. Zumindest nichts, was noch etwas bedeutet hätte.

Sobald er sich einen Moment Ruhe gönnte, übermannte ihn die Erschöpfung. Wenn er wieder erwachte, waren die Schmerzen kein bisschen schwächer. Die Bestattungen waren wichtig gewesen, aber sie trugen nicht annähernd etwas dazu bei, das Verbrechen wiedergutzumachen. Wenn das überhaupt möglich war.

Die befreiten Kinder beobachteten alles, was er tat, mit einer Mischung aus Furcht und Neugier. Offenbar verstanden sie, dass er und Jerusha ihre Freunde waren. Trotzdem hielten sie Abstand. Wally fragte sich, ob sie jemals wieder in der Lage sein würden, einem Erwachsenen zu vertrauen. Selbst Cesar und das Jokermädchen.

Die Kinder mussten frühstücken. Wally und Jerusha hatten in ihrem Gepäck nicht annähernd genug Vorräte, um so viele Kinder satt zu bekommen.

Jerusha kam aus dem einzigen Gebäude, das weder eingestürzt noch ausgebrannt war. Im Gegensatz zu den anderen Konstruktionen war es relativ robust: dicke, verstärkte Betonwände, ein stabiles, schräges Dach gegen den jahreszeitlichen Regen und keine Fenster. »Hey«, sagte sie. Ihren Mund umspielte ein schwaches, trauriges Lächeln. »Du bist aufgewacht.«

»Ja.«

»Wie fühlst du dich?«

Wally zuckte mit den Schultern. *Ziemlich schlecht*, dachte er. *Aber besser als Lucien und die anderen.* »Die Kinder«, sagte er und deutete auf das zerstörte Lager, »die brauchen Frühstück, aber ...«

»Keine Sorge. Lass mich das machen. Du hast mehr als genug getan, Wally.«

Was würde ich nur ohne dich tun, Jerusha? »Danke«, sagte er düster. Sie hatte eine Mappe in der Hand, wie man sie in Aktenschränke hängte. Tränen hatten sich einen Weg durch den Schmutz und Ruß in ihrem Gesicht gebahnt. »Was ist das?«

Jerusha seufzte. Sie deutete mit dem Daumen über die Schulter auf das Gebäude. »Da drin haben sie ihre Akten aufbewahrt. Das habe ich gefunden«, sagte sie und wedelte mit der Mappe. »Sieh mal, ich habe gezögert, dir das zu zeigen, aber ich glaube, du solltest das wissen.« Sie nahm seine Hand. »Das ist nicht das einzige Labor. Die Nshombos betreiben überall im PPA solche versteckten Lager.«

Wallys Knie gaben nach. Er setzte sich schwer auf einen Stapel Ziegel, der Rest eines Eckpfeilers von einem der Unterstände. Unter ihm zerfielen die Ziegel zu einem Haufen Schutt.

Jerusha zeigte ihm die Akte. Das Labor erhielt seinen Nachschub an Wild-Card-Viren von einem Kahn, der den Fluss auf- und abfuhr. Der Kahn wiederum bekam die Viren von einem Zentrallabor in Bunia, wo das Virus gezüchtet wurde. Es handelte sich um ein riesig angelegtes Regierungsprogramm.

Das musste es auch sein, denn auf hundert Kinder, die dabei umkamen, erschufen sie mit Glück ein einziges Ass.

Verändern, hatte Schwester Julie gesagt. Wally hatte geglaubt, dass sie damit sagen wollte, dass unschuldige Kinder zu Kindersoldaten gemacht würden. Aber das war nicht mal die halbe Wahrheit. Sie versuchten vielmehr, eine Armee aus Kinder*assen* zu schaffen.

Plötzlich hatte Wally eine Idee, wie er das Verbrechen wiedergutmachen konnte. Nur …

Was werde ich nur ohne dich machen, Jerusha?

»Wir müssen diese Kinder an einen sicheren Ort bringen«, sagte er.

»Darüber habe ich schon nachgedacht«, erwiderte Jerusha.

»Da wir kein Boot mehr haben, und selbst wenn wir eines hätten, hätten nicht alle Kids darauf Platz – deshalb müssen wir zu Fuß Richtung Osten nach Tansania aufbrechen. Sobald wir ein funktionierendes Telefon finden, müssen wir jemanden vom Komitee informieren. Die werden uns Hilfe schicken. Dann können wir uns auf die Suche nach den anderen Laboren machen.«

Wally schüttelte den Kopf. »Das würde zu lange dauern. Jeden Tag sterben noch mehr Kinder.« *Wie Lucien.* »Wir müssen uns aufteilen.«

Jerusha fiel die Kinnlade herunter. Sie starrte ihn an, als hätte er etwas Gemeines gesagt. Jetzt schüttelte sie den Kopf. »Das geht nicht.«

»Diese Kids brauchen jemanden, der sie führt, der ihnen was zu essen geben kann und sie im Dschungel versteckt. Alles Sachen, die ich nicht kann, Jerusha. Aber du kannst das alles. Du bist genau die, die sie brauchen.« Wally zuckte mit den Achseln. »Aber ich? Ich kann bloß Sachen kaputtschlagen. Deshalb gehe ich nach Bunia.«

»Aber die werden merken, dass du da draußen bist. Die werden dich verfolgen.«

»Verdammt, ja. Jeder Soldat und Leopardenmann, den sie hinter *mir* herschicken, ist einer weniger, der dich jagt. Selbst mit den Kids hast du noch viel bessere Chancen, dich zu verstecken, als ich.«

»Die Idee gefällt mir nicht«, sagte sie. »Sie gefällt mir ganz und gar nicht.«

»Mir können sie nichts anhaben.« Er sah auf seine Hände hinab, die er zu eisernen Fäusten ballte. »Aber ich kann ihnen wehtun.«

»Aber dein Bein«, sagte sie mit einem Blick auf den Verband über seiner Schusswunde. Was sie damit sagen wollte, war klar: Mit jedem Tag, den er im feuchten Dschungel verbrachte, wurde er weniger kugelsicher. Wurde er verwundbarer. Seine

Eisenhaut musste jedoch nicht ewig halten. Nur so lange, bis er das Labor in Bunia erreicht hatte.

Wenn er das erst einmal Ziegel für Ziegelstein auseinandergenommen hatte, konnte ihm alles andere egal sein.

Das sagte er ihr natürlich nicht. Stattdessen versprach er: »Ich werde vorsichtiger sein. Da ich die Gefahr jetzt kenne, werde ich mich nicht mehr überrumpeln lassen.«

Außerdem erwähnte er nicht, dass ihm die Stahlwollschwämme zur Neige gingen. Es schien ihm nicht richtig, Jerusha noch mehr Gründe zur Sorge zu geben.

Michelle Ponds Wohnung
Manhattan, New York

»Bist du bereit?«, fragte Noel.

Er war in seiner neuen männlichen Gestalt in Michelles Wohnung erschienen und wirkte so, als wolle er so schnell wie möglich wieder verschwinden.

»Fast.« Michelle machte den Reißverschluss ihrer kleinen Louis-Vuitton-Reisetasche zu. Sie war Teil eines Geschenkkorbs gewesen, den sie bei einer Preisverleihungszeremonie vor einigen Jahren bekommen hatte. Sie fand die Tasche abscheulich (und für Vuitton Reklame zu machen), ob das Teil verloren ging oder ramponiert wurde, war ihr egal.

»Ich muss schauen, ob Juliet schon mit Joey fertig ist.« Sie ging zum Bad und klopfte an die Tür. »Seid ihr da drin fertig? Noel ist hier und möchte los.«

Durch die Tür drangen gedämpfte Flüche. Dann hörte sie: »Leck mich am Arsch. Das ist gar nicht mal so übel.«

Die Tür ging auf, und Juliet kam heraus. Sie warf Michelle einen vernichtenden Blick zu, bevor sie ins Wohnzimmer abzog und Noel einen Tee anbot.

Joey stand vor dem Spiegel und starrte sich an. »Leck mich!«, rief sie aus. »Schau dir diese Scheiße an!«

Juliet war es gelungen, das Crayola-Rot mit einem Schokoladenton zu übertünchen. Und sie hatte Joeys Haare geschnitten. Zum ersten Mal sah Joey so aus, als würde sie nicht betteln gehen. Juliet hatte ihr sogar eine frische weiße Bluse angezogen und eine sauber gebügelte Freizeithose.

»Du siehst toll aus«, sagte Michelle. »Jetzt hör bloß auf zu reden. Das macht die Illusion kaputt.«

»Leck mich, Bubbles.« Joey huschte an Michelle vorbei und ging ins Wohnzimmer. Michelle folgte ihr. Noel stand in der Mitte des Zimmers und hielt eine Tasse, auf der stand: LESBEN MACHEN ES MIT MÄDCHEN. Über den Rand baumelte das Etikett eines Lipton-Teebeutels. Er machte ein Gesicht wie eine Katze, die ein Bad nehmen muss.

Michelle lächelte. »Ich denke, wir sind so weit«, sagte sie. »Ich weiß, dass du das nur wegen Niobe machst, aber ich möchte, dass du weißt, wie dankbar ich bin.«

»Du solltest das einfach sein lassen«, sagte Noel und stellte die Tasse hastig auf den Couchtisch. »Nichts, was mit dem PPA zusammenhängt, verheißt derzeit Gutes.«

Das ließ Michelle aufhorchen. »Du scheinst schrecklich gut informiert zu sein, was dort gerade abgeht.«

Er sah sie selbstgefällig an.

»Was heckst du schon wieder aus, Noel?«, fragte Michelle leise.

»Nichts, worum du dir Sorgen machen müsstest. Seid ihr fertig?«

Michelle schnappte ihre Reisetasche und wandte sich um, um Juliet einen Abschiedskuss zu geben, aber Ink war schon hinausgegangen. Einen Moment lang fühlte sie sich verletzt, doch dann war es wieder vorbei. Was sie zu tun hatte, war wichtiger als ein Abschiedskuss.

»Ja«, sagte sie. »Wir wären so weit.«

»Tschüss, Ink«, rief Joey.

Noel trat zwischen die beiden Frauen. Als ihre Wohnung verschwand, bekam Michelle einen plötzlichen Kälteschock. *Adesina*, dachte sie. *Ich komme.*

Volkspalast
Kongoville, Kongo
People's Paradise of Africa

»Ich möchte, dass du die jungen Freiwilligen öfter einsetzt«, sagte der Präsident auf Lebenszeit in seinem pedantischsten Tonfall über einer Tasse Tee.

Sie saßen an einem weißen gusseisernen Tisch in den üppigen, von den hohen Mauern des Volkspalasts eingefassten Gärten. Nshombo trug wie üblich einen schwarzen Anzug. Der gepflegte, gut aussehende Mann Ende fünfzig mit der polierten, tadellosen und unbeugsamen Statur einer afrikanischen Schwarzholzstatue war ein anerkanntes Genie. Er beherrschte mehr als ein Dutzend Sprachen und teilte Toms kühnen Traum von einer befreiten Welt. Eitelkeit war ihm genauso fremd wie Taktgefühl. Oder Charisma.

»Ich brauche sie nicht«, sagte Tom. »Und sie sind Kinder. Die haben in einem Krieg nichts verloren.«

»Und doch haben sie uns gute Dienste geleistet«, sagte Dr. Nshombo. Die vier kleinen Dandie-Dinmont-Terrier zu seinen Füßen hoben die Wattebauschköpfe und sahen Tom misstrauisch mit ihren Augen an, die aussahen wie Obsidianknöpfe. »Khartum war ein großer Erfolg, Feldmarschall. Ebenso der Sudd. Mit etwas mehr Erfahrung könnten sie es bald schon mit sämtlichen internationalen Assen aufnehmen. Sogar mit Ra.«

Die Erwähnung Ras machte Tom wütend. Der Beschützer des Alten Ägypten war die einzige Wild Card, die ihm das Wasser reichen konnte. »Hörst du mir überhaupt zu?«

»Jungs, Jungs.« Alicia Nshombo schnalzte mit der Zunge und schüttelte den Kopf. Sie steckte in einem grellen Kleid mit Blumenmuster und trug eine Sonnenhaube. »Ihr seid doch die besten Freunde. Lasst uns Frieden bewahren. Bitte?« Trotz ihrer Outfits und ihrer Vorliebe für Liebesschnulzen war sie kein bisschen weniger intelligent als ihr Bruder. Außerdem war sie in Bezug auf die zunehmend vertrackte Politik innerhalb des PPA eine treue Verbündete von Tom.

Dieser sah sie ein paar Herzschläge lang mit einem Stirnrunzeln an. Dann stand er auf. »Wir sprechen noch einmal darüber«, sagte er und stolzierte in den Palast zurück. Doch noch ehe er die zweiflüglige Schwingtür aufstieß, war ihm klar, dass er nachgeben würde. Es ging um die Revolution, und die Revolution war wichtiger als er selbst. *Aber komm bloß nicht auf die Idee, dich selbst für wichtiger zu halten als die Revolution, Kamerad Kitengi,* dachte er bitter.

Vereinte Nationen
Manhattan, New York

»Kann es sein, dass sie uns angelogen hat?«, fragte Lohengrin mit furchtbarem deutschem Akzent.

Bugsy lag auf der Bürocouch, und das laut UN-Siegel fair gehandelte Leder knarrte unter ihm. »Ich weiß nicht«, sagte er. »Ich meine, klar, kann schon sein. Vielleicht hat sie uns angelogen. Aber sie hat mir halt erzählt, was für eine Nutte sie war. Dass sie mit jedem in die Kiste gesprungen ist, der nicht bei drei auf dem Baum war, und dass sie ihr eigenes Kind gehasst hat. Das war nicht gerade so, als würde sie persönliche Details ausklammern wollen, wenn du verstehst, was ich meine.«

Lohengrin runzelte die Stirn und sah auf Manhattan hinaus. Im Winterlicht wirkte die Stadt sauberer, als sie war. Mit einer Mischung aus Ungeduld und Verwirrung schlug der Deutsche die Hände zusammen. »Das ist sehr seltsam.«

»Das habe ich mir auch gedacht«, meinte Bugsy. »Aber nur, weil wir mit unserer ersten Vermutung danebenlagen, bedeutet das nicht, dass wir aufgeschmissen sind. Na schön, Sprout ist nicht Tom Weathers Tochter. Radical und Cap'n Trips kannten sich nicht, bloß weil sie mit derselben Frau geschlafen haben.«

»Captain Trips?«

»Mark Meadows. Er hat sich damals Cap'n Trips genannt und einen Typen von der Sorte gemimt, auf den Kim seiner Meinung nach stehen würde. Hat Drogen verkauft, einen Headshop betrieben und mit Assen rumgehangen. Aber das ist doch der Punkt, oder? Meadows war Teil der Szene in den zweieinhalb Jahrzehnten, die Weathers im Untergrund verbracht hat. Neunundsechzig bis dreiundneunzig ist eine ziemlich lange Zeit. Da konnte so manches passieren.«

Lohengrin setzte sich hin. Die Jahre beim Komitee hatten ihn altern lassen. Bugsy dachte daran, wie er zu ihnen gestoßen war, als Gastass bei *American Hero*. Damals hatte er um die Augen noch nicht so müde ausgesehen, als würde ihn die Verantwortung erdrücken. Vielleicht hatte er seine Unbekümmertheit in Ägypten eingebüßt. Vielleicht später. Die Welt zu verbessern war ein Scheißgeschäft.

»Gut«, sagte Lohengrin.

»Mit dir alles in Ordnung, Großer?«

Lohengrin zuckte mit den Achseln. Bei seinen Schultern kam das schon eher einer plattentektonischen Verschiebung gleich als bei denen von Bugsy. »Es gibt Probleme. Du ahnst es nicht, Jonathan. Die Politik, das Budget...«

»Weißt du was? Komisch, dass du das erwähnst. Denn der nächste Schritt im Fall Tom Weathers hat direkt mit dem Spesenkonto zu tun«, sagte Bugsy.

Lohengrin hob die Augenbrauen.

»Es muss trotz allem eine Verbindung zwischen Meadows und Weathers geben«, fuhr Bugsy fort. »Und am wahrscheinlichsten ist, dass zwischen den beiden etwas passiert ist, als Meadows Kanzler in Südvietnam war. Sprout war auch dort. Und kurz danach ist Radical grob in derselben Weltgegend in Erscheinung getreten.«

»Ja«, pflichtete Lohengrin bei, zog das Wort aber in die Länge, um deutlich zu machen, dass er auf den entscheidenden Punkt wartete.

»Nun«, sagte Bugsy. »Wie es scheint, sollten wir mit Meadows darüber reden, aber da er in die Luft geflogen ist...«

»Du willst Cameo auf ihn ansetzen«, sagte Lohengrin.

»Nun, uns beide. Sie und mich.«

Lohengrin schmunzelte. »Bist du dir sicher, dass du nicht bloß auf eine bezahlte Urlaubsreise mit deiner Freundin spekulierst?«

»Sie ist nicht meine Freundin«, protestierte Bugsy. »Sie channelt meine Freundin. Und nebenbei auch ihren Liebhaber.«

»Simoon hat einen toten Liebhaber?«

»Nein, Cameo hat einen. Das ist kompliziert.«

Ein belustigtes Funkeln schien in Lohengrins Augen aufzublitzen, aber vielleicht kam der Eindruck auch nur aufgrund des Winkels zustande, in dem er den Kopf hielt.

Bugsy gähnte. »Schau«, sagte er, »Cameo ist Profi und ein Ass. Sie ist Mitglied des Komitees. Damit ist sie die erste Wahl. Wenn du möchtest, dass ich die Verbindung zwischen Radical und Sprout erforsche, musst du schon den Preis dafür bezahlen.«

»Na schön«, sagte Lohengrin. »Ich werde es mit den anderen so bald wie möglich besprechen.«

»Das will ich meinen«, sagte Bugsy. »Und können wir die Tickets auf die Firmenkarte buchen? Die Airlines erzählen mir sonst wieder irgendwelchen Mist über Rabatte, und wenn ich …«

»Ja, ja«, sagte Lohengrin.

»Oder du schaust, ob Lilith in der Stadt ist, das würde uns Zeit und Geld sparen.«

Bugsy hatte das nicht als Spitze gemeint, aber Lohengrin schnaubte wütend.

»Entschuldige.«

»Musst dich nicht entschuldigen«, sagte Lohengrin.

»Nein, wirklich. Wenn ich gewusst hätte, dass Lil in Wahrheit Noel war, der britische Hermaphrodit in wirklich gutem Transenoutfit, dann hätte ich dir in der Nacht damals abgeraten.«

»Das freut mich.«

»Und, du weißt ja, sie ist ein Ass. Oh, das heißt, er ist eins.

Oder… du weißt schon, Noel ist ein Ass. Er verwandelt sich vollständig. Von daher ist es nicht so, als ob du dir von jemand einen blasen lässt und dabei den Adamsapfel nicht bemerkst.«

»Jonathan?«

»Und es war Vegas. Weißt du, in Vegas passieren nun mal krasse Sachen. Ich kannte einen Kerl, von dem ich geschworen hätte, dass er nicht auf Liliputaner steht. Dann ist er mit seiner frisch Angetrauten nach Vegas in die Flitterwochen gefahren, und als er nach drei Tagen wieder zurückkommt, sind die beiden…«

»Jonathan.«

»Ja, Chef?«

»Wenn ich die Kosten genehmige, haust du dann ab?«

Grand Hotel
Kongoville, Kongo
People's Paradise of Africa

»Was wollen Sie damit sagen, Sie haben keine Reservierung von mir?«, fragte Michelle ungehalten. Sie war einst Supermodel gewesen und konnte ziemlich gut ungehalten sein.

Der junge Angestellte hinter der Rezeption wirkte zerknirscht. »Miss«, antwortete er, »ich kann keine Reservierung auf Michelle Pond finden.«

»Das ist deine Schuld«, blaffte Michelle Joey an. »Ich bitte dich nur um eine Sache. Eine einzige Sache! Und nicht mal das kriegst du hin.« Sie wandte sich wieder an den Rezeptionisten. »Ich vermute, Sie haben nichts anderes? Irgendein Zimmer. Wir kommen von so weit und sind erschöpft.« Sie sah ihn mit diesem Blick an, der sagte: *Um Gottes willen, bitte helfen Sie mir!*

Und es wirkte.

»Ich denke, wir können da etwas machen«, sagte der Mann.

Michelle seufzte erleichtert. Man konnte schlecht ein Hotelzimmer reservieren und bereits Stunden später an der Rezeption aufkreuzen, ohne dass man Misstrauen erweckte. Sie hatte gehofft, ihr plötzliches Auftauchen vertuschen zu können, indem sie so tat, als wäre die Reservierung verloren gegangen.

»Wir hätten eine Suite frei«, sagte er, nachdem er eine Weile an seinen Computer herumgetippt hatte.

Das wird teuer. Um diese Reise zu finanzieren, hatte sie einen Bankkredit aufnehmen müssen, und die Zinsen dafür zu berappen würde auch kein Spaß werden. Aber im Grunde war es Michelle egal. Ihr war nur wichtig, zu Adesina zu gelangen.

»Die Suite ist perfekt. Vielen Dank, dass Sie uns so kurzfristig unterbringen.« Sie sah ihn mit diesem Lächeln an, das sagte: *Sie sind der netteste Mensch auf der ganzen Welt.*

Er strahlte zurück und schob ihnen zwei Schlüsselkarten hin. »Sie kommen mir bekannt vor, wissen Sie?«

Michelle lächelte erneut. »Oh, ich war mal Model«, erklärte sie. »Jetzt bin ich geschäftlich hier. Ich habe nämlich beschlossen, meine eigene Kollektion zu kreieren. Wie ich gehört habe, hat das PPA die besten Textilarbeiter der Welt.«

»Das stimmt. Das Hotel bietet eine wunderbare Tour durch Kongoville an. Darf ich Ihnen zwei Plätze reservieren? Da bekommen Sie einen sehr guten Eindruck von der Stadt.«

»Oh, vor allem möchte ich den Fluss Kongo sehen, der soll schön sein. Kann ich ein Taxi dorthin bekommen?«

Er strahlte sie an. »Selbstverständlich, aber mit dem Sightseeingbus würden Sie auch zum Fluss kommen. Und auf der Fahrt würden Sie noch viele andere wundervolle Dinge sehen.«

Michelle hätte ihn am liebsten über den Tresen gezerrt und ihm erklärt, dass ein kleines Mädchen in einer Grube voller Leichen schmachtete und sie deshalb keine Zeit hatte, um Sehenswürdigkeiten zu bestaunen.

»Mein Schwager fährt den Bus«, fuhr der Rezeptionist fort. »Er ist ein ausgezeichneter Fahrer.«

Sie nickte höflich. Jetzt war ihr seine Beharrlichkeit klar. Aber vielleicht würden sie und Joey in einer Gruppe Touristen nicht so sehr auffallen. Und sie musste erst einmal herausfinden, wo sie als Nächstes hinmusste. »Wie lange dauert die Tour?«

»Nur zwei Stunden.«

»Zwei Tickets«, sagte sie.

Nyunzu, Kongo
People's Paradise of Africa

Wally saß auf einem Trümmerhaufen in der Nähe des qual-
menden Labors und scheuerte seinen Körper kräftig mit Stahlwolle ab, als könne er die Erinnerungen genauso leicht weg-
schrubben wie das Blut, den Ruß und den Rost. »Hier«, sagte
Jerusha, nahm sich einen Stahlwollschwamm und kauerte sich
hinter ihn. Die wenigen Schwämme in seiner Tasche waren ab-
genutzt, fielen teilweise schon auseinander oder fingen selbst
an zu rosten. Das Stück, das sie in der Hand hielt, löste sich
zwischen ihren Fingern auf, als sie sich daranmachte, seinen
Rücken zu scheuern und die Rostflecken wegzuschrubben, an
die er nicht rankam.

Hier ging der Rost tief, bedeckte nicht nur die Hautober-
fläche. Das machte ihr Sorgen. Auch der Verband an seinem
Bein machte ihr Sorgen. »Das fühlt sich gut an«, grunzte Wally.
»Danke, Jerusha.«

»Ich habe Angst, Wally«, sagte sie. »Wie geht es deinem
Bein?«

Er zuckte mit den Schultern. »Gut«, sagte er. »Nur ein Kratzer, wo die Haut zu dünn war. Das wächst schnell wieder zu.«

»Dass wir es nicht rechtzeitig hergeschafft haben, um Lucien
zu retten, tut mir leid. Ich werde dich vermissen. Ich werde
dich ganz furchtbar vermissen, und ich werde mir die ganze
Zeit Sorgen machen, bis ich Gewissheit habe, dass du in Sicherheit bist.«

»Ich auch«, sagte er nach einem Augenblick. »Mit den Kindern wirst du alle Hände voll zu tun haben. Sind sie bereit? Wir müssen hier weg. Sie werden bald zurückkommen.«

Jerusha sah die Kinder an. Es waren zweiundfünfzig. Sie zählte sie. Neunundzwanzig waren noch nicht gespritzt worden, acht waren mit dem Virus infiziert worden, ohne dass ihre Karte schon aufgedeckt worden wäre. Fünfzehn waren Joker, die man noch nicht aussortiert hatte: das Mädchen, dessen Körper mit Hunderten von Fingern samt Fingernägeln gespickt war, wie ein Stachelschwein aus abgeschlagenen Händen. Ein Junge, dessen Unterleib aus einem gigantischen Fischschwanz bestand, den man ständig feucht halten musste. Ein Junge ohne Augen, Augenhöhlen und Nase im Gesicht, stattdessen glatte Haut vom Mund bis zur Stirn, als wäre er eine unvollendete Statue. Ein Mädchen mit gelber Haut, die pulsierte und leuchtete…

Cesar hatte ihr erklärt, dass die Ärzte manchmal gewartet hatten, ob die Joker nicht vielleicht doch eine Fähigkeit besaßen, die sie übersehen hatten. Die Kinder waren samt und sonders ausgehungert, misshandelt und verängstigt. In der Nähe eines Pfads, der von der Rodung weg in den Dschungel führte, drängten sie sich zusammen und aßen das Frühstück, das Jerusha für sie erschaffen hatte. Es war eine Mischung aus ihren Vorräten und Obst, das sie hatte wachsen lassen. Von dem Mangobaum hatten sie alle Früchte geerntet bis auf jene, die an dem Zweig hingen, auf dem der Kopf des Leopardenmanns saß.

Voller Ungewissheit beobachteten die Kinder die beiden Fremden, als würden sie sich fragen, ob sie ihnen vertrauen konnten oder ob sie womöglich ein noch schlimmeres Schicksal erwartete. Das konnte Jerusha ihnen kaum verdenken. »Tun wir das Richtige, Wally? Vielleicht… vielleicht sollten wir zusammenbleiben…?«

Wallys Baggerschaufelkiefer schnappten scheppernd zu. »Nein«, sagte er. »Ich muss das tun, Jerusha. Für Lucien.«

»Okay.« Jerusha legte die Stahlwolle aus der Hand und stellte sich vor ihn hin. Sie nahm sein Gesicht in beide Hände, beugte sich vor und küsste ihn. Es war ein unbeholfener Kuss, da seine eisernen Lippen sich kalt anfühlten. Er schlang die Arme um sie, ließ sie sinken und umarmte sie erneut. »Du bleibst am Leben für mich, Wally«, sagte sie. Sie musste innehalten, um sich verärgert die Augen zu reiben und zu schniefen. Dann nahm sie seine Hand und drückte sie mit ihren kleinen Fingern. »Und ich bleibe für dich am Leben. Abgemacht?«

»Okay«, gab er zurück. Er starrte auf ihre Hand hinab. »Jerusha, verdammt, ich ...«

»Sag nichts«, unterbrach sie ihn. »Das macht es nur schwerer.« Wieder beugte sie sich zu ihm. Sie küsste ihn auf die Stirn und dann – noch einmal – auf den Mund. Diesmal erwiderte er den Kuss, umfasste sie und drückte sie an sich. Ein paar Herzschläge lang verharrte sie in der Umarmung, bevor sie sich von ihm löste. »Es ist Zeit«, sagte sie.

Ächzend stand Wally auf. Jerusha sah die Kinder an. Sie beobachteten sie, aber was sie dabei dachten, verbargen sie hinter ausdruckslosen, flachen Gesichtern. Jerusha schlang den Gurt ihres Automatikgewehrs – eine der vielen Waffen, die von den fliehenden Kindersoldaten zurückgelassen worden waren – über die Schulter. Auch ein paar der älteren Kinder hatten sich bewaffnet. Jerusha fragte sich, ob sie oder eines der Kinder überhaupt mit einem solchen Gewehr umgehen konnte.

»Es ist Zeit aufzubrechen«, erklärte sie den Kindern auf Französisch. »Wir müssen euch wegbringen.« Cesar übersetzte alles in Tschiluba. Die Kinder standen auf, und Jerusha seufzte. »Da lang«, sagte sie und hielt auf den Fußweg zu, der nach Osten in Richtung Tanganjikasee und, wie sie hoffte, Tansania führte. Als sie an der Stelle vorbei waren, wo der Pfad im Dschungel verschwand, warf sie ein paar Samen auf den Boden und ließ das Dickicht hoch genug aufschießen, um ihre Spuren zu verwischen. Wally sah ihr nach. Sie winkte ihm zu, als die Farnwedel hochkletterten. Und während das üppige Grün dichter wurde, winkte er zurück. Als sie ihn nicht mehr sehen konnte, wandte sie sich nach Osten. Die Kinder hatten sich um sie geschart. Um dasjenige, das ihr am nächsten war, legte sie einen Arm.

»Kommt«, sagte sie. »Wir haben einen langen Marsch vor uns.«

Freitag, 11. Dezember

Kongoville, Kongo
People's Paradise of Africa

Mit der Bustour gelangten sie zur Kongoville-Universität. Michelle hatte nicht mit einem so großen und schönen Campus gerechnet. Neue Gebäude waren im Entstehen, und die alten waren in eine herrlich tropische Parkanlage eingebettet.

»KU ist die beste Universität des PPA«, erklärte der Führer auf Englisch mit starkem französischem Akzent. »Die Nshombos glauben, dass Bildung die mächtigste Waffe ist im Kampf gegen die Unterdrückerregimes, die hier einst geherrscht haben, und gegen die Stammeskriege, die die Einheit unserer Nation zerstört haben.«

Studenten mit Büchern im Arm und mit knallbunt gemusterten Hemden und Kakihosen lächelten und winkten den Touristen zu, als der Bus an ihnen vorbeirollte.

Michelle winkte zurück. »Würdest du dir einen Zacken aus der Krone brechen, wenn du zurückwinken würdest?«, fragte sie Joey.

»Diese Penner gehen mir am Arsch vorbei«, sagte Joey. »Warum zum Henker soll ich denen zurückwinken?«

»Weil es nett ist.«

»Scheiß drauf. Ich bin nicht hier, um zu diesen Ärschen nett zu sein. Ich kenne die nicht mal. Wenn ich nett sein wollte, hätte ich in New Orleans bleiben können.«

»Wir müssen einen Weg flussaufwärts finden«, sagte Michelle plötzlich. »Dort werden wir Adesina finden.«

»Ja«, sagte Joey mit einem Seufzen. »Das erzählst du mir jetzt schon zum verfickten fünften Mal.«

Beim vierten Halt bereute es Michelle allmählich, die Bustour mitgemacht zu haben. Sie hatten den berühmten Bauernmarkt gesehen, das Krankenhaus und den zentralen Sportkomplex. Wo immer sie hinkamen, lächelten die Leute und winkten ihnen zu. Als würde die Bevölkerung von Kongoville in ewiger Glückseligkeit schweben. Das war regelrecht bizarr.

Und seltsamerweise hatte sie Jetlag, obwohl sie gar keine Flugreise gemacht hatte. Vielleicht lag es nur an der Nachmittagsschwüle. Als sie wieder in den Bus einstiegen, ließ sie sich auf ihren Sitzplatz fallen. Sie würde für ein paar Minuten die Augen zumachen…

In der Grube ist es dunkel. Wieder ist es Nacht. Sie weiß, dass Adesina nahe ist, aber sie will nicht über die Leichen kriechen, um nach ihr zu suchen.

»Ich komme«, sagt sie, aber sie weiß nicht, ob Adesina es versteht.

»Bubbles.«

Woher kennt Adesina ihren Namen?

»*Bubbles.*«

Sie ist verwirrt, und dann packt Adesina sie am Arm.

»Herrgott, Bubbles, jetzt wach schon auf, verdammt.« Joey schüttelte sie. »Wir sind da.«

Benommen fuhr sie hoch. »Wo?«

»Woher soll ich das wissen? An einem beschissenen Platz halt, oder sonst wo.«

Es war ein Grabmal.

»Das ist Unsere Schmerzensdame, die Märtyrerin des Volkes«, erklärte der Reiseführer, nachdem er die Gruppe hineingeführt hatte. »Dr. Nshombo hält sie für eine Heilige. Wie Sie sehen, ist sie mit dem höchsten Ehrenorden ausgezeichnet, den unser Land verleiht: dem Goldenen Helden des PPA. Leider wurde sie nur wenige Stunden nach der Ehrung von dem Kriegsverbrecher Butcher Dagon ermordet.«

Unsere Schmerzensdame lag in einem Glassarkophag. Sie war in jungfräuliches Weiß gekleidet und trug eine riesige goldene Medaille um den Hals. Gebettet war sie auf rotem Satin.

Michelle betrachtete die Leiche und vermutete, dass es sich gar nicht um eine richtige Leiche handelte, sondern um eine Wachsfigur. Doch dann bewegte sich die Hand Unserer Schmerzensdame, und Michelle musste sich beherrschen, um nicht einen Satz nach hinten zu machen. Von hinter sich hörte sie ein Kichern.

»Joey«, zischte sie. »Lass das.«

»Kann nicht, Boss. Macht einfach zu viel Spaß.«

Die Leiche zeigte Michelle den Stinkefinger, bevor die Hand von Unserer Schmerzensdame wieder zurück aufs Satinpolster fiel. Zum Glück standen die restlichen Teilnehmer der Tour auf der anderen Seite des Glassarkophags.

»Mach das nicht noch einmal«, flüsterte Michelle. »Nie wieder.«

»Du bist eine beschissene Spaßbremse«, sagte Joey.

Irgendwo über dem Pazifik

Das Flugzeug brummte und wackelte. Durchs Fenster erschien der Ozean unter ihnen als konturlose Dunkelheit. Die Flugbegleiterin – eine Vietnamesin, die nicht älter als zwölf aussah – kam vorbei und versuchte, den abgetrennten menschlichen Kopf, der auf einem Kissen aus leuchtend grünen Wespen ruhte, nicht anzustarren. Bugsy hatte das Bedürfnis zu gähnen, aber mit seinem aufgelösten Rumpf fehlte ihm der Atem, mit dem er es hätte bewerkstelligen können.

Nick neben ihm schlug auf Ellens Arm, schob die Krempe seines hässlichen Sumpfwasser-Fedora nach oben und warf Bugsy einen bösen Blick zu. Dieser lächelte entschuldigend und rief die verirrte Wespe in den Pulk zurück. »Muss das sein?«, fragte Nick.

Bugsy setzte seinen Brustkorb wieder so weit zusammen, dass er sprechen konnte, und zog dabei sein blaues Hemd hoch. Arme, Beine und alles unterhalb seines Zwerchfells bestanden weiterhin aus Insekten. »Das ist viel bequemer«, sagte er. »Auf diesen langen Flügen krieg ich sonst nur Verspannungen im Rücken.«

Nick schüttelte den Kopf. »Deine Mitmenschen sind dir wohl total egal, was?«, sagte er.

»Wie bitte?«

»Weißt du eigentlich, wie unangenehm das für andere ist, wenn du das machst?«

»Du liebe Güte, tut mir leid. Aber weißt du, wie unangenehm es für mich ist, wenn ich es nicht mache?« Die Wespen ordneten sich so an, dass es ungefähr aussah, als würde Bugsy die Hände vor der Brust verschränken. »Schau, Nick, was auch immer du hast, warum sagst du es mir nicht einfach, okay?«

»Ich sage es doch. Du tust so, als würde dir die Tatsache, dass du ein Ass bist, das Recht geben, andere Leute zu ignorieren. Als ich mein Ass ausgeteilt bekommen habe …«

»Nein, Nick. Nein, es geht hier doch nicht darum, dass aus großer Kraft große Verantwortung folgt, klar? Lass uns Tacheles reden. Du bist eifersüchtig.«

Jetzt verschränkte Nick die Arme. Das Flugzeug sackte wie ein Expressaufzug nach unten ab, bevor es sich wieder fing. Mit einem Klingelton sprangen die Anschnallzeichen an. »Und wegen was genau sollte ich eifersüchtig sein?«

»Hey, du hast mein Mitgefühl«, sagte Bugsy. »Es ist ja nicht wirklich Ellen, wenn ich mit Aliyah zusammen bin, aber trotzdem ist Ellen da irgendwo mit dabei. Es ist ihr Körper, und ich weiß, dass sie spürt, was wir machen. Da denkt sie zwar an dich, aber trotzdem. Von uns vieren bist du der Einzige, der keine Action abbekommt, und das tut mir wirklich leid. Aber ich habe weder dich noch Aliyah umgebracht. Ich habe auch nicht die Regeln erfunden, nach denen Ellens Kräfte funktionieren. Und ich glaube nicht …«

»Blödsinn«, sagte Nick. »Nicht ich bin hier der Eifersüchtige. Du bist es. Es ärgert dich, dass sie mich und nicht bloß die Ohrringe deiner Freundin mitgenommen hat.«

Bugsy spürte, dass sein Ärger langsam an die Grenzen zur Wut stieß. Das Gespräch darüber, wessen Gegenstände – und ob überhaupt – sie auf die Reise nach Saigon mitnehmen sollten, hatte zwischen ihm und Ellen stattgefunden. Dass Nick nun Details daraus erwähnte, bedeutete, dass die beiden sich mal wieder insgeheim über ihn unterhalten hatten. »Ich habe lediglich gesagt, dass Aliyahs Ohrringe nicht fehl am Platze wirken würden, dein Hut aber womöglich sehr wohl.«

»Damit meinst du meinen ›jämmerlichen Kloß aus Pelz und Unkraut‹?«, fragte Nick und zitierte wörtlich, was Bugsy während der Diskussion gesagt hatte.

»Damit wollte ich nur sagen, dass der Hut eine Menge durchgemacht hat«, erklärte Bugsy. Einige der Wespen fingen an, unstet herumzufliegen. Allmählich waren sie gereizt. »Ellen ist eine äußerst attraktive Frau, und wir werden dort sowieso schon auffallen.«

»Und du willst nicht, dass sie mich jedes Mal zurückbringt, wenn du im Hotel bist«, sagte Nick.

»Nun, nein, das will ich tatsächlich nicht«, sagte Bugsy. »Ob du's glaubst oder nicht, ich bin gern mit Aliyah zusammen. Ich genieße ihre Gesellschaft. Und ich habe auch gern Sex mit ihr zu den Gelegenheiten, wenn Ellen mal nicht deinen Hut aufsetzt, sobald sie durch die Tür hereinkommt.«

Nick schmunzelte. Bugsy fand, dass das noch fieser aussah als sonst. »Wieso erzählst du mir nicht noch ein bisschen genauer, inwiefern du nicht eifersüchtig bist.«

Bugsy kicherte, denn hätte er das nicht gemacht, hätte er schreien müssen. Er rief die Wespen zurück, füllte die Ärmel seines Hemds und die Hosenbeine mit ihnen auf. Er war so wütend, dass sie zu weit ausschwärmten und womöglich aus Versehen einen armen Mitreisenden drei Reihen weiter gestochen hätten, und das hätte den Flug auch nicht besser gemacht.

»Schau …«, fing er an.

»Du musst noch viel über Frauen lernen«, sagte Nick. »Um genau zu sein, musst du noch viel über Menschen lernen.«

Was Bugsy als Nächstes tat, wollte er eigentlich gar nicht tun. Es passierte ihm einfach, sein Arm bewegte sich wie von selbst, seine Finger schlossen sich um den ruinierten Fedora. Nicks Augen hatten gerade noch Zeit, groß zu werden, bevor sie sich in die von Ellen verwandelten. Das Gewitter in ihrem Blick hatte Unwetterstärke fünf.

»Schau«, sagte Bugsy, ehe sie etwas sagen konnte. »Dies ist

nicht der Ort, an dem er und ich unseren Kram ausdiskutieren sollten, okay? Das ist ein unerfreuliches und verflochtenes Beziehungsdurcheinander, und wir sind auf dem Weg nach Vietnam und haben kaum ein paar Zentimeter Beinfreiheit. Falls du mich in den Arsch treten möchtest, dann warte, bis wir gelandet sind.«

Ellen riss ihm den Fedora aus der Hand, setzte ihn aber nicht auf. »Darüber werden wir definitiv noch mal sprechen«, sagte sie.

Und du wirst dich auf seine Seite stellen, dachte Bugsy. Aber er sagte nichts, sondern nickte nur. Ellen wandte sich ab, zeigte ihm die Schulter und legte sich das kleine Flugzeugkissen in den Nacken.

»Weißt du«, sagte er, »hier hat man wirklich wenig Platz. Wenn du den Ohrring anstecken würdest, könnten wir uns zusammen ausstrecken und …«

»Träum weiter«, sagte Ellen.

Der Kongo
Kongoville, Kongo
People's Paradise of Africa

Mit quietschenden Bremsen hielt der Bus vor einem langen Kai an einer trüben, grünbraunen Wasserfläche an. Am Rand des Kais reihten sich Händler, die Schmuck, Körbe, T-Shirts und handgeschnitzten Kram verkauften. Michelle und Joey, die mit den anderen Touristen aus dem Bus stiegen, schlug sofort der erdige Geruch des Kongo entgegen.

Der Führer fing etwas zu erzählen an, aber Michelle blendete ihn aus. Sie verspürte den unglaublichen Drang, sich auf den Fluss zu begeben und nach Norden zu fahren. Es juckte sie im Kopf. Sie wandte sich um, um mit Joey zu reden, aber die war verschwunden.

Michelle ging etliche Landungsstege ab und suchte nach Joey. Dabei wurde sie von vielen Leuten angestarrt, aber niemand hielt sie auf, und sie ging weiter. Sie hatte versucht, sich unscheinbar mit Kakihose, einer Bluse und Tennisschuhen zu bekleiden. Mit ihren eins achtzig und ihrem strohblonden Haar stach sie trotzdem heraus.

»Joey«, zischte sie. »Du elendes Gör!«

»Bubbles.« Eine Hand legte sich auf ihre Schulter. Sie wirbelte herum, die Hände hochgerissen, bereit zum Blasenwerfen.

»Meine Güte! Joey, du Miststück.«

»Zeit zum Wellenreiten. Ich habe eine Reisemöglichkeit flussaufwärts gefunden. Das Boot ist gleich in der Nähe.«

Michelle dachte kurz nach. »Joey, die beim Komitee haben ganz schön Mist gebaut, dass sie dich abgelehnt haben.«

»Ja«, sagte Joey bitter. »Ich bin verdammt brauchbar.«

Aus einem Impuls heraus umarmte Michelle sie. »Du bist extrem brauchbar.« Doch dann fiel ihr die Nacht ein, die sie mit Joey verbracht hatte, und rückte wieder von ihr ab. »Also, wo ist dieses Boot?«

»Komm mit.«

Der Mann tauchte aus dem Nichts auf. Michelle hätte ihn mit Blasen eingedeckt, wenn Joey sie nicht am Arm gepackt hätte. Der Mann grinste Joey auf eine Weise an, die Michelle unheimlich war. Dann bedeutete er ihnen mit einem Wink, ihm zu folgen.

Angebunden an einem schmalen Steg lag ein heruntergekommenes, acht Meter langes Boot im Wasser. Aus der kleinen Kabine kamen zwei Männer mit Gewehren heraus. Sie beäugten Michelle und Joey.

»Welche von beiden ist es?«, fragte einer von ihnen auf Französisch.

Michelle verstand ihn. Auf den Laufstegen in Paris hatte sie Französisch gelernt, allerdings verstand sie es besser, als sie es sprechen konnte.

Ihr Führer zeigte auf Michelle.

»Dann wollen wir es mal sehen«, sagte der kleinere von den beiden.

Der Führer übersetzte, was der Mann auf dem Boot gesagt hatte.

»Sie ist kein Scheißzirkushündchen«, knurrte Joey. »Sie macht keine Kunststücke auf Kommando.«

Wieder übersetzte ihr Führer, worauf der Mann im Boot mit den Schultern zuckte und sich umwandte, um in der Kabine zu verschwinden.

»Ich zeig's ihnen«, sagte Michelle.

»Scheiß drauf, Bubbles«, versetzte Joey. »Wir zahlen denen scheißviel Geld. Die brauchen keine Vorführung.«

»Um Himmels willen.« Michelle öffnete die Handfläche und

schuf eine Blase. Sie war weich und gummiartig. Mit offenem Mund beobachtete einer der Männer, wie sich die Blase bildete, und ging zu Boden, als Michelle sie losschwirren ließ. Danach lenkte sie die Blase in den Rücken des Kerls, der ihre Fähigkeit hatte sehen wollen. Er gab ein lautes »Uff« von sich, als ihn das Gummi traf. Er stürzte nach vorn, das Gewehr fiel ihm aus der Hand und landete scheppernd auf den Planken.

Michelle ließ schon eine zweite Blase entstehen. Die war nur Show. Als der Mann, den sie getroffen hatte, sich umdrehte und sie sah, nahm er die Hände hoch. In ihrem rudimentären Französisch sagte sie: »Mir wäre lieber, wir wären Freunde. Aber das ist geschäftlich, stimmt's? Wir möchten flussaufwärts.« Sie schloss die Hand und ließ die Blase platzen. Als sie die Energie in sich aufnahm, hatte sie einen kleinen Rausch. »Ich bin Michelle.«

»Gaetan«, sagte der Mann und klopfte sich mit dem Daumen auf die Brust. Dann zeigte er auf seinen Partner. »Kengo.«

»Können wir jetzt an Bord kommen?«

Gaetan nickte. Michelle drehte sich zu Joey um. »Sind wir bereit zum Aufbrechen?«

Joey drängte sich an ihr vorbei und stieg in das Boot.

Freudenministerium
Kongoville, Kongo
People's Paradise of Africa.

»Tom«, sagte Alicia Nshombo, nachdem sie Tom zur Begrü-
ßung umarmt hatte und ihren in ein Kleid mit weiß-blauem
Blumenmuster gepressten Leib in den Stuhl hinter ihren kleinen weißen, mit Gold und Bronze dekorierten Schreibtisch
hievte. »Wir brauchen dich.«

Er ließ sich ihr gegenüber auf einen Stuhl fallen und rieb sich
am Kinn, dessen Bartstoppeln kratzten. Wie sein Kinn fühlten
sich auch die Innenseiten seiner Augäpfel an. Er hatte nicht gut
geschlafen. »Was?«, fragte er. Er schaukelte auf dem Stuhl vor
und zurück.

Alicias Büro befand sich in einem alten Gebäude aus der
Kolonialzeit auf der Kinshasa-Seite der Innenstadt. Es war
von Belgiern zur Zeit König Leopolds errichtet worden, der
die Einheimischen auf eine Art behandelt hatte, für die er als
Plantagenbesitzer in den Südstaaten sogar in der Zeit vor dem
Bürgerkrieg verurteilt worden wäre, wenn er seine Sklaven
ebenso behandelt hätte. Eigentlich verlangte Doktor Präsident,
dass sie ihre Zelte im neuen Regierungsviertel aufschlagen
sollte, aber sie wollte sich ihre Unabhängigkeit bewahren. Und
was Schwesterchen wollte, das bekam Schwesterchen auch.
Die Einrichtung war völlig überladen. Weiß mit lauter Blumen und goldenen Wirbeln. Die Wände strotzten von Bildern.
Eines stach daraus hervor: Ein Foto von Alicia in Polokleidern
auf einem sehr bedenklich aussehenden Pferd, das so wirkte,
als würde es viel lieber einen Bierwagen ziehen. Der Gedanke,

dass Alicia Polo spielte, verblüffte Tom, aber er hätte darauf gewettet, dass sie dabei nie verlor.

»Feinde sind in das People's Paradise eingedrungen«, erklärte Alicia. »In der Nähe von Nyunzu. Terroristen haben eine unserer Spezialanlagen angegriffen. Sie haben meine Babys ermordet.«

»Scheiße«, sagte Tom. Dass Alicia Tom nicht für seine Ausdrucksweise rügte, machte deutlich, wie sehr sie aus der Fassung war. »Wer?«

»Das ist eines der Dinge, die wir herausfinden müssen. Tom, es wäre sehr schlecht, wenn diese Terroristen mit einem meiner Babys entkommen würden. Sie würden bloß Lügen verbreiten. Das würde die Welt nicht verstehen.«

Damit willst du sagen, dass ein Shitstorm über dich hereinbrechen würde, dachte Tom. »Ich kann mich darum kümmern.«

»Oh, sicher kannst du das«, sagte Alicia. »Aber das ist eine so wunderbare Gelegenheit herauszufinden, was unsere jungen Freiwilligen vollbringen können. Ich möchte, dass du ein paar von ihnen nach Nyunzu bringst, Tom. Das ist dann eine weitere Prüfung für sie, eine Chance, uns zu zeigen, wie tapfer sie sind und wie loyal. Sie sollen ihre ermordeten Brüder und Schwestern rächen!«

Sofiensaal, Konzerthalle
Wien, Österreich

»Du warst wundervoll«, sagte Niobe, als Noel die in seinem Mantel versteckten Taschen leerte. Aus dem Konzertsaal drang noch immer Applaus herüber, weil die Zuschauer einfach nicht gehen wollten.

Noel küsste sie. »Danke, mein Schatz, aber du bist voreingenommen.«

»Die Kritiker werden mir recht geben. Du wirst schon sehen, wenn du die Berichte morgen liest.« Sie setzte sich hin, solange Noel sich umzog.

Anders als die etwas altmodischeren Zauberer ging Noel nicht im Frack auf die Bühne. Er hatte ein schwarzes Lederjackett, ein schwarzes Seidenhemd, schwarze Hosen und schwarze Stiefel. Tatsächlich lief er eigentlich immer so herum, nur heute Abend hatte er sich für einen handgestrickten Norwegerpullover und einen Mantel entschieden. Wien befand sich fest in den Klauen eines eisigen Winds, der aus den russischen Steppen über die ungarische Ebene heranwehte und wie eine Schar Geister durch die Straßen heulte.

Trotz der Kälte drängte sich vor dem Bühneneingang eine Traube Frauen. Niobe hielt sich im Hintergrund, während Noel Programmhefte signierte und routiniert mit den Fans kokettierte. Schließlich hatte die Menge sich aufgelöst. Der Fahrer hielt Niobe und Noel die Tür zu den Rücksitzen auf.

»Schatz, ich bin aufgewühlt und würde gern zu Fuß ins Hotel zurück. Es ist nicht weit«, sagte Noel.

Niobe schob ihre behandschuhte Hand unter seinen Arm. »Dann begleite ich dich.«

»Findest du das wirklich klug?«

»Bewegung tut mir gut. Sagt Dr. Finn.« Sie stupste ihn in die Rippen. »Und er hat dir verboten, mich zu verhätscheln.«

»Mein Vorrecht.« Aber er gab nach und winkte den Fahrer davon.

Ihr Weg führte sie an den gewundenen Säulen der Karlskirche vorbei, die nach dem Vorbild der Trajanssäule auf dem Forum Romanum gestaltet waren. Auf der anderen Straßenseite schob ein alter Mann einen Kastanienbrater über den Gehsteig. Der schwere, lehmige Duft von Kastanien und der stechende Geruch von Kohle entfachten in Noel plötzlich Heißhunger. Er lief über die Straße, um zu sehen, ob der Mann noch etwas übrig hatte.

Der Alte hatte nur noch ein paar Kastanien, die so lange geröstet worden waren, dass die Schale schon ganz schwarz war, doch er nahm die Kastanien gern mit seinen knorrigen Fingern heraus und packte sie in eine Papiertüte. Noel eilte zu Niobe zurück und drückte ihr die Tüte in die Hand. »Das wirst du mögen. Und nicht nur zum Essen. Die wärmen nämlich auch besser als Fäustlinge.«

Sie schälten und aßen die Kastanien, beobachteten die Wolken, in die sich ihr Atem verwandelte, und bevor der Wind zu bestialisch wurde, kamen sie im Hotel an. Sie hatten eine Suite, in der ein Dinner auf sie wartete. Niobe setzte sich auf die Couch, seufzte und legte eine Hand auf ihren Bauch. »Ich kann immer noch nicht glauben, dass das mein Leben ist.«

Noel beugte sich herunter und gab ihr einen Kuss. »Glücklich?«

»Sehr.«

Auf dem Lukuga, Kongo
People's Paradise of Africa

Erst jetzt, als sie nicht mehr bei ihm war, merkte Wally, wie sehr er auf Jerusha angewiesen war. Irgendwie hatte sie es geschafft, dass er die Schmerzen ausgehalten hatte, die ihm das Herz zerdrücken wollten, als wäre es ein Streifen Alufolie. Jetzt aber leisteten ihm nur noch seine Gedanken Gesellschaft. Er hatte keine Ahnung, wie er die Schuld an Luciens Tod und die Trauer ganz allein tragen sollte.

Nachdem Jerusha mit den Kindern in Richtung Tansania aufgebrochen war, hatte sich Wally auf den Weg nach Westen gemacht, den Lukuga weiter flussaufwärts. Während sie ihre Spuren mit Pflanzen verwischte, bemühte sich Wally, möglichst deutliche Spuren zu hinterlassen. Alles, was ihm in den Weg kam, beschädigte er. Zweige und Blätter brach er ab, er trampelte, stempelte gut sichtbare Fußspuren in den Boden. Er übersäte den Weg mit Bananenschalen, Mangorinden, Müsliriegelpackungen und schmierte hin und wieder sogar Erdnussbutter auf den Weg. Er gab sich Mühe, dass es so aussah, als wäre er eine ganze Horde Menschen.

Seine Spuren würden im Dschungel nicht lange halten, vor allem nicht die essbaren. Aber das mussten sie auch nicht. Nur bis Leute eintrafen, die die plötzliche Zerstörung des Labors in Nyunzu untersuchen sollten. Die würden dann seinem Pfad folgen, denn einen anderen würden sie nicht finden. Aber er fragte sich, wie lange Jerusha und die Kinder brauchen würden, um den Tanganjikasee zu erreichen.

Zwei neuerliche Stiche – Sorge und Einsamkeit – verliehen ihm neuen Schwung auf seinem Weg durch das Dickicht am Flussufer. Er hielt sich so nah am Wasser, wie es ging. So konnte er von einem vorbeifahrenden Boot aus bemerkt werden. Und er hielt nach dem Kahn Ausschau, der den Nachschub an Wild-Card-Viren transportierte.

Es dämmerte. Wie jeden Abend veränderten sich die Geräusche des Dschungels – soweit er sie über das andauernde Krachen, Knacken und Knirschen seiner Schritte hören konnte. Die Geräusche des Lebens, heiser und laut, Vogelrufe und Affenlaute und andere, die er nicht einmal ansatzweise identifizieren konnte, machten den feineren Tönen Platz. Insektensummen, das Gurgeln eines Bachs, das Wispern des Winds im Blattwerk, das Rascheln des Laubs, wenn sich etwas hindurchschlich. Mit etwas Übung konnte man allein anhand der Dschungelgeräusche die Uhrzeit bestimmen.

Er brauchte es zwar nicht, aber er machte an diesem Abend trotzdem ein Feuer. Ein möglichst großes Feuer. Das war eine Heidenarbeit, denn alles war feucht. Doch hoffte er, dass es weithin sichtbar war. Die Idee dazu war ihm gekommen, als er versucht hatte, wie Jerusha zu denken. Sie war klug und hatte stets gute Ideen.

Sie wäre stolz auf ihn gewesen.

Sie würde ihn küssen.

Ein weiterer Stich. *Ach, verdammt, Jerusha. Bitte pass auf dich auf. Denn ich muss dich wiedersehen, wenn das alles vorbei ist.*

Grinzing
Wien, Österreich

Grinzing war ein hübscher, altmodischer und eher ländlicher Stadtteil, im Hügelvorland gelegen. Er war wie ein Begrüßungsteppich zum Wienerwald, und mit seinen Weinstuben, Biergärten und Restaurants war er der perfekte Ort, um nach einem Streifzug durch dieses Mittelgebirge einzukehren. Obwohl es schon sehr spät war, leuchteten an manchen Restaurants noch die kleinen grünen Laternen, die besagten, dass eine Gaststätte noch offen hatte.

Noels Kontaktmann hatte ihm eine bestimmte Weinstube genannt. Sie war nicht sonderlich appetitlich, aber seine Kontaktperson war auch nicht sonderlich appetitlich. Nach dem Abendessen hatte sich Noel ausgebeten, nicht gleich ins Bett gehen zu müssen, sondern erst noch duschen zu gehen. Wie gehofft führte die Kombination aus später Uhrzeit, spätem Abendessen und ihrer Schwangerschaft dazu, dass Niobe bald tief schlief. Sie hatte sich nicht einmal gerührt, als er sich aus dem Zimmer gestohlen hatte.

Ein Gast, ein älterer Herr, saß an einem Ecktisch. Vor ihm standen eine Karaffe Weißwein und ein Wiener Schnitzel von der Größe eines Platzsets, das über den Tellerrand hinaushing. Kartoffeln und ein Korb mit kräftigem braunem Bauernbrot rundeten die kohlenhydrathaltige Mahlzeit ab. Noels Augen brauchten eine Minute, bis sie sich an das schwache Licht gewöhnt hatten. Dann musterte er den Mann – ein schlankes Gesicht mit einem Netz aus Fältchen um Augen und Mund, ein drahtiger Hals und geschwollene Handknöchel, Symptome einer schleichenden rheumatischen Arthrose – ja, das war eindeutig Fjodor Mathias alias Karolus Kowach alias Nicolao Tholdy alias Blackhole.

Er wurde von Interpol gesucht und war der Silver Helix bekannt. Fünfmal war er verurteilt worden, aber er war ein Mensch, der sich nur schwer einsperren ließ, da er die Fähigkeit hatte, Lichtwellen zu krümmen und sich unsichtbar zu machen. Er krümmte das Licht durch den Einsatz von Schwerkraft. Was bedeutete, dass er auch schwere Dinge leicht und leichte Dinge schwer machen konnte.

Wenn man einen Riesenhaufen Gold stehlen wollte, war es hilfreich, einen solchen Mann bei sich zu haben.

»Also, wie lautet der Auftrag?«, fragte Mathias ohne Umschweife, als sich Noel ihm gegenüber an den Tisch setzte.

»Den Staatsschatz des PPA aus seinem Gefängnis zu befreien.«

»Ich will zehn Millionen Dollar«, sagte Mathias.

Noel schleuderte dem Ungarn das Wiener Schnitzel ins Gesicht.

Als Mathias Panade und Fett aus seinem Gesicht geklaubt hatte, sah er direkt in den Lauf von Noels .40er Browning. »Okay. Jetzt, da wir geklärt haben, was du willst, können wir darüber reden, was du tatsächlich bekommst.«

»Ich bin alt«, jammerte Mathias. »Ich muss mich zur Ruhe setzen.«

»Drei Millionen, dann kannst du so tun, als würdest du tatsächlich in Rente gehen«, sagte Noel und stand auf.

»Du hast mein Essen ruiniert«, beklagte sich Mathias.

Noel warf ein paar Banknoten auf den Tisch. »Kauf dir noch eins. Wir bleiben in Kontakt.«

Samstag, 12. Dezember

Noel Matthews' Hotel
Wien, Österreich

»Wo warst du?« Niobe hatte die Arme vor der Brust verschränkt, und sie schaute ihn grollend an.

»Ich konnte nicht einschlafen, da bin ich spazieren gegangen…«

»Lüg mich nicht an, Noel Mathews! Arbeitest du wieder für die Silver Helix?«

»Nein, du liebe Güte, nein, du weißt doch, dass ich das nie tun würde, nachdem… nachdem…« Plötzlich hatte er das Bild von den winzigen Schlieren auf dem Boden im Haus seiner Eltern vor sich, alles, was von den kleinen Asskindern, die er mit Niobe gezeugt hatte, übrig geblieben war.

Niobe sackte auf die Couch, und sie nahm die Hände herunter, um sich den Bauch zu halten. Erschrocken machte Noel einen Schritt auf sie zu. »Bist du…«

»Alles gut«, fuhr sie ihn an. »Ich halte es nur nicht aus, wenn du mich anlügst. Was treibst du?«

Er zögerte.

Unvermittelt stand sie auf und holte ihren Koffer aus dem Schrank. »Entweder sind wir Partner und du vertraust mir, oder wir sind keine Partner und du vertraust mir nicht. Dann will ich in einer solchen Atmosphäre aber auch keine Kinder großziehen.«

»Ich will dich nur beschützen.«

»Tja, lass es.«

Lange starrten sie sich gegenseitig an.

Dann erzählte er es ihr. Nicht alles, aber genug, dass sie ein Bild von seinen Gedanken und Plänen über das PPA und die Nshombos bekam.

Er ertappte sich, dass er beim Reden hin- und herging. »Um ehrlich zu sein, das wird eine heikle Sache. Ich habe einen groben Eindruck von den Sicherheitsvorkehrungen, weiß aber nicht alles. Es muss so aussehen, als hätten die Nshombos den Staatsschatz geplündert, sonst schieben sie es Siraj oder Großbritannien oder den USA in die Schuhe.« Hilflos nahm er die Arme hoch. »Es wäre viel einfacher, wenn ich sie einfach umbringen könnte.«

»So wie du den Nur getötet hast?«, fragte Niobe. Noel nickte. »Dann sieh dir an, wohin das geführt hat. Tausende Joker und Tausende Soldaten haben ihr Leben verloren, und an den Händen von einem Haufen Jungspunden, die Helden gespielt haben, kleben Ströme von Blut. Bitte regle nie wieder etwas, indem du Menschen tötest. Du gehörst nicht zu den Bösen. Überlass das Töten den Bösen.«

Und da keimte eine Idee in ihm. Es wäre knifflig, aber wann hatte es ihn je gestört, wenn etwas knifflig war? Wenn ihm dieser Plan gelang, dann hätten die Nshombos keine Chance mehr, als Märtyrer dazustehen oder dem Westen oder Siraj die Schuld an ihrem Tod zu geben. Er packte Niobe an den Schultern und zog sie zu sich heran, um sie lange zu küssen.

»Was?«, keuchte sie, als er sie endlich wieder losließ.

»Du, mein Liebling, bist ein Genie.«

Er liebte es, wenn sie errötete.

Auf dem Lukuga, Kongo
People's Paradise of Africa

Als Wally erwachte, schwelte das Feuer immer noch. Eine brodelnde Rauchsäule stieg von dem feuchten Holz auf, die wie ein aschgrauer Pfeil vor dem leuchtend blauen Himmel über den Dschungel schwebte und direkt auf Wally zeigte. Ihm fiel kein besseres Mittel ein, um seinen Aufenthaltsort preiszugeben, deshalb ließ er sich Zeit mit dem Frühstück.

Es funktionierte. Das Heulen eines fernen Motorboots hallte den Fluss herauf. Wally schraubte den Deckel auf den Plastikbehälter mit Erdnussbutter und ließ ihn in seinen Rucksack fallen. Dasselbe tat er mit den Bananen und Mangos, die Jerusha ihm zum Abschied geschenkt hatte. Dann kauerte er sich ins Dickicht und wartete.

Bald schwirrte ein kleines Patrouillenboot des PPA um die Ecke. Auf diesem waren keine Kinder zu sehen, was Wally einen erleichterten Seufzer entlockte. Die Soldaten folgten dem Rauch geradewegs zum Rand von Wallys provisorischem Lager. Sie brachten ihr Boot nicht weit davon ans Ufer.

Fünf Minuten später gehörte das Boot Wally.

Sosehr es ihm widerstrebte, ließ er ein paar von den Typen bei Bewusstsein, damit sie über das Gesehene Bericht erstatten konnten: Ein Metallmann bewegte sich in einem gestohlenen Boot tiefer ins PPA hinein.

Nyunzu

Tanganjika Distrikt, Kongo
People's Paradise of Africa

Nyunzu stank nach Scheiße und verrottenden Leichen. Der Verwesungsgeruch überdeckte sogar den Qualm und den Mief des trüben Lukuga. Leopardenmänner und Soldaten gingen zwischen zertrümmerten Holz- und Drahtkäfigen hin und her. Eingefallene Lehmziegelwände und Wellblechplatten bildeten Haufen rauchender Trümmer. Von einem kleinen, verloren wirkenden Traktor war die Baggerschaufel abgerissen worden – kürzlich erst, denn der Stahl an der Bruchstelle glänzte und war nicht von Rost, der wie getrocknetes Blut aussah, überzogen. Und überall rankten sich Pflanzen im Überfluss und in vollem Saft, als wäre das Geheimlabor von einem verrückten Gärtner errichtet worden.

»Nun«, sagte Tom, die Arme in die Hüfte gestemmt, und blickte in die Augen eines Mannes, dessen Kopf in der Astgabel eines Mangobaums klemmte. Unerklärlicherweise stand der Baum direkt in der Mitte des zerstörten Lagers. »Diese konterrevolutionären Arschlöcher stehen auf Enthauptungen. Könnten Moslems sein. Vierzig oder fünfzig.«

»Es waren nur zwei, Sir«, erklärte das Kommando.

Tom runzelte die Stirn. »Scheiße.« *Asse.* »So ein Mist.«

Zu Toms Füßen kauerte Leucrotta auf spindeldürren Beinen und stieß tiefe, kehlige Klagelaute aus. Selbst in seiner menschlichen Gestalt entwickelte er eine Tendenz zu hündischem Verhalten. Neben ihm standen die beiden gruseligsten Kinder der ganzen Welt: Ghost und Hunger betrachteten die Verwüstung mit großen, leeren Augen. Ihre Anwesenheit inmitten all dieses Horrors störte Tom nicht. So allmählich erkannte er die Schönheit dieses Kinderassausflugs. Schreckliche Schönheit, ja. Aber Schönheit.

Zwei Männer in den braun-grünen Tarnuniformen der Simba-Brigade näherten sich ihm und zerrten einen dritten Mann hinter sich her. Dieser war unbewaffnet, barhäuptig, hatte ein aufgerissenes Hemd und Flecken auf der Hose. Er stank nach Pisse und Kacke, wahrscheinlich seine eigene. Seine Begleiter sprachen im hiesigen Dialekt mit ihm.

»Sie sagen, der hier hätte den Angriff überlebt, Mokèlémbèmbé«, sagte einer der beiden. »Er erzählt etwas von einer Frau, die mit Pflanzen getötet hat, und einem Metallmann, der unverwundbar war.«

»Klingt nach Assen, okay«, sagte Tom. Irgendwie kamen sie ihm sogar bekannt vor. Er hätte Hei Lian anrufen können, denn er hatte ein Satellitentelefon, dessen Nummer nur ihr und den Nshombos bekannt war. Jeden Tag ein anderes Telefon und eine andere Nummer. Sonst hätte die imperialistische NSA seinen Standort bestimmen können, und so ein Schreibtischtäter der CIA in Virginia hätte ihm von einer ferngesteuerten Drohne eine panzerbrechende Hellfire-Rakete auf den Kopf werfen können.

Der Leopardenmann fuhr fort: »Er sagt, dass der Metallmann entlang des Flusses nach Norden gegangen ist. Die Frau hat die jungen Freiwilligen mitgenommen und ist mit ihnen nach Osten Richtung Tansania aufgebrochen. Sie ließ den Dschungel blitzartig wachsen, um ihre Spuren zu verwischen.«

Netter Versuch, dachte Tom. »Ghost, du kannst an einer Futterstelle einen Furz wittern. Du holst den Metallmann.«

Sie sah ihn mit ihren Untertassenaugen an und nickte einmal ganz langsam. Dann drehte sich Tom wieder dem Leopardenmann zu. »Du kriegst den Hyänenjungen und Hunger. Nimm auch ein paar Soldaten mit.«

»Was soll ich mit den patriotischen Freiwilligen machen?«

Tom zuckte mit den Schultern. »Sie sind dem People's Paradise nicht weiter von Nutzen, Lieutenant.« Tom wandte sich an den Überlebenden. »Oh, und was dich angeht, du Trantüte …« Er sah Hunger an und deutete mit einer Kopfbewegung auf den Mann. Der Soldat schrie auf, als der Junge seine scharfen Zähne in sein Bein schlug. »Dir kommt die Ehre zu, der Revolution einen letzten Dienst zu erweisen: Du darfst deinen Kameraden zeigen, welche Strafe einen ereilt, wenn man die Revolution hängen lässt.«

Irgendwo im Dschungel
Vietnam

Billy war ein Joker. Er sah aus wie eine ausgetrocknete Affenleiche, an seinen alten Knochen hingen noch dünne Streifen dunklen Fleisches. Jemand schien die Luft aus seinen Augen gelassen zu haben, und er roch wie eine Schüssel Hühnersuppe, die eine Woche im Warmen gestanden hat.

Er trat aufs Gas, als hätte er Feuer unterm Hintern. »Seid ihr zum ersten Mal in Vietnam?«, fragte er, während der Dschungel an ihrem Hummer vorbeipeitschte.

»Ja«, sagte Bugsy, und umklammerte seine Knie, als Billy um eine Ecke raste, die Bugsy nicht hatte kommen sehen.

»Großartiges Land. Hat schwere Zeiten durchgemacht. Seid ihr deswegen hier? Wegen Moonchild?«

»Eher wegen eines Freunds von ihr. Mark Meadows.«

»Dieser Normalo«, sagte Billy. »Ich habe ihn nie getroffen, habe aber von ihm gehört.«

»Er war ein Ass.«

»Wirklich? Was konnte er?«

»Ich weiß nicht.«

»Ein Ass ohne Kraft, was?«, fragte Billy. »Für mich klingt das nach einem Normalo.«

Die Affenleiche ließ das Lenkrad herumwirbeln, sodass der Hummer infolgedessen wie ein verendetes Tier ächzte und heulte. Bugsy machte die Augen zu und öffnete sie dann wieder. Sollten sie tatsächlich gegen einen Baum fahren, würde er abschwirren. Wenn ein paar Wespen zerdrückt würden, konnte er das besser verkraften, als wenn sein Hirn durch die Windschutzscheibe segelte.

»Ja, ich war in der Jokerbrigade, bis ich im Widerstand gegen sie gekämpft habe«, erzählte Billy. »Das war eine kranke Szene. Wir sind hierhergekommen, weil wir dem Slogan geglaubt haben, dass Vietnam eine Zuflucht für Opfer des Wild-Card-Virus wäre.«

»Viele Asse?«

»Ein paar, nehme ich an. Vor allem Joker und Jokerasse. Wurde alles ziemlich scheiße. Da draußen sind schlimme Sachen passiert, Mann. Wirklich schlimme Sachen. Daran war die Rox-Geschichte schuld. Die Joker haben gesehen, dass Rox vernichtet wurde, und haben daraus geschlossen, dass solche Dinge überall auf der Welt passieren würden. Hier im Dschungel liefen eine Menge wütender Freaks mit Knarren herum. Niemand hat es ausgesprochen, aber wir haben irgendwie begriffen, dass es um Rache ging. Alle außer Moonchild.«

»Du hast sie gekannt?«, fragte Bugsy.

Etwas von der Größe einer Orange prallte gegen die Windschutzscheibe, ein dumpfer Schlag und ein unmenschliches Kreischen. Als es herunterfiel, hinterließ es eine Blutspur, weshalb Billy den Scheibenwischer einschaltete. »Hab sie ein paarmal gesehen, mehr nicht. Sie hat die Sache herumgerissen.« Billy klang beinahe ehrfürchtig. »Sie war es, die all die guten Leute zusammengeschart hat. Sie war die Seele dieses ganzen verdammten Landes.«

»Und andere Asse?«

»Welche anderen Asse?«

»Als Moonchild für die gute Sache gekämpft hat, hatte sie da keine Hilfe?«

»Oh, ja. Auf der Seite der Guten hatten wir ein paar Wild Cards. Da war dieses mickrige Arschloch, das sich Cosmic Traveler nannte. Totale Dumpfbacke, aber er hat viele Gefangene befreit. Dann gab's diesen Feuertypen, der ein paar feindliche Flugplätze ausgeschaltet hat. Eine Art Werdelfin namens Aquarius hat den Flusspatrouillen mächtig den Hintern versohlt. Und da sind wir nun.«

Der Hummer brach aus dem Unterholz und kam schlitternd zum Stehen, sodass Lehm und Grasklumpen von seinen durchdrehenden Reifen aufgewirbelt wurden. Zwei Männer auf Motorrollern riefen ihnen etwas zu. Billy lehnte sich zum Fenster hinaus, gestikulierte mit seiner Skeletthand und plärrte etwas zurück. Darauf machten die Männer Zeichen, hinter denen Bugsy Unflätigkeiten vermutete, und fuhren auf ihren Rollern weiter.

Auf dem Rücksitz gähnte Ellen und streckte sich. »Sind wir da?«, fragte sie schläfrig.

»Für heute geht es erst mal nicht weiter. Morgen früh bringe ich euch in die Archive«, sagte Billy. Entweder grinste er sie an, oder sein Mund war in einer Totenkopfstarre eingefroren. Wie auch immer, Ellen erwiderte das Lächeln.

»Vielen Dank«, sagte sie, während Bugsy klapprig aus dem Auto stieg.

»Die Zimmer sind hergerichtet«, sagte Billy. »Geht einfach weiter, dann nach rechts und die Treppe hinauf. Ich kümmere mich um die Taschen. Alles kein Problem.«

Bugsy ging zu der kleinen Herberge, und seine Beine fühlten sich so weich wie Spaghetti an. Überall im Land hatte es große Schlachten gegeben, aber die letzte Schlacht, in der die New-Joker-Brigade geschlagen wurde und es Moonchild gelang, Südvietnam wiederherzustellen, hatte hier stattgefunden. Und als zu Ehren der gefallenen Anführerin ein Archiv eingerichtet werden sollte, hatte die Regierung beschlossen, den akademischen und kulturellen Tempel an dieser Stelle zu erbauen.

Hier waren die Chancen, etwas zu finden, was ihrem Kanzler, Mark Meadows, gehört hatte – einen Stift, einen Stuhl, ein Zeremoniengewand –, am größten.

Bugsy ging in das Zimmer, legte sich aufs Bett und starrte

an die Decke aus Bambusattrappe hinauf. Die Matratze fühlte sich wundervoll an. Ellen trat nach ihm ein, ging aber gleich weiter ins Bad.

Je mehr er darüber nachdachte, desto plausibler erschien es Bugsy, dass Radical in die Geschehnisse in Vietnam verwickelt gewesen war. Inzwischen konnte er sich sogar vorstellen, dass Weathers Verbindungen zum Rox-Krieg gehabt hatte. Es war ziemlich offensichtlich, dass Weathers die Asse in Moonchilds Umfeld genutzt hatte. Und dann war die bemerkenswerte und bekennende Pazifistin Moonchild ausgeschaltet worden, und Radical betrat die Bühne des Weltgeschehens.

Das passte zu gut zusammen, um reiner Zufall zu sein. Blieb nur die Frage, ob Radical die Kräfte gestohlen hatte, oder ob hinter den Kulissen davor schon eine Assverschwörung am Werk gewesen war, eine Art Komitee schurkischer Wild Cards. Er musste Billy recht geben, dass Meadows eher wie ein Normalo oder eine Lusche wirkte und nicht wie das Ass, das er zu sein behauptete. Aber es konnte gut sein, dass er das Maskottchen und der Frontmann gewesen war. Wenn Ellen ihn erst einmal gechannelt hätte, würden sie mehr wissen.

Im Bad ging die Dusche an, und kurz darauf hörte er, wie Wasser auf Haut prasselte und spritzte. Durch die offen stehende Tür flog ein Käfer von der Größe eines Kolibris ins Bad, und Bugsy jagte ihn mit ein paar hundert Wespen wieder hinaus.

Billy tauchte im Eingang auf und zerrte drei Koffer hinter sich her. Er sah erst Bugsy, dann die Tür zum Badezimmer an und schüttelte den Kopf. »Da sind die Sachen. Ruht euch aus, ihr jungen Leute, ich bin in ein paar Stunden zurück und bring euch Abendessen.«

»Danke«, sagte Bugsy. Er fragte sich, ob es angebracht war, ihrem von der UNO zur Verfügung gestellten Übersetzer ein Trinkgeld zu geben, oder ob das herablassend wäre.

»Ich muss schon sagen, Mann, die Welt hat sich verändert,

seit ich in eurem Alter war«, sagte der Schimpansenzombie. »Ich muss feststellen, dass ich zu früh geboren wurde.«

»Echt?«

»Eine sexy Frau wie die da mit einem Joker? Zu meiner Zeit hätte es das nicht gegeben.«

Bugsy runzelte die Stirn und überlegte, welchen Joker Ellen gedatet hatte. Dann begriff er. »Halt mal«, sagte er und setzte sich auf. »Du hältst mich für einen Joker?«

Der Schimpanse nickte in Richtung der grünen Insekten, die aus Bugsys Leib ausschwärmten und sich wieder mit ihm vereinigten.

»Wie würdest du das sonst nennen?«, fragte Billy.

Die Santa-Cruz-Inseln
Salomonen

»*Und du willst dich Vater nennen?*«, fragte ihn die gepresste, vorwurfsvolle Stimme im Schlaf. Heute Nacht trug Mark Meadows ausgebleichte Jeans und ein Batik-T-Shirt mit einem Bild von Jerry Garcia drauf. »*Du bringst Kinder in Gefahr. Du hilfst dabei, dass man Mörder aus ihnen macht. Was zur Hölle ist mit dir los?*«

»Sie sind Krieger«, sagte Tom. »Krieger für die Revolution. Sie stehen für etwas. Ich stehe für etwas. Du dagegen bist bloß ein zugedröhnter Hippie.«

»*Und ob ich für etwas eingestanden bin. Friede und Gerechtigkeit und Freiheit. Und du ... du drehst völlig durch. Früher hast du Kriege nicht mit Kindern geführt. Jetzt benutzt du sie im Krieg. Sprout hat dir etwas bedeutet, sie war deine einzige Verbindung zur Menschlichkeit. Das Einzige, was dich noch irgendwie gerettet hat. Wie kannst du ihr jetzt noch in die Augen schauen, Mann?*«

Tom schlug mit der Faust zu und legte all die panzerbrechende Kraft von Starshine in den Stoß. Wie ein Buntglasfenster zersprang das Bild von Mark in unzählige leuchtende Scherben.

Und jede von ihnen lachte Tom aus, während ihr Leuchten erlosch.

Sonntag, 13. Dezember

Im Dschungel, Kongo
People's Paradise of Africa

Mehr als alles andere vermisste Jerusha Rusty.

Einerseits waren die Kinder ein größeres Problem, als sie erwartet hatte, andrerseits ein kleineres. Sie hatten Angst, sie waren missbraucht worden, und sie scharten sich dicht um sie auf ihrem Weg durch den Dschungel. Ein paar von ihnen sprachen – wie Cesar – genug Französisch, um für sie zu übersetzen. Ein paar waren auch alt und reif genug, um als Anführer der abgerissenen Truppe zu fungieren. Ihre Namen rasselten ihr im Kopf – Cesar, Abagbe (das mit Fingern gespickte Mädchen), Waikili (der Junge fast ohne Gesicht), Eason (der Joker mit dem Fischschwanz), Naadir (das Kind, dessen Haut leuchtete), Gamila, Dahia, Machelle, Rac, Saadi, Efia, Pendo, Pili, Wakiuri, Dajan, Idihi, Hafiz, Kafil, Chaga und, und, und … Jerusha gab die Hoffnung auf, die Namen jemals den Gesichtern zuordnen zu können.

Soviel sie wusste, war keins von ihnen ein Ass, auch wenn die Joker unter ihnen ganz offensichtlich waren. Es waren diejenigen, die das PPA und die Leopardenmänner von Ngobe anscheinend noch weiter hatten auf ihre eventuelle Nützlichkeit hin untersuchen wollen und deshalb nicht wie die anderen entsorgt hatten. Seit ihrer Trennung von Rusty hatte sie die Kinder stetig nach Osten geführt. Sie hatte Wert darauf gelegt, dass Wally das GPS-Gerät bekam, denn sie hoffte, dass sie selbst auch mit dem Kompass zurechtkommen würde.

Eigentlich musste sie nur ein Telefon finden und Babs anrufen. Das Komitee würde sie hier herausholen. Jayewardene konnte eine Staffel UN-Hubschrauber schicken oder sie mit Booten am Tanganjikasee in Empfang nehmen oder ... Nun, sie würden schon einen Weg finden. Sie musste einfach nur nach Osten weitergehen. Richtung See und Tansania.

Und sich dabei nicht schnappen lassen.

Kinderspiel.

Ein gutes halbes Dutzend der Kinder konnte nicht ohne Hilfe gehen oder nur mit Mühe. Eason musste seinen Fischschwanz ständig feucht halten, denn sonst trockneten die Schuppen aus und bekamen Risse, und er würde vor Schmerzen aufschreien. Jerusha und die älteren Kinder trugen abwechselnd diejenigen, die nicht selbst laufen konnten. Von den reiferen schwangen ein paar Macheten, um Wege durch das schlimmste Dickicht zu bahnen. Der Pulk zerfaserte und verteilte sich auf dem Dschungelpfad über eine Distanz von hundert Metern, und wenn Jerusha nicht ständig aufgepasst hätte, wäre die Gruppe noch weiter ausgefranst, und sie hätten die Nachzügler verloren. Andauernd trieb sie die jüngsten und schwächsten zum Weitergehen an, musste regelmäßig die Träger der gebrechlichen Kinder austauschen, musste ebenso häufig den Kindern an der Spitze sagen, dass sie auf die langsameren warten sollten.

Sie versuchte, die Kinder öfter zu zählen, um sich zu vergewissern, dass noch alle da waren, verlor aber meistens den Überblick. Schließlich gab sie das Vorhaben ganz auf und hoffte, dass die Kinder ihr schon sagen würden, wenn eins von ihnen vermisst würde. Wenn sie rasteten, drängten sich die Kinder so dicht um sie, als wollten sie alle direkt neben ihr sitzen. Als sehnten sie sich nach der Sicherheit ihrer Berührung oder ihrer Stimme. Jahrelang hatte Jerusha sich gefragt, ob sie jemals eine Beziehung haben würde, die stabil genug wäre, dass sie mit gutem Gefühl eigene Kinder haben konnte. Jetzt hatte sie plötzlich fünfzig bekommen – und war allein.

Manchmal während der häufigen Pausen nutzte Jerusha ihre Wild Card und stellte den Dschungelbewuchs entlang ihres Wegs wieder her, in der Hoffnung, dass es die Verfolgung erschweren würde. Hoffentlich wurden sie gar nicht erst verfolgt. Hoffentlich ging Rustys Taktik auf, und die Leopardenmänner würden sich an seine Fersen heften.

Es war der blinde Joker Waikili, der Jerusha ins Zweifeln brachte. Stunden nachdem sie losmarschiert waren, kam er zu ihr und zog an ihrer Safarijacke. »Sie kommen, Bibbi Jerusha«, sagte er in holprigem Französisch und schien sie dabei mit seinem leeren, nur aus dunkler Haut bestehendem Gesicht anzustarren. »Sie folgen uns.«

Sie konnte beobachten, wie sich nach seinen Worten Furcht in der Gruppe breitmachte, die Kinder fingen an zu tuscheln, und ein paar jammerten ängstlich oder brachen in Tränen aus. »Pst …«, sagte sie. »Cesar, sag ihnen, dass sie leise sein müssen. Waikili, woher weißt du das?«

»Ich weiß es eben«, sagte er. »Ich habe keine Augen, aber ich kann sie hier spüren.« Dabei tippte er sich auf die Stirn. »Sie finden das Lager. Sie folgen dem Stahlmann, aber manche folgen uns auch.«

»Das vermutest du doch bloß, Waikili«, sagte Jerusha verzweifelt. »Das kannst du nicht wissen. Das ist unmöglich.« Noch während sie sprach, beschlich sie die Sorge, dass sie sich irrte, dass der Joker Waikili vielleicht ein verstecktes Ass war.

Waikili schüttelte den Kopf. »Ich weiß es«, wiederholte er. »Ich irre mich nicht.«

Jerusha biss sich auf die Unterlippe. Jetzt wurde sie von allen angestarrt. »Na gut«, sagte sie. »Wenn sie uns verfolgen, dann müssen wir eben schneller sein als sie. Sie werden uns nicht kriegen. Kommt schon, wir haben genug gerastet. Lasst uns gehen.«

Die Santa-Cruz-Inseln

Salomonen

»Was ist das?«, fragte Sprout.

Sie waren auf einer Anhöhe angelangt, auf einem kleinen Hügel, der einem Dinosaurierrücken glich. Er bestand aus Vulkanasche auf einem Sandsteinuntergrund, der unten am Strand hervorschimmerte. Die Insel war bewaldet und voller dichtem Unterholz. Die nächstgelegene Insel lag über sechzig Meilen entfernt. Die Sandinsel war bis auf Affen, Tropenvögel, die ebenso schrill in die Augen wie die Ohren stachen, und einer Kolonie drahtiger, schreckhafter Ziegen, unbewohnt. Niemand kam je hierher.

Diese Erhebung hatte vage die Form eines Kreuzes und war mit hartem einheimischem Gras bewachsen. Nur die zweiflüglige Heckflosse verriet ihre wahre Natur. »Ein B-25-Bomber, Liebling«, erklärte Tom. Der Sohn eines erfolgreichen, resoluten Luftwaffengenerals, sein… Vorgänger… war als Kind ein großer Fan von Kriegsflugzeugen gewesen. Und Tom hatte Zugang zu einigen seiner Erinnerungen, wenn auch nicht zu allen. Vor allem zu den frühen.

»Was ist das?«, fragte seine Tochter.

Meine Tochter, dachte er dem Quälgeist der letzten Nacht zum Trotz. »Ein Kriegsflugzeug, mit dem man Bomben abwirft. Im Zweiten Weltkrieg gab es hier in der Gegend viele Schlachten. Dieser Flieger war wahrscheinlich in Henderson Field auf Guadalcanal stationiert, ein paar hundert Meilen von hier. Muss wohl abgeschossen worden sein.«

Er war nicht hergekommen, nur um die Lüge des alten Hippies zu widerlegen. Den Assen, die Nyunzu verwüstet hatten, die Kinder hinterherzuschicken, hatte ihm einen Stich versetzt. Sicher, sie waren selbst auch Asse, und manche von ihnen waren scheißgefährlich, aber sie waren trotz allem Kinder.

Er musste Sprouts Stimme hören, ihre Hand in seiner spüren, die reine und unschuldige Liebe in ihren klaren blauen Augen sehen.

»Werden sie uns zerbomben?«

Er lachte und führte sie fort. »Ich glaube nicht, Liebes. Das sollten sie besser nicht tun, sonst wird Daddy ihnen den Hintern versohlen!«

»Welcher Daddy?«, fragte sie mit großen, ernsten Augen unter dem Sonnenhut, auf den Mrs. Clark bestand.

Er brauchte einen Moment, um die Frage zu verstehen. Dann traf es ihn wie ein Schlag in die Eier. »Wie meinst du das, Liebes? Ich bin doch dein Daddy.«

Störrisch schüttelte sie den Kopf, sodass ihr Pferdeschwanz von einer Schulter ihres blau-weißen Sommerkleids zur anderen flog. »Mein richtiger Daddy. Ich vermisse ihn. Warum darf ich ihn nicht sehen?«

»Ich bin dein richtiger Daddy. Der einzige, den du hast.«

»Ich will meinen richtigen Daddy! Du hast ihn verjagt! Du bist gemein. Au ... du tust mir weh!«

Aus der Erdumlaufbahn war die Insel im unendlichen Blau des Ozeans nicht mehr zu sehen. Radical stieß einen Schrei aus. Niemand hörte ihn. Dann schoss er einen Sonnenstrahl aufs Geratewohl in die Atmosphäre und sah das Blitzen, als der Strahl die Luft entflammte.

Kapillaren platzten, er spürte das Kribbeln unter der Haut und das Kitzeln in den Augäpfeln, deshalb schoss er hinunter, holte tief Luft und kehrte wieder um. Dann ging es nach Westen, entgegen der Erddrehung, und bald überquerte er die Grenze von Tag und Nacht in die Dunkelheit.

Er schwebte über Nordafrika und konnte den blassblauen Fleck des Sudd ausmachen. Hier ging er auf sechstausend Meter runter und suchte die Oberfläche ab wie ein hungriger Adler.

So entdeckte er eine Raketenwerferbatterie des Kalifats, etwas abseits der Hauptstreitmacht. Schlechte Entscheidung. Wie das Jüngste Gericht erschien er in ihrer Mitte, verwandelte alles in Schreie, Flammen und Tod und hinterließ ein Feuerwerk, das den Himmel in seinem Rücken erleuchtete.

Jetzt fühlte er sich *viel* besser.

Irgendwo im Dschungel
Vietnam

Aliyah lag neben ihm im Bett und streichelte ihm mit Ellens Fingern über die nackte Brust. Sie waren beide nackt, bis auf den Ohrring. Die Sonne drückte zum Fenster herein. Warm und weich und wohltuend schmiegte sich Ellens Körper an ihn. Die zerknitterte Decke gab den Blick auf Ellens rechte Brust frei. Jetzt reagierte ihr Nippel nicht auf die Berührungen, sondern auf die Kälte. Er ließ eine Wespe losschwirren, eine Runde drehen und wieder auf seinem Bauch landen und mit seinem Leib verschmelzen. Hoch, kreisen, zurück. Hoch, kreisen, zurück.

»Was denkst du?«, fragte Aliyah.

»Nichts«, sagte er. »Ich genieße gerade nur das Glücksgefühl nach dem Sex.«

»Hast du dich gestritten?«

»Meinst du jemals?«

»Ich meine, seit wir das letzte Mal zusammen waren.«

»Ah«, sagte Bugsy. »Nun, ja. Im Flugzeug haben Nick und ich uns ein wenig in die Haare bekommen. Ich habe das gestern Abend mit Ellen besprochen.«

Das war harmlos ausgedrückt. Aber es klang viel besser, als wenn er gesagt hätte, dass er eine langwierige, heftige und emotionale Diskussion mit Ellen geführt hatte. Und trotzdem hatte Ellen heute Morgen nach dem Aufwachen den Ohrring angezogen und war als Aliyah zurück ins Bett gekommen. Und sie hatten gevögelt. Was ein Teil des Problems war.

Ich habe keine Freundin, hatte er auf dem Höhepunkt des Streits gesagt. *Eine Freundin ist jemand, mit der man Zeit verbringt. Ich dagegen, ich habe ein Sexspielzeug, das du aus dem Schrank holst, wenn du so tun willst, als wärst du mit Nick zusammen.*

Er erinnerte sich nicht mehr daran, was genau Ellen darauf erwidert hatte. Etwas in der Art, dass er mit seinem Schwanz denken würde. Und jetzt das. Aliyah. Vielleicht hätte er aufstehen und sich anziehen sollen, hätte ihr die Sehenswürdigkeiten des vietnamesischen Landlebens zeigen sollen. Er hatte auch durchaus diesen Impuls gehabt, aber dann hatte sie seinen Schwanz in die Hand genommen, und dann waren da plötzlich ein Haufen anderer Impulse gewesen.

Vielleicht hatte Ellen aber auch nur eine Weile so tun wollen, als wäre sie mit Nick zusammen. Und er war der Letzte, der ihr das hätte vorwerfen können.

»Du bist wütend auf sie«, sagte Aliyah.

»Nö. Ich bin bloß müde. Nach so langen Flügen bin ich immer erst mal ein paar Tage im Arsch. Und ...«

»Liegt es an mir?«

Er wälzte sich herum, um sie anzuschauen. Ellens Gesicht wurde weicher, wenn Aliyah es übernahm. Er versuchte sich daran zu erinnern, ob sie auch so verwundbar gewesen war, als sie noch gelebt hatte. Er glaubte es nicht. Offenbar hing es irgendwie mit dem Tod zusammen, dass Mädchen ein Stück Selbstsicherheit verloren.

»Es liegt nicht an dir«, sagte er. »Du bist klasse. Du hast bloß ein paar beknackte Mitbewohner.«

Es klopfte leise an der Tür. Aliyah zog gerade noch rechtzeitig die Decke hoch, bevor Billy seinen enthäuteten Kopf hereinsteckte. Bugsy spürte, wie sich ihr Körper anspannte, und da fiel ihm ein, dass sie den Joker noch gar nicht kennengelernt hatte. Das war Ellen gewesen.

»'tschuldigung, Mann. Wir haben uns ein bisschen verspätet. Wir sind gleich unten«, sagte Bugsy.

»Kein Stress«, erwiderte Billy. »Aber wenn wir dort sein wollen, bevor der Kurator miese Laune kriegt, sollten wir die Hufe schwingen.«

»Fünf Minuten«, sagte Bugsy, und die Affenleiche zog sich zurück. Bugsys Jokergenosse. Aliyah beugte sich vor und küsste ihn lange. »Ich weiß, ich muss gehen«, sagte sie. »Aber hör mir zu. Was immer dich ärgert, lass dich nicht runterziehen, okay?«

»Das wird schon«, sagte er.

»Ich liebe dich«, sagte Aliyah.

Bugsy empfand eine Ahnung von Bedauern. Nicht das eigentliche Gefühl, sondern sein Echo, das von einem Punkt in der Zukunft zu ihm zurückgeworfen wurde. *Hättest du das auch gesagt, als du noch am Leben warst? Oder begnügst du dich mit mir, weil ich das Beste bin, was du als Tote und so kriegen kannst?* »Ich liebe dich auch«, sagte er. Darauf lächelte sie und nahm den Ohrring ab.

Ellen kehrte in ihren Körper zurück und wickelte sich enger in die Decke ein. Bugsy schaute weg. »Billy ist, äh, unten…«, fing er an.

»Ich hab's gehört. Fünf Minuten«, sagte Ellen und ging ins Bad. Da die Dusche wieder besetzt und er nicht eingeladen war, entschied sich Bugsy für eine Kurzvariante der Körperpflege und ließ seine Wespen ihre jeweiligen Nachbarinnen striegeln und sich anschließend wieder formieren. Das war zwar nicht so gut wie ein richtiges Bad, aber besser als nichts.

Es war eher zwanzig Minuten später, als sie schließlich unterwegs waren. Nach einer Stunde erreichten sie das Archiv, ein gedrungenes Betongebäude mit schrägem Dach, das mehr wie ein Schnellrestaurant aussah und nicht wie ein staatliches Museum. Billy sprang die Stufen hinauf und hielt ihnen die Tür auf.

Von innen verströmte das Gebäude zugleich die Atmosphäre eines Büros und die einer billigen Touristenattraktion.

In Blattgold gerahmte Karten und Urkunden auf Vietname-
sisch sollten eine Geschichte dokumentieren, nur wusste Bugsy
beim besten Willen nicht, welche. Am meisten fehl am Platz
wirkte ein gerahmtes Standbild aus einem schlecht gemachten
Horror-Porno-Streifen. Über dem Dschungel dräute ein riesiges, unförmiges Ding, und aus seinen unwahrscheinlichen
Klauenhänden fuhr ein Blitz, der in einen explodierenden vietnamesischen Panzer einschlug. Typischer Monsterfilmschund,
nur das diese spezielle Bestie einen unverhältnismäßig großen
Penis hatte, vollständig erigiert und mindestens genauso bedrohlich wie die Klauen.

Während der Kurator, ein grauhaariger Mann mit schmalen
Lippen und einem überraschenden Lächeln, ein paar hektische,
unverständliche Worte mit Billy wechselte, stellte sich Ellen
neben Bugsy und betrachtete das Standfoto. »Nett«, sagte sie.

»Vietnamesischer Hentai«, sagte Bugsy. »Wer hätte das gedacht?«

Der Kurator ging durch eine große zweiflüglige Tür, wobei
er über die Schulter weiter mit Billy sprach. Der gab ein hohes Zwitschern von sich, das, so vermutete Bugsy, weniger der
Sprache als seiner affenartigen Natur geschuldet war. Schließlich schlenderte der Joker zu ihnen herüber. »Ach ja, der große
Kampf«, sagte er. »Das war damals, als Moonchild gefangen
genommen wurde. Die vietnamesische Armee hat eine Panzer-
division ausgesandt, um uns alle zu töten. Die Jokerbrigade,
Moonchilds Dissidentenfraktion. Einfach alle. Es war ihnen
scheißegal. Dann ist dieser große Kerl aufgetaucht und hat
alles kurz und klein gehauen.«

»Sie wollen damit sagen, dass das echt ist?«, fragte Ellen und
beugte sich näher an das Foto heran.

»Das ist das Ereignis, dessen mit diesem Museum gedacht
wird.« Billy schien von ihrer Ignoranz ein bisschen beleidigt
zu sein.

Bugsy betrachtete das Monster und überlegte, inwiefern es

zu ihren Theorien über Radical und Mark Meadows passte. Hätte Moonchild etwas Derartiges an der Leine gehabt, dann hätte sie sich gegen Tom Weathers behaupten können. Bugsy fühlte einen unheimlichen Schauer, als studierte er einen Hinweis, den er noch nicht zu interpretieren wusste.

Der Kurator kam mit einem Gewand und einem eingerahmten Bild zurück. Hastig sagte er etwas zu Billy. Dieser nickte und erwiderte etwas. Darauf grunzte der Kurator zufrieden, trat einen Schritt zurück und wartete.

Das Bild zeigte Mark Meadows. Darauf sah er älter aus, etwas müder und weniger sorglos. Aber es war zweifellos derselbe Typ, den Bugsy auf den Bildern aus dem New York der Siebzigerjahre gesehen hatte. Nur dass er statt des gelb-violetten Uncle-Sam-Outfits ein goldenes und grünes Gewand trug. Dasselbe, das Billy Ellen – Cameo – in die Hand drückte.

»Okay«, sagte Bugsy. »Da wären wir.«

Ellen legte sich das Gewand um die Schultern, holte tief Luft und schloss die Augen.

Kurz darauf machte sie sie wieder auf, und Ellen sah noch immer aus ihnen heraus. Bugsy legte das Porträt von Meadows neben das Standbild mit dem Penismonster.

»Was ist los?«, fragte er.

»Ich weiß nicht … es funktioniert nicht.«

»Haben wir die falschen Klamotten?«

Billy drehte sich zu dem Kurator um, deutete auf das Gewand und kreischte etwas. Der Kurator nahm die Frage nicht gut auf und kreischte zurück. Wild gestikulierend, versuchten die beiden Männer, sich gegenseitig zu übertönen. Mit hartem Gesichtsausdruck trat Ellen an Bugsy heran. »Ich glaube, es ist das richtige Gewand«, sagte sie.

»Und?«

»Das heißt, dass Meadows noch lebt.«

Khartum, Sudan
Arabisches Kalifat

Alle Krankenhäuser riechen gleich – nach Alkohol, Blut, Fäkalien, verwelkten Blumen, Desinfektionsmittel, Krankheit.

Prinz Siraj hielt sich ein Taschentuch – großzügig mit Aftershave besprengt – vor die Nase. Noel hatte schon Schlimmeres gerochen. Da sich das Krankenhaus in Khartum befand, genoss man das zusätzliche Vergnügen entlang der schmutzigen Betonwände aufgereihter Feldbetten. Und in jedem dieser Betten lag ein stöhnender, schreiender Patient. In manchen sogar zwei. »Du weißt schon, dass wir uns auch hätten in Paris treffen können«, sagte Noel.

»Ich will dir etwas zeigen.« Siraj klang angespannt, obwohl seine Stimme von dem Tuch gedämpft wurde. Er machte die Tür zu einem Zimmer auf. Darin standen nur vier Betten. Wen auch immer sie hier sehen wollten, war offenbar wichtig.

Noel folgte Siraj zu einem Bett am offenen Fenster. Hin und wieder wehte eine Brise Hitze den Gestank von Kameldung herein. Eine zum Knochengerüst abgemagerte Gestalt lag auf dem Bett. Die Gesichtshaut spannte sich über den blanken Knochen, und seine Augen waren so eingesunken, dass Noel meinte, sie wären entfernt worden. Sein langer Bart wirkte wie Moos, das an einem alten, abgestorbenen Baum hängt. Im raschen Rhythmus seines flachen Atems hob und senkte sich die Decke über ihm. Neben dem Bett hing ein Infusionsbeutel, und die Arme des Mannes waren von den Nadeleinstichen schon violett und schwarz. Noel drehte den Beutel zum Licht und las: D5, NaCl 0,9 %, KCL 20mval, Multivita-minkomplex.

»So hat er vor zehn Tagen ausgesehen«, sagte Siraj.

Noel nahm das iPhone und betrachtete das Bild. Das weiße Hemd spannte sich über einen stattlichen Bauch, und die Wangen über dem Bart waren rot und fett, als hätte der Weihnachtsmann beschlossen, Urlaub in wärmeren Regionen zu machen. Noel richtete den Blick wieder auf die Gestalt im Bett. Die Formen der Augenbrauen und des Kinns waren ähnlich genug, um ihn als dieselbe Person zu identifizieren.

»Du weißt, was das bedeutet?«

»Ich will dich nicht des Vergnügens berauben, es mir zu erklären.«

Siraj warf ihm einen giftigen Blick zu. »Er verhungert. Innerhalb einer Woche hat er über hundert Kilo abgenommen. Kein Mittel hilft. Erst hat er sich vollgestopft, aber dann ist er zu schwach geworden, um auch nur das Essen zum Mund zu heben. Jetzt das.« Der Prinz stupste den Beutel mit dem Finger an. »Und es zeigt keine Wirkung.« Am Fußende des Betts ging Siraj auf und ab. Die eingesunkenen Augen, die ihm folgten, huschten hin und her. Verzweiflung erfüllte die dunklen Iriden mit etwas Leben. »Als er noch sprechen konnte, sagte er, dass er von einem kleinen Jungen gebissen wurde. In Khartum waren drei der monströsen Kinder beteiligt. Eines von ihnen konnte ein Gebäude einstürzen lassen. Der andere verwandelte Menschen in schrumpelige Hüllen. Woher kommen die? Wie viele solche Ungeheuer hat Weathers noch?«

»In ein oder zwei Tagen kehre ich ins PPA zurück. Ich schaue mal, was ich herausfinden kann.«

»In ein oder zwei Tagen?« Siraj wurde laut vor Entrüstung. »Was zur Hölle hast du bisher gemacht?«

Noel musste sich zusammenreißen, dass ihm nicht selbst die Sicherungen durchbrannten. »Ich habe mein Team zusammengestellt. Jetzt werde ich es in Kongoville in Position bringen.«

»Wenn du diese Monster ausfindig machst, töte sie«, befahl Siraj.

»Dadurch würde das PPA nur noch paranoider, und es würde für mich viel schwerer werden, mein Ziel zu erreichen. Außerdem töte ich keine Kinder.«

»Skrupel? Du? Das ist doch ein Witz.« Siraj bemerkte die Wut in Noels Blick. »Verlier jetzt bloß nicht die Beherrschung. Denk an meine kleinen Liebesbriefe.«

»Im Moment drohen mir Weathers und du. Wenn ich dich töte, droht mir nur noch einer.«

Die Logik dahinter schien Siraj zum Einlenken zu bringen. Er sah weg.

Noel ließ ihn eine Weile darüber nachdenken, bevor er fragte: »Und wie kommst du mit dem Waffenstillstand voran?«

»Jayewardene trifft gerade die Vorkehrungen. Aber sobald ich in Paris lande, ist mein Aufenthaltsort bekannt. Was sollte Weathers davon abhalten, mich einfach umzubringen? Oder mir eines dieser Kinderasse auf den Hals zu hetzen?«

»Erbitte vom Komitee Personenschutz. Weathers mag verrückt sein, aber er ist nicht dumm. In New Orleans hat er sich auf keinen Kampf eingelassen. Er ist zwar mächtig, aber zahlenmäßige Überlegenheit wird immer den Sieg davontragen.«

»Denk dran, dass du nur bis Jahresende Zeit hast.«

Noel scherte aus der langweiligen Schlaufe aus Drohungen und Forderungen aus. Er fragte sich, wie sich Niobe fühlte. Wie es ihr ging. Vierzehneinhalb Wochen. Noch eineinhalb Wochen. Zehn Tage, dann hätten sie die magische Sechzehn-Wochen-Grenze erreicht. Dann wären sie der Gefahr entkommen. Auf ihrem Weg zu einem Kind.

»Vielleicht ändere ich das Stichdatum noch. Denn das muss schnell geschehen...«

Noel unterbrach ihn. »Schau, wir können das richtig machen, oder wir machen es schnell. Beides zusammen geht nicht. Oh, und billig können wir es auch nicht machen. Ich brauche

Geld. Genug, um eine glaubhafte erste Einzahlung auf der Bank zu machen.«

»Das will ich zurück.«

Noel sah ihn an. »Ist das nicht ein geringer Preis für das Kalifat?«

Auf dem Lukuga, Kongo
People's Paradise of Africa

Nicht lange nachdem Wally das Patrouillenboot des PPA gestohlen hatte, bemerkte er dieses juckende Gefühl zwischen seinen Schultern, so als würde er beobachtet. Er machte sich klar, dass das gut war. Dass er wollte, dass das PPA ihn beobachtete, ihn nicht aus den Augen ließ. Denn je mehr Leute ihm folgten, desto weniger folgten Jerusha und den befreiten Kindern. Je mehr das PPA ihn beobachtete, desto weniger konnte es Jerusha beobachten. Seine Soldaten konnten nicht überall zur selben Zeit sein.

Das war alles wahr, und doch war es ein unheimliches Gefühl.

Erst als er sein Magenknurren nicht länger ignorieren konnte, rastete er, um zu Mittag zu essen. Seine Feldflasche war leer, deshalb war es Zeit, am Ufer anzulegen. Wally wählte dazu eine schattige Bucht, die hinter einer Flussbiegung verborgen war. Dort schleifte er seine Ausrüstung ein paar Schritte weit in den Dschungel. Er kramte zwei Chlortabletten heraus, nahm die Feldflasche und ging zum Fluss zurück. Das Chlor verlieh dem Wasser einen widerlichen Geschmack – als wäre er in einen Swimmingpool gefallen und hätte aus Versehen etwas verschluckt –, aber er hatte darauf bestanden, dass Jerusha und die Kinder beide Biofilterflaschen mitnahmen. Als er zu dem Platz zurückkehrte, an dem er seine Ausrüstung versteckt hatte, war Wally mit den Gedanken woanders, nämlich bei Jerusha.

Gerade verstaute er seine Feldflasche, da sah er im Augenwinkel etwas Bleiches aufblitzen. Er sah auf und rechnete da-mit, einen Vogel oder vielleicht sogar einen Affen zu erblicken.

Und da entdeckte er das geisterhafte kleine Mädchen. Laut-los tauchte sie aus dem Dschungel auf.

»Himmeldonnerwetter!« Wally ließ die Feldflasche fallen und robbte auf Händen und Füßen zurück.

Das Mädchen war acht oder neun Jahre alt und trug ein ma-kelloses weißes Kleid, wie es Kinder sonntags in die Kirche an-zogen. Absurderweise fragte sich Wally, wie es das Mädchen im Dschungel schaffte, dass das Kleid so sauber blieb. Doch dann fiel ihm auf, dass die Bewegungen des Mädchens keinen Einfluss auf das Dickicht hatten. Es bewegte sich ungehindert durch das Gebüsch hindurch und warf auch keinen Schatten. Wie ein Geist.

Das Mädchen starrte ihn mit großen Augen an, dunkel wie eine mondlose Nacht. Die Hände hatte es auf dem Rücken. Außer dem Gurgeln des Wassers, das aus der Feldflasche he-rauslief, war nichts zu hören.

Wallys Herz hämmerte gegen die Eisenstäbe seines Brust-korbs. Es erschien ihm wie eine Ewigkeit, bis der Knoten in seiner Kehle sich löste und er sprechen konnte. Nur mit Mühe vermochte er einen zusammenhängenden Gedanken zu fassen. »Wo zum Teufel kommst du her?«, brachte er irgendwie her-vor.

Das Mädchen gab keine Antwort. Nichts an ihm verriet, ob es ihn gehört hatte oder nicht. Es starrte ihn nur mit diesen kalten, kalten Augen an und blinzelte nicht einmal.

»Grundgütiger, Kind. Du hast mich zu Tode erschreckt.« Wally rappelte sich wieder auf und machte einen Schritt nach vorn. Das Mädchen wich zurück. »Hast du dich verirrt?« Noch ein Schritt. Wieder trat das Mädchen zurück und in den Dschungel. »Hast du Hunger?«

Bevor das Mädchen vollends im Dickicht verschwand, fiel ihm gerade noch auf, dass seine Füße den Boden nicht berührten.

Wally war der Appetit vergangen, und er selbst wollte auch nur noch verschwinden. Er gab jeden Gedanken an Mittagessen auf. Stattdessen sammelte er seine Ausrüstung zusammen und zwang sich, nicht zum Boot zu rennen, sondern gemäßigten Schrittes zu gehen. Das Jucken zwischen seinen Schulterblättern war inzwischen schmerzhaft wie ein heißer Nagel im Rücken.

Er brachte Meile um Meile zwischen sich und das kleine Mädchen, bis der Einbruch der Dunkelheit ein Weiterkommen unmöglich machte. Und obwohl er wusste, dass es dumm war, achtete er darauf, sein Zelt nicht auf der Flussseite aufzuschlagen, auf der er gerastet hatte, sondern auf der anderen. Er zwang sich, etwas zu essen, auch wenn sein Appetit noch nicht zurückgekehrt war.

In seinem Schlafsack wälzte er sich hin und her, es kam ihm vor wie Stunden. Als er endlich wegdämmerte, suchten ihn düstere und verstörende Träume heim. Sein Schlaf war unruhig.

Kurz vor Morgengrauen schreckte er aus dem Schlaf hoch, nachdem er einen besonders lebhaften Traum gehabt hatte, in dem ihm jemand die Kehle aufschlitzen wollte. Aber er war allein im Dschungel.

Distrikt Mackenzie
Nordwest-Territorien, Kanada

»Du drehst durch, Mann«, sagte der Hippiearsch. Hinter den dicken runden Brillengläsern waberten seine Augen wie blaue Tintentropfen, die sich im Wasser nicht auflösen wollten. Nur zu gern hätte Tom ihm die weiche Visage poliert, die irgendwie auch asketisch wirkte mit den eingefallenen Wangen, dem schmächtigen Spitzbart und dem traurigen Ausdruck, der ihn noch mehr auf die Palme brachte. »Lange kannst du dich nicht mehr davor drücken.«

Er und der andere schwebten in einer Art flaumigen Leere, in der nur sie beide Farbe und Form hatten. »Na und? Was zum Donnerwetter soll dann passieren? Glaubst du etwa, du könntest dann deinen Körper zurücknehmen? Den bist du für immer los, Meadows. Wenn ich ihn verliere, dann sind wir beide tot.«

»Wenn dem so wäre«, sagte sein Feind – der einzige, den er wirklich fürchtete – in ruhigem Ton, »wäre das nicht schlimm. Denn damit würdest auch du die Kontrolle über deine Macht verlieren.«

Tom lachte. »Ich bin das mächtigste Ass auf dieser ganzen Scheißwelt. Wer soll mir etwas anhaben?«

»Es geht nicht darum, was andere dir antun können. Sondern darum, was du der Welt antust. Der ganzen Menschheit. Du entwickelst dich zu einer Bedrohung, die alles auslöschen könnte.«

Wieder lachte er, diesmal ein bisschen heftiger. »Wenn ich

die Menschheit auslöschen würde, wer zum Henker sollte uns dann vermissen? Deine ganzen Hippiefreunde beschweren sich doch ständig darüber, was für eine Plage die Menschheit ist.«

»Was ist mit den Unterdrückten?«, fragte sein sanfter Inquisitor hartnäckig. »Was ist mit deiner Revolution?«

»Hey, vielleicht erfülle ich den Lauf der Geschichte, indem ich die Geschichte beende. Dumm gelaufen, Mann.«

»Aber wenn Menschen machen, dass es dumm läuft«, sagte Meadows, »dann können andere sie dabei aufhalten.«

»Ha! Du und welche Armee?«

Tom fielen Gestalten auf, die um sie herumschwebten. Seine Augen konnten nicht mehr als vage menschlich geformte Farbflecken ausmachen: ein Orange, das flackerte wie die Spiegelungen einer Flamme. Eine halb mondsilberne, halb schwarze Scheibe mit einer S-förmigen Trennlinie. Ein unendlich tiefes Schwarz, das von winzigen Lichtpunkten unterschiedlicher Farbe durchsetzt war, die die Dunkelheit nicht zu erhellen vermochten.

»Du vergisst, wessen Freunde sie waren«, sagte Mark.

»Jetzt sind sie meine. Du hast nichts, du armselige Trantüte. Du bist nichts. Und ich habe genug von deinem Scheiß.« Mit einiger Willensanstrengung schoss Tom nach oben und aus der Leere hinaus.

Plötzlich saß er aufrecht in einem Bett, kalte Luft kribbelte ihm auf der Haut, wo die dicke Decke heruntergerutscht war. Vom offenen Kamin drangen ein schwacher Rauchgeruch und die Hitze von glühenden Kohlen herüber. Große Schneeflocken schlugen wie Riesenmotten gegen das Fenster der Hütte im arktischen Föhrenwald des Distrikts Mackenzie in Kanadas Nordwest-Territorien, beinahe so abgelegen wie der Zentralpazifik.

Er war alleine hierhergekommen, denn er musste seine Gedanken ordnen. Sun Hei Lian sah ihn schon ganz komisch an. Diese Frau war einfach zu klug. *Sie ist bloß eine Frau,* flüsterte ihm eine Stimme zu. *Die halbe Menschheit besteht aus Frauen.*

Tom schüttelte den Kopf und rieb sich im Gesicht, wo aus irgendeinem Grund niemals Bartstoppeln wuchsen. »Sie liebt Sprout«, sagte er. »Sie liebt mich.« Und er dachte: *Wer lacht da? Wen höre ich da?* Und in ihm war es kälter als draußen vor der Blockhütte.

Montag, 14. Dezember

Helsinki, Finnland

»Ich will mich wirklich nicht durch einen Computer im Sicherheitsbüro robben«, murmelte Jaako Kuusi alias Broadcast mit einem Bissen Sahnehering im Mund.

Noel belegte einen Cracker mit einem Teelöffel Kaviar, gehacktem Ei und gehackten Zwiebeln. »Nun, wie sollen wir es sonst machen?« Er biss ab, und der kräftige Geschmack von Fisch und Salz regte die Speicheldrüsen am Gaumen an.

»In den Staaten gibt es da so einen Typen. Ich habe für unseren Geheimdienst ein Auge auf die Computerasse gehabt.«

Noel nickte. Jaako arbeitete zuweilen als Freelancer für den finnischen Geheimdienst, und sein Weg hatte sich ein paarmal mit dem von Noel gekreuzt. »Und was macht der?«

Aus dem Nebel und Schneetreiben tauchte eine Möwe auf und segelte am Fenster des Restaurants in Helsinki vorbei. Ihre heiseren Schreie kreischten wie eine rostige Türangel. »Signal on Port 950.«

»Das ist ja schön, aber was zum Donnerwetter heißt das?«

Jaako schüttelte den Kopf. »Das ist sein Name, sein Deckname, nicht seine Fähigkeit. Aber er lässt Rückschlüsse auf sein Ass zu.«

»Würdest du zum Punkt kommen?«

»Du hörst dich an wie Niemi«, beschwerte sich Jaako und bezog sich auf den Chef des finnischen Geheimdiensts.

»Du musst nicht beleidigend werden. Niemi ist ein ziemlicher Kotzbrocken.« Noel lud sich mehr Kaviar auf.

»Und Flint war ein Engel?«, fragte Jaako. »Ich glaube, man muss ein totaler Scheißkerl sein, um Chef einer solchen Institution zu sein.«

»Da gebe ich dir recht«, sagte Noel.

»Also, warum sollen die Nshombos ausgeraubt werden? Warum zerrst du sie nicht vors Gericht in Den Haag? Man munkelt, dass du das mit Flint gemacht hast.« Noel schmunzelte nur, und Jaako sah ihn enttäuscht an. »Oh, komm schon, sag mir wenigstens etwas.«

»Nein.« Noel schwieg einen Moment, um einen Schluck Wodka zu trinken. »Dann erzähl mir von Signal. Was ist seine Fähigkeit, und warum brauchen wir sie?«

»Der Typ kann sein Bewusstsein in jeden Computer projizieren, der Internetanschluss hat und mit Port 950 verbunden ist. Wenn er einen Computer übernommen hat, kann er alles machen, was sein Benutzer auch kann: Dateien kopieren, Druckaufträge versenden, mit anderen Rechnern verbinden. Was für uns aber nützlich ist, ist Folgendes: Er kann alle angeschlossenen Geräte benutzen, als wäre er die Schnittstellensoftware.«

Noel stellte langsam sein Glas ab. »Er kann die Sicherheitsmechanismen im Tresorraum kontrollieren.«

Jaako formte mit den Fingern eine Pistole, richtete sie auf Noel und tat, als drücke er ab. »Bingo.«

»Ja, wir brauchen ihn auf jeden Fall«, sagte Noel.

»Was uns wieder zu dem Thema bringt, weshalb ich diese Sache mit dem Sicherheitsbüro vermeide. Wenn du den Typen findest – er ist der totale Einsiedler –, musst du ihn dazu bringen, dass er mich in seinen Bereich lässt, damit ich den Tresorraum von seinem Computer in den Vereinigten Staaten aus betreten kann.«

»Und wenn ich ihn nicht finde oder ihn nicht überreden kann?«

»Dann bin ich nicht dabei.«

»Ich werde ihn finden.« Kurz hielt Noel inne, bevor er leise hinzufügte: »Muss ich dich daran erinnern, dass du dieses kleine Vorhaben niemandem gegenüber erwähnst?«

»Mach ich nicht. Wenn ich Aussichten auf ein paar Tausender habe, schweige ich wie ein Grab.« Er tat, als zöge er vor dem Mund einen Reißverschluss zu.

»Ja, und um dein Schweigen zu sichern …« Noel schob einen Umschlag über die Tischplatte.

Jaako öffnete ihn, zog Fotos heraus, wurde blass und steckte sie hastig wieder hinein.

Noel wusste, was auf ihnen zu sehen war. Eine besonders schreckliche Auswahl an Kinderpornografie, die er von Jaakos Computer heruntergeladen hatte.

»Wie bist du an die rangekommen?«, wollte Jaako wissen. Eigentlich wollte er bedrohlich klingen, aber er klang nur atemlos.

»Ich habe deinen Computer gestohlen. Und ich werde ihn Niemi übergeben, wenn du nicht mitspielst.«

»Du bist ein Wichser. Von wegen Niemi und Flint! Du wärst selber ein guter Geheimdienstchef.«

»Und du bist ein Perverser, aber ich werde einen reichen Perversen aus dir machen.« Noel stand auf, warf Geld auf den Tisch und ging in den finnischen Schneesturm hinaus.

Saigon, Vietnam

Bugsy drückte das Handy an sein Ohr. Der rumpelnde Verkehr übertönte beinahe Barbara Badens Stimme.

»Nein«, sagte Bugsy. »Ich stecke gerade mitten in dieser Sache für Lohengrin.«

»Dann musst du diese Sache eben eine Weile unterbrechen«, erklärte ihm Babel. »Jayewardene möchte, dass so viele Komiteemitglieder wie möglich bei der Konferenz als Sicherheitspersonal dabei sind. Ich habe euch einen Privatflug organisiert. Wie schnell könnt ihr am Ho-Chi-Minh-Flughafen sein?«

Bugsy drückte das Telefon an seine Brust, beugte sich vor und fragte Billy dasselbe. Auf der Autobahn herrschte hektischer Verkehr, der keinen erkennbaren Regeln folgte. Sattelschlepper rasten mit hundert Stundenkilometern an ihnen vorbei. Zugegeben, das war nicht so viel, wenn man es in Meilen umrechnete, aber die dreistellige Zahl machte ihn dennoch nervös.

»Fünf Stunden«, sagte der Joker mit einem Zucken seiner verdörrten Schultern. »Sollte kein Problem sein.«

Babel musste es gehört haben, denn kaum hatte Bugsy das Telefon wieder am Ohr, fing sie an zu sprechen.

»Ich schaue, dass das Flugzeug bereitsteht. Es ist eine offizielle UNO-Angelegenheit, deshalb braucht ihr nicht durch den Zoll und die Sicherheitskontrollen.«

Babel legte auf, und Bugsy klappte das Handy zusammen. Nick, der neben ihm saß, hob Cameos Augenbrauen. Der Kerl hatte Bugsy immer noch nicht verziehen, dass er ihm auf dem Flug nach Vietnam den Hut vom Kopf gestoßen hatte. »Planänderung?«, sagte Nick.

»Wie würden dir ein paar nette Tage in Paris gefallen? Auf das Kalifat aufpassen, während es Zeit schindet? Anscheinend findet dort eine Friedenskonferenz statt, bei der sie uns dabeihaben wollen.«

Billy rief etwas, das unanständig klang, und scherte abrupt aus. Die Reifen quietschten, und für ein paar Schrecksekunden schlingerte der Wagen, bevor er wieder auf die erkennbare Spur zurückfand. Nick wirkte ein bisschen blass.

»Klingt gut, solange wir es bis dorthin schaffen.«

Coeur d'Alene, Idaho

Auch in Coeur d'Alene, Idaho, herrschte Schneetreiben. Noel linste durch die Windschutzscheibe des Leihwagens. Die Scheibenwischer drohten den Kampf gegen den Schnee zu verlieren. Eigentlich hatte er zur Steunenberg-Farm teleportieren wollen, aber Google Earth hatte ihn im Stich gelassen. Die Adresse war so weit ab vom Schuss und das Satellitenbild so dürftig, dass er mitten im Brachland bis zu den Knöcheln im Schlamm gestanden hatte, während ihm ein bitterkalter Wind durch den Überzieher geschnitten hatte.

Deshalb war er nach Barcelona in wärmeres Klima teleportiert und hatte in einem Internetcafé nach einer Hertz-Zweigstelle in Coeur d'Alene gesucht. Dann war er wieder nach Idaho teleportiert und hatte sich ein Auto gemietet. Während er auf einen von Pickeln geplagten Jungen wartete, der ihm den Wagen bringen sollte, ging er auf seinem iPhone die Datei über Mollie Steunenberg alias Tesseract durch.

Er übersprang die Downloads der zweiten Staffel von *American Hero*. Sie anzuschauen war schmerzhaft gewesen. Mollie war nicht gut in Form gewesen. Zwar war ihre Fähigkeit beeindruckend, doch ihre Toleranz gegenüber Hinterhältigkeiten war sehr begrenzt. In der fünften Woche war sie rausgewählt worden, und in ihrer letzten Beichte war sie voller Wut, Verwirrung und dem Verlangen gewesen, es den »Heathers« heimzuzahlen. Noel hatte ein wenig recherchieren müssen, um diese Anspielung zu verstehen, aber seit er sie begriff, besaß er einen weiteren Hebel, den er bei Miss Steunenberg einsetzen konnte. Das und ihr Alter. Mit siebzehn war sie entweder idealistisch oder eine vollkommen selbstbezogene Teenagerin.

Noel nahm die letzte Biegung durch ein offenes Tor in einem langen Zaun, und dann tauchte aus dem Sturm das Haus auf. Es sah aus wie ein Gemälde von Norman Rockwell samt Weihnachtsbaum, der in einem Fenster funkelte, und Rauch aus einem Steinschornstein. Links, ein Stück entfernt, stand eine große Scheune, und als Noel aus dem Auto stieg, hörte er Kühe muhen.

Da er ihre Fähigkeit lieber in der realen Welt und nicht in der künstlichen einer amerikanischen Fernsehshow testen wollte, schloss er seine Schlüssel im Auto ein.

In den Messingklopfer an der Eingangstür waren die Worte »Segne dieses Haus« eingraviert. Das perfekte amerikanische Idyll. Noel dachte an die Akte, die er gelesen hatte – Kernfamilie, Mutter, Vater, neun Kinder, acht Jungs und ein Mädchen, Großmutter und Großvater wohnten mit im Haus, und alle bestellten gemeinsam den Familiengrund. Allmählich gab Noel die Hoffnung auf, dieser jungen Frau ein Leben als Kriminelle schmackhaft machen zu können.

Das Geräusch vieler laufender Füße war zu hören, und dann wurde die Tür aufgerissen und gab den Blick auf einen langen Gang voller Jungs frei, die zwischen sieben und siebzehn Jahre alt waren. »Ich suche Miss Mollie Steunenberg«, sagte Noel. »Ist sie hier?«

»MOLLIE! DA IST EIN TYP, DER DICH SPRECHEN WILL!«, rief einer der Jungs.

»DER HÖRT SICH AN WIE EINE SCHWUCHTEL!«, rief ein anderer.

»Mollie hat einen Freund, und der ist eine Schwuchtel«, lispelte der kleinste Junge melodiös.

Vom anderen Ende des Gangs drangen Stiefelschritte auf einer Treppe. Mollie Steunenberg war klein, stämmig und putzig mit ihren roten Locken und den Sommersprossen auf der Nase. Ihre dunkelbraunen Augen traten vor Wut hervor. »Haltet die Klappe, ihr Penner.« Sie zwängte sich an der Horde Jungs vorbei. Jetzt erkannte Noel die Familienähnlichkeit, und seine schwindende Hoffnung belebte sich wieder. »Ich bin Mollie«, sagte sie, stellte sich mit in die Hüften gestemmten Armen vor ihn hin und schaute ihn herausfordernd an.

»Ich bin Mr. Fontes von der Brookline Agency.« Er reichte ihr eine seiner falschen Visitenkarten. »Wir beschäftigen uns mit der Entwicklung und dem Einsatz von Wild-Card-Talenten in unterschiedlichsten Industriezweigen.« Da Noel den Verdacht hatte, dass ein eigensinniges Bauernmädchen aus Idaho ihm die Geschichte mit dem Filmagenten, der sich für sie interessierte, nicht abkaufen würde, erfand er kurzerhand Mr. Fontes und die Brookline Agency. »Ihre vierdimensionalen Kräfte haben einige interessante Anwendungsgebiete, und wir würden mit Ihnen gern über eine Anstellung reden.«

»Super. Ich hole nur schnell meinen Mantel.«

»Wollen Sie nicht hier darüber reden?«

Entsetzt sah Mollie ihn an. »Du meine Güte, nein. Hier ist man *nie* für sich.« Sie bedachte ihre Brüder mit einem Blick.

»Aber Ihre Eltern ...«, fing Noel an.

»Die gucken fern. *Wheel of Fortune*, und sie werden gar nicht gern unterbrochen.«

Wheel of Fortune. Könnte nicht besser laufen.

Als sie draußen waren, spielte Noel ein bisschen Theater, weil sein Schlüssel im Auto war. »Vielleicht mit einem Kleiderbügel aus dem Haus«, schlug er vor.

Mollie verzog das Gesicht. »Dann halten meine Brüder Sie für einen Schlappschwanz, und dann muss ich mir noch mehr Scheiße anhören. Ich kann die Schlüssel rausholen.«

Noel beobachtete, wie sie sich auf die Wagentür konzentrierte. Im Metall erschien eine kleine Öffnung. Mollie fasste hindurch, ihre Hand verschwand und tauchte auf dem

Armaturenbrett wieder auf. Es war verstörend und ziemlich unheimlich, als wäre ihr Arm in den absurdesten Winkeln verbogen. Aber natürlich fasste sie nur durch ein vierdimensionales Tor. Das war nicht normal.

Sie schnappte sich die Schlüssel und warf sie Noel zu. Der stellte sich absichtlich ungeschickt an und fischte sie aus Schnee und Schlamm.

Speziallager Mulele
Guit-Distrikt, Südsudan
Arabisches Kalifat

Der Nachmittag war im Sudd die heißeste Zeit des Tages. Einige Flusspferde dösten im nächstgelegenen Flussarm. Nur ihre Ohren, die buckligen Augen und ihre Bodenwellenrücken ragten aus dem braunen Wasser heraus. Selbst die kleinen Vögel, die die dicken Häute nach Zecken und Parasiten absuchten, hatten kapituliert und Zuflucht gesucht, bis die größte Hitze nachlassen würde.

Tom landete auf dem weißen, von kleinen Füßen festgetrampelten Lehm. Das Speziallager Mulele dämmerte unter offenen Zelten und Sonnensegeln, die kaum in der Lage waren, das Stechen der Sonne zu mildern. Einige der Kinderasse schluchzten leise vor sich hin. Zwei kleinere Kinder saßen sich im Schneidersitz gegenüber und spielten Backe-backe-Kuchen. Das eine hatte normale Hände, das andere die stumpfen, pelzigen Spitzen von Spinnenfüßen. Ayiyi war ein Kind der Ewe aus der Togo-Region in Ghana. Das lag von Nigeria weiter westlich an der Küste. Ein Jahr vor seiner Befreiung waren seine Eltern auf der Suche nach Arbeit nach Lagos gezogen. Er war erst zehn und besaß den Körper einer einen Meter langen, schwarz-weißen Spinne, aus dem ein Kinderkopf hervorragte. Mit seinen acht haarigen Beinen hatte er einen Durchmesser von zweieinhalb Metern. Wie alle Spinnen hatte Ayiyi riesige Fänge und gruselige kleine Beinchen, mit denen er Nahrung in sein Maul schaufelte. Allerdings aß er mit seinem Menschenmund. Tom konnte es nicht mit ansehen, wenn er aß. Doch die widerlichen

Fänge vermochten ein Gift zu injizieren, das das Opfer vor lauter Schmerzen lähmte, während es sein Inneres auflöste.

»Hört her, Kinder«, rief Tom auf Französisch und wiederholte es noch einmal auf Englisch. »Wir haben zu tun.«

Sie hielten inne und wandten sich zu ihm um. Manche Gesichter waren traurig, andere erschreckend. Doch in allen erkannte er einen gewissen Hunger, eine Gier wie die eines Verhungernden, der durchs Fenster das Festmahl einiger Plutokraten beobachtet. *Sie schauen mich an,* dachte er. *Sie wissen, dass ich etwas für sie habe. Einen Sinn für ihr armseliges, verkorkstes Leben. Einen Sinn für ihr Leiden. Ist das wirklich etwas so Schlechtes?*

»Es ist Zeit, sich zu erheben und etwas für die Revolution zu tun«, sagte er und grinste. »Lasst uns ein bisschen Spaß haben!«

International House of Pancakes
Coeur d'Alene, Idaho

Sie fanden ein IHOP, das rund um die Uhr geöffnet hatte. Noel, der etwas Angst vor dem hatte, was man hier gute Küche nannte, begnügte sich mit einer Tasse Kaffee. Mollie dagegen stopfte sich mit einem in Erdbeersirup getränkten und mit Erdbeeren und Schlagsahne beladenen French Toast voll.

»Ihnen ist klar, dass die aus der Dose kommt«, sagte Noel und deutete mit einer Kopfbewegung auf die Schlagsahne. »Eine Kuh hat die noch nicht einmal von Weitem gesehen.«

»Schmeckt gut.«

Noel fühlte sich plötzlich um einiges älter als dreißig. Eben bereitete er sich auf seinen Eröffnungssatz vor, als Mollie ihm zuvorkam. »Und, existiert die Brookline Agency tatsächlich? Hab nämlich noch nie davon gehört, und ich suche schon eine Weile nach einer Möglichkeit, hier rauszukommen, weg vom Bauernhof.«

Noel beugte sich vertraulich vor. »Nein. Aber gleich nach den Ferien werde ich sie gründen. Das scheint mir eine unglaublich logische und offen gestanden auch brillante Idee zu sein.«

»Und weshalb haben Sie nach mir gefragt?«

»Weil ich Ihre Fähigkeiten einsetzen möchte. Nur nicht um Atommüll zu sichern.«

»Hey, das ist echt mal eine coole Idee.« Sie nahm erneut einen riesigen Bissen und murmelte: »Okay, aber was soll ich wirklich für Sie tun?«

»Mir helfen, ein paar unrechtmäßig erworbene Geldsummen aus den Händen sehr böser Menschen zu befreien.«

Mollie runzelte die Stirn. »Das klingt nicht legal.«

»Ist es nicht ... im Prinzip ... aber moralisch ist es einwandfrei.«

»Ich will nicht ins Gefängnis kommen.«

»Das Geld liegt in Afrika.«

Er sah, wie das Stirnrunzeln verschwand, und er konnte ihrem Gedankengang förmlich zusehen. *Außerhalb der Vereinigten Staaten ist alles erlaubt. Wenn man im Ausland stiehlt, ist das nicht wirklich stehlen.*

»Und ich würde dafür bezahlt werden?«

»Drei Millionen Dollar.«

»Ich bin dabei.«

Im Dschungel, Kongo
People's Paradise of Africa

Der Dschungel war genauso ihr Feind wie ihre Verfolger, denn der Dschungel wollte nicht, dass sie geradewegs nach Osten gingen, sondern zwang sie, Umwege nach Norden oder Süden zu machen, um Furten zu finden, an denen sie die häufigen Wasserläufe überqueren konnten, oder um Tümpeln auszuweichen, in deren Schilf Krokodile lauerten. Hügel, die zu steil waren, um von den Kindern, die Eason und andere Schwächere trugen, erklommen zu werden, mussten sie ebenfalls umgehen. Der Dschungel stellte ihnen Wurzeln und Schluchten in den Weg. Er sandte ihnen Horden von Moskitos und riesigen schwarzen Fliegen entgegen, um sie zu quälen. Er heulte ihnen mit tausend unheimlichen und fremdartigen Geräuschen die Ohren voll, sodass die Kinder erschauerten und ihrerseits zu weinen anfingen. Er folterte sie mit Hitze und Feuchtigkeit. Er hüllte sie in eine beklemmende Welt aus Grün und Braun, die nach nasser Erde und Fäulnis roch.

Auch wenn Waikili darauf beharrte, hatten sie von ihren Verfolgern noch keine Spur gesehen. Jerusha hatte jedoch keine Zeit, sich darüber Gedanken zu machen. Ihre Umgebung brachte schon genug Strapazen mit sich.

Sie wanderten einen Hang hinab, an dessen Fuß – sehr viel weiter unten – Jerusha einen weiteren Fluss hervorfunkeln sah. Sie versuchte, den Kindern zu helfen, die Easons provisorische Trage schleppten, damit das Jokerkind nicht auf den Boden fiel. Das war schon zu oft passiert. Der Anblick von Eason, wie er auf dem Boden lag und mit seinem Fischschwanz wedelte, erinnerte Jerusha unangenehm an eine Szene aus ihrer Kindheit, als ihr Goldfisch aus der Wasserschale auf die Tischplatte gesprungen war. »Vorsicht, Saadi«, sagte er zu einem der Kinder. »Schau, wo du hintrittst.«

Von hinter ihr und weiter oben drang ein Schrei herüber, dann rief jemand: »Bibbi Jerusha!«

Sie ließ Eason zurück und hastete den Hang hinauf, bis sie eine Traube Kinder erreichte, die sich um jemand scharten. »Es ist Efia«, sagte Cesar, als sie näher kam. »Sie wurde gebissen. Eine Schlange ...«

Jerusha kauerte sich neben Efia, die schniefte und sich ans rechte Bein fasste. Am Fußknöchel des Mädchens waren Blutstropfen zu sehen, und das Gelenk selbst war geschwollen, die Haut fleckig und dunkel. Sie sprach auf Tschiluba und brachte vor lauter Schluchzen kaum etwas heraus. »Was sagt sie?«, fragte Jerusha Cesar.

»Sie wurde zweimal gebissen. Erst am Fußgelenk und dann noch einmal in die Hand, als sie nach unten gefasst hat.« Efia hielt Jerusha die Hand hin. Wie die Fessel war auch sie bereits sichtbar geschwollen, und um die Bisswunden war die Haut dunkel.

Jerusha hatte ihren Rucksack schon abgelegt. Jetzt kramte sie darin nach dem Schlangenbiss-Notfallset. »Hat sie die Schlange gesehen? Weiß sie, was für eine es war?«

Cesar fragte nach, doch Efia schüttelte den Kopf und gab eine kurze Antwort. Sie keuchte, und ihr Atem ging zu schnell.

»Sie war braun und gelb, ungefähr so lang wie ihr Arm. Keine, die ihr bekannt ist. Nachdem sie sie gebissen hat, ist sie ins Dickicht zurückgekrochen.«

»Na gut«, sagte Jerusha. »Seid alle vorsichtig, die Schlange ist hier noch irgendwo. Sag Efia, dass alles gut wird. Sie soll sich einfach zurücklegen und entspannen. Hier ...« Sie drückte Cesar eine Rolle Verbandmull in die Hand. »Wickel ihr einen

Streifen davon ums Bein und den Arm, direkt über den Wunden. Fest, aber nicht zu fest.« In dem medizinischen Notfallpaket befand sich Gegengift gegen Kobras, aber solange sie nicht wusste, ob es eine Kobra war oder nicht, konnte Jerusha auch nicht sagen, ob das Gegengift womöglich mehr schaden als nützen würde. Die Anweisungen in dem Paket waren nicht hilfreich.

Efia weinte, und Jerusha streichelte ihr den Kopf. Das Mädchen schwitzte. »Kafil, hol etwas Wasser und ein Tuch. Leg es ihr auf den Kopf.« Jerusha öffnete das Absauggerät aus dem Paket, setzte es auf die Wunde und zog am Kolben. Eine hässliche Mischung aus Eiter und Blut kam heraus, sodass die Kinder, die sich um sie geschart hatten, Laute des Ekels ausstießen. Und Efias Weinen wurde lauter. »Pst!«, sagte sie. »Lasst mich arbeiten …«

Aufgrund ihrer Erfahrungen in den Nationalparks und den gelegentlichen Schlangenbissen, die dort vorgekommen waren, wusste sie, dass Absaugen normalerweise wenig dazu beitrug, das Gift zu entfernen, und schon gar nicht die Nekrose des Gewebes aufhielt. Außerdem wusste sie, dass die Opfer eines Schlangenbisses so schnell wie möglich einen Arzt aufsuchen sollten. Doch hier gab es nur Jerusha und den Inhalt des Notfallsets.

Die Schwellung verschlimmerte sich, und Efias Atem wurde flacher. Sie hatte die Augen geschlossen. In Jerusha stieg Panik hoch. Hektisch füllte sie eine Spritze mit dem Gegengift und injizierte es in Efias Arm.

Dann setzte sie wieder das Absauggerät ein. »Komm schon«, hauchte sie Efia zu, die bewusstlos geworden war. »Komm schon, Mädchen …«

Sie bearbeitete das Mädchen, während der Dschungel ringsum sie höhnisch anheulte, während die Kinder sie beobachteten, während Affen keckerten und sich gegenseitig durch die Zweige über ihr jagten und die Sonne durch die Lücken im

Blätterdach schlüpfte. Efias Atem beschleunigt sich. Schweiß drang ihr aus den Poren und versiegte auf einmal. Das war beunruhigend, und die Haut um die Wunden verfaulte auf widerliche Art.

Plötzlich fiel Jerusha auf, dass sie Efia schon viel zu lange nicht mehr atmen gehört hatte. »Nein«, rief sie. In den Dschungel, zu den Kindern. »Nein! Efia…«

Es kam keine Antwort. Da war nur der reglose und lautlose Körper, der vor ihr lag.

Damaskus, Syrien
Arabisches Kalifat

Wie verstreute selbstleuchtende Juwelen in der Nacht lag Damaskus auf seiner Anhöhe.

Tom Weathers landete in der Altstadt auf einem Platz vor einem gigantischen weißen Gebäude, dessen Kuppel und Minarett, in Gold- und Blautönen angestrahlt, es als wichtige Moschee auswiesen. Im Arm hatte er Ayiyi und Mummy. Darkness saß ihm huckepack auf dem Rücken, die Arme um seinen Hals geschlungen und die Pfeifenholmbeine um seine Taille.

So spät am Abend war kaum noch Verkehr. Tom ließ die Kinder aufs Pflaster runter. »Okay, diesmal seid ihr auf euch allein gestellt«, erklärte er ihnen. »Darkness gibt euch Deckung. Ihr beiden lauft herum und, ihr wisst schon, tut Gutes.« Er musterte Darkness genau. Sie hatte die Arme verschränkt und der Ausdruck ihres dunklen Koboldgesichts war voller Zweifel. »Candace, kommst du auch wirklich allein klar?«

»Natürlich, du Dummkopf«, sagte sie. »Niemand sieht mich. Niemand findet mich.«

Feierlich berührte sie die Augen der beiden anderen Kinder. Von Ayiyis Spinnenkiefern tropfte Gift und landete zischend auf dem Pflaster. Mummy nickte nur, ihre Miene war unter den Verbänden sowieso nicht zu erkennen.

Candace hob die Arme, und aus ihrem Mund, ihren Ohren und Augen quoll Finsternis hervor, wälzte sich wie Rauch auf den Platz. Innerhalb eines Herzschlags war sie verschwunden, eingehüllt in schwarzen Nebel.

Bevor sich die kalten schwarzen Tentakel um ihn wanden, war Tom Weathers schon wieder im Orbit.

Dienstag, 15. Dezember

Auf dem Lualaba, Kongo
People's Paradise of Africa

Bevor er in den Lualaba mündete, machte der Lukuga eine scharfe Biegung nach Norden. Wally betrachtete die Karte in seinem Reiseführer. Der Lualaba war seinerseits ein Zufluss zum berühmten Kongo.

Zwischen die beiden Flüsse, direkt am Zusammenfluss, schmiegte sich ein Dorf, das er passierte. Laut Reiseführer hieß es Kongolo. Er wurde langsamer, damit die Leute im Dorf den Metallmann in einem Boot des PPA gut erkennen konnten. Die meisten ergriffen vor ihm die Flucht, aber ein paar sahen zu ihm herüber und zeigten auf ihn. Erst als Kongolo hinter ihm lag, nahm er wieder Fahrt auf.

Irgendwo in dem Gewirr aus Wasserwegen schwamm ein Kahn. Ein Kahn, der das Labor in Nyunzu mit dem Virus beliefert hatte, das Lucien getötet hatte. Wally musste sich immer wieder daran erinnern, dass er ein paar Überlebende zurücklassen musste, wenn er den Kahn schließlich finden würde. Überlebende, die seinen Standort nennen konnten, was, wie er hoffte, die Gegner von Jerushas Fährte ablenken würde.

Laut den Akten in Nyunzu befand sich das Zentrallabor, das Zentrum des PPA-Projekts zur Schaffung einer Armee aus Kinderassen, in Bunia. Auf der Karte hatte er das Dorf im äußersten Nordosten des PPA ausgemacht. Wenn er den Kahn erst einmal gefunden hätte, würde er so weit wie möglich flussaufwärts reisen und sich dann über Land nach Bunia durchschlagen.

Wally war so in die Karte vertieft, dass er nur hin und wieder einmal aufblickte, um das Boot auf Kurs zu halten, und nicht bemerkte, dass der Fluss breiter und langsamer wurde. Rums. Das Boot lief auf einer Sandbank am Rande eines sumpfigen Flussabschnitts auf. Der Aufprall war so stark, dass Wally der Reiseführer aus der Hand fiel. Unter seinem sich verlagernden Gewicht knarrte der Kapitänsstuhl.

»Ahh, Mist.« Wally legte den Rückwärtsgang ein, doch das Boot rührte sich nicht. Sein schlanker Bug hatte sich wie ein Messer in die Sandbank gegraben und steckte jetzt fest. »Verflixt.« Er machte den Motor aus und kletterte aus dem Boot heraus. Unter ihm quatschte der Schlamm und ging ihm bis zu den Knöcheln. »Tja, das ist ja mal großartig.«

Der Sumpf stellte sich als eine weite Fläche aus brusthohen Flussgräsern dar, die von einigen schmächtigen, schlaffen Bäumen gesprenkelt war. Jerusha hätte ihm genau sagen können, was für Bäume das waren.

Mensch, wie sehr ich dich vermisse, Jerusha. Dass dir bloß nichts passiert, hörst du?

Hier und da brachen sich Rinnsale aus brackigem Wasser einen Weg durch das Gras. Wally dachte darüber nach. Der Kahn musste auf seiner Fahrt nach und von Nyunzu hier vorbeikommen. Er war den ganzen Lukuga entlanggeschippert, ohne auf ihn zu treffen. Also musste es einen Weg durch den Sumpf geben.

Eine zwanzigminütige Suche brachte einen gewundenen Kanal zutage, gerade breit genug für einen Kahn. Er war im Flussgras verborgen und fast nicht zu sehen, bis man davorstand. In den Kanal hineinzufahren würde aber bedeuten, dass er den Fluss noch einmal ein Stück hinauffahren und nach dem

Eingang suchen musste. Das würde ein paar Stunden dauern. Andrerseits war es nicht furchtbar weit von seinem Boot zum Kanal. Wally beschloss, das Boot ein Stück zu tragen.

Entscheidend war, dass er einen guten Griff fand. Er hievte den Bug aus dem Schlamm. Mit den Händen überm Kopf schob er sich so weit nach vorn, bis er den Balancepunkt erreicht hatte. Er hob das Boot höher, das Heck löste sich. Er knickte zwar ein, konnte das Boot aber über den Kopf hieven. *So viel zu meinen Bandagen*, dachte er.

So kräftig Wally auch war, kostete es selbst ihn einige Anstrengung, das Boot durch den Sumpf zu schleppen. Bei jedem Schritt musste er seine Füße aus dem Schlamm befreien und verlor beinahe das Gleichgewicht. Schweiß rann in Strömen an seinem Gesicht herab. Wasser und Sumpfschlamm prasselten vom Bootskiel auf seinen Tropenhelm. Wenn er auf seinen Kanuausflügen in den Grenzgewässern gelegentlich das Boot ein Stück getragen hatte, war das nie so schwierig gewesen. Trotzdem kämpfte er sich langsam und behutsam voran.

Ein letztes Mal stemmte Wally das Boot, dann platschte es in den befahrbaren Teil des Flusses. Es war bereit, die Verfolgung des Kahns wieder aufzunehmen.

Um zu verschnaufen, kauerte sich Wally ans Ufer. Er keuchte, als wäre er einen Marathon gelaufen. Aber er war tatsächlich wieder am Fluss, und die Strömung kräuselte das Wasser. Wally packte einen Müsliriegel aus.

Etwas schnellte aus dem Wasser heraus, umklammerte sein Bein und zerrte ihn in den Fluss.

Dann fand sich Wally mit dem Gesicht nach unten auf dem Grund des Flusses, und es war, als quetschte ihm eine Hydraulikpresse die Luft aus der Lunge. Dann wurde er herumgerissen, und Wally sah zwischen den Blasen und dem schaumigen, schlammigen braunen Wasser etwas Grünes.

Seine Lunge brannte. Er sah nichts. Etwas Hartes traf ihn im Gesicht.

Blindlings schlug Wally mit der Faust zu, zielte auf das erdrückende Gewicht auf seinem Knie. Alles, was er hatte, legte er in den Schlag. Es knirschte dumpf, als er etwas Schuppiges traf. Das benommene Krokodil lockerte den Griff.

Wally riss sich los und ruderte verzweifelt zur Wasseroberfläche, um seine brennende Lunge mit Luft zu füllen, aber er war kein guter Schwimmer. Die Eisenhaut gab ihm auch nicht gerade Auftrieb, und sein Sichtfeld verengte sich zu einem schmalen Tunnel.

Mit den Fingern streifte er ein paar Baumwurzeln. Er schlang beide Hände um die Wurzeln und zog mit aller Macht daran. Da brach sein Kopf aus dem Wasser. Seine Brust quietschte wie eine alte Bettfeder, als er seine Lunge mit Luft vollpumpte.

Doch das Krokodil schnappte nach seinem Bein und zog ihn wieder hinunter.

»Herrgott ...« Platsch.

Wieder schlugen sie auf dem Flussbett auf, und es fühlte sich an, als würde das erbärmliche Vieh durch Eisen beißen. Bestimmt hatte er jetzt Dellen. Das Krokodil war schwerer als er. Indem es sich mit dem Schwanz einen besseren Hebel verschaffte, wirbelte es Wally herum wie einen Pfannkuchen, sodass es diesem schmerzhaft die Hüfte verrenkte.

Death Roll. So hatte Jerusha es genannt.

Wally krümmte sich, während sich das Krokodil unter ihm wälzte. So konnte er die Kiefer fassen, die sein Schienbein gefangen hielten. Er packte die Schnauze des Krokodils, an jedem Kiefer eine Hand, und zerrte sie auseinander.

Ein Zittern ging durch das Tier, als Wally das Maul aufstemmte. Aber das Krokodil ließ ihn um jeden Zentimeter kämpfen. *Heiliger Strohsack, der Kerl ist stark.*

Die Vorderfüße schabten über Wallys Brust, während der riesige Schwanz gegen seine Arme und Beine hämmerte.

Wally befreite sein Bein und katapultierte sich mit einem Tritt in den Bauch des Viehs an die Wasseroberfläche. Einen

Sekundenbruchteil später tauchte das Krokodil auf. Nach Luft schnappend, konnte er endlich einen Blick auf das Tier werfen. Es musste mindestens vier Meter lang sein.

Dann stürzte es sich wieder auf ihn. Für seine Größe war es erstaunlich schnell. Wieder umklammerte Wally seine Schnauze. Diesmal drückte er sie fest zusammen, bis er die Finger verschränken konnte. Und das Krokodil bekam das Maul nicht mehr auf.

Nichtsdestotrotz konnte es seinen Schwanz benutzen, um auf Wally einzuhämmern. Was es auch tat, und zwar wie wild.

Wally hob die Hände über den Kopf und zerrte Kopf und Vorderfüße des Krokodils aus dem Wasser. Das Tier schlug um sich, sodass Wally nach hinten fiel. Doch als das Krokodil auf ihm landete, schlang er die Beine um dessen Rumpf und die Arme um seine Kehle. Dann drückte er zu.

Zusammen gingen sie wieder unter und rangen am Grund des Flusses miteinander. Das Krokodil wand sich in seinen Armen, aber es konnte sich nicht weit genug umdrehen, um ihn zu beißen. Wally drückte ihm die Schulter in den Hals. Dann versuchte es, Wally zu zerquetschen und ihn mit seinem Gewicht in den Schlamm zu rammen. Der Stoß raubte Wally das letzte bisschen Luft, das er noch hatte. Sein Griff lockerte sich ein wenig, sodass das Krokodil herumwirbeln konnte und Wally es von hinten gepackt hielt. Aber er ließ nicht los. Der Rückenkamm des Tiers scheuerte ihm über die Brust. Wieder verengte sich Wallys Sichtfeld zu einem Tunnel. Er verschränkte die Knöchel und drückte zu, bis er das Ächzen von Reptilienknochen hörte.

Wie eine Feder rollte das Krokodil den Teil seines Körpers ein, der frei war, und ließ sie beide mit einer mächtigen Schwanzbewegung nach oben schnellen. Sie tauchten auf, doch Wally klammerte Arme und Beine noch immer um den Krokoleib. Krachend landeten sie am Ufer, stechende Schmerzen rasten Wallys Rücken entlang.

Knack. Etwas brach in seinem Griff. Dann noch etwas und noch etwas.

Rippen.

Aus den Mundwinkeln des Krokodils kam roter Schaum. Erschöpft wehrte es sich, wollte sich befreien. Wally ließ los, worauf es im Fluss abtauchte.

Zitternd wankte Wally zurück. Er bebte am ganzen Körper, unter Strom von den Resten an Adrenalin und dem Gedanken: *Alter Schwede, dieses Teil hätte mich umbringen können.* Er sank gegen einen Baumstamm. Sein Kopf sagte ihm, dass er ein Handtuch rauskramen und sich so schnell wie möglich abtrocknen sollte. Aber er kam nicht zu Atem. Seine Arme und Beine pochten nach all den Blessuren und Schlägen, die er hatte einstecken müssen. Er fühlte sich, als wäre jedes Gelenk in seinem Körper auseinandergerissen worden, vor allem seine Hüfte. Seine Rippen brannten.

Langsam verebbte das panische Gefühl und ließ nur noch Schmerzen zurück. Er sah dem flüchtenden Krokodil nach. Als das Adrenalin abebbte, wurde er euphorisch.

Ha, meine Fresse, jetzt schaut euch das an, dachte er. *Genau wie Tarzan!*

Wally trommelte sich mit beiden Fäusten auf die Brust. Und der Dschungel hallte von seiner Johnny-Weissmüller-Imitation wider.

Aber als die Wirkung des Adrenalins vollends verflogen war, traf es ihn mit aller Gewalt. Fast noch ehe der letzte Widerhall seines Triumphschreis verklungen war, wurden seine Lider zu schwer, um sie offen zu halten. Schwerer als das Boot, schwerer sogar als das Krokodil. Die Müdigkeit besiegte ihn, bevor er sich noch abtrocknen konnte.

Etwas stieß ihm gegen den Hals. Ein lautes Klirren ließ ihn einige Zeit später aus seinem Nickerchen hochfahren. Das geisterhafte kleine Mädchen stand über ihn gebeugt und hielt ein zwanzig Zentimeter langes Messer in ihrer winzigen Faust.

Bahr-al-Ghazal-Region
Der Sudd, Südsudan
Arabisches Kalifat

Panisch schrie der Ghazi-Kommandant auf. Ayiyi hatte sich auf seinem Rücken festgeklammert und schlug dem Soldaten die Fänge durch das herabhängende Ende der grün-weiß karierten Kufija in die Schulter. Das Jungengesicht über dem Spinnenleib strahlte wie bei der Weihnachtsbescherung.

»So ist's richtig, Mann!«, rief Tom. Aus dem Lager wuchsen Flammen empor und flappten wie bleiche gelbe und orangefarbene Banner in der erbarmungslosen Sonne. Hinter einem lodernden BMP-3 sprang ein Ghazi hervor und richtete eine kurze AKS-74U auf Toms Gesicht. Tom riss ihm das Gewehr aus der Hand und verknotete den Lauf der Waffe. Dabei zersplitterte der Kunststoff-Vorderschaft. Dann gab er dem Mann das Gewehr zurück. »Ich weiß, dass das total out ist, Mann, aber manchmal ist es auf die altmodische Art immer noch am besten.«

Der Kerl hatte Schneid, das musste ihm Tom lassen. Anstatt die nutzlose Stahlbretzel entgegenzunehmen, schlug er sie zur Seite und stieß Tom mit einem gewaltigen Fußtritt gegen den Solarplexus.

Tom hatte den Oberkörper jedoch bereits nach hinten gebogen, um den empfindlichen Nervenknoten mit dem unteren Brustkorb zu schützen. Dann machte er einen Schritt zurück. »Taekwondo, was? Netter Versuch. Mal sehen, wie dir das behagt.« Er rammte dem Mann seinen Handballen in die Brust, und die Augen traten dem Soldaten aus dem Kopf. Aus Mund,

Nase und Ohren troff Blut, während sich sein Brustkorb bis zur Wirbelsäule hin zusammenfaltete und Herz, Lunge, Leber und alle anderen Organe zerquetschte. Der Ghazi flog durch die Luft, wurde wie eine schlaffe Stoffpuppe weggeschleudert und krachte in den Radarparabolspiegel des Panzerboots, das die Schützenpanzer-Eliteschwadron an der Westflanke der Simba-Brigaden abgesetzt hatte.

Toms Kinderasse, von zwei Werleoparden und einer Schwadron nicht gestaltwandelnder Leopardenmänner unterstützt, richteten unter den Fahrzeugen und ihren Besatzungen eine ordentliche Zerstörung an. Tom hatte es auf das Boot abgesehen. Es wäre *richtig* schick, wenn er es vor den Kameras in die Luft jagen würde. Hei Lian und ihr Team kauerten eine halbe Meile entfernt bis zum Arsch in einem widerlichen Tümpel und filmten den Spaß durch Papyrushalme hindurch.

Natürlich wäre es einfacher gewesen, das Boot hochgehen zu lassen, bevor es die Schwadron abgeladen hatte, aber Doktor Präsident wollte der Öffentlichkeit seine neuen Asse in Aktion präsentieren. Er wollte der Welt zeigen, dass nicht nur alle ethnischen Gruppen des People's Paradise im Kampf gegen den Imperialismus vereint waren, sondern auch alle Altersgruppen.

Tom sauste auf den Papyrusstreifen am Ufer zu. Ohne abzubremsen, hechtete er hinein. Er atmete tief ein, und noch bevor seine ausgestreckten Hände die trübe, sirupbraune Oberfläche berührten, beschwor er die Verwandlung herauf.

Doch dann geriet er ins Stocken, denn sein Bauch schabte am Boden entlang. *Was zum Donnerwetter?*, fragte er sich. *Eigentlich müsste ich jetzt ein beschissener Superdelfin sein!*

Da meldete sich eine andere Stimme, tief und volltönend, und sie erklang ganz eindeutig in seinem Kopf. *Du bist unwürdig. Diese Landwesen sind mir egal, aber dein Wahnsinn bringt auch die Geschöpfe der See in Gefahr. Ich gehe und wünsche dir nichts als Scheitern.*

Die Worte erklangen auf Französisch mit einem Quebecer Akzent. Nie zuvor hatte Tom diese kalte, verächtliche Stimme gehört. Als Radical. Aber im Gedächtnis seines verhassten Hippievorgängers gab es Erinnerungen an sie, wie sie aus seinem eigenen, verwandelten Mund kam…

Vor lauter Verblüffung ging Tom die Luft aus, japsend tauchte er zehn Meter vom Ufer entfernt auf. Ein Schütze auf dem Boot entdeckte ihn. Ein schweres 12,7-Millimeter-Maschinengewehr eröffnete knatternd das Feuer auf ihn wie das Jüngste Gericht. Um ihn herum spritzten enorme Wassermengen auf.

Tom holte tief Luft und tauchte ab. Rasch wurde der Fluss tiefer. Als ein für die Binnenschifffahrt konzipierter Frachter hatte das Boot trotz seines Panzergewichts nur geringen Tiefgang. Besonders jetzt, nachdem es hundert Tonnen an Panzerfahrzeugen an Land gelassen hatte. Deshalb blieb genug Platz für Tom, um unterm Kiel hindurch auf die andere Seite zu tauchen. Auch wenn er nicht wie in seiner Delfingestalt schnell wie ein Torpedo dahinschoss, schwamm er doch mit übermenschlicher Kraft in Armen und Beinen.

Als er auftauchte, war auf der Steuerbordseite des Boots niemand zu sehen. Die Besatzung richtete ihre ganze Aufmerksamkeit auf die Schlacht auf der anderen Seite. Bestimmt suchten sie nach der Leiche des unverkennbaren Feldmarschalls des PPA und des Rockstars der Weltrevolution, des Radical.

Er lachte. Und lachend erhob er sich aus dem Wasser. Er hätte das Boot mit einer einzigen Lanze aus blendend weißem Licht versenken können, doch stattdessen streckte er die Hand aus. »Brenn, Baby, brenn!«, rief er und ließ Feuer vom Himmel herabregnen.

Noel Matthews' Wohnung
Manhattan, New York

»Versteht mich nicht falsch, ich will eigentlich gar keine Revolution lostreten. Aber jemand muss sich der Aufgabe stellen, denn die Regierungen haben versagt. Wir leben im gottverdammten einundzwanzigsten Jahrhundert, und es verhungern Leute, und im Sudan bekriegen sich Armeen, und wofür? Öl? Nationalstolz? Wir könnten Großes vollbringen, ach was, Wunder könnten wir vollbringen – den Hunger beenden, zu den Sternen reisen, wir haben vollkommene Privatsphäre und vollkommene Freiheit, aber wir müssen von den Bäumen herunterkommen. Wir müssen das Affenhirn überwinden …«

♠

Noel lehnte sich vom Bildschirm zurück. Die Tirade ging noch ein paar Seiten so weiter, aber er hatte genug gelesen, um ein Gespür für den Verfasser zu bekommen. Ein Idealist, aber wütend und zynisch. *Damit kann ich arbeiten.*

Ausgehend von dem Alias, das Broadcast Noel genannt hatte, hatte er herausgefunden, dass Signal on Port 950 in Wahrheit ein gewisser dreiundzwanzigjähriger Robert Cumming war. Ein Joker, der in Chicago, Illinois, wohnte. Zwar vermied er nahezu jeden menschlichen Kontakt, aber essen musste er trotzdem.

Noel sah auf seine Armbanduhr. Die Lebensmitteleinkäufe würden demnächst an die Adresse 865 Lake Shore Drive, Apartment 723 geliefert werden.

Volkspalast
Kongoville, Kongo
People's Paradise of Africa

Er war noch immer verdattert, als er in das Kriegszimmer der Nshombos im neuen Schloss in K-ville stolzierte, einem großen glänzenden Betoneisberg, einer richtigen Stadt in der Stadt, wenn auch ein bisschen hässlich. Die Klimaanlage sorgte dafür, dass man sich darin wie in einem kühl strömenden Fluss vorkam. Aber nach der stinkenden Saunahitze des Sudd und dem Dieseldampf in K-ville war sie Tom trotz allem willkommen. Er bekam nur Gänsehaut auf den Armen.

Dieser Wichser, wütete er. *Er hat mir Aquarius weggenommen. Er hat mich geschwächt.* Vor langer Zeit, als sein Feind noch in einem roten Uncle-Sam-Anzug herumgerannt war und sich »Captain Trips« genannt hatte, hatte er seine »Freunde« heraufbeschworen, indem er sich speziell zusammengebraute psychedelische Drogen eingeworfen hatte. Jede seiner Drogen hatte er in der Hoffnung designt, *ihn* heraufzubeschwören. Den Mann, der sich jetzt Tom Weathers nannte. Den Radical.

Schließlich hatte Mark Meadows seinen Willen durchgesetzt. Und von da an war es Tom, der seinen Willen durchsetzte. Aber es hatte ihn einen Preis gekostet. Tom wagte es nicht, irgendeine Droge einzunehmen, die das Bewusstsein stärker veränderte als Kaffee und Schokolade. Kein Hasch. Kein Alkohol. Noch nicht einmal Antihistaminika. Denn alles, was Toms Bewusstsein veränderte, barg das Risiko, dass sein Verstand und sein Körper wieder in die lange dunkle Gefangenschaft in Mark Meadows' Unterbewusstsein gerieten.

Der einzige Weg, den unwirschen gestaltwandelnden Kana-
dier zurückzugewinnen, der sich Cetus Dauphine nannte, war,
dieselben Drogen zusammenzubrauen, die Meadows nutzte,
um ihn heraufzubeschwören. Tom hatte die grausige Gewissheit, dass das auch nicht funktionieren würde. Denn keine
Rezeptur, die sein Feind je ausprobiert hatte, hatte ausgereicht,
um Starshine zurückzubringen, nachdem dieser »gestorben«
war. Oder die Kampfkunstgöttin Moonchild, nachdem sie sich,
entsetzt darüber, dass sie einem Menschen das Leben geraubt
hatte, aus der Welt zurückgezogen hatte. Und auch wenn Tom
Zugang zu den Erinnerungen vieler seiner Vorgänger hatte,
fehlte ihm doch Marks biochemisches Genie. Er konnte es noch
nicht einmal probieren.

»Oh, Tom«, sagte Alicia Nshombo und stand auf, sobald er
durch die automatische Schiebetür trat. An der Wand gegenüber der Tür hingen Bildschirme, auf denen Kampfszenen aus
dem Sudd und dem Wald des Kongobeckens und das Alltags-
leben in K-ville zu sehen waren. »Ich bin so froh, dass du zurück bist.«

Dr. Nshombo saß hinter einem riesigen glänzenden Schreibtisch aus schwarzem afrikanischem Grenadill. Wie immer
zeigte das Gesicht des Präsidenten auf Lebenszeit nicht mehr
Regung als die Tischplatte.

»Die Vereinten Nationen haben angeboten, zwischen uns
und dem Arabischen Kalifat eine Friedenskonferenz zu vermit-
teln«, sagte Nshombo ernst. Falls er in der Lage war, anders als
ernst zu sprechen, hatte Tom es nie erlebt.

»Und? Scheiß auf die.«

Alicia gab ein leises Keuchen von sich und drückte sich zwei
Finger auf den Mund. Die tausendmal davor, als Tom sich ähnlich derb ausgedrückt hatte, hatte sie genauso reagiert. »Tom,
Cher«, sagte sie. »Bitte sprich mit meinem Bruder nicht in diesem Ton. Ihr braucht euch gegenseitig so sehr.«

Es war nicht Dr. Nshombos Art, bedeutungslose Phrasen

zu dreschen, deshalb fuhr er fort, als hätte Tom nichts gesagt. »Ich habe beschlossen, dass unseren Interessen am meisten gedient ist, wenn wir daran teilnehmen. Ich beabsichtige, unseren führenden Juristen, Dr. Apollinaire Okimba, als Beauftragten zu entsenden. Er erfreut sich eines tadellosen Rufs auf der Weltbühne. Seine Teilnahme wird sich als nützlich erweisen, wie es unsere junge Freundin, der chinesische Colonel, sagen würde.«

»Du willst mich verarschen«, sagte Tom. »Du willst doch nicht ernsthaft mit diesem fetten imperialistischen Allah-Freak verhandeln?«

»Unser Beauftragter wird Siraj unser Ultimatum überbringen: Entweder er verzichtet darauf, die völkermordenden Aggressoren im Südsudan zu unterstützen und zieht seine Armeen zurück, oder wir werden diese Armeen vernichten, ihn absetzen und die leidende Bevölkerung des Nahen Ostens aus den Ketten eines brutalen Aberglaubens befreien. Es wird keine Verhandlungen geben.«

Tom fiel nicht mehr ein, als seinen alten Kameraden anzustarren. »Ja, klar, das ist bestimmt eine tolle Idee.«

Dr. Nshombos Augenbrauen rückten einen Millimeter näher zusammen. Das war bei ihm ungefähr dasselbe wie ein Wutanfall bei irgendeinem anderen Menschen. Bei Alicia löste Toms Unhöflichkeit allerdings ein Kräuseln der Lippen unter den runden Wangen aus, und ihre Augen hinter der Batwing-Brille wurden feucht. »Aber Tom«, sagte sie. »Wenn der Araber aufgibt, ist der Krieg zu Ende.«

»Siraj wird nicht aufgeben. Dann müsste er bäuchlings nach Hause kriechen. Und die beschissene UN? Diese Komitee-Wichser haben Bahir geschützt, als er meine Tochter entführt hat!« Er hatte sich halb erhoben und schrie.

Nshombo sah ihn ungerührt an. »Die Revolution ist wichtiger als dein belangloser Wunsch nach Rache, Tom. Aber das Unrecht, das du erlitten hast, ist mir nicht gleichgültig.« Dann

lächelte er tatsächlich. »Ich habe nicht wirklich die Absicht,
Dr. Okimba nach Paris zu schicken.«

»Nicht?«, staunte Tom.

Dr. Nshombo lachte.

Robert Cummings Wohnung

Chicago, Illinois

Hundert Dollar vereinfachten die Verhandlungen mit dem Boten. Noel stand vor der Wohnungstür, stellte einen Sack ab und klingelte. Unwillkürlich stellte er fest, dass die Säcke vor allem Pastagerichte, tütenweise Kartoffel- und Tortillachips und einige Sorten Kekse enthielten.

Er rechnete damit, dass ihm ein Ungetüm die Tür aufmachen würde. Aber als sie offen stand, erblickte er lediglich einen unglaublich langen und unglaublich dünnen einfarbigen Kerl. Trotz seiner jungen Jahre hatte er graue Haare, graue Augen und eine noch grauere Haut. »Du bist nicht Chuck«, sagte Cumming.

»Nein.«

»Was willst du?«

Noel freute sich. Er hasste Leute, die nicht auf den Punkt kamen und stattdessen Zeit mit Fragen wie »Wer bist du?« und »Wie bist du hierhergekommen?« oder »Woher hast du die Einkäufe?« vergeudeten.

»Ich bin derjenige, der dir die Chance gibt, die Welt zu verändern«, antwortete Noel.

Mittwoch, 16. Dezember

Im Dschungel, Kongo
People's Paradise of Africa

Rusty, ich brauche dich. Wir hätten uns nie trennen sollen. Ich schaffe das nicht. Ich schaffe es nicht.

Aber ihr blieb keine Wahl. Eines ihrer Mündel hatte sie bereits an den Dschungel verloren, und sie machte sich Sorgen um Rusty. Wo er wohl sein und wer ihm wohl auf den Fersen sein mochte. Verzweiflung drohte sie zu übermannen. Vielleicht wären sie beide bald schon tot, Wally irgendwo verschollen im Dschungel und sie mit diesen Kindern, die sich an sie klammerten, als wäre sie ihre letzte Hoffnung.

Bei Tageslicht trieb sie die Kinder so lange an, bis sie nicht mehr konnten, und nachts drängte sie sich mit ihnen um ein kleines Feuer inmitten der Geräusche des Dschungels, und die Einbildungskraft der Kinder ließ sie beim kleinsten Lärm aufschrecken. Sie nährte ihre Mündel mit dem, was sie mithilfe ihres Samenbeutels erschaffen konnte – seltsamerweise schien der Dschungel kein guter Ort zu sein, um Nahrung zu sammeln. *Du bist ihre einzige Hoffnung.* Fast hörte sie Rustys Stimme. *Verdammt, Jerusha, du bist alles, was sie haben. Du musst es schaffen.*

Und so machte sie weiter: ohne viel Hoffnung, ohne viel

Optimismus. Denn es blieb ihr kein anderer Weg, als vorwärtszugehen. Und weil sie alle sterben würden, wenn Jerusha jetzt aufgeben würde.

Eines Tages stießen sie auf ein Dorf. Voller Sorgen und Zweifel schickte Jerusha Cesar in das Dorf, damit er nach einem Telefon fragte. Die anderen Kinder ließ sie in sicherem Abstand warten, während sie sich näher heranschlich, für den Fall, dass Cesar Schwierigkeiten bekommen sollte. Sie hatte eines der Automatikgewehre bei sich, auch wenn sie wusste, dass dies das allerletzte Mittel sein würde – ihre Hand ruhte auf dem Samenbeutel.

Aber Cesar kam unbeschadet zurück und schüttelte den Kopf. »Kein Telefon«, sagte er. »Sie sagen, dass die Leitungen in der ganzen Gegend abgeschnitten sind. Es gibt keine Telefone. Du musst ganz bis nach Kalemie gehen, haben sie gesagt. Dort haben sie vielleicht Telefone.« Er zuckte mit den Schultern. »Es ist weit nach Kalemie. Aber wir können es dorthin schaffen.«

Fast musste sie über seine Zuversicht lachen, und sie wünschte sich seine Gewissheit.

Spät an diesem Nachmittag gelangten sie an einen Fluss. Jerusha war sich nicht sicher, ob es der Lukuga war, der sich ihnen in den Weg wand, oder ein anderer Strom, aber auf jeden Fall sahen sie sich einem langsam fließenden braunen Streifen in der grünen Landschaft gegenüber, der hundert Meter breit war.

Jerusha murmelte vor sich hin und sah auf den Kompass. Ja, Osten war da lang, über den Fluss hinüber. Ja, die Strömung ging nach Norden. Sie schaute nach rechts. Flussaufwärts machte der Fluss eine bedenkliche Biegung nach Westen, bevor er sich zwischen Bäumen, Dickicht und dem hohen Unterholz des Dschungels verlor. Sie konnte sich nach Süden wenden und dem Fluss folgen, in der Hoffnung, dass er sich bald wieder nach Osten schlängelte und sie in Richtung See weitermarschieren konnten.

Oder sie konnten versuchen, den Fluss zu überqueren. Hier.

Sie zögerte. Eigentlich wollte sie heulen, zusammenbrechen und ihren Ängsten freien Lauf lassen, aber das konnte sie nicht. Die Kinder drängten sich um sie, wie sie es immer taten, wenn sie anhielten. Sie spürte ihre Hände, mit denen sie sie umklammerten, hörte ihre Stimmen.

»Lasst uns ein bisschen rasten«, sagte sie, und die Kinder ließen sich dankbar zu Boden fallen. Auch Jerusha setzte sich, und die Kinder drückten sich an sie heran, drängten sich aneinander, ein einziger Haufen aus dunkler Haut und zerlumpter Kleidung.

Waikili setzte sich nicht hin. Am Rand des unförmigen Kreises um Jerusha blieb er stehen und wandte sich mit seinen blinden Augen langsam um, als hätte er eine Vision. »Bibbi Jerusha«, sagte er. »Sie schrecklich nah.«

Jerusha seufzte. Sie drehte sich um, spähte über die Schulter in die grüne Weite hinter ihnen und bildete sich ein, eine Bewegung im grünen Dämmerlicht ausmachen zu können. »Na gut«, sagte sie. »Dann müssen wir da hinüber.«

»Aber Bibbi Jerusha«, sagte Naadir, deren Haut selbst im Sonnenlicht hell pulsierte. »Ich kann nicht schwimmen.«

Andere stimmten in das Geschrei mit ein: Abagbe, Gamila, Chaga, Hafiz …

»Wir werden zu Fuß hier rübergehen«, erklärte sie ihnen. »Ihr müsst mir nur vertrauen.«

Die Samen in ihrem Beutel gingen zur Neige, aber sie hatte immer noch ein paar Kudzusamen, und auf ihrer Wanderung hatte sie auch Samen von einheimischen Kletterpflanzen eingesammelt. Sie ging zu der Stelle, wo die Flussufer am dichtesten beieinanderzuliegen schienen, und ließ im Schrittabstand Samen fallen. Die Ranken schossen aus dem Boden, und Jerusha dirigierte ihren Wuchs, als wären sie eine Symphonie. Sie verflocht die Ranken ineinander, sodass sie eine dichte Matte bildeten, die das flache Ufer hinunterwanderte und sich ins Wasser schob. Die wachsenden Kletterpflanzen wanden und ringelten sich, gruben ihre Wurzeln tiefer ein und wurden an ihrem Fuß dicker. Lachend und Anfeuerungen rufend, sahen die Kinder zu, wie die inzwischen über einen Meter breite Matte über den Fluss glitt, geschoben von den nachwachsenden Ästen und von der Strömung flussabwärts abgetrieben.

Von der Spitze der improvisierten Brücke ließ Gardener dicke Ranken hervorkeimen und sie so weit vorschlängeln, bis sie am anderen Ufer ankamen und sich fest um die Bäume dort wickelten. Dadurch hob sich die Brücke aus dem Wasser, und Tropfen regneten von ihr in den Fluss. Mit weiteren Ranken verstärkte sie das Gebilde, stabilisierte es mit unterarmdicken Ablegern. Das Ganze dauerte mehrere Minuten und erschöpfte sie ungemein. »Geh«, sagte sie zu Cesar, als sie fertig war. »Bring sie hinüber.«

Cesar schluckte hörbar, trat aber auf die Matte. Unter seinem Gewicht gab sie nach, knarrte und bog sich durch. Er machte einen zweiten Schritt und noch einen – und dann war er ganz über dem Wasser. Er ging in die Knie, drückte gegen die Brücke, wippte. In der Mitte berührte die Matte fast die Wasseroberfläche, aber sie hielt, und Cesar grinste Jerusha an. »Très bien«, sagte er. Dann gab er den Kindern ein Zeichen, und diese gingen über die Brücke. Zu viert trugen sie Easons Trage.

»Waikili?«, fragte Jerusha. Er starrte noch immer mit seinem blanken Gesicht in die Richtung, aus der sie gekommen waren.

»Bald«, gab er zurück. »Nicht lange.« Er zitterte sichtlich und griff sich mit der Hand an den Kopf. »Es tut weh, sie zu hören«, sagte er. »Tut weh.«

Jerusha ging zu ihm und kauerte sich nieder, um den Jungen in den Arm zu nehmen. Dabei sah sie über die Schulter zurück, um die Kinder beim Überqueren der Brücke zu beobachten. Cesar war bereits am anderen Ufer, und Easons Trage hatte es fast geschafft. Der Rest folgte ihr, und die Kinder halfen denen, die Schwierigkeiten beim Gehen hatten oder auf den Ranken

Angst bekamen. »Beeilt euch!«, rief Jerusha ihnen zu. »Rapidement!« Dann hob sie Waikili hoch und trieb die restlichen Kinder auf die Brücke.

Mit Waikili im Arm trat sie selbst auf die Ranken. Diese gaben unter ihrem Gewicht mehr nach, als sie erwartet hatte, und sie ging langsamer. So konnten die Kinder vor ihr noch zur anderen Seite gelangen, ohne dass sie die Brücke zu sehr nach unten drückte. Waikili übergab sie Cesar, der zurückgekommen war, um ihr zu helfen. »Bring ihn rüber«, sagte sie. »Schnell!«

Eben hatten Cesar und Waikili das andere Ufer erreicht, und sie selbst hatte drei Viertel der Brücke hinter sich gebracht, als sie die Warnrufe vernahm. »Bibbi Jerusha! Hinter dir!«

Vorsichtig jede ihrer Bewegungen auf dem Rankenteppich abwägend, drehte sie sich halb um. Am anderen Ufer war eine Gruppe von vielleicht einem halben Dutzend Männer aus dem Dschungel aufgetaucht: PPA-Soldaten, begleitet von einem Typen mit einem Leopardenfes und zwei kleinen Jungen. Einer der beiden war größer und muskulöser und hatte große Augen. Der andere war kleiner und so abgemagert, dass man die Rippen unter seiner gespannten Haut zählen konnte. Sie waren nicht älter als die Kinder, die Jerusha nach Osten führte.

Die Gestalt des größeren Jungen verzerrte und verwandelte sich, bis an seiner Stelle ein vierbeiniges Tier stand. Eine riesige Hyäne mit krummem Buckel, größer als jeder Löwe, missgestaltet, monströs und mit gigantischen schwarzen Kiefern. Sie riss den Rachen auf und brüllte herausfordernd über den Fluss.

Leopardenmänner. Kinderasse. Jerusha drehte sich der Magen um.

Vor dem Wermonster hielt der Mann mit Leopardenfes die Hand in die Höhe. Dann betrat er grinsend die Brücke. »Du!«, rief er Jerusha auf Englisch, aber mit starkem Akzent zu. »Fliehen wird dir nichts nützen.«

Jerusha schloss die Augen. Ihre Pflanzen …

Sie stellte sich vor, wie die Wurzeln am Westufer verdorrten, abstarben, brüchig wurden und den Halt in der Erde verloren. Gerade verwandelte sich der Leopardenmann, und nun stand ihr auf der Brücke eine fauchende wilde Kreatur gegenüber, da ließ Jerusha sich zu Boden fallen und umklammerte die Ranken. Ein lauter Knall war zu hören, als die Halterung für die improvisierte Brücke nachgab, und plötzlich war Jerusha im Wasser, wurde von der Strömung flussabwärts gerissen und klammerte sich noch immer an die Ranken.

Hinter sich hörte sie das panische Jaulen einer Raubkatze. Während sie sich verzweifelt vorwärtshangelte, spürte sie, dass auch die Kinder an den Ranken zogen. Sobald ihre Füße den schlammigen Grund des Flusses berührten, befahl sie den Ranken auf der anderen Seite, sich von den Bäumen zu lösen. »Lasst los!«, rief sie den Kindern zu und kraxelte die Schlickböschung hinauf. Die Kinder warfen die Überreste der Brücke in den Fluss. »Lauft!« Sie machte den Kindern Zeichen. »In den Wald!«

Vom anderen Ufer hörte sie Rufe und das Klicken von Waffen, die schussbereit gemacht wurden. Sie wagte es jedoch nicht, einen Blick hinter sich zu werfen. Gerade als Maschinengewehrfeuer losprasselte und Kugeln die Stämme und Blätter um sie herum kleinhäckselten, hechtete sie ins Unterholz. Sie robbte weiter, doch die Schüsse brachen abrupt ab.

Nach Luft japsend, wagte sie einen Blick zurück. Auf der anderen Flussseite zerrten drei Soldaten einen nassen und fuchsteufelswilden Leopardenmann aus dem Wasser. Das Hyänenmonster war wieder zu einem einfachen Jungen geworden, und das abgemagerte Kind starrte auf die Stelle, an der sie verschwunden waren. Jerusha war überzeugt, dass sie den Fluss überqueren würden, aber sie mussten erst einmal einen anderen Weg finden. Sie hatte Zeit geschunden, aber das war auch alles. Wenn sie doch nur Hilfe finden könnten … Wenn sie telefonieren könnten …

Jemand nahm sie an der Hand. Es war Cesar. »Komm, Bibbi Jerusha. Sie warten alle auf dich.«

Kongoville, Kongo
People's Paradise of Africa

Sirajs Geld war bei der Bank eingezahlt worden. Folglich war Monsieur Pelletier sehr beliebt. Mathias wurde als Monsieur Pelletiers Location Scout vorgestellt und in einem Hilton in der Innenstadt von Kongoville untergebracht. Noel hatte das Zimmer nach Wanzen abgesucht und eine Schiffsladung davon gefunden. Leopardenmänner, Chinesen und Inder hörten sie definitiv ab. Gut.

Ein Teil von Sirajs Geld wurde dazu verwendet, am Stadtrand ein Haus zu kaufen. Dort brachte Noel Mollie unter mitsamt einem Vorrat an Essen, Cola und schnulzigen Komödien auf DVD. Jaako befand sich bei Cumming in Chicago, und Noel wollte sich gar nicht erst vorstellen, wie die beiden sich die Zeit vertrieben.

Noel war in die Stadt gegangen, um Verkehr und Wachdienste rund um das Bankgebäude während der Nacht zu beobachten. Morgen würde er Mollie die Yacht zeigen. Er hoffte, dass er sie nicht in den Laderaum des Boots bringen musste. Eigentlich musste sie nur einen Durchgang öffnen.

Auf dem Weg schaute er bei Mathias vorbei, der sich ein Essen aufs Zimmer hatte bringen lassen, es gerade verspeiste und dabei Proust las. *Wenn es dich glücklich macht*, dachte Noel, und da fiel ihm auf, dass er genau das tat, was ihn glücklich machte. Sich mit unerbittlichen Feinden anzulegen und um den Sieg zu ringen.

Er liebte dieses Spiel. Es war nicht leicht für ihn gewesen, es aufzugeben. Aber Niobe liebte er noch mehr. Und den Sohn, den er haben würde.

Auf dem Lualaba, Kongo
People's Paradise of Africa

Wally ging dazu über, das kleine Mädchen Ghost zu nennen, denn wie ein Geist suchte es ihn heim.

Tagsüber, solange er wach war, stellte sie ihm jede Sekunde nach. Geduldig. Unnachgiebig. Und wie wenn man an einer Lampe rieb, um einen Dschinn heraufzubeschwören, rief er sie unweigerlich aus ihrem Versteck herbei, wenn er für ein paar Minuten die Augen zumachte. Und jedes Mal hatte sie das große Messer.

Es war vollkommen gleichgültig, wie weit er fuhr oder wie schnell. Selbst wenn er alles aus dem gestohlenen Boot herausholte, machte es keinen Unterschied. Ghost holte ihn ein.

Manchmal, wenn er seinen Kopf richtig drehte und sich so streckte, dass er das Ufer aus dem Augenwinkel sehen konnte, erhaschte er etwas Bleiches, das zwischen den Bäumen umherhuschte. Etwas, das mit dem Boot Schritt hielt. Das darauf wartete, dass er erneut einnickte.

Er hatte versucht, im Boot in der Mitte des Flusses zu schlafen. Auch das brachte nichts. Sie schwebte genauso mühelos übers Wasser, wie sie durch den dichtesten Dschungel hindurchschwebte. Schließlich gab er diese Strategie auf, denn das Boot besaß keinen Anker, sodass Schlafen noch mehr Risiken barg als nur dasjenige, erdolcht zu werden.

Und das war das Problem. Wäre er nicht durch den Dschungel gereist – und auch noch in der Regenzeit, in der ihm ganze Hautstellen abblätterten, täglich neue Rostflecken auftauchten und sein Vorrat an Stahlwollschwämmen zur Neige ging –, hätte Ghosts Messer gegen seine Eisenhaut keine Gefahr dargestellt. Aber er war nun mal hier. Und früher oder später würde Ghost es schaffen. Sie war zu hartnäckig, um es nicht zu schaffen.

Bisher hatte er Glück gehabt. Sie zielte immer auf seinen Hals, wollte ihm die Kehle aufschlitzen. Wie lange würde es brauchen, bis sie die Löcher auf seinen Schultern, seinen Armen, seinen Beinen finden würde?

Wally machte das Einzige, was er tun konnte. Er schlief nicht mehr. Jerusha hätte ihn darauf hingewiesen, dass es zwecklos war. Dass niemand endlos ohne Schlaf weitermachen konnte. Und sie hätte recht gehabt. Es war unmöglich, nicht zu schlafen.

Der Baumwollnebel, mit dem die Erschöpfung seinen Geist ausfüllte, ließ die einfachsten Aufgaben – eine Karte zu lesen, das Boot zu lenken, ein Zelt aufzustellen – zu beinahe unüberwindlichen Herausforderungen werden. Ihm kam es vor, als würde er sich unter Wasser bewegen oder als wäre zwischen ihm und der Welt eine Glasschicht. Zwei schlaflose Nächte hatten einen Zombie aus ihm gemacht. Wie weit war es nach Bunia?

Aber er gab nicht auf. Denn je länger er weitermachte, desto mehr lockte er Ghost von Jerusha und den Kindern weg. Für Wally stellte Ghost ein Problem dar, Jerusha hätte jedoch nicht die geringste Chance gegen sie gehabt.

Von Sonnenaufgang bis Sonnenuntergang fuhr er auf dem Fluss, vom ersten Morgengrauen an, bis der letzte Schimmer der untergegangenen Sonne im Westen verblasste. Und während der langen dunklen Nächte kauerte er an seinem Lagerfeuer und kämpfte gegen eine Erschöpfung, die stärker war als jedes Krokodil.

♣ ◆ ♠ ♥

Donnerstag, 17. Dezember

Paris, Frankreich

Simoon lehnte sich gegen Bugsys Arm und lächelte. Der leichte Pariser Nebel war bitterkalt, sah aber hinreißend aus. In der Ferne ragte der Eiffelturm empor und wirkte in der dicken Luft geisterhaft. Der Dampf, der von Bugsys Kaffeetasse aufstieg, verflüchtigte sich sofort, aber der Geruch der gerösteten Bohnen und der Nachgeschmack von Blätterteiggebäck und Puderzucker hielten sich noch und spendeten ihm eigentümlicherweise Trost. Langsam spazierten sie einher, während die Dämmerung das Licht der Welt hochdimmte. Wo Osten war, blieb hinter der niedrigen Wolkendecke verborgen.

»Es ist herrlich«, sagte Simoon. »Ich meine, oh, mein Gott, ich bin in Paris! Ich wollte schon immer mal hierherkommen, aber ich habe es nie … ich meine …«

Du hast geglaubt, dir bliebe noch Zeit dafür, dachte Bugsy. *Du bist nicht auf die Idee gekommen, dass du totgeschlagen werden könntest, bevor du aufs College gehst. Wer macht das schon?* »Es ist nett«, sagte er laut.

Besorgt sah sie ihn an. Der Ohrring baumelte. Mit nur einem Ohrring durch das morgendliche Paris zu gehen hatte etwas von einem Spießrutenlauf. Wer sie zusammen sah, musste denken, dass sie die ganze Nacht lang gelabert, getrunken, gevögelt und sich gegenseitig Lieder ins Ohr gesäuselt hatten. All das, was man dem Klischee nach in Paris eben so tat.

»Alles okay mit dir?«, fragte sie.

»Hm? Oh, ja. Klar. Ich werde nur immer ein bisschen nervös, wenn es zu kalt ist, um auszuschwärmen.«

»Warum ist es zu kalt?«

»Hier?«, fragte er mit einem Nicken in Richtung Nebel, Frost und Gehsteig, der dunkel und glatt geworden war. »Wenn ich ausschwärme, habe ich viel mehr Körperoberfläche. Innerhalb einer Minute würde ich mich verkühlen. Einmal, an Weihnachten, als ich neunzehn war, wollte ich mich als Scherz ins Haus der Nachbarn schleichen.«

»Lass mich raten«, sagte Simoon. »Dort hat ein Mädchen gewohnt.«

»Und eine Menge Eierpunsch«, sagte er. »Das war keine gute Entscheidung. Wie dem auch sei, bis ich mich wieder so weit zusammengesetzt hatte, dass ich mehr oder weniger menschlich war, mussten sie mich ins Krankenhaus fahren.«

»Und daran hast du gerade tatsächlich gedacht?«

Wenn Simoon in ihr steckte, sah Ellens Gesicht jünger aus. Würde sie es verstehen? Konnte jemand, der kaum zu leben angefangen hatte und dann gestorben war, begreifen, wie traurig es war, morgens durch Paris zu gehen und dabei zu wissen, dass sie nie in der Lage sein würde, es wirklich zu erleben? »Ja«, sagte er. »Daran denke ich gerade.«

Sie bohrte nicht weiter. Vielleicht tauschte sie sich mit Ellen in diesen unheimlichen Hinterkopfgesprächen aus, die sie immer führten. Das Ganze war abartig. Ein romantischer Morgen in Paris, Kaffee und Nebel, eine schöne Frau am Arm. Womöglich gar zwei schöne Frauen am Arm, je nachdem, wie man zählte. Und er fühlte sich einsam.

Schweigend legten sie den Großteil des Rückwegs in Richtung Louvre zurück. Vor ihnen huschte eine Katze über die

Straße. Ein Junge auf einem Moped schlängelte sich lachend durch den zunehmenden Verkehr und erntete von den Leuten in den Autos Hupen und geschüttelte Fäuste. Als sie beim Museum ankamen, war Bugsys Kaffee lauwarm.

Auf dem Kongo, Kongo
People's Paradise of Africa

Wegen der verwesenden Leichen ist es in der Grube warm. Der Geruch würgt Michelle, und sie muss husten. Sie robbt auf Adesina zu, aber als sie versucht, das Mädchen zu umarmen, hält sie plötzlich ein wurmiges Wesen in der Hand. Angewidert stößt sie das Geschöpf zurück.

»*Adesina*«, sagt sie, aber sie will sie eigentlich gar nicht sehen. Der Geruch, die Verwesung und das faulende Fleisch verursachen ihr Brechreiz.

Michelle fuhr aus dem Schlaf hoch. Sie lag in einer der kurzen Kojen der Bootskabine. Durchs Fenster drang graues Licht herein. Es regnete noch immer. Sie stand auf, kämmte sich mit den Fingern durchs Haar und flocht es rasch zu Zöpfen. Jetzt war Joey mit Schlafen an der Reihe.

Als sie an Deck kam, sah sie Joey unter einer Plane kauern. Sie wirkte zerbrechlich und hatte dunkle Ringe unter den Augen. Was immer ihr Sorgen bereitete, hatte nicht aufgehört, sie zu plagen, nachdem sie Kongoville verlassen hatten.

Michelle schnappte sich einen der Ponchos, die neben der Kabinentür hingen. Er war schon nass, und es fröstelte sie, als sie ihn sich überzog. Sie schob sich die Kapuze auf den Kopf und ging dann vorsichtig über das rutschige Deck zu Joey hinüber.

»Du solltest unter Deck gehen und ein bisschen schlafen.«

Joey blinzelte nicht mal, als ihr die Regentropfen ins Gesicht fielen. »Ich kann nicht schlafen.«

Michelle setzte sich neben sie. »Natürlich kannst du schlafen. Geh, leg dich hin. Das wird dir guttun.«

Joey starrte auf den Dschungel hinaus, der an ihnen vorbeiglitt. »Weißt du, was da draußen ist?« Ihre Stimme klang kalt.

»Nein«, erwiderte Michelle.

»Tod. Wenn wir dort langgehen würden, käme das Blut aus der verdammten Erde heraus.« Joey griff nach Michelles Hand. »Kannst du das nicht spüren? Nicht mal ein bisschen? Scheiße, Bubbles, man riecht es doch! Tod und Verwesung.« Joey drückte ihre Hand. Jedem anderen hätte das vielleicht wehgetan, denn Joey war dafür, dass sie so eine halbe Portion war, ziemlich stark. Doch Michelle wusste nicht, wie sie ihr helfen konnte.

Juliet hätte gewusst, was zu tun war. Aber Juliet war nicht hier, und Michelle war froh darum. Wenn man nach der Zahl der Leichen ging, die Joey spürte, dann hatten hier Massaker stattgefunden.

Michelle schaute in den Dschungel und hoffte, etwas von der Zerstörung zu erkennen, die Joey wahrnahm. Schweigend erwiderte der Dschungel ihren Blick.

Im Dschungel, Kongo
People's Paradise of Africa

Es war später Nachmittag, und sie standen auf einem Bergkamm, von dem man ein tiefes Tal überblickte. Gerade über-
legten sie sich, auf welchem Weg sich der Hang am besten
hinabsteigen ließe, als Waikili ihren Arm berührte. Jerusha
wusste bereits alles, als sie sein blindes Gesicht sah.

»Sind sie…?«, fragte sie Waikili, worauf der Junge nickte.
»Sind sie in der Nähe?«, fragte sie. Wieder nickte er schwei-
gend. Vor Furcht krampfte sich ihr der Magen zusammen.
Cesar stand neben ihr, und seine Kiefermuskeln zuckten.
»Cesar, nimm die Kinder und bring sie ins Tal. Sie sollen sich
beeilen. Ich… ich versuche, sie hier aufzuhalten.«

Cesar nahm die Waffe herunter, die er sich umgehängt hatte.
»Ich bleibe bei dir, Bibbi Jerusha.«

»Ich auch«, meldete sich Gamila, eines der älteren Mädchen, und plötzlich stimmten alle mit ein und drängten sich
um Jerusha.

»Nein«, entgegnete sie bestimmt. »Das könnt ihr nicht. Zumindest nicht alle. Wir haben drei Waffen: Cesar, Gamila und
du, Naadir, von mir aus, ihr könnt bleiben. Aber ihr anderen müsst gehen. Schnell jetzt! Ihr habt keine Zeit, und keine
Widerrede. Geht! Jemand muss Waikili bei der Hand nehmen.
Und passt auf, dass die Kleinen nicht verloren gehen. Lasst
Eason nicht fallen…«

Zögernd gehorchten sie. Jerusha sah dem Knäuel aus Kindern nach, wie er den Hang hinabglitt und unter dem Blätter-

dach verschwand. Dabei fragte sie sich, ob sie sie wiedersehen würde. Cesar, Gamila und Naadir versammelten sich um sie, schauten sie trotzig und wagemutig an … doch sie erkannte die Furcht in ihren Augen und in der Art, wie sich ihre Muskeln anspannten, wenn sie die schweren Waffen in der Hand hielten.

»Verteilt euch auf dem Kamm«, sagte sie. »Achtet darauf, dass ihr den Pfad den Berg hinauf gut einsehen könnt, denn auf dem werden sie heraufkommen. Und verbergt euch hinter den dicken Bäumen. Ich stelle mich hier hin, sodass sie mich sehen können. Wenn sie mich angreifen oder wenn ich zum Angriff übergehe, dann sollt ihr das Feuer eröffnen. Jetzt hört mir gut zu: Es bleibt bei einer kurzen Salve, einer einzigen, und dann will ich, dass ihr abhaut. Habt ihr mich verstanden? Ich will, dass ihr die anderen sucht. Schaut nicht zurück, kümmert euch nicht um mich. Lauft einfach. Versprecht mir das.«

Sie antworteten mit ernstem Kopfnicken. »Na schön«, sagte sie. »Dann macht euch bereit.«

Hangabwärts blitzte eine Leopardenmütze hervor, und die Gestalt eines Mannes schälte sich aus den Farnwedeln. Das war das Erste, was sie von ihren Verfolgern sah. Der Mann fuhr sich mit der Hand über den Mund, als er Jerusha mitten auf dem von hundert Füßen gebahnten Pfad auf dem Bergkamm stehen sah.

Sogleich duckte er sich wieder ins Dickicht, und sie hörte ihn etwas rufen.

Ein paar Minuten später tauchten weitere Leute auf: Drei Teenagersoldaten folgten dem Leopardenmann mit Automatikgewehren, deren Läufe auf sie gerichtet waren. Jerusha war sich schmerzhaft bewusst, dass sie nicht Rusty war, dass sie sehr wahrscheinlich sterben würde, wenn diese Waffen abgefeuert wurden. Der Leopardenmann, dessen Augen hinter einer Fliegersonnenbrille verborgen waren, grinste zu Jerusha hinauf, seine Mütze leuchtete in einem Sonnenstrahl, der durch das Blätterdach fiel. »Ah, die Pflanzenfrau«, sagte er mit seinem Akzent auf Englisch. »So sehen wir uns also wieder, und diesmal schützt dich kein Fluss.« Das Lächeln verschwand. »Ich will die Kinder, die du uns gestohlen hast«, verlangte er. »Gib sie uns, und ich lasse dich gehen.«

»Nein, wirst du nicht. Das ist gelogen«, erklärte ihm Jerusha.

Wieder trat das Lächeln in sein Gesicht. »Dann eben die Wahrheit. Gib mir die Kinder, und du bekommst einen schnellen, schmerzlosen Tod.«

»Du kriegst sie nicht«, sagte Jerusha und öffnete ihren Geist für Gardeners Wild Card.

Mit Bedacht hatte sie die Samen auf ihrem Weg verteilt. Jeden von ihnen hatte sie berührt, damit sie sie mit ihrem Geist erspüren und die Kraft, die in ihnen schlummerte, umspielen konnte. Nun riss sie die Samen wütend und eisig auf. Ranken schnellten aus dem Dschungelboden hervor, während Cesar, Gamila und Naadir das Feuer eröffneten. Zwei Soldaten fielen. Jerusha wand eine Ranke um den Leopardenmann und spürte, wie die Schlinge abrutschte, als der Mann seine Gestalt wandelte. Sie lenkte den Wuchs der Pflanze und zog sie fester. Sie ließ sie heftig nach links peitschen, sodass der Werleopard gegen den breiten Stamm eines Umbrella-Baums geschleudert wurde. Sie hörte das hässliche Knacken, als sein Schädel gegen das Holz schlug, und plötzlich war in der Ranke nur noch ein bewusstloser Mann gefangen.

Das Gewehrfeuer hatte aufgehört. Sie hoffte, dass die Kinder ihrem Befehl gehorchten, aber sie wagte nicht, nach hinten zu sehen und nachzuschauen, ob sie tatsächlich flohen. Da tauchten zwei weitere Soldaten auf. Noch ehe die beiden schießen konnten, fesselte Jerusha sie in ihren Ranken, riss ihnen die Waffen aus der Hand, wickelte sie so ein, dass sie sich nicht bewegen konnten, und warf sie um.

Von links sprang eine grau-gelbe Gestalt auf sie zu. Es war das riesige Hyänenwesen. Sie ließ die Ranken der Kreatur hinterherjagen, aber sie waren zu langsam. Brüllend raste das Geschöpf auf Jerusha zu, sein Maul starrte vor elfenbeinfarbenen Zähnen. Vor ihm schoss ein Baum aus dem Boden, doch die Bestie wich zur Seite aus, und die Zweige, die nach dem Geschöpf fassten, glitten wirkungslos an seiner Flanke entlang.

Jerusha fuhr mit der Hand in ihren Samenbeutel, doch sie wusste, dass es aus war, dass die Kreatur im nächsten Moment über sie herfallen würde.

Von dem Bergkamm hinter ihr krachten Schüsse und schlugen direkt vor der Bestie im Boden ein. Das Werwesen fauchte trotzig, ein Brüllen, von dem sich Jerusha die Nackenhaare aufstellten. Aber das Geschöpf machte kehrt, lief in großen Sätzen den Hang hinunter und verschwand im Unterholz.

Weit unten sah Jerusha kurz den zweiten Jungen mit seinem hageren, gehetzten Gesicht. Dann drehte auch er sich um und folgte dem anderen die Bergflanke hinab.

Allem Anschein nach war es vorbei. Im Wald war es ruhig, selbst die Vögel waren beim Lärm des Gewehrfeuers verstummt. Jerusha ging zu dem Leopardenmann, der in dem Käfig aus Ranken gefangen saß. Da hörte sie, wie Cesar auf sie zustolperte, und sie scheuchte ihn mit einer Handbewegung zurück. »Geh zu den anderen.«

»Du brauchst mich hier.« Er legte das Gewehr an. »Deswegen.«

Sie wusste, dass er es tun würde, dass er nur allzu bereit war, den Mann zu erschießen. Denn Cesar wusste genauso gut wie sie, dass ihnen keine andere Wahl blieb. Ihr war jedoch auch bewusst, dass Cesar noch ein Kind war – ein Kind, das schon zu viel Tod und Gewalt erlebt hatte. Deshalb sollte er das nicht auch noch durchmachen müssen. Diese Erinnerung, die auf seine anderen Erinnerungen abfärben würde, sollte ihm erspart bleiben. Sie schüttelte den Kopf. »Nein.«

»Wenn du sie am Leben lässt, werden sie uns weiter verfolgen«, warnte er sie mit strengem Blick in den dunklen Augen. Er presste die Lippen zu einer schmalen Linie zusammen.

»Geh zu den anderen«, befahl sie ihm erneut. »Schau nach, ob mit ihnen alles in Ordnung ist. Und ob noch mehr Soldaten hinter ihnen her sind. Diese Bestie könnte als Nächstes über sie herfallen.«

Cesar starrte sie ein paar Sekunden lang an. Schließlich zuckte er mit den Schultern und ging wieder den Berg hinauf. Von dort hörte sie ihn den anderen beiden etwas zurufen.

»Lass mich frei, Pflanzenfrau, und ich verspreche dir, dass ich abhaue«, sagte der Leopardenmann. Jerusha drehte sich zu ihm um. Er sah sie unverwandt an. Aus einer Stirnwunde sickerte Blut, und ein Auge schwoll allmählich zu. »Meine Männer nehme ich mit. Lass mich gehen. Das schwöre ich. Das ist die Wahrheit.«

»Woher soll ich wissen, dass du dein Versprechen hältst?«

Der Mann leckte sich die blutigen Lippen. »Ich gebe dir mein Wort. Ich schwöre bei Gott. Ich schwöre beim Leben meiner Frau und meiner Kinder, die weinen werden, wenn ich sterbe.«

»Du hast Kinder?«

Der Mann nickte. »Ja. In meiner Tasche habe ich Fotos von ihnen. Die kann ich dir zeigen.«

»Du hast Kinder«, wiederholte sie. »Und dennoch konntest du den anderen Kindern so etwas antun?« Jerusha sprach leise, und der Mann kniff die Augen etwas zusammen. Unvermittelt verwandelte er sich wieder in seine Leopardengestalt, fauchte und knurrte. Sie zog die Ranken fester um ihn und um die anderen Soldaten. Aber während sie die Pflanzen lenkte, weinte sie. Vor Verzweiflung, vor Angst, vor Wut. Sie hörte die Soldaten schreien, und während sich die Ranken enger zusammenschnürten, wurde aus ihrem Schreien Stöhnen, und die Pflanzen wanderten die Hälse hinauf, krochen in die offenen Mündern und erwürgten die Soldaten. Der Werleopard zu ihren Füßen scharrte hilflos am Boden und verwandelte sich in den Menschen zurück. Er starrte sie an, aber seine Augen waren leblos und blinzelten nicht mehr.

Lange beobachtete sie ihn, bis sie sicher war, dass er nicht mehr atmete.

Auf dem Lualaba, Kongo
People's Paradise of Africa

Am Rand seines Lagerfeuers tauchte Ghost aus der Dunkelheit auf und betrachtete ihn stumm. Ihre Zehen baumelten zwei Fingerbreit über dem Boden. In ihren dunklen Augen schimmerte die Glut der Kohlen. Im silbernen Mondlicht wirkte sie durchscheinend.

Wallys Augenlider sanken tiefer... und tiefer... Seine Nackenmuskeln entspannten sich. Sein Kopf neigte sich. Die Anstrengung, gegen einen tiefen Schlaf anzukämpfen, trieb ihm Tränen in die Augen.

Ghosts Füße schoben sich in sein schmales, verschwommenes Gesichtsfeld. Sie bäumte sich auf, um zu einem weiteren Messerstich auszuholen. Wally schnellte hoch und stürzte sich auf sie.

Sein Körper glitt glatt durch sie hindurch. Ghosts Leib bot nicht mehr Widerstand als eine Rauchschwade. Scheppernd und krachend schlug er neben dem Lagerfeuer hin. »Autsch.« Er sah auf. Ghost starrte ihn von oben herab an, ausdruckslos wie immer. »Wie heißt du?«, fragte er.

Sie glitt in den Dschungel zurück. Schweigend. Rätselhaft.

Er stand auf, klopfte sich ab. Aber Wally wusste, dass sie da draußen war, lauerte und beobachtete. Deshalb setzte er sich im Schneidersitz neben das Feuer und rief: »Ich heiße Wally.«

Als Antwort kam nur die vom Zwitschern der Nachtvögel unterbrochene Stille.

Freitag, 18. Dezember

Louvre
Paris, Frankreich

Die Sicherheitsmannschaft für die Friedenskonferenz war eine unheilige Mischung aus Söldnerkommandos und Hotelrezeptionisten. Alle Hotels rund um das Museum herum waren gebucht worden für die Sprecher des Kalifats, die Botschafter des People's Paradise of Africa, UN-Experten und Sicherheitsleute sowie Presseleute aus fünfzig Ländern. Ringsherum hatte das Komitee sein Best-of-Album versammelt. Als Bugsy auf den Louvre zuging, sah er in der kühlen Pariser Luft drei bedrohliche Gestalten schweben. Wie postmoderne Wasserspeier reihten sich Scharfschützen entlang der Dachkanten. Im Hof liefen Gruppen von Männern und Frauen in Anzügen und Soldaten in urbanen Tarnklamotten um die berühmte Glaspyramide von I. M. Pei herum.

Als Bugsy nahe genug heran war, um die vertrauten Umrisse von Lohengrin und Babel zu erkennen, ließ Simoon seinen Arm los. Als hätten sie sich vorher abgesprochen, nahm Simoon den Ohrring ab, und von nun an ging Ellen an seiner Seite. Nicht zwei Liebende in Paris, sondern zwei Kollegen, die für das Komitee arbeiteten. Und Lohengrin brauchte sich nicht den Kopf darüber zu zerbrechen, welche Höflichkeitsregeln man beachten musste, wenn man mit einer Toten sprach.

Klaus machte genau das verbissene Gesicht, das Bugsy bei einem teutonischen Gottmenschen erwartete, dem jemand auf den Schwanz getreten ist. Der Nebel löste sich auf, und das erste Blau schien hindurch. Babel und Ellen unterhielten sich auf Französisch. Offenbar konnte Ellen Französisch. *Was man nicht alles lernt.* »Und wie läuft der Krieg?«, fragte Bugsy.

Lohengrin schüttelte den Kopf und wirkte noch verbissener. »Wir waren gerade dabei, ein Untersuchungsunterkomitee zusammenzustellen, um gegen Nshombo vorzugehen«, sagte er und verschluckte die offenen Vokale beinahe vor Wut. »Aber es ist nach außen gedrungen. Jetzt habe ich acht Memos, die die Existenz des Unterkomitees bestreiten, und muss ein weiteres Unterkomitee bilden, das bessere Methoden zur Schaffung von Unterkomitees finden soll.«

Bugsy kicherte, worauf Lohengrin finster die Stirn runzelte, dann aber grinste, lachte und erneut den Kopf schüttelte. »Es gab Zeiten, da haben wir etwas bewirkt. Jetzt geht es nur noch darum, dass sich Bürokraten mit Bürokraten im Louvre auf einen Drink treffen und labern, während Menschen leiden.«

»Läuft es nicht immer darauf hinaus?«, fragte Bugsy. »Ich meine, schau dir doch an, was wir hier machen. Eine Friedenskonferenz. Das ist doch nichts anderes als eine Veranstaltung, wo sich die Kids mit dem meisten Spielzeug treffen und gepflegt darüber unterhalten, wer von ihnen die meisten Unschuldigen umbringen darf. Das würden wir gar nicht erst tun, wenn es nicht noch verheerender wäre, alle Panzer, Granaten und kriegsfähigen Asse herauszuholen, oder?«

»Ich weiß«, erwiderte Lohengrin angewidert. »Aber damals in der Wüste, als wir von der Nekropole nach Assuan marschiert sind und die Armee des Kalifats Leute abgeschlachtet hat und uns auf den Fersen war, damals konnten wir wenigstens etwas tun.«

Assuan. Wo Simoon ums Leben gekommen war.

»Ja«, sagte Bugsy bitter. »Die gute alte Zeit. Also, von wo soll ich auftreten?«

Lohengrin hielt den Kopf schräg. Es war zugegeben auch eine seltsame Art, die Frage zu stellen.

»Wo willst du mich haben?«, fragte Bugsy. »Ich bin hierher kommandiert worden, deshalb habe ich angenommen …«

Lohengrin nickte, nahm Bugsy am Ellbogen und führte ihn ein paar Schritte von Babel und Cameo weg. »Wir brauchen dich zur Koordination. Hier und da, innerhalb des Sicherheitsbereichs, ein paar Dutzend Wespen, aber nicht so viele, dass es in der Empfangshalle … fehl am Platz wirkt.«

»Also kein Bein fallen lassen oder so.«

»Nein.«

»Okay, aber ich brauche warme Orte. Mit trägen, halb toten Wespen wirst du nicht viel anfangen können.«

Lohengrin runzelte die Stirn.

»Ein Ausschnitt wäre gut«, sagte Bugsy. »Falls du jemanden mit Ausschnitt hast. He! Witz. War ein Witz. Aber im Ernst: Gut wäre das schon.«

»Ich tu, was ich kann. Aber wenn es Ärger gibt, will ich, dass du uns warnst. Die Mischung von Leuten hier gefällt mir gar nicht. Wenn zu viele Bewaffnete auf einem Fleck sind, kann man irgendwann nicht mehr von Sicherheitsleuten reden.«

»Wen haben wir draußen?«

Lohengrin deutete mit dem Kopf zum anderen Ende des Hofs, wo Burrowing Owl mit Tricolor Höflichkeiten austauschte. Letztere war die hiesige Assgastgeberin und stand auf eine etwas abgedroschene Art für alles, was französisch war. Hinter Owl stand Snowblind.

»Sind das alle?«

»Du, ich. Babel. Cameo. Sie hat ja auch noch …«

»Simoon und Will-o'-Wisp dabei«, sagte Bugsy. »Falls nötig haben wir Feuerkraft.«

Lohengrin nickte, sah aber immer noch nicht glücklich aus.

»Toad Man auch, falls wir ihn davon abhalten können, Froschfresserwitze zu machen. Und kennst du Garou?«

»Ich glaube nicht, dass ich dem schon mal begegnet bin«, sagte Bugsy.

»Garou!«, rief Lohengrin, und ein anständig aussehender Mann kam mit fragend hochgezogenen Brauen herüber. »Das ist mein guter Freund Jonathan Hive.«

»Gut, dich kennenzulernen«, sagte Bugsy und hielt ihm die Hand hin. »Habe viel über dich gehört.«

Garou wirkte verblüfft, schüttelte Bugsy jedoch trotzdem die Hand. »Wir kennen uns doch schon«, sagte er.

»Echt?«, fragte Bugsy.

»Wir sind uns schon zweimal begegnet.«

»Ah.«

Garou nickte Lohengrin zu und ging weg. Dabei wirkte er nicht sonderlich erfreut.

»Anscheinend habe ich ihn doch schon getroffen«, sagte Bugsy.

»Ja.«

»Nun, dann habe ich das größte Fettnäpfchen für den Abend schon hinter mir.«

◆

»Ah, mal wieder Paris.«

»Und das Wetter könnte nicht schlechter sein«, grummelte Siraj auf dem Rücksitz eines Mercedes, wo er neben Noel saß.

Der betrachtete den Regen und konnte nicht widersprechen. Im dunklen Nebel erhob sich der Louvre. Die Steine waren grau von Schmutz, Ruß und Abgasen. Im Dämmerlicht wirkte der Louvre wie das, was er war – eine Festung.

Obwohl er nicht wirklichkeitsfremd war, schaute er weg. »Denk dran. Reden, reden, reden«, sagte er.

»Ja, ja, ich weiß. Ich bin weder bescheuert noch ein Kind«, fuhr ihn Siraj an. Der fette Wagen glitt an den hupenden, schiebenden Minis vorbei wie ein Hai durch einen Schwarm kleiner Fische. Siraj behielt einen ungerührten Tonfall, aber die Nervosität war ihm anzumerken. »Glaubst du, dass Weathers da sein wird?«

»Das bezweifle ich. Er ist nicht so der Verhandler. Sollte Nshombo da sein, wird es nicht schwer, die Sache endlos in die Länge zu ziehen. Du musst bei ihm nur den richtigen Knopf erwischen, dann hört er nicht mehr auf, stundenlang über dialektische Materialismuskacke zu reden.«

»Wie nett«, sagte Siraj giftig.

Noel lachte. »Denk dran, dass wir hier die Fäden in der Hand halten. Genieße es.«

Der Wagen wurde langsamer und blieb vor einer Sicherheitskontrolle stehen. In seiner Rolle als Prinz Sirajs Attaché händigte Noel ihre Ausweispapiere aus. Der französische Soldat betrachtete die Scheine, warf dann einen Blick in das Auto, nickte zufrieden, gab die Papiere zurück und winkte sie durch.

Der Mercedes gesellte sich zu der Schlange von Limousinen, die ihre Passagiere vor der Glaspyramide ausspuckten. Im Westen gelang es der untergehenden Sonne, unter dem Wolkensaum hindurchzulinsen. Die Glasfacetten des Gebäudes fingen das Licht ein und glühten rotgolden.

Noel sah auf die Uhr. Es waren noch immer siebzehn Minuten, bis er auf Lilith zurückgreifen konnte. Er glaubte nicht, dass er sie brauchen würde, doch wäre es ihm lieber gewesen, er hätte dieser Party entweder ganz bei Tag oder ganz bei Nacht beiwohnen können.

Ein zweiter Soldat, diesmal in einer antiquierten, operettenhaften Uniform, machte ihnen die Tür auf. Siraj stieg aus, und Noel folgte ihm. Er schüttelte die Manschetten seines Hemds aus, bis ein perfekter weißer Rand unter seinem Frackärmel hervorschaute. Noel hatte sich für die traditionelle weiße

Fliege entschieden, denn er wollte in der Versammlung nicht auffallen.

Sie betraten die Pyramide.

♠

»Dr. Okimba?«, sagte ein geschleckter UN-Mitarbeiter. »Ich würde Ihnen gern ein paar Komiteemitglieder vorstellen, die für die Sicherheit während der Friedensgespräche verantwortlich sind.«

Tom Weathers nickte. Es war noch immer sein Kopf, mit dem er nickte. Jedenfalls fühlte es sich so an. Doch für die schillernde Menschenmenge unter der Glas- und Stahlpyramide war es der große, rasierte und rundliche Kopf von Dr. Apollinaire Okimba.

»Euer Ehren, Simone Duplaix aus Kanada, die den Assnamen Snowblind trägt. Und Nikolaas Buxtehude aus Brüssel. Er nennt sich Burrowing Owl.«

»Entzückt«, sagte Okimba, nahm die Hand der jungen, in ein enges schwarzes T-Shirt und schwarze Jeans gekleideten Frau und hob sie zu seinen Lippen. Durch den Pony ihres kurz geschnittenen, knallig blauen Haars zog sich eine golden gefärbte Strähne. Okimba hätte sie nicht von Grace Slick unterscheiden können, aber Tom Weathers hatte sie schon einmal in Kongoville getroffen, bevor sich das Komitee gegen das PPA – und Tom – gewandt hatte. »Es ist mir stets ein großes Vergnügen«, murmelte er, »eine junge Frau kennenzulernen, die gleichsam liebreizend und beeindruckend ist.«

Er wandte sich dem zweiten Ass zu. Burrowing Owl war ein kleiner Scheißer, ungefähr so breit wie groß. Er trug einen seltsam spitzen Messinghelm, eine Schutzbrille und antike Fliegerklamotten aus Leder unter einem gefiederten Cape, vielleicht waren es aber auch angelegte Schwingen. Er schlug die Hacken zusammen und nickte, als Okimba ihm die Hand schüttelte. Es waren große, rote und ungeheuer schwielige Hände, als würde er mit ihnen Löcher buddeln. »Zutiefst geehrt, Sir«, sagte er.

»Ganz meinerseits.« Das war eine lässige Assfähigkeit, auch wenn Tom sie nicht oft benutzte. Was schade war. Denn wie er fand, war er ein guter Schauspieler. Er sah aus wie ein Jurist, hörte sich wie einer an und roch sogar wie einer. Ein großer, fetter und unheimlich leutseliger Schwarzer Anfang sechzig.

In Wahrheit war Dr. Okimba ein bedeutender, scharfer Richter. Außerdem war er eine konterrevolutionäre Landplage, der ständig Lärm wegen der Bürgerrechte im People's Paradise schlug. Im Moment erfreute er sich einer Deluxe-Isolierhaft in einer Suite im neuen Palast der Nshombos.

Der UN-Mitarbeiter laberte davon, was für ein historischer Augenblick das sei. Tom blendete ihn aus. Stattdessen verschaffte er sich einen Überblick über die Anwesenden, versuchte, etwas über seine Gegner zu erfahren. Er entdeckte einige der Komiteemitglieder, die letztes Jahr in Afrika gewesen waren. Der dicke Buford Calhoun, der in seiner menschlichen Haut genauso fehl Platz wirkte, wie wenn er die Gestalt einer Kröte von der Größe eines Volkswagens annahm. Lama, der, so vermutete Tom, über einen alles andere als frommen Witz kicherte. Brave Hawk, der durch das Glasdach der Pyramide zu sehen war; am Himmel, der im Abendlicht rosa und blassgrün schimmerte, drehte er Patrouillenflüge. Niemand, mit dem Tom nicht fertigwerden würde, sollte es dazu kommen.

Er entschuldigte sich und ging davon, als wolle er nach einem Kellner mit einem Champagnertablett suchen. Allerdings würde er es nicht wagen, einen Tropfen anzurühren, denn er traute sich selbst nicht über den Weg, wenn es darum ging, mit seinen ausgeliehenen Gesichtszügen keinen plötzlichen Wutausbruch zu zeigen. Da entdeckte er einen groß gewachsenen, hübschen Kerl mit weißblonden Haaren, die ihm bis auf die Schultern seines Savile-Row-Anzugs fielen. Männer wie Frauen drängten sich um ihn wie Groupies in einem

Rockkonzert. Er war das deutsche Ass Lohengrin, der derzeitige Vorsitzende des Komitees und weltweiter Superstar. Tom kannte das Gesicht mit dem breiten Lächeln aus einem anderen Kontext: Jackson Square in New Orleans. Dorthin war Tom geeilt, um seine entführte Tochter zu retten.

»*Ruhig bleiben, Liebster*«, flüsterte ihm Hei Lian ins Ohr. Sie und ihre Guoanbu-Nerdzwerge hatten sich in einer Pension am anderen Seine-Ufer eingerichtet. Von dort verfolgten sie alles mithilfe eines Arschs voll kleiner Aufnahmegeräte, mit denen er regelrecht gespickt war. Und sie zapften die unzähligen Kameras der Berichterstatter an. »*Du hast eine Aufgabe zu erledigen.*«

Tom zwang sich zu einem Nicken. *Lächle, solange du kannst, du Nazikotzbrocken mit deinem Quadratschädel*, sagte er sich. *Rache ist ein verfickter Spaß.*

Durch einen akustischen Zufall hörte er Simone zu ihren Begleitern sagen: »O mein Gott, habt ihr das gesehen? Dieser Fettsack hat sich voll an mich rangemacht!«

Tom gönnte sich ein Grinsen. *Ich kann von Glück sagen, dass Doktor Präsident nicht zugelassen hat, dass Alicia diesen Fettarsch an ihre Hunde verfüttert hat*, dachte er. *Scheiße, Mann, das macht echt Spaß.*

♣

Siraj nahm lieber den Aufzug als die Wendeltreppe. Während sie hinunterfuhren, betrachtete Noel das auf weißen Tischdecken präsentierte Buffet und die in weiße Fracks gekleideten Kellner, die Tabletts mit Champagner und Kanapees durch die Schar der Gäste trugen. Das Glas über ihren Köpfen und der weiße Marmor unter ihren Füßen verwandelte das Geräusch der Gespräche in lärmende Beckenwirbel. Zwar war der Ort fantastisch, aber als Austragungsstätte von diplomatischen Verhandlungen ließ er viel zu wünschen übrig.

Noel entdeckte Lohengrins goldenen Schopf aus der Menschenansammlung herausragen. Hier und da linste ein Fes mit Leopardenmuster hervor und deutete auf die Anwesenheit von Leopardenmännern hin. Generalsekretär Jayewardene machte mit Babel an seiner Seite die Runde und wirkte füllig, geschniegelt und bester Dinge. Vielleicht wollte er der Welt auch nur die Diplomatenmiene zeigen, als wollte er sagen: *Was, ich soll mir Sorgen machen?*

Noel hingegen machte sich durchaus Sorgen. Über dem Raum lag eine Anspannung, die man fast schon riechen konnte. Eine metallische Note unter dem Duft der Parfüms und Kanapees.

Siraj entfernte sich von ihm, um Jayewardene zu begrüßen. Noel schnappte sich ein Glas Champagner und ging aufs Buffet zu. Dabei bemerkte er, dass Lohengrin in die andere Richtung lief.

Noel fragte sich, ob das Zufall war, und änderte den Kurs. Jetzt ging er direkt auf Lohengrin zu. Das junge deutsche Ass sah sich gehetzt um, entdeckte Jayewardene und Babel und hielt sofort auf diese zu. *Erwischt*, dachte Noel und verkroch sich hinter eine Besuchergruppe. Während er sich an den Leuten vorbeischlängelte, hielt er sich vor Lohengrin versteckt, bis er hinter einer anderen Menschentraube hervor- und dem jungen Mann direkt vor die Nase trat.

Klaus scheute zurück wie ein erschrecktes Pferd. »Haben wir beide nicht ein gemeinsames Wochenende in Paris verbracht?«, fragte Noel.

An Lohengrins Hals stieg Blut empor und färbte sein Gesicht. »Sprich nicht darüber«, flüsterte er.

Noel dachte an die Zeit zurück, als er das große Ass aus Deutschland in Gestalt von Lilith verführt und ihm Informationen über Jayewardene und das Komitee entlockt hatte.

»Ich habe dich geliebt. Ich habe dir meine geheimsten Träume gestanden. Ich wollte mit dir zusammenleben…«

»Ich habe dich benutzt. Stell dich nicht so an«, sagte Noel.

Lohengrins Gesicht zeigte sowohl Schmerz als auch Entsetzen über diese schroffe Antwort. »Hast du jemals etwas geliebt?«

»Fang nicht damit an, Klaus. Es gibt viele Dinge, die mir etwas bedeuten. Du gehörst eben nicht dazu.«

»Kannst du dir nicht vorstellen, zum Komitee zurückzukehren?«, fragte Lohengrin. »Wir könnten dich gebrauchen.«

»Nein danke.«

»Dann bedeutet dir die Arbeit des Komitees für das Gute also auch nichts?«

»Nein. Meiner Meinung nach seid ihr ein Haufen idealistischer Idioten.«

»Warum bist du dann hier?«

»Weil es Dinge gibt, die mir wirklich etwas bedeuten.«

»Du bist bloß ein Feigling. Du hast es auf dem Jackson Square mit der Angst bekommen, und nun lässt du andere deine Konflikte ausfechten.«

»Und du hast bloß nicht verkraftet, dass deine Lili Marleen ein Junge ist.« Noel stieß mit seinem Glas gegen das von Lohengrin und schlenderte davon.

◆

Die Konferenz wurde mit dem Empfang eröffnet. Für Privatbesucher wurde der Louvre geschlossen – wenn das mal nicht schick war. Auf den Tischen wurden die teuersten Häppchen aufgefahren, die man sich vorstellen konnte. Ein Streichquartett in feierlicher Kleidung steuerte musikalische Untermalung bei. Und die Repräsentanten des blutigsten Kriegs auf dem Planeten stolzierten herum wie die Gäste einer Hausparty. Dort drüben bei der Treppe stand Prinz Siraj, der heute die Leute befehligte, die Bugsy damals in Ägypten töten wollten. Am anderen Ende der Halle sprühte Dr. Okimba im Namen des PPA vor Charme und gutem Willen. Und meilenweit um sie herum standen die größten Kunstwerke der Menschheitsgeschichte, als würde an Okimba und Siraj vielleicht etwas davon haften bleiben, wenn man sie durch den Gipfel der Zivilisation schleifte.

Das Ganze traf Bugsys Nerv für das Absurde. Er schlurfte zur Bar hinüber – gab es ein besseres Symbol für den Frieden als eine offene Bar? Dort holte er sich noch eine Rum-Cola. Das Komitee war in voller Stärke angerückt. Lohengrin lächelte und brüstete sich vor den Kameras einer internationalen Nachrichtenagentur. Garou grinste ihn noch immer kühl an, während sich Toad Man kostenlose Garnelen auflud.

Cameo hängte sich bei Bugsy ein und lächelte so, wie sie es immer tat, wenn sie es nicht meinte. »Ich habe mich gerade mit Babel unterhalten.«

»Aha. Ähm. Du trägst den Ohrring. Bist du …?«

»Ali ist hier, aber sie überlässt mir das Ruder. Jayewardene hatte eine seiner Vorahnungen. Es wird Ärger geben. Er glaubt, Dr. Okimba könnte etwas zustoßen.«

»Ah. Richtig. Wer ist das?«

Er spürte, dass sie sich verkrampfte. »Du machst Witze, oder?«

»Ja, voll der Witz«, sagte Bugsy. »Okimba. Doktor. Jurist. Wichtiger Mann im PPA, Verhandlungsführer, hat unseres Wissens niemanden getötet. Also, was geht? Gehen wir davon aus, dass es jemand auf ihn abgesehen hat? Oder verwandelt er sich selbst mitten in den Gesprächen zum Ninja-Assassinen?«

»Ich weiß nicht. Aber Lohengrin will, dass unsere Leute auf alles gefasst sind und in seiner Nähe bleiben, ohne dass es auffällt.«

»Ich kümmere mich darum, Chef«, sagte Bugsy und salutierte forsch, was ein bisschen kümmerlich wirkte, weil ihm zwei Finger fehlten. »Aber mach dir nicht so viele Sorgen. Vorahnungen. Bauchgefühl. Jayewardene ist doch nur nervös, oder?«

»Eigentlich nicht«, sagte Cameo.

»Wo ist das Objekt unserer Sorgen?«

Cameo deutete mit einem Nicken in die Mitte der Halle.

Und da, neben dem Oberguten der Bösen, stand Noel Matthews und sah nicht ganz so blasiert drein wie sonst. Der kleine Brite hatte sich schwer verändert seit der Zeit, als er die Asse von *American Hero* mit seinen Zaubertricks verblüfft hatte. Sogar seit ihren Abenteuern mit dem Atombombenjungen in Texas und New Orleans hatte er sich noch verändert. Wenn es überhaupt möglich war, erleichtert und gleichzeitig wie ein Gejagter auszusehen, dann machte Noel Matthews genau diesen Eindruck.

»Hey«, sagte Bugsy. »Willst du zwei Fliegen mit einer Klappe schlagen?«

»Kommt darauf an«, sagte sie. »Welche Fliegen willst du denn genau schlagen?«

»Vertrau mir. Wir haben den perfekten Vorwand, um in Okimbas Nähe herumzuhängen. Lass uns mal ein bisschen fachsimpeln.« Bugsy gab dem Bartender ein Trinkgeld und schritt durch den elegantesten und zivilisiertesten Raum im ganzen kultivierten Abendland.

Noel sah ihn nicht kommen, bis er ihm zu nah war, um ihn zu übersehen. »Mr. Tipton-Clarke«, sagte Matthews mit angedeutetem Schmunzeln. »Oder ist dir Hive lieber?«

»Ich höre auf beide Namen. Kennst du Cameo?«

Noel nickte höflich. Dr. Okimba lächelte, als hoffte er, die beiden würden wieder gehen.

Doch das kam nicht infrage.

»Ich hatte gehofft, dir zu begegnen«, sagte Bugsy. »Wir arbeiten mit dem Komitee gerade an so einer Sache, und ich muss dich diesbezüglich etwas fragen. Vielleicht können Sie uns auch helfen, Doktor.«

»Ich bin gern behilflich«, sagte Noel in einem Ton, der deutlich machte, dass von »gern« keine Rede sein konnte. »Aber ...«

»Es ist nur eine Kleinigkeit. Bloß eine geschichtliche Hintergrundfrage. Nichts Wichtiges. Ich habe ein paar Dinge über unsere Friedenspartner vom PPA herausgefunden. Das war ein ganz schöner Trip. Waren Sie schon einmal in Vietnam, Doktor?«

Okimbas Augen weiteten sich ein bisschen. »Nein«, sagte er zögerlich. »Ich glaube nicht.«

»Wir kommen gerade von dort«, sagte Bugsy. »Hübsch dort. Krasser Verkehr. Egal. Ich habe über das frühere Leben von Tom Weathers geforscht, und vor allem über die nette zurückgebliebene Frau Sprout.«

»Sicher hat Dr. Okimba nichts …«, sagte Noel.

»Nein, bitte«, unterbrach ihn Okimba. »Fahren Sie fort.«

»Bugs«, sagte Cameo warnend.

»Nun, wie wir alle wissen, ist Radical nicht gerade der Beständigste. Nicht böse gemeint, Doktor. Aber wie es scheint, ist dieses eine Mädchen, Sprout, der einzige Mensch auf der Welt, den er nicht zu opfern bereit ist. Deshalb frage ich mich, wie du darauf gekommen bist, gerade sie zu entführen.«

»Das verstehe ich nicht«, sagte Dr. Okimba. »Bahir hat Sprout entführt.«

»Nun, natürlich«, sagte Bugsy. »Aber das ist Noel. Bahir, Lilith und … oh. Mist. Das war immer noch geheim, oder? Hören Sie, Doktor. Vergessen Sie, dass ich etwas gesagt habe, okay?«

♥

Es kostete Tom alle Selbstbeherrschung, die beiden Männer nicht auf der Stelle aus Prinzip zu brutzeln. »Wie kann es dieser Kerl wagen, sich auf einer Friedenskonferenz blicken zu lassen!«, schäumte er und wurde dabei immer lauter. Sein Nilpferdbrüllen hallte vom Pyramidendach wider, und alle Gespräche waren auf einen Schlag verstummt. Köpfe wandten sich zu ihm um. »Ich verlange, dass dieser Mann auf der Stelle verhaftet wird! Er ist ein Spion, ein Meuchelmörder, ein internationaler Kriegsverbrecher! Ich verlange Gerechtigkeit!«

Jonathan war schlagartig blass geworden und bekam große Augen. »Ich wollte niemandem in die Suppe pinkeln ...«

Wie das Prasseln zersplitternder Kristallschalen erhoben sich überall Stimmen, manche in der Verwirrung abgehackt, andere zornig scharf. Toms Wut war hochgekocht wie Lava, und er wurde immer lauter. Der Blick des Engländers – wie ertappt und gleichzeitig berechnend – überzeugte Tom schließlich von dessen Schuld. »Du Wichserratte«, schrie er und verzichtete darauf, seine Stimme zu verstellen. »Du hast meine Tochter entführt!«

Er hob die Hände, als wollte er Noel Matthews an der Gurgel packen. Aus seinen Handflächen züngelten Flammen hervor.

♣

»Oh Scheiße«, sagte Bugsy, und sein Körper explodierte regelrecht, zerstob in einer Wolke grüner Wespen. Seine Kleider fielen auf dem Marmorboden in sich zusammen.

Noel warf sich zur Seite, und der Flammenstrahl brauste an ihm vorbei. Er spürte die sengende Hitze auf den Wangen, roch verbranntes Haar und spürte beißendes Feuer auf der Schulter.

Dr. Okimbas rundes, fettes Gesicht glänzte, zerfloss, verwandelte sich. In das von Tom Weathers.

Und Noel stand in Flammen. Ein rascher Blick zeigte ihm, wie sie über seinen Frack züngelten. Er musste auf Teufel komm raus von hier entkommen, aber vor der versammelten internationalen Presse wollte er sich nicht in Lilith verwandeln. Er riss sich den Frack herunter, krallte sich das Bourbonglas eines Gasts und kippte den Inhalt auf das Feuer. Der Alkohol brannte, fauchend schossen die Flammen in die Höhe. Den lodernden Frack schleuderte Noel einem herbeieilenden Leopardenmann ins Gesicht.

Um ihn herum wurde geschrien, Waffen wurden gezückt. Ihre Mündungen erschienen wie kleine dunkle Mäuler, die jeden Augenblick Tod ausspeien würden. Weathers setzte ihm nach. Noel in Brand zu stecken reichte ihm offenbar noch nicht. Weathers wollte ihn zu fassen bekommen.

Noel zog eine Champagnerflasche aus einem Eiseimer. Er verschloss sie mit dem Finger, schüttelte sie kräftig und spritzte Weathers die schäumende Fontäne ins Gesicht. Während Radical brüllte und fluchte, entfernte sich Noel tänzelnd, griff nach dem Frackrückenteil des Prinzen Siraj und zerrte ihn auf den Boden, um ihn aus der Schusslinie zu bringen. Der Prinz schlug hart auf dem Marmor auf. Jetzt heulte auch der Feueralarm auf, und die Sprinkler sprangen an. Tropfen prasselten auf Noel herab. Er streifte die Schuhe ab. Der Aufprall hatte Prinz Siraj den Atem geraubt, sodass er keuchend auf dem Boden lag.

Zum Glück war der Marmor nicht nur hart, sondern auch rutschig. Vor allem jetzt, wo er nass war. Noel packte Siraj am Kragen und zog den benommenen Anführer hinter sich her unter einen Bänketttisch. »Bleib unten«, zischte er.

◆

»Scheiße!«, schrie Tom vor Schmerz und Wut. Der Champagner brannte in seinen Augen, und die grünen Insekten waren über ihn hergefallen. Jeder Stich fühlte sich an, als hätte ihm jemand eine heiße Nadel ins Fleisch gerammt.

Er ließ Flammen um eine seiner Hände tänzeln und klatschte sich überall ab, wo er Insekten auf sich herumkrabbeln spürte. Dann schoss er mit einem weiteren Feuerstrahl auf diejenigen, die ihm um den Kopf herumschwirrten. Wie krosse schwarze Schneeflocken rieselten Wespen zu Boden. Genauso erging es einigen wehrlosen Umstehenden. Doch es half nichts. Die Wespen drangen weiter auf ihn ein. Tom wurde körperlos und bewegte sich aus der grünen Schmerzenswolke heraus. Dann materialisierte er sich wieder und röstete sie.

Da fiel ihm auf, dass seine Leopardenmänner in Kämpfe verwickelt waren, um ihm den Rücken freizuhalten. Alicias Hündchen hatten sich in Raubkatzen verwandelt. Und diejenigen, die das nicht konnten, ballerten Kugeln aus Micro-UZIs und 93R-Berettas. Aus der Menschenmenge erklangen Schreie.

Tom wirbelte in die andere Richtung herum und schleuderte Flammen aus den Handflächen. Ein Bediensteter des Gastgeberteams, des Service de la protection des hautes personnalités, hatte die Hand in seine Anzugtasche gesteckt. Jetzt brüllte er auf, als ein Plasmastrahl ihn abfackelte. Er stürzte auf den glänzenden Boden und war auf der Stelle tot. Das Magazin der Schusswaffe, nach der er gegriffen hatte, krachte los wie ein Feuerwerkskörper.

Etwas Schweres traf Tom im Rücken. Sein Kinn schlug auf den polierten Boden, und weiße Blitze durchzuckten sein Gehirn. In der Schulter spürte er einen stechenden Schmerz, begleitet von einem ebenso stechenden Tiergeruch und kehligem Knurren. Über sein linkes Ohr schrappte raues Fell.

Tom stemmte sich mit den Handflächen gegen den glatten Marmor und drückte sich nach oben. Was immer an ihm nagte, wog so viel wie ein großer Mensch, doch mit Toms Superkräften brachte er sich mit einem Ruck in eine aufrechte Position. Mit der rechten Hand griff er nach hinten, bekam Muskeln und grobes Fell zu fassen, das sich anfühlte wie Stahlwolle. Die Kiefer, die sich in seinen Trapezius geschlagen hatten, ließen locker. Das Biest kreischte, als sich Toms Finger tiefer eingruben.

Es stellte sich heraus, dass er einen großen schwarzen Wolf am Genick gepackt hielt wie einen ungezogenen Welpen. Das Tier wand sich in seinem Griff und versuchte, ihn zu beißen.

Aus seiner Fresse floss blutiger Speichel, und an seinen Zähnen baumelten Fasern aus Toms Kapuzenmuskel.

»Scheiße, Mann.« Mit einer raschen Drehung schleuderte er den Wolf mit all seiner Asskraft davon. Die Kreatur raste nach oben und schlug gegen eine der Metallstreben des Pyramidendachs. Sie heulte auf, und ihre Hinterläufe durchschlugen die Glasscheiben zu beiden Seiten der Strebe. Schlaff stürzte sie zu Boden, und als sie dumpf auf dem Boden aufschlug, war sie nur noch ein nackter Kerl.

»Garou!«, hörte Tom jemanden rufen.

»Ich hasse diese Scheißgestaltwandler«, sagte Tom.

Leute vom SPHP trieben kreischende Gäste zur Tür hinaus. Andere zielten mit ihren Waffen auf ihn. Er flog weg und lachte, als sie sich mit ihren vollautomatischen Salven gegenseitig zu Kleinholz machten. Einige fielen. Ein anderer taumelte zurück und schrie, während ihm ein Leopard ins Gesicht biss und ihm mit schwarzen Hinterpfoten das Gedärm herausriss und auf die Armani-Schuhe tropfen ließ.

Radical fackelte noch ein paar weitere Schweine ab und landete wieder, als ihre Kumpels den Schwanz einzogen. Selbst die Tapfersten waren nicht erpicht darauf, sich mit jemandem anzulegen, der fliegen, dich wie eine Frisbee durch die Gegend schleudern und dir den Arsch versengen konnte. Er ließ seinen Kopf herumwirbeln und suchte in dem Chaos nach Noel. Der tückische kleine Scheißer hatte es bitter nötig, gegrillt zu werden.

♠

Kugeln schwirrten über seinen Kopf hinweg. Eine Frau schrie vor Schmerz, und Flammen leckten an einer Steinsäule empor.

Die weit herabhängende Tischdecke verbarg sie, doch Noel spürte ein Jucken zwischen den Schulterblättern, denn Ge-

schirr und ein Mahagonitisch würden Tom Weathers' Plasma-
strahlen nicht aufhalten.

Und tatsächlich flog ein anderer Tisch, keine zwei Meter von
ihnen entfernt, in die Luft. Ein langer Splitter bohrte sich in
Sirajs Bein, sodass er aufschrie und sich an die Wade fasste.
Seine Hand färbte sich rot, weil Blut zwischen seinen Fingern
hervorquoll.

Für Erste Hilfe blieb keine Zeit. In der Halle roch es nach
Rauch und Blut. Noel war fast taub, die Rufe und Schreie, die
die Luft erfüllten, schienen nur durch Watte zu ihm durchzudringen. Noel brauchte Lilith. Und zwar sofort.

Er schob seine Angst beiseite. Dasselbe tat er mit seinen
Gedanken an Niobe. Dann konzentrierte er sich und spürte,
wie sich sein Körper veränderte. Schließlich wurde der Tisch
über ihnen umgestülpt und gab sie preis wie zwei Käfer unter
einem Stein. Porzellan, Kristall und Besteck klapperte um sie
herum zu Boden.

Es war einer der Leopardenmänner, der sie angrinste und
den Augenblick sichtlich genoss. Das Nächste, was Noel zu
fassen bekam, war eine Fischgabel. Er rollte sich herum und
sprang auf die Beine. Nur Zentimeter trennten ihn von dem
Mann, sodass Noel den warmen, alkoholisierten Atem des Soldaten im Gesicht spürte. Er rammte dem Mann die Gabel tief
ins Auge. Dann gab er ihr einen letzten Stoß, sodass sie fest in
der Hirnrinde saß.

Freu dich nicht zu früh, dachte er … und befolgte seinen eigenen Ratschlag, indem er die Verwandlung in Lilith vollendete,
den sich windenden Prinzen Siraj schnappte und aus Paris ver-
duftete.

♥

Die Frau bei Prinz Siraj war bleich wie Eis, und rabenschwar-
zes Haar wallte ihr über den Rücken. Sie hatte silberne Augen.

Lilith. Verschwitzte heiße Nächte blitzten in Toms Erinnerung auf.

Ich habe sie gefickt, doch in Wahrheit hat sie die ganze Zeit über mich gefickt. Aber jetzt ficke ich sie richtig. Rache ist eine fiese Schlampe, du Schlampe.

Doch kaum hatte er sie gesehen, war sie verschwunden, und zwar zusammen mit Siraj. Tom brüllte und schleuderte einen Energiestoß auf die Stelle, wo die beiden gestanden hatten. Von der Hitze warf die Farbe an der Wand Blasen, und die Glühbirnen explodierten. In seinem Kopf machte es klick, Verbindungen stellten sich her: *Der Mann mit den goldenen Augen – die Frau mit den silbernen Augen – sie waren beide Matthews!*

»Warum legst du dich nicht mit jemandem aus deiner eigenen Liga an?«, hörte er eine Stimme mit einem deutschen Akzent, der nur noch eine Lage Senf fehlte.

Lohengrin. Tom wirbelte herum und zeigte Zähne.

Und plötzlich hatte der große Kerl eine Rüstung, die weißlich schimmerte. Am Arm einen Schild, in der Hand ein Schwert und auf seinem Brustpanzer einen Gral. Sein Kopf wurde von einem Flügelhelm geschützt.

»Wenn das mal nicht Heinrich Himmlers feuchter Traum ist«, sagte Tom. »Tja, jetzt bist du gebrutzelte Bratwurst.« Er hob die Hand und schoss mit einem Feuerstrahl auf den Deutschen. Der Strahl traf den glänzenden Schild. Und zerstob.

Selbst Toms übermenschliche Geschwindigkeit reichte nicht aus, um ganz vor dem pfeifenden Schwertstreich auszuweichen, als Lohengrin ihn angriff. Er zuckte zusammen, als die Klinge in seine linke Wange schnitt, und erwiderte mit einem Energiestoß aus seinem Handballen, der mit voller Kraft auf die Mitte von Lohengrins Schild traf.

Der Ritter flog nach hinten und warf Asse, Normalosicherheitsbeamte und Leopardenmänner in Menschengestalt und in Tierform um. Dann prallte er gegen eine Wand. Die Wand unterlag. Schließlich stürzte er in eine Art Krater. Tom bemerkte, wie ein Leopard vom Boden aufgehoben wurde, und zwar von etwas, das sehr nach einer langen rosafarbenen Zunge aussah. *Dieser beschissene Buford*, dachte er. Dann brach etwas direkt unter seinen Füßen durch den Boden, sodass er umgestoßen wurde. Er landete hart auf dem Hintern und stauchte sich die Wirbelsäule. Über ihm schwebte eine dunkle Gestalt. *Burrowing Owl*. Es waren also doch Schwingen, denn jetzt waren sie ausgespannt, auch wenn er nicht mit ihnen schlug. Dann legte das belgische Ass sie wieder an und stürzte sich, Helm voraus, auf Tom.

Tom wälzte sich nach rechts. Ein kreischendes Mahlgeräusch war zu hören, von dem ihm die Zähne klapperten. Kleine Steinsplitter prasselten schmerzhaft auf sein Gesicht ein. Um seine Augen abzuschirmen, riss er den Arm hoch. Als er ihn wieder runternahm, war der fliegende Kerl verschwunden, doch er hatte ein Loch in den Boden der Eingangshalle gebohrt. »Wie zum Donnerwetter hat er das gemacht?«

Lohengrin antwortete ihm mit dem Langschwert. Wieder rollte sich Tom nach rechts. Die ein Meter lange Klinge grub sich zur Hälfte in den Boden ein. Tom wälzte sich zurück und schwang dabei das Bein, um einen mächtigen Tritt auszuteilen. Er traf die flache Seite der Klinge und erwartete, dass sie brechen würde. Aber stattdessen riss sie nur ein größeres Stück Stein aus dem Boden, bevor sie dem Ritter aus der behandschuhten Hand glitt und sich in Luft auflöste.

Nichts davon hatte Tom so sehr überrascht, dass es ihn hätte aufhalten können. Das schaffte erst der leuchtende, mit Dornen besetzte und faustgroße Ball, der auf sein Gesicht zuschwirrte. Er riss den Arm hoch und schaffte es gerade noch, den kurzen Griff des Morgensterns abzublocken, nicht aber die Kugel an der Kette. Diese peitschte herum und knallte Tom gegen die Schläfe, gleich neben seinem linken Auge.

Wieder einmal retteten ihn seine übermenschlichen Reflexe. Er riss den Kopf so weit zur Seite, dass sich kein Dorn in sein

Hirn bohrte. Dennoch traf ihn der Geisterstahl schmerzhaft. Er spürte, dass sein linker Wangenknochen brach, Schmerzen schossen ihm wie Kugelblitze durch den Kopf, und als der Dorn ihm die Wange durchbohrte, schmeckte er Blut.

Tom trat um sich und erwischte die geisterhaften Beintaschen, die Lohengrins Oberschenkel schützten. Dem Ritter wurden die Beine unterm Leib weggerissen. Während sein Visier beim Aufschlag den Marmor zertrümmerte, löste sich der Morgenstern in Luft auf.

Mit dröhnendem Kopf sprang Tom auf die Beine. Doch Lohengrin war genauso schnell wieder auf den Füßen. Und in seiner Hand erschien eine dornenbesetzte Streitaxt. »Scheiße, wo hast du die her?«, fragte Tom und feuerte einen Sonnenstrahl ab. Dieser traf Lohengrin in der Mitte seines Brustpanzers und schien in hundert kleinere blendende Lichtstrahlen zu zerspringen. Tom konnte die Schreie der Umstehenden hören, die von ihnen versengt wurden.

Er holte über dem Kopf aus und schlug direkt auf Lohengrin ein. Wenn er die Knochen des Ritters schon nicht in Grütze verwandeln konnte, indem er ihn kräftig gegen die Wand schleuderte, wollte er ihn wenigstens so weit betäuben, dass er ihm anschließend den Rest geben konnte. Doch der Deutsche lernte schnell. Anstatt den Schlag mit dem Schild abzublocken, schwang er diesen wie eine Heckflosse. Die Kante rammte sich schmerzhaft in Toms Bizeps, ehe der Schlag auch nur zur Hälfte ausgeführt war. Allerdings wurde Lohengrin von der Wucht eines Güterzugs, der in dem Hieb lag, von den Beinen gerissen und schlitterte über den Boden, sodass der Geisterstahl kreischend Rillen in den Marmor hineinfräste. Gleichzeitig aber landete er mit der Axt einen Treffer unterhalb von Toms Arm.

Tom keuchte und fiel auf ein Knie. Entweder hatte ihm der Schlag mehrere Rippen verbogen oder sie gleich ganz gespalten. Und Lohengrin stand noch immer auf beiden Beinen und hielt seine Waffe in der Hand. Über dem Rand des Schilds funkelten seine eisblauen Augen aus den schmalen Helmschlitzen hervor, als er erneut angriff.

Aber auch Tom lernte schnell. Er riss die linke Handfläche hoch und zielte auf das vom Geisterstahl geschützte Gesicht. Noch in der Bewegung begriff Lohengrin und versuchte, sich zur Seite zu werfen. Fast wäre er schnell genug gewesen, um Toms Bewegung zuvorzukommen, aber er war nicht schneller als Licht. Der Sonnenstrahl traf den linken Flügel des Helms und umhüllte die Augenschlitze. Tom sah das Höllenfeuer darin.

Als Lohengrin zu Boden fiel und sich auf den Rücken drehte, war er wieder ein stattlicher Deutscher in einem Anzug. Die Arme hatte er ausgestreckt, und die linke Gesichtshälfte war eine einzige rauchende Ruine.

♦

Bugsy sah die Halle aus zehntausend Perspektiven, und überall bewegte er sich, wirbelte herum, um nicht getötet zu werden. Er hatte bereits zu viele Wespen verloren. Wenn noch mehr sterben würden, wäre er nicht mehr in der Lage, sich zusammenzusetzen. Ausgespielt. Ende. Tot, es sei denn, Cameo würde irgendeinen kleinen Nippes von ihm nutzen, um ihn von jenseits des Grabes zurückzubringen. Er schwirrte herum und war auf schnelle Stiche gegen die Leopardenmänner des PPA aus und darauf, die lediglich mit Gewehren Bewaffneten abzulenken. Von Tom Weathers hielt er sich jedoch fern.

Dann ging Lohengrin zu Boden, und die Geisterstahlrüstung verschwand, als hätte es sie nie gegeben. Tom Weathers stellte sich über ihn, um ihn vollends zu töten.

Ach, scheiß drauf, dachte Bugsy und stürzte sich auf ihn.

Aus allen Ecken des Louvre schossen die Wespen auf ein einziges Ziel zu: Tom Weathers. Radical hörte das Geräusch der

Flügel und drehte sich um. Flammen züngelten. Bugsy teilte sich auf, wechselte den Kurs und versuchte, dem Feuer auszuweichen. Er spürte eine Art tiefen, unbestimmbaren Schmerz, wenn Wespen verkohlten. Ächzend wälzte sich Lohengrin herum. Er hob die Hände und hielt sich das versengte Gesicht.

Ich lasse nicht zu, dass du ihn umbringst, dachte Bugsy und ging zum Angriff über. Ein paar Wespen drangen durch und stachen Weathers in den Nacken. Dann schossen sie kreisend auf seine Augen zu.

Aus dem Nichts kam Ellens Stimme. »Bugsy! Runter!«

Nein. Es war nicht Ellens Stimme.

Simoons.

Bugsy wich zurück und zog seine Wespen in der Ecke bei den Herrentoiletten zusammen. Wind kam auf, Staub wirbelte durch die Luft. Bugsy setzte die Insekten zu seinem vertrauteren Körper zusammen. Doch es waren nicht genug. Sein Atem ging rasselnd, und die Sandfäden in der Luft schnitten ihm in die Haut.

Was bedeutete, dass sie Weathers häckseln würden.

Simoons Wind kreischte wie eine verlorene Seele, und der Sand wirkte wie Nebel. Wo Simoon sie berührt hatte, war die Glaspyramide schon pockennarbig und weiß. Weathers, der sich im Zentrum des Wirbelsturms befand, wurde mit wedelnden Armen und Beinen von den Füßen gerissen und gegen die Wand geschleudert.

»Mein Mädchen«, sagte Bugsy entkräftet. »Schnapp ihn dir.«

Bagdad, Irak
Arabisches Kalifat

Ihre Landung auf dem rot-schwarzen Perserteppich war hart. Noel ließ Siraj wimmernd auf dem Boden liegen, rannte los und riss einen bestickten Läufer von einem Tisch herunter. Dabei stellte er fest – einer jener seltsamen, deplatzierten Gedanken, die einem in Krisenmomenten durch den Kopf gehen –, dass der ganze Nippes auf dem Tisch noch immer an Ort und Stelle war.

Wieder zurück bei Siraj, zog er den Splitter aus dessen Bein heraus und verband es fest mit dem Läufer. Dann stand er auf und wischte sich die Hände an seiner Hose ab. »Ich gebe Bescheid, dass du hier bist. Sie bringen dich ins Krankenhaus.«

»Kümmere dich nicht um mich«, stieß Siraj zwischen zusammengebissenen Zähnen hervor. »Besorg dir eine Waffe. Du musst zurück. Geh zurück und töte ihn. Und mache diesmal ganze Arbeit.«

»Du scheinst dem Irrtum aufzusitzen, dass du mir immer noch Befehle erteilen kannst. Da täuschst du dich. Du hast eben dein Druckmittel gegen mich verloren. Das Geheimnis ist ausgeplaudert. Weathers weiß es, und du kannst mir nichts mehr anhaben. Jetzt ist meine Frau ebenfalls ein Ziel geworden, und um sie mache ich mir mehr Sorgen als um dich. Aber ich gebe dir einen kostenlosen Rat: Schlafe niemals zweimal am selben Ort, und besorge dir ein paar gute Doubles. Viel Glück.«

Er teleportierte.

♣ ♦ ♠ ♥

Louvre
Paris, Frankreich

»Scheiße!«, brüllte Tom, als der Wind ihn über Kopf gegen eine Wand schleuderte. Er kam sich vor wie eine Figur in einem beknackten Zeichentrickfilm. Die Feuerlanzen, die er in seiner Verzweiflung in alle Richtungen geschossen hatte, hatten mehrere Leute zu Tode geröstet, unter anderem mindestens einen Leopardenmann. Aber er wusste nicht, wer zum Donnerwetter ihm das antat.

Wegen der Wunden, die Lohengrin ihm beigebracht hatte, verlor er viel Blut und wurde geschwächt. Als der Minitornado ihn gerade wieder in die Mitte der Halle peitschen wollte, machte er sich kraft seines Willens körperlos und fiel zu Boden. Inzwischen war der Großteil seiner Eskorte gefallen. Sie hatte kaum mehr ausrichten können, als ihm den Rücken vor den feindlichen Assen freizuhalten. Jetzt zogen diese sich grimmig gegen ihn zusammen.

Ein Schlag in die Nieren ließ ihn vor Schmerzen keuchen. Als er sich wegdrehte, bekam er einen rechten Haken, der seinen Kiefer brach und ihn zurückschleuderte. Dabei erhaschte er einen Blick auf eine große, schöne Frau in einem Anzug. Schwarz glänzende Zöpfe rauschten ihr ums dunkle Gesicht. Sie war Dr. Okimba als Wilma Mankiller vorgestellt worden, ein kanadisches Muskelass aus der Blutlinie des Blackfoot-Stamms.

Tom machte sich bereit, sie zu flambieren. Wieder kippte der Boden unter ihm weg. Er schlug hart auf und kullerte über den

Marmor. Burrowing Owl schoss genau auf die Stelle zu, an der er eben noch gelegen hatte, und bohrte sich in den Boden, ohne dabei langsamer zu werden. *Dieser Kerl geht mir langsam auf den Sack.*

Unter dem Pyramidendach sah Tom jedoch noch eine andere Gestalt herumfliegen. Sie schoss einen Strahl auf ihn ab, rot, weiß, blau. Der gefallene Krautritter war nicht der Einzige, der um die Gefahren eines zielenden Handballens wusste. Tom warf sich zur Seite. Das Markenzeichen des Strahlen schleudernden französischen Asses Tricolor versengte Toms linke Rumpfhälfte, während die eigentliche Energielanze neben ihm in den Boden einschlug. Mit vor Schmerz zusammengebissenen Zähnen erwiderte Tom den Angriff mit einem Feuerstrahl. Die Gestalt wurde von dreifarbigem Licht eingehüllt. *Mist. Energieschild.*

Er wurde vom Boden hochgehoben und von hinten wie von Bärenpranken umklammert. Sosehr er mit den Füßen ausschlug und den Kopf zurückwarf, das Blackfoot-Ass entpuppte sich als eine zu gerissene Bodenkämpferin, und seine Versuche, ihr Gesicht mit seinem Hinterkopf zu zermatschen, gingen ins Leere.

Aber Tom wusste, dass er stärker war als sie. Er hätte sich losreißen können, wenn er nicht durch all die Blessuren und den Blutverlust schon geschwächt gewesen wäre. Jetzt kostete es ihn schon alles, in dem schmerzhaften Zangengriff, in dem sein versengter und geschundener Körper steckte, nicht das Bewusstsein zu verlieren.

Mit vor Qual zusammengekniffenen Augen erkannte er, dass die Hand des Froschfressers wieder auf ihn zielte. Tom wurde körperlos. Verblüfft stieß Wilma Mankiller ein Bellen aus, als sie von Tricolors Strahl getroffen wurde.

Beinahe im selben Augenblick materialisierte Tom sich wieder. Sich körperlos zu machen kostete ihn mehr Kraft als jede andere seiner Fähigkeiten. Er sank auf die Knie und wurde sogleich in die Höhe gerissen, als Burrowing Owl unter ihm aus dem Boden hervorschoss.

Noch in der Luft streckte Tom den Arm aus. Weißes Licht fuhr aus seiner Handfläche hervor. Der Strahl spießte den Rumpf des fliegenden Asses auf. Ohne ein Geräusch von sich zu geben, stürzte er qualmend zu Boden.

Etliche Asse umzingelten ihn, drangen und prügelten auf ihn ein, aber sie konnten keine Strahlenwaffen einsetzen aus Furcht, sich gegenseitig zu toasten, wie Tricolor Mankiller getoastet hatte. Allerdings fügten sie ihm Verletzungen zu. Er spürte, wie sein linker Arm brach. Von hinten bohrte sich ihm etwas durch die Eingeweide, sodass ihm fast die Beine wegknickten. Er schlug in alle Richtungen aus. Es gelang ihm sogar, einen Typen niederzuwerfen, der aussah, als bestünde er aus durchsichtigen, halb flüssigen Kristallen, die sich aber wie Metall anfühlten. Und er befreite sich aus dem Gedränge, wenn er auch die verhassten Mistwespen nicht abschütteln konnte.

Etwas schlang sich um seine Hüfte und haftete an ihm, als wäre es mit Leim bestrichen. Wieder wurde er von den Beinen gerissen und musste zusehen, wie er zu einer Kröte von der Größe eines PKWs, die am Rand des Kampfplatzes hockte, gezogen wurde. »Oh, leck mich«, stöhnte er. Ihm blieb keine andere Wahl, als sich erneut körperlos zu machen. Die Kugelaugen der Kröte schienen noch mehr hervorzutreten, als ihr Gefangener einfach so durch sie hindurchschlüpfte. Tom blieb hinter Toad Man stehen, wirbelte herum und packte ihn bei den Hinterbeinen. Dann ging ein Blitzlicht in seinem Schädel an. Weiß blendendes Licht erfüllte sein Sichtfeld, während sein Kopf vor migräneartigen Schmerzen zu bersten schien.

Snowblind. Nie zuvor hatte er ihre Macht am eigenen Leib zu spüren bekommen, aber er wusste sehr wohl, was sie anrichtete. Die Blindheit würde minutenlang anhalten. Wenn er hier nicht verschwand, wäre er wahrhaft und gründlich im Arsch.

Aufgrund des Schocks und der Schmerzen schüttete sein

Körper jedoch genug Adrenalin aus für einen letzten Schwall Superkraft. Er warf Toad Man an die Pyramidendecke hinauf. Dann erhob er sich in die Luft und steuerte fliegend auf das Glasdach zu.

Furchtbare Schmerzen schossen ihm in die Beine, als irgendein Energiestrahl sie streifte. Für den Bruchteil einer Sekunde glaubte er, sich gleich den Kopf an einer intakten Strebe zu zertrümmern. Doch war er an einem Punkt angelangt, wo ihn das nicht mehr kümmerte. Dann spürte er jedoch Höhenluft im Gesicht, roch Dieselabgase und Rauch aus Kaminen. Er war der Pyramide entkommen.

Ohne wahrnehmbaren Übergang gelangte er in den Orbit, wo das Vakuum an seiner Haut zupfte und die Kälte des Weltalls ihm die Wärme aus den Knochen saugte.

Aber er war am Leben. Und frei.

Fürs Erste.

♣

Ellen kniete neben Lohengrin. Bis auf das Cameo um ihren Hals war sie nackt. Bugsy war nackt. Nackt im Louvre herumzulaufen war wahnsinnig absurd.

Überall plärrten Sirenen. Männer und Frauen in Sani-Uniformen. Polizei. Mindestens ein Spezialeinsatzkommando.

Bugsy kniete neben Ellen. »Mit mir ist alles in Ordnung«, sagte er.

»Nein«, sagte sie.

Krankentragen wurden hereingebracht. Garou war mit einem Tuch bedeckt, das mit Blut vollgesogen war. Snowblind konnte noch stehen, aber nur mithilfe zweier Sanitäter. Sie weinte. Buford ging umher, anscheinend unverletzt, aber mit benommenem Gesichtsausdruck. Burrowing Owl dagegen war tot, und drüben, an der Wand aufgereiht, ein Dutzend Normalosoldaten und Sicherheitsleute. Und noch mal so viele

Leopardenmänner des PPA. Sie waren alle bewegungsunfähig, oder tot.

Bugsy hustete. Seine Lunge war schwach. Sein Körper fühlte sich so dünn an, dass man bestimmt seine Knochen sehen konnte, wenn man ihn gegen das Licht betrachtete. Nie zuvor hatte er so viele Wespen auf einmal verloren. Er war sich nicht sicher, ob er es überstehen würde. »Klaus«, sagte er. »Bist du okay?«

Doch Lohengrin antwortete nicht.

Bugsy wandte sich zu Cameo um. »Er wird wieder, oder?«

Ellens Gesicht war Antwort genug. Er würde nicht wieder werden. Nichts würde wieder werden. »Komm«, sagte sie. »Lass uns gehen.«

»Ich brauche Kleider.«

»Ich besorge dir welche«, sagte sie. »Komm schon.«

Sie fand einen Sicherheitsoverall für ihn, schwarz und glatt, aber warm. Bugsy ließ sich von ihr anziehen, ließ sich von ihr abstützen. Langsam gingen sie gemeinsam in ihr Hotel zurück, das nur ein paar Straßen entfernt lag.

»Aliyah?«, fragte Bugsy, als sie bei der gläsernen Drehtür angekommen waren.

»Der geht's gut. Ich habe den Ohrring weggetan.«

»Okay.«

»Du musst noch ein Stück weitergehen.«

»Ich bin dabei«, sagte Bugsy, doch es brauchte lange, bis er sein Bein zu einem Schritt überreden konnte.

In seinem Zimmer fiel er aufs Bett. Die Matratze seufzte unter seinem Gewicht. Ellen setzte sich auf die kleine Couch, schlürfte Kaffee und blickte stumpf vor sich hin.

»Meine Schuld«, sagte Bugsy sowohl zur Decke als auch zu Ellen. »Verdammt noch mal meine Schuld.«

»Du hast niemanden getötet«, sagte sie.

»Ich habe ihn wütend gemacht. Mein beschissener Blödsinn über Bahir und Noel Matthews. Wenn ich doch nur …«

»Wenn du ihn nicht wütend gemacht hättest?«, fragte Ellen. Ihre Stimme klang sanft, traurig und ein wenig belustigt. Es war eine Stimme, die schon zu viel Verlust, Tod und Schmerz kannte. »Wie viele Frauen im Frauenhaus sagen dasselbe, Bugsy? Du warst es nicht. Du warst zur falschen Zeit am falschen Ort und hast das Falsche gesagt.«

»Ich sage immer das Falsche.«

»Nun, ja, aber deswegen mögen wir dich«, sagte sie. Es kam ihm nicht in den Sinn zu fragen, wer in diesem Zusammenhang mit »wir« gemeint war. Diese Frage fiel ihm erst später ein, und da war er dann schon zu müde, um sie zu stellen. Er hörte, dass sie duschte. Dann bewegte sich die Matratze, als Ellen zu ihm ins Bett kam, den Arm über seine Brust legte und sich mit den Beinen an ihn anschmiegte.

»Ich glaube nicht, dass ich …«, sagte Bugsy. »Ich meine, du bist schön, aber ich bin so …«

»Schlafe«, flüsterte sie.

»Ja«, sagte Bugsy. »Okay.«

Er träumte von Feuer.

Noel Matthews' Wohnung
Manhattan, New York

Sie döste auf der Couch und hatte sich mit einer gehäkelten Decke zugedeckt. Das Ploppen der verdrängten Luft, als Noel in die Wohnung teleportierte, störte sie nicht. Ein Buch war ihr aus den erschlafften Fingern gefallen und lag neben der Couch auf dem Boden. Wie der Leib eines schweren Pythons lag ihr Schwanz über der Sofalehne. Kurz war Noel so, als hätte sich eine Faust um sein Herz geschlossen. Er drückte eine Hand gegen seine Brust und spürte Liliths Brüste flach wurden. *Ihr darf nichts passieren.*

Er gestattete seinen Muskeln und Knochen, wieder seine natürliche Gestalt anzunehmen. Dann kniete er sich neben der Couch nieder. Niobes Wimpern zitterten über der Wange, und ihren Lippen entfuhr ein leises Murmeln. Noel beugte sich noch weiter hinab, um zu verstehen, was sie sagte, aber es war nur das Geräusch ihres Atems.

Ihre Wangen waren weich unter seinen Lippen, und sie roch nach Shalimar. Noel liebte die orientalische Note dieses Parfüms. Niobe räkelte sich und grummelte.

»Mein Herz«, flüsterte Noel.

»Oh, du bist's. Du bist zu Hause.« Und ihre Arme schlangen sich um seinen Hals.

»Teuerste, ich bin hier, um dich…« Er zögerte, weil er sich an ihren Wutanfall in Wien erinnerte, als er versucht hatte, ihr seine Lügen zu verheimlichen. »…an einen sicheren Ort zu bringen.«

Niobe setzte sich auf. »Sicher? Was ist passiert?«

»Weathers weiß, dass Noel Matthews Bahir und Lilith ist.«

Sie schleuderte die Decke von sich. »Wir können auf die Insel zurück. Dort waren wir in Sicherheit.«

Noel schüttelte den Kopf. »Nein, ich werde dich zu Drake bringen, der kann dich beschützen.«

»Er könnte uns beide beschützen.«

»Weathers würde mich aufspüren. Im Kreuzfeuer würden viele Leute zu Schaden kommen. Vielleicht sogar du. Ich werde für seine Hunde den munteren Fuchs spielen, solange ich …« Er brach urplötzlich ab.

»Solange du was?« Ein Verdacht verlieh ihrer Stimme Schärfe. »Werden Menschen sterben?«

»Hoffentlich nicht viele.«

»Weathers?«

»Wahrscheinlich. Hoffentlich. Er scheint sehr nachtragend zu sein.« Noel zwang sich zu einem Lächeln.

»Und dann ist es vorbei, richtig? Für immer.« Sie verschränkte die Arme schützend vor dem Bauch.

Noel nickte.

»Versprich mir das.«

Er umarmte sie. »Ich verspreche es. Ich werde mich ganz und gar, vollkommen und für immer aus diesem Leben zurückziehen.«

Samstag, 19. Dezember

Auf dem Lualaba, Kongo
People's Paradise of Africa

Schlaf war für Wally ein flüchtiges, abstraktes Konzept geworden. Schlaf war das, was sein Körper zwischen den Angriffen von Ghost anstrebte. Er war so durch und durch erschöpft, dass er beinahe auf der Stelle einnicken konnte, aber Ghost weckte ihn zu oft auf, als dass der Schlaf ihm irgendetwas genutzt hätte. Nie blieben ihm mehr als eine oder zwei Stunden, bevor sie zurückkehrte.

Sie ist bloß ein kleines Mädchen, rief er sich ins Gedächtnis. Wally brachte es nicht über sich, wütend auf sie zu sein. Nicht auf Ghost. Jemand hatte sie zu dem gemacht. Sie selbst war nur ein kleines Mädchen.

Aber das war ein geringer Trost, wenn ihre Begegnungen immer und immer wieder gleich verliefen: Ghost stach mit dem Messer auf ihn ein. Er wachte auf. Er versuchte, sie zu fangen, schaffte es aber nicht. Sie zog sich in den Dschungel zurück.

Immer und immer und immer wieder. Die ganze Nacht.

Wenn es endlich wieder Morgen wurde, wachte Wally auf, und die Sonne schien auf ihn herab. Er stöhnte, wälzte sich herum und versuchte vergeblich, sich gegen die Kopfschmerzen zu wehren. Aber es war das perfekte Rezept für Migräne:

massiver Schlafentzug und als Krönung einen Sonnenstrahl in seine müden Augen.

Sonnenstrahl? Wally setzte sich auf. Lichtstrahlen drangen durch die Risse in seinem zerfetzten Zelt.

Ghost war offenbar genauso frustriert wie Wally.

Ellen Allworths Wohnung
Manhattan, New York

Allmählich tauchte Bugsy aus seiner Bewusstlosigkeit wieder auf. Die Decke war ihm vertraut. Er war in Ellens Wohnung. *New York, Gott sei Dank.* Sein Körper fühlte sich dick und träge an. Das allgemeine Unwohlsein mochte vom Jetlag herrühren oder an dem seltsamen Aufruhr in seinem Organismus liegen, weil er zu viele Wespen auf einmal verloren hatte. Die Laken und Kissen waren frisch und kühl und zutiefst bequem, nur war er unglaublich hungrig.

Er hievte sich aus dem Bett und torkelte ins Wohnzimmer. Die Pyjamabeine waren zu lang, sodass er beinahe stolperte. Ellen saß allein auf der Couch und streichelte zärtlich über den Fedora. *Will-o'-Wisp. Nick.*

»Hey«, sagte Bugsy. »Alles okay mit dir?«

Ellen sah zu ihm auf, und ihre Mundwinkel fielen herab. »Klar«, sagte sie. »Es ist nur … ich bin wegen Paris immer noch ein bisschen durcheinander. Garou kannte ich nicht, aber mit Burrowing Owl habe ich einen Kaffee getrunken, bevor das Unglück passierte. Er war ein netter Kerl. Nach der Konferenz wollte er nach Marseille. Da kommt er jetzt nicht mehr hin.«

»Ja. Ich meine, du könntest ihn hinbringen, denke ich mal. Wenn es wichtig ist.«

»Das könnte ich«, sagte sie. Ihre Stimme klang müde und dünn. »Sie sind alle so. Mein Nick. Mom. Aliyah. Alle. Ich bin immer die letzte Chance. Die eine Hoffnung, noch zu tun, was sie nicht getan haben, bevor sie gehen mussten.«

»Du musst ja nicht, weißt du«, sagte Bugsy.

»Natürlich muss ich.« Sie hielt Nicks Hut in die Höhe, als wäre er ein Gegenargument. »Ich bin ja selbst auch nicht anders, oder? Die Weltmeisterin im Festhalten, nachdem es zu spät ist.«

Wie lange geht das wohl schon so?, fragte er sich. Wie lange war der wahre Nick schon tot, und wie lange klammerte sich Cameo an die Erinnerung an ihn. Mit jedem Mal, wo sie den Hut aufsetzte und Nick wieder in ihren Körper zerrte und mit ihm sprach, frischte sie die Erinnerung an seine Abwesenheit auf. Wie oft hatte sie ihm wohl während ihrer inneren Zwiegespräche gesagt, wie sehr sie ihn liebte? Wie oft hatte er ihr die Beteuerung erwidert?

Er betrachtete eine Wunde, die sich nie schließen und immer wieder aufs Neue bluten würde. »Hey«, sagte er sanft. »Ich weiß, dass es schwer ist. Im Ernst. Aber es kommt ein Zeitpunkt, wo du ihn gehen lassen musst ...«

»Nein. Das mache ich nicht. Das kann ich nicht. Ich kann keinen von ihnen gehen lassen, Bugsy, denn wenn ich das tue, dann sind sie tot. Richtig tot. Endgültig tot. Für immer. Solange ich sie zurückbringe, mit ihnen rede, sie verkörpere ...«

Solange du das tust, hört nichts jemals auf, dachte Bugsy. *Solange du das tust, wirst du alles und jeden für immer mit dir herumtragen. Deine Mom. Deinen Freund. Meine Freundin. Du bist dafür verantwortlich, sie alle am Leben zu erhalten, weil sie schon längst tot sind. Du armes Schwein.*

»Ja«, sagte Bugsy. »Ist okay.«

Auf dem Kongo, Kongo
People's Paradise of Africa

Die Grube. Wieder. Michelle hat die Grube satt. Sie hat den Geruch satt, die Dunkelheit, die Leichen.

»Adesina?«, seufzt sie. »Wo bist du?«

Eine Hand fällt auf ihre Schulter, und sie fährt zusammen. Doch als sie sich umdreht, ist da niemand. Der Berg in der Grube gerät in Bewegung. Er bewegt sich, als wäre er besessen.

»Adesina!«

»Miss! Wachen Sie auf, Miss.«

Michelle fuhr aus dem Schlaf hoch.

»Ihre Freundin«, sagte Kengo. »Ich mache mir Sorgen um sie.«

Sie schob sich die Haare aus dem Gesicht und setzte sich in ihrer Koje auf. »Hat sie geschlafen?«

Kengo schüttelte den Kopf. »Ich glaube nicht. Vielleicht ein bisschen. Sie starrt einfach immer nur in den Dschungel. Und sie redet vor sich hin. Ist sie verrückt?«

»Meinen Sie mehr als sonst?« Aus dem Behälter auf dem kleinen Kombüsentresen schenkte sich Michelle einen Becher Wasser ein. Es war warm und brackig, doch angesichts des furchtbaren Geschmacks in ihrem Mund konnte es nur helfen. »Ich rede mal mit ihr.«

Sie ging an Deck. Es regnete nicht, aber die Luftfeuchtigkeit war so hoch, dass es keinen Unterschied machte. Der Himmel war verhangen, und es herrschte unnatürliche Stille.

Joey saß noch immer in einen Poncho gehüllt auf der hinteren Bootsbank.

»Den solltest du runternehmen«, sagte Michelle. »Es regnet nicht mehr.«

Joey sah auf, und Michelle war entsetzt, wie schlecht sie aussah.

»Mir ist kalt, Bubbles. Richtig scheißkalt.«

Michelle kauerte sich hin und nahm ihre Hand. Die war eiskalt, und Michelle wollte Mitgefühl zeigen, aber sie hatten keine Zeit für einen Nervenzusammenbruch von Joey. Sie musste ihre Rolle als Hoodoo Mama erfüllen.

»Wenn du dich nicht ausruhst, wirst du noch krank«, sagte Michelle. »Irgendwann müssen wir zu Fuß weitergehen, und dann brauchst du deine Kräfte.«

»Durch Blut waten?«

»Wenn es sein muss.«

Joey lehnte sich gegen Michelle und strich über ihren Arm.

»Mir ist kalt, Bubbles«, wiederholte sie. Ihr Cajun-Akzent war honigsüß. »Mir ist so kalt. Wir könnten uns gegenseitig aufwärmen. Weißt du, so wie wir es zu Hause gemacht haben. Dort war es auch kalt.«

»Es war nicht kalt«, sagte Michelle und rückte von ihr ab. »Es war während eines Hurrikans, und es war ein Fehler. Denselben Fehler mache ich nicht noch einmal.«

»Du bist so hart, Bubbles«, sagte Joey traurig. »Ich habe immer gedacht, du wärst so nett, so verdammt süß mit deinem blonden Haar und deinen grünen Augen. Jetzt nicht mehr. Du würdest über Leichen gehen, um zu kriegen, was du brauchst, stimmt's?«

»Vielleicht«, sagte Michelle. »Aber ich will nicht über deine Leiche gehen. Leg dich ein bisschen schlafen.«

Joey zog den Poncho über den Kopf und reichte ihn Michelle. »Die sind alle so verdammt klein«, sagte Joey. »Sterben hier denn alle Kinder?«

»Ich weiß es nicht. Ich versuche nur, eins von ihnen zu retten.«

Joey stolperte an ihr vorbei in die Kabine.

Und während Michelle zusah, wie der Dschungel an ihnen vorbeiglitt, fing es an zu regnen. Sie zog den Poncho an und schob sich die Kapuze über den Kopf.

Und dann hörte sie durch den Regen etwas, das sie fast zum Weinen brachte. Sie hörte, wie Joey und Kengo miteinander vögelten. Joey benutzte Kengo, um sich alles von der Seele zu vögeln, was sie hier im Dschungel belastete.

Auf dem Lualaba, Kongo
People's Paradise of Africa

Etwas musste passieren. Um die Mittagszeit herum geschah es dann auch endlich.

Wally steuerte sein Boot in eine schattige Bucht am Flussufer, als es zu regnen anfing. Das Prasseln der Tropfen auf seinem Kopf fühlte sich an, als würde jemand seinen Schädel mit einem Presslufthammer bearbeiten. Selbst das leichteste Kräuseln der Wasserfläche ließ das Boot so sehr wanken, dass Wally gequält stöhnte. Die ganzen Schmerzmittel hatte er Jerusha mitgegeben, sodass er die Migräne so durchstehen musste.

Er fragte sich, ob er sich dem PPA ergeben sollte. Alles war besser als das.

Wally legte sich im Boot lang. Weshalb sollte er auch ans Ufer gehen? Sein Zelt war unbrauchbar. Er schloss die Augen und war auf der Stelle eingeschlafen.

Bis er einen stechenden Schmerz im Bein spürte. Wally stieß einen gellenden Schrei aus und setzte sich so schnell auf, dass das Boot schwankte.

Ghost kauerte über seinem Schienbein und stach mit ihrem Messer auf einen Rostfleck ein. Dann drehte sie die Klinge und fuhr damit unter eine Niete. Da begriff Wally, dass sie versuchte, seine Nieten zu lösen und sein Bein aufzubrechen, um ein leichteres Ziel für ihre Messerstiche zu haben. Es tat höllisch weh.

»He, lass das«, sagte er und griff nach ihr.

Ghost sah ihn und wurde wieder körperlos. Da sie jedoch so

461

sehr mit den Nieten an seinem Bein beschäftigt gewesen war, kam ihre Reaktion einen Sekundenbruchteil später als sonst. Genug Zeit für Wally, um ruckartig nach vorn zu greifen und mit der Fingerspitze die Messerklinge zu berühren.

Die Waffe in Ghosts Hand verwandelte sich in ein Phantommesser. Dann verwandelte sie sich in ein Phantommesser mit rostiger Klinge. Und schließlich war sie nur noch ein Phantommessergriff und ein Häufchen Rost.

Genau. Stahl.

Ghost sah erst ihr ruiniertes Messer an, dann Wally und dann die Überreste der Klinge. Zum ersten Mal wandelte sich ihr Gesichtsausdruck. Ihre kleinen Augenbrauen traten zusammen, und ihre Mundwinkel wanderten nach unten. Wut? Angst? Ratlosigkeit? Wally vermochte es nicht zu deuten.

Bedrohlich hob sie den hölzernen Messergriff, wirkte aber ein wenig verwirrt. Es hätte niedlich ausgesehen, wenn sie nicht versucht hätte, eine Möglichkeit zu finden, ihn zu erstechen. Wollte sie ihn mit dem Messergriff schlagen?

»Aaach, komm schon.« Wally schüttelte den platzenden Kopf. »Jetzt lass mal gut sein, hörst du?« Er legte sich wieder ins Boot. »Versuch zu schlafen«, lallte er. »Du bist noch am Wachsen.«

Der Schlaf übermannte ihn und hielt ihn für viele Stunden gepackt.

Auf dem Kongo, Kongo
People's Paradise of Africa

Kengo kam aus der Kabine. Michelle rechnete damit, dass er grinsen oder stolzieren würde, aber tatsächlich sah er verängstigt aus. Seine Bewegungen waren steif wie die eines alten Mannes. Umständlich setzte er sich neben sie.

»Mit deiner Freundin stimmt was nicht«, sagte er.

»Wirklich? Das hat dich nicht davon abgehalten, sie zu pimpern.«

»Sie ist hübsch.« Mit zitternden Händen zündete er sich eine Zigarette an. »Und ich dachte, nun… das spielt keine Rolle. Ja, ich habe mit ihr geschlafen. Aber sie ist so brutal.« Er steckte sich die Zigarette in den Mundwinkel, krempelte seinen Hemdsärmel hoch und zeigte Michelle die Kratzer auf seinem Arm. »Mein Rücken sieht noch schlimmer aus. Keine Ahnung, was die reitet, aber ich glaube, die hat ganz tief drin ein Problem.«

Einerseits wollte Michelle mit Kengo mitfühlen. Schließlich hatte Joey ihm Angst gemacht und ihn verletzt. Andererseits wollte sie, dass er die Klappe hielt. Sich um Joey und Adesina zu kümmern war zu viel.

»Gibt es am Fluss einen Ort namens Kisan?«, fragte Michelle.

Kengo schüttelte den Kopf. »Nein, keinen Ort namens Kisan. Meinst du Kisangani?«

Der Namen löste in Michelle etwas aus. Zwar hatte sie ihn noch nie gehört, aber er klang richtig.

»Ja, das meine ich«, sagte sie. »Kisangani. Ich muss das Kinderkrankenhaus von Kisangani finden.« Als Kengo »Kisangani« gesagt hatte, war eine Erinnerung an den Traum von Adesina deutlicher geworden. Plötzlich waren die Details viel schärfer.

»Dort solltest du nicht hin«, sagte Kengo und hob abwehrend die Hände. »Das ist ein schlimmer Ort.«

»Ich muss dort etwas Wichtiges erledigen.«

Er starrte sie einen Moment an. »Ihr seid beide verrückt. Besessen.«

Michelle öffnete die Handfläche und ließ eine Blase entstehen. »Die Dämonen sind am 15. September 1946 aus dieser Welt geflohen«, sagte sie, während sie die Blase in den trüben Fluss fallen ließ. Es gab eine kleine Explosion, und Wasser spritzte auf.

»Glaubst du, irgendein Dämon würde es wagen hierherzukommen?« Sie stand auf. »Jetzt vögle nicht so viel und bring mich nach Kisangani.«

Volkspalast

Kongoville, Kongo
People's Paradise of Africa

»Hei Lian?«, fragte er leise in der Tür.

Sie saß im Wohnzimmer des Apartments im dritten Stock des Volkspalasts und schaute Satellitenfernsehen. Erschrocken sprang sie auf. Dabei ging ihr grüner Seidenmorgenmantel auf und gab einen Blick auf ihre linke Brust frei. »Tom?«, fragte sie zögernd. »Warum bist du nicht im Bett?«

»Mark. Ich habe schon einmal mit dir geredet. Bitte sag, dass du dich erinnerst.«

»Ja«, sagte sie misstrauisch. »Ich bin mir immer noch nicht sicher, ob das nicht ein Trick ist. Du behauptest, Toms Alter Ego zu sein. Mark Meadows.«

»Er ist mein Alter Ego. Sei's drum. Die Antwort ist jedenfalls, dass ich nicht weiß, weshalb ich nicht im Bett bin.«

Sie runzelte die Stirn, machte aber keine Anstalten, ihren Morgenmantel wieder zu schließen. Ihre Schönheit traf ihn wie die schimmernde Klinge von Lohengrins Schwert, an dessen Kuss er sich bedauerlicherweise genauso erinnerte wie an den von Hei Lian.

Mit einem Gefühl, als wäre er in Watte eingepackt, torkelte er zur Armlehne des Sofas und setzte sich neben sie. Sie setzte sich ganz vorn aufs Kissen wie ein Fink, der jederzeit bereit ist, beim geringsten Zeichen von Gefahr auf und davon zu fliegen.

»Ich weiß, dass es Nacht ist und der Mond scheint. Ich spüre meine Wunden verheilen, auch wenn ich die Schmerzen, die ich eigentlich haben sollte, nicht empfinden kann. Das ist sonderbar. Die letzten Male, als er so etwas durchgemacht hat, waren die Schmerzen höllisch. Warum ist er überhaupt hier? Er verbringt niemals zwei Nächte hintereinander am selben Ort, und jetzt ist er hier im Palast? Nachdem er bei der Friedenskonferenz alles kurz und klein geschlagen hat?«

»Als Tom hier angekommen ist, hat er deliriert, offenbar vor Schmerzen«, sagte sie. »Ich konnte kaum glauben, dass er überhaupt noch am Leben war. Die Sanitäter haben ihm Beruhigungsmittel gegeben und ihn an einen Morphintropf gehängt. Als seine Wunden sichtbar zu heilen anfingen, habe ich vorgeschlagen, dich – ihn – hierherzubringen.« Sie zuckte mit den Schultern. »Im Krankenhaus wird man nicht so schnell gesund. Das geht besser im eigenen Bett.«

»Ja.« Mark nickte langsam. »So ist es also. Er verträgt keine Schmerzen. Welche Ironie, was? Er hat sich so bemüht, sich von allen möglichen Drogen fernzuhalten, weil er Angst hatte, dass ich dann wieder übernehmen würde.«

»Hast du das?«

Hörte er da Hoffnung heraus, oder war das nur sein eigenes Wunschdenken? »Keine Chance. Tut mir leid.«

»Was willst du?«

Er holte tief Luft, um sich Mut zu machen. »Das ist schwerer, als ich dachte. Erstens, damit alle Karten auf dem Tisch sind: Ich liebe dich, Sun Hei Lian. Ich bin dir total verfallen.«

Sie zuckte nicht einmal mit den Wimpern. »Sehr gut.«

»Ja. Ich weiß. Ziemlich bizarr, stimmt's? Und meine Gefühle verpflichten dich auch zu gar nichts. Was auch besser so ist, denn du musst verschwinden.«

»Was meinst du damit?«

»Weg. Von hier. Von Tom. Früher oder später wird er sich gegen dich wenden. So wie er sich gegen Dolores gewendet hat. Auch sie war seine Geliebte. Sie hat ihn angebetet. Und er hat sie getötet.«

»Das war Butcher Dagon.«

»Es war Tom. Dolores wollte publik machen, dass Dagon für Alicia arbeitete und Gräueltaten inszenierte, um die Invasion des PPA in Nigeria zu rechtfertigen.«

Hei Lian schien nicht sonderlich überrascht zu sein. Sie sah ihn forschend an. »Du sagst, dass du dich für mich interessierst? Wirklich für mich, und nicht nur für das, was ich für dich tun kann, mit meiner Muschi, meinen Fähigkeiten oder meinen Kontakten?«

»Ja.«

»Aber niemand hat sich einfach bloß für mich interessiert. Nicht seit… seit mein Vater mich verstoßen hat, weil ich dem Geheimdienst beigetreten bin, um ihn aus dem Gefängnis zu holen.«

»Du hast es verdient, Hei Lian. Aber um die Wahrheit zu sagen, es ist nicht nur deinetwegen. Tom dreht durch.«

Ihr Atem stockte. »Das habe ich auch schon geahnt.«

»Du hast Angst vor ihm. Das habe ich dir angesehen, selbst wenn Tom es dir nicht anmerkt.«

»Er ist gut darin, Dinge nicht zu sehen, die er nicht sehen will.« Sie sackte nach vorn zusammen, stützte die Arme auf den Schenkeln ab. »Ich habe versucht, Peking zu warnen, aber sie hören nicht auf mich. Weiter als bis zu dem Öl, dem Coltan und den anderen Rohstoffen, die sie brauchen, um ihren wirtschaftlichen Boom fortzusetzen, wollen sie nicht hinausschauen.«

»Er wird sich auch gegen sie wenden.«

»Aber ich habe auch eine andere Seite an ihm kennengelernt. Das ist das Seltsame. Er kann sanft sein, sogar freundlich. Zu Sprout. Manchmal zu mir. Das bist dann du, oder?«

Er zuckte mit den Schultern. »Du könntest ihn töten, nicht wahr?«

Sie blinzelte und hob den Kopf auf ihrem schlanken Hals. »Was?«

»Du bist eine speziell ausgebildete Agentin. Du könntest ihn töten, während er schläft. Gleich heute Nacht könntest du es machen. Ich bräuchte nur wieder ins Bett zu gehen und loszulassen.« Mark schüttelte den Kopf. »Mir bleibt sowieso nicht mehr viel Zeit. Er droht wieder herauszukommen. Ich spüre, wie er sich rührt ...«

Sie stand auf und entfernte sich ein paar Schritte von ihm. Dabei wischten die Seiten ihres Morgenmantels über ihre blassen Schenkel. Der Fernseher plapperte bei niedriger Lautstärke vor sich hin. »Du würdest dich von mir töten lassen?«

»Ich bitte dich sogar darum.« Er sog Luft durch die Zähne ein. »Ich weiß, dass du eine Pistole hast. Ich kann mit dem, was er getan hat, nicht leben. Was er noch immer tut. Und ich will wirklich nicht mit ansehen müssen, was er noch tun wird. Das Gemetzel, die Zerstörung. Und diese Sache mit den Kinderassen – die absolute Schändung der Unschuld, Mann.« Er schüttelte den Kopf. »Der Tod ist bestimmt besser, als sich das alles anzuschauen und zu wissen, dass ich das selbst alles in Gang gesetzt habe. Und was habe ich schon für ein Leben zu verlieren? Du hast eine Waffe und kannst mit ihr umgehen. Mach ihm jetzt ein Ende.«

Sun ging auf ihn zu. »Ich habe bereits mit dem Gedanken gespielt, ihn zu töten. Aber ich habe es nicht getan. Ich liebe ihn. Weil ich ihn geliebt habe. Dachte ich jedenfalls. Die ganze Zeit über habe ich mir den Kopf zerbrochen, ob es nicht vielleicht einen Weg geben könnte, ihm zu helfen.« Sie blieb direkt vor ihm stehen. Fast berührten sie sich. Er spürte ihre Wärme und roch ihren ganz eigenen Geruch. Der ihn immer an Grüntee erinnerte. »Und jetzt habe ich Gewissheit darüber, dass etwas in ihm steckt, was es zu erhalten gilt. Und wenn es nur für Sprout ist. Ich werde weder ihn noch dich töten, ehe ich nicht weiß, dass es keine andere Wahl mehr gibt.«

Er wollte etwas sagen, doch sie ging auf die Zehenspitzen und küsste ihn auf die Wange. »Du bist ein guter Kerl, Mark. Solche wie du sind mir nicht viele begegnet. Geh wieder ins

Bett. Und entspann dich: Wenn ich keinen Weg finde, dir zu helfen, dann werde ich bestimmt einen finden, um dich zu töten. Und das ist ein Versprechen.«

Sonntag, 20. Dezember

Kongoville, Kongo
People's Paradise of Africa

»Tom, nein!«

Er hüpfte wütend umher, weil er versuchte, eine Jeans anzuziehen. Draußen war es noch Nacht in K-ville.

Dieser Schweinehund Meadows, dachte Tom. *Hat doch tatsächlich meinen Körper geklaut für eine Spritztour.* Tom hatte einen Filmriss und wusste nicht, was dieser Hippiearsch getan hatte. Aber er wusste, *dass* er etwas getan hatte.

»Du bist nicht kräftig genug«, sagte sie. »Du bist noch nicht geheilt. Ich habe dich gesehen, als du hier angekommen bist. Du hast ... du hast nicht so ausgesehen, als würdest du überleben.«

Und die Wichser haben mich mit Drogen vollgepumpt. Dabei habe ich ihnen gesagt, dass sie das niemals tun dürfen! »Ja, nun, jetzt geht es mir besser«, sagte er. »Ich habe herausgefunden, wer auf mich geschossen und meine Tochter entführt hat. Und jetzt lasse ich das Arschloch dafür zahlen.«

»Was ist mit den Nshombos?«, fragte sie. »Die waren nicht so glücklich darüber, was in Paris passiert ist. Denen passt es bestimmt nicht, wenn du zu einem egoistischen Rachefeldzug aufbrichst.«

»Der kleine Drecksack ist auch ihr Feind«, sagte er. »Er hat Verbrechen gegen das People's Paradise of Africa begangen. Wenn sie das nicht einsehen, dann sollen sie mich am Arsch lecken.«

Auf dem Lualaba, Kongo
People's Paradise of Africa

Nachdem er endlich ausgeschlafen hatte, machte sich Wally daran, seine Rostflecken zu begutachten. Er hatte das Problem schleifen lassen, weil er zu erschöpft gewesen war, um sich darum zu kümmern. An die meisten Roststellen kam er heran, aber an manche auch nicht. Und er hatte nur ein einziges feuchtes Handtuch. Es trocknete einfach nicht mehr.

Bei seinem Kampf gegen das Krokodil war er ganz ins Wasser getaucht worden, und seither hatte es mehrmals geregnet. Wegen Ghost hatte er jedoch nie Gelegenheit gehabt, etwas gegen den Rost zu tun. Sie folgte ihm noch immer. Aber ohne Messer konnte sie ihm nichts tun. Jedes Mal wenn er einen Blick auf sie erhaschte, versuchte er, mit ihr zu reden, aber sie zog sich unweigerlich zurück.

Nach einem besonders starken Regen brachte er das Boot ans Flussufer. Im Bootsinneren schwappte Wasser und weichte sein Gepäck ein, ganz zu schweigen von seinen Füßen. Er hoffte, ihm Dschungel passende Blätter zu finden, etwas, womit er das Boot auswischen konnte. Außerdem musste er pinkeln.

Alles erinnerte ihn an Jerusha. Sie hätte ihm sagen können, nach welchen Pflanzen er Ausschau halten und welche Blätter er benutzen sollte. Aus dem Stegreif. Über seinen unbeholfenen Versuch, aus Blättern und Ästen einen Regenschutz für das Boot zu bauen, hätte sie sich nicht lustig gemacht. Klar, vielleicht hätte sie gelacht, aber nicht unfreundlich. Sie hatte ein schönes Lachen.

Wally verlor die Zeit aus den Augen. Am Ende hatte er mehr Zeit für den letztlich unnützen Abstecher aufgewandt, als er geplant hatte.

Auf dem Weg zurück zum Boot hörte er Stimmen vom Fluss, und er schlich zur Landestelle zurück. Blätter raschelten. Unterholz knackte. Und seine Gelenke – immer noch angeschlagen von dem Kampf mit dem Kroko – ächzten wie die Angeln einer alten Tür. Wally war nicht zur Heimlichkeit geschaffen.

Doch die Neuankömmlinge schienen ihn nicht zu bemerken. Was auch immer sie miteinander sprachen (wieder überkam ihn ein Gefühl von Einsamkeit und eine wehmütige Erinnerung an Jerusha), ihre Unterhaltung deutete nicht darauf hin, dass sie Gefahr witterten. Zwischen den langen Blättern eines Farngebüschs spähte er hindurch.

»Wow«, flüsterte er.

In der Mitte des Flusses war ein Hospitalschiff vor Anker gegangen. Es war vielleicht zehn bis dreizehn Meter lang und etwas mehr als halb so breit und hatte einen flachen Rumpf. Das Deck wurde größtenteils von einer schmalen Kabine aus kräftigen Balken und einem Wellblechdach eingenommen. In der Sonne blendete die weiße Farbe so sehr, dass Wally die Augen zusammenkneifen musste. Auf den Wänden und dem Dach prangten rote Kreuze.

Über dem Dach bog sich eine Peitschenantenne und hüpfte leicht, wenn der Kahn sich an der Ankerleine wiegte. Wahrscheinlich war die Kabine innen in mehrere Zimmer aufgeteilt. Auf der ihm zugewandten Seite zählte Wally zwei Türen. Der Kerl auf dem Dach trug die Uniform eines Leopardenmannes. Herkömmliche Soldaten patrouillierten auf dem schmalen Steg rings um die Kabine. Eine Handvoll stand dem Flussufer zugewandt, an dem Wally angelegt hatte. Ganz offensichtlich sprachen sie über das gestohlene Boot des PPA.

Das waren die Leute, die das Virus nach Nyunzu lieferten.

Das Virus, das Lucien getötet hatte und all die anderen Kinder, die Wally mit bloßen Händen begraben hatte.

Er ballte die Fäuste. *Tja, ich hab's gefunden. Und jetzt?*

Der Kahn hatte ein kleines Ruderboot im Schlepptau. Drei Soldaten stiegen hinein, machten die Leinen los und ruderten herüber, um Wallys gestohlenes Boot genauer in Augenschein zu nehmen. Einer rief seinen Kollegen etwas zu und zeigte auf den orangefarbenen Roststummel an der Stelle, wo früher einmal das Frontgeschütz gewesen war.

Als Reaktion darauf nahmen die Männer im Ruderboot die umgehängten Gewehre herunter und spähten aufmerksam in den Dschungel. Die Soldaten, die auf dem Kahn in Sicherheit waren, taten es ihnen gleich. Anscheinend waren sie über Wally benachrichtigt worden. *Gut.*

Dass er sie nicht überraschen musste, machte die Sache leichter. Es war sogar besser, wenn er das nicht tat, denn an Bord des Kahns gab es ein Funkgerät. Wenn der Kahn einen Angriff meldete, würde das Jerushas Chancen erhöhen, mit den Kindern zu entkommen.

Schwierig dagegen war, wie er zu dem Kahn gelangen sollte, ohne wieder durchnässt zu werden. Außerdem wollte er sein Boot nicht verlieren. *Was würde Tarzan tun?*, dachte Wally ein paar Sekunden lang. *Donnerwetter, ja! Der würde sich an Bord schwingen.*

Wally hob den Kopf und hielt nach Lianen Ausschau, doch es gab keine. *Scheibenkleister.* Wally seufzte. Die Lianennummer wäre praktisch gewesen. Er betrachtete das Ruderboot, den Kahn, die Wellen auf dem Wasser ... *Hä?*

Wally sah noch einmal hin: Wellen auf dem Fluss. Kleine, umgekehrte V, glitzernde Winkel, die auf eine kaum sichtbare Schnauze zuliefen, auf zwei Augen und den Rückenkamm eines Flusskrokos. Die Männer vom PPA hatten es nicht bemerkt.

Wenn er sie ans Ufer kommen ließ, würde er sie dort ruckzuck erledigen können. Allerdings bestand dann die Gefahr, dass andere ihm das Boot wegnahmen, während er beschäftigt war. Dann hätte er keine Möglichkeit mehr, den Kahn zu versenken. Außerdem würde er den ganzen Weg nach Bunia zu Fuß gehen müssen.

Wally würde wohl wieder nass werden müssen. *Mist.*

Er sprang aus seinem Versteck und heulte wie Johnny Weissmüller. Ohne auf die Schmerzen in seiner Hüfte und in den Beinen zu achten, stürmte er auf den Fluss zu und walzte das Dickicht unter seinen Füßen nieder. Nach einem Anlauf legte er die letzten sechs Meter mit einem einzigen Sprung zurück. Noch ehe das Landeteam Zeit zu reagieren hatte, platschte er wie eine Kanonenkugel in den Fluss, einen halben Meter hinter dem Krokodil. Die Kollegen auf dem Kahn stießen Warnungen aus, und jemand schoss mit dem Gewehr auf ihn, doch die Kugeln prasselten wirkungslos ins Wasser.

Wally packte den Schwanz des Krokodils mit beiden Händen. Das Tier, das so hässlich wie wütend war, schnellte herum und versuchte, nach Wally zu schnappen. Aber er riss das fauchende Reptil hoch, wirbelte es ein paarmal in weitem Bogen um seinen Kopf herum, bis ein Pfeifen zu hören war, und ließ es los.

Die Schnauze des Krokos traf den mittleren Soldaten direkt im Bauch und stieß ihn aus dem Boot. Sein peitschender Schwanz wischte den Kerl links daneben von den Beinen. Dann kippte das Ruderboot, und Soldat Nummer drei landete ebenfalls im Fluss.

He. Nicht mal Kate hätte das hingekriegt.

Die Leute auf dem Kahn schossen auf ihn, während er zum Ruderboot stapfte. Pfeifend und klirrend prallten die Kugeln von seiner Brust ab, durchpflügten links und rechts von ihm die Wellen und zerfetzten den Dschungel hinter ihm. Das Ruderboot wurde von einer Salve perforiert, aber die Löcher waren zu klein, um es zu versenken, ehe er damit zum Kahn gepaddelt war.

Außer Gewehrfeuer hörte Wally auch Motorenlärm. Im Kahn kurbelte ein Soldat an einer Winde. Panisch holte er die Ankerkette ein und beobachtete über die Schulter, wie Wally sich näherte.

»Oh nein, untersteh dich, Junge.« Wally hatte den Kahn erreicht. Zwei Soldaten standen über ihm und schossen aus nächster Nähe auf seinen Kopf, seine Schultern und Arme.

Es tat weh. Trotz all seiner Bemühungen war seine Haut überall von Rost zerfressen. Er spürte warmes Blut, das ihm den Hals und den Rücken hinunterrann.

Wally brach ein Stück der hölzernen Reling ab und holte damit aus wie mit einem Schläger. Er fegte die Soldaten von den Beinen. Krachend landeten die Männer auf dem Deck. Nachdem sich Wally an Bord gehievt hatte, trampelte er auf ihnen herum. Jetzt würden sie nicht mehr aufstehen.

Das ist für Lucien.

Über und hinter sich hörte er tiefes Knurren. Noch ehe er sich umdrehen konnte, hatte sich der Leopard auf ihn gestürzt. Das Tier landete auf seinem Rücken und scharrte mit den Klauen über die empfindlichen Rostflecken.

Wally brüllte vor Schmerzen. Er griff hinter sich, packte die Raubkatze im Nacken und zerrte sie von sich herunter. Dabei riss er ganze Stücke aus seinem Rücken. Er schwang den Leopard hoch über den Kopf und schmetterte ihn mit solcher Wucht auf die Planken, dass seine Zähne wackelten. Das Stück Reling stieß er dem Tier in die Kehle, und zwar so fest, dass das Holz das Deck durchstieß und den verwandelten Leopardenmann an den Planken festnagelte.

Das ist für alle anderen.

Zeit, die Sache zu beenden, bevor die PPA-Fritzen merkten, dass sie ihn verletzen konnten. Er musste seine Wunden reinigen. Wally hoffte, dass sie genug Zeit gehabt hatten, um einen Notruf zu senden.

Als er sich einen Weg in die Kabine bahnte, floh der Rest der

Mannschaft vom Schiff. Wally zertrümmerte alles, was halbwegs wissenschaftlich aussah, vor allem alle Glasbehälter.

Dann schlug er ein Loch in die Planken und ließ sich in den Laderaum unter Deck fallen. Der Rumpf bestand aus Holz, und einige Rippenholme verliefen längs am Kahn entlang als Verstärkung der gebogenen Hülle. Und diese Holme waren aus Metall. Wally ließ sie zerfallen, immer zwei auf einmal, mit jeder Hand einen.

Der Rumpf flog auseinander. Wasser sprudelte durch die Spalten herein. Bald bekam der Kahn Schlagseite, zerknautschte und sank. Aber nicht bevor Wally zwei Benzinkanister erbeutet hatte.

Als er sie zu seinem Motorboot zurückschleppte, entdeckte er Ghost, die am Flussufer stand. Sie sah ihn mit einem eigenartigen Gesichtsausdruck direkt an. Er ging auf sie zu, und diesmal wich sie nicht zurück, noch bedrohte sie ihn mit dem Messergriff.

Wally blieb stehen. Sie starrten einander an.

»Ich heiße Wally«, sagte er.

Ghost zögerte kurz, bevor sie sich in den Dschungel zurückzog.

Auf dem Kongo, Kongo
People's Paradise of Africa

»Wir könnten dich ganz hinbringen«, sagte Gaetan. »Aber das dauert dann viel länger. Und je weiter wir uns Kisangani nähern, desto gefährlicher wird es auf dem Fluss.«

»Ihr habt eine abartige Summe für die Passage bekommen«, sagte Michelle.

Es regnete, und sie, Kengo und Gaetan kauerten in der Kabine, während sich Joey auf der hinteren Bank in ihren Poncho eingewickelt hatte.

»Es würde etliche zusätzliche Tage brauchen, um Kisangani auf dem Fluss zu erreichen«, entgegnete Gaetan. »Ein Freund von mir ist Pilot. Er startet von einem kleinen Flugplatz nicht weit von hier. Er schuldet mir einen Gefallen, und sicher macht er dir einen guten Preis, wenn er dich hinbringen soll.«

Schneller war besser. Ihre Träume drehten sich nur noch um das dringende Bedürfnis, zu Adesina zu gelangen. Und das Gefühl ging nicht weg, wenn sie erwachte. Es juckte und brannte in ihrem Kopf und war fast so schlimm wie das Feuer in ihren Venen nach dem Koma. Je weiter flussaufwärts und nach Norden sie kamen, desto schlimmer wurde das Gefühl. Sie bewegten sich in die richtige Richtung.

»Gut«, sagte sie. »Aber ich erwarte einen anständigen Preis.«

Im Dschungel, Kongo
People's Paradise of Africa

Die Gegend war steil und zerklüftet. Oft hatte Jerusha den Eindruck, dass sie vertikal mehr Strecke zurücklegten als horizontal. Mindestens einmal täglich regnete es, aber der Regen selbst schien nie zu ihnen durchzudringen. Es tropfte nur unaufhörlich vom Blätterdach, und die Luft darunter war grausam heiß, feucht und stehend. Sie durchwateten ein paar weitere Bäche und kleine Flüsse, die durch die Täler rauschten. Glücklicherweise war keiner von ihnen so breit oder tief wie derjenige, den sie davor überquert hatten. Immer öfter legten sie Rasten ein. Die bewachsenen Hänge zu erklimmen und dabei den Kindern zu helfen, die es nicht aus eigener Kraft schafften, kostete sie alle viel Energie. Auch wurden die Kinder immer hungriger, und die Obst- und Gemüsesamen in ihrem Beutel gingen zur Neige.

Sie fürchtete, dass die Verfolgung bedeutete, dass Rusty … nein. Das durfte sie nicht denken. Sie verbat es sich.

Waikili schien nervös zu sein. Mit seinem blinden, leeren Gesicht schien er den Dschungel um sie herum zu mustern. »Die beiden Kinder?«, flüsterte Jerusha, damit die anderen sie nicht hörten.

Waikili nickte. »Sie sind da irgendwo«, flüsterte er zurück. »Und der eine bewegt sich so schnell … Leucrotta heißt er.«

»Woher weißt du das?«

»Ich weiß es. Er will uns fressen.«

Jerusha trieb sie den ganzen Tag lang an und auch noch

während der Dämmerung. Die Sonne war schon untergegangen, die Bäume zeichneten sich kaum mehr als dunkle Umrisse gegen die graue Düsternis ab. Während sie auf einen Kamm stiegen, war die Kolonne der Kinder weit auseinandergefächert. Jerusha hielt schon nach einem Platz Ausschau, wo sie die Nacht einigermaßen geschützt verbringen konnten.

Da erscholl vom Ende der Kolonne ein wehklagender Schrei. Ein schriller Entsetzenslaut, der viel zu abrupt abbrach und auf den das Kreischen und Rufen anderer Kinder ertönte. »Cesar!«, brüllte Jerusha, und mit geschulterter Waffe begleitete der Junge Jerusha im Laufschritt in Richtung Lärm. Jerusha nestelte ihre Beutel auf.

Auch Naadir, der Junge mit der schimmernden Haut, war bei Easons Trage, doch die Schatten der anderen Kinder huschten von ihr weg. Eason war jedoch nicht das Problem. Wie die anderen starrte er von seiner Trage auf eine Stelle und deutete mit dem Finger darauf. »Bibbi Jerusha«, sagte er. »Es war schrecklich …«

Sie drängte sich an den Kindern vorbei. Im grünlichen Leuchten von Naadirs Haut konnte sie einen der älteren Jungen erkennen, Hafiz. Inmitten von Blutspritzern, schwärzer als das Zwielicht, lag er am Boden. Zischend holte Jerusha Luft. Etwas hatte dem Jungen das Gesicht vom Schädel gerissen, sodass nur noch schwarzrote Krater übrig waren, zwischen denen an manchen Stellen ekelerregend der Knochen hervorschimmerte. Über seine Brust zogen sich vier weitere parallele Furchen, und auch über den Bauch – so tief, dass seine Eingeweide herausquollen.

»Geht hoch zu den anderen«, rief sie den Kindern zu. »Geht. Hat das jemand gesehen?«

»Ich«, sagte Eason in stockendem Französisch. »Ich habe ein Knurren gehört, dann etwas … Ich glaube, es war die Kreatur am Fluss … Es kam aus dem Busch und hat Hafiz angesprungen. Es ging ganz schnell, und dann war es wieder im Gebüsch verschwunden, und Hafiz …«

»Leucrotta«, flüsterte Waikili. Eason starrte die Leiche an, und sein feuchter Schwanz wedelte.

Jerusha betrachtete das Unterholz um sie herum. Im Dunkeln vermochte sie nichts zu erkennen. Die Geräusche und Rufe der nachtaktiven Tiere spielten ihr Streiche. »Na gut«, sagte sie. »Ihr geht alle zu den anderen. Zwei von euch nehmen Easons Trage. Sagt ihnen, dass sie ein Feuer machen sollen – sofort. Cesar, du gehst mit ihnen mit.«

»Und was ist mit dir, Bibbi Jerusha?«

»Ich komme gleich nach. Geht … schnell. Ich beschütze euch. Ich verspreche es.« Sie hoffte, dass sie das Versprechen halten konnte.

Sie gehorchten ihr und hasteten in Naadirs Schimmer davon, während sich Jerusha neben Hafiz Leiche hinkauerte. Sie zitterte. »Das kannst du nicht machen«, sagte sie auf Französisch in die Dunkelheit hinein. »Ich werde es nicht zulassen. Ich werde dich aufhalten.«

Aus der zunehmenden Finsternis hörte sie Gelächter. Das Lachen eines Jungen, eines Kindes. Wieder erfasste sie ein Schauer.

Sie stand auf und griff in ihren Samenbeutel. Bevor sie ihren Mündeln hinterhereilte, bedeckte sie Hafiz mit einem grünen Teppich.

Sofiensaal, Konzerthalle
Wien, Österreich

Ein Teil des steilen Dachs der Sofiensäle stürzte rumpelnd ein, als Tom auf dem runden Fassadengiebel der alten Konzerthalle erschien. Im Rücken spürte er die Hitze der Flammen. Sie ließen seine Umrisse eindrucksvoll vor dem Nachthimmel hervortreten, doch der alte Kasten konnte jeden Moment einstürzen. *Ich beeile mich besser*, dachte er.

»Hört her«, rief er den Reportern zu, die sich in der erstaunlich schmalen Straße östlich des Wiener Stadtzentrums versammelten. Er wusste, dass sie Richtrohrmikrofone auf ihn ausgerichtet hatten.

Auch die Wiener Polizisten in Schlagschutzausrüstung, die den Journalisten den Platz streitig machten, richteten Dinge auf ihn. Allerdings waren es größtenteils keine Mikrofone. Rotes und blaues Licht waberte in der Straße. »Ich bin Radical. Ich bin hierhergekommen, um einen internationalen Mörder und Kriegsverbrecher zur Rechenschaft zu ziehen.« Jemand mit einer Flüstertüte rief ihm etwas auf Deutsch zu. Er achtete nicht darauf. »Ich verlange Noel Matthews. An diesem Ort hat er seine letzte Vorstellung gegeben. Von nun an werde ich überall dort, wo dieser britische Hund seine billigen Zaubertricks vorführt, Zerstörung anrichten. Und das ist erst der Anfang.«

Er ließ seinem Publikum keine Zeit, das Gehörte zu verarbeiten. Dank der auf Konsum ausgelegten kapitalistischen Technologie würde die ganze Welt seine Rede so lange ansehen können, wie sie wollte. Stattdessen streckte er als Ausrufezeichen die Hand aus, um den Kleinbus abzufackeln, der am ehesten nach Spezialeinsatzkommando aussah.

Nichts geschah.

Hundert Polizisten eröffneten von der Straße das Feuer. Das vielfache Mündungsfeuer war wie Blitzlichtgewitter in der Halbzeit beim Super Bowl. Tom ging auf Lichtgeschwindigkeit und erschien im Orbit.

Auf der einen Seite fröstelte ihn die unendliche Nacht, auf der anderen Seite spürte er die sengende Hitze der Sonne, die Westeuropa schon die Morgendämmerung brachte.

Er raste wieder hinunter, diesmal tauchte er ein paar hundert Meter über der lodernden Halle auf. Dort wollte er schweben, um herauszufinden, was passiert war.

Aber er schwebte nicht. Er fiel wie ein Stein.

»*Dumm gelaufen, Bürschchen*«, sagte eine Stimme in seinem Kopf mit ausgeprägtem New Yorker Akzent. »*Mich benutzt du so schnell nicht mehr für deine schmutzigen Angelegenheiten, du widerlicher, völkermordender Kommunist. Ich mache nicht mehr mit.*«

Als die Hitze stärker wurde und ihm entgegenschlug, entdeckte Tom einen dunklen Fleck im Osten, gerade noch auf seiner Seite der Donau.

In den Orbit und wieder hinunter.

Es war ein Park. Auf einer schmiedeeisernen Bank brach er mit einem Keuchen zusammen. Ein paar Straßen weiter tanzten Flammen im Himmel. »*Das war JJ Flash, Mann*«, sagte die verhasste Stimme in seinem Kopf. »*Du hast ihn verloren. Für immer. Warum ersparst du dir nicht den Ärger und gibst auf?*«

»Leck mich, du mieser kleiner Hippie. Glaubst du, du hättest gewonnen? Wirklich?« Eine Fontäne aus gelben Flammen schoss in die Höhe, als das Dach der Sofiensäle vollends einstürzte. »Ich wollte den Leuten die Gelegenheit geben, diesen Wichser Matthews auszuliefern. Aber jetzt gehe ich gleich zu

Plan B über.« Ohne aufzustehen, streckte Tom die Hand aus. Als ein blendender Sonnenstrahl über das Reihenhaus direkt gegenüber hinwegfuhr, explodierten Ziegelsteine.

So fing es an.

Montag, 21. Dezember

Ellen Allworths Wohnung
Manhattan, New York

Bugsy stellte ein bisschen Speck zum Braten auf den Herd und schaltete die Kaffeemaschine ein. Das kleine Küchenradio war auf einen öffentlichen Sender eingestellt, und er knipste es an, um die Seufzer aus dem Wohnzimmer zu übertönen.

»…Simon, und hier ist NPR Morgenradio. Wien steht heute Morgen in Flammen. Es wurde Opfer eines Angriffs durch ein Ass, bei dem es sich mutmaßlich um Tom Weathers handelt, auch als Radical bekannt. Berichten zufolge kamen bei dem Brandanschlag mindestens zwanzig Menschen ums Leben. Über zweihundert weitere wurden verletzt.«

Bugsy lehnte sich gegen den Küchentresen und lauschte mit einem unguten Gefühl im Bauch. Allmählich geriet das Ganze außer Kontrolle.

»Es wird vermutet, dass Radical auch für die Zerstörungen im Louvre in Paris verantwortlich ist. Dort endete eine Friedenskonferenz zwischen dem Kalifat und dem People's Paradise of Africa in einem Blutbad …«

Bugsy schaltete das Radio aus. Der Speck spritzte. Die Kaffeemaschine gurgelte, als würde jemand eine Katze strangulieren. Das Telefon schrillte. Der Tag fing schon mal nicht gut an.

Als ihm nach dem vierten Klingeln klar wurde, dass das Telefon, wenn es nach Ellen ging, auch hätte in der Hölle verrotten können, fand Bugsy einen der Handapparate in der Nähe des Toasters und nahm ab.

»Spreche ich mit Bugsy?«

»Heute schon. Wer ist da?«

»Billy.«

»Billy?«

»Dein Übersetzer? Aus Saigon?«

Die Schimpansenleiche.

»Oh, ja. Hey. Billy. Was … was gibt's?«

»Nächsten Monat fliege ich nach New York. Ich dachte, du könntest mir vielleicht zeigen, wo ein Joker was erleben kann, du weißt schon, was ich meine?«

Ja, dachte Bugsy. *Du meinst, dass du mich noch immer für einen Joker hältst, Arschgeige.* »Hey, ja. Nun, ich müsste mal in meinen Kalender schauen. Vielleicht kann ich …«

»Und ich habe einen Handel vorzuschlagen.«

»Einen Handel?«

»Du hilfst mir und stellst mich ein paar New Yorker Mädchen vor, so wie deine Lady eine ist. Du weißt schon, denen es nichts ausmacht, wenn ein Kerl ein bisschen anders ist? Dafür sage ich dir, mit wem dein Kerl in Verbindung stand, bevor er nach Vietnam gegangen ist.«

»Mein Kerl?«

»Meadows. Ich bin die Archive durchgegangen, weißt du. Bloß mal zum Nachschauen. Und da kommt raus, dass er mit einem Typen aus New York befreundet war.«

»Hast du auch einen Namen?«

»Hab ich.«

Es folgte langes Schweigen.

»Sind wir im Geschäft?«, fragte Billy.

»Natürlich, Mann«, sagte Bugsy. »Wir Joker müssen doch zusammenhalten, oder?«

Am anderen Ende der Leitung lachte Billy, was sich anhörte, als würde jemand ein Akkordeon zertreten. Bugsy suchte einen Stift und notierte sich alles, was der Übersetzer zu sagen hatte. Dann dankte er ihm, und sie legten auf.

Ellen sah zu ihm auf, als er zu ihr ins Zimmer kam. »Ja?«, sagte sie.

»Ja. Ich muss eine Frau finden, die mit einem Schimpansenzombie schläft.«

»Sonst noch was?«, fragte Ellen. »Ein Heilmittel für Krebs? Zehn Millionen nicht zu versteuernde US-Dollars?«

»Die Adresse eines Typen namens Jay Ackroyd«, sagte Bugsy. Ellen runzelte die Stirn. »Meinst du Popinjay?«, fragte sie.

Im Dschungel, Kongo
People's Paradise of Africa

Jerusha hatte keine Ahnung, wie weit sie gekommen waren oder wie weit sie noch gehen mussten. Ihr fehlte jedes Mittel, das abzuschätzen. Unablässig hoffte sie, auf dem nächsten erklommenen Bergkamm die blauen Umrisse des Tanganjikasees zu erblicken, aber der tauchte nie auf. Immer nur der nächste Bergzug, und der nächste, und danach weitere Bergzüge, unaufhörlich und zunehmend verschwommen und blau in der Ferne.

Rusty, wieso haben wie das getan? Warum bist du nicht hier bei mir?

Darauf gab es auch keine Antwort. Sie sah nach Westen zurück, tief ins Herz des PPA, und sie fragte sich, wo er war und was ihm widerfahren würde. Dabei betete sie, dass er noch am Leben und in Sicherheit war. Sie betete, dass sie sich eines Tages wiedersehen würden. Dieser Gedanke war es, der sie weitergehen ließ.

Und die Angst.

Als sie Waikili fragte, ob sie noch immer verfolgt wurden, nickte er energisch. »Er ist da draußen, Bibbi. Leucrotta. Für ihn ist es ein Spiel. Er lacht, er und der andere, der hungrige. Sie finden es lustig, dass du solche Angst hast.«

Während ihres heutigen Marschs, als sie sich durch ein Dickicht mit langen schwarzen Dornen kämpften, schlug Leucrotta erneut zu. Urplötzlich, um die Mittagszeit, wurde Naadir, das Mädchen mit der leuchtenden Haut, fortgeschleppt.

Eine blutige Fährte führte ins Dornengebüsch. Sie hatte zu den vier Kindern gehört, die Eason trugen und deshalb hinter der restlichen Gruppe herhinkten. »Ein Huschen und ein Brüllen, und dann war sie weg …«, sagten die drei anderen Kinder. Sie schluchzten und weinten, und niemand war mehr bereit, Easons Trage aufzuheben. »Wir müssen ihn zurücklassen, Bibbi Jerusha«, sagte Idihi, einer der Jungen. »Es ist zu gefährlich, ihn jetzt noch zu tragen.« Er warf einen Blick zu den anderen Jokerkindern, die getragen werden mussten. »Die vielleicht auch. Wir kämen schneller voran.«

Aus der Kindertraube kam zustimmendes Gemurmel. Eason fing an zu wimmern und auf dem nassen Laken herumzufuchteln. Doch Jerusha brachte sie zum Schweigen. »Wir lassen keinen zurück«, erklärte sie. »Niemanden. Wenn es sein muss, gehen wir langsamer. Wir bleiben zusammen. Diejenigen von euch, die Waffen haben, bleiben vorn, hinten und an den Seiten. Aber niemand wird im Stich gelassen. Das lasse ich nicht zu. Und jetzt müssen vier von euch Easons Trage nehmen.«

Nur Cesar meldete sich. Jerusha sah in die Runde der ängstlichen Gesichter. »Jetzt!«, bellte sie. Endlich griffen Abagbe und zwei von den älteren Kindern an den drei übrigen Enden der Trage zu. »Gut«, sagte Jerusha. »Lasst uns gehen.«

Sie blieb hinten neben der Trage und sah im Gehen häufig zurück. Vor dem, was sie dort sehen würde, hatte sie Angst, denn sie wusste, dass sie sich ihrem Verfolger würde stellen müssen – kein Ungeheuer, sondern ein Kind, das ungeheuerliche Dinge tat.

Sie betrachtete das Dorngestrüpp und die Samenhülsen daran.

Sie pflückte ein paar.

489

Volkspalast
Kongoville, Kongo
People's Paradise of Africa

»Und ich sage, dass das aufhören muss.« Obwohl der Präsident auf Lebenszeit, Dr. Kitengi Nshombo, die Stimme nicht erhob, klang der Satz wie ein Gewehrschuss. »Dass du dich zu persönlichen Reaktionen hast hinreißen lassen, hat uns in unseren Anstrengungen, uns Wohlwollen zu verschaffen, um Jahre zurückgeworfen.«

»Sogar das französische Modemagazin hat nach der Sache in Paris den Fototermin abgesagt.« Alicia schnäuzte in ein Taschentuch. »Darauf habe ich mich so gefreut.«

Ihr Bruder sah sie missbilligend an, bevor er sich mit erneuter Wut an Tom wandte. »Schlimm genug, dass du die Friedenskonferenz ohne offene Provokation gestört hast, denn die Weltöffentlichkeit behandelt Siraj nun als Opfer. Aber jetzt, nachdem du in Wien mehr Zerstörung angerichtet hast als der Zweite Weltkrieg …«

»Ich bringe den Kampf gegen die Imperialisten direkt vor ihre eigene Haustür, wie sie es noch nie erlebt haben.«

Nshombo schüttelte den großen, glänzenden und kurz geschorenen Kopf. Sein Haar nahm allmählich die Farbe von Eisen an. »Die Medien stellen dich dar wie einen Verrückten, und das wirft ein schlechtes Licht auf unsere Revolution!«

Nshombos Wut brachte Tom noch mehr auf. »*Scheiß drauf, Mann!*«, schrie er. »Wen juckt es, was die dahergelaufenen Reporterhunde sagen? Das ist ein Haufen verklemmter Bürgerkacke, und das weißt du auch.«

Langsam blinzelte Nshombo. »Sich Sorgen um unseren Ruf zu machen hat nichts mit bürgerlicher Wohlanständigkeit zu tun. Es ist eine Zweckmäßigkeit. Einfach nur zweckmäßig! Dagegen schadest du der Revolution, indem du dich deinen persönlichen Befindlichkeiten hingibst!«

Das Präsidentenbüro war groß und prachtvoll. Der Tisch war so mächtig, wie der seiner Schwester klein war, aus tiefschwarzem afrikanischem Eisenholz, und zu beiden Seiten stand jeweils eine Topfpalme. An den getäfelten Wänden wetteiferten großformatige, farbenprächtige Gemälde des afrikanischen Nativismus mit bedeutsamen Fotos um den Platz. Der asketische Nshombo, dessen einzige wahre Schwäche die Aufzucht von Dandie-Dinmont-Terriern war, wirkte hier mehr fehl am Platz als seine pummelige Schwester in ihrem Leopardenoutfit. Allerdings hatte Alicia darauf bestanden, bei der Inneneinrichtung mitzureden. Das Büro des Präsidenten des People's Paradise of Africa auf Lebenszeit hatte auch wie eines auszusehen, beharrte sie.

»Jetzt mal langsam, Jungs«, sagte Alicia. Sie saß auf einem besorgniserregend zierlichen Stuhl neben einer der Palmen. »Bitte, Jungs. Seid nett zueinander. Wir wollen doch alle nett sein, nicht wahr?«

Tom wollte nichts davon wissen. »Du verweichlichst, Mann«, warf er Nshombo vor. »Du hast schon zu lange nicht mehr an der Front gekämpft.«

Nshombo ließ die Hand gleich einem Kanonenschuss auf die Tischplatte knallen. »Das hier ist die Frontlinie des eigentlichen Kampfs, direkt hier. Ich führe die Revolution. Dir obliegt es, meine Pläne in die Tat umzusetzen.«

»Dann geh mir aus dem Weg und lass sie mich in die Tat umsetzen, Mann. Wo man hobelt, fallen Späne.«

»Jungs«, schluchzte Alicia und rang die Hände. Sie sah ihren Bruder mit ihren großen, weichen und tränenfeuchten Augen hinter den Gläsern ihrer Batwing-Brille flehend an. »Bruder, unser Tom hat triftige Gründe, etwas gegen diesen erzkolonialistischen Meuchelmörder zu haben, non? Wir sollten ihm nicht im Weg stehen.« Sie zückte ein Taschentuch und tupfte sich das Auge ab.

Dr. Nshombo runzelte die Stirn.

Auch wenn seine Lider über seine Augäpfel kratzten wie eine Feile und ihm das Blut durch die Venen floss, als bestünde es aus Glasscherben, vergaß Tom nicht, was für eine gute Verbündete er in Alicia hatte. Noch nicht. Er wandte sich um und machte ein paar Schritte weg von dem riesigen, schwarz glänzenden Schreibtisch.

»Na schön«, sagte Dr. Nshombo und atmete tief aus. »Aber du musst diese Kampagne sehr bald zu einem Ende bringen. Andernfalls musst du dich davon verabschieden.«

»Mich verabschieden?« Toms Augen funkelten.

Alicia erhob sich, um ihm eine weiche, feuchte Hand auf den Arm zu legen. »Tom, bitte.«

Er nickte verkrampft. »Na gut.«

Dann ging er.

Ist es dir zu Kopf gestiegen, Kitengi? Die ganze Beute und der Luxus?, fragte er sich, als er durch hohe, widerhallende Gänge stapfte. *Oder … halt. Du hast jetzt Alicias Assbabys. Kann es sein, dass du glaubst, mich nicht länger nötig zu haben?*

Er ging hinaus, sah zur stechenden tropischen Sonne hinauf und ließ die Fingerknöchel knacken. *Hüte dich vor diesem Fehler, Genosse Nshombo. Sonst wird ein schwerer Regen niedergehen.*

Luzern, Schweiz

»…eine ganz schöne Expedition ausstatten«, sagte der Verkäufer in diesem seltsam kehligen und gleichzeitig singenden Schwyzerdütsch, während er den Scanner vor das Etikett eines weiteren Klettergurts hielt.

»*Ja genau*«, sagte Noel kurz angebunden. Mit einem geschwätzigen Kletterer wollte er sich lieber nicht auf eine Diskussion über die Gipfel einlassen, die er schon erklommen hatte. In seiner Tasche vibrierte das Handy. »*Entschuldigung*«, murmelte er dem Verkäufer zu und trat ein Stück zur Seite. Es war sein Agent, Frank Figge. »Wer immer es ist, sag ihnen ab«, begann Noel, ehe Frank überhaupt Luft holen konnte. »Es sei denn, sie wollen ihr Publikum massakrieren lassen, wenn Tom Weathers aufkreuzt.«

»Sie hat mich vorgewarnt, dass deine Reaktion so ausfallen würde«, kam Franks schriller Cockney-Akzent aus dem Hörer. »Aber ich soll dir Grüße von einer Zunftgenossin bestellen.«

Noel holte scharf Luft. »Hat sie Name und Telefonnummer hinterlassen?«

»Ja, Sun Hei Lian.« Noel prägte sich die Nummer ein, die Frank herunterleierte.

»Danke, ich rufe sie an.«

»Wie kommt es, dass du sie anrufst und nicht mich?«, beklagte sich Frank, aber Noel legte auf und wählte Suns Nummer.

»Was willst du? Und mach es kurz, denn ich lasse dir nicht

genug Zeit, um den Anruf zurückzuverfolgen«, sagte Noel, als sie abnahm.

Sie zögerte keine Sekunde und erwies sich damit als Profi. »Ich brauche deine Hilfe, um mit Weathers fertigzuwerden.« Nichts deutete darauf hin, dass sie sich daran erinnerte oder sich einen Kopf darum machte, dass sie einst mit Tom Weathers und Noel in seiner weiblichen Gestalt einen Dreier gehabt hatte.

»Du weißt, wie ich mit Dingen *fertigwerde*«, sagte Noel.

»Und das werde ich nicht zulassen«, kam die kühle Antwort. »Alle wollen ihn tot sehen, aber ich habe etwas entdeckt...«

»Dass er gar kein so schlechter Kerl ist«, versetzte Noel sarkastisch.

»Er ist geisteskrank. Ich bin mir ziemlich sicher, dass er schizophren ist. In ihm steckt eine andere Persönlichkeit, freundlich, sanft. Mit dieser Persönlichkeit habe ich gesprochen. Wenn wir die aus ihm herauskitzeln könnten...«

»Weathers auf eine Couch zu locken könnte ein bisschen schwer werden.«

»Ja, es wäre eine Herausforderung. Der beste Ort, um ihn zu behandeln, wäre die Jokertown Clinic. Mit deinem Ass wäre ich in der Lage, ihn innerhalb eines Wimpernschlags dorthin zu bringen. Bevor er aufwacht und... und...«

»Uns wie Käfer zertritt?«, fragte Noel süßlich.

»Es ist auch in deinem Interesse«, sagte Sun abwehrend.

»Warum macht dein eigener Geheimdienst Weathers nicht unschädlich und bringt seine andere Persönlichkeit zum Vorschein?«

»Wir nähern uns sehr schnell dem Punkt, an dem sie beschließen werden, dass er lebend eine zu große Gefahr darstellt.«

Das war besorgniserregend. Noel wollte Weathers noch nicht tot sehen. Nicht bevor das übergeschnappte Ass die Nshombos ausgeschaltet hatte. »Und ich nehme an, dass du den Befehl dann ausführen müsstest?«, fragte Noel.

Darauf herrschte langes Schweigen, ehe Sun antwortete. »Und ich werde es nicht tun.« Ihre Stimme klang tief und leidenschaftlich.

»Warum nicht? Er hat es bei Gott verdient.«

»Nicht wenn er krank ist. Er sollte die Chance bekommen, geheilt zu werden«, sagte Sun.

Mit dieser Antwort hatte er als Letztes gerechnet, und plötzlich hallte Niobes Stimme in seiner Erinnerung wider. *Tausende ermordete Joker, Tausende gefallene Soldaten, ein Haufen Kinder mit Blut an den Händen.*

Aber ich habe sie nicht getötet. Ich habe nur einen Menschen getötet, aus den besten Beweggründen. Ich konnte doch nicht vorhersehen, was geschehen würde, dachte Noel.

Der schonungslos ehrliche Teil seiner Persönlichkeit übernahm die Debatte. *Manche würden sagen, der einzige Unterschied zwischen dir und Weathers ist das Ausmaß.*

»Glaubst du, dass das möglich ist?«, fragte Noel, und plötzlich war es ihm schrecklich wichtig, was sie antworten würde.

»Ja, das glaube ich.«

»Du stellst dich damit gegen dein Land und deine Regierung«, sagte Noel sanft.

»Ja.«

»Warum?«

Wieder herrschte langes Schweigen, doch schließlich sagte sie: »Ich liebe den Menschen, der er vielleicht werden könnte.«

Noel zupfte an seiner Lippe und dachte über die Chinesin nach. Sie war einer der wenigen Menschen, denen Tom Weathers vertraute. Dann fiel ihm auf, dass er das Problem der Informationsübertragung gelöst hatte. »Ich helfe dir, aber im Gegenzug will ich etwas.« Und er sagte ihr, was er wollte.

»Also noch mehr Tote, bevor er frei ist?«, fragte Sun bitter.

»Wenigstens wird er Leute töten, die es mehr als verdient haben, und das ist mein Preis«, entgegnete Noel.

Sie seufzte. »Na gut. Ich melde mich bei dir, wenn ich bereit bin.« Sie klang unheimlich traurig, und dann fiel Noel auf, dass sie aufgelegt hatte.

Langsam steckte er sein Handy weg und überlegte. Natürlich würde er Niobes Sicherheit nicht der fragwürdigen Psychiatrie anvertrauen. Weathers musste sterben.

Die Frage war nur, wer es tun sollte.

Dienstag, 22. Dezember

Auf dem Kongo, Kongo
People's Paradise of Africa

Der Pilot hieß Japhet. Auf der dunklen Haut seines Gesichts hob sich ein Zickzack aus rosafarbenen Narben ab. Über seiner Schulter hing ein Gewehr, und in einem Holster unter der Achsel steckte eine Pistole. Als Michelles Karte noch nicht aufgedeckt worden war, hätte er ihr eine Heidenangst eingejagt.

Joey hatte neben dem Flugplatz einen toten Schimpansen gefunden und ihn auferstehen lassen. Japhet nannte ihn einen Bonobo. Der Zombiebonobo schien ihn nicht im Geringsten zu überraschen, nicht mal, als Joey ihn wie ein Baby mit sich herumtrug.

»Hör auf, mit dem Zombie zu spielen«, blaffte Michelle. Es machte sie ganz nervös. »Das hilft nicht. Und es ekelt mich an.«

»Meine Güte, Bubbles, du bist so ein Scheißwaschlappen, wenn es um leicht schimmliges Fleisch geht.« Joey zeigte dem Bonobo eine Kussschnute, und der Bonobo antwortete mit derselben Grimasse.

Japhet sah die beiden Frauen skeptisch an. »Ich brauche immer noch tausend US-Dollar, um euch nach Kisangani zu bringen.«

»Ich kann Ihnen fünfhundert geben«, sagte Michelle. »Und

diese Uhr.« Michelle nahm ihre Bulova ab. Sie war zwar nicht sehr teuer, aber hübsch. Vielleicht würde sich Japhet darauf einlassen.

Dieser betrachtete die Uhr misstrauisch. »Die ist nicht so wertvoll.«

»Aber Sie können den Leuten erzählen, dass sie einmal Amazing Bubbles gehört hat.« Sie streckte die Hand aus, die Handfläche nach oben, und ließ eine kleine Blase entstehen. Dann zielte sie auf eine Dose, die acht Meter entfernt herumlag, und ließ die Blase darauf zufliegen. Die Dose hüpfte und schepperte, als hätte man auf sie geschossen.

Das entlockte Japhet ein Lächeln. »Geben Sie mir auch ein Autogramm?«

»So viele Sie wollen.«

Ackroyd & Creighton Privatdetektive
Manhattan, New York

Jay Ackroyd – Popinjay – lehnte mit verschränkten Armen an seinem Schreibtisch und strahlte einen heiteren Lebensüberdruss aus, den Bugsy im Traum nicht für möglich gehalten hätte. *So*, dachte Bugsy, nachdem er mit seiner Erklärung fertig war, *möchte ich sein, wenn ich mal erwachsen bin.*

Das Büro war alles andere als geleckt. Auf dem Schreibtisch stand eine alte Kaffeetasse, daneben erhob sich ein Turm mit Aktenordnern. Aber der Mann hatte etwas in sich Ruhendes, wenn er in seinem Büro umherging, etwas Professionelles, so als wollte er sagen: *Hey, nicht ich habe das mächtigste Ass der Welt zu einem mörderischen Amoklauf angestachelt. Das warst du.*

»Okay«, sagte Popinjay langsam, als würde er etwas essen und es wirklich genießen. »Sie wollen also herausfinden, in welcher Beziehung Radical und Mark Meadows standen?« Anscheinend fand er die Frage lustig.

»Wie Sie vielleicht bemerkt haben, befindet sich Radical gerade auf einem Mördertrip. Wenn Meadows noch lebt, besitzt er vielleicht den Schlüssel, um Tom Weathers aufzuhalten«, sagte Bugsy.

»So könnte man es auch sehen«, sagte Popinjay. »Also Folgendes: Mark Meadows und ich waren zusammen auf Takis, und ...«

»Takis? Wie der Planet, Takis? Mit den Aliens, die die Wild Card geschaffen haben?«

»Ja, der heißt Takis«, erwiderte Popinjay. »Ich war dort. Mit

Mark. Der ganze Kader von Assen, die damals mit Cap'n Trips herumgehangen sind? Jumping Jack Flash. Moonchild. Cosmic Traveler. Die sind alle er.«

Bugsy blinzelte. »Das verstehe ich nicht«, sagte er. »Mark Meadows war Moonchild?«

»Und Starshine. Und all die anderen.«

»Und Radical…«

»Und Radical. Mark ist ein pharmazeutisches Genie. Je nachdem, welche Droge er nahm, war er eine andere Person.«

»Ja, okay«, sagte Bugsy, und die hundert verschiedenen Informationsbrocken, die er gesammelt hatte, setzten sich auf einmal alle zu einem Bild zusammen. »Normalerweise ist das bloß eine Metapher, wissen Sie.«

»Bei Mark nicht. Radical war sein Heiliger Gral. Einmal hat er es geschafft, zu ihm zu gelangen. Zum ersten Mal, um genau zu sein. Damals in den Sechzigern.«

»People's Park«, sagte Bugsy. »Ich verstehe.«

»Das war aber nicht ganz derselbe Typ. Tom Weathers kam erst später. Erst war es nur Radical. Seither versuchte er, wieder auf diesen speziellen Trip zu kommen. All die anderen waren… nun, ich würde sie jetzt nicht missglückte Versuche nennen. Aber weniger erfolgreich.«

Bugsy stand auf und ging langsam auf und ab. »Aquarius. Der Werdelfin?«

»Mark Meadows.«

»Starshine?«

»Mark. Und Monster.«

»Donnerwetter! Radical war der Gockel, der Chicago fraß?«

Popinjay nickte und wurde dann ernster. »Sie alle waren er. Oder Teile von ihm oder Dinge, die er aus der Welt herauszog und sich anverwandelte. Da war ich mir nie sicher. Aber sie waren alle nach Liedern benannt, wissen sie.«

»Lieder?«

»Klar. Jumping Jack Flash?«

»Das ist ein Lied? Ich wusste nur, dass es ein Film mit Whoopi Goldberg war.«

Jack Ackroyd schüttelte den Kopf. »Sie alle sind Lieder. Hören Sie mal einen guten Oldie-Sender. Da werden die alle gespielt. Aquarius. Starshine.«

»Moonchild?«

»Von King Crimson«, sagte Jay. »Neunundsechzig rausgekommen. Im selben Jahr, in dem Mark zum ersten Mal Radical wurde.«

»Vietnam wurde von einem Popsong aus dem Bürgerkrieg herausgeholt?«

»So könnte man es auch sehen«, sagte Jay Ackroyd. »Eins müssen Sie aber über Mark Meadows wissen: Er ist ein durch und durch guter Kerl. Ja, er hat Vietnam gerettet. Er hat noch viel mehr gerettet. Erinnern Sie sich an die Card Sharks?«

»War das das Teil im Cinemax mit dem Mädchen aus Vegas und dem Schimpansen?«

»Ich dachte eher an die Verschwörung, um alle Wild Cards weltweit auszulöschen. Vierundneunzig haben sie Mark in China gefangen gehalten. Ein Typ namens Layton hat Mark totgeprügelt. Da hat Mark einen Haufen Drogen eingeworfen. Wer weiß, was alles. Und dann … dann kam Radical zurück. Ich weiß sehr wohl, was heute aus ihm geworden ist, aber bevor all das geschehen ist, hat Radical Ihnen das Leben gerettet.«

»Das scheint er jetzt zu bereuen.«

»Ja, ich weiß. Was immer mit Mark los ist, es ist … komplex. Scheint, dass seine ›Freunde‹ zu Aspekten seiner Persönlichkeit geworden sind. Vielleicht waren sie anfänglich extern – Teil der Drogen, Teil der Welt oder was auch immer –, aber vielleicht steckten sie auch schon immer in ihm drin. Radical war jedoch die Gesamtheit all der Aspekte. Wie eine Persönlichkeitsspaltung, bei der es eine Persönlichkeit gibt, die alles weiß. Tom Weathers war das perfekte Bild von Mark Meadows. Er hatte die Macht all der anderen. Er war … er war, was Mark immer sein wollte, aber nie sein konnte.«

»Tja«, sagte Bugsy. »Krasse Scheiße.«

Benommen verließ er die Agentur und nahm die U-Bahn zu Ellen zurück. Er konnte es einfach nicht fassen, dass Mark Meadows, das stümperhafte Symbol des Summer of Love, nicht nur Tom Weathers, sondern auch all die anderen Asse war. Oder dass Radical – derselbe Radical des Pariser Massakers – einst die Welt gerettet hatte. Ihn selbst und alle anderen Asse und Joker auf der Welt vor Black Trump gerettet hatte. Das veränderte die Sache, aber Bugsy war sich noch nicht sicher, inwiefern.

Er verpasste seine Haltestelle und musste fünf Häuserblocks weit im kalten Dezemberwind zurückgehen. Als er in die Wohnung kam, saß Ellen auf dem Küchentresen und hatte eine angedeutete Falte zwischen den Augenbrauen. Er legte seinen Mantel ab.

»Was hast du herausgefunden?«

Er erzählte ihr alles. Takis. Vietnam. Die Sechziger. Sprout und Kimberly Ann Cordayne und Mark Meadows, ein wirklich netter Kerl. Monster und Jumping Jack Flash. Und mit jedem Wort wurde er lauter, seine Gesten wurden lebhafter, und er selbst wurde wütender. »Wir haben gegen den feuchten Che-Guevara-Traum eines Hippies gekämpft! Bei all dem, bei wirklich allem geht es bloß um das Psychodrama eines Typen, der nicht … ich weiß es nicht einmal. Der Anno neunundsechzig nicht genug Radical war! Hast du eine Ahnung, wie viele Menschen gestorben sind, weil Mark Meadows nicht cool genug war?«

»Hunderte«, sagte Cameo. »Tausende.«

»Und letzte Woche kamen noch mal ein paar Dutzend dazu. Und nächste Woche, wer weiß, zum Donnerwetter.«

»Und«, sagte sie, »inwiefern hilft dir das, ihn aufzuhalten?«

Bugsy hielt inne und hob die Hände in einer Geste, die

deutlich machen sollte, dass er keinen Schimmer hatte. »Und weißt du was?«, sagte er. »Darum geht es eigentlich gar nicht. Denn er wollte eigentlich gar nicht dieser sonnengebräunte Adonis sein. Weißt du, warum er es sein wollte? Um Eindruck bei einem Mädel zu schinden. Um Kimberly Ann Cordayne ins Bett zu kriegen. Darum geht es bei der ganzen Sache. Irgendwann in den beknackten Sechzigern hat der kleine Mark Meadows im Französischunterricht wegen Kimberly verständlicherweise einen Ständer gekriegt, und wegen dieser Erektion fliegen in Wien heute Menschen in die Luft. Es ist die Vergangenheit, Ellen. Die Vergangenheit bringt uns um.

Und dieses Mädchen? Das Mädel mit dem komischen Lachen und den betörenden Titten, auf das Mark so gehofft hat? Verschwunden. Dieses Mädchen existiert gar nicht mehr. Ich habe sie besucht, und sie ist 'ne Oma, die aussieht, als wäre sie gerade aus der Drogenklinik entlassen worden. Selbst wenn er genau der Typ wäre, der sie neunundsechzig beeindruckt hätte, spielt das keine Rolle mehr. Das Mädchen gibt es nicht mehr. Es ist tot. Und trotzdem sterben heute noch Menschen, weil jemand das Mädchen von damals beeindrucken will.«

»Bugsy…«

»Das ist krank, Ellen! Es ist krank, es ist falsch und total erbärmlich. Er klammert sich an die Idee dessen, was er sein wollte. An ein idealisiertes Bild von jemandem, auf den Kimberly, so glaubt er jedenfalls, steht, auch wenn sie das gar nicht will, und in Wahrheit kann er gar nichts anderes sein als Mark Meadows psychologische Fehler in einer beschissenen Halloweenmaske. So hat er sich in eine kranke, hohle, böse und traurige Variante seiner selbst verwandelt und zieht dabei einen Haufen Menschen in Mitleidenschaft, die damit gar nichts zu tun haben.«

»He…«

»Wie ein Gift. Als hätte er zu viel von der Vergangenheit getrunken, die uns jetzt vergiftet.«

Er brach ab. Irgendwann während seines Redeschwalls hatte er angefangen zu weinen. Er lehnte sich gegen die Wand und wischte sich mit den Handflächen die Tränen ab.

Schließlich sagte Ellen mit sanfter Stimme: »Wir reden nicht mehr über Radical, stimmt's?«

»Ich weiß nicht«, sagte er. »Ich glaube nicht.«

Auf dem Kongo, Kongo
People's Paradise of Africa

Wo zum Donnerwetter ist Japhet?

Er hatte gesagt, dass er ins Dorf gehen würde, um Vorräte zu besorgen, aber Michelle fand, dass er schon zu lange weg war.

Während sie auf ihren Piloten gewartet hatte, war sie wieder eingenickt und hatte von Adesina geträumt. Erneut ein Grubentraum, noch lebhafter als zuvor. Der Geruch war noch schlimmer gewesen, etwas, das Michelle gar nicht für möglich gehalten hatte, und der Drang, zu Adesina zu gelangen, wurde überwältigend. Es war wie ein Radiosender, der immer deutlicher zu hören ist, je näher man seinem Funkbereich kam.

Joey wiegte den Schimpansen auf ihrem Schoß. Mit seinen toten Augen starrte das Tier zu ihr hinauf. Michelle glaubte, sich übergeben zu müssen, denn der Bonobo fing an zu stinken. Und die Hitze machte es nicht besser.

»Ich muss dicker werden«, sagte Michelle plötzlich. »Wir wissen nicht, was uns in Kisangani erwartet. Kannst du ein paar Zombies erwecken, die mich vermöbeln?«

Joey zog mit der Schuhspitze einen Kreis in den Staub. »Es gibt überall Leichen, Bubbles. Wie viele willst du? Hier gibt es Hunderte.« Sie verfiel in eine Art Singsang, und das war schlimmer als ihre ständigen Kraftausdrücke.

»Nur ein paar.«

Zwar brauchte es eine Weile, aber bald kam ein hinfälliges Zombiepaar die Straße entlanggewankt.

»Ich weiß nicht«, sagte Michelle. »Die wirken nicht so, als ob sie viel ausrichten könnten.«

»Das passt schon«, gab Joey zurück.

Die Zombies fingen an, Michelle zu schlagen. Zwar war sie schon schlimmer verprügelt worden, aber sie ging dennoch auf wie Hefeteig.

»Okay«, sagte Michelle. »Fürs Erste reicht das. Ich will dem Flugzeug nicht noch mehr Gewicht zumuten.«

Eigentlich wollte sie noch etwas hinzufügen, aber da entdeckte sie Japhet, der die Straße herunterkam und zwei Einkaufsnetze voller Obst und braun eingewickelter Pakete trug.

Als er näher heran war, fragte sie: »Haben Sie alles bekommen, was Sie brauchen?«

Er nickte. Sein Mund war zusammengekniffen. »Wir müssen schnell aufbrechen. Als ich einem Freund im Laden erzählte, dass ich Leute nach Kisangani bringe, hat er mich komisch angeschaut. Anscheinend haben in letzter Zeit etliche Männer nach Fremden gesucht. Nach amerikanischen Fremden.«

»Was hat er gesagt?«, fragte Joey. Nachdem Michelle ihr das Gespräch übersetzt hatte, sagte sie: »Das könnte eine Menge Ärger bedeuten.«

»Da hast du wahrscheinlich recht«, erwiderte Michelle, dann richtete sie das Wort wieder an Japhet: »Können wir aufbrechen?«

»Ja«, sagte er. »Aber ich brauche mehr Geld. Denn ich werde eine Weile lang nicht hierher zurückkehren können.«

»Na schön«, sagte Michelle. Damit war der Rest ihres Bargelds aufgebraucht, aber sie hatte keine andere Wahl. »Können wir Ihnen beim Einladen helfen?« Er nickte und deutete auf einige Kisten, die neben dem Propellerflugzeug standen. Nachdem er an Bord geklettert war, warf er den Motor an. Das Stottern des Getriebes erfüllte Michelle nicht gerade mit Zuversicht.

Michelle und Joey luden die letzten kleinen Frachtkisten

ein, als Japhet aus dem Flugzeug sprang und etwas rief, das Michelle bei dem Motorenlärm nicht verstand. Dann zog er die Pistole aus seinem Holster und fing an zu schießen. Michelle wirbelte herum. Auf der unbefestigten Straße kamen sieben riesige Leoparden herangaloppiert.

»Scheiße. Geh rein!«, rief Michelle und schob Joey auf das Flugzeug zu. Dann drehte sie sich um und schleuderte den Leoparden eine Salve Blasen entgegen. Sie waren gummiartig, keinesfalls tödlich, aber sie würden höllisch wehtun. Schließlich wollte Michelle keine Leoparden töten, auch wenn sich Tiere eigentlich nicht so verhielten. *Was zum Henker ist da los?*

Zwei der Katzen wurden von den Blasen getroffen, die eine an der Schulter, die andere am Bein. Sie gingen zu Boden und überschlugen sich einige Male auf der staubigen Straße. Die übrigen fünf jedoch liefen weiter auf das Flugzeug zu.

Michelle sah, dass Joey immer noch nicht eingestiegen war. Japhet packte sie am Arm und zerrte sie zur offenen Tür. Da spürte Michelle, dass sich ihr Klauen in den Rücken schlugen, und sie wurde gegen den Flugzeugrumpf gestoßen. Sie prallte ab, wirbelte herum und sah, wie ein anderer Leopard auf Joey zuhechtete, die gerade ins Flugzeug kletterte. Die Krallen zerfetzten ihr von hinten die Beine. Da sprang der Zombiebonobo in die Höhe, umklammerte den Kopf des Leoparden und fing an, ihm die Augen aus dem Schädel zu pulen.

Derweil griffen die anderen Leoparden Michelle an. Sie hieben mit ihren Tatzen nach ihr und bissen, doch das machte Michelle nur noch fetter. Sie schuf Blasen von der Größe eines Fußballs und schleuderte sie jeweils einem Leoparden gegen die Brust. Die Tiere wurden emporgerissen. Als der erste wieder auf den Boden plumpste, erklang Japhets Pistole. Da schrie der Leopard auf und verwandelte sich in einen nackten Mann.

Michelle hastete zu Japhet hinüber, packte ihn und brüllte ihm ins Ohr: »Nicht schießen. Das sind Menschen.«

»Nein. Das sind Leopardenmänner.« Er spuckte aus. »Die bekommen mein Flugzeug nicht.«

»Lassen Sie uns verdammt noch mal verschwinden.« Michelle schleuderte Gummiblasen auf die verbliebenen Leoparden. Japhet nickte, steckte die Pistole in sein Holster und stieg ins Flugzeug. Michelle folgte ihm und zog die Tür hinter sich zu.

Joey saß auf der gegenüberliegenden Seite auf einer Pobacke, denn sie blutete aus einem Bein. Ihre Hose hatte bräunlich rote Flecken, das Blut quoll aus vier tiefen Schnitten. Japhet nahm den Pilotensitz ein und ließ die Maschine die unbefestigte Startbahn entlangrollen.

»Haben Sie einen Erste-Hilfe-Koffer an Bord?«, fragte Michelle. Durch die Windschutzscheibe sah sie das Ende der Startbahn – und dahinter den Dschungel, der sich viel zu schnell näherte. »Himmel, das schaffen wir nicht mehr.«

Japhet lachte nur und zog ruckartig den Steuerknüppel zurück. Das Flugzeug erbebte, hüpfte ein paarmal auf und ab und hob dann ab. Michelle hörte das Blätterdach des Dschungels gegen die Unterseite des Rumpfs peitschen.

»Kein Erste-Hilfe-Kasten«, sagte er. »Da steht eine Flasche Wasser, mit der Sie die Wunde reinigen können, und in einem meiner Pakete habe ich ein sauberes T-Shirt.« Er zeigte auf die Einkaufsnetze, die er aus dem Dorf herbeigetragen hatte und die jetzt zu Michelles Füßen auf dem Boden lagen. »Daraus können Sie einen Verband machen. In einem der braun eingewickelten Packen.«

Sie zog eines der mit Garn verschnürten Päckchen heraus und hielt es hoch. »Ist es da drin?«, fragte sie.

Er nickte.

Sie löste die Schnur und fand einige T-Shirts, Unterwäsche und Socken. »*Das* haben Sie im Dorf gemacht? Wäsche gewaschen?«

»Nein«, sagte er abwehrend. »Wäsche waschen ist Frauenarbeit. Eine Witwe macht das für mich. Ich gebe ihr Geld und bringe ihr aus Kisangani Arznei für ihren Jungen, und sie wäscht für mich.«

Michelle verdrehte die Augen, schnappte sich eins der T-Shirts und verschnürte den Rest wieder zu einem Paket. »Haben Sie ein Messer?« Er nickte, kramte eines aus seiner Hosentasche und gab es ihr. »Danke.« Sie krabbelte zu Joey zurück. »Das wird wehtun.«

»Scheiße, Mann, mach doch einfach was«, sagte Joey. Ihre Stimme zitterte, und Michelle war klar, dass sie weinte.

Michelle machte sich daran, das T-Shirt auseinanderzureißen. Unter ihnen glitt der Dschungel vorbei, und mit jeder Meile kam sie Adesina ein Stück näher.

Im Dschungel, Kongo
People's Paradise of Africa

Durch eine Lücke zwischen den Hügeln vor ihnen war ein dunkleres blaues Band zu sehen. Der Tanganjikasee.

Der Anblick erfüllte Jerusha mit Hoffnung. Die Hügel waren nicht mehr so hoch, und der Dschungel wich allmählich offenerem Gelände. Sie marschierten durch ein großes Feld mit hohem Gras und kamen gut voran, indem sie einem halb verborgenen Pfad folgten. Offensichtlich gingen hier hin und wieder Menschen entlang. Die Sonne stach auf sie herab, aber nach dem Halbdunkel des Dschungels war es eine Wohltat, blauen Himmel über sich zu sehen. Jerusha hoffte, auf ein weiteres Dorf zu stoßen, in dem es vielleicht ein Telefon gab ...

Waikili ging neben ihr und hielt ihre Hand. Sie spürte, wie sein Griff stärker wurde. »Bibbi ...«, sagte er. »Er kommt wieder ...«

»Cesar! Ihr alle!«, rief Jerusha und ließ Waikilis Hand los. »Passt ...«

Ihr blieb keine Zeit, um mehr zu sagen. Rechts neben dem Pfad, dem sie folgten, sah sie eine Welle im Gras. Sie hörte das Brüllen des Ungeheuers. Sie hörte die schrillen Schreckensschreie der Kinder, und jemand feuerte blindlings ein Gewehr ab. Sie sah die Halskrause aus dunkler Haut, als der Hyänenlöwe einen Satz machte, und sie hörte das furchtbare Schnappen seiner Kiefer.

Noch während sie auf das Monster zulief, musste sie mit ansehen, wie es den zerfetzten Körper eines Kinds zur Seite schleuderte. Cesar und Gamila schossen ins Gras. Von dem Lärm wurden Vögel in den Bäumen entlang des Pfads aufgescheucht. Farnwedel wurden zerfetzt. »Halt«, rief sie ihnen keuchend zu. »Wartet, bis ihr ihn seht …«

Die Stille war ohrenbetäubend, und die Schüsse hallten noch nach. Drei Kinder waren schwer verletzt, sie waren von den Krallen zerfleischt worden, als die Werkreaturen durch die Reihen gerast waren. Zwei Kinder lagen regungslos da mit jeweils einer Traube anderer Kinder um sie herum: Pili und Chaga. »Sind sie …?« Es bedurfte keiner Antwort. Jerusha wusste es. »Waikili«, sagte sie. »Ist er noch da?«

»Ja, Bibbi Jerusha. Er hat beschlossen, dass es an der Zeit ist, das Spiel zu beenden.«

Jerusha nickte. »Cesar, Gamila«, sagte sie. Sie starrte in das Gras, auf den schwachen Trampelpfad, auf dem der Junge verschwunden war. »Nehmt die Kinder und geht weiter.«

»Bibbi …«

»Macht schon«, blaffte sie, ohne sie anzuschauen.

Sie hörte, wie Cesar den anderen Kindern etwas zurief, einmal auf Französisch und einmal auf Tschiluba. Sie hörte, wie sie Easons Trage aufnahmen, hörte, wie sie beinahe im Laufschritt den Pfad entlangeilten, weg von den Leichen. Sie kramte in ihrem Samenbeutel und verteilte Samen in einem engen Kreis um sich herum.

»Ich weiß, dass du da bist«, rief sie auf Französisch. »Ich bin hier. Allein. Du willst die Sache zu Ende bringen? Dann nimm es erst mit mir auf.«

Als Antwort drang Gelächter aus dem Gras.

»Komm schon«, sagte sie. »Ich warte auf dich.«

Noch mehr Gelächter und jetzt auch Bewegung, links von ihr huschte etwas. Sie drehte sich dem Geräusch zu.

Beinahe wäre er zu schnell für sie gewesen, seine Bewegungen verschwammen. Jerusha zerrte mit dem Geist an den Samen, die sie ausgestreut hatte, und eine Hecke aus Dorngestrüpp schoss in die Höhe. Die schwarzen Dornen krallten sich messerscharf in den Hyänenleib des springenden Kinderasses und hoben ihn hoch. Trotzdem streifte der Junge mit der rechten Tatze ihren Arm, und vor Schreck und Schmerzen stieß Jerusha einen Schrei aus. Sie roch seinen fauligen Atem, und als er brüllte, spritzte ihr Speichel ins Gesicht. Während der Dornbusch ihn immer höher hob, versuchte die Bestie, sich herauszuwinden, und Jerusha stach tausendmal mit den langen schwarzen Dornen auf ihn ein. Zweige brachen und wurden herausgerissen, und er wehrte sich so wild, dass es schwarze Späne regnete. Mit seinen Klauen hieb er nach den Dornen, nach ihr, durch die Luft, sodass Jerusha vor ihm zurückwich. Noch immer mühte sie sich ab, ihn in einen dunklen, tödlichen Käfig einzuschließen, doch sie spürte, dass er ihr entschlüpfte.

Zu stark. Sie konnte ihn nicht halten. Er war zu kräftig.

Er fauchte. Die Zweige, die ihn hielten, ächzten und splitterten, noch während sie sie zu stärken versuchte.

Dann hörte sie Cesar etwas rufen und seine Waffe abfeuern. Das Werwesen kreischte, als die Kugeln ihm die braune Haut zerfetzten und Jerusha weitere Dornenzweige um es wand, um es festzuhalten und zu schwächen. Und plötzlich war es keine Bestie mehr, sondern ein nackter Junge, der von den Dornen festgehalten wurde und starb. Ein Junge mit zerschmettertem Gesicht. Cesar schoss noch immer auf ihn, und der Körper des Jungen bebte und zuckte bei jedem Kugeleinschlag. »Stopp!«, brüllte Jerusha. »Aufhören! Es ist vorbei.«

Das Gewehrfeuer brach ab. Von der regungslosen, geschundenen Gestalt tropfte Blut herab. Jerusha wandte sich von dem Anblick ab, weil sie ihn nicht ertrug. Cesar grinste, und sie verabscheute den triumphierenden, selbstzufriedenen Ausdruck in seinem Gesicht.

Neben dem Pfad schwankte das Gras, und ein anderer Junge tauchte auf. Das abgemagerte Kind stand nur eine Armlänge von ihr entfernt. Es wirkte verwahrlost, und seine Augen waren zu groß und zu traurig in seinem eingefallenen Gesicht. Sein Bauch war eingezogen, und seine Arme und Beine nicht mehr als Stängel. Den Mund hatte es geöffnet, als wollte es etwas sagen.

»Bibbi!«, hörte sie Cesar warnend ausrufen. »Nein!«

Der Junge blickte von der Leiche im Gestrüpp zu ihr, in seinen Augen schimmerten Tränen. »Du kannst mit uns mitkommen«, erklärte sie ihm. »Du musst nicht mehr mit denen mitmachen. Du bist frei von all dem. Ich kann dir helfen. Ich bringe dich zu Leuten, die dir helfen können.«

Während sie sprach, neigte er den Kopf in ihre Richtung. Jerusha wusste nicht, ob er Französisch sprach, aber sie hoffte, dass er ihren Tonfall verstand. Sie hielt ihm die Hand hin, und er nahm sie. Da spürte sie, wie seine Finger zitterten, spürte die Knochen unter der dünnen Schicht aus Haut und Sehnen.

Er packte stärker zu. Dann zog er ihren Arm zu sich heran, sodass sie nur mit Mühe das Gleichgewicht behielt. Er riss den Mund weit auf und schlug seine Zähne in ihren Unterarm.

»Nein!« Sie wusste nicht, ob sie geschrien hatte oder Cesar. Der Junge grinste sie an und leckte sich die Lippen, die dunkelrot von ihrem Blut waren. Die Wunde brannte, als wäre sein Speichel reinste Säure. Knatternd kamen Schüsse aus Cesars Gewehr, und der Junge lief davon, stürzte sich ins hohe Gras. »Stopp«, rief Jerusha. Sie meinte beide, den Jungen und Cesar. Den verletzten Arm drückte sie sich gegen den Bauch. »Halt! Komm zurück!«

Cesar kam auf sie zugerannt. Er betrachtete ihren Arm, und da traten ihm Tränen in die Augen. »Es ist gut«, sagte sie. »Ich bin okay. Das ist nur ein Biss. Er ist weg. Wir haben gewonnen. Es ist vorbei. Komm schon, lass uns zu den anderen gehen.«

»Bibbi Jerusha …«

»Mir geht es gut«, beteuerte sie streng. »Lass uns gehen. Mir geht es gut.«

Sie hoffte, dass es stimmte.

Ubundu, Kongo
People's Paradise of Africa

»Das kann nicht Kisangani sein«, sagte Michelle. Die Landebahn bestand aus gerissenem und zerfurchtem Lehm, der von
dichtem Dschungel eingerahmt wurde. Nirgends war ein Gebäude zu sehen. »Kisangani ist eine Stadt.«

»Kisangani war eine Stadt«, sagte Japhet. »Aber jetzt?« Er
zuckte mit den Schultern. »Klar gibt es in Kisangani einen
Flugplatz, aber von unabhängigen Unternehmern wie mir sind
die dort nicht begeistert. Die Prozente, die die von mir wollen,
sind unverschämt. Außerdem hängen am Flugplatz von Kisangani Polizisten herum. Und Soldaten und Leopardenmänner
und Leute in Anzügen, die unangenehme Fragen zu Flugrou-
ten und Passagieren stellen. Hier im Dschungel ist es besser.
Die Leute hier halten die Landebahn sauber, und ich bringe
ihnen, was sie brauchen.«

»Kapitalismus vom Feinsten«, grummelte Michelle.

»Und ihr beide habt mir ohnehin schon mehr Ärger gemacht, als ich erwartet habe.«

Michelle lächelte ihn an. »Sieht so aus, als wüssten Sie, wie
man Ärger aus dem Weg geht.«

Grinsend zeigte er seine Zähne. »Das stimmt allerdings.«

»Wo sind wir denn jetzt?«

»Außerhalb von Ubundu. Kisangani liegt in diese Richtung.« Er zeigte mit dem Finger. »Von hier müsst ihr zu Fuß
gehen. Falls ihr vom Weg abkommt, schlagt euch zum Kongo
durch und folgt ihm flussabwärts. Es war mir ein Vergnügen,

Sie kennenzulernen, Bubbles.« Er nahm ihre Hand und schüttelte sie. »Bringen Sie Ihre Freundin zu einem Arzt. Im Dschungel entzünden sich Wunden leicht.«

»Ich versuche mein Bestes«, antwortete sie. Als sie seine Maschine über sich hinwegbrausen hörten, waren sie und Joey schon tief im Dschungel und schlugen sich einen Weg durchs dicke grüne Unterholz.

Japhet hatte ihnen eine Machete überlassen, und die war sicher eine Hilfe. Joey war jedoch nicht zufrieden. »Verdammtes Arschloch«, beschwerte sie sich. »Schau dir diese Scheiße an. Zu Fuß gehen, sagt er. Gibt's da keine bekackte Straße? Und wo sind die Scheißelefanten? Ich dachte, in Afrika wimmelt es von Elefanten. Die haben doch ihre eigenen Friedhöfe und das alles. Bloß ein toter Elefant, das würde mir schon reichen, Scheiße, Mann, und wir könnten nach Kisangani reiten.«

Mit jedem Schritt, den sie auf Kisangani zugingen, wurde Joey aufgebrachter. Am späten Nachmittag schließlich kochte sie. »Scheiße, Bubbles, du hast keine Ahnung«, grummelte sie. »Du spürst es nicht. Um uns rum ist alles tot. Kinder, tote Kinder. So viele tote Kinder. Ich kann die kleinen Scheißer fühlen, wie sie in der Erde verrotten.«

Michelle schüttelte sie. »Okay, ich hab's kapiert. Tote Kinder. Eine ganze Menge.« *Und eins davon ist noch am Leben.*

Joey sah wütend zu ihr auf. »Du bist die kälteste Arschgeige, die mir je begegnet ist, Bubbles. Ich erzähle dir von scheißvielen toten Kindern, und dir geht das völlig am Arsch vorbei. Ink hätte darauf nie so reagiert.«

Michelle ließ sie los. »Ich bin nicht Ink. Danke für den Hinweis. Aber diese Kinder sind tot. Verdammt, für die können wir nichts mehr tun. Adesina dagegen ist noch am Leben.«

Joey sah sie finster an, aber ihr Blick hatte etwas seltsam Glasiges. Michelle hielt Joey die Hand an die Stirn.

»Meine Güte«, sagte sie. »Du glühst ja.« Sie kauerte sich hin und nahm den Verband ab, um Joeys Beinwunde zu begutachten. Sie war knallrot und geschwollen. »Wir müssen das behandeln lassen. Und zwar bald. Schau, wenn wir Adesina finden, dann bekommen wir auch heraus, wer die anderen Kinder auf dem Gewissen hat. Wenn es tatsächlich so viele sind, wie du sagst, dann muss es irgendeine Art Aufzeichnung geben. Wir werden etwas unternehmen.«

Joey packte sie am Arm. »Scheiße, Michelle, das versprichst du mir jetzt aber gefälligst! Schwörst du?« Sie schwankte ein wenig. Plötzlich machte sich Michelle furchtbare Vorwürfe, weil sie sie mitgenommen hatte. Ja, Joey konnte zwar sehr wohl Zombies auferstehen lassen, war selbst dabei aber so schwach wie jeder Normalo und in vielerlei Hinsicht noch ein Kind.

»Ich verspreche es dir«, sagte sie.

Das Rote Haus

Außerhalb von Bunia, Kongo
People's Paradise of Africa

Die Sonne hatte sich vom Himmel verabschiedet und nur einen lavendelfarbenen Schimmer mit einer blutroten Note zurückgelassen, um die Umrisse der Bäume auf dem Hügelkamm westlich des riesigen und verschachtelten Herrenhauses aus roten Ziegeln zur Geltung zu bringen. Von den gestutzten Bäumen und aus dem Unterholz kam der Singsang der Insekten. Etwas Großes und Dunkles – entweder eine Fledermaus oder ein wirklich gigantischer Falter – flog an Toms Kopf vorbei, um über dem steilen Schieferdach zu verschwinden.

Im grau-samtenen Zwielicht stand Alicia Nshombo etwas unvorteilhaft in einen dunklen Uniformrock und Reiterhosen gezwängt. *Ihr Geheimdienstchefanzug*, dachte Tom, als er kurz vor dem Portikus mit dem weißen Dach schwebte. Neben ihr hüpfte ein hagerer Mann in einem Arztkittel von einem Bein aufs andere.

Als Tom auf dem Gras landete, kam Alicia auf ihn zugerumpelt, um ihn auf ihre feuchtwarme Art zu umarmen. »Mein lieber Tom«, sagte sie und küsste ihn auf die Wange. »Willkommen im Roten Haus. Das ist Dr. Washikala. Er ist der Direktor dieser Einrichtung hier.«

Washikala schluckte, bevor er sprach. »Es ist eine Ehre, sie kennenzulernen, Feldmarschall Mokèlé-mbèmbé.« Auf Alicias Wink hin drehte sich der kleine Doktor um und trottete die Stufen hinauf, um die Tür zu öffnen. Tom ging ihnen hinterher.

Von irgendwo außerhalb des Hauses, zu seiner Linken, hörte

er Kinder jammern und weinen. Ein großer Verschlag war dort ans Haus angebaut. Mit einem Fuß bereits auf der Stufe hielt er inne.

Das Geräusch brach ab. Ein Motor heulte auf. Kurz darauf rumpelte ein Lieferwagen vorbei, und noch einen Herzschlag später folgte ein Land Cruiser. Der Mann auf dem Beifahrersitz war eindeutig als Leopardenmann zu erkennen, denn er trug einen krempenlosen Hut aus Leopardenfell und auch nachts eine Sonnenbrille. Die anderen hatten die Hemden von herkömmlichen PPA-Soldaten – zweitrangige Infanterie, keine Simbas.

Stirnrunzelnd sah Tom ihnen hinterher, bis die Wachen an dem Ziegelhaus im Norden das mit Zacken besetzte schmiedeeiserne Tor geöffnet hatten. Die Wagen fuhren nach Westen davon, ihr Scheinwerferlicht tanzte wie Insektenfühler. Der Weg führte die Flanke eines im Umkreis von hundert Metern um den Zaum herum gerodeten Hügelkamms hinauf. Der Cruiser folgte dem Lieferwagen weiterhin.

Dr. Washikala räusperte sich. »Genosse Feldmarschall. Bitte …«

Alicia schien Tom aufmerksam zu mustern. Ohne ein Wort zu sagen, ging Tom die Stufen hinauf und trat ins Haus.

Drinnen war die Luft von starkem Chemiegeruch erfüllt. Es musste sich um irgendein Reinigungsmittel handeln. Washikala ging an Tom vorbei, als fürchtete er, in Flammen aufzugehen, wenn er Tom auch nur mit dem Kittelärmel streifte. Alicia ging neben ihm. »Dann dringst du also endlich ins Herz der Operation vor«, sagte sie.

»Wen soll ich hier treffen?«

»Zwei äußerst vielversprechende Produktionen«, sagte Dr. Washikala. »Moto. Der Name ist selbsterklärend, denn in Lingala bedeutet er Feuer. Sie sollten vorsichtig sein. Noch kann er seine Fähigkeit nicht vollständig kontrollieren. Die zweite nennen wir Martial Eagle. Nach dem größten afrikanischen Adler, dem Kampfadler. Sie ist …« Er warf einen nervösen Blick zu Alicia hinüber. »Sie ist eigentlich ein Jokerass. Zwar besitzt sie den Kopf und die Schwingen eines Adlers, ist ansonsten aber eine normale, wenn auch unterernährte Elfjährige.«

»Und warum haben Sie sie übernommen?« Alicia klang, als wäre sie beinahe enttäuscht.

»Oh, älteste Schwester«, quiekte der Doktor. »Wir dachten … Bestimmt nützt sie der Revolution. Sie fliegt.« Er sah Tom mit seinen feucht-braunen Augen flehend an.

»Könnte sie ein Kind transportieren?«, fragte Tom.

»Oh ja, ich … Da bin ich mir sicher.«

»Dann können wir sie brauchen. Wenn das stimmt.«

»Bon«, sagte Alicia strahlend. »Der Doktor garantiert es uns.« Sie warf dem Doktor einen bedeutungsschwangeren Blick zu. Bevor sie weitersprechen konnte, drang ein Geräusch an ihre Ohren. Tom erkannte das Knattern von fernem Maschinengewehrfeuer. Weder eine dicke Ziegelmauer noch eine Hügelkette reichten aus, um das unverwechselbare Geräusch unkenntlich zu machen.

Mit zusammengekniffenen Augen sah er Alicia an. »Das musst du verstehen, Tom«, sagte sie. »Wir kriegen so viele Pikdamen und Joker.«

»Und natürlich sind da auch noch die Luschen«, sagte Dr. Washikala. Anscheinend wollte er seine Glaubwürdigkeit als harter Knochen zurückerlangen, nachdem er sich mit Martial Eagle beinahe einen Fauxpas geleistet hatte.

»Was denkst du?«, fragte Alicia. Dabei klang sie halb ängstlich und seltsamerweise auch halb mitfühlend.

»Was ich denke?«, fragte Tom. »Wo man hobelt, fallen Späne. Jetzt zeigt mir meine beiden neuen Rekruten.«

Mittwoch, 23. Dezember

Tanganjikasee, Kongo
People's Paradise of Africa

Der See wirkte so groß wie das Land, das sie durchwandert hatten. Endlos lag er vor ihnen, der Horizont verschmolz mit dem Himmel.

Mit den Kindern um sich geschart, saß Jerusha am Seeufer. Nördlich von Kalemie waren sie aus dem Dschungel gekommen. Seit dem Angriff der beiden Kinderasse war Jerusha an den Rand der völligen Erschöpfung gelangt. Ihr Körper brannte, ihre Kleider saßen zu locker.

Und der Hunger ...

Sie fühlte sich unendlich ausgehungert, aber es war kein Hunger, der mit Nahrung gestillt werden konnte. Für die Kinder hatte sie Bananen- und Mangobäume wachsen lassen, hatte ihnen kurzlebige Gemüsegärten geschaffen, damit sie sich satt essen konnten. Sie selbst hatte mitgegessen, aber es hatte sie nicht gefüllt. Nichts füllte sie. Ihr Körper schien eine weite Leere zu sein, verbrannt von dem, was immer der Biss des Jungen ihr injiziert hatte. Ihr Körper zehrte sich selbst auf, verbrannte langsam Fett, Muskeln und Gewebe, um sich aufrechtzuerhalten.

Und sie war müde. So müde.

Sie spielte mit den Samen in ihrem Beutel herum und starrte auf den See. Zwischen ihnen und Tansania lagen dreißig oder mehr Meilen tiefen Wassers. Darüber konnte sie keine Brücke bauen, auch wenn sie mehrere tausend Samen hätte. Sie konnten versuchen, in den Dschungel zurückzulaufen, aber dort würde man sie finden. Hier im PPA konnten sie keine Hilfe erwarten.

Durch den hitzigen Nebel in ihrem Kopf suchte sie nach einer Lösung, während sie an ihren Samen herumfummelte. Als sie das letzte Mal versucht hatte, den See zu überqueren, mit Wally, da war ihnen das Patrouillenboot in die Quere gekommen, und sie hatten sich an einen abgestorbenen Affenbrotbaum geklammert…

Ein Baum. Ein Baum würde schwimmen.

In ihrem Beutel verbargen sich noch drei Affenbrotbaumsamen. Einen davon zog sie heraus und warf ihn so weit sie konnte in den See hinaus. Noch im Flug ließ sie den Samen aufgehen. Ein massiver Stamm, aber die Äste ließ sie nach oben wachsen, damit sie das Gerüst eines Rumpfs bildeten, groß genug, dass sich alle an ihnen festklammern konnten. Ein paar Zweige ließ sie dick und flach zur Seite hinauswachsen wie Pontons, damit die kräftigsten Schwimmer sich an ihnen festhalten und mit den Füßen rudern konnten. Wurzeln und Baumkrone ließ sie nach oben ragen, in der Hoffnung, dass sich der Westwind in ihnen verfangen und ihnen helfen würde.

Es war ein unbequemes Boot, eine furchtbar langsame Arche. Aber es würde ausreichen. Es würde ausreichen müssen.

Die Kinder sahen zu und kreischten aufgeregt, als Jerusha das Affenbrotbaumschiff für sie formte. Manche lachten sogar, als wäre das ein neues Spiel. Anscheinend spürten sie, wie nah sie der Rettung waren. »Okay«, erklärte sie Cesar. »Sag ihnen, sie sollen an Bord gehen. Wer schwimmen kann, soll sich an diesen längeren Ästen festhalten und mit den Füßen rudern. Beeilt euch!«

Sie watete ins Wasser – es war kälter, als sie es in Erinnerung hatte, offenbar hatte sie nicht mehr genug Gewebepolster auf dem Leib, um die Kälte abzuhalten – und half den Kindern, so gut sie mit ihrem verletzten und nur behelfsmäßig verbundenen Arm konnte. Sie sah ihnen zu, wie sie auf den glitschigen Stamm kletterten, und half denen, die wegen ihrer Wild Card weniger beweglich waren.

Schließlich stieß sie das Boot mit dem bisschen Kraft, das ihr geblieben war, ab und hievte sich an Bord. Cesar und einige andere Kinder ruderten so energisch, dass zwischen ihren Beinen Wasser schäumte, doch das improvisierte Gefährt machte wenig Tempo. Inzwischen war das Wasser auch zu tief, als dass Jerusha darin hätte stehen können.

»Bibbi Jerusha«, hörte sie Eason rufen, der noch immer auf seiner Trage lag. Sein Fischschwanz flappte auf der Leinwand. »Ihr habt mich getragen«, sagte er in gebrochenem Französisch. »Jetzt bin ich dran…«

Jerusha nickte Cesar und Gamila zu. Sie hoben die Trage und ließen Eason ins Wasser fallen.

Eason schwamm, und sein Schwanz peitschte das Wasser zu weißem Schaum auf. Er glitt zum hinteren Ende des Baumes, packte die größte Wurzel und schlug mit seinem Schwanz aus.

Da bewegte sich das Affenbrotbaumfloß stetig auf tieferes Gewässer zu.

Kisangani, Kongo
People's Paradise of Africa

»Diese Ärsche«, grummelte Joey. »Diese Ärsche.«

Michelle antwortete nicht. Sie hatte bereits vor einer ganzen Weile aufgehört, mit Joey zu reden. Denn nichts, was sie sagte, brachte etwas. Je näher sie Kisangani kamen, desto wütender wurde Hoodoo Mama.

Am ersten Grab hatte es angefangen.

»Sie sind hier«, sagte Joey. »Sie sind da unten im Dunkeln. Die Schweine haben sie einfach dagelassen.«

»Zeig mir wo.«

Joey stürzte durch den Wald. Michelle folgte ihr, bis sie zu einer kleinen Lichtung gelangten. Auf einer Seite stand ein großer, kastenartiger Anhänger, und in der Mitte der Lichtung erhob sich ein Berg aus frisch aufgehäufter Erde. Michelle starrte ihn an, während ihr Magen vor Übelkeit Salti schlug. Dann überkam sie eine eigentümliche Kälte. »Sind sie da drin?«

»Ja.«

»Wie viele?«

»Viele. Wer immer das getan hat, den will ich in die Finger bekommen«, sagte Joey mit ruhiger, leiser Stimme.

»Ich auch«, erwiderte Michelle.

»Ich werde sie auferstehen lassen.«

»Nein«, sagte Michelle. »Willst du die finden, die das getan haben? Schnell? Dann müssen wir weiter.«

»Verdammt!«, schrie Joey, »willst du sie da verrotten lassen, du Scheißschlampe?«

Michelle gab keine Antwort, sondern ging zu dem Anhänger und öffnete vorsichtig die Tür. Sie streckte den Kopf hinein, aber der Wagen war leer bis auf einen alten Schreibtisch und ein paar verchromte Labortische. Es roch nach Arznei. Im Mülleimer in der Ecke entdeckte sie leere Flaschen mit Desinfektionsmittel und Spiritus.

Wütend warf sie die Flaschen wieder in die Tonne. Das Desinfektionsmittel hätte sie für Joeys Bein gebrauchen können, denn es war geschwollen und sah hässlich aus. Noch einmal schaute sie sich um und bemerkte jetzt erst die bunten ausgeschnittenen Bilder an den Wänden. Bilder aus Kinderbüchern. Lauter lächelnde, glückliche Tiere und lachende, glückliche Kinder.

Langsam arbeitete sie sich durch den Anhänger. Bis auf die Flaschen im Müll und die Bilder an der Wand schien er komplett ausgeräumt worden zu sein. Sie setzte sich an den Schreibtisch und fing an, Schubladen aufzuziehen. Bis auf Büroklammern waren sie leer. Sie tastete die Unterseite des Tischs ab, aber dort war nichts.

Dann schob sie den Tisch von der Wand weg und hörte ein Klatschen. Eine Akte war zu Boden gefallen. Sie griff hinter den Tisch und hob sie auf.

Leider war sie auf Französisch. Michelles Sprachkenntnis war nicht gut genug, um den ganzen Inhalt zu übersetzen, aber Alicia Nshombos Name tauchte mehrmals auf, während sie durch den Papierstapel blätterte. Am Ende der Akte waren Fotos eingefügt.

Bilder von toten Kindern, und an jedes Foto waren etliche Notizen geheftet. Die meisten sahen aus wie Joker und waren mit einem Kopfschuss getötet worden. Der Rest waren Pikdamen. Manche sahen kaum mehr menschlich aus. Michelle glaubte, sich übergeben zu müssen.

»Was ist das?«

Michelle sah auf. Joey stand in der Tür. »Bin mir nicht sicher. Ich versteh das Französisch nicht.«

»Aber mit Gaetan und Kengo hast du dich doch unterhalten.«

»Das war eine einfache Unterhaltung. Hier muss ich lesen. Und da steht ein Haufen Zeug drin, das ich einfach nicht verstehe.«

»Lass mich mal sehen.«

Michelle klappte die Akte zu. »Da ist nichts drin.«

»Lass mich die verfickte Akte sehen, Bubbles.« Ihre Stimme klang schwächer als sonst.

Widerwillig händigte Michelle ihr die Akte aus. Joey schlug sie auf und sah sich die Papiere darin an. Erst schien sie nichts zu begreifen, doch dann sah sie die Fotos.

»Ich bringe sie um«, sagte sie, doch fehlte ihrer Stimme die Kraft.

»Ich helfe dir«, entgegnete Michelle. »Aber erst müssen wir sie finden.«

»Das kriege ich hin. Wir folgen einfach der Spur der Leichen.« Joey sah Michelle finster an. Sie hatte einen glasigen Blick und schwankte ein bisschen. »Hoodoo Mama ist pfiffig.«

Tanganjikasee
Tansania

Als sie den See zur Hälfte überquert hatten, wurde das Affenbrotbaumfloß entdeckt. Auf dem tansanischen Patrouillenboot, das gerufen worden war, befand sich Denys Finch. »Hey!« Das Horn auf seiner Nashornschnauze glänzte in der Sonne. Er betrachtete das Baumboot und die Kinder, die in seinen Zweigen aussahen wie dunkle menschliche Früchte. Dann hob er die Augenbrauen. »Sollen wir euch mitnehmen?«

Jerusha umarmte den Joker, als die Mannschaft sie und die Kinder an Bord brachte. »Wie...?«, fragte sie, doch war sie zu erschöpft, um mehr sagen zu können, und ihr knurrte der Magen. Sie war ausgehungert. Sie brannte vor Hunger aus.

»Seit ihr losgezogen seid, bin ich mehrere Male am Tag mit dem Flugzeug herumgeflogen, um nach euch Ausschau zu halten. Wollte auch schon aufgeben, wenn ihr in ein, zwei Tagen nicht aufgetaucht wärt. Da habe ich den Baobab gesehen und den Jungs da eine Funknachricht geschickt. Wo ist Ihr Metallkumpel?«

»Er ist nicht hier.«

»Oh.« Finch machte den Eindruck, als wollte er noch etwas fragen, überlegte es sich aber anscheinend anders. »Sie sehen aus, als hätten Sie eine Woche lang nicht geschlafen und einen Monat lang nichts zu essen bekommen.«

»Wir könnten alle etwas zum Beißen vertragen«, erklärte sie. »Kommt mir wie eine Ewigkeit vor, seit...« Sie hielt inne. Schüttelte den Kopf, um die Bilder von Essen loszuwerden, die in ihr aufstiegen. »Habt ihr auf diesem Boot ein Satellitentelefon? Eins, das funktioniert?«

Finch rief einem der Uniformierten etwas zu, und ein paar Augenblicke später reichte er Jerusha einen großen Quader aus schwarzem Plastik. »Bedienen Sie sich«, sagte er.

Jerusha sah das Telefon an. Dann wählte sie die Nummer, die sie schon seit Tagen hatte anrufen wollen. Es kam ein statisches Knistern, ein Zischen und schließlich ein ferner Klingelton, den sie trotz des unaufhörlichen Brummens des Doppelmotors auf dem Patrouillenboot hören konnte.

»Vereinte Nationen«, sagte jemand am anderen Ende der Leitung. »Komitee für außerordentliche Interventionen.«

»Hier ist Jerusha Carter«, sagte sie. »Gardener. Ich muss entweder mit Lohengrin oder mit Babel sprechen. Es ist extrem dringend. Nein, tut mir leid, es darf keine Stunden dauern, denn mir bleiben keine Stunden…«

Basis Bahr al-Ghazal
Im Sudd, Südsudan
Arabisches Kalifat

Tom stand neben dem Kasinozelt und beobachtete, wie die Sonne in das endlose Meer aus blassgrünem Schilf stürzte und aus den Halmen schlanke dunkle Schatten machte, die gemächlich zur Musik einer trägen Brise tanzten. Irgendwo im Norden murmelte, rasselte eine Schlacht, gelegentlich knallte es, und ein Blitz tauchte den orangefarbenen und indigoblauen Himmel in gelbliches Weiß.

Mit zusammengekniffenen Augen betrachtete er die aufgedunsene rote Sonne. Es war, als wäre die Unterseite seiner Lider aus Schmirgelpapier. Seine Arme und Beine fühlten sich an wie mit Bleipulver gefüllte Säcke, und sein Hirn, als wäre sein Schädel mit Watte ausgestopft. Er vermochte sich nicht daran zu erinnern, wann er das letzte Mal eine Nacht durchgeschlafen hatte.

Wage ich es überhaupt noch, ein Auge zuzutun, verdammt?, fragte er sich. *Dieser Wichser Meadows hätte mich letztes Mal beinahe erledigt. Ist es ihm doch tatsächlich gelungen, mir die Kontrolle über meinen Scheißkörper zu rauben.*

Im ganzen Leib spürte Tom das eklige Jucken dieser Vergewaltigung. Es war kein Raub. Es war Seelenvergewaltigung. Und Meadows hatte Tom einige seiner mächtigsten Fähigkeiten geraubt.

Tom hatte vor niemandem Angst. Aber er lebte zunehmend in Furcht vor dem Hippie in seinem Kopf.

Obwohl die Müdigkeit erdrückender als die Hitze und lastender als die schwüle Sumpfluft war, und obwohl er so erschöpft war, dass ihm so übel war, als hätte er sich eine schreckliche Tropenkrankheit eingefangen, erfüllte ihn der Gedanke an Schlaf mit einer Furcht, die ihm schier den Verstand raubte.

»*Scheiß drauf*«, sagte er. Auf einem Fuß – er trug Converse-Tennisschuhe – machte er kehrt und ging in die Dunkelheit des Zelts zurück. Es war Zeit für eine weitere Dosis Kaffee.

Ich schlafe einfach nicht mehr, beschloss er. *Bis ich so stark bin, dass es nicht einmal mehr Meadows mit mir aufnehmen kann.*

Es nahte sich. Er *spürte* es.

Bald bin ich unbesiegbar.

Robert Cummings Wohnung
Chicago, Illinois

In Chicago gab es tatsächlich gute Pizza. In Cummings Wohnung roch es nach Salami, Knoblauch und Tomatensoße. Der große Joker schüttete eine Cola nach der anderen in sich hinein. Jaako und Mollie tranken Bier, während Noel und Mathias an einem schweren, aromatischen Chianti nippten.

Die Fotos, die Noel mit der winzigen Manschettenknopfkamera geschossen hatte, lagen auf dem Couchtisch verstreut. Rote Fingerabdrücke zierten so manches von ihnen. »Was glaubt ihr, was das sein könnte?« Noel deutete auf die Rillen im Boden und an der Decke.

»In einer Welt, in der Leute teleportieren und durch Wände gehen, will man denen da drin eine fiese Überraschung bereithalten«, sagte Mathias mit einem Schulterzucken. »Ich wette, da laufen Metallwände entlang der Rillen hin und her. Die schneiden dich in Stücke, wenn sie dich erwischen.«

»Und kannst du das Muster ausmachen?«

Cumming schüttelte den Kopf. »So dumm sind die nicht. Die lassen die Bewegungen der Wände von einem Zufallsgenerator bestimmen. Ich glaube, dass wir die erst ausschalten müssen. Sonst geht ihr da rein und hüpft bloß wie die Flöhe von Hund zu Hund. Ich steuere die Kameras, damit alles da drin normal aussieht. Aber ihr müsst schnell sein, denn bei mir werden sich die Wände nach einem Muster bewegen. Wenn die Wachen scharf sind, bemerken sie das.«

»Und du kannst das alles?«, fragte Noel.

»Ja, wenn der Sicherheitsrechner der Bank auf Port 950 gesetzt wird, kann ich in diesen Räumen alles steuern, was über den Computer läuft.«

»Und wie gehen wir vor?«, fragte Noel.

Cumming zuckte mit den Schultern. »Jemand muss in die Sicherheitszentrale der Bank und den Computer zurücksetzen.«

»Und wer macht das?«, fragte Mathias kampflustig.

»Moi«, sagte Jaako und zeigte auf seine Brust.

»Bemerken die Wachleute das nicht, wenn der Typ aus dem Computerbildschirm herausgekrochen kommt?«, wollte Mollie wissen.

»Die Wachleute werden mit etwas anderem beschäftigt sein«, sagte Noel. »Vielleicht bleibt einer von ihnen im Zimmer zurück, aber ich bin zuversichtlich, dass Jaako mit dem fertigwird.«

»Dann gebe ich dir mal die Infos, die du für die Umstellung brauchst«, sagte Cumming. »Ich habe ein bisschen herumgestochert, und die Firewall der Bank läuft mit Redhat. Trotzdem brauchen wir noch das Root-Passwort, aber bisher stand das in jedem Büro, das mir untergekommen ist, auf einem Zettel und war auf die Innenseite einer Schublade geklebt. Deshalb machst du Folgendes: Erst gehst du auf /etc/sisconfig su zu root. Wenn du bei root bist … vi Leertaste IP-tables, und dort gibst du diese Zeile ein … minus A Leertaste RH-firewall F-1-INPUT Leertaste …« Cumming schrieb, und Jaako sog an seiner Unterlippe und sah stirnrunzelnd die immer länger werdenden Zeilen Kauderwelsch an.

Mathias lenkte Noels Aufmerksamkeit von den beiden weg, indem er seinen plumpen Finger auf eine der hoch in der Wand eingelassenen Mündungen legte. »Ich will eine Gasmaske für den Fall, dass diese Teile anspringen. Und wir müssen damit rechnen, dass der Boden so konstruiert ist, dass er auf eine Gewichtszunahme reagiert. Das wird nicht computergesteuert sein.«

»Wie können wir das umgehen?«, fragte Mollie ziemlich schrill.

»Wenn du teleportierst, muss Mathias dich schwerelos machen.« Noel sah zu dem kleinen Mann hinüber. »Bitte bau keinen Mist mit dem Timing.« Der Ungar nickte und zündete sich noch eine Zigarette an. Noel hoffte, gelassen und zuversichtlich zu klingen, aber die Sache war so komplex, dass es selbst für ihn einschüchternd war.

Nun, immerhin wusste er, dass er sich schnell zurückziehen konnte, sollte die Sache schiefgehen. Seine größte Sorge war, dafür zu sorgen, dass Weathers das Fehlen des Golds mit den Nshombos in Zusammenhang brachte. Wie er das anstellen sollte, war ihm noch nicht ganz klar.

Jaakos nasale Stimme rief ihn wieder in die Gegenwart zurück. »Wenn ihr da drin rumschwebt und an die ganzen Schließfächer andotzt, seht ihr bestimmt ziemlich bescheuert aus.«

»Hey!«, blaffte Cumming. »Aufpassen. Hast du 950 Leertaste minus J, ACCEPT, verstanden?«

»Dir ist schon klar, dass ich keinen Schimmer habe, was du da faselst, oder?«, sagte Jaako.

»Das brauchst du auch gar nicht. Du musst nur den Anweisungen folgen und darfst dich nicht vertippen. Hast du ein Handy? Wenn du nicht mehr durchblickst, kannst du mich anrufen.«

»Wie werden wir uns da drin bewegen?«, fragte Mollie.

»Dafür haben wir Ausrüstung«, antwortete Noel. »Und Jaako, dir ist klar, dass du im Tresorraum auch dabei sein wirst, oder? Mathias kann das Gold zwar schwerelos machen, es hat aber trotzdem einen gewissen Umfang. Ihr werdet alle vier zu tun haben, die Paletten zu führen und durch die Türen zu deichseln, die Mollie öffnen wird.«

Diesmal erntete er durch den Gebrauch des Wortes »ihr« eine Reaktion. »Was meinst du mit ›ihr‹, Kemosabe?«, fragte Mollie. »Wirst du nicht dabei sein?«

»Du kommst gefälligst mit«, sagte Jaako.

»Ich werde die Wachleute aus der Bank hinauslocken. Ich habe eine… Partnerin, die sich um die Teleportation kümmert.«

»Halt mal. Wir hören zum ersten Mal von einer weiteren Person«, sagte Mathias. »Ich teile nicht mit noch jemandem.«

»Das brauchst du auch nicht.« Noel ließ sich Zeit mit dem Anzünden einer neuen Zigarette. Cumming wedelte demonstrativ mit der Hand vor seinem Gesicht und hustete. Doch sowohl Noel als auch Mathias achteten nicht darauf. »Sie ist meine Freundin. Sie teilt sich meinen Anteil… sozusagen.«

»Und weshalb sollen wir ihr vertrauen?«, fragte Jaako.

»Weil ich es euch sage.«

»Das ist nicht cool«, sagte Cumming. »Wir sollten sie wenigstens mal treffen. Damit wir uns selbst ein Bild machen können.«

»Und dann? Diesen Einbruch könnt ihr nicht ohne einen Teleporter durchziehen. Sie ist eine Teleporterin. Entweder wir blasen die Sache ab, oder ihr verlasst euch auf mein Urteil.«

Lange Zeit herrschte Schweigen, und die vier sahen sich gegenseitig an. »Nun gut, okay«, sagte Jaako schließlich. »Er steht im Ruf, das Unmögliche zu schaffen.«

»Und woher weißt du das?«, fragte Cumming.

»Wir hatten in einem anderen Leben schon einmal miteinander zu tun.«

Mathias grunzte und drückte seine Zigarette in einem Stück kalter Pizza aus. »Da niemand von uns bereit zu sein scheint auszusteigen – was nun?«

»Das Gold kommt in das Lagerhaus, das du gemietet hast. Die Anteile werden verteilt, dann öffnet Mollie ein weiteres Portal zur Yacht, und ihr schiebt den Rest durch.«

»Ein Jammer, dass wir uns all die Mühe machen und hinterher nicht alles behalten«, seufzte Jaako.

»Aber das war die Abmachung, und du hast es von Anfang

an gewusst«, sagte Noel mit tiefer und ein bisschen gefährlicher Stimme.

»Wir sind zu viert, und du bist nur einer. Wir könnten die Bedingungen ändern«, sagte Mathias.

»Und seine Freundin«, fügte Jaako hinzu.

»Ja, aber die ist nicht hier«, sagte Mathias, und die tiefen Falten in seinem Gesicht ließen ihn wie eine wütende alte Schildkröte aussehen.

»Hey!«, platzte Cumming heraus. »Ich tue das, weil die Nshombos Diktatoren sind. Und diese Sache mit den Kindern ist … ist … ungeheuerlich!« Er hielt inne, machte den Mund auf und zu, dann setzte er kraftlos hinzu: »Und ich bin kein Gauner.«

Noel sah zu Mollie hinüber. Sie war hochrot und wirkte verzweifelt. »Mollie?«, fragte er sanft.

Sie trat näher an ihn heran. Darauf grinste Noel Jaako und Mathias breit an. »Jaako, du weißt, wer ich bin und wer ich war. Vielleicht willst du es Mathias wissen lassen.«

Cumming zerrte Jaako am Ärmel. »Machen wir das zu Ende. Wenn du all das eingetippt hast, dann speicherst du die Datei, gehst raus, und dann gibst du in die Befehlszeile ein: service Leertaste Iptables Leertaste restart.«

Restart. Das hätte ich gern. Mein Leben ein für alle Mal neu starten, damit ich nie wieder so eine Nummer durchziehen muss.

Da vibrierte sein Handy. Noel zog sich in eine Ecke zurück, um ranzugehen, während das nerdige Leiern weiterging, denn Cumming ging mit Jaako alles noch einmal durch. Lohengrin meldete sich.

Er nahm kein Blatt vor den Mund. »Gardener ist mit einer Gruppe Kindern aus dem People's Paradise entkommen. Sie sind am Verhungern, viele sind krank. Die meisten sind Joker. Wir müssen sie in ein Krankenhaus bringen. Am besten in die Jokertown Clinic.«

»Und du rufst mich an, weil …«

»Weil sich die UNO offiziell nicht einmischen darf, deshalb kann ich keinen Flieger schicken. Außerdem bist du sowieso viel schneller als ein Flieger. Und darüber hinaus habe ich gehofft, dass in dir vielleicht doch noch irgendwo ein menschliches Wesen steckt.«

Seltsamerweise tat ihm das weh, es krampfte ihm richtig den Bauch zusammen. »Na schön. Ich sehe, was ich tun kann. Schick mir per E-Mail ihre Position, damit ich mir ein Satellitenbild besorgen kann.«

Ein paar Augenblicke später klingelte sein iPhone.

Katimba, Tansania.

Donnerstag, 24. Dezember

Katimba, Tansania

Lohengrin hatte nicht gewusst, wie viele Kinder bei Gardener waren. Es stellte sich heraus, dass es viele waren. Noel zählte mehr als vierzig.

Sie lagen im Schatten eines großen Baums unter dem Vordach einer verrosteten Blechhütte. Gardener lehnte sich mit dem Rücken an den Baum. Das Mädchen sah schrecklich aus, ausgezehrt, hager.

Um seinen Magen schloss sich eine kalte Faust. Denn er hatte so etwas schon mal gesehen – in einem Krankenhaus in Karthum.

Fünf Kinder schliefen rings um sie mit ihren Köpfen auf ihrem Schoß und ihren Schenkeln. Mit einem großen Blatt verscheuchte Gardener die Fliegen von ihren Gesichtern. Einige dieser Gesichter waren nicht sonderlich menschlich. Wie Lohengrin berichtet hatte, waren die meisten der Kinder Joker.

Gardeners Augen weiteten sich, als er auftauchte, und sie griff mit ihrer klauenartigen Hand in den Samenbeutel.

In seiner Etiennegestalt kannte sie ihn nicht. Rasch verwandelte er sich in Noel. Die Kinder, die nicht schliefen, kreischten entsetzt auf, als sein Körper eine neue Gestalt annahm. Ihre

Schreie weckten die anderen, und bald war die Luft von Heulen, Schluchzen und Schreien erfüllt.

Gardener entspannte sich, als sie erkannte, wer er war. »Still, still«, beruhigte sie ihre Schützlinge. »Das ist ein Freund. Er ist hier, um uns zu helfen. Innerhalb eines Wimpernschlags kann er uns in die Stadt bringen, wo es Essen und Betten gibt. Still, still.« Ihre Stimme hatte etwas von Gesang.

Doch Noel rechnete schnell, und das Ergebnis gefiel ihm nicht. Angenommen, er konnte vier auf einmal transportieren, dann würde er zwölf Sprünge brauchen. Dreizehn mit Gardener.

Er kniete sich neben sie hin. »Was brauchst du am dringendsten?«, fragte er.

»Essen. Die Kinder haben Hunger. Ich habe ihnen Essen wachsen lassen, aber jetzt bin ich zu …« Sie deutete auf ihren abgemagerten Leib. »Zu schwach, um etwas zu tun.«

»Schau, ich kann nicht alle transportieren …« Tränen traten ihr in die Augen, weshalb sich Noel beeilte hinzuzusetzen: »Ist schon gut, ist schon gut. Ich habe eine andere Möglichkeit, um sie hier wegzubringen. Eine bessere Möglichkeit, aber ich brauche etwas Zeit, um alles zu organisieren. Ich bringe Essen und ein paar Ärzte aus der Jokertown Clinic her, damit ihr durchhaltet, bis ich eine Transportmöglichkeit arrangiert habe.«

»Die Straßen sind furchtbar. Es gibt keinen Weg …«

»Vertrau mir.« Es versetzte ihm einen seltsamen Stich, das zu sagen. Hastig sprach er weiter. »Mit dem Mädchen, an das ich denke, werdet ihr nicht auf Straßen angewiesen sein.«

Kisangani, Kongo
People's Paradise of Africa.

»Leck mich«, sagte Joey am Stadtrand. »Dieses Kaff ist irre.«

Michelle gab ihr recht. Der Dschungel schob sich bis in die Stadt, eroberte sie sich zurück. Die Straßen waren gesprengt worden, und aus manchen Häusern wuchsen Bäume heraus. Andere waren vollkommen von Ranken überwuchert. Schimpansen sprangen von den Häuserdächern in die Baumkronen und wieder zurück. Bis auf Vogelrufe und das Geschrei der Schimpansen herrschte Stille in der Stadt. Gelegentlich hörten sie in der Ferne krachendes Gewehrfeuer.

Adesina war ihr jetzt näher, und Michelle hatte Mühe, sich auf das zu konzentrieren, was sie gerade tat. Sie arbeiteten sich auf den aufgerissenen Straßen weiter und bemühten sich, einen kühlen Kopf zu bewahren. In der Ferne waren mehrere Gebäudegruppen zu erkennen. Der Pilot hatte ihnen gesagt, dass sie wahrscheinlich in einer von ihnen finden würden, was sie suchten.

Sie eilten weiter. Am Ende einer verwüsteten Straße stießen sie auf ein kleines Krankenhaus. Es hatte keine Ähnlichkeit mit den Bildern, die Michelle in ihren Träumen gesehen hatte, aber sie beschloss, dennoch hineinzugehen. Joeys Bein musste behandelt werden. Gleichzeitig tobte in ihr der Drang, zu Adesina zu gelangen. Aber sollte Joey zusammenbrechen, würde Michelle vielleicht nie zu Adesina gelangen. Und falls es ihr doch gelänge, hätte sie keine Hoodoo Mama an ihrer Seite, um ihr im Kampf um das Kind zu helfen.

Die Krankenhauswände waren in angenehmen Terracotta-farbtönen gestrichen. FRAUENHOSPITAL ALICIA NSHOMBO war französisch mit Schablone auf die intakte Eingangstür auf-gemalt worden. Durch die Scheibe konnte man einen Blick in einen überwucherten Innenhof werfen. »Wie kommt es, dass das nicht beschädigt wurde?«, fragte Michelle.

»Hab keinen blassen Schimmer«, sagte Joey, dann kicherte sie. Das war so seltsam, dass Michelle innehielt und Joey an-sah. Einen Moment lang lächelte Joey sie herzlich an, bevor ihr wütendes Hoodoo-Mama-Gesicht zurückkehrte.

Michelle zog die Tür auf, und Joey folgte ihr hinein. Der Empfangsbereich war winzig, nur ein paar Stühle und ein Schalter. Hinter dem Schalter war niemand.

»Hallo?« Michelle versuchte, ihrem Französisch den sin-genden Tonfall zu geben, den sie bei Kengo gehört hatte, aber das Ergebnis klang in ihren Ohren ziemlich dümmlich. Es kam keine Antwort, weshalb sie in den Gang hineingingen. Durch die Fenster drang Sonnenlicht, und auf den Bäumen im Innen-hof turnten Affen.

Sie gingen den Gang entlang und durchquerten Flecken von Sonnenlicht, die auf den Boden geworfen wurden. Die Wände waren nicht in dem typisch sterilen Weiß oder Grün gestrichen, sondern prangten in Himmelblau, Kornblumenblau und Gelb oder hatten die Farbe von Ziegelsteinen.

Links tat sich eine große, offene Krankenstation auf, in der sich zwei Bettenreihen gegenüberstanden. Über jedem Bett hing ein Moskitonetz. Eine der Patientinnen bemerkte sie und winkte ihnen mit der linken Hand zu. Die rechte fehlte ihr. Weder Michelle noch Joey winkten zurück.

Eine Schwester kam zu ihnen herüber. »Kann ich Ihnen behilflich sein?«, fragte sie auf Französisch. »Kennen Sie eine unserer Patientinnen?«

»Meine Freundin braucht einen Arzt, der ihr Bein anschaut«, sagte Michelle.

»Das ist keine Klinik«, erwiderte die Schwester und wechselte auf Englisch. »Es ist ein Hospital für Überlebende. Die Ärzte haben ihren Rundgang bereits beendet und sind auf den Nachmittag in ein anderes Krankenhaus gegangen. Hier haben wir keine.«

»Nun, können Sie sich das Bein anschauen?« Michelle wurde sauer. Adesina war so nah, und sie brauchten nichts weiter als jemanden, der Joeys verdammtes Bein behandelte. Das konnte doch nicht so schwer sein.

»Legen Sie sich auf das Bett, ich bin gleich zurück«, sagte die Schwester und deutete auf das einzige freie Bett auf der Station.

Joey ließ sich auf die Matratze fallen. Die Frau im Bett daneben stemmte sich hoch und zog ihr Moskitonetz zur Seite. Sie war jung, kaum älter als Michelle. Sie hatte Narben im Gesicht, die aussahen, als hätte sie jemand mit einem Messer verstümmelt.

»Hallo«, sagte sie auf Englisch mit starkem Akzent. »Ihr seid weit weg von zu Hause.«

»Ja, das sind wir«, gab Michelle zurück. Wo zum Teufel war diese verdammte Schwester? »Meine Freundin hat sich am Bein verletzt.«

»Das sehe ich. Darf ich Ihr Haar berühren?«

Die Bitte war so eigenartig, dass Michelles Gedanken schlagartig von Adesina abgelenkt wurden. »Ähm, ja, ich denke schon.« Sie ging zu der Frau hinüber und beugte sich zu ihr hinunter. Die Frau strich Michelle über den Scheitel und ließ die Hand an ihrem Zopf entlang hinuntergleiten. »Oh, es ist sehr weich. Solche Haare habe ich noch nie gesehen.«

Meine Güte, dachte Michelle. *Wie absurd, dass ich jetzt über Haare quatsche.*

»Meiner Tochter habe ich immer Zöpfe geflochten.« Der Frau traten Tränen in die Augen. »Ihr Zopf hat sich aufgelöst. Ich kann ihn wieder festmachen.« Die Bitte war zwar seltsam, aber die Schwester war noch nicht zurück, und es würde nicht lange dauern.

»Klar.«

Die Frau löste Michelles Zopf und kämmte ihr mit den Fingern durchs Haar, bevor sie zu flechten begann. »Ich heiße Makemba«, sagte sie. »Bleiben Sie lange hier? Komisch, dass Sie ausgerechnet nach Kisangani gekommen sind.«

»Ich suche eine Freundin«, sagte Michelle. Das war nah genug an der Wahrheit.

Die Schwester kam zurück und brachte ein Tablett mit Desinfektionsmittel, Kompressen, Verbandmull, eine Bogennadel, ein Päckchen mit chirurgischem Nähzeug und eine Spritze. Sie sagte Joey, sie solle sich auf den Bauch legen. Joey zuckte zusammen, als die Schwester anfing, die Wunde zu reinigen. »Das sieht aus wie Tierkratzer«, stellte sie fest. »Wie ist das passiert?«

»Wir wurden von ein paar Leoparden angegriffen.«

»Im Dschungel ist es gefährlich«, sagte die Schwester. »Das muss ich nähen.«

»Zurzeit ist es überall scheißgefährlich«, sagte Joey. »Au! Du Aas! Das tut weh!«

»Halt die Klappe und reiß dich zusammen.« Eigentlich erwartete Michelle einen bösen Blick von Joey, doch die schloss lediglich die Augen.

»Was ist mit Ihrer Tochter passiert?«, fragte Michelle Makemba, die gerade den Zopf zu Ende flocht.

»Sie ist gestorben«, sagte Makemba leise. »Sie kamen aus Uganda und haben die Männer in unserem Dorf getötet. Dann haben sie die Frauen vergewaltigt. Alle Frauen sind vergewaltigt worden, selbst meine Tochter. Sie war sechs. Manchen von uns haben sie das Gesicht zerschnitten. Manche haben uns mit ihren Gewehren vergewaltigt und uns dann am Ende mit…« Makemba vollendete den Satz nicht.

»Diese Wichser haben was gemacht?«, fragte Joey ruhig und öffnete die Augen. Sie fing an zu zittern.

»Oh, ja«, sagte die Schwester. »Aber die Nshombos haben dem ein Ende gesetzt. Sie haben alle Männer, die sie gefangen nehmen konnten, bestraft. Dann haben sie Kopfgelder auf diejenigen ausgesetzt, die entkommen waren.« Sie hielt inne. »All diese Frauen hier sind vergewaltigt worden.«

»Alle?« Michelle wurde übel. »Alle Frauen auf dieser Station?«

»Das ganze Hospital. Und das ist nur eine der Einrichtungen für die Überlebenden. Das ging schon jahrelang so. Sie können nicht nach Hause zurückkehren, denn sie sind Ausgestoßene. Aber die Nshombos kümmern sich um sie. Das ist das große Werk von Alicia Nshombo. Sie ist die Mutter des Landes.«

Michelle sah sich in dem Saal um. Die Frauen in der Nähe beugten sich alle zu ihnen herüber, und sie lächelten Michelle an. *Mein Gott, wie können die überhaupt noch lächeln?*

Makemba zeigte auf die Frau ihr gegenüber. »Sie wurde von zehn Männern vergewaltigt. Nachdem sie fertig waren, haben sie ihre Schwester und ihre Mutter getötet. Sie ist schwanger geworden und hat das Kind in ein Waisenhaus gegeben.« Dann deutete sie auf die Frau rechts neben ihr. »Sie musste zuschauen, wie ihre elfjährige Tochter vergewaltigt wurde. Dann wurde sie von sechs Männern festgehalten und selbst vergewaltigt. Dann haben sie sie mit ihren Gewehren vergewaltigt. Seither funktioniert ihre Blasen- und Darmmuskulatur nicht mehr. Die Ärzte haben sie schon viermal operiert.«

Michelle riss die Hände hoch. »Bitte, genug.«

Makemba ergriff Michelles Handgelenk. »Sie müssen Ihren Leuten sagen, dass die Nshombos uns helfen. Sie machen unser Leben erträglicher. Ohne Alicia Nshombo wären wir alle tot oder müssten im Wald überleben.«

Michelle zog ihre Hand zurück. Die Nshombos lenkten alles im PPA mit eiserner Hand, deshalb *mussten* sie von den Experimenten mit Kindern wissen. Aber wie ließ sich das mit diesen Hospitälern in Einklang bringen? Vielleicht irrte sich Michelle?

Womöglich wussten die Nshombos gar nichts von den Kindern in der Grube.

»Ihr Bein wird verheilen«, sagte die Krankenschwester. »Ich gebe Ihnen noch eine Spritze mit Antibiotikum.« Sie griff in ihre Tasche und reichte Joey ein Fläschchen. »Die hier können Sie einnehmen. Einmal täglich, sieben Tage lang. Die Fäden lösen sich von allein auf.«

Joey steckte die Tabletten in ihre Hosentasche. »Danke«, sagte sie schroff.

»Was sind wir Ihnen schuldig?«, fragte Michelle.

»Oh, nichts«, erwiderte die Schwester heiter. »Seit Dr. Nshombo an der Macht ist, haben wir kostenlose medizinische Versorgung. Ich hoffe, dass Sie, wenn Sie wieder zu Hause sind, allen Leuten erzählen, in was für ein Paradies die Nshombos unser Land verwandelt haben.«

Das Rote Haus
Außerhalb Bunias, Kongo
People's Paradise of Africa

»Kommt her«, sagte Tom den Kinderassen, die sich im Speise-saal des Roten Hauses versammelt hatten. Der tränentreibende Geruch von karbolsäurehaltigem Reiniger vermochte den Ver-wesungsgeruch kaum zu überdecken. Dr. Washikala hielt sich im Hintergrund und rieb sich die hageren braunen Hände. Der Major in dunkler Uniform, mit Sonnenbrille und Leoparden-fellfes, der die Wachmannschaft befehligte, stand militärisch breitbeinig da und lauschte aufmerksam. Wie alle Leoparden-männer war er mittelgroß und drahtig. Der einzige Fettsack in der Leopardengesellschaft schien ihre Mama Alicia zu sein.

Die Kinderasse wandten sich Tom erwartungsvoll zu. »Es gibt Probleme. Schwere Probleme«, erklärte er ihnen mit krat-zender Stimme. »Die Imperialisten, die Nyunzu angegriffen haben, zerstörten auch ein Lazarettschiff und schmuggelten die entführten Kinder über die Grenze nach Tansania. Wir ha-ben Leucrotta, Hunger und Ghost verloren. Es ist ihnen nicht gelungen, die Imperialisten aufzuhalten. Jetzt liegt es an uns, versteht ihr?«

Einen Moment lang musterte er ihre kleinen Gesichter, un-gezeichnete Menschengesichter und Joker. Sie rutschten nervös auf dem Boden oder auf ihren Stühlen herum. Mit einem seiner Mundwerkzeuge kratzte sich Ayiyi hinterm Ohr.

»Mummy und Darkness helfen gerade der Mutter der Nation. Ayiyi, ich bringe dich im Hyperflug nach Kongoville, um den Präsidenten auf Lebenszeit zu bewachen. Wrecker,

Moro, ihr bleibt hier und helft mit, eure Brüder und Schwestern zu verteidigen. Alle anderen… macht, was ihr könnt. Noch Fragen?«

Keine Fragen. Für einen Haufen Kinder waren sie sehr ruhig. Tom vermutete, dass er sie mit seiner revolutionären Sprachgewalt geblendet hatte.

Blythe van Renssaeler
Memorial Clinic, Jokertown
Manhattan, New York

»Wow. New York«, sagte Mollie ehrfürchtig. »Es ist echt…
laut.«

Noel war von ihrer Naivität sowohl belustigt als auch verärgert. Aber das war ungerecht. Mollies Lebenserfahrung bestand aus nichts anderem als Coeur d'Alene, Idaho, und dem
von Autobahnen umgebenen Einkaufszentrum namens Los
Angeles. Wie konnte er angesichts dessen gewählte Worte über
Stahlcanyons und Taxihupen-Symphonien von ihr erwarten?

»Können wir vielleicht zu Macy's gehen, wenn wir fertig
sind? Und den Central Park würde ich gern sehen, und Tiffany's
und die Aussichtsplattform vom Empire State Building.«

Noel kannte alle Filme, die zu dieser Liste geführt hatten:
Das Wunder von Manhattan, *Barfuß im Park* und *Aces High* mit
seiner romantischen Version von der »Affäre« zwischen Peregrine und Fortunato. »Lass uns erst mal diese Kinder in die
Zivilisation zurückbringen«, sagte er.

Er hatte Mollie nach Katimba mitgenommen, damit sie ein
Gefühl für den Ort bekam. Eine Jokerkrankenschwester hatte
ihn mit ihren Astfingern am Kragen gepackt und ihm nur ein
einziges Wort zugeraunt: »Beeilung«. Jetzt standen er und Mollie in einer Seitenstraße neben der Jokertown Clinic. Finn und
eine Armee aus Schwestern und Pflegern waren bei der gläsernen Schiebetür angetreten. Den Zentaurarzt hatte er über
Gardeners Zustand in Kenntnis gesetzt und ihm eine knappe
Beschreibung der Maßnahmen gegeben, die in dem Kranken-

haus in Karthum ergriffen worden waren, aber nicht zu einer Besserung geführt hatten.

Es gefiel ihm gar nicht, dass so viele Leute Zeuge von Mollies Macht werden würden, beruhigte sich aber mit dem Wissen, dass sich Amerikaner nie darum kümmerten, was außerhalb der USA vor sich ging. Und er musste es tun. Denn er hatte so viel emotionalen, finanziellen und physischen Einsatz gebracht, um mit Niobe ein Kind zu bekommen, dass er jetzt auf jedes weinende Kind reagierte. Aber nicht mit der Genervtheit, die sein früheres Selbst ausgemacht hatte, sondern mit dem dringenden Wunsch, etwas zu tun, zu beschützen, zu trösten.

Er nickte Mollie zu, und in der verrußten Ziegelwand des Nachbargebäudes tat sich ein Durchgang auf. Ein Schwall heißer feuchter Luft drang heraus und verwandelte sich in der New Yorker Dezemberkälte auf der Stelle in Nebel. Ärzte und Schwestern stiegen durch die Öffnung und trugen Kinder.

Noel schlüpfte an ihnen vorbei und ging zu Gardener. Er hob sie auf, und es war, als hielte er ein Bündel Zweige. »Du vollbringst Wunder«, flüsterte sie entkräftet. »Danke.«

»Ich bin praktisch veranlagt und habe viele Kontakte. Gern geschehen.« Noel trug sie nach New York und übergab sie Finns Pflege.

Kisangani, Kongo
People's Paradise of Africa

»Ich will diese Wichser umbringen«, sagte Joey. »Die, die den Frauen das angetan haben.« Zwar humpelte sie, aber es schien ihr ein bisschen besser zu gehen.

»Wie es sich anhört, haben die Nshombos die meisten schon dafür bestraft«, entgegnete Michelle.

Joey warf ihr einen finsteren Blick zu. »Du verstehst das nicht.«

Michelle blieb stehen. »Doch, ich verstehe sehr gut. Auch du bist vergewaltigt worden. Und all diese Frauen tragen denselben Schmerz in sich wie du. Nur schlimmer. Was mit ihnen passiert ist, kannst du nicht ungeschehen machen, und du kannst auch nicht ungeschehen machen, was dir widerfahren ist. Es tut mir leid. Aber im Moment können wir ein einziges kleines Mädchen retten.«

»Das reicht nicht.« Joeys Augen funkelten wütend, und ihr Tonfall glich beinahe einem Heulen.

»Nein«, gab Michelle mit knirschenden Kiefern zurück. »Es reicht nie.«

Freitag, 25. Dezember
Weihnachten

Pampa
Westliches Uruguay

»Sie müssen es auch mal gut sein lassen, Mr. L.«, sagte Mrs. Clark streng. »Es ist nicht recht, dass Sie das Mädchen alle paar Tage auf dem Globus hin- und herschicken. Auf welchen unheiligen Wegen Sie das auch immer bewerkstelligen, dass Sie uns verpflanzen.«

Der Wind dröhnte und zischte und bog ganze Reihen des langen Grases zu Boden, das sich erst wieder erhob, wenn er seine Richtung wechselte. Es war ein warmer, angenehmer Frühlingstag hier in der Pampa im Westen von Uruguay. Doch es war ein beschissenes kleines Land, das oben in *el Norte* niemand kannte …

»Ich würde sagen, wir lassen das Mädchen mal eine Weile zur Ruhe kommen, damit sie sich hier eine Bleibe suchen kann in diesem gottverlassenen Land«, betonte Mrs. Clark.

Tom schüttelte den Kopf. Er merkte, dass seine Gedanken abgeschweift waren – in einen Sekundenschlaf im Stehen, aus dem ihre Stimme ihn unsanft herausgerissen hatte. Eine andere Form von Schlaf gestattete er sich nicht mehr. Und diese gestattete er sich auch nur, weil er keine Wahl mehr hatte, denn der Sekundenschlaf überrumpelte ihn einfach.

»Mr. L. Hören Sie mir überhaupt zu?«

»Hä? Ja. Klar. Ich … ich bin nur kurz etwas eingenickt. Habe lange gearbeitet … im Büro.«

Sie zog geräuschvoll die Nase hoch, als wollte sie sagen: *Wenn Sie mir die Wahrheit nicht sagen wollen, dann ist das Ihr Ding.*

»Nun gut«, sagte sie und betrachtete seine roten, eingesunkenen Augen und den Dreitagebart. »Sie können reingehen und das Mädchen sehen.«

Gehorsam nickte Tom und bückte sich, um das große Päckchen aufzuheben, das er vor der Tür abgestellt hatte. Mit dem Gewicht hatte er keine Schwierigkeiten, allerdings war es wegen seiner Größe unhandlich. Auf dem Geschenkpapier, in das es eingewickelt war, tollten bescheuerte Teddybären mit Zuckerstangen herum. Das goldene Geschenkband war zu einer riesigen Schleife geflochten.

Das Mädchen war kaum ein Jahrzehnt jünger als der rothaarige alte Drache. Dennoch war Sprout ein Mädchen und würde es immer bleiben. *Das* Mädchen, für Mark.

»Tom!«, sagte er laut, riss den Kopf hoch und stieß ihn sich schmerzhaft an dem Türstock der Schäferhütte, die er vor ein paar Monaten als weiteres Schlupfloch renoviert hatte. »Ich bin Tom, gottverdammt. Nicht Mark.«

Mrs. Clark ließ hinter ihm das lauteste Schniefen hören. Kein Zweifel, was es dieses Mal bedeuten sollte.

»Sprout?«, rief er zögerlich. »Sprout, Liebes?«

»Ich bin hier drin«, rief sie zurück.

Die Hütte war nur spärlich erleuchtet. Der Strom kam aus einem Generator, der mit Flüssigpropan aus einem riesigen Tank betrieben wurde, den Tom bei der Renovierung eingegraben hatte. All seine Bemühungen konnten nicht verhindern, dass es nach Wollwachs und altem Zigarettenrauch roch. Einige Wollteppiche, deren einst bunte Muster durch das Alter und diverse Beläge verblasst waren, machten den Geruch nicht gerade besser.

Er kniete sich hin und stellte den Geschenkkarton ab. Als er sich wieder aufrichtete und umwandte, stieß er sich den Kopf am Türrahmen am Ende des niedrigen Flurs. »Scheiße, Scheiße, Scheiße!«

»Mr. L.!«, rügte Mrs. Clark bellend.

»Entschuldigung. Scheiße.« Er zog den Kopf ein und ging hinein.

Sprout lag auf einem Futon mit einer roten und schwarzen Flanelldecke auf dem Bauch und streckte die bestrumpften Beine in die Luft. Toms Herz schien auszusetzen. Im halbherzigen Licht einer Vierzig-Watt-Glühbirne sah sie für einen Augenblick so aus, als wäre sie tatsächlich so alt, wie ihr Benehmen vermuten ließ. Eben wälzte sie sich herum und zog den Hörer eines iPods hinter ihrem mit grauen Strähnen durchzogenen blonden Haar hervor.

»Daddy!«, sagte sie, und ein Strahlen trat in ihr Gesicht. Sie sprang aus dem Bett, wo ein aufgeschlagenes Buch mit bunten Dinosaurierillustrationen lag, umarmte Tom ungestüm und vergrub ihr Gesicht an seiner Brust. »Du kommst nach Hause.«

Er blinzelte. Er konnte nicht mehr klar denken. Aber es war alles in Ordnung. Immer war alles in Ordnung. »Äh … ja. Ja, mein Schatz. Ich komme zurück, und dann bleibe ich. Ziemlich bald. Wenn ich … äh, etwas erledigt habe.«

Ein Gefühl von Friede überkam ihn. Als würde seine Seele die Wärme ihres Körpers aufsaugen. Er sackte zusammen. Törichte Tränen traten ihm in die Augen. *Lass diese bürgerlichen Sentimentalitäten*, herrschte er sich barsch an.

Aber es war … es war eine solche Erleichterung. Sich sicher zu fühlen. Angenommen. *Geliebt.*

Ich will hier nicht mehr weg, dachte er.

Seine Tochter löste sich aus der Umarmung und sah ihn an. Ihre Augen waren genauso blau wie seine, nur klarer. Über ihre Wangen liefen Tränen. Sie lächelte. Irgendwie wirkte das ein bisschen traurig. »Du gehst wieder weg«, sagte sie.

Er zuckte mit den Schultern. »Tja, mein Schatz, jeder muss tun, was ihm auferlegt ist. Es ist meine Pflicht. Oder vielmehr mein Schicksal.«

Sie hob die Arme und nahm sein Gesicht in beide Hände. Überrascht blinzelte er. Das hatte sie noch nie gemacht. Sprout zog sein Gesicht an ihres heran. Völlig verdutzt ließ er es geschehen.

Sie küsste ihn auf die Stirn. »Lebewohl«, sagte sie und sprach dabei deutlicher als sonst. »Du hast alles für mich getan, was du gekonnt hast. Danke.«

Sie ließ ihn los, und er lächelte sie an. »Natürlich, Sprout. Für dich tue ich alles, Liebling.«

Dann drehte er sich zum niedrigen dunklen Flur um. »Hier«, sagte er und präsentierte ihr den riesigen Karton, den er behutsam auf den Armen balancierte. »Frohe Weihnachten.«

Vor Freude stieß sie ein Quieken aus. »Oh, was ist das? Was, was, was?«

»Mach es auf, dann siehst du's.«

Während sie sich hinkniete und an der Schlaufe zog, grinste er schief und nickte zu dem aufgeschlagenen Buch auf dem Bett hinüber. »Ich hoffe, du magst Dinos.«

Blythe van Renssaeler

Memorial Clinic, Jokertown
Manhattan, New York

Im von Störungen geplagten Fernseher in der Ecke ihres Zimmers lief die dritte Staffel von *American Hero*.

Jerusha schaute vor allem deshalb hin, weil es einfacher war, als den Kopf wegzudrehen. Peregrine interviewte jemanden namens Adamantine, dessen beunruhigend glatter Körper nicht echt, sondern computergeneriert aussah. Was sie sagten, klang wie Brei in Jerushas Ohren. »Ich bin stolz, für diese Show ausgewählt worden zu sein«, dröhnte Adamantine mit heldenhaft tiefer Stimme. »Ich bin bereit, mich hier zu behaupten und Amerika zu beweisen, dass ich würdig bin, der nächste American Hero zu sein, so wie die großen Helden, die mir vorausgegangen sind.«

Merkt ihr eigentlich, wie bescheuert ihr euch anhört?, wollte sie Peregrine, wollte sie Adamantine beschimpfen. Das war alles so hübsch, so unwichtig. Das Einzige, was sie während ihres eigenen Intermezzos bei der Show gelernt hatte, war: Nichts von alledem war wirklich wichtig.

Dr. Finn trabte ins Zimmer. Seine Hufe steckten in sterilen Latschen, die das Klackern auf dem Linoleum abdämpften. Der Zentaur nahm die Patientenkurve von der Halterung an der Wand und überflog sie. Als er etwas darauf notierte und sie wieder zurücksteckte, wackelte sein blonder – an den Schläfen von grauen Strähnen durchzogener – Haarschopf. Dann klemmte er seinen Kugelschreiber wieder in die Tasche seines Arztkittels.

»Nehmen Sie zwei Aspirin und rufen Sie mich morgen noch einmal an?«, sagte Jerusha.

Er bedachte sie mit einem schiefen Lächeln. »Ich wünschte, es wäre so einfach.«

»So ziemlich alles wäre einfacher als das.« Jerusha hob den Arm, in dem zwei Kanülen steckten. Sie war von einem Wald aus Metallstangen umgeben, an denen Plastikbeutel mit Flüssigkeiten hingen. Von einem Tablett neben dem Bett, auf dem sich Teller mit Kunststoffgloschen türmten, wehte der Geruch von Kantinenessen herüber.

Finns Schwanz peitschte beinahe wütend hin und her. »Ihr Körper läuft auf Hochtouren, Jerusha. Sie verbrennen in einem Tempo Kalorien, das unmöglich ist. Gleichzeitig nimmt ihr Verdauungstrakt Nährstoffe nur noch ungenügend auf. Deshalb sind Sie die ganze Zeit ausgehungert. Ihr Körper verzehrt sich selbst, weil er sonst nichts zum Verbrennen hat.«

»Dann sagen Sie mir bitte, dass Sie etwas dagegen tun können.« Noch bevor er etwas erwiderte, sah sie die Antwort und bekam einen panischen Stich. »Das können Sie nicht, richtig?«

»Noch nicht. Wir führen noch immer Untersuchungen durch, und wir haben ein paar Ideen, was man probieren könnte. Wir kommen schon noch dahinter.«

»Immerhin schaffen Sie es, zuversichtlich zu klingen, Doc. Und was ist, wenn Sie nicht dahinterkommen?«

»Das werden wir aber«, sagte er bestimmt. »Jetzt ruhen Sie sich etwas aus und lassen Sie mich wieder ins Labor gehen. Es wäre mir nicht recht, wenn Sie den Eindruck bekämen, dass wir Ihnen all das Blut für nichts und wieder nichts abgenommen haben.« Er kontrollierte die Infusionen, tätschelte ihr die Schulter und ging hinaus. Sie lächelte ihn an, weil sie glaubte, dass er das sehen wollte. Eine tapfere Patientin, die im Stillen litt.

Nachdem die Tür wieder zu war, ließ sie das Lächeln in sich zusammenfallen. *Sterben. Du stirbst.* Sie spürte es, eine Gewissheit im Bauch. Bald schon würde sie all das hinter sich lassen.

Sie wollte heulen, erlaubte es sich aber nicht. Sie durfte sich nicht dem Selbstmitleid überlassen. Nicht solange so viele andere Schlimmeres erlitten und erlitten hatten. Sie dachte an New Orleans und an Bubbles, Ink und Hoodoo Mama. Sie dachte an ihre Eltern – auf dem Weg von Yosemite hierher hatte Dr. Finn es ihnen erzählt.

Sie alle würde sie vermissen.

Sie dachte an Wally, der irgendwo im People's Paradise herumwanderte und eisern seiner Quest folgte. Er war noch am Leben. Da war sie sich sicher, denn er hatte es ihr versprochen... und sie hatte ihm dasselbe Versprechen gegeben. Ein Versprechen, das sie jetzt brechen würde. *Du bleibst für mich am Leben, Wally. Und ich bleibe für dich am Leben...*

Ihn würde sie mehr als alles andere vermissen.

Jerusha krallte ihre Hände in die Laken. Ihre Arme waren braune, trockene Stecken auf dem weißen Stoff. Nun ließ sie das Schluchzen doch hinaus. Es ließ sich nicht mehr aufhalten.

Ellen Allworths Wohnung
Manhattan, New York

Bugsy saß auf Cameos Bett. Ellen war im Wohnzimmer und summte etwas vor sich hin. In den letzten Tagen war sie recht guter Stimmung gewesen. Sollte sie schlechter Dinge gewesen sein, hatte sie so gut geschauspielert, dass er den Unterschied nicht gemerkt hatte. Sie hatte sogar den Ohrring eingesetzt und Bugsy und Simoon die Nacht und den Großteil des Vormittags zusammen gegönnt.

Weshalb sie das getan hatte, wusste er nicht. Er war kurz davor gewesen, die ganze Sache aufzugeben und in seine eigene vernachlässigte Wohnung zurückzuziehen, aber sie hatte sich in Simoon verwandelt. Sie hatte ihn zurückgehalten, und das verstand er nicht.

Er dachte an Popinjays Beschreibung von Radical. Das eine Gesicht einer multiplen Persönlichkeit, die wusste, was mit all den anderen los war. War es bei Cameo genauso? Küsste er wirklich Simoon, oder war ihr Echo lediglich eine Facette von Cameo? War Nick wirklich Nick oder die Verkörperung einer Erinnerung? Teilten sich etwa nur zwei Leute diese Wohnung, oder waren es tatsächlich vier?

Tatsache war, dass Ellens Wild Card die Leute nicht vom Tod zurückbrachte. Die Dinge, mit denen sie Menschen channelte, enthielten nur die Erinnerungen vom letzten Zeitpunkt, an dem der Mensch und das Ding in Kontakt miteinander waren. Simoon – die wahre Simoon – hatte den letzten Kampf erlebt, hatte gewusst, dass der Rechtschaffene Dschinn sie töten würde. Die Simoon, mit der er schlief, hatte diese Erfahrung nie gemacht.

Und was sagt uns das?

Das Telefon klingelte, und Ellen ging ran. Bugsy wälzte sich auf dem Kissen herum. Er musste es tun. Er musste das alles beenden, musste wieder anfangen, in den Bars abzuhängen, wenn Insektenkundler irgendwo ihre Konferenzen abhielten. Sich eine normale Freundin suchen. Doch bevor er das tat, musste er sich vollends davon überzeugen, dass er Aliyah nicht ein zweites Mal töten würde, wenn er mit ihr Schluss machte. Er musste glauben, dass sie die ganze Zeit nicht wirklich da gewesen war, und so weit war er noch nicht.

»Hi, Babs. Was gibt's? Was? Jerusha ist hier!«, sagte Ellen im anderen Zimmer. »Nein, das habe ich nicht gewusst. Wie geht es ihr?«

Stille. Als Ellen wieder zu hören war, klang ihre Stimme rau wie Schmirgelpapier. »Was soll das heißen, sie stirbt?«

Irgendwo nördlich von Kindu, Kongo

People's Paradise of Africa

Es war total seltsam.

Ein paar Tage nachdem er das schwimmende Labor zerstört hatte, kam er an dem Dorf Kindu vorbei. Da machte er ein bisschen langsamer, denn er wollte, dass die Leute ihn gut sehen konnten. Er erwartete ungefähr dieselben Reaktionen, die er in Kongolo geerntet hatte, wo die meisten Leute vor dem Lärm und dem Anblick eines Boots des PPA geflohen waren.

In Kindu flohen sie aber nicht.

Erst waren nur eine Handvoll Leute an den Anlegern. Sie zeigten auf Wally, sprangen auf und ab und riefen sich gegenseitig Sachen zu. Mehr und mehr Menschen kamen heraus, bis sie sich überall an den Anlegern und am Ufer aufreihten. Was sie sprachen, vermochte er nicht zu sagen.

Doch es klang sehr nach Jubel.

Hä. Keine Ahnung, was das soll. Vielleicht ein Feiertag.

Als er an Kindu vorbei war, fuhr er so schnell wie möglich flussabwärts und lockte seine, wie er hoffte, wohl koordinierten Verfolger hinter sich her. Hauptsache, Jerushas Chancen vergrößerten sich.

Außerdem spürte er einen starken Drang, zum Labor in Bunia zu gelangen, solange er noch kämpfen konnte. Bevor seine ganze Haut verrosten und auseinanderfallen würde, denn es wurde mit jedem Tag schlimmer.

Hinter Kindu hatte Wally die beiden Benzinkanister aufgebraucht, die er auf dem Kahn erbeutet hatte. Am Abend steuerte er auf das Ufer zu, und der Motor keuchte und stotterte. Die letzten paar Meter an Land ging er zu Fuß, um für den nächsten Morgen noch ein paar Tropfen Treibstoff zu sparen, denn dann wollte er das Boot in Brand stecken. Mit etwas Glück würde der Rauch noch mehr Verfolger auf ihn lenken. Das hatte schon mal funktioniert.

Irgendwann hätte er den Fluss ohnehin verlassen müssen. Laut seinem GPS-Gerät war er seit der Trennung von Jerusha ein paar hundert Meilen gefahren. Schließlich würde der Lualaba einen Knick nach Westen machen und zum Kongo werden. Diesem zu folgen, bis er zu einem Zufluss gelangte, auf dem er flussaufwärts nach Bunia fahren konnte, würde einen Umweg von vielen hundert Meilen bedeuten. Und dazu würde noch das kleine Problem der Boyomafälle kommen: zehn Meilen mit Katarakten am Übergang vom Lualaba zum Kongo.

Der Überlandweg war die einzige Wahl.

Am klaren Himmel, der eine Nacht ohne Regen versprach, schimmerten die ersten Abendsterne. Kein Regen war eine willkommene Abwechslung, denn sein Zelt war ruiniert. Er pfiff. Hier, mitten im Nirgendwo, konnte man die Sterne richtig gut sehen. Besser, als sie sonst gesehen hatte. Nicht einmal im Persischen Golf hatte er eine bessere Sicht gehabt.

Er fragte sich, ob Lucien viele Sternbilder gekannt hatte. Es wäre schön gewesen, ihn das zu fragen.

Ghost schwebte in der Nähe, als es Wally unter großen Mühen gelang, die Leopardenkratzer auf seinem Rücken zu reinigen. Er behandelte sie mit desinfizierender Salbe und schaffte es sogar, sie neu zu verbinden. Mit Jerushas Hilfe wäre es um einiges einfacher gewesen. Es hätte sich auch besser angefühlt. Die Salbe war heiß und juckte, wenn er sie auftrug. Jerushas Berührungen dagegen waren sanft.

Sie hatte ihn geküsst.

»Gute Nacht«, sagte er zu Ghost. Sie antwortete nicht, aber sie lief auch nicht weg.

Heute schlief er rasch ein, doch seine Träume quälten ihn die ganze Nacht hindurch mit unsinnigen Bildern. Bilder von Lucien und Affenbrotbäumen und Ghost und Krokodilen und Jerusha.

Kisangani, Kongo
People's Paradise of Africa

Die Nacht war hereingebrochen. Joey und Michelle gingen durch einen Teil von Kisangani, den der Dschungel überwuchert hatte. Hin und wieder tauchte unter ihren Füßen ein Stück Straße auf, und sie konnten sogar die Umrisse von Häusern erkennen, auch wenn manche eingefallen oder vom Grün überwachsen waren.

Michelle drängte sich schon der Verdacht auf, dass die Krankenschwester ihnen die falsche Richtung gesagt hatte, als sie auf dem nächsten Hügel eine Ansammlung roter Dächer erkannte. Es waren dieselben Dächer wie die in ihren Träumen von Adesina.

Joey prallte gegen Michelle. Die packte sie am Arm und hielt sie fest. Joey fühlte sich noch immer heiß an. »Warte mal.« Michelle fasste ihr an die Stirn, die noch immer glühte. *Sie ist nicht in der Verfassung für einen Kampf.* »Ich bringe dich ins Hospital zurück.«

»Scheiße, nein, das machst du nicht!« Joey riss sich los. »Wir müssen den Kindern helfen. Das sind noch ganz kleine Scheißer, und sie sind ganz nah. So nah. Ich kann helfen. Schau.« Aus einem halb eingestürzten Haus schwankte ein Zombie heraus. Hoodoo Mamas Zombies waren nicht das, was man graziös nennen würde, aber dieser hier wirkte geradezu betrunken. Er versuchte, Michelle zu schlagen, verfehlte sie jedoch, obwohl Michelle sich nicht gerührt hatte.

»Wir müssen ins Hospital zurück.«

»Nein! Nein!« Joey fasste Michelles Hand. »Die Kinder sind wirklich nicht weit weg. Ich bleibe hier. Geh du weiter. Finde die kleine Scheißerin, nach der du suchst.«

»Ich will dich nicht zurücklassen…«

»Bubbles«, sagte Joey. Ihre Stimme klang jetzt sanfter. »Du wirst zurückkommen und mich holen. Ich kann hier schlafen. Ich muss nur eine Weile schlafen.« Sie humpelte zu einem der überwucherten Häuser, zog die Ranken, die die Tür verdeckten, zur Seite und ging hinein. Michelle folgte ihr.

Drinnen stand ein Tisch, ein paar Holzstühle und ein kleines Bett. Joey zerrte die zerlumpte Decke vom Bett. Da die Matratze schimmlig war, schob sie auch die hinunter. Darunter kam eine Sperrholzplatte zum Vorschein, und darauf legte sie sich.

»Siehst du, geh nur das kleine Mädchen suchen. Ich komme nach, wenn ich etwas geschlafen habe. Wir treffen uns morgen früh. Ich kann der Spur der Toten folgen.« Sie schloss die Augen.

Michelle war hin- und hergerissen. Sie spürte den verzweifelten Drang, zu Adesina zu gelangen, wollte Joey aber nicht zurücklassen.

Aber die Anlage war so nahe.

Adesina war so nahe.

Blythe Renssaeler
Memorial Clinic, Jokertown
Manhattan, New York

Jerusha Carter sah schrecklich aus.

Die Frau, die er gekannt hatte, war lebhaft, rege, gut genährt, witzig und voller Leben gewesen. Die Frau vor ihm auf dem Krankenhausbett dagegen hätte im Endstadium von AIDS, Krebs oder dem Hungertod sein können. Ihre Muskeln waren verkümmert, da der Körper die im Muskeleiweiß gespeicherte Energie aufgebraucht hatte. Ihre Augen waren eingefallen, alle Fettpolster waren geschrumpft und verschwunden. Ihr Lächeln zu sehen tat weh.

Ellen saß auf der Bettkante und hielt Jerushas welke Hand. Am Fuß des Betts saß Lohengrin in einem Rollstuhl. Sein Flügelhemd wirkte kalt und unzureichend. Sein halber Kopf war mit Mull umwickelt, und das Auge, das ihm geblieben war, starrte eisig und voller Wut vor sich hin.

Mit stockender Stimme machte Jerusha die Sache langsam noch schlimmer. Die Nshombos, Rustbelt und sein vermisstes Patenkind, Radical und die Kinderasse. Bugsy hörte sich die ganze widerliche Geschichte an und war schockiert, aber nicht überrascht. Die durchgeknallten Arschlöcher im PPA hatten an etwas gedacht, das alle anderen vergessen wollten: dass die Wild Card zuerst und vor allem eine Waffe war.

Als Lohengrin seinen Rollstuhl drehte und auf den Gang hinausfuhr, ging Bugsy ihm hinterher. »Ich berufe das Komitee ein«, sagte Klaus. »Ich rufe Jayewardene an. Das ist ein Gräuel!«

»Ja«, sagte Bugsy.

»Wir werden eingreifen«, sagte Lohengrin und schob seine Räder bei jeder zweiten Silbe noch ungestümer an. »Eine Einsatztruppe.«

»Lohengrin, hey, halt mal. Lohengrin!«

Der Deutsche wirbelte herum, versperrte einer Schwester den Weg und hielt einen Finger in die Höhe, als wollte er Bugsy schelten. »Wenn das nicht die Aufgabe des Komitees ist, dann hat das Komitee keinen Sinn. Wenn wir solche Dinge nicht verhindern können, dann haben wir auch keine Daseinsberechtigung. Mir ist es inzwischen schnurz, was der chinesische Botschafter und der indische Konsul sagen! Wer sich gegen uns stellt, ist auf der falschen Seite!«

»Ja, aber davon abgesehen«, sagte Bugsy, »sind wir in einem Krankenhaus. Du sitzt im Rollstuhl.«

Lohengrin runzelte die Stirn. Die Schwester gab unterdrückte Laute der Ungeduld von sich und schob sich an ihnen vorbei.

»Ich will ja nur sagen: Wir haben gegen Radical gekämpft, als er keine Unterstützung von einer Armee Leopardenmänner und dem Kindergarten Kill Klub hatte. Und er hat uns allen den Hintern versohlt«, sagte Bugsy. »Wenn du Jayewardene davon überzeugen kannst, dann gehen wir alle zusammen nach Afrika, und das ist super. Aber was zur Hölle machen wir, wenn wir erst einmal dort sind?«

Samstag, 26. Dezember

Kisangani, Kongo
People's Paradise of Africa

Es war komisch, die hübschen kleinen Häuser mit ihren roten Dächern und den gepflegten Wegen zu sehen. Alles sah so freundlich und unschuldig aus bis auf die schwer bewaffneten Soldaten, die über die Anlage patrouillierten. Ein paar von ihnen trugen die Leopardenfellfese, die sie in ihren Träumen gesehen hatte.

Als der Wind drehte, trieb der Gestank der Grube zu ihr herüber. Michelle betrat die Anlage. Es dauerte einen Moment, bis sie bemerkt wurde, dann aber brach die Hölle los. Die Soldaten brüllten und richteten ihre Gewehrläufe auf sie. Michelle hoffte, dass sie auf sie schießen würden.

Einer der Soldaten bellte ihr Fragen entgegen. Zumindest glaubte sie, dass es Fragen waren, denn er sprach einen Lokaldialekt. Sie lächelte ihn an und drehte ihre Handfläche nach oben. Eine Blase bildete sich, und er verstummte. Dann ließ sie die Blase fliegen. Sie traf ihn an der Brust, sodass er nach hinten geschleudert wurde und sein Gewehr durch die Luft segelte.

Damit erreichte sie die gewünschte Reaktion. Die anderen Soldaten eröffneten das Feuer auf sie, und sie absorbierte die Bewegungsenergie der Kugeln und quoll auf.

Nachdem die Soldaten ihre Magazine leergeschossen hatten, ohne damit etwas erreicht zu haben, verwandelten sich die Leopardenmänner in Raubkatzen. Sie fielen über Michelle her, sodass sie nach hinten stürzte und unter einem Haufen Leoparden begraben wurde. Mit Klauen und Zähnen rissen sie an ihrem Fleisch, doch Michelle lachte nur. Jeder Biss, jeder Tatzenhieb machte sie dicker und mächtiger als zuvor.

Eben war sie bereit, die Soldaten in die Luft zu jagen, als sie einen scharfen Befehl hörte. »Halt! Aufhören, sofort!«

Die Leoparden ließen von ihr ab und trollten sich in Richtung einer kleinen, pummeligen Frau. Sie trug ein helles Kleid mit geometrischen Mustern und hatte sich ein ebenso helles Tuch ins Haar geflochten. Michelle rappelte sich auf und hielt die Handflächen nach oben, bereit, Blasen zu werfen.

»Ich weiß, wer Sie sind«, sagte die Frau. »Sie sind das Mädchen, das die Stadt in Amerika gerettet hat.«

»Und wer sind Sie?«

Die Fette kicherte gutmütig. »Ich bin hier Sonne, Mond und Sterne. Ich bin die Mutter der Nation, Alicia Nshombo. Und ich habe Ihre Freundin in meiner Gewalt.« Sie gab ein Zeichen, worauf ein Soldat Joey auf dem Arm herbeitrug. Sie war bewusstlos und schlaff.

»Wir haben eure Spur verfolgt, seit ihr den Fluss verlassen habt«, erklärte Alicia Nshombo fröhlich. »Als ihr den Piloten angeheuert habt, haben wir euch verloren, aber dann seid ihr in eines meiner Hospitäler gegangen. War das nicht wunderbar? Die Schwestern dort lieben mich.«

»Was wollen Sie?«, fragte Michelle.

Alicia schnippte mit den Fingern. Darauf erschienen zwei Wachen mit einem Stuhl. »Ich weiß nicht. Warum sind Sie hier?«

»Sightseeing«, gab Michelle zurück. Sie war wütend auf sich selbst, weil sie Joey zurückgelassen hatte. Das war amateurhaft gewesen.

»In Kisangani?«

»Wir haben uns ein bisschen verlaufen.«

Alicia lachte. »Meine Liebe, Sie sind köstlich. Und ziemlich hübsch. Hat man Ihnen das schon gesagt, dass Sie hübsch sind?«

Michelle starrte die Frau nur schweigend an. Eigentlich wollte sie erwidern: *Ich habe mein ganzes verdammtes Leben lang gemodelt. Ja, man könnte durchaus auf die Idee kommen, dass man mir das gesagt hat.* Doch stattdessen meinte sie trocken: »Danke, das ist ein schönes Kompliment.« Dabei versuchte sie, sich nicht anmerken zu lassen, dass ihr auffiel, wie Alicia sie beäugte.

»Ich mag Sie«, sagte Alicia. »Vielleicht können wir beide uns einigen. Wir haben Ärzte hier, die könnten Ihrer kleinen Freundin helfen.« Erneut schnippte sie mit den Fingern, und die Wachen schleppten Joey zu einem der hübschen kleinen Häuser davon. »Wenn Sie mir Ärger machen, lasse ich sie töten. Das wollen wir doch nicht, oder? Sie kommen mit mir und essen mit mir zu Abend. Dann unterhalten wir uns.« Sie stand auf und ging davon. Die Leoparden folgten ihr.

Michelle tat es ihnen gleich.

Südwestlich von Bunia, Kongo
People's Paradise of Africa

»O Mann«, sagte Wally. »Was bist du denn für ein Kind, dass du keine Erdnussbutter magst?«

Durch das Blätterdach alter Bäume fiel Nieselregen herab und träufelte sanft auf Wallys Poncho. In der Ferne, weit im Osten jenseits eines breiten Tals, verschwamm der Regen mit dem grauen Nebel, der das Hügelvorland des Ruwenzori-Gebirges einhüllte. Der eklig süße Geruch von Schlamm und verwesender Vegetation zusammen mit einer Decke aus Holzkohlerauch aus den windwärts gelegenen Dörfern drohten, Wally den Appetit aufs Mittagessen zu verderben. Nicht dass er selbst viel besser gerochen hätte. Ihm war bewusst, dass unter dem Poncho der beißende Geruch von verschwitztem Eisen hervorkommen würde.

In einer Hand hielt er ein Glas Erdnussbutter, in der anderen eine Banane. Beides streckte er Ghost entgegen. Er saß am Rand einer Grasebene, gerade noch unter den letzten Bäumen, um sich vor dem Regen zu schützen. Die Bäume verbargen ihn auch vor den Hubschraubern. In den letzten Tagen hatte er immer öfter welche gehört. Schweigend schwebte das Mädchen auf die Mitte der Wiese hinaus, wo es am stärksten regnete.

Doch die Tropfen landeten nicht auf ihr, berührten sie nicht. So wie auch ihre Füße den Boden nie wirklich berührten.

Sie näherte sich ihm allmählich. Den ganzen Tag hindurch hatte er sie hier und da gesehen. Sie zeigte sich ihm nicht mehr nur abends, wenn er sich schlafen legte. Lautlos schwebte sie hinter ihm her durch den Wald.

Wally sagte: »Ich wette, dass du noch nie Erdnussbutter gegessen hast. Die ist wirklich gut, versprochen. Ich bin praktisch mit dem Zeug aufgewachsen.«

Sollte Ghost das Angebot verstanden habe, war es ihr nicht anzusehen. Sie starrte ihn nur an, ohne sich zu rühren, ohne zu blinzeln, das zerbrochene Messer in der Hand. Der Regen, der durch sie hindurchging, zeigte keinerlei Wirkung.

»Wie du willst«, seufzte er. »Aber du ahnst nicht, was dir entgeht.« Er warf das Essen in seinen Rucksack, schnürte ihn zu und schlang sich die Träger über die Schultern. Dann humpelte er über die neblige Wiese. Ghost folgte ihm in vorsichtigem Abstand.

Selbst als er losrannte, um das Ende eines vorbeifahrenden Zugs zu erreichen. Sie hielt mit dem Zug Schritt, indem sie parallel zu ihm durch den Dschungel schwebte. Auf diese Weise brachten sie eine große Strecke hinter sich.

Reden schien zu wirken. Er tat so, als wäre sie ein ganz normales Mädchen und keine Kindersoldatin, die man ausgesandt hatte, um ihn zu töten. Er erzählte ihr von Jerusha, von seiner Heimat in Minnesota, von Jerusha, von seiner Familie, seinen Freunden, von Jerusha, von Orten, die er bereist hatte, von Jerusha … Nur Lucien und das, was dem Jungen widerfahren war, erwähnte er nicht.

Natürlich war es eine einseitige Unterhaltung. Soweit er wusste, verstand sie kein Wort davon. Aber das war auch nicht der Punkt. Er war freundlich. Nicht bedrohlich. Ein Erwachsener, der ihr nicht wehtun wollte.

Und je mehr er mit ihr sprach, desto länger zögerte sie, bevor sie vor ihm zurückwich. Manchmal, wenn er so tat, als würde er sie nicht beobachten, sah er aus dem Augenwinkel, dass sie den Kopf schief hielt und die Ohren spitzte, während er sprach.

Ghost hörte ihm zu.

Man musste nicht John Fortune sein, um zu kapieren, dass sie ein Produkt aus den Geheimlaboren der Nshombos war. Sie war eine von hundert, eine der wenigen Glücklichen, die statt eines Jokers oder einer Pikdame ein Ass gezogen hatten – falls glücklich der richtige Ausdruck war, denn in Wallys Augen wurde alles erst richtig schlimm, wenn die Karte aufgedeckt wurde. Er fragte sich, wie viel Zeit sie damit zugebracht hatten, sie einer Gehirnwäsche zu unterziehen, sie unempfindlich gegen Gewalt zu machen, ihr das Töten beizubringen und sie zum Training zu zwingen. So wie sie es in Nyunzu mit Lucien getan hätten.

Zwar wusste Wally kaum etwas über Kinder, aber er weigerte sich zu glauben, dass der Schaden irreparabel war. Er weigerte sich zu glauben, dass ein so kleines Mädchen auf immer zerstört sein musste.

Deshalb sprach er mit Ghost, denn er dachte, das wäre ein so guter Anfang wie jeder andere.

Er hielt sich an die Wiese. In diesem Teil des PPA war Schutz gegen Regen nur schwer zu finden, denn es handelte sich größtenteils um offenes Grasland. In dem Regen und dem Nebel musste ein Hubschrauber allerdings schon ziemlich tief fliegen, um ihn zu entdecken. So tief, dass Wally ihn hören würde, lange bevor er gesehen wurde. Außerdem genoss Wally es, über offenes Land zu gehen, nachdem er sich tagelang durch den Dschungel geschlagen hatte. An der rostigen Stelle, an der er einen Streifschuss abbekommen hatte und Ghost versucht hatte, eine Niete aus ihm herauszupulen, tat sein Bein noch immer weh. Es wollte nicht heilen. Jeden Abend, wenn er die Wunde reinigte, waren die Verbände gräulich gelb verfärbt.

Wenn er es nur bis Bunia schaffen würde, solange er noch in der Lage war, dort ein bisschen Zerstörung anzurichten. Und dann musste er noch jemanden finden, der sich um Ghost kümmerte.

Kongoville, Kongo
People's Paradise of Africa

Noel fuhr den klappernden alten Abschleppwagen durch die dunklen Straßen, und Mollie saß nervös neben ihm. Sie hatten beide schwarze Sturmhauben übergezogen, um ihre Gesichter zu verdecken. Er hatte seine Lilithgestalt angenommen und trug Kleider in Liliths Markenfarbe, Schwarz: Freizeithose, Stiefel, Seidenbluse und ein leichtes Jackett, um die Schultergurte zu verbergen. Ihm war höllisch heiß, aber er wollte gut bewaffnet sein. Gleichzeitig sollten seine Mitstreiter nicht unbedingt wissen, *wie* gut er bewaffnet war. In einem Stiefel hatte er ein Holster mit einer Minipistole verborgen. Im anderen steckten zwei Messer. In einem Holster, das er sich an den Hosenbund geklemmt hatte, führte er eine weitere Pistole mit sich.

Ohne zu bremsen, bog er um die letzte Kurve. Die Bank war direkt vor ihnen. Ihr Ziel war der Geldautomat, der nachträglich in die weiße Marmorfassade eingebaut worden war. Er wirkte wie die Warze im Gesicht einer Schönheitskönigin.

Noel drehte den Wagen um und stieß bis dicht an den Geldautomaten zurück. Mollie sprang hinaus, und mithilfe ihres Asses schob sie eine Kette mit einem Haken durch den Marmor und schlang sie um den Geldautomaten.

Dann hechtete sie wieder auf den Beifahrersitz, und Noel trat aufs Gas. Mit einem Lärm, als würde eine Brücke einstürzen, brach der Automat aus der Wand. Sie rasten die Straße entlang, sodass der Automat hinter ihnen herhüpfte wie ein

angekettetes Kalb. Jedes Mal wenn er auf dem Asphalt auf-
prallte, schlug er Funken.

Im Rückspiegel sah Noel Sicherheitsleute aus dem Haupteingang der Bank herausquellen. Er lachte und war einen Augenblick lang verwirrt von Liliths eisiger, trällernder Stimme.
Wieder einmal hatte er vergessen, wer er gerade war.

»Was jetzt?«, fragte Mollie durch nervös angespannte Lippen.

»Wir locken auch noch den letzten Wachmann heraus.«

»Wie ...« Mollie brach ab, als Noel ohne Vorwarnung stehen
blieb. »Was?«

»Raus«, befahl er.

Während er hinaussprang, griff Noel unter seinen Sitz und
zog das letzte Element seines Plans darunter hervor – eine
große Tasche voll Geld. Vor dem Wagen warf er sie mit voller
Wucht auf die Straße, sodass sie bei ihrer Landung auf dem
Asphalt aufplatzte. Dollarnoten flatterten in alle Richtungen
davon.

Die Wachleute, die wie eine Hundemeute auf der Jagd nach
einem Fuchs die Straße entlanggaloppierten, gerieten beim Anblick des Geldes ins Zögern.

Abrupt bremsten die anderen Wagen auf der Straße ab.
Leute sprangen heraus und griffen nach den Banknoten, und
aus den Wohnungen über den Geschäften strömten noch mehr
Menschen heraus. Die Wachleute stürzten sich ins Gemenge
und versuchten, Dollars zu ergattern. Der letzte Wachmann
stürmte zur Tür des Bankgebäudes heraus.

Noel packte Mollie um die Taille und teleportierte mit ihr in
Mathias' Hotelzimmer im Hilton. Dann zog er sein Handy he-
raus und rief Jaako an, der in Cummings Wohnung wartete.
»Jetzt«, befahl er.

Er nahm sich ein kleines Wurfankergewehr. Es war so um-
gebaut worden, dass es keine Haken, sondern leistungsstarke
Magnete verschoss. Mit ihm würden sie das Kletterseil an
den Wänden festmachen und sich am Seil durch den Tresor-

raum hangeln. Er übergab Mollie das Gewehr. »Lass es nicht fallen.«

Mathias drückte eine seiner allgegenwärtigen Zigaretten aus und trat in den Kreis, den Noel mit seinen Armen bildete. Er holte tief Luft, als er gegen Liliths Brust gedrückt wurde, doch Noel vermutete, dass er mehr auf die Berührung mit dem Gewehr reagierte denn auf die mit seinem Körper.

Noel nahm sie mit ins *Dazwischen*.

Es war höllisch verstörend, und Noels Magen schien sich an seiner Zungenwurzel vorbei nach oben arbeiten zu wollen, als sie in der Mitte des Tresorraums erschienen und ungefähr zwei Meter über dem Boden kreiselten. Er schluckte.

Mollie kreischte und ließ das Gewehr fallen.

»Scheiße!«, rief Mathias.

Noel erwischte das Gewehr gerade noch mit dem Zeh und kickte es in Richtung Decke. Mathias zeigte mit dem Finger darauf, und es begann zu schweben. Wieder stieß Mollie einen seltsamen Laut aus. Noel folgte ihrem Blick zu einer an der Wand befestigten Kamera. Die Linse schien Fleisch auszuspeien. Noel fühlte sich an seine Oma erinnert, der er einmal dabei zugesehen hatte, wie sie Schweinefleisch durch einen Fleischwolf gedreht hatte, um Wurst zu kochen. »Macht euch bereit«, sagte er zu Mathias.

Der Fleischstrom wuchs an und nahm menschliche Gestalt an. Nur Jaakos Beine verblieben in der Kameralinse. Das finnische Ass hatte sich Magneten an die Hände gebunden. Er drehte sich zur Seite und klatschte mit einer Hand gegen den Stahl der Schließfächer. Als er sich windend und zuckend aus der Kamera herauskämpfte, sah es aus, als würde ein Karamellbonbon in die Länge gezogen. Die Magneten gaben ihm Halt für die letzten Befreiungsstöße, und dann machte Mathias ihn schwerelos.

»Okay. Gut«, sagte Noel. Er schoss das Kletterseil in Richtung des Durchgangs zum Goldtresor. Der erste Magnet traf zu weit seitlich und blieb nicht hängen. Bevor der Magnet am Boden aufschlagen konnte, holte Noel ihn ein. Dann versuchte er es erneut. Dieses Mal blieb er hängen. Alle hielten sich an den Händen, und Noel zog sie an dem Seil entlang zum Durchgang. Die Paletten türmten sich im Tresorraum wie die Rücken prähistorischer Tiere. Mit großen Augen bestaunte Mollie die Goldbarren. »Wow«, keuchte sie.

»Lebe wohl, North Dakota, was?«, sagte Noel grinsend. »Mollie, du bist dran.«

Angestrengt starrte sie auf die Rückwand des Tresors. Daraufhin erschien ein breites Portal. Dahinter war es dunkel.

»Ich dachte, du hättest Arbeitslampen installiert?«, sagte Noel zu Mathias.

»Habe ich auch …«

Jaako sagte: »Oh, Mist.« Ein metallisches Quietschen war zu hören, und eine der fahrenden Wände glitt aus ihrer Tasche heraus. Sie bewegte sich direkt auf die Gruppe zu, die hilflos in der Luft hing.

Mehrere Dinge geschahen gleichzeitig. Die Goldpaletten schwebten in die Höhe, und Noel krachte unsanft auf den Boden. Um ihn herum regneten die anderen nieder. Panisch krabbelten sie aus der Bahn der sich nähernden Wand. Im selben Moment heulten die Sirenen auf. Das Schrillen war im Tresorraum ohrenbetäubend.

Dann stellten sie sich in dem Goldraum in einer Reihe auf. Jaako, der Jüngste und Kräftigste machte den Anfang und schob eine schwebende Palette auf das gähnende Portal zu. Jedes Teammitglied rückte eine Palette zurecht, gab ihr einen Stoß und beförderte sie damit durch die vierdimensionale Öffnung. Das Ganze glich einer bizarren Eimerkette.

Sechzehn Paletten verfrachteten sie auf diese Weise aus dem Raum, bevor Noels Handy klingelte. »Raus! Raus! Sie öffnen das Zeitschloss des Tresors!«, drang Cummings Stimme aus dem Hörer.

»Das war's, wir sind fertig«, bellte Noel.

»Aber da sind noch sieben Paletten«, rief Mollie von ihrer Position neben der Tür.

»Das ist Pech. Wir sind fertig.« Noel machte eine ausholende Bewegung wie eine Frau, die Gänse zusammentreibt, und sie alle stolperten durch das Portal. Hinter ihnen schloss es sich wie ein Auge.

Und Noel merkte, dass ihm kalt war. Sein Atem kam in Wolken heraus. Sie waren nicht mehr im Kongo.

Kisangani, Kongo
People's Paradise of Africa

»Schmeckt Ihnen das Essen?«, fragte Alicia Nshombo.

»Es ist gut.« Tatsächlich war es ziemlich abscheulich. Michelle war sich nicht sicher, was sie da aß.

In der Mitte der Anlage hatte man einen Tisch aufgestellt, und Alicia und Michelle saßen nebeneinander. Auf der Lichtung vor ihnen hatte man ein Feuer gemacht. Die Wachen legten Holz nach, obwohl es bereits höllisch heiß war.

»Uuuuh, Unterhaltung«, sagte Alicia und klatschte wie ein Kind in die Hände. Einige Wachen betraten die Lichtung und führten Männer herbei, die bis auf spärliche Lendenschurze nackt waren. Ihre Körper hatte man mit Leopardenflecken bemalt.

Auf der anderen Seite des Feuers erkannte Michelle weitere Männer mit großen Trommeln. Sie setzten sich und fingen an zu trommeln, dann trabten Leoparden auf die Lichtung. Es waren mindestens zwanzig. Brüllend und fauchend fielen sie mit Klauen und Zähnen übereinander her.

»Ist das nicht köstlich?«, fragte Alicia lächelnd.

»Na ja, besser als nichts«, erwiderte Michelle. Eine einzige Blase würde ausreichen…

»Ich habe ein bisschen nachgedacht«, sagte Alicia. »In New Orleans haben Sie eine Atombombe absorbiert.«

»Sie wissen ja, was an Gerüchten so dran ist.« Michelle stocherte an einem dubiosen Stück Fleisch auf ihrem Teller herum. Die Leoparden wälzten sich im Staub, während die Männer im

Lendenschurz anfingen, sich im Rhythmus der Trommeln zu wiegen.

»Hmmmmm, und unser Tom war daran schuld, nicht wahr, Miss Pond?«

Michelle ließ ihre Gabel fallen. »Was wollen Sie?«

Alicia schmollte. »Sie sind eine Spaßbremse. Hat Ihnen der Besuch in meinem Hospital gefallen? Das für die Überlebenden? Darauf bin ich sehr stolz. Die Tiere, die über unsere Frauen herfallen, haben Strafe verdient. Frauen verrichten nämlich die eigentliche Arbeit.« Sie fing an, mit ihrem Messer herumzufuchteln. »Männer haben eine dumme Einstellung zum Sex. Sie verwenden ihn als Waffe. Sie benutzen ihn als Strafe.«

»Und was ist mit den Kindern?«, fragte Michelle. »Werden die auch bestraft?«

»Oh, man muss Opfer bringen, wenn man eine Nation aufbauen möchte.« Alicia legte ihr Messer hin und wischte sich den Mund mit einer Serviette ab. »Darf ich Michelle sagen? Michelle, du bist eine sehr mächtige Frau. Oh ja, ich weiß das. Selbst hier schauen wir CNN. Auch unser Tom ist sehr mächtig, aber womöglich kannst du ihm das Wasser reichen. In New Orleans wollte er viele Menschen töten, und doch hast du die Stadt gerettet.« Sie schob sich einen Bissen in den Mund. »Tom Weathers ist unberechenbar und gefährlich. Meinem Bruder war er eine große Hilfe, aber jetzt bringt er die Welt gegen uns auf. Mein Vorschlag ist einfach. Töte Tom Weathers, und ich lasse deine hübsche kleine Freundin am Leben.«

»Vielleicht ist es mir egal, ob sie stirbt oder nicht«, sagte Michelle. »Vielleicht habe ich Gründe für mein Hiersein, die nichts mit ihr zu tun haben.«

Alicia stand auf. »Sei nicht dumm, meine Liebe. Wenn sie dir nicht am Herzen läge, hättest du mich schon längst getötet.«

Sie ging nah ans Feuer heran. Neun der Leoparden hörten auf, sich gegenseitig zu beißen, und fingen an, zu miauen und zu schnurren. Sie schmiegten sich an sie, und sie fasste sich an den Kopf und löste ihr Tuch. Ihre Hüfte wiegte im Rhythmus der Trommeln, während sie ihr Kleid aufknöpfte und es zu Boden fallen ließ. Ihre Brüste hingen tief und gingen ihr bis zur Taille. Einer der Leoparden näherte sich ihr. Alicia ließ ihn an ihren Brustwarzen reiben und lecken, bis sie steif wurden. Dann stieß sie das Tier von sich weg.

Die Männer in den Lendenschurzen stöhnten und krochen auf Alicia zu. Sie leckte und biss sie überall auf Brust und Rücken, bis sie bluteten. Jedes Mal wenn einer der Männer gebissen wurde, fing er an zu zittern und sich zu krümmen.

Die Trommeln stampften. Die Leoparden bestiegen sich gegenseitig. Als Alicia mit den Fingern schnippte, rollten sich die Männer, die sie eben gebissen hatte, auf den Rücken und lösten ihre Lendenschurze. Sie waren erregt. Der Reihe nach setzte Alicia sich rittlings auf sie und vögelte sie, bis sie kamen. Als sie fertig war, schlenderte sie zu Michelle zurück. Ihre Schenkel glänzten.

Hinter ihr krochen nackte Männer und Frauen ins Licht des Feuers. Die Trommeln wurden lauter, und die Raubkatzen rissen mit ihren Pranken an jedem, der ihnen unter die Krallen kam. Körper rieben sich aneinander, Hände betatschten Ärsche und Brüste. Saugende und leckende Münder.

»Gefällt dir unsere Show?«, fragte Alicia. »Das geht die ganze Nacht so weiter. Du solltest hierbleiben und zuschauen. Du kannst mir deine Antwort bezüglich Tom Weathers morgen früh geben.«

Steunenberg-Scheune

Coeur d'Alene, Idaho

Noel spürte, wie sich sein Körper in seine normale Gestalt zu-
rückverwandelte. Wo immer er sich befand, draußen war heller Tag. Es roch nach Tieren und Mist. Statt klar zu denken,
handelte er aus Instinkt, warf sich zur Seite, landete auf dem
Boden (ein mit Stroh bedeckter Lehmboden), rollte sich auf
die Beine und zückte die Pistole aus seinem Schultergurt und
die auf seinem Rücken. Ein Schuss knallte, doch er klang gedämpft, da Noel von der Alarmanlage immer noch die Ohren
dröhnten.

Im Mündungsfeuer erkannte er, dass Jaako direkt in die
Brust getroffen worden war. Blut spritzte, und Jaako wurde zu-
rückgeschleudert. Rasch kniff Noel die Augen zusammen und
suchte nach der schattenhaften Gestalt hinter dem Gewehr. Da.
Noel feuerte beide Pistolen ab. Die Gestalt krümmte sich, stieß
ein Ächzen aus und stürzte zu Boden.

Mathias kroch in eine Box, worauf die Kuh mit ihrem Kalb
darin ängstlich blökten. Als die Kuh nach dem Eindringling
trat, dröhnte die hölzerne Seitenwand.

»Scheiße! Da hat jemand eine Waffe!«, rief ein Unbekannter.

Noel wirbelte herum und schoss zweimal auf ihn. Das Grunzen verriet ihm, dass er mindestens einmal getroffen hatte.

Rechts von ihm stieß Mollie einen Schrei aus und kreischte:
»Daddy!«

Noel lief auf sie zu. Jemand packte das Rückenteil seines
Jacketts und hielt ihn zurück.

»Hab sie ... äh, ihn!«, jubelte einer der Brüder triumphierend. Er war direkt hinter Noel, keine gute Position für einen Schuss, deshalb ließ sich Noel zusammensacken. Weil er nicht damit gerechnet hatte, dass Noels Gegenwehr so plötzlich nachließ, war der junge Mann überrumpelt und hätte Noel fast losgelassen. So bekam Noel Gelegenheit, sich vornüberzubeugen und an seinen Stiefel zu fassen. Er ließ die FN Browning HP fallen, zog das Messer aus seiner Scheide, drehte es, sodass es nach hinten wies, und rammte es dem Jungen tief in den Bauch.

Der stimmte in Mollies Schreie mit ein. Vom Vater waren Flüche zu hören ...

Hab ihn wohl nicht getötet. Schade. Noel griff Mollie, schlang seinen Arm um ihre Kehle und zog sie fest an sich. Als er ihr die Luftröhre abdrückte, verwandelten sich ihre Schreie in ein Gurgeln.

»Mollie? Mollie, Liebes?«, rief Mr. Steunenberg panisch.

»Ich habe sie und puste ihr den Kopf weg, wenn ihr nicht eure Waffen wegwerft und das verdammte Licht anschaltet.« Ein Rascheln verriet, dass Dinge ins Stroh fielen. Dann zögerliche Schritte in Richtung einer Wand des Stalls, und plötzlich ging das Licht an.

»Mathias, sammle die Waffen ein«, befahl Noel.

Der Ungar kam aus der Box heraus. Jetzt konnte man das Blutbad sehen. Jaako war mausetot, seine Brust sah aus wie Hackfleisch. Einer der Brüder lag ebenfalls mit einer Brustwunde im Stroh. Noel hatte ihn mit seinen ersten Schüssen erwischt. Das Familienoberhaupt der Steunenbergs hielt sich den Schenkel, und Blut quoll zwischen seinen Fingern hervor. Ein weiterer Bruder lag auf dem Stroh und hielt sich den Bauch. Abwechselnd stieß er ein Wimmern und Rufe nach seiner Mama aus. Neben einem Heuballen kauerte schließlich noch ein weiterer Bruder, der um die vierzehn Jahre alt sein mochte.

Noel presste die Mündung seiner Pistole gegen Mollies Schläfe. »Nun, Mollie, wirst du ein Portal in das Warenhaus in Kongoville öffnen. Und Sie, Mr. Steunenberg, Sie und Ihr unverletzter Sohn werden diese Paletten durch dieses Portal schieben, denn wenn Sie das nicht machen, bringe ich Mollie um. Und danach werde ich Ihnen nachjagen und auch Sie töten, was zur Folge hat, dass Ihre beiden anderen Söhne sterben werden, weil Sie keinen Rettungswagen rufen können.«

»Meine Frau … meine Frau wird die Polizei anrufen. Die sind schnell hier.«

»Oh, das bezweifle ich, denn einen Besuch von der Polizei werden Sie bestimmt nicht wollen, vor allem weil Sie denen dann erklären müssen, woher Sie all diese Paletten mit Goldbarren haben.« Eine Bewegung mit der Pistole entlockte Mollie ein weiteres Wimmern. »Überlegen Sie es sich. Ich bin nicht für meine Geduld bekannt, und Sie vermasseln mir gerade meine Pläne.«

Der Mann sah erst seine leidenden Söhne und dann seine Tochter an, die in Noels Arm gefangen war. Dieser lockerte den Druck auf ihre Kehle. »Mollie, hilf deinem Vater bei der Entscheidung.«

»Daddy, wir müssen tun, was er sagt.«

»Braves Mädchen«, sagte Noel und tätschelte ihre Wange mit dem Lauf der Pistole.

Steunenberg nickte kurz. In der Mitte des Stalls öffnete sich eines von Mollies vierdimensionalen Portalen. Steunenberg und sein Sohn schoben die noch immer schwebenden Paletten hindurch. Dieses Mal erkannte Noel die vertrauten Umrisse des von Neonröhren beleuchteten Lagerhauses, das sie gemietet hatten. Nachdem das ganze Gold wieder in Afrika war, zog Noel Mollie durch das Portal. Mathias folgte ihnen.

»Lassen Sie sie frei«, rief ihr Vater ihnen verzweifelt nach.

»Alles zu seiner Zeit.«

Central Park
Manhattan, New York

Es schneite. Zwar nicht stark, aber anhaltend. Weiße Punkte, nicht größer als ein Nadelkopf, trudelten vom verhangenen New Yorker Himmel herab. Bugsy und Simoon spazierten auf den gewundenen Parkwegen des Central Parks und waren von einer Welt aus Grau und Weiß umgeben. Er bemühte sich, sie nicht zu berühren. Jetzt mit ihr zu kuscheln wäre verlogen gewesen.

»Also immer noch nichts Neues«, sagte Simoon.

»Nein. Noch nicht. Jayewardene knobelt es mit den hohen Tieren der globalen, internationalistischen Verschwörung aus oder, du weißt schon, was auch immer. Bald wird er eine Antwort bekommen.«

»Ich wünschte, es gäbe einen Weg an Radical vorbei, um mit Mark Meadows zu reden, weißt du?«, sagte Simoon.

»Ich wünschte, es gäbe einen Weg, um ihm den Scheißhintern zu versohlen«, sagte Bugsy unbekümmert. »Es kotzt mich an, dass sich alles in diesem Land darum dreht, was 1968 passiert ist. Nicht nur Meadows, sondern auch alle anderen. Auch Vietnam und der Summer of Love. Jimi Hendrix und Janis Joplin und Thomas Marion Douglas, der übrigens ein arrogantes Arschloch war. Ich habe ihn einmal getroffen.«

»Das weiß ich«, sagte Simoon. Ein Hund sprang durch den Schnee, bellte sie einmal an und trabte dann weiter.

»Wenn ich mir die ganze Scheiße anschaue, die gerade abgeht, die Nshombos, Kinderasse, also meine Fresse, das ist unheimlich. Und der Sudd. Und New Orleans. Und Ägypten und der

Nur davor. Das ist doch schon mehr als genug, ohne dass man dazu noch jahrzehntealte Angelegenheiten mit sich herumschleppt. Es … es kotzt mich einfach an. Es kotzt mich an.«

»Du musst das nicht tun«, sagte Simoon. »Ich meine, wenn du es nicht willst.« Sie blieb stehen und setzte sich auf eine Steinbank. Ihr Atem war wie Dunst. Ein Nebel. Ein Gespenst.

»Was tun?«, fragte Bugsy.

»Dich da so reinsteigern und wütend werden«, sagte sie und sah durch Ellens Wimpern zu ihm auf. »Ich hab's schon kapiert. Wirklich. Du machst Schluss mit mir.«

Bugsy blieb das Herz stehen. Es fiel ihm in die Hosentasche. Er sah auf seine Schuhe hinab. Er setzte sich neben sie. Sie weinte.

»Es funktioniert nicht«, sagte er. »Du bist super. Und Ellen ist echt nett. Nick … nun, dafür, dass ich mehr oder weniger mit seiner Freundin ins Bett steige, hat er es wohl ziemlich gut aufgenommen. Aber das ist … Aliyah, das ist verrückt.«

»Ich weiß nicht«, sagte sie schluchzend. »Habe ich … Mache ich etwas falsch? War ich …«

Jonathan holte tief Luft. *O Mann, das war echt übel.* »Du bist gestorben. Vor Jahren schon. In Ägypten.«

»Daran kann ich mich nicht einmal erinnern«, sagte Simoon.

»Aber ich. So sieht es doch aus: Was wäre, wenn wir bloß eine Fickbeziehung hätten, dieses Post-AIDS-unverbindlich-zusammen-ins-Bett-Hüpfen und weiter nichts? Zunächst mal hättest du dich mit mir gar nicht erst drauf eingelassen. Du hast deine Ansprüche heruntergeschraubt, als du mit mir zusammengekommen bist. Und dafür liebe ich dich, aber wir wissen beide, dass das die Wahrheit ist. Und noch etwas, du hättest mich inzwischen fallen gelassen. Oder ich dich. Wir hätten eines Abends einen Kaffee zusammen getrunken und uns unverbindlich für das nächste Wochenende verabredet, bloß dass wir übernächstes Wochenende gemeint hätten, und wir hätten es beide nie wahr gemacht.«

»Das stimmt nicht«, sagte Simoon in einem Ton, der deutlich machte, dass sie wusste, dass es stimmte.

»Also warum sind wir zusammen?«, fuhr Bugsy fort. »Weil du tot bist und nicht mehr daran glaubst, dass du etwas Besseres bekommst. Und weil ich die Vorstellung habe, dass ich dich töte, wenn ich mit dir Schluss mache.«

»Machst du das nicht?«, flüsterte sie.

»Nein, tu ich nicht. Weil du schon vor Jahren gestorben bist.«

»Wie praktisch«, sagte sie sarkastisch. »Das ist ja mal hübsch einfach und passend für dich, was?«

»In Wahrheit ist es scheiße. Aber sieh mal, ich hatte die Wahl: entweder so wie jetzt mit dir darüber zu reden oder Ellen zu bitten, einfach nie wieder den Ohrring einzusetzen. Und ich habe mich für das hier entschieden.«

»Warum?«, fragte sie. »Um dem Mädchen noch ein bisschen wehzutun, bevor du es umbringst?« Sie sprach von sich selbst wie von einer dritten Person. Als würde Ellen sprechen und nicht Simoon.

»Um dir Lebewohl zu sagen, bevor ich mich von dir trenne«, sagte er.

»Du bist ein beschissenes Ungeheuer«, sagte Simoon leise. Tränen liefen ihr die Wangen hinunter. Der Schnee im Park war grau.

»Okay«, sagte er.

»Ist es wirklich das, was du willst?«, fragte Simoon.

»Ja.«

Lange rührte sich keiner von ihnen. Dann nahm Simoon mit plötzlicher Vehemenz den Ring aus dem Ohr und drückte ihn Bugsy in die Hand. Als er in Kontakt mit dem Metall kam, saß nur noch Ellen neben ihm. Simoon war verschwunden.

»Hey«, sagte Bugsy.

»Tut mir leid«, erklärte Ellen sanft. »Aber du hast recht. Es wäre anders nicht gegangen.«

»Danke«, sagte er.

»Mit mir und Nick ist es anders, weißt du«, sagte sie. »Ich konnte nicht tun, was du getan hast. Ich kann nicht vor ihm davonlaufen.«

»Okay«, sagte Bugsy.

Sie schwiegen. Wieder bellte der Hund, doch klang sein weiter entferntes Kläffen vom Schnee gedämpft. Ellen tätschelte Bugsys Schulter und stand auf. Simoons letzte Tränen waren auf ihrer Wange getrocknet. Ellen hingegen sah lediglich ein bisschen müde aus.

»Du kannst deine Sachen abholen, wann immer du willst, okay?«

»Ja, mach ich«, erwiderte Bugsy.

Cameo nickte und wandte sich ab. Er sah ihr hinterher. Im dichter fallenden Schnee entfernte sie sich scheinbar schneller von ihm. Dann blieb sie stehen und schaute zu ihm zurück. Er sah den verzogenen Mund. Als sie ihm zurief, war es wie eine Stimme aus einer anderen Welt.

»Du bist kein Ungeheuer«, rief sie.

Bugsy hob dankend die Hand, und Cameo nickte, bevor sie weiterging. In ihre Wohnung. Zu Nick, dem Hut und wohin immer dieses ulkige kleine Psychodrama noch führen würde. Aber ohne ihn, Bugsy.

Eine Zeit lang saß er da und ließ die Kälte in seine Knochen eindringen. Ein Jogger in einem türkisblauen Trainingsanzug schnaufte vorbei, und von seinen Ohren baumelten iPod-Kabel. In der Ferne stieg und fiel die Melodie eines Martinshorns. Bugsy öffnete die Hand.

Der Ohrring war hübsch. Nicht spektakulär, aber auch nicht billig. Harmlos. Er warf ihn ein paarmal hoch und fing ihn wieder, um ein Gefühl für sein Gewicht zu bekommen. Dann stand er auf, stellte sich an den Rand des Parkwegs und schleuderte den Ohrring auf die Schneefläche hinaus. Er beobachtete nicht, wo er landete. Danach gönnte er sich einen Besuch in einem Buchladen. Und einen Kaffee.

Kongoville, Kongo
People's Paradise of Africa

»Ich weiß, dass er im Sudd ist, aber sieh irgendwie zu, dass Weathers es erfährt«, wies Noel Sun an. »In ein paar Minuten wird das Gold vor Ort sein.« Er legte auf.

»Was machen wir mit Jaakos Anteil?«, fragte Mathias, während er seinen Anteil des Golds in einen Koffer packte.

Noel zuckte mit den Schultern. »Nun, er lässt weder Witwe noch Waisen zurück, die er versorgen müsste. Teile es gerecht zwischen uns auf.«

»Und was ist mit mir?«, grummelte Mollie. Noel hatte sie an einen Stützpfeiler im Lagerhaus gefesselt.

Er kauerte sich vor sie hin. »Mollie, meine Liebe, du hast den nötigen Instinkt für ein Verbrecherleben, aber du musst eine entscheidende Lektion lernen. Verrate niemals deine Partner. Wenn du nicht genug Verstand oder Glück hast, um sie alle umzubringen, findest du dich später nämlich... nun, in deiner jetzigen Situation wieder.«

»Wahrscheinlich bringt ihr mich einfach um«, sagte sie und konnte ein Zittern nicht verbergen.

»Nein, deine Macht ist zu nützlich, und vielleicht brauche ich sie noch mal. Wegen Jaako bin ich sehr sauer auf dich, denn seine Fähigkeit war ziemlich einzigartig, aber ich werde nicht noch ein Ass zerstören wegen etwas so Nutzlosem wie Rache.« Er stand auf und spürte ein Knacken im Knie. »Lasst uns das zu Ende bringen.«

Mollie öffnete ein Portal zu Cummings Wohnung. Dem überbrachten sie seinen Anteil des Golds. Dann wurde Noel in das aufgegebene Bauernhaus auf den Hebriden geschickt. Mathias in die Weinstube in Grinzing. Als Noel skeptisch die Augenbrauen hochzog, zuckte Mathias mit den Schultern. »Die gehört mir«, sagte er.

»Und was ist mit meinem Anteil?«, fragte Mollie erneut.

Noel nahm einen Barren von den verbleibenden Paletten und legte ihn ihr in den Schoß. »Hier. Eine kleine Aufwandsentschädigung.«

»Das ist nicht fair!«

»Dafür töte ich weder dich noch deine Hinterwäldlerfamilie. Du solltest mir dankbar sein. Und jetzt öffne das Portal zur Yacht.«

»Nein«, sagte Mollie. Schweigend, nur mit Blicken, bekriegten sie sich. Sie gab als Erste auf, da sie seinem Blick nicht standhielt. »Du ... du wirst mich nicht töten. Nicht kaltblütig.«

Bevor Noel sie eines Besseren belehren konnte, schritt Mathias ein. Er drängte sich zwischen Noel und Mollie und kniete neben ihr hin. »Du bist ein kleines Mädchen. Sehr jung. Sehr dumm, aber du könntest eine große Karriere machen. Ich würde dir das Geschäft beibringen, wenn du mit mir arbeiten möchtest. Ich bin schon seit vierzig Jahren Krimineller, und ich habe viele Kriminelle getroffen. Der da ...« Dabei zeigte er auf Noel. »Der ist ein Mörder. Die kommen nicht so oft vor. Er tut, was er sagt.«

Mollie schluckte hörbar. Dann erschien das Portal zum Laderaum der Yacht. Noel war erleichtert. Er hätte den Plan nur ungern umgeschmissen. Doch Mathias' Worte hallten in seinem Kopf wider und machten ihm das Herz schwer.

Aber ich habe mich geändert. Ich bin nicht mehr derselbe Mensch.

Dann sah er auf die Pistole in seiner Hand hinab. Er konnte sich nicht daran erinnern, sie gezogen zu haben.

♣ ♦ ♠ ♥

Basis Bahr al-Ghazal
Im Sudd, Südsudan
Arabisches Kalifat

Das Singen der angemalten Kinder ließ Tom Weathers die Nackenhaare zu Berge stehen. Das Lagerfeuer loderte hoch, warf gelbe Flammen und braune Rauchsäulen in die tiefe Nacht des Sudd. Der Qualm der getrockneten Akazien, die er für das Ritual per Hyperflug beschafft hatte, stach ihm in die Augen. Das Feuer knisterte, als wäre es ein Lebewesen.

Er stellte sich Noel Matthews in dem Feuer vor. Sich krümmend. Schreiend. Verkohlend. Schmelzend. Aber er wusste, dass das nicht geschehen würde. Schließlich konnte dieser Schweinehund teleportieren. Tom würde ihn schnell erledigen müssen. *Ja, du kommst dir so schlau vor, Meadows, du Penner,* dachte er. *Aber ich habe dich durchschaut. Schlaf ist sowieso was für die Schwachen.*

Er musterte den Kreis aus kleinen Gesichtern, teils menschlich, teils verwandelt, die alle vom Feuer einen orangefarbenen Ton angenommen hatten und ihn begierig anglotzten. Er spürte ihren Drang: sich gegen die Welt zu wehren, die sie bedrohte. Davon rührte ihr Schmerz. Man sah es in dem wilden Funkeln in ihren Augen, man hörte es an ihrem Gesang: *Tod, Tod, Tod den Imperialisten! Tod, Tod, Tod!*

In seiner eigenen Brust loderten dieselbe Wut und dasselbe Verlangen, nackt und mit wüsten Zacken und Strichen bemalt und mit dem glitzernden Schweiß des Sudd vollgesogen. »Ja, Tod«, rief er, reckte die Arme über den Kopf, heulte wie ein Wolf den Mond an. »Die Zeit der Gerechtigkeit ist gekommen.

Zeit der rechtschaffenen Vergeltung! Nieder mit den Unterdrückern! Bringt ihnen den Tod!«

Zur Antwort heulten die mutierten Kinder auf.

Sein Handy klingelte.

Als Klingelton hatte Tom Jefferson Airplanes »Volunteers« eingestellt. Grace Slick schrie: »Up against the wall, motherfucker!« So passend die Zeile war, so sehr ärgerte ihn doch die Unterbrechung.

Er griff in die Gesäßtasche seiner ausgebleichten Jeans und zog das Handy heraus, klappte es auf. Als er den Namen des Anrufers auf dem Display sah, winkte er den singenden Kindern zu. »Wartet mal. Ich muss mal kurz rangehen.« Dann wandte er sich von dem Feuer ab, kauerte sich hin und drückte das Telefon gegen sein Ohr. »Hei Lian? Jetzt ist gerade kein guter Moment ...«

»Nein«, sagte sie in ihrem knappen Geheimagententon. »Du musst jetzt zuhören. Die private Yacht der Nshombos. Geh sofort dorthin.«

Dr. Nshombos Yacht

Kongoville, Kongo
People's Paradise of Africa

Ein paar Lichter streckten flatternde gelbe Finger über das dunkle Wasser. An der dunklen Yacht selbst waren allerdings nur wenige Lichter an, auch wenn ihr weißer Rumpf schimmerte wie sonnengebleichtes Gebein.

Mit einem lauten Schlag landete Tom ein paar Meter hinter dem Deckaufbau auf den handgeschrubbten Hartholzplanken. *Verdammt*, dachte er. *Habe mich ein bisschen verschätzt.* Als er sich aufrichtete, hörte er von links eine wütende Stimme, die etwas auf Französisch rief.

Tom steckte eine Hand in seine Hosentasche und drehte sich um. Ein Leopardenmann in Zivil – Trainingshosen, dunkles T-Shirt mit einer Miami-Vice-Sportjacke darüber, die unvermeidliche schwarze Sonnenbrille und dem Leopardenfellfes – zerrte eine Micro-Uzi-Maschinenpistole aus seinem Schulterholster. »An Bord ist niemand erlaubt«, rief der Leopardenmann und zielte mit der handwaffengroßen Maschinenpistole. »Nicht einmal Sie, Mokèlé-mbèmbé.«

Tom zog die Hand aus der Tasche und hielt eine Fünf-Franc-Münze des PPA in der Hand. Er schnippte sie in Richtung des Leopardenmanns, mit all der panzerknackenden Kraft seines Arms.

Es knallte, als die Münze die Schallmauer durchschlug.

Der Körper des Leopardenmanns zuckte, und vorn auf seinem dunklen T-Shirt erschien ein noch dunklerer Fleck. Die Münze war so schnell geflogen, dass sie Brustkorb, Herz und

Rückgrat durchschlagen hatte. Der Mann klappte zusammen.

Ein seltsames Kratzen ließ Tom nach oben blicken. Ein großer, vielbeiniger Fleck stürzte sich vom Kabinendach auf ihn herab. Gerade noch rechtzeitig riss Tom die Arme hoch, um einen runden, pelzigen Körper abzuwehren.

Dicke, plumpe Beine mit stacheligem Fell bearbeiteten Toms Gesicht. Von Ayiyis Gewicht wurde Tom fast nach hinten gerissen und konnte sich kaum auf den Beinen halten. Aus den Fellpfoten ragten gebogene Krallen hervor, die nach seinem Gesicht schlugen. Er wich mit dem Kopf zurück. Da zischte ihn das Spinnenmonster an, und Ayiyi starrte ihn mit seinem Kindergesicht teilnahmslos an. Ein Tropfen grünes Gift landete auf Toms linker Schulter und knisterte.

Vor Schmerz schreiend, bekam Tom seinen Gegner endlich zu fassen und schleuderte die monströse Spinne von sich. Sie flog über die Wasserfläche hinweg und prallte gegen die Fassade des Lagerhauses. Tom freute sich schon auf die Genugtuung, ein Platschen zu hören.

Doch stattdessen wirbelte das Kinderass im Flug herum und fing den Aufprall mit allen acht Spinnenbeinen ab. Nachdem es einen Sprung auf den Boden gemacht hatte, schoss es einen Faden auf Tom ab.

Der traf Tom auf der nackten, bemalten Brust und klebte dort fest. Tom versuchte, den Faden wegzuwischen, doch auch seine Hand blieb daran kleben. »Hey«, rief er. »Ich wusste gar nicht, dass du das kannst!«

Mit einem Satz landete die Spinne auf dem Messinggeländer, dann huschte sie an Tom vorbei und sprang auf das Kabinendach.

Jetzt waren Toms Arme fest an seinen Körper gebunden. Er versuchte, sich zu befreien. Doch die Fäden besaßen die legendäre Festigkeit von Spinnenseide in Monstergröße. Und Tom hatte keinen vernünftigen Hebel.

Die Riesenspinne richtete sich auf, um sich auf ihn zu stürzen. Die Giftzähne fuhren schon auf ihn zu. Ihm fiel auf, dass er dort, wo das Gift hingetropft war, Blasen bekam. Er holte tief Luft.

Er war im Weltraum. Durch den Faden mitgerissen, schwebte die Monsterspinne neben ihm. In der plötzlichen Trockenheit und Kälte verlor die Seide rasch ihre Klebkraft und wurde spröde. Mit einem lautlosen Triumphschrei riss sich Tom los.

Das Kinderass schwebte davon, drehte sich um. Es hatte den Mund zu einem Schrei geöffnet, und Tom durchlöcherte seine Brust mit einem Sonnenstrahl. Im nächsten Augenblick war er wieder an Deck der Yacht und wischte sich spröde Seidenreste von der Haut.

Candace Sessou, genannt Darkness, erschien auf dem Kabinendach, flankiert von zwei Leopardenmännern. Eben richteten sie die Waffen auf ihn, doch Tom fegte sie jeweils mit einer Hand davon.

Dann sah er Candi an. »Warum hast du mir nicht geholfen? Oder versucht, mich aufzuhalten?«

»Ich habe genug davon, wie eine Marionette gelenkt zu werden«, sagte sie. »Du und er seid beide gleich. Dir ist es doch egal, wen du in Mitleidenschaft ziehst. Nun, jetzt hast du keine Macht mehr über mich!« Sie kehrte ihm den Rücken zu und verschränkte die Arme vor der schmächtigen Brust.

Und die war mal richtiggehend vernarrt in mich, dachte Tom. *Undankbares Luder.* »Entweder du bist für mich oder gegen mich!« Er riss die Hand hoch.

Sie hüllte sich in Dunkelheit, doch Toms Sonnenstrahl fuhr mitten hinein. Dann war ein Pflatschen in der Nähe der Backbordreling zu hören. Er lief hin, um nachzusehen. Wie Nebel breitete sich Darkness auf dem Fluss aus. Das spöttische Lachen des Mädchens war zu hören, dann verlor sie sich. »Zur Hölle mit ihr.« Tom brach durch die Ladeluke.

Lichter führten ihn zu einer Treppe. Unten war der Gang

voller kleiner weißer Hunde, die an seinen Beinen hochsprangen und kläfften. »Meine Fresse!« Sie ließen erst von ihm ab, nachdem er einen von ihnen jaulend durchs Bugschott hinausgetreten hatte. Dann gingen sie auf sicheren Abstand, hielten sich vor oder hinter ihm und knurrten.

Vor ihm stand die Luke zu einem der Laderäume offen. Im bernsteinfarbenen Dämmerlicht erkannte er eine unverwechselbare Gestalt. Großer Kopf, schlanker Körper, untypischerweise in Hemdsärmeln. Das schwache gelbe Glitzern hinter dem Präsidenten auf Lebenszeit verriet alles.

»Siehst du nach der Ladung?«, fragte Tom.

Kitengi Nshombo wirbelte herum. Seine feinen, kantigen Gesichtszüge erschlafften und nahmen eine gräuliche Farbe an. »Tom, es ist nicht so, wie du denkst. Ich habe damit nichts zu...«

»Doch«, sagte Tom. »Doch, so ist es. Es ist genau so, wie ich denke.« Er deutete mit einer Kopfbewegung zu den Goldbarren, die fein säuberlich auf eine Plane gestapelt waren. »Du bestiehlst das Volk, Genosse. Das ist es. Du bist ein Verräter am People's Paradise und an der Revolution.«

»Nein!«, rief Nshombo, dass ihm der Speichel von den Lippen spritzte. »Du musst mir zuhören. Das war ich nicht. Ich habe einen seltsamen Anruf bekommen – von Alicia, wie ich glaubte. Es hieß, ich solle zur Yacht kommen. Als ich ankam, entdeckte ich...« Er deutete auf die aufgehäufte Beute. »Das da. Ich war genauso überrascht wie du. Und ebenso verärgert. Du musst doch einsehen, dass ich hereingelegt worden bin.«

»Klar«, sagte Tom lächelnd. Die verkrampften Schultern des Präsidenten entspannten sich. »Klar hat dieses Scheißgold sich ganz von allein hierher teleportiert!« Er schüttelte den Kopf. »Du bist zu reich und mächtig geworden, Mann. Du denkst nicht mehr an die Revolution. Du denkst nicht mehr an die Wurzeln.«

»Nein, nein, das ist eine Lüge, man hat mich hereingelegt...«

Tom packte den großen Kopf mit beiden Händen. Dann hob er den Präsidenten in die Höhe, sodass Nshombos Füße panisch in der Luft schlenkerten. »Tom! Lass mich runter! Bitte …«

Er wollte mehr sagen, doch seine Worte wurden zu einem bestialischen Schreien, als Tom beide Hände zusammendrückte.

Nshombos Kopf platzte wie ein Pickel.

Feuchte Brocken spritzten Tom ins Gesicht und blieben daran hängen.

Er wischte sich das Gesicht ab und spuckte etwas aus, das nach Salz und Eisen schmeckte. »Ich hätte es besser wissen müssen und hätte dem Kerl nicht vertrauen dürfen. Und das, obwohl ich mitgeholfen habe, ihn zum beschissenen Obermotz zu machen.«

Sonntag, 27. Dezember

Kisangani, Kongo
People's Paradise of Africa

Die Orgie dauerte fast die ganze Nacht.

Nachdem Alicia gegangen war, hatte Michelle ihren Stuhl vom Feuer weggedreht. Sie hatte Angst, dass Alicia Joey etwas antun würde, wenn sie nicht sitzen blieb.

Kurz vor Morgengrauen setzte ein Regen ein, der das Feuer löschte. Das schien auf die allgemeine Stimmung zu drücken. Die Trommler verschwanden wieder im Dschungel. Und als die Sonne aufging, verwandelten sich einige der neuen Leopardenmänner in Menschen zurück und fingen an, ihre zerrissenen Kleidungsstücke einzusammeln.

Michelle stand auf und streckte sich. Als sie einen Blick zu den schmucken kleinen Häusern der Anlage hinüberwarf, zuckte sie zurück. Aus einigen Fenstern starrten sie Kinderaugen an. Keines von ihnen konnte älter als neun Jahre sein.

»Meine Güte«, flüsterte sie. *Wie lange standen sie schon dort? Was haben sie gesehen?*

Gefolgt von einem kleinen Mädchen, schlenderte Alicia auf die Lichtung. Das Mädchen trug viele Verbände. Sein melonenartiger Kopf wirkte unglaublich groß auf dem schmächtigen Körper, und es torkelte mehr, als dass es ging.

»Ich weiß, dass dir meine Überlebenden-Hospitäler gefallen haben«, sagte Alicia. »Ich habe viel für mein Volk getan. Selbst an einem kleinen Projekt für Kinder habe ich gearbeitet.«

»Für Kinder.« Michelle war ratlos.

Alicia lachte herzhaft. »Diese Kinder bauen unsere Nation auf. Mein Projekt hat zum Ziel, uns stark zu machen. Manche meiner Babys sind das Produkt von Vergewaltigungen und wurden Waisenhäusern überlassen, weil sie die Frucht der Schande ihrer Mütter sind. Anstatt als Ausgestoßene zu leben, werden sie zu den Verteidigern des People's Paradise. Das ist eine große Ehre für sie.«

»Was du gestern Abend getan hast …«

»Ein heiliges Ritual. Die Kinder haben gesehen, wie ich meine Gabe weiterschenke. Ich gebe meinen Leopardenmännern Macht. Ich gebe meinen Babys Macht.«

»Du gibst ihnen das Virus.« Michelle war entsetzt.

»Die Gabe. Leider, leider muss ich sagen, dass nicht alle würdig sind. Aber diejenigen, die es sind …« Alicia strahlte das kleine Mädchen mit den Verbänden an. »Das ist Mummy. Willst du sehen, was sie kann?«

In Michelles Hand begann sich eine Blase zu bilden. *Schalte diese durchgeknallte Zicke aus, und die Welt ist gleich ein Stück besser.*

»Dürfte ich bitte deine Antwort bezüglich Tom erfahren?«

»Wenn du ihn tot sehen willst, dann bring ihn selbst um«, gab Michelle zurück.

Alicia machte einen Schmollmund. »Du enttäuschst mich, Michelle. Wir hätten so gute Freundinnen sein können. Baby, erledige sie für mich.«

Mummy lief auf Michelle zu und ergriff ihren Arm. Ihre Hände waren winzig, ihre Finger in Lumpen gewickelt, die trocken wie Pergament waren. *Was ist das?*, dachte Michelle.

Dann traf sie der Schmerz.

Ihr Körper fing an zu verdorren. Ihre Kehle fühlte sich an,

als würde sie sich schließen, und Mummys Verbände fingen an aufzuquellen. Der Stoff bekam dunkle, feuchte Flecken und dehnte sich aus.

Himmel, dachte Michelle und wurde plötzlich von panischer Angst erfasst. Sie wollte ihren Arm losreißen, aber das kleine Mädchen hielt sie fest gepackt wie ein Terrier. Michelle trat nach hinten, sodass ihr Stuhl umfiel. Als Mummy neben ihr auf dem Boden aufschlug, ertönte ein Klatschen. Aber sie ließ nicht los. Michelle wurde dünner und schwächer. *Meine kostbaren Körperflüssigkeiten*, dachte sie und kicherte hysterisch. Während sie schrumpfte, wuchs Mummy an. *Bald wird sie mehr wiegen als ich*, schoss es Michelle durch den Kopf.

Sie schrumpfte weiter, ihr wertvolles Wasser floss in das aufgedunsene Ungeheuer an ihrem Arm ab.

Ein entsetztes Kreischen drang durch ihre Panik.

Sie setzte sich auf, und die Welt drehte sich. Aus dem Gebäude, in dem Joey gefangen gehalten wurde, kam eine Leiche herausgetaumelt. Ein Kind, nicht älter als Mummy. Zwei weitere Zombies folgten. Michelle erkannte in ihnen die Wachen, die neben Joeys Bett aufgestellt worden waren. Hinter ihnen tauchte Joey in der Tür auf. Sie wirkte wacklig auf den Beinen, aber ihre Zombies bewegten sich zielstrebig.

Michelle hörte Alicia Nshombo schreien. Entsetzt starrte diese die Straße hinunter.

Michelle drückte mit dem Handballen gegen Mummys Kopf. »Lass los, Kind«, sagte sie auf Französisch und dann noch einmal auf Englisch. »Ich habe nicht die Absicht, heute zu sterben. Entweder stehen wir beide auf, oder ich bin die Einzige, die aufsteht. Kapiert?«

Mummys Griff wurde stärker. Mit ihrer schrumpeligen Hand fuhr Michelle die bandagierte Wange Mummys entlang, fasste sie am Kinn und hob ihren Kopf, um ihr in die Augen zu schauen. Diese waren schwarz, glänzend, aber ohne eine Spur von Menschlichkeit.

»Tut mir leid«, sagte Michelle.

Dann feuerte sie eine Salve Blasen ab.

Wasser, Blut und Hirnmasse ergossen sich über Michelle. Sie riss Mummys Hand von ihrem Arm los und schob die schmächtige Leiche zur Seite. Um den leblosen Leib bildete sich eine Pfütze.

Alicia Nshombo kreischte noch immer. Michelle kämpfte sich auf die Beine, während Joey mit einem glückseligen Lächeln im Gesicht ins Leere starrte. Hoodoo Mama betrat die Arena.

Michelles Arme waren trocken und faltig wie die einer Greisin. Ihr war schwindelig, und sie hatte so viel Wasser verloren, dass sie zitterte. Sie konnte nicht mehr tun, als zuzuschauen. Von überall wankten Zombies auf die Mitte der Anlage zu. Es waren allesamt Kinder. Dutzende, Hunderte, grün und grau und vermodernd. Um sie herum tauchten immer mehr von ihnen auf. Aus dem Boden gruben sich kleine Finger wie Regenlilien nach einem Gewitter. Kleine Köpfe und Schultern sprossen aus der Erde.

Leoparden stürzten sich fauchend, krallend und knurrend auf die Zombies. Zwar rissen sie die Kinderleichen auseinander, aber für jeden Zombie, den sie ausschalteten, kam ein Dutzend neue nach. Die Soldaten feuerten ihre Gewehre auf sie ab, doch die Toten lassen sich nicht mit Kugeln töten.

Schwindel erfasste Michelle in Wellen. Sie hatte solchen Durst und war so benommen, dass sie Mühe hatte, sich an das zu erinnern, was sie als Nächstes tun musste.

Adesina. Taumelnd stand sie auf.

Einige Soldaten ließen ihre Waffen fallen und flohen in den Dschungel. Michelle hielt ihre Handflächen nach oben und dachte an Adesina in der Grube. An all die toten Kinder. Wie furchtbar es für sie gewesen sein musste, von ihren Familien getrennt, an diesen Ort verschleppt und mit dem Virus infiziert zu werden, das die meisten töten oder verstümmeln und nur ein paar übrig lassen würde … wie sie selbst.

Da machte es in ihrem Inneren einen Ruck. Etwas zerbrach in ihr, und Kraft durchströmte sie.

Ruhig und systematisch schuf Michelle kleine, extrem dichte Blasen und schleuderte sie auf die Soldaten, die ihr am nächsten waren. Die schrien auf und fassten sich an die Brust. Aus ihren Wunden quoll Blut. Die restlichen wurden von Zombies bedrängt, die sie auseinanderrissen.

Michelle entdeckte Alicia Nshombo, die von Zombies umzingelt wurde. Die Präsidentenschwester bekam ein langes Gesicht, als sie sich auf Hände und Knie fallen ließ. Ihr Körper schwoll an, und aus ihrer Haut wuchs Pelz hervor. Ihre Zähne verwandelten sich in Fänge. Dann stieß sie ein Brüllen aus, das in Michelles Brust widerhallte.

Okay, dachte Michelle. *Damit habe ich nicht gerechnet. Der fetteste Leopard der Welt.*

Joeys Zombies schwärmten um sie herum. Keiner von ihnen sah älter als vierzehn oder fünfzehn aus, die meisten waren noch nicht mal in der Pubertät. Sie umzingelten die Leopardin, begruben sie unter sich und fingen an, mit ihren kleinen Leichenhänden an ihr zu zerren und zu reißen. Alicia stieß ein Heulen aus, schlug mal hierhin, mal dorthin. Fast gelang es ihr, sich zu befreien, aber einer der Zombies packte sie am Schwanz und zog sie zurück. Wieder schrie sie auf, und diesmal klang es beinahe menschlich. Dann verstummte sie.

In diesem Augenblick verschwanden die anderen Leoparden, und statt ihrer tauchten verwirrte, nackte Männer auf.

Michelle ließ sich auf den feuchten Boden fallen.

»Scheiße, Bubbles, *was hast du getan*?« Joey lief zu Michelle herüber und kniete sich vor sie hin. »War da nicht eben noch ein Kind? Das dich am Arm gehalten hat?«

Wieder drehte sich alles wie verrückt. Michelle schloss die Augen. »Ich habe mich bemüht, nicht zu sterben.«

Joey stieß einen rauen Klagelaut aus. »Du Rindvieh! Du hättest sie nicht töten müssen! Ich habe dir doch geholfen!«

Michelle schluckte. Himmel, hatte sie einen Durst! Es war schlimmer, als aus dem Koma zu erwachen. »Ich hatte keine andere Wahl. Entweder sie oder ich.«

»Du hattest keine Wahl? Du bist Amazing Bubbles! Nichts kann dir etwas anhaben!«

»Sie schon. Sie konnte es.«

»*Sie war bloß ein Kind!*« Joey kreischte.

»Nicht mehr. Ich habe ihr in die Augen geschaut. Und weißt du was, Joey? Auch mit kleinen Kindern passieren schlimme Dinge. Selbst wenn sie geliebt und beschützt werden, passieren schlimme Dinge. Die. Ganze. Zeit. Willkommen in der Realität.« Michelle drückte sich vom Boden ab. »Ich habe ihr gesagt, dass sie aufhören soll. Manchmal werden Kinder so gründlich zerstört, dass sie gar keine richtigen Kinder mehr sind. Aber wenn du mich unbedingt hassen willst, dann tu dir keinen Zwang an.«

Joey gab Michelle einen Schlag auf den Arm, dann eine Ohrfeige. Doch bereits nach wenigen Schlägen war Joey erschöpft. »Du Miststück. Miststück. Miststück«, rief sie immer wieder.

»Ja, das bin ich«, sagte Michelle. Wankend suchte sie sich einen Weg durchs Gemetzel, zwischen Zombies, Leoparden, Soldaten und den Einzelteilen Alicia Nshombos hindurch. Sie hielt auf eines der Gebäude zu.

Drin stellte sie sich vor ein Waschbecken, drehte den Hahn auf, beugte sich hinunter und hielt den Mund unter den Auslauf. Warmes Wasser floss ihr in den Mund. Gierig schluckte sie es, bis ihr nicht mehr ganz so schwindelig war.

Dann ging sie wieder hinaus. Sie musste Adesina finden.

Südwestlich von Bunia, Kongo
People's Paradise of Africa

Das Getriebe knirschte, der Auspuff spuckte eine ölig-schwarze Qualmwolke aus, und der Pritschenwagen setzte sich ruckelnd in Bewegung. Wally verlagerte sein Gewicht, sodass die Federung unter der Ladefläche quietschte und ächzte. Auf dem Laster roch es nach Ziegeninnereien, und er hatte seine besten Tage schon lange hinter sich. Was Wally ein wenig an das Flugzeug von Mr. Finch erinnerte.

Und das wiederum erinnerte ihn an Jerusha. Er fragte sich, ob sie die Kinder nach Tansania gebracht hatte, ob sie in Sicherheit war, ob er sie jemals wiedersehen würde. Lange betrachtete er seinen rostigen Körper und kam zu dem Schluss, dass er die Antwort auf die letzte Frage bereits kannte.

Die überdimensionierten Reifen des Lasters fraßen sich in den Straßenschlamm und hinterließen Spurrinnen von der Größe kleiner Seen. Der Schlamm war von satter brauner Farbe, und die Spritzer, die auf Wally landeten, sahen aus wie Karamellbonbonregen. Trotz des Schlamms und des Geruckels war er seit Beginn seiner Überlandtour noch nie so bequem gereist.

Die Schusswunde am Bein hatte sich entzündet und brannte, und die Dellen, die das Krokodilgebiss an seinem anderen Bein hinterlassen hatte, schmerzten ebenfalls. Seine Füße waren vor lauter Rost ganz orangefarben. Arme, Beine und Rumpf waren von Kerben, Schrammen und selbst den Kratzspuren von Krallen übersät. An manchen Stellen ging der Rost so tief, dass er etwas Warmes und Feuchtes spüren konnte, wenn er die Fingerspitze hineinsteckte.

Er zog seinen letzten Stahlwollschwamm heraus und machte sich an die Arbeit, indem er erst einmal eine Bestandsaufnahme seiner abblätternden Haut machte. Während er schrubbte, linste er in den Wald hinaus. Wie erwartet hielt Ghost mit dem Laster Schritt, stets in einigen Metern Abstand zur Straße. Ihre Zehen baumelten wenige Fingerbreit über dem Boden, und den Messergriff hielt sie immer noch in der Hand, obwohl Wally die Klinge zerstört hatte.

Er hoffte, dass der Fahrer sie nicht bemerken würde. Diese Mitfahrgelegenheit bedeutete die erste Pause seit zwei Tagen, und er brauchte sie. Alter Schwede, und wie er eine Pause brauchte!

Kleinere Dörfer wie dieses hier besaßen keine Elektrizität. Keine Radios, keine Telefone. Nach einer längeren interkulturellen Scharade hatte er das endlich herausgefunden. Die Dörfler hatten ihn erst mal lange Zeit nur angestarrt, den scheppernden Metallmann mit seinen komischen Gesten. Allerdings waren sie nicht vor ihm weggelaufen. Er hatte sogar den Eindruck, dass sie wussten, was er vorhatte, und es insgeheim auch befürworteten. Vielleicht hatten sie von den Ereignissen im Labor von Nyunzu und von dem Kahn gehört. Das schienen sie schwer in Ordnung zu finden. Vor allem, nachdem er ihnen pantomimisch einen Kampf gegen einen Leopardenmann vorgeführt hatte. Das hatten sie geliebt. Deshalb hatten sie ihm auch die Mitfahrgelegenheit angeboten.

Wally wusste nicht, wie weit der Kerl ihn fahren würde – bestimmt nicht die ganze Strecke nach Bunia. Aber jede Meile, die Wally nicht zu Fuß gehen musste, war ein kleiner Segen.

Wally schrubbte, bis von dem Stahlwollschwamm nur noch ein paar Fussel übrig waren. Seine Füße sahen wieder viel besser aus, und er hatte die schlimmsten Löcher in seinen Armen, Beinen und in seinem Rumpf poliert. Die Stellen, an die er nicht rankam, machten ihm am meisten Sorgen. Er nickte ein ...

... und wachte auf, als der Laster schlitternd zum Stehen kam. Wally schlug mit der Stirn gegen die Fahrerkabine und machte dabei die Heckscheibe kaputt. »Autsch. Hey, tut mir leid wegen deines Lasters, Junge.«

Doch der Fahrer war schon aus dem Wagen gesprungen und rannte die Straße entlang zurück. *Großartig.* Wally stand auf und rechnete damit, dass Ghost mitten auf der Straße stehen würde.

Dort stand sie aber nicht. Dennoch war die Straße blockiert, und zwar von einem Panzerfahrzeug und drei Leoparden (zwei gefleckte und ein schwarzer). Ein vierter Leopardenmann stand in menschlicher Gestalt auf dem Panzer hinter einem Maschinengewehr.

Ratten. Er hätte es sich denken können. Das PPA wusste, wo er war. Am Vormittag hatte er einen Hubschrauber am Himmel gesehen. Inzwischen hatten sie wahrscheinlich sämtliche Straßen nach Bunia abgesperrt.

Der Schütze deckte den Laster mit Maschinengewehrfeuer ein, sodass die Motorhaube von Einschusslöchern perforiert wurde. Die Windschutzscheibe splitterte, und von Wallys Brust prallten die Kugeln mit lautem Pling ab. Er nahm sich vor, dem Komitee mitzuteilen, dass der Fahrer ausfindig gemacht und sein Laster ersetzt werden musste. »Ihr schon wieder. Lernt ihr Leopardenköpfe denn nie dazu?«

Er sprang über die Kabine hinweg, worauf die Leoparden zurückwichen. Schwer kam Wally auf dem Boden auf, sodass die Raubkatzen mit Schlamm bespritzt wurden. Sie fauchten und schüttelten sich die Klumpen aus den Augen.

Wally nutzte die kurze Ablenkung, um sich dem gepanzerten Mannschaftstransportwagen zu nähern und das Maschinengewehr unbrauchbar zu machen. Solange er neben dem Wagen stand, konnte der Schütze nicht auf ihn zielen. Schon hatte Wally die Hand auf die Panzerung gelegt, um das ganze

Ding zerfallen zu lassen, als er es sich anders überlegte. Warum sollte er nicht in einem Fahrzeug des PPA nach Bunia fahren?

Die Leoparden umzingelten ihn, einer kam von vorn, einer von links und einer von rechts. Der Schütze zog eine Handwaffe und feuerte ein Magazin auf Wallys Kopf, Arme und Schultern ab. Es tat weh. Sehr sogar. Blut lief aus einem Dutzend Stellen in Rinnsalen an seinem Körper hinab.

»Okay, du hast es nicht anders gewollt, Kumpel.« Wally stieß kräftig gegen den Panzerwagen, und der neigte sich, sodass er nur noch auf einer Seite auf den Rädern stand und beinahe vollends umgekippt wäre. Doch mit einem erderschütternden Rumms krachte er wieder in seine ursprüngliche Position zurück. Der Schütze fiel herunter.

Diesen Augenblick wählten die Leoparden zum Angriff. Einer landete auf Wallys Rücken, die anderen zerrten an seinen Armen. Wally machte einen Satz und fiel nach hinten, sodass er den Leoparden auf seinem Rücken unter sich begrub. Es platschte und knackte, und es erscholl ein kurzer Schrei.

Zwischen dem Laub sah Wally etwas Weißes aufblitzen. Ghost sah von der Seite zu. Sie wirkte … verängstigt.

Doch dann fand er sich in einem Strudel aus Fell, Krallen und Fangzähnen wieder und konnte nichts mehr erkennen. Die verbliebenen Leoparden wichen seinen Schlägen und Tritten aus. Wenn er sich einem zuwandte, um sich um ihn zu kümmern, schlug ihm der andere neue Kerben in den Rost.

Endlich bekam er einen an der Kehle zu fassen und drückte kräftig zu. Da verwandelte sich das Tier flackernd in einen Mann. Auch die riesige Katze, die ihm die Schultern zerkratzte, wurde zu einem Mann. Zu einem äußerst verwirrten und blöde dreinschauenden Mann. Panik stand den beiden Männern ins Gesicht geschrieben. Wally ließ den ersten Typen fallen, der sich mit beiden Händen am Hals hielt. Dann rammte Wally dem anderen einen eisernen Ellbogen in den Bauch. Sie krochen davon, an ihrem Kameraden vorbei, dem Wally die Beine gebrochen hatte. Auch der hatte sich wieder in einen Menschen verwandelt.

Teufel auch, was ist passiert?

Der Schütze kam hinter dem Panzer hervorgerannt. Offenbar hatte er nachgeladen, denn er feuerte eine Salve ab, während seine Kameraden sich zurückzogen. Wally stürzte sich auf ihn, packte seine Hand und zerdrückte die Waffen zu einem nutzlosen Metallknäuel. Kreischend wie ein Geist fiel sein Gegner auf die Knie.

Wally verpasste ihm einen Schlag an die Schläfe, der den Mann ausschaltete. Stille senkte sich auf die leere Straße herab. Nun, abgesehen von dem Schluchzen war es wenigstens still.

Schluchzen? Habe ich einen übersehen? Wally sah sich um, doch alle Leopardenmänner waren entweder bewusstlos, oder sie zogen sich zurück. Nein, das Weinen kam aus der Nähe. Vom Straßenrand.

Von Ghost.

»Alles gut«, sagte Wally. Ihm fiel auf, wie sie die Leopardenmänner anstarrte. »Du bist in Sicherheit. Die können dir nichts mehr tun.« Jetzt bemerkte er erst, dass ihre Füße den Boden berührten.

Der Messergriff fiel ihr aus der Hand. Sie schnappte sich einen abgebrochenen Zweig, lief über die Straße und fing an, den Kerl, der Wally zu Füßen lag, zu verprügeln. Ihr Gebrüll – laut und untröstlich – beschwor das schreckliche Erlebnis herauf, das Wally und Gardener in Nyunzu mit angesehen hatten: ein Leopardenmann, der einem kleinen Jungen eine Spritze in die Hand drückte und ihn zwang, einem anderen Kind das Virus zu injizieren.

»Hey, hey. Mach das nicht.« Sanft nahm Wally ihr den Zweig aus der Hand. Sie fiel auf die Knie und schlug mit winzigen Fäusten auf die Leiche ein.

Er schlang die Arme um sie und hielt sie, bis sie sich in den Schlaf weinte. Das dauerte eine ganze Weile.

Kisangani, Kongo
People's Paradise of Africa

Adesina befand sich in der zweiten Grube, die Michelle durchsuchte.

Erst hatte sie geglaubt, dass die Grube nur Körperteile enthielt. Dann hatte sie in der Ecke eine Bewegung wahrgenommen. Sie fing an zu zittern. Schließlich zwang sie sich, in die Grube zu springen. Sofort sank sie bis zur Hüfte in den verwesenden Überresten ein. Sie watete zu der Stelle, wo sie die Bewegung gesehen hatte, und begann zu graben. Bald war sie überall mit übel riechendem, faulendem Fleisch bedeckt.

Was sie schließlich zutage förderte, war allerdings kein süßes kleines Mädchen. Es war auch nicht das wilde Kind, das ihre Träume heimgesucht hatte. Was sie fand, war ein abscheuliches schneckenartiges Geschöpf, das in einen Kokon eingesponnen war.

Michelle wusste, dass das Adesina war.

Sie versuchte nicht daran zu denken, wie ungern sie Adesina berühren wollte. Doch als sie die Kreatur schließlich umfasste, war es, als wäre sie geradewegs in einen ihrer Grubenträume gestürzt.

Adesina ist bei ihr, die Traum-Adesina, wie sie war, bevor die Wild Card sie verändert hat. Adesina spürt Michelles Ekel, und im Gegenzug spürt Michelle Adesinas Trauer. Für einen Moment ist sie verblüfft.

Michelle riss sich zusammen und trug Adesina auf den Armen in die Anlage zurück. Joey sah ihr finster entgegen.

»Das ist Adesina«, sagte Michelle. Und dann fing der Kokon zu pulsieren an. Ein Stück fiel davon ab, und Michelle hätte ihn beinahe fallen gelassen. »Bring mir ein Handtuch!«, sagte sie zu Joey. Wieder bewegte sich der Kokon. Michelle bemühte sich, ihren Ekel zu unterdrücken, aber sie mochte Käfer und Würmer und solche Sachen einfach nicht.

Ein paar Sekunden später brach ein Bein aus dem Kokon hervor, dann ein zweites. Danach kam ein Kopf heraus, der mit einer glänzenden, dicken Flüssigkeit bedeckt war. Michelle fand es scheußlich. Als Joey ihr ein Handtuch zuwarf, setzte Michelle sich auf den Boden und tupfte Adesinas Kopf ab. Jetzt, da sie etwas zu tun hatte, konnte sie ihre instinktive Reaktion unterdrücken.

Als sie die Flüssigkeit wegwischte, erkannte sie, dass Adesina überhaupt kein Insektengesicht hatte, sondern das Gesicht, das sie aus ihren Träumen kannte.

Kurz darauf war ein matschendes Geräusch zu hören, und Adesina glitt vollends aus dem Kokon heraus. Die Hülle fiel von Michelles Knie herunter, und sie kickte sie davon. Behutsam trocknete sie Adesina ab. Da fing Adesina an zu zittern und sich zu winden. Auf ihrem Rücken entfalteten sich zwei kleine Flügel. Etwas wacklig stand sie auf. Sie war so groß wie ein kleiner Hund. Jetzt wusste Michelle nicht mehr, was sie tun sollte. Einerseits war sie noch immer nicht begeistert über Adesinas Insektenhaftigkeit. Andererseits besaß Adesina dieses süße Gesicht, das Michelle so gut kannte. Sie war hin- und hergerissen.

Adesina stellte sich auf die Hinterbeine und berührte mit den Vorderbeinen Michelles Wangen. Michelle wurde von unbeschreiblicher Wärme und Glück durchströmt. Dann sagte Adesina: »Danke.«

Michelle kamen Tränen, und sie berührte Adesinas Wange. »Gern geschehen«, erwiderte sie. »Es tut mir so leid …«

Adesina küsste Michelle auf die Wange. »Du hast mich gerettet. Ich habe nur durchgehalten, weil ich wusste, dass du mich finden würdest.«

Michelle brachte nichts heraus. Die Tränen waren wie ein Golfball in ihrer Kehle. Sie hatte sich so lange … so lange nicht mehr glücklich gefühlt. Sie fragte sich, ob sie davor jemals glücklich gewesen war.

»Michelle«, sagte Adesina. »Michelle, jetzt musst du den anderen helfen, du musst zum Roten Haus gehen.«

»Ich will dich nicht allein lassen!«, gab Michelle ängstlich zurück. »Ich habe dich doch eben erst gefunden.«

Adesina hielt den Kopf schräg wie eine Gottesanbeterin. »Auch deshalb habe ich dich zu mir gerufen. Nicht allein, um mir zu helfen, sondern auch, um den anderen zu helfen. Ich war auch in ihren Träumen. Ich weiß, was mit ihnen geschehen ist, und du weißt es auch. Du musst bald gehen, denn ich war auch in seinen Träumen.«

Und plötzlich drang eine Salve neuer Bilder auf Michelle ein. Eine Anlage im Dschungel. Kinder, die zusammengetrieben und gespritzt wurden. Dann kamen Bilder von Tom Weathers, der Menschen tötete. Viele Menschen.

Mehr brauchte sie nicht zu sehen. Sie seufzte. »Natürlich gehe ich«, sagte sie. Adesina nahm ihre Vorderbeine herunter, und das wunderbare Glück und die Wärme verschwanden. Wieder spürte sie in ihrem Inneren nur Kälte.

»Was war das für eine Scheiße?«, fragte Joey.

Michelle hielt Joey Adesina hin. »Du musst dich eine Weile um sie kümmern. Kümmere dich um all die Kinder hier.«

Dann stand Michelle auf. Wortlos ging sie an Joey vorbei und machte sich auf die Suche nach jemandem, der wusste, wo das Rote Haus war – und der sie dorthin bringen konnte.

Montag, 28. Dezember

Am südlichen Ufer des Aruwimi
Nahe Bunia, Kongo
People's Paradise of Africa

Ghost liebte Erdnussbutter.

Sie saß hinter Wally auf einer der langen, niedrigen Bänke im Innern des Mannschaftstransporters und löffelte schweigend mit dem Finger Erdnussbutter aus dem Glas. Zwar hatte sie noch kein Wort gesagt, aber seit Wally sie im Arm gehalten hatte, war sie nicht mehr körperlos geworden. Und inzwischen folgte sie ihm noch dichter als zuvor.

Wally hatte schon einfachere Fahrzeuge gelenkt als diesen Panzerwagen. Er war schon mit Schaltgetriebe gefahren und hatte sogar Minenfahrzeuge gesteuert, aber dieses Gefährt hatte mehr Gänge, als er gewohnt war. Und es hatte eine komische Handhabung. Trotzdem schaffte er es, es auf der holprigen, matschigen Straße nach Bunia zu steuern. Am Morgen waren sie an einer weiteren Straßensperre vorbeigekommen, doch die Leopardenmänner und Soldaten hatten das PPA-Fahrzeug einfach durchgewinkt.

Was Wally gerade recht war. Mit Ghost an seiner Seite hätte es ihm gerade noch gefehlt, in einen Kampf verwickelt zu werden. Außerdem bekamen seine Wunden Zeit zu heilen.

Wally riskierte es, den Blick für einen Moment von der

Straße abzuwenden und auf die Broschüre zu werfen, die er in dem Mannschaftstransporter entdeckt hatte. Es war eine ringgeheftete Sammlung von laminierten Karten. Die Ausschnitte darin deckten die weitere Umgebung von Bunia ab und enthielten topografische Details, Straßen, Stromleitungen, Garnisonen, militärische Einrichtungen, Zugtrassen… alles, was er brauchte, um das Gebiet strategisch einzuschätzen. Wenn er doch nur Französisch verstanden hätte. *Wenn Jerusha doch nur hier wäre.*

Auf einer Karte war mit Wachsstift ein grünes Kreuz eingezeichnet worden. Die Stelle bezeichnete anscheinend eine Anlage am Stadtrand: das Zentrallabor für das Kinderassprojekt des PPA. Wally rechnete aus, dass er in ein paar Tagen dort ankommen würde. Auf der Straße entlang des Aruwimi würde er den Großteil der Strecke zurücklegen. Er war auf der Zielgeraden.

Aber mit jeder Meile wurde Ghost nervöser, aufgeregter. Deshalb parkte er den Wagen im Schatten einer Bockbrücke, die sich zwischen den hohen Uferaufschüttungen zu beiden Seiten des Flusses spannte. Ghost folgte ihm ins Unterholz. Es brauchte eine Menge Zeichensprache, bis sie verstand, was er vorhatte. Schließlich konnte er ihr immerhin so viel andeuten, dass sie zurückwich und ihm seine Privatsphäre zugestand.

Kaum war er fertig und wusch sich die Hände, als Ghost zu ihm zurückgerannt kam. Sie ergriff seine Hand und zerrte ihn aufgebracht zum Panzerwagen zurück. Auf ihren Wangen glänzten Tränen, und sie hatte die Augen vor Entsetzen weit aufgerissen.

Wally kniete sich hin, damit sie ihm in die Augen schauen konnte. »Hey, was ist los? Hast du etwas gesehen?«

Mit einer Hand zerrte Ghost erneut an seinem Arm, und mit der anderen zeigte sie panisch auf die Brücke. Wally sah hinauf und hatte plötzlich Angst, dass man sie entdeckt haben könnte. Doch die Brücke war leer.

Irgendwo in der Nähe rumpelte ein Zug über die Gleise. Das Geräusch hallte über die Grasebenen: tschg-tschg-tsch-tschg-tschg-tsch… Das versetzte Ghost in noch größere Aufregung.

»Hast du Angst vor Zügen? Was ist in dem Zug?«, fragte Wally. Vielleicht hatte man sie in einem Zug nach Bunia gebracht. Er zeigte auf die Brücke, dann auf Ghost und zuckte mit den Schultern. *Haben sie dich so von deiner Familie fortgeholt?*

Ghost schüttelte den Kopf. Sie deutete in die Richtung des sich nähernden Zugs, der inzwischen lauter war, und kräuselte die Lippen zu einem Zähnefletschen. Dann hielt sie sich zwei Finger vor den Mund wie Fangzähne und krümmte die Hände wie Krallen.

Leopardenmänner. In dem Zug waren Leopardenmänner.

Wally dachte an die Karten. Natürlich. Sie ziehen Verstärkung zusammen, um Bunia zu verteidigen.

Seit Tagen lächelte er zum ersten Mal. Dann legte er Ghost die Hand auf den Arm. »Willst du etwas Feines sehen?« Er zwinkerte.

Zunächst fuhr er mit dem Panzerwagen ein Stück die Straße zurück. Vorsichtshalber. Dann kraxelte er die Böschung hinauf zu den Brückenträgern und kletterte an denen hinauf. Unter Wallys Gewicht fingen die Holzbalken bedenklich an zu ächzen, aber sie hielten. Als er sich aufs Gleisbett zog, konnte er schon das reflektierte Sonnenlicht auf dem herannahenden Zug sehen.

Wally legte eine Hand aufs Gleis und konzentrierte sich. Unter seinem Ballen färbte sich der Stahl orangerot. Er befahl dem Rost, sich auszubreiten. Wie eine Flamme an einer Zündschnur raste der Rost das Gleis entlang ans andere Ende der Brücke. Wally trat so fest mit dem Fuß auf, dass die Brücke bebte. Dadurch löste sich das zerstörte Gleis. Sekunden später waren nur noch Rostflocken von ihm übrig, die zum Fluss hinabgeweht wurden.

Der Zug war jetzt ganz nah. Er bog um die Ecke. Wally

sprang auf die Böschung und eilte halb rutschend, halb rollend zur Straße hinunter. Dann trug er Ghost ein Stück, bis sie hinter dem Panzerwagen in Sicherheit waren.

In Wallys Augen war der Absturz des Zugs spektakulär.

Kyrene am Nil
Altes Ägypten

Der Nil floss seufzend, gurgelnd und raunend vorüber. Mondlicht lockte Silber aus den Wellen und schien die Wedel der Dattelpalmen mit bleichen Heiligenscheinen zu umgeben. Durch die Palmen fuhr der Wüstenwind und machte ein Geräusch wie Kastagnetten.

Noel ging am Fluss entlang, blieb stehen und holte tief Luft. Er genoss den Geruch von Staub, Dung, Schilf und den Duft von mit getrockneten Zitronen gekochtem Lamm. Er ließ die Anspannung aus seinen Muskeln entweichen.

Es war getan. Nshombo war tot. China und Indien zogen sich aus dem PPA zurück, weil sie nicht mehr daraufsetzen wollten. Die eroberten Staaten Afrikas fingen an, wieder lokale Kontrolle auszuüben. Noel war nach Ägypten gekommen, in einem manischen Rausch, der zu einem Viertel auch von Irish Coffee und zu wenig Schlaf herrührte, und hatte Niobe die ganze Geschichte erzählt und geredet wie ein Wasserfall. Sie hatte seine Gerissenheit angemessen bewundert.

Die schlechte Nachricht war: Weathers war immer noch von Noel Matthews besessen, und es schien ihn nicht zu kümmern, dass das PPA auseinanderfiel. Natürlich hatte Weathers den Helden der Revolution getötet. Vielleicht hatte ihm gedämmert, dass er in Kongoville nicht gerade sonderlich beliebt war.

Noel hatte den ganzen Tag geschlafen. Weil er nicht still sitzen konnte, war er vor dem Abendessen zu einem Spaziergang aufgebrochen. Unter seinen Sohlen knirschte Kies, als er weiterging. Er hörte Stimmen und erkannte Niobes sanften Alt und den flötenden Tenor eines Jungen. Noel schob sich an blühenden Malvenbüschen vorbei und entdeckte Niobe und Drake, die auf einer Marmorbank saßen. Auf dem Boden zu ihren Füßen stand ein Tablett mit Gläsern und einer Karaffe mit Fruchtsaft.

Wenn sich die Stimme auch nicht verändert hatte, so hatte sich der Körper des Jungen in dem Jahr durchaus entwickelt. Er war in die Höhe geschossen und war schlanker geworden. Seine Haare waren länger und gingen ihm bis zur Schulter. Als Noel sich näherte, sahen die beiden zu ihm auf. Da erkannte er die deutlicheren Veränderungen – die Beule an seiner Stirn, in der Sachmet ruhte, und das Alter und die Trauer, die in der Tiefe seiner Augen schlummerten. Drake war zwar erst vierzehn, doch Sachmet hatte schon jahrzehntelang Verlust und Leid erfahren.

Vielleicht ist ein Teil der Trauer auch von Drake, dachte Noel. Immerhin hatte der Junge (wenn auch unbeabsichtigt) seine ganze Familie und sein Heimatdorf getötet und Tausende Soldaten des PPA ausgelöscht. Auch er hatte bereits ein Leben voller Trauer und Schuld hinter sich.

Plötzlich aber war er nichts weiter als ein Teenager. Er sprang auf und warf beinahe das Tablett um. Er rief: »Hey, Noel, setz dich neben deine Liebste.«

Niobe bot ihm ein Glas Saft an. Als sich ihre Finger berührten, kam es zu dieser augenblicklichen wortlosen Verständigung, die bei verheirateten Paaren möglich ist.

Ist alles in Ordnung mit dir?

Ja, Liebste.

Ich bin froh, dass du da bist.

Ich auch.

Sie ließ sich von ihm umarmen, und er gab ihr einen Kuss auf den Scheitel.

»Irgendein Zeichen von Weathers?«, fragte Noel.

Drake nickte. »Er hat einmal herumspioniert, aber ich

glaube, er wollte sich nicht mit der Feuerkraft hier anlegen. Die meisten von uns sind vielleicht nur Joker, aber wir haben auch ein paar Asse und... und...« Er zögerte und schien plötzlich wieder ein Kind zu sein.

»Ist schon gut, du kannst es sagen«, beruhigte ihn Niobe mit einem Lächeln. »Und wir haben dich samt der Macht von Ra.«

Noel trank einen Schluck. Es war eine Mischung aus Pfirsich und Granatapfel, süß und bitter zugleich.

»In einer Stunde gibt's Abendessen. Ich lasse euch beide kuscheln.« Drake grinste sie an wie ein Teenager, doch dann sackte er plötzlich als Reaktion auf etwas, das nur er hören konnte, in sich zusammen. »Und ich muss einen Haufen Mathehausaufgaben machen.« Er ging davon.

Noel sah Niobe fragend an. »Hausaufgaben?«

»Er ist erst vierzehn, und er muss einmal ein weiser Herrscher werden, nicht nur ein mächtiger.« Sie lächelte. »Es war sogar Sachmet, die ihm sagte, dass er sich Lehrer suchen soll. Sie legt viel Wert auf Erziehung.« Sie fingerte an den Fransen ihres abendblauen Schals herum. Dann ging sie zur Bank zurück und nahm ein gefaltetes Stück Papier von dem Tablett. Wortlos reichte sie es ihm.

Noel faltete es auseinander und sah ein Bild von Weathers, der Tod und Zerstörung auf eine Stadt herabregnen ließ.

»Das muss aufhören. Deinetwegen macht er Städte dem Erdboden gleich und tötet Menschen.«

Noel fuhr sich mit der Hand durchs Haar. »Glaubst du, das weiß ich nicht? Ich kann nicht gegen Tom Weathers kämpfen. Oder willst du, dass ich mich einfach ergebe und mich von ihm umbringen lasse?«

»Natürlich meine ich das nicht.« Sie hatte einen strengen Tonfall. »Du könntest mit dem Komitee zusammenarbeiten.«

»Das sind Idioten.«

»Dann hilf ihnen, keine Idioten zu sein. Du bist schlau und weißt, wie man... wie man so etwas macht.«

»Wie man Weathers tötet. Sag es einfach.« Sie wirkte bekümmert, und da fiel ihm auf, wie barsch sein Tonfall gewesen sein musste. »Ich dachte, du willst nicht, dass ich Leute umbringe.«

»Das will ich auch nicht. Aber Weathers muss aufgehalten werden, und was im Kongo passiert, muss auch aufhören.«

»Nshombo habe ich ausgeschaltet.«

»Trotzdem werden dort noch Kinder gefoltert und getötet.«

»Ich will verdammt sein, wenn ich diese Kinderasse umbringe.«

»Wenn du das tun würdest, würde ich dir nie vergeben, aber du kannst die Labore zerstören, in denen sie erschaffen werden.«

Damit erntete sie ein bitteres Lachen von ihm. »Danke, dass du so sehr an meine Fähigkeiten glaubst, aber so mächtig bin ich nicht.«

»Und du bist ein Anführer und Planer. Das Komitee verfügt über machtvolle Asse, aber nicht über eine gute Führung.«

»Lohengrin würde das anders sehen.«

Niobe zuckte mit den Schultern. »Er meint es gut, aber er ist ein Träumer. Du bist pragmatisch. Dir fällt schon ein, wie man mit Weathers fertigwird, aber bis dahin mach wenigstens die Labore dicht.«

Noel musterte ihre im Mondlicht bleichen Züge. Er konnte keine Erweichung sehen, nur Entschlossenheit. Da begriff er, dass das die Frau war, die alles riskiert und sich mit der bewaffneten Gewalt der amerikanischen Regierung angelegt hatte, um einen kleinen Jungen zu retten.

Konnte er dann tatsächlich weniger tun?

Aber er wollte, dass es vorbei war.

Sie schien seine Gedanken zu lesen und legte ihm eine Hand auf die Wange. »Tu es. Ich glaube, das ist der einzige Weg für dich, Frieden zu finden.«

Auf der Straße nach Bunia, Kongo
People's Paradise of Africa

Der Zwischenfall mit dem Zug bewirkte eine weitere Veränderung bei Ghost. Sie fing an zu sprechen.

Wally konnte sie genauso wenig verstehen wie sie ihn, aber sie plapperte mit ihrer Kleinmädchenstimme mit ihm, und das machte ihn glücklich. Sie hörte sich an wie ein normales Mädchen – und mit jedem Tag weniger wie ein Geist.

Und wenn sie auf ihrem Weg nach Bunia an Dörfern vorbeikamen, sprach sie auch mit anderen Leuten. Über Wally. Ihren Gesten und den *Bumm! Bumm! Bumm!*-Geräuschen nach, die sie dabei machte, vermutete er, dass sie ihnen von seinem Kampf gegen die Leopardenmänner erzählte. Von dem Kahn, den er versenkt hatte, und von dem Zug, den er hatte entgleisen lassen. Vor allem von dem Zug. Die Geschichte mit dem Zug fand großen Anklang. Man klopfte ihm auf die Schulter, redete auf ihn ein und bot den Fremden Essen und Schlafplätze an.

Bunia musste eine ziemlich große Stadt sein, denn Wally entdeckte Handys. Jedes Mal wenn Ghost mit ihrer Geschichte zu Ende war, zückten ein Dutzend Leute Handys und fingen an, Nachrichten zu schreiben. Und damit fand die Geschichte erst richtig Verbreitung.

Dienstag, 29. Dezember

Bunia, Kongo
People's Paradise of Africa

Die Sonne kletterte über die Rauchsäulen, die den Horizont in allen Himmelsrichtungen sprenkelten, vor allem aber in Richtung Bunia.

Wally und Ghost hatten mittlerweile ein Gefolge erhalten. Ein kleiner, aber anwachsender Konvoi aus PKWs, Lastern, Motorrädern und sogar Fahrrädern folgte ihrem gestohlenen Mannschaftstransporter. Die Leute auf ihnen schwenkten Schaufeln, Macheten, Spitzhacken, Holzbretter und was sie sonst noch finden konnten.

Wally war das gar nicht recht. Diese Leute würden dabei nur umkommen, aber er schaffte es nicht, ihnen das begreiflich zu machen.

Ghost weigerte sich, von seiner Seite zu weichen.

Immer mehr Rauch am Horizont.

Aus dem Funkgerät im Panzerwagen drangen plötzlich Stimmen. Zwar verstand Wally das Gesagte nicht, aber das brauchte er auch nicht. Er hörte die Dringlichkeit heraus, mit der sich die Funker gegenseitig ins Wort fielen, den klagenden Tonfall, mit dem Soldaten Befehle anforderten, und das Bellen gestresster Kommandanten, die versuchten, Informationen zu bekommen.

Bei einigen Operationen des Komitees hatte er schon ähnlichen Funkverkehr mitgehört. So hörte es sich an, wenn Dinge schiefliefen.

Vereinte Nationen
Manhattan, New York

Noel teleportierte direkt in Lohengrins Büro. Mit der Augenklappe hätte der Deutsche eigentlich verwegen und gefährlich aussehen müssen, doch er sah vielmehr eigentümlich jung und verwundbar aus.

»Scheiße! Oh. Was willst du?«

»Wie kann ich euch behilflich sein?«

Bunia, Kongo
People's Paradise of Africa

Ungefähr fünfzig Meilen vor Bunia stießen sie auf eine weitere Straßensperre. Hier patrouillierten reguläre Truppen, und Wally sah keine Spur der Leopardenmänner. Nicht dass diese Soldaten Hilfe gebraucht hätten, denn sie hatten einen Panzer.

Sobald die Soldaten die Schlange von Fahrzeugen sahen, die sich hinter Wallys Mannschaftstransporter auf der schmalen Straße aufreihte, hoben sie die Waffen. Einer sprach in ein Funkgerät in seiner Hand. Daraufhin drehte sich der Geschützturm des Panzers, sodass ein Schuss gereicht hätte, um hundert Menschen zu töten.

Sofort war Wally auf der Straße und lief auf den Panzer zu. Von seinem Körper und von der Panzerung des Mannschaftswagens prallten Kugeln ab. Etwas Feuchtes und Warmes lief ihm den Hals hinunter. Motoren surrten. Das Geschützrohr des Panzers senkte sich.

Mit ausgestreckten Händen hechtete Wally nach vorn. Da verpuffte der Panzer in einer orangefarbenen Wolke. Seinen eisernen Fäusten hatte die Besatzung nicht viel entgegenzusetzen. Dann wandte Wally sich den anderen Soldaten zu, doch diese hatten ihre Waffen fallen lassen. Mit erhobenen Händen starrten sie auf etwas hinter ihm.

Er drehte sich um. Ein Dörfler war auf den Mannschaftstransporter geklettert und schwang mit bösem Grinsen das Maschinengewehr. Dass die Soldaten sich ergeben hatten, zählte nicht mehr, denn sie wurden von einer Welle wütender, mit Schimpfworten und Hoffnung bewaffneten Kongolesen überrannt.

An diesem Abend lieh sich Wally ein Telefon aus. Die einzige Nummer, an die er sich erinnern konnte, war die von Jerusha. Sie ging nicht ran. Er sprach ihr eine Nachricht auf Band.

»Ähm. Hey, Jerusha. Hier ist Wally. Du weißt schon, von… na, du weißt schon. Egal, ich nehme an, dass du inzwischen Kontakt zum Komitee aufgenommen hast und die Kinder in Sicherheit gebracht hast. Das hoffe ich jedenfalls. Ich bin noch immer unterwegs nach Bu… zu diesem Ort, über den wir gesprochen haben. Ich bin bald dort. Ich wollte nur Bescheid geben, dass mit mir alles okay ist. Ich hoffe, bei dir auch. Freu mich echt drauf, dich wiederzusehen.« Aber er wusste, dass das nicht wahrscheinlich war, deshalb fügte er sicherheitshalber hinzu: »Und, Jerusha? Danke. Für alles.«

Mittwoch, 30. Dezember

Blythe van Renssaeler
Memorial Clinic, Jokertown
Manhattan, New York

»Was zum Teufel machen Sie denn da?«

Jerusha sah zu dem finster blickenden Finn auf. Eine Krankenschwester – eine Jokerin mit violetter Haut und Armen und Beinen, die aussahen, als wären sie aus Luftballons gebastelt worden – drückte sich ängstlich hinter ihm in den Türrahmen. Jerusha richtete sich auf, das Flügelhemd hatte sie nur halb in die Mülltüte aus dem Spender gestopft. Ihren Samenbeutel hatte sie sich umgeschnallt, wobei der Gurt zweimal um ihren ausgezehrten Körper ging. Sie wischte sich über die Arme, die bluteten, weil sie die Infusionskanülen herausgerissen hatte. Ihre Arme sahen fremd aus, als würden sie nicht ihr gehören: skelettartig, die Haut hing schlaff auf dem Knochengerüst. Als sie sich umdrehte, versuchte sie, nicht ihr Spiegelbild in der Glasscheibe zu betrachten. »Denken Sie scharf nach, Doc. Sie sind doch so schlau.«

»Ich habe Sie nicht entlassen.«

»Ich habe beschlossen, mich selbst zu entlassen.«

»Jerusha, wenn Sie jetzt gehen, werden Sie das nicht überleben.«

»Das ist sowieso unausweichlich, oder? So betrachtet sterbe

623

ich lieber, wo ich vielleicht noch etwas Gutes tun kann, statt in diesem aseptischen Zimmer. Nicht böse gemeint.«

»Sie wollen doch hoffentlich nicht zurück nach Afrika.«

»Warum nicht? Ich bin eine Schwarze.« Jerusha musste trocken lachen, da Finn sie verdutzt und mit halb offenem Mund anstarrte, doch ihre Belustigung endete in einem abgehackten, matten Husten. Sie krümmte sich.

Finn machte einen Schritt auf sie zu, und sie wich zurück und richtete sich wieder auf. Dann wischte sie sich die Lippen ab – ihr Gesicht zu berühren war jedes Mal wieder ein Schock, denn es fühlte sich nicht wie ihr eigenes an, sondern wie das einer unwahrscheinlich dünnen Fremden. Sie fuhr sich mit der Hand über ihr kurzes Haar. Ihre krausen Locken waren spröde und brüchig. »Das war ein Witz, Doc. Ich muss Rusty finden, und zwar solange …« – sie hielt inne, um Atem zu holen – »solange ich es noch kann. Und ich mache genau das, es sei denn, Sie sagen mir auf der Stelle, dass Sie mich von dem kurieren können, was dieses Kind mit mir gemacht hat. Schauen Sie mir in die Augen, und sagen Sie mir, dass Sie das können, Doc.«

Finn starrte sie nur an, sein Blick war beinahe wütend.

»Das dachte ich mir.« Damit wandte sich Jerusha wieder der Mülltüte zu, stopfte die restlichen Kleider hinein und zog sie zu. Sie schlang sich die Zugbänder über die Schulter. »Ich muss meine Bahn und dann das Flugzeug erwischen.« Sie nahm einen Samen aus ihrem Beutel und hielt ihn dem Zentaur vor die Nase. »Gehen Sie mir aus dem Weg, oder ich demoliere Ihre hübsche Klinik und stelle sicher, dass man mich nicht aufhält.«

»Man wird Sie daran hindern«, sagte Finn. »Man wird Sie nicht ins Flugzeug lassen.«

»Wer ist *man*?«, fragte sie. »Das Komitee? Die müssten schon gegen mich kämpfen.« Sie berührte ihren Samenbeutel. »Dann müssten sie aber auch ein fähiges Ass schicken. Ich gehe nach Afrika, oder ich sterbe im Kampf gleich auf dem Flughafen, das schwöre ich Ihnen.«

Finn hatte sich immer noch nicht gerührt. »Na gut. Sie sind erwachsen. Wenn Sie gehen wollen, werde ich Sie nicht aufhalten. Aber lassen Sie mich erst ein Telefonat machen. Wenn Sie schon entschlossen sind zu gehen, dann sollten wir sichergehen, dass Sie dort auch ankommen.« Er wich ihrem Blick nicht aus. »Ich lüge Sie nicht an und möchte Sie auch nicht ablenken. Ich bitte Sie, mich Ihnen helfen zu lassen.«

Jerusha starrte ihn an. Dann nahm sie den Samen herunter und steckte ihn in den Beutel zurück. Sie warf die Mülltüte auf das Bett und setzte sich daneben. Dass sich Sitzen so viel besser anfühlte als Stehen, kotzte sie an. »Na gut«, sagte sie. »Ich warte. Eine Weile. Aber wenn Ihr Telefonat nichts bringt, gehe ich trotzdem.« Über Finns Schulter sah sie die Krankenschwester an. »Und bringen Sie mir etwas zu essen, solange ich warte. Einen Haufen. Ich bin am Verhungern.«

Finn und die Schwester eilten davon. Jerusha sah sich in ihrem Zimmer um. Ihr Handy … Es lag noch immer in der Schublade im Nachttisch. Sie zog es heraus. Nach etlichen Tagen im Krankenhaus war der Akku leer. Deshalb holte sie auch das Ladekabel heraus und steckte das Telefon ein. Es piepte. Auf ihrem AB war eine Nachricht von einer Nummer, die sie nicht kannte. Aber es war keine amerikanische. Sie drückte die Taste, um die Nachricht abzuspielen.

»Ähm. Hey, Jerusha. Hier ist Wally …«

Ganz von selbst kamen ihr die Tränen, und heftiges Schluchzen ließ ihren Körper erbeben, so heftig, dass sogar die violette Krankenschwester ins Zimmer gerannt kam. Jerusha umklammerte das Handy so fest, dass ihr die Hand wehtat, und sie lauschte der Stimme. Dann sah sie lächelnd zu der Schwester auf.

»Wally lebt«, sagte sie. »Er ist noch am Leben …«

Vereinte Nationen
Manhattan, New York

Lohengrin humpelte den Gang hinunter und stützte sich dabei schwer auf die Aluminiumkrücke. Am Kopf hatte er weniger Verbände, aber über seinem versengten Auge trug er eine silberne Augenklappe. Wie Hitzewellen strahlte seine Wut von ihm ab. Links von ihm ging Bugsy, rechts Babel, und sie wirkten wie ein Engelchen-Teufelchen-Pärchen im Comic.

»Ermittler«, geiferte Lohengrin. »Ein ganzer Monat, und dann dürfen wir ein Team von Ermittlern zusammenstellen, um das People's Paradise zu beobachten.«

»China bezieht den Großteil seines Öls von den Nshombos«, sagte Babel. »Es wäre naiv zu glauben, sie würden ihre wirtschaftlichen Interessen aufgeben.«

Lohengrin knurrte, worauf sich Babels Stirn umwölkte. Anscheinend führten sie dieses Gespräch nicht zum ersten Mal.

»Hi«, sagte Bugsy. »Dann läuft also alles super, was?«

»Das Komitee unternimmt nichts wegen der Kinderasse in Afrika«, sagte Lohengrin. »Aufgrund der Politik sind uns die Hände gebunden.«

»Ja. So viel habe ich mitgekriegt.«

Lohengrin bog scharf ab und betrat Gardeners Zimmer. In ihrem Arm steckte eine Kanüle, doch es machte keinen Unterschied, wie viele Kalorien sie in sie hineinpumpten: Jerusha Carter verhungerte. Der Anblick ihres zusammengeschrumpelten Körpers war ein solcher Schock für Bugsy, dass er die beiden anderen Leute im Zimmer gar nicht gleich bemerkte.

»Jonathan«, sagte Ellen.

Sie war schön. Sie trug einen dunkelbraunen Pullover, den er noch nie an ihr gesehen hatte, und einen langen schwarzen Wollmantel. Sie hatte auch eine neue Frisur und die Haare aus dem Gesicht gekämmt. Ihr Lächeln war beinahe mild.

Mit diesem Körper habe ich mir die Zeit vertrieben, nackt, dachte Bugsy mit schmerzhaftem Bedauern. Doch dann fiel ihm der Fedora auf, der teilweise aus ihrer Manteltasche heraussah.

»Hey, Ellen«, sagte er. »Du siehst großartig aus.«

»Danke«, sagte sie.

Am Fenster saß Noel Matthews, schnaubte bedeutungsvoll und hob eine Augenbraue.

»Oh«, sagte Bugsy. »Noel. Hey. Wegen der Sache in Paris, wo ich deine Identität aufgedeckt habe ...«

»Du meinst, wo du mich vor dem mächtigsten Ass der Welt entlarvt, mich und meine Familie in Gefahr gebracht und eine weltweite Erpressungskampagne ausgelöst hast, deren Ziel mein Tod ist?«

»Ja, genau das«, sagte Bugsy. »Das tut mir echt leid.«

Gardener lachte, was einem tiefen, schwerfälligen Keuchen gleichkam. Ellen ergriff ihre klauenartige Hand. »Bugs«, sagte Jerusha und schüttelte den Kopf. »Du hast dich kein bisschen verändert.«

»Das ist ein Fehler«, warnte Babel. »Lohengrin, tu das nicht.«

»Okay«, mischte sich Bugsy ein. »Was nicht tun? Weshalb habt ihr mich hergeholt? Klaus hat mich angerufen und gesagt, dass ich kommen soll ...«

»Rusty«, sagte Jerusha. »Ich will Rusty wiedersehen. Ich habe es ihm versprochen ... Ich habe gesagt, dass ich ihm zuliebe am Leben bleiben würde. Ich will mein Versprechen nicht brechen.«

Bugsy nickte und stellte im Kopf rasch ein paar Verbindungen her. Jerusha und Rustbelt? Dann waren er und Simoon/Cameo/Nick vielleicht doch nicht das unwahrscheinlichste Paar auf der Welt gewesen.

»Rusty ist immer noch in Afrika«, sagte Ellen. »Nach allem, was wir wissen, führt er einen Volksaufstand gegen das Hauptlabor der Nshombos in Bunia an.«

»Bubbles ist dort auch irgendwo«, sagte Lohengrin. »Mr. Matthews hat sich bereit erklärt, Gardener dorthin zu transportieren, was eine rein humanitäre Geste des guten Willens ist.«

»Vorsicht, Junge«, sagte Noel. »Sonst hörst du dich noch an wie ein Verwaltungschef.«

»Das«, meldete sich Barbara Baden, »ist der bei Weitem unprofessionellste und unangemessenste Plan, der mir je untergekommen ist.«

»Irgendwann erzähle ich dir mal von Vegas«, versetzte Bugsy. »Lasst mich nur sichergehen, dass ich alles richtig verstanden habe. Die UNO ignoriert das Kinderassprojekt. Uns ist es nicht gestattet einzugreifen und, sagen wir mal, Rusty zu helfen, eine nicht sanktionierte Bürgerwehroperation anzuführen, obwohl es genau das ist, was er in Ägypten für uns getan hat. Stattdessen verfrachten wir Jerusha aus reiner Herzensgüte von ihrem Todeslager … nicht böse gemeint …«

»Kein Problem«, sagte Gardener.

»… in ein Kriegsgebiet. Womöglich mit der Absicht, dass Cameo und ich mitgehen und ein bisschen ›aushelfen‹, und falls wir dabei möglicherweise auf Bubbles treffen, das am wenigsten totzukriegende Ass der Welt, und rein zufällig in Rustys Krieg verwickelt werden, um diese Kinderasswichser aufzuhalten und Tom Weathers all seiner neuen Assmitstreiter zu berauben … Nun, wir würden da nicht hingehen, um Ärger zu suchen, richtig? Ich meine, das wäre ja wirklich zu unwahrscheinlich.«

»Ja«, sagte Babel mit einer Spur Triumph in der Stimme. Cameo schwieg. Lohengrin sah Bugsy herausfordernd an. Lediglich Noel schien von der Sache genauso amüsiert zu sein wie er selbst.

»Klar, zum Teufel auch«, sagte Bugsy.

»Das ist nicht dein Ernst«, erwiderte Babel perplex.

Donnerstag, 31. Dezember
Silvester

Bunia, Kongo
People's Paradise of Africa

Bunia war ein einziger Schwaden aus Rauch und Schießpulver. Bunia war ein Durcheinander aus zerfallenen Häusern und brennenden Gebäudetorsos. Bunia war der Gestank von Tod und Zerstörung.

Jerusha wankte, als Noel sie losließ, und blinzelte im Sonnenlicht. »Du liebe Scheiße«, hörte sie Bugsy hinter sich kommentieren. Vor ihnen stolperten Menschen durch den Rauch und die Ruinen. Auch Leichen waren zu sehen, um deren Umrisse Wolken aus schwarzen Fliegen schwirrten. Mitten auf der Straße, die in die Stadt führte, stand ein aufgegebener Panzer. Von dem Gefährt war nicht viel übrig bis auf die Raupenbänder und ein paar Plastikteile, und die restlichen Trümmer versanken in einem Berg aus orangerotem Pulver.

Das ist Wallys Werk. Anders kann es nicht sein.

»Bist du dir sicher, dass du hier sein willst?«, fragte Noel. Sie spürte, dass er sie am Arm halten wollte, und wich wütend zurück.

»Wally hat gesagt, dass er hier sein würde. Also ist er auch hier.«

»Na schön«, erwiderte Noel und nahm seine Sonnenbrille

ab. Seine Augen hatten die Farbe von geschmolzenem Gold. »Bugsy, kannst du ein paar Wespen losschicken und sehen, ob sich Rustbelt finden lässt?«

Jerusha hatte genug vom Warten. Genug von halbherzigen Schritten, wenn sie ihrem Ziel so nah war. »Wally!«, rief sie, so laut sie konnte. Es klang schrill, und die Anstrengung zehrte an ihrer Kehle.

Noel zischte und machte den Eindruck, als würde er jeden Moment irgendwohin springen. Unruhig sah er sich um. Cameo bekam große runde Augen und hielt sich die Hand vor den Mund. Von Bugsys Hals lösten sich Wespen. »Bist du verrückt?«, fragte Noel. »Du hast keine Ahnung, ob ...«

»Jerusha?«

Der leise Ruf kam von tiefer in der Stadt. Dort erkannte sie eine Menschenmenge in Zivil. Einige aus der Gruppe schwenkten Gewehre. Aus ihrer Mitte ragte eine größere Gestalt hervor, und bei ihrem Anblick stieß Jerusha vor Erleichterung eine Mischung aus Lachen und Schluchzen aus. Die Rostschicht, die seinen Körper überzog, war schrecklich dick, und er war blutverschmiert und trug Verbände. Aber es war Wally. Und er war am Leben.

Sie ging, so schnell sie konnte, auf ihn zu und hasste das Greisinnentempo, mit dem sie vorwärtskam. Und sie hasste es, dass sie alle paar Schritte stehen bleiben und verschnaufen musste. Er starrte sie an, als wäre sie ein Geist, als würde er sie nicht erkennen. Neben ihm stand ein Kind, ein kleines Mädchen. Er hielt einen Arm schützend über sie. »Jerusha?«, rief er erneut, und jetzt rührte er sich auch. »Mensch! Jerusha!«

Rumpelnd wie eine Lokomotive setzte er sich in Bewegung, wurde schneller, schloss sie in die Arme, hob sie hoch, und sie lachte, und er lachte, und es kümmerte sie nicht, dass es wehtat. Sie schlang die Arme um seinen großen Kopf und küsste ihn auf den harten Metallmund. »Au«, sagte sie schließlich. »Lass mich runter, Wally. Au ... wirklich. Bitte.«

Jetzt erst schien ihm aufzufallen, wie sehr er sie festhielt, und er bekam große Augen. Behutsam setzte er sie ab und trat einen Schritt zurück. Sein Blick wanderte an ihrem Gerippe auf und ab und ruhte schließlich auf ihrem Gesicht. »Jerusha… was ist mit dir passiert? Wie geht es den Kindern?«

»Das ist eine lange Geschichte. Aber die Kinder… den Kindern geht es gut. Ich habe fast alle rausgebracht. Fast alle…« Sie hielt inne, da sie die Gesichter vor sich sah, von Efia, von Hafiz, von Naadir, von Pili und von Chaga. Hilflos fing sie an zu weinen, und Rusty nahm sie wieder in die eisernen Arme. Sie schluchzte an seiner Brust, dann löste sie sich und wischte sich die Augen. »Mir geht es gut«, sagte sie. »Mir fehlt nichts, was nicht mit ein bisschen Hausmannskost wieder kuriert werden könnte«, erklärte sie ihm und hoffte, dass er die Lüge nicht heraushören würde.

Sie blickte zu Noel, Cameo und Bugsy zurück. Cameo lächelte, und man konnte unmöglich erkennen, was Bugsy dachte. Noel jedoch starrte sie vorwurfsvoll an. Da bemerkte Jerusha, dass ihr Lachen sich erneut in freudige, ohnmächtige Tränen verwandelt hatte. »Wally, du hast mir so gefehlt. Ich hatte solche Angst um dich, um uns beide…« Mehr konnte sie nicht sagen, sondern nur noch die Arme um ihn schlingen. Auf ihrem Rücken spürte sie seine Pranken, die sie hielten, als wäre sie ein Zweig, der brechen würde, wenn er zu fest drückte. Noch einmal küsste sie ihn. »Du bist für mich am Leben geblieben.«

»Ja«, sagte er. »Das bin ich.« Er schniefte. Dann schien er das Trio hinter ihr zu bemerken, und seine Löffelbaggerkiefer verzogen sich zu einem Grinsen. »Hey, Bugsy! Cameo! Noel! Ihr seid auch mitgekommen? Cool.« Dann sah er Jerusha wieder an, und sofort stand ihm die Sorge ins Gesicht geschrieben. »Die Kinder? Geht es ihnen wirklich gut? Dir geht's gut?«

»Ja«, beteuerte sie. »Es geht ihnen gut. Noel hat mir geholfen, sie in die Staaten zu bringen.«

Wieder schniefte er und nickte Noel zu. »Gut. Das ist wirklich gut. Du hast mir gefehlt, Jerusha. Ich habe alles getan, was ich konnte, um diese Leopardentypen von dir wegzulocken.«

»Das hast du gut gemacht, Wally.« Sie berührte die Verbände an seinem Arm und stieß ein Lachen aus, das gleichzeitig ein Schluchzen war. »Wir sind mal so ein Paar, was?«

»Wir sind wieder zusammen«, sagte er. »Das ist gut, oder?« Er sah sie an, als befürchtete er, sie könnte Nein sagen, und seine Verletzlichkeit trieb ihr schon wieder die Tränen in die Augen.

»Ja«, sagte sie. »Das ist gut. Das habe ich mir so sehr gewünscht.« Über seine Schulter sah sie das kleine Mädchen auf sie zukommen. Oder besser gesagt: auf sie zuschweben. Ihre Füße schienen den Boden nicht zu berühren. Sie alle wurden von der Menschenmenge beobachtet. Viele der Leute lächelten und zeigten zu ihnen herüber. »Wer ist das?«, fragte sie.

Wally reckte den Kopf, weil er Jerusha nicht loslassen wollte. »Oh«, sagte er. »Das ist Ghost. Ich habe sie gefunden... Nun, eigentlich hat sie mich gefunden.« Jerusha spürte, wie er zusammenschreckte, als wäre ihm gerade erst etwas aufgegangen. »Mist«, sagte er. »Jerusha, das Labor, das große Teil aus den Akten, die du gefunden hast, ich weiß, wo es ist. Ein Stück außerhalb der Stadt. Ich habe es gefunden, und jetzt muss ich hin und sie aufhalten und die Kinder herausholen. Eigentlich wollte ich das gerade machen, aber diese Leute da...« – er zeigte auf die Menge ärmlich gekleideter Menschen auf der Straße – »...laufen mir hinterher. Wenn du mit ihnen auf Französisch reden und ihnen sagen könntest, dass sie in der Stadt bleiben sollen, damit ihnen nichts passiert, dann könnte ich zum Labor...«

Angst befiel sie. Er sah zerbrechlich aus und war fast überall mit Rost bedeckt, der Blasen und Krusten auf seiner Haut bildete. Aber ihr war klar, dass sie ihn nicht aufhalten konnte. Dass er nicht innehalten würde, ehe er getan hatte, was er sich vorgenommen hatte – und dass ihr keine Wahl blieb, wenn sie bei ihm bleiben wollte.

»Ich komme mit«, sagte Jerusha. »Ich helfe dir.«

»Geht's dir auch gut?«, fragte Wally. »Wirklich?«

♥

Menschenmengen zogen durch die Straßen. Viele trugen Waffen, echte und provisorische. Doch noch mehr schleppten Beute mit sich, die sie aus Läden und Wohnungen gestohlen hatten. Über der Stadt hing eine Rauchdecke, und der Qualm machte den ohnehin schon schönen Sonnenuntergang noch spektakulärer.

Noel stützte die Hände auf die Hüften und drehte sich langsam um 360 Grad. »Nun, die Nachricht von den Ereignissen hier wird sicher nach Kongoville dringen.«

»Dann müssen wir uns aufmachen, bevor sie noch mehr Soldaten schicken«, sagte Rusty. »Wir müssen auf der Stelle zu diesem Roten Haus aufbrechen!« Er ging los, und seine Metallfüße sanken im weichen Asphalt ein.

Noel hechtete ihm hinterher und hielt ihn am Handgelenk fest. Als er ihn wieder losließ, merkte er, dass seine Hand voller Rost war. »Jetzt mal langsam. Rusty, teurer Freund. Es wäre besser, wenn wir das vorher einmal durchsprechen.« Noel hielt kurz inne und betrachtete das Gesicht des eisernen Asses. »Der kürzeste Weg hinein ist über den Westhang. Der wird aber zweifellos mit Bewegungsmeldern und Kameras gespickt sein. Wenn es meine Aufgabe wäre, die Anlage zu bewachen, würde ich als zusätzlichen Überraschungseffekt auch Landminen legen. Unsere Chancen stehen am besten mit einem Angriff von zwei Seiten. Bugsy, Cameo, Gardener und ich schleichen uns von Westen an und machen so viel Krawall, dass die Alarmanlage losgeht. Dann kommt Rusty von der Straße und greift das Haupttor an. Allerdings sollten wir besser warten,

633

bis uns die Nacht Deckung gibt. Und wir brauchen etwas Hasendraht.«

Cameo sah auf. Da sie den ramponierten Fedora trug, war es Nick, der ihr aus den Augen schaute. »Hasendraht?«

»Der schaltet die Panzerabwehrbüchsen aus, denen Rusty nicht ausweichen kann. Vertrau mir.«

»Wieso beruhigt mich das nicht?«, grummelte Bugsy.

»Ich zähle darauf, dass die Wachleute die relative Bedrohung abwägen. Wenn sie die Wahl haben zwischen Mückenstichen ...«

»Wespenstichen, ich muss schon sehr bitten«, sagte Bugsy. »Nicht dass es einen bekackten Unterschied machen würde.«

»Hör doch mal auf, immer so negativ zu sein«, beschwerte sich Nick mit Cameos Stimme, und Bugsy gab nach.

»... und einem großen eisernen Imperialisten am Haupteingang, dann werden sie sich erst um Rusty kümmern.«

»Damit bringen wir Rusty in schreckliche Gefahr«, sagte Gardener.

»Das passt schon. Ich bin ziemlich hart im Nehmen.« Als Rusty sie anschaute, leuchtete ihm das Herz aus den Augen. Noel fragte sich, ob ihm bewusst war, dass Gardener bald sterben würde und dass es keine Möglichkeit gab, dies zu verhindern.

Er schüttelte den plötzlichen Anfall von Melancholie ab und fuhr fort: »Es wird für uns alle schrecklich gefährlich werden. Rustbelt ist am ehesten in der Lage, dem Angriff zu widerstehen. Du bist so was wie ein Panzer, Rusty. Gardener, du musst dich um die Minen kümmern, indem du sie mit schnell wachsenden Pflanzen zum Detonieren bringst. Schaffst du das?« Sie nickte. Noel befürchtete, dass sie der eine Satz, den sie gesagt hatte, zu viel Kraft gekostet hatte, um weiterzusprechen. »Wir treffen dann am Roten Haus zusammen. Mit Rustys Kraft und Gardeners Baumwurzeln sollten wir es eigentlich schaffen, das Teil zu knacken.«

»Können wir jetzt gehen?«, fragte Rusty.

»Und was ist mit all den Soldaten und ihren Knarren?«, fragte Bugsy, ohne auf Rustys Drängen einzugehen.

»Die werden sich auf Rusty konzentrieren. Ich kann einige von ihnen ausschalten, du als Wespenjunge kannst sie bestimmt aus der Fassung bringen, und Cameo als Will-o'-Wisp wird auch noch welche auf die Fleischerrechnung setzen. Und wenn das Haus erst einmal anfängt auseinanderzufallen, dann wette ich alles, dass die meisten von ihnen ihre Waffen niederlegen werden und uns den reizenden Anblick ihrer Ärsche und Ellbogen präsentieren werden.«

»Und was ist die eine große Wild Card, wenn du mir den Scherz verzeihst?«, fragte Nick.

»Weathers. Unser Ziel ist es, schnell und energisch zuzuschlagen, dieses letzte verbleibende Labor und seine Viruskulturen zu zerstören und wieder abzudampfen, bevor Radical hier eintreffen kann.«

»Werden sie ihn rufen?«, fragte Bugsy.

Noel zuckte mit den Schultern. »Ich würd's tun. Aber er hat sich voll auf mich und den Sudd eingeschossen. Ich glaube, dass uns Zeit bleibt.«

»Und wenn nicht?«

»Dann werden wir unsere Ärsche und Ellbogen zeigen. Wenn die Sonne erst mal untergegangen ist, kann Lilith euch alle rausbringen, auch wenn ich Rusty separat transportieren muss.«

Rusty sah mit einem Stirnrunzeln in die sinkende Sonne. »Wie bald können wir los?«

»Bald genug.«

»Gut. Woher bekommen wir den Hasendraht?«

♣

Das Rote Haus kauerte in der Dunkelheit, ohne zu ahnen, dass sich ihm hunderttausend Wespen näherten. Durchs Unterholz, über die Zäune hinweg, durch die Belüftungsschächte und verborgenen Gräben und Anbauten. Die Insekten mieden das Licht, rotteten sich zu kleinen Klumpen an der Unterseite von Blättern zusammen und stellten den Soldaten nach, die glaubten, in der Nacht allein zu sein.

Bugsys Kopf und ein Teil seines Rumpfs ruhten auf dem Rücksitz eines unwahrscheinlichen 67er Cadillac, der im dichten Dickicht stand. »Okay, Kids«, sagte er. »Ich gebe den Startschuss.«

Innerhalb der Anlage drehten zwei Soldaten ihre Runde. Sie waren gelangweilt und rauchten. Dann krochen Hunderte kleine grüne Wespen unter ihre Uniformen und stachen sie in Mund und Augen. Einer der beiden verfiel in Panik, und seine Schreie und Schüsse weckten das ganze Lager auf. Durch Tausende Facettenaugen beobachtete Bugsy, wie die Sicherheitskräfte der Anlage auf den Tumult reagierten.

Sämtliche Neuankömmlinge wurden ebenfalls gestochen, bis ein Soldat mit einem Flammenwerfer auftauchte. »Okay«, sagte Bugsy. »Mehr ablenken kann ich sie nicht. Ich ziehe mich zurück.«

»Los geht's«, sagte Cameo.

♦

Dongdongdongdong…

Wally stürmte in der Mitte der Straße vor. Er trug einen breiten, hastig zusammengeflickten Käfig aus Bewehrungsstahl. Zwei Scheinwerfer verfolgten ihn bei jedem Schritt. Irgendwo außerhalb des Lichtscheins ratterten Automatikwaffen und ließen Rost, Staub und Blut aufspritzen.

Ja, er hatte ihre volle Aufmerksamkeit.

Er hielt direkt auf die Anlage zu. Endlich, endlich war der

Zeitpunkt gekommen, diesen Ort zu zerstören. Sie hätten damit schon vor Stunden anfangen können, aber ...

Rustbelt, Junge, du bist so was wie ein Panzer, hatte Noel gesagt. *Lasst uns unsere Möglichkeiten abwägen.* Und dann hatte er eine gefühlte Ewigkeit gelabert und gelabert und gelabert über Taktik, Finten und Panzerabwehrbüchsen. Deshalb trug Wally den Käfig. Irgendwas von wegen panzerbrechenden Gefechtsköpfen und flüssigem Kupfer und anderem Zeug, das Wally nicht ...

Ka-RUMMMP!

Etwas explodierte gegen den Käfig und riss Wally von den Beinen. Ein weiß glühender Regen, der sich wie Lava anfühlte, landete auf ihm. Er hörte Rost zischen und spürte Eisen brodeln. Es tat so weh, dass er schreien musste, doch das Geschoss hatte ihn nicht wie beabsichtigt auseinandergerissen.

Okay, dann hatte Noel vielleicht doch recht gehabt.

Wally erreichte die Umzäunung. In einem Hagel aus Granaten und Gewehrkugeln packte er den Zaun mit beiden Händen und brach sich Bahn.

♠

Jerusha kauerte im Dunkeln unter den Bäumen, hundert Meter vom Zaun der Anlage entfernt. Wally war westlich des Grundstücks. Um ihn machte sie sich mehr Sorgen als um sich selbst, denn er war ganz alleine dort drüben.

Auf der anderen Seite der Anlage ertönte plötzlich das *Ka-RUMMMP* der Panzerfaust und das Knattern der Gewehre: Rustys Finte, nachdem Bugsy sich schon einmal vorgetastet hatte. Es drangen Schreie herüber, und der Schein von Taschenlampen raste und schwankte über die Grasfläche. Mit einem hörbaren *Fuump* gingen zwei Flutlichtscheinwerfer an, ihr wütender bläulicher Lichtkegel war auf den Zaun auf der anderen Seite gerichtet. »Los!«, zischte Lilith ihr zu. »Jetzt bist du dran!«

Jerusha hastete auf den Zaun zu und lief so schnell sie konnte. Doch Lilith war das nicht schnell genug. Sie schnaubte und schnappte Jerusha.

Einen Sekundenbruchteil lang herrschte Kälte, und dann waren sie da. »Schaffst du das?«, fragte Lilith.

Jerusha nickte und wusste nicht genau, ob sie erleichtert oder wütend sein sollte. Sie griff in den Samenbeutel und tastete nach den Kudzusamen. Sie zog sie heraus und warf sie auf den Boden. Noch im Fallen ließ sie die Samen aufgehen, sodass sich im Mondlicht Blätterranken kräuselten.

Es war tatsächlich schwieriger, als sie dachte. Ihre Erschöpfung und Müdigkeit und der Hunger, der unaufhörlich an ihr nagte, machten es ihr schwerer, ihre Macht einzusetzen. Sie ließ die Ranken Wurzeln schlagen und flocht ihre Spitzen um die Maschen des Zauns. Wie um ihnen zu helfen, beugte sich Jerusha zurück und ließ die Pflanzen am Zaun ziehen. Die dünneren Ranken rissen, sodass Jerusha sie dicker wachsen lassen musste, und der Zaun bog sich. Ächzend protestierte das Metall.

Erst brach ein Pfahl aus dem Erdreich und schleppte Maschendraht hinter sich her, dann löste sich ein zweiter Pfahl, und die Ranken rissen einen ganzen Abschnitt des Zauns nieder. Gardener wäre schier umgefallen, als der Zaun stürzte. Cameo lief los, doch Lilith hielt sie mit einer Geste zurück. »Lass sie erst fertig machen!«

Über den Minen, die Bugsy gefunden hatte, schwirrten Wespen. Jerusha warf weitere Samen. Diesmal ließ sie die Pflanzen am Boden entlangranken und überall dort, wo sich die Wespen sammelten, auf den Boden dreschen. Die Minen rissen Fontänen schwarzer Erde in die Luft, und die orangegelben Lichtblitze machten sie fast blind.

Jerusha torkelte. Fast wäre sie hingefallen. Am Rand ihres Gesichtsfelds sah sie schwarz, und sie hoffte, dass es niemand auffiel.

»Jetzt!«, sagte Lilith. »Los! Gardener, wir bringen dich zu dem Haus.«

Cameo und ein dicker Wespenklumpen huschten an ihr vorbei. Jerusha zitterte. Von hinten kam Lilith mit ihrem schwarzen Haar und den Silberaugen bis zu ihr heran und schlang ihre Arme um sie.

♥

Ka-RUMMMP!

»Was zum Donnerwetter?«, grummelte Michelle. Holpernd rumpelte der Jeep über die unbefestigte Straße. Jedes Mal wenn Michelle aus dem Sitz gehoben wurde und wieder hart aufschlug, gewann sie einen winzigen Kraftschub. Die Nacht war hereingebrochen, und die Schatten waren vergangen. Das gedämpfte *Pop-Pop-Pop* von Gewehrfeuer war zu hören. Der Jeep wurde langsamer, und ihr fiel auf, dass der Fahrer das Steuerrad umklammerte, als hinge sein Leben daran. »Ist schon gut«, sagte sie. »Bringen Sie mich einfach etwas näher ran, und den Rest gehe ich zu Fuß.«

Der Fahrer sah nicht sonderlich erleichtert aus. Er hielt den Wagen an und zeigte in den Dschungel. »Nehmen Sie diesen Pfad, dann treffen Sie auf die Straße zum Roten Haus«, erklärte er. »Aber Sie sollten nicht hingehen. Sie werden umkommen.«

Michelle sprang aus dem Jeep. »Das ist lieb von Ihnen«, sagte sie. »Aber wenn jemand umkommt, dann bin das bestimmt nicht ich.« Er zuckte mit den Schultern, legte den Rückwärtsgang ein und machte kehrt. Sekunden später war er die Straße hinunter verschwunden.

Selbst am Tag hätte man den Pfad nur schwer ausmachen können, jetzt aber war er nahezu unsichtbar. Michelle fand ihn jedoch und stürzte sich in den Dschungel.

Als sie wieder aus dem Wald herauskam und auf eine geteerte Straße traf, war sie überrascht. Sie hatte damit gerechnet, sich ewig durchs Dickicht zu schlagen. Es ertönten weitere Schüsse, und sie fing an, die Straße hinaufzulaufen.

Als sie die Hügelkuppe erreicht hatte, konnte sie die Anlage des Roten Hauses überblicken. Dort herrschte Chaos. Das Eingangstor war aufgebrochen worden, Rauch von Panzerfäusten hing in der Luft. Der Boden war von einem Labyrinth aus Einschusskratern übersät. Eine Kugel traf sie, aber sie konnte unmöglich bestimmen, woher das Geschoss gekommen war.

Das Herrenhaus aus roten Ziegeln wirkte fehl am Platz, wie es mit seinen verzierten Anbauten über dem Dschungel thronte. An einer Hauswand kletterten Pflanzenranken hinauf, die sich wahnsinnig schnell bewegten. *Meine Güte*, dachte Michelle. *Was zum Henker macht Gardener hier?*

Dann entdeckte sie Rusty auf der anderen Seite des Hauses herumrennen, Waffen anfassen und jeden verprügeln, dessen er habhaft werden konnte. Seine Wut schockierte Michelle. Er war doch ein netter Junge aus Minnesota. Es passte gar nicht zu ihm, mit einem solchen Gesicht herumzurennen.

Aber wenigstens bekam sie etwas Hilfe. Sie war nicht allein. Und inmitten des Rauchs, der Schüsse und der Schreie erfüllte sie das mit Zuversicht.

Volkspalast
Kongoville, Kongo
People's Paradise of Africa

Sun Hei Lian saß auf der Bettkante in ihrem Zimmer im Volkspalast in Kongoville.

Nur ihre Augen bewegten sich. Sie verfolgten jeden von Toms Schritten, der vor ihr auf und ab ging. Seine Tennisschuhe hinterließen sich überlappende rote Spuren auf den Dielen und dem Bettvorleger. »Ich habe es schon immer gewusst«, sagte er, dabei sprach er so schnell, dass er über die Silben stolperte. »Okay. Okay. Nicht schon immer. Als wir uns zusammen im Busch versteckt haben, habe ich es noch nicht gewusst. Aber geahnt habe ich es schon lange, dass er ein falsches Spiel spielte.«

Hei Lian sagte noch immer nichts. Das war auch nur gerecht, denn er hatte mehr als genug zu sagen. Schließlich war sie nur eine Frau. Und hatte nicht Bruder Stokeley damals, als er noch gerecht war, gesagt, dass der Platz der Frau in der Revolution das Bett war?

Ein Klopfen an der Tür ließ ihn zusammenzucken und schreien. »Scheiße!« Hei Lian zuckte ebenfalls zusammen und erbleichte. Er fragte sich, weshalb sie so dick eingehüllt war.

»Was zum Donnerwetter willst du?«, rief er.

Zögerlich ging die Tür auf. Ein jugendlicher Helfer in einem bunten Dashiki streckte den Kopf herein. »Ich bitte um Verzeihung, Genosse Feldmarschall«, sagte er. »Im … im Roten Haus gibt es ein Problem.«

Das Rote Haus
Bunia, Kongo
People's Paradise of Africa

Lilith war mit ihnen den steilen Hang zum Haus hinaufgeteleportiert. Dann wieder hatte sie gemeint, sie wollte nach Rusty sehen, und war verschwunden. Jerusha war so müde. So hungrig. So kraftlos. Aber ihr blieb keine Wahl, nicht wenn sie Wally in Sicherheit sehen wollte.

Sie holte so tief Luft, dass sie bebte, und versuchte, die nötige Willenskraft zum Stehen aufzubringen. Aus Westen, aus Rustys Richtung, hörte sie noch immer Schüsse. Um die Ecke des stattlichen Herrenhauses herum leuchtete es hell hervor. Dort musste der Haupteingang sein. »Da rennen eine Menge Soldaten rum«, sagte Bugsy. Neben ihr lagen lediglich sein Kopf und sein Rumpf. »Aber sie mögen die Wespen nicht besonders.« Er grinste.

»Jetzt liegt es an dir, Gardener«, sagte Cameo, die vom Anstieg immer noch keuchte. »Bring uns rein.«

Jerusha sah nur noch das, was direkt vor ihr war, alles andere war ausgeblendet. Wieder steckte sie die Hand in den Samenbeutel und bekam die beiden letzten großen Affenbrotbaumsamen zu fassen. Einen davon nahm sie heraus. »Geh in Deckung«, sagte sie zu Cameo, denn Bugsy hatte sich bereits in einen Wespenschweif aufgelöst, der sich um die Hausecke herumwand. »Das wird übel.«

Sie sah an den roten Ziegelwänden hinauf. Es war ein Jammer, ein prächtiges viktorianisches Gebäude einzureißen, und für einen Moment bedauerte sie, was sie zu tun hatte.

So müde. Sie schloss die Augen. *Aber du musst es tun. Für Rusty.* Jerusha holte erneut Luft. Und warf den Samen am Sockel des Hauses auf die Erde. Sie spürte das Leben darin, spürte den Wunsch darin, freigelassen zu werden. Sie gab ihm die Erlaubnis.

Der Affenbrotbaum grub Wurzeln in den Boden und schoss nach oben, von Sekunde zu Sekunde wuchs der Stamm an. Jerusha spürte die Wurzeln, die sich eingruben und unter das Haus schoben, Beton spalteten und Stützen zersplitterten.

Das Rote Haus stöhnte unter dem Angriff, und Jerusha stöhnte mit, denn die Affenbrotbaumwurzeln schienen auch an ihrer Seele zu reißen. Jerusha trieb den Baum an, zwängte Jahrzehnte des Wachstums in wenige Sekunden. Da tat sich im Fundament ein Riss auf und lief in wildem Zickzack entlang des Mörtels zwischen den Ziegeln nach oben. Jerusha lenkte das Wachstum des Baums in eine andere Richtung, sodass neben dem kräftigen Stamm ein zweiter Riss entstand. Das Haus wurde sichtlich angehoben, und aus dem zweiten Stockwerk purzelte ein ganzer Schwung Ziegel herunter. Wo die Äste an den Trümmern rissen, entstanden weitere Löcher in der Wand. Jetzt sah sie auch in das Gebäude hinein: Büros, Schreibtische, Arbeiter, die panisch vor der Zerstörung zurückwichen. Leute in Laborkitteln und ein Mann in einem Biogefahrenanzug.

Jerusha machte einen Schritt nach vorn und dirigierte unablässig den Wuchs des Baums, sodass das Loch in der Hauswand größer und zu einem bequemen Eingang wurde. Bis sie mit zusammengekniffenen Augen neben dem Baum stand, seine Rinde berührte, um sein Leben zu fühlen. Sie lehnte sich gegen den Stamm, denn sonst wäre sie umgefallen.

So müde.

♣

Wally löste ein paar Minen aus, während er über das Gelände rumpelte. Splitter schlugen ihm gegen die Beine und hinterließen Krater im Rost. Später würde er die Schmerzen zulassen. Nachdem er diesen Ort dem Erdboden gleichgemacht hätte.

Die Verteidiger machten von den Panzerfäusten keinen Gebrauch mehr, als Wally sich dem Roten Haus, einem weitläufigen Ziegelbau, näherte. Es tat gut, den Käfig endlich loszuwerden.

Die Scheinwerfer folgten jeder seiner Bewegungen und machten ein leichtes Ziel aus ihm. Aus einem halben Dutzend Richtungen wurde er mit Gewehrfeuer eingedeckt. Erst fanden nur ein paar, dann immer mehr Kugeln ihr Ziel. Rostsplitter platzten ab, die Geschosse rissen seine zerfressene Haut auf. Etwas Heißes streifte seine Hüfte, ein Schuss machte ihm eine Delle in die Schläfe, sodass es ihm in den Ohren schrillte und er nicht mehr klar sehen konnte.

Mit voller Wucht warf er sich auf die Verteidiger. Er schlug, trat und verprügelte sie mit einem Stück Armierungsstahl, den er aus dem Käfig herausgerissen hatte. Und jede Waffe, die er zu fassen bekam, ließ er zerfallen.

Dabei machte Wally keinen Unterschied zwischen Leuten in Uniformen und solchen in Laborkitteln. Sie waren allesamt an dem Verbrechen beteiligt. Sie alle hatten Lucien getötet.

Das Haus wackelte. Es ruckelte, als hätte ein Riese es geschnappt und hochgehoben. Wally hörte ein gewaltiges Krachen, wie von zehn Tonnen herabstürzender Ziegelsteine. Es kam von der anderen Seite, wohin Noel Jerusha und die anderen geführt hatte.

Super, Jerusha!

Sie hatte ihre Aufgabe erfüllt. Jetzt musste er sie nur noch in Sicherheit bringen. Wally fing an, sich um das Haus herumzuarbeiten.

◆

Gardeners Affenbrotbaum hatte eine Seite des Hauses zum Einsturz gebracht. Es war so schnell passiert, dass Michelle es erst nicht glauben konnte. Dann rannte sie auf die demolierte Hausseite zu. Gardener musste ganz in der Nähe sein.

Michelle wollte wissen, welche Pläne sie hatten. Und sie wollte wissen, wie um alles in der Welt Gardener und Rusty hierhergekommen waren. Hier war es verdammt noch mal viel zu gefährlich für die beiden.

Sie wurde von Kugeln getroffen, und neben ihr explodierten Panzerabwehrgeschosse. Dadurch wurde sie nur noch mehr aufgepumpt. Im Laufen verschoss sie eine Salve Blasen. Darauf erklangen Schreie, und ein paar der Wachen gingen nieder. Sie waren nicht tot – zumindest sollten sie das nicht sein, denn die Blasen waren zwar hart, aber gummiartig. Schließlich wollte sie nicht aus Versehen einen Verbündeten töten. Sie wusste ja nicht, ob außer Rusty und Gardener noch mehr da waren.

Als sie dem Haus näher kam, erkannte Michelle eine zusammengeschrumpelte, ausgehungerte Gestalt, die an einem mächtigen Baumstamm lehnte. Der Baum wuchs noch immer. *Nein*, dachte Michelle. *Das kann nicht sein*. Aber ihr Bauchgefühl betrog sie nicht. Ein Schauer durchlief sie.

Sie blieb vor Jerusha stehen. Die Gestalt, die am Baum lehnte, sah nicht mehr wie Gardener aus. Selbst in der zunehmenden Dunkelheit konnte Michelle die eingefallenen Wangen, die hagere Figur und den leeren Blick ihrer tief eingesunkenen Augen erkennen.

Michelle kannte diesen Blick. Jerusha lag im Sterben.

»Schrecklich, nicht wahr? Eines der Kinderasse hat sie gebissen. Seither schwindet sie dahin.«

Es war Lilith. Sie hatte sich in den Schatten verborgen, doch Michelle erkannte ihre Stimme. »Wieso überrascht es mich nicht, dass du deine Finger mit im Spiel hast?«, erwiderte Michelle. »Warum ist sie hier? Sie sollte in einem Krankenhaus sein?«

»Da war sie auch. Sie wollte herkommen. Wegen Rustbelt.«

»Stopp.« Gardener machte die Augen auf und sprach mit Flüsterstimme. »Aufhören. Bitte. Zerstört einfach das Labor.«

»Tut mir leid, Jerusha.« Michelle bedachte Lilith mit einem letzten kühlen Blick, bevor sie durch das gähnende Loch, das Gardener in die Hauswand geschlagen hatte, in das Rote Haus rannte.

Drinnen stolperte sie über Ziegelsteine und Trümmer, an Schreibtischen und umgestürzten Aktenschränken vorbei. An einem langen Stromkabel baumelte eine Neonröhre, die aus der Halterung an der Decke gebrochen war. In einer Tür tauchte ein Wachmann auf und feuerte mit einer Automatikwaffe auf sie. Der Großteil der Kugeln traf sie. Sie bewarf ihn mit einer Blase, und er ging wimmernd zu Boden.

Zwei weitere Wachen tauchten auf und schossen auf sie. Auch sie bekamen Blasen ab. Dann kämpfte sich Michelle durch den Schutt zum Treppenhaus, denn im zweiten Stock hatte sie Labore gesehen.

Die Treppe war auseinandergebrochen. Ein breiter Spalt trennte die beiden Absätze. Bei ihrem derzeitigen Körperumfang war Michelle sich nicht sicher, ob sie darüber hinwegspringen konnte. Selbst wenn sie schlank gewesen wäre, hätte sie ihre Zweifel gehabt. Aber sie musste zu den Laboren, deshalb setzte sie grunzend zum Sprung an.

Ihr Fuß berührte die andere Seite und rutschte ab. Sie kam auf den Knien auf. Wieder bekam sie einen Kraftschub. Das Geländer ächzte, als sie sich daran festhielt. Sie zog sich hoch und lief den letzten Teil der Treppe hinauf.

Dort wurde sie von einer Flammenwand begrüßt.

Hitze. Licht. Erinnerungen an New Orleans brandeten über sie herein, und einen Moment lang war sie nicht in der Lage, sich zu regen.

Aber was mit Drake passiert war, hatte sie nicht umgebracht. Es hatte sie verändert. Michelle ging durch das Feuer, rieb sich die Hände und ließ dabei eine Blase entstehen.

Als sie auf der anderen Seite der Flammen heraustrat, sah sie sich einem kleinen Jungen gegenüber, der aus seinem Mund einen Feuerstrahl ausspuckte, als würde er Seifenblasen pusten. Als er sie sah, klappte ihm der Unterkiefer hinunter, und das Feuer ging aus. Neben dem Jungen stand ein Mann in einem Laborkittel, der ebenso überrascht dreinschaute wie der Junge. Sie warf ihre Blase, die vor den beiden auf dem Boden explodierte. Von der Detonation wurden sie nach hinten gestoßen, und damit sie liegen blieben, schickte Michelle noch ein paar Gummiblasen hinterher.

Der Arzt versuchte, sich aufzurappeln, aber der Junge begann zu weinen, und Feuer sprudelte aus seinem Mund. Der Doktor schrie. Sein Laborkittel fing Feuer, und es breitete sich ein Brechreiz erregender Gestank aus, als seine Haare zu brennen anfingen. Er rannte an Michelle vorbei und die Treppe hinunter, aber er schaffte es nicht über die Spalte hinweg. Ein weiterer Schrei ertönte, und dann ein Krachen, als er unten aufschlug.

Michelle wandte sich wieder dem Jungen zu und sagte auf Französisch: »Ich will dir nicht wehtun.« Doch der Junge fing an zu schreien. Wieder schossen Flammen aus seinem Mund hervor und steckten die Tapete im Gang in Brand.

»Super«, murmelte Michelle. »Einfach genial.« Sie sprang über das Loch im Boden und kauerte sich neben den Jungen hin, packte ihn beim Arm. Dann schuf sie eine Blase um ihn herum. Ein paar Sekunden später war er eingehüllt. Zwar würde die Blase nicht lange halten, aber sollte er erneut Feuer spucken, würde er den Sauerstoff aufbrauchen und ohnmächtig werden. Während sie das Labor zerstörte, durfte er ihr nicht im Weg sein.

Die erste Tür, die sie probierte, klemmte. Michelle zertrümmerte sie und trat durch die Öffnung. In dem Raum befanden sich Labortische und unterschiedliche Geräte, die sie nicht kannte. In einer Ecke kauerten drei Männer in Laborkitteln und fingen an, um Gnade zu betteln.

»Raus hier«, sagte sie. Hastig standen sie auf und stolperten an ihr vorbei hinaus. Michelle ließ alles, was ihr unter die Augen kam, in die Luft gehen. Glas- und Metallsplitter flogen herum und regneten auf sie herab. Anstatt wieder auf den Gang hinauszugehen, sprengte sie einfach ein Loch in die Wand zum nächsten Raum.

Der war wie der erste eingerichtet. Tische, Apparaturen, Glas, Leute in Laborkitteln, die in der Ecke kauerten. Dasselbe Spielchen.

So arbeitete sie sich durch die Labore auf dieser Seite des Gangs. Als sie den letzten Raum erreicht hatte, ging sie in den Gang zurück und sah nach Fire Boy. Der saß ruhig in seiner Blase, wandte sich zu ihr um und sah sie skeptisch an. Die Kugel würde nicht mehr lange halten, deshalb musste sie sich beeilen. Sie warf Blasen, sprengte ein Loch in die Tür auf der anderen Gangseite und ging hindurch.

Dieses Labor war anders. Eine Wand war von Feldbetten gesäumt, und überall hingen knallbunte Bilder von lachenden Kindern. Das erinnerte Michelle an das Labor, das sie und Joey im Dschungel entdeckt hatten. Ihr wurde übel.

Sie arbeitete sich durch den Raum und zerstörte die Betten, die schönen Bilder, die Schränke voller Spritzen und Fläschchen mit dem Virus. Dann bahnte sie sich mit Blasen einen Weg ins nächste Zimmer. Noch mehr Betten. Mehr lachende Fotos. Es tat gut, sie in Fetzen zu schießen.

Das letzte Labor enthielt aufgereihte Schränke mit Kühlabteilen. Sie blieben nicht lange stehen. Zimmer für Zimmer, sie schlug systematisch alles kurz und klein. Als sie wieder auf den Gang hinaustrat, war sie dünner als zuvor.

Fire Boy saß noch immer in der Blase. Der Korridor war voller Rauch, an den Wänden züngelten Flammen hinauf. Michelle berührte die Blase und ließ sie platzen. Da sah der Junge zu ihr auf und zeigte ein angedeutetes Lächeln. Sie erwiderte es. Dann machte er den Mund auf, als wollte er etwas sagen, aber da wurde sie von einem Feuerstrahl eingehüllt. Sofort hielt sich der Junge die Hand vor den Mund.

Michelle kauerte neben ihn hin und sagte: »Du kannst mir nicht wehtun, aber du solltest probieren, den Mund zuzulassen, wenn andere Leute in der Nähe sind. Wenigstens so lange, bis du herausgefunden hast, wie du deine Fähigkeit kontrollieren kannst.«

Er nickte, dann lächelte er sie wieder an. Und sie lächelte zurück. Sie konnte nicht anders. Schließlich sagte sie: »Komm mit.«

♠

Rund um das Rote Haus mit seinem komplizierten Dach toste und blitzte die Schlacht.

Tom landete auf dem gepflegten Rasen vor der Eingangssäulenhalle. Das Erste, was er sah, war das Blitzgewitter der Mündungsfeuer jenseits der Fertigbaubaracken zwischen dem Haupthaus und dem Tor. Nahezu ohne Pause ratterten die Maschinengewehre.

Im Rauch, der um ihn herumwaberte, fingen ihm die Augen an zu tränen, und er trottete auf die Baracken zu. Vor ihm zuckte ein heller blau-weißer Lichtstrahl, der den gesamten Nachthimmel zu erleuchten schien, und gleichzeitig war ein Knall zu hören, als würde ganz in der Nähe der Blitz einschlagen. Nicht weit war eine Panzerabwehrbüchse abgefeuert worden. Als er zwischen zwei der Holzbaracken hindurchging, flog ihm eine Wand mitsamt Fenster entgegen. Drinnen stand eine riesige Gestalt, unförmig und dunkel wie ein Hybrid aus Mensch und Blechtonne. Ein kräftiger Arm fuhr auf Tom zu und zog einen Schweif aus Holzsplittern hinter sich her.

Tom zwang sich, körperlos zu werden und den Schlag einfach durch sich hindurchsausen zu lassen.

Aber er wurde nicht körperlos.

Da packe ihn die Wut. *Meadows, dieser Arsch, hat mir Cosmic Traveler gestohlen!* Dann traf ihn eine Faust wie ein mittelalterlicher Morgenstern an der Schläfe. Im Innern seines Schädels flogen die Funken. Nach einer Drehung landete Tom krachend und mit dem Gesicht voraus auf der Erde, die von unzähligen Stiefeln blank- und festgestampft worden war. Alles drehte sich wie wild, und sein Magen zog sich zusammen.

Die schiere Wut brachte ihn dazu, sich vom erbarmungslosen Boden abzudrücken und mit übermenschlicher Kraft in die Höhe zu schnellen. Jetzt stand er vor seinem Angreifer. Der Kerl sah aus wie der Blechmann auf Anabolika. Sein Unterkiefer sah aus wie ein Löffelbagger. »Du bist also der Typ, den sie Radical nennen, was?«, fragte der Kerl mit einem gewundenen Akzent aus Minnesota. »Harter Knochen. Tja, höchste Zeit, dass du es mal mit jemandem aus deiner eigenen Liga zu tun kriegst.«

Tom schmeckte Blut und drehte den Kopf zur Seite, um einen Zahn auszuspucken. Dann rammte er einen Aufwärtshaken in die verrostete Stahlplatte, die den Bauch des Typen bedeckte. Eisen ächzte und gab nach.

Der Metallmann machte Uff und krümmte sich. »Das hast du gespürt, was?«, fragte Tom.

Dann platzierte er einen rechten Rückhandschlag auf die Kübelfresse seines Gegners. Der Eisenmann sauste rückwärts durch dieselbe Wand, die er gerade zertrümmert hatte. Eine Ecke der Baracke krachte auf ihn herab.

Auf der Suche nach weiteren Feinden drehte sich Tom um. Aus Westen, von der anderen Seite des Roten Hauses, drang ein schrecklicher Tumult herüber. Im Feuerschein sah er die Zweige eines mächtigen Baums, die über das steile Ziegeldach kletterten.

Als ich das letzte Mal hier war, stand dort doch kein so hoher Baum, dachte er benommen, als sich stählerne Schraubzwingen um seine beiden Oberarme legten.

Er riss den rechten Arm vor. Auf der Haut spürte er die vom Rost aufgerauten Eisenfinger, dann rammte er seinen Ellbogen in die dicke Metallplatte hinter sich und merkte, wie sie nachgab. Der Eisenmann keuchte vor Schmerz, und sein Griff an Toms linkem Arm wurde schwächer.

Tom riss sich los und wirbelte herum, um auf das Metallmonster einzuhämmern. Der Panzer beulte sich ein, und der Eisenmann sackte in sich zusammen.

Doch plötzlich heulten ihm Wespen um die Ohren, stachen ihn in Arme und Hals und Wangen und nahmen seine Augen ins Visier.

♥

Im Süden brachen Maschinengewehrsalven los, als die einheimischen Soldaten sich neu gruppierten. Cameo und Bugsy kauerten sich hinter das Wrack eines Jeeps, dessen Vorderräder sich noch immer sachte drehten. »Das läuft nicht nach Plan«, stellte Bugsy fest.

»Den Ohrring«, sagte Cameo.

»Was?«

»Alis Ohrring. Simoon kann sie dazu zwingen, in Deckung zu gehen.«

Bugsy nutzte die Gelegenheit, um über den Kotflügel des Jeeps zu spähen. Eine Kugel zischte vorbei, und er duckte sich wieder. »Der ist irgendwo im Central Park«, sagte er.

»Was ist er?«

»Nun … wir haben Schluss gemacht, weißt du?«

Ellen nuschelte etwas vor sich hin. Sie kramte in ihrer Tasche, bis die Überreste des Fedora zum Vorschein kamen. Nick pfefferte einen Kugelblitz auf die Angreifer, und während die Explosion noch nachhallte, legte er mit zehn oder zwölf murmelgroßen Schockern nach. »Los!«, rief Nick. »So lenke sie doch wenigstens ab!«

»Bin schon dabei.« Bugsy löste sich in eine wütende lebende Wolke auf. Trichterförmig hielt er auf Weathers zu, schraubte sich in einer dichten Spiralformation durch die Luft, ging hinunter und raste wieder zum Himmel empor. Kein einziger Wespenschweif war so massiv, dass sein Verlust ihn verkrüppelt hätte.

Tom Weathers Fäuste hoben und senkten sich, und mit jedem Schlag ging ein Beben durch Rustbelt. Links von Radical explodierte eine Lichtkugel, und er wurde wie von einem Blitz beschienen. Schweißnass klebten die Haare an seinem Kopf, und er hatte die Zähne gefletscht vor unmenschlicher Wut.

Bugsy setzte zum tödlichen Sturzflug an. Oder vielmehr zum nervtötenden Sturzflug. Fünfzig, vielleicht auch sechzig Wespen kamen Radical nah genug, um ihn zu stechen.

Schreiend drehte Weathers sich um. Aus seinen Händen schossen Strahlen furchtbarer Energie, rauschten durch die Luft und jagten Bugsy in die Flucht.

Einer der Strahlen traf Cameo.

♣

Michelle kam mit Fire Boy im Schlepptau aus dem Roten Haus heraus. Neben den Stufen zum Haupteingang lag Rusty mit dem Gesicht nach unten am Boden. Tom Weathers schleuderte einen Lichtblitz über den Rasen. Sie sah Cameo zusammenbrechen. Bugsy befand sich neben ihr, von Wespen umschwirrt. *O Gott*, dachte Michelle entsetzt. *Sie sollten nicht hier sein.*

Und sie hatte Angst. Angst um die beiden und Angst um sich selbst. Nach dem, was in New Orleans geschehen war, wusste Michelle, dass Tom Weathers zu allem in der Lage war.

Sie lief die Treppe hinunter und kniete neben Rusty nieder. Fire Boys Hand ließ sie dabei los. »Wally«, sagte sie und berührte sanft seine Schulter. Unter ihren Fingern lösten sich Schuppen von Rusty ab. »Hörst du mich?«

Er schlug ein Auge auf. Oder so ähnlich. Seine Metallhaut war rissig und rostrot, und er blutete. »Bubbles«, sagte er. »Wie kommst du hierher?« Seine Stimme war schwach.

»Ach, das Übliche«, sagte sie und versuchte, beiläufig zu klingen. »Bin mit Noel nach Afrika teleportiert. Den Kongo hochgefahren. Habe ein abgelegenes Labor entdeckt. Alicia Nshombo getötet. Und dann habe ich von dieser Party hier erfahren.«

Er versuchte zu lächeln, aber es wurde eine schmerzhafte Grimasse. Dann wälzte er sich auf die Seite. »Wir müssen das Labor kaputtmachen. Und Gardener…«

»Das Labor ist erledigt.« Von Jerusha würde sie ihm nichts erzählen. Falls er es nicht ohnehin schon wusste. »Du hältst dich jetzt mal schön bedeckt und überlässt es mir, mich um Weathers zu kümmern.«

»Darauf kannst du einen lassen«, sagte er stöhnend.

Fire Boy zupfte an ihrem Hosenbein und zeigte auf Rusty. »Freund?«, fragte er und brachte es fertig, dabei nichts und niemanden in Brand zu stecken.

Sie nickte. Der Junge setzte sich neben Rusty auf die Stufen. Eigentlich hätte Michelle ihn lieber an einem sicheren Ort gewusst, aber es gab hier keinen sicheren Ort.

Sie lief auf Weathers zu und schoss eine Salve Blasen ab. Als sie einschlugen, rissen sie seine Haut auf. *Ha!*, dachte Michelle. Aus Weathers Kehle drang ein zorniger Schrei. Wut und Angst lagen darin, und Michelle musste lächeln. *Jetzt hast du also auch Angst, du Wichser.*

Sie schleuderte noch mehr Blasen und machte sie schwer und schnell. Den ersten wich Weathers aus, doch dann traf in eine und stieß ihn nach hinten. Dabei sah er aus wie eine Zeichentrickfigur, seine Beine von sich gestreckt, der Oberkörper gekrümmt. Er landete im zerwühlten Rasen und rollte sich ab. Die nächste Blase explodierte neben seinem Ohr, und auf einer Gesichtshälfte lagen Muskeln und Knochen bloß.

Wie ein Schachtelteufel sprang er auf. »Du Miststück!«, schrie er. Ein gelber Heiligenschein umgab ihn, blendend wie die Sonne. Der Strahl, der aus seinen Fingern schoss, war so hell, dass man ihn nicht anschauen konnte. Er traf sie, stieß sie zurück und machte sie dicker.

Sie wälzte sich wieder auf die Beine und feuerte eine weitere Blasensalve ab. »Woran liegt es, dass Männer, die von einer Frau den Hintern versohlt bekommen, die Frauen immer gleich als Miststück beschimpfen? Ich meine, kannst du dir nicht was Besseres einfallen lassen, Weathers?« *Jeder andere wäre handlungsunfähig gewesen. Jeder andere wäre tot gewesen.* Sie hatte keine Ahnung, ob sie ihn aufhalten konnte. Und wenn sie es nicht konnte, was würde dann mit den anderen passieren?

Wieder warfen ihre Blasen ihn zurück. Wieder stieß er vor Wut einen Schrei aus. »Du Schlampe! Das hat wehgetan!« Dann schleuderte er ihr eine Lichtlanze entgegen, und Michelle brannte wie ein Weihnachtsbaum. Sie wurde ein bisschen dicker und spürte, dass sie dichter wurde. Wieder strömte die Energie wie Feuer durch ihre Adern.

»Schon wieder!« Jetzt ließ sie eine riesige Blase mit schwerer Sprengkraft auf ihn zurasen. »Immer!« Noch eine Blase. »Dieselben!« Noch eine Blase. »Lahmarschigen!« Noch eine Blase. »Kommentare!« Noch eine Blase. Sein Gesicht war Hackfleisch, seine Kleider hingen in Fetzen, der schlanke Rumpf glänzte vor Blut, doch noch immer floss das Licht aus ihm. Er wollte sich einfach nicht unterkriegen lassen.

»Toll«, sagte sie. »Dann muss ich mir dein Gesülze also noch länger anhören.« Ihre Hände bebten. Sie warf immerzu Blasen. Sie musste ihn aufhalten.

»Du fette Nutte!« Wieder ein Lichtstrahl. Michelle verdrehte die Augen, als er sie traf. Ihre Kleider qualmten.

»Hier eine Lektion in vollschlankem Amerikanisch«, rief sie. »Ich bin keine Nutte. Ich bin bloß beliebt!«

Gott, wie ich diesen Typen hasse. Sie hasste ihn für das, was er

Drake angetan hatte. Hasste ihn, weil er geholfen hatte, Kinder in Joker, Mörder, Horrorgestalten zu verwandeln. Hasste sich selbst für ihr Versagen. Dafür, dass sie immer alle enttäuschte. Sie konnte keine Heldin sein, denn sie hatte keine Ahnung, wie das ging.

All ihren Hass legte sie in eine Blase und feuerte sie ab.

◆

Drinnen herrschte Bewegung: Jemand kam auf sie zu, der die Zerstörung nicht floh. Voller Angst riss Jerusha die Augen auf.

Es war ein Kind.

Sie hatten darüber gesprochen, als sie den Angriff geplant hatten. Und Jerusha hatte die anderen gewarnt: »Die werden dort Kinderasse haben, Kinder, die manipuliert und verdorben wurden und Gott weiß welche Fähigkeiten haben. Sie sind gefährlich, alle miteinander. Ihr müsst darauf gefasst sein, dass ihr ein Kind töten müsst, um eure Haut zu retten.«

Sie hatte sie gewarnt.

Aber als sie den Jungen sah, zögerte Jerusha einen Atemzug lang: aus Unsicherheit. Wegen ihrer Müdigkeit. Nach allem, was sie wusste, mochte das eines der Kinder sein, an denen sie herumexperimentiert hatten, ein Unschuldiger. Eines der Kinder, die sie retten wollten. »Ich tu dir nicht weh«, sagte sie. »Sprichst du Englisch?«

Das Kind rührte sich nicht, antwortete nicht. Vielmehr stand der Junge einfach nur da und starrte sie an. Sein Gesicht glich einer Maske. Er war dürr, unscheinbar, ein unbeholfener Junge mit einem Büschel ungekämmter Haare. »Hast du einen Namen?«, fragte sie ihn. »Wie nennen sie dich?«

»Wrecker.« Er hatte einen britischen Akzent und ein kaltes Lächeln. Der plötzliche Wandel seiner Gesichtszüge, die Genugtuung und Wut in seinem Blick sagten ihr, dass sie sich getäuscht hatte. Dieses Kind war gefährlich. Es war wie Leucrotta oder Hunger, der sie gebissen hatte.

Jerusha fasste nach ihrem Samenbeutel, doch es war bereits zu spät. Der Junge hielt einen roten Ziegelstein in der Hand. Grinsend holte er von unten mit ihm aus, langsam.

Einen Fußbreit von ihr entfernt explodierte der Ziegel, urplötzlich und mit brutaler Gewalt. Die Erschütterung riss Jerusha nach hinten, und sie spürte schreckliche, brennende Schmerzen in ihrem Unterleib. Ihre Hände, mit denen sie nach dem Samenbeutel gegriffen hatte, waren auf einmal glitschig und schwer. Und überall war Blut, viel zu viel Blut, das aus ihr heraussprudelte. Sie fiel. Dabei prasselten die Samen auf den Boden und wurden in ihrem ach so roten Blut ertränkt. Und Wally rief etwas, doch seine Stimme drang aus der nächsten Welt herüber, und die Nacht brach herein, und …

»Wally«, rief sie in die Dunkelheit. »Es tut mir leid …«

♠

Die blendenden und zuckenden Lichter der Schlacht schillerten auf der Oberfläche der Blase, die auf ihn zuraste. Für einen Sekundenbruchteil sah er sein verzerrtes Spiegelbild: sein großes, aufgeblasenes Gesicht und darunter ein schmaler Rumpf, der zu winzigen Beinen zusammenschrumpfte. Wie die Karikatur eines besoffenen Mittelaltermarktkünstlers. Er sah vollkommen ramponiert aus. Ein Auge war zugeschwollen, seine Lippen aufgeplatzt, und Blut lief ihm über die Kriegsbemalung, die er seit dem Ritual vor langer Zeit in Bahr al-Ghazal nicht abgewaschen hatte.

Die Blase bewegte sich schneller, als es den Anschein machte. Sie traf ihn. Tom schrie auf, als das Geschoss seine Energie in einer Explosion freigab. Er sah nur noch Weiß, und seine rechte Schulter und Flanke wurden von niederschmetternden Schmerzen verzehrt.

Und dann erfasste ihn ein Strudel aus Schwärze. Er schien ihn auf und ab zu tragen, als würde er von einem Abfluss in den Himmel gewirbelt. Er spürte, wie sich seine gebrochenen Rippen und das zersplitterte Schultergelenk wieder zusammensetzten. Die Heilung bereitete ihm schlimmere Qualen, als die Blasen ihm verursacht hatten.

Er hatte den Eindruck, mehrere Stockwerke hoch über der Welt zu schweben, gepeitscht von schwarzer Wut, von einem vulkanischen Zorn, gegen den die Leidenschaft, die ihn so lange verzehrt hatte, unbedeutend wirkte. Es war, als wäre sein Bewusstsein ein kleiner Span, der auf einem Meer aus schwarzer Lava, elementarer Tobsucht und gedankenloser Boshaftigkeit trieb.

Wie aus großer Höhe sah er, wie sich eine Hand mit schwarzen Krallen und von der Größe eines Kleinbusses in sein Gesichtsfeld schob. Ein blauer Strahlenkranz umspielte knisternd seine gebogenen Fingerkuppen und schoss auf die fette Frau zu, die unten stand und zu ihm hinaufstarrte. Der Blitz traf sie wie der Draht einer Glühlampe, doch als die Ladung abebbte und um sie herum nur noch versengten Boden zurückließ, stand die Frau noch immer und war anscheinend unverletzt. Nur fetter war sie.

Sie hob den Arm und ließ ihn nach vorn schnellen. Eine Blase quoll aus ihrer Hand und schwirrte auf ihn zu. Wie ein Zwitter aus Vorschlaghammer und elektrischem Schlagstock rammte sie sich in seinen Bauch.

In ihm tobte ein Feuerwerk aus Schmerzen. Er hörte eine Stimme, die nicht die seine – oder auch nur die eines Menschen – war, und sie drang aus einer Kehle, die ebenfalls nichts Menschliches hatte. In der Qual, die ihm die Sinne raubte, spürte er, wie ihn eine Kraft durchströmte wie der heftigste Speed-Trip, den er je erlebt hatte. Er spürte, wie er wuchs.

Er hatte das Gefühl einer mächtigen Schwellung in seinen Lenden, einen bebenden Ständer in Bezug auf alles, was lebte.

Und dann riss ihn der Strudel in die Schwärze hinab, in den Abgrund aus Wut, der das Bewusstsein des Ungeheuers war, zu dem er sich verwandelt hatte.

♥

»Wow«, sagte Michelle leise. »Damit habe ich jetzt nicht gerechnet.«

Weathers schwoll an. Er wuchs in den Himmel wie Gardeners Affenbrotbaum. Seine Haut nahm die Farbe verfaulter Pflaumen an. Aus seinem Kopf wuchsen Hörner. Lange weiße Zähne wie Messer füllten seinen Mund. Seine Hände krümmten sich zu Klauen, und seine Augen wurden zu lodernden gelben Schlitzen. Er war drei Meter groß, sechs Meter, neun Meter. Und in seinem Schritt schwoll eine unwahrscheinlich große Erektion an, die sich wie ein anklagender Finger reckte.

»Dieses Teil solltest du besser wegtun, bevor ihm was passiert«, sagte sie.

Das Ding vor ihr bellte. Es war ein geistloser Laut: grob, ohrenbetäubend und voller Wut. Einen Moment lang verfiel Michelle in Panik. So etwas hatte sie noch nie gesehen. Sie hatte keinen Schimmer, um was es sich handelte, aber es spielte auch keine Rolle. Sie würde alles geben, solange sie überhaupt noch irgendetwas tun konnte.

Das Ding, das Ungeheuer bellte erneut. Dann kam es auf sie, Fire Boy und Rusty zu.

»Hey!« Michelle schleuderte ihm eine medizinballgroße Blase entgegen, während sie das Ding von ihren Freunden weglockte. »Du hast es doch auf mich abgesehen. Komm schon, Großer. Hier spielt die Musik.«

Das Monster heulte vor Schmerz auf und stolperte, als die Blase an seinem Schenkel explodierte. Blitze tanzten um seine Klauen, knisterten von seinen Hörnern und hoben sich blauweiß gegen den Nachthimmel ab. Eine Lanze fuhr auf sie nieder und verfehlte sie nur knapp, weil sie zur Seite hechtete. Wo der Blitz einschlug, qualmte die Erde.

Michelle feuerte eine ganze Salve Blasen ab und zielte auf den Boden unterhalb der Kreatur. Da tat sich ein Krater auf. Das Monster stieß einen wütenden Schrei aus und fiel in die Grube. Mit einer weiteren Blasensalve versuchte Michelle, Erdreich auf das Ungeheuer zu schieben, aber es sprang brüllend aus dem Loch. Als es mit seinen Hufen aufkam, bebte der Untergrund. Hinter ihnen krachte ein Erker des Roten Hauses herab.

»Mist«, sagte Michelle, als das Ding auf sie zustürmte. Es machte einen Satz und landete auf ihr.

Zwar wurde sie in den Boden gerammt, gleichzeitig schwoll aber ihr Körper an. Sie warf Blasen, sodass das Monster das Gleichgewicht verlor. Es wankte und rutschte von ihr herunter.

Während Michelle aus dem Fußabdruck des Ungeheuers kletterte, schuf sie neue Blasen. Allmählich gewann sie den Eindruck, dass dieses Ding nicht zu besiegen war. Andererseits schien es ihr aber auch nichts anhaben zu können.

♣

»Siehst du, was du angerichtet hast?«, sagte Mark Meadows.

Der Hippie schien in der Luft zu schweben, nackt bis auf das lange grau-blonde Haar, das ihm auf die hageren Schultern herabwallte. Der Raum, in dem Tom auf seinen Erzfeind traf, schien von einem violetten Glühen erleuchtet zu sein. Hinter Mark schimmerte – in Ermangelung eines besseren Ausdrucks – etwas, das wie ein großer, gebatikter Rorschach-Fleck in alle Regenbogenfarben aussah. Der helle goldene Sonnenstrahlenkranz in der Mitte umgab Mark wie ein Ganzkörperheiligenschein auf einem mittelalterlichen Heiligenbildnis.

»Leck mich am Arsch«, sagte Tom. »Du hältst mich in einem beschissenen Hippieposter gefangen. Und du zitierst Oliver

Hardy.« Er schüttelte den Kopf. »Jetzt fehlt nur noch schlechtes Sitargedudel und der Grasgestank, den du mit beknackten Sandelholzräucherstäbchen überdeckst.«

Mark hob zwei Finger. Darauf erfüllte der Geruch von Marihuana und Sandelholz die Luft, und eine Sitar begann zu erklingen. »Willkommen in meinem Unterbewusstsein. Oder sollte ich sagen: Willkommen zurück?«

»Was ist passiert?«

»Du bist schwer verletzt worden. Der körperliche Schock war so groß, dass das Monster freigelassen wurde. Jetzt hat keiner von uns mehr die Kontrolle. Zufrieden?«

»Oh, ich bin so was von scheißglücklich. *Du verdammter Hippiewichser!*« Tom stürzte sich auf Mark. Der im Schneidersitz hockende Mann wich einfach vor ihm zurück. Als jage Tom seiner eigenen Reflexion im Spiegel nach. Mit wütendem Gebrüll hob Tom die Hände und wollte Sonnenstrahlen herbeizwingen. Doch kein Lichtschein kam. »Deine Kräfte funktionieren hier nicht«, erklärte Mark und schüttelte teils traurig, teils mitfühlend amüsiert den Kopf. »Die wenigen, die dir noch geblieben sind.«

Tom wollte ihn im Sprung treten, aber der schwebende Mark wandte sich seitwärts, und Tom rauschte an ihm vorbei. Dann sah er sich ihm plötzlich wieder gegenüber. Er versuchte es mit den Fäusten, mit den Füßen, er spuckte Mark ins Gesicht.

Doch nichts zeigte bei seinem Gegner eine Wirkung.

Schließlich hielt Tom vornübergebeugt inne, hielt sich die Seiten und japste. »Glaube ja nicht, dass du gewonnen hast«, keuchte er. »Du kannst mich nicht besiegen. Du bist ein Nichts! Ich dagegen bin alles, was du dir in deinem armseligen Hänflingsleben je erhoffen konntest. Und sogar noch mehr!«

Zu Toms Verblüffung nickte Mark. »Das stimmt«, sagte er. »Jahrelang habe ich versucht, dich zurückzubringen. Mein ganzes Leben, meine ganze Existenz habe ich dieser heiligen Quest verschrieben. Dabei habe ich meinen Job vernachläs-

sigt, mich selbst vernachlässigt. Habe meine Familie vernachlässigt, obwohl ich sie bis zur Verzweiflung geliebt habe. Und
alles nur, weil ich es richtig machen wollte. Weil ich die Welt
retten wollte. Und weil ich das Mädchen haben wollte. Aber
vor allem, weil ich dazugehören wollte.«

»Was laberst du da?«

»Denn das war bei mir nie der Fall. Ich habe nie dazugehört.
In der Schule war ich immer der Außenseiter. Hatte die Nase
immer in Büchern. Mein Vater war auf seine Art in Ordnung.
Das habe ich erst später gemerkt, als wir uns richtig kennen-
lernten, ich meine, als Erwachsene – damals, als ich mit Sprout
auf der Flucht war. Da hat er eine Menge Vorurteile und Prin-
zipien überwunden, um uns zu unterstützen, denn das hielt er
für das Richtige. Aber früher, als ich noch Kind war, war Kon-
kurrenzkampf sein Credo. Konnte nie begreifen, dass ich mich
nicht für Sport interessierte oder dass ich nicht wie er zum
Militär gegangen bin.«

Tom wollte etwas sagen, doch Mark beachtete ihn nicht. Tom
stürzte sich auf seinen Erzfeind. Und glitt durch ihn hindurch,
als wäre er nicht einmal ein Schatten.

»Ich wollte dazugehören«, sagte Mark. »Teil von etwas sein.
Ein Ziel haben. Eine Gestalt haben, weißt du? Später dann,
nachdem ich dich hatte, nachdem ich eine Nacht lang du gewesen bin, wollte ich das gar nicht mehr. Oh, natürlich wollte
ich das auch – und hatte das alles in gewisser Hinsicht auch –,
und ich war nicht immer glücklich damit, wie das dann alles
lief. Aber ich habe gemerkt, dass ich eigentlich etwas anderes
wollte.«

»Deshalb bist du zu einem beknackten Adrenalinjunkie geworden? Du hast das nur wegen des Kicks gemacht?«

»Nein. Nun, vielleicht ein bisschen. Aber nachdem ich eine
Kostprobe davon hatte, wie es ist, du zu sein – der Geist der
Revolution –, wollte ich diese Gewissheit. Diese ungezähmte,
reine Überzeugtheit davon, recht zu haben. Und die Fähigkeit,

ohne jeden Zweifel oder Kompromiss zu handeln. Sicher zu wissen. Vor allem das. Diese ganze Verwirrung loszuwerden. Und das war die Ursache meiner größten Sünde: die Gier nach der einen Sache, die mir *verwehrt* war: *Gewissheit*.«

»Und jetzt willst du für mich *büßen*. Für *mich*. Für das Einzige, was du in deinem Leben richtig gemacht hast.«

Mark lächelte freundlich. »So siehst du das. Ich dagegen sehe in dir den größten Fehler meines Lebens. Ich habe auf meinem Weg Gutes getan, Mann. Ich habe Leuten geholfen. Das hat mich viel gekostet. Auf meinem Weg habe ich aber auch Fehler gemacht, die andere viel gekostet haben. Aber stets wollte ich nur Gutes tun.

Aber dann habe ich gemerkt... dass das keine Entschuldigung ist. Absichten zählen nicht. Ergebnisse zählen. Wenn du Leuten wehtust, dann spielt es keine Rolle, dass du dabei geglaubt hast, es wäre nur zu ihrem Besten.«

»Deshalb bist du so ein Versager, Meadows«, sagte Tom. »Du warst nie bereit, das zu tun, was getan werden musste.«

»Ach, nein. Ich war mehr als bereit. Darin war ich ganz wie du. Deswegen bist du ja überhaupt erst an die Oberfläche gekommen. Und wenn du mir jetzt sagst, dass man Eier kaputtschlagen muss, wenn man ein Omelett essen will – diese Metapher ergibt nur dann einen Sinn, wenn man Kannibale ist.«

Tom spürte titanische Kräfte um sie herum aufbranden: Elektrizität, Explosionen und weitere handfeste Ausbrüche von Wut und Triumph und Lust. »Das kann nicht ewig andauern«, sagte er. »Dem Monster kann nicht ewig kollern, und dann übernehme ich wieder das Kommando. Und dann verschwindest du wieder in der Versenkung, Mann.«

Mark schüttelte den Kopf. »Nein. Es sind zu viele. Du hast zu viel Schaden angerichtet – bei ihnen und auch bei anderen. Du hast dir zu viele Feinde gemacht. Wenn du jetzt in die Welt der festen Formen zurückkehrst, werden sie dich ganz einfach töten.«

»Damit wärst auch du tot, du Trottel.«

»Ja. Wir sind in einem brennenden Haus eingeschlossen, du und ich. Wenn mein Tod, wie ich glaube, die einzige Möglichkeit ist, dich aufzuhalten, dann sterbe ich gern.« Er zuckte mit den Schultern. »Das ist sowieso der Lauf der Welt, nicht wahr? Niemand hier will, dass du am Leben bleibst. Hast du etwa geglaubt, dass deine Asse daran etwas ändern würden?«

Toms Gedanken waren jetzt klarer. »Sie werden mich nicht töten«, sagte er. »Nicht wenn ich wehrlos bin. Ihr bürgerliches Zartgefühl wird das nicht zulassen. Und wenn ich nicht wehrlos bin…«

Er grinste.

♦

Wally fühlte sich wie ein Sack gebrochener Knochen, der in einem eisernen Wiffleball herumrasselte. Nur dass Wifflebälle nicht so viele Löcher hatten.

Radical hatte ihm schwer zugesetzt. Seine Rippen waren gebrochen, vielleicht sogar zertrümmert. Wäre er kein Joker, würden sie ihm jetzt aus der Brust herausragen. So aber spürte er bei jeder Bewegung die Knochen über Eisen kratzen wie ein Fingernagel auf einer Schreibtafel. Mit jedem Atemzug nahmen die Schmerzen zu. Er musste all seine Kräfte aufbieten, um nicht ohnmächtig zu werden.

Er versuchte aufzustehen, sich auf die Beine zu stemmen. Aber eine Niete auf der Schulterinnenseite blieb an etwas Glitschigem hängen, an einer Sehne oder einer Muskelfaser. Sie kniff einen Nerv, schnitt hinein, zerfleischte ihn. Weiß glühender Schmerz raste seinen Hals hinauf und in seinen Kopf. Wally taumelte, doch er hielt sich an einem Ast fest, an dem Baum, der durch das Rote Haus gewachsen war. Derart abgestützt, ging er weiter.

Er musste zu Jerusha. Sie konnten noch immer entkommen.

Dann würden sie ein Heilmittel für sie finden. Er hatte es nicht geschafft, Lucien zu retten, aber Jerusha würde er sicher retten. Alles andere war egal. Der Radical-Typ hatte sich in ein riesiges Ungeheuer verwandelt. Bubbles kämpfte gegen ihn, aber das spielte jetzt keine Rolle mehr. Er konnte sowieso keine Hilfe mehr beisteuern. Jerusha war das Einzige, was zählte.

Eine Kugel drang durch einen Schwachpunkt in seiner Schulter. Sie zerfetzte das Gewebe um seinen Bizeps und prallte auf der Innenseite seiner Eisenhülle ab. Der Querschläger durchtrennte noch mehr Gewebe, und sein Arm wurde taub und ließ sich nicht mehr richtig bewegen.

Wally bog gerade rechtzeitig um die Ecke, um einen Jungen zu sehen, der aus den Trümmern des Hauses trat und auf Jerusha zuging.

»Jerusha! Vorsicht!«

Sie hörte ihn nicht, sondern beobachtete den Jungen. Es war zu dunkel und zu viel Durcheinander, als dass er erkennen konnte, mit was er nach ihr schlug.

Aber nicht so dunkel, dass Wally nicht die Angst sehen konnte, die Jerusha ins Gesicht trat.

Nicht so dunkel, dass Wally die Explosion nicht sehen konnte.

Nicht so dunkel, dass Wally nicht sehen konnte, wie Jerusha von der Erschütterung nach hinten geschleudert wurde. Nicht so dunkel, dass er nicht sehen konnte, wie sie fiel, zusammengeschrumpelt wie eine Stoffpuppe.

Nicht so dunkel, dass er die Samen, die aus ihrem Beutel purzelten, nicht sehen konnte … und das tintenschwarze Blut, das aus ihrem Körper quoll. Dann fuhr aus den Krallen des Riesenmonsters ein Blitz und färbte es für einen Augenblick rot. So viel Rot.

Er torkelte auf sie zu. »Jerusha!«

Sie rief seinen Namen. »Wally. Es tut mir leid.«

Dann kniete er über ihr, wiegte sie in den Armen, strich ihr übers Haar, rief sie immer und immer wieder. »Bitte, geh nicht«, weinte er. »Du bist die beste Freundin, die ich je gehabt habe.«

Aber sie war nicht mehr da.

Der Junge, der sie getötet hatte, beobachtete alles mit einem kalten Lächeln. Seine Augen waren genauso dunkel, genauso seelenleer wie die von Ghost in jener Nacht gewesen waren, in der sie Wally zum ersten Mal erschienen war.

Wally stand auf. »Du hast meine Freundin getötet.«

Etwas in ihm schrie nach Wut, verlangte Gerechtigkeit, sehnte sich nach Rache. Ein Schlag hätte ausgereicht.

Aber etwas regte sich in ihm mit Jerushas Stimme, mit der Stimme der Vernunft. *Er ist doch bloß ein kleiner Junge.*

Wenn Ghost hatte geheilt werden können, dann ging das auch bei ihm.

Was immer der Junge in Wallys Augen gesehen hatte, er wandte sich um und rannte tiefer in das zerstörte Herrenhaus hinein. Mit wenigen Schritten hatte Wally ihn eingeholt. Er warf ihn zu Boden und nagelte ihn mit dem Gesicht voraus auf den geplatzten Fliesen fest, indem er ihm einen Fuß auf den Rücken setzte. Dann wickelte er den Bewehrungsstahl um Hand- und Fußgelenke des Jungen.

Das war gar nicht einfach, weil er nur einen Arm benutzen konnte. Doch als er fertig war, steckte der Junge, der Jerusha getötet hatte, in einem eisernen Lasso, an allen vier Gliedmaßen zusammengebunden.

Wally brach zusammen.

♠

Ellen lag auf dem Boden und starrte an den Nachthimmel, als wäre sie überrascht. Ihre rechte Körperhälfte war schwarz, wo sie nicht blutverschmiert war. Der Fedora – Nick – lag eineinhalb oder zwei Meter weiter weg, und in dem ruinierten Filz schwelten noch die letzten Flammen.

»Alles in Ordnung mit dir?«, fragte Bugsy, obwohl er wusste, dass sie nicht in Ordnung war. Und dass sie es auch nicht mehr werden würde. »Sanitäter!«, rief er. Nackt stand er mitten in der Schlacht. Das Krachen der Explosionen von Bubbles und dem Ungeheuer übertönten seine Rufe, doch er schrie weiter.

Lilith erschien neben ihm. »Runter mit dir, Idiot!«, zischte sie, doch Bugsy hörte nicht auf sie.

»Sie braucht Hilfe«, sagte Bugsy. »Sie ist verletzt.«

Lilith bückte sich und musterte Cameos verheerten Körper mit leidenschaftsloser Miene. Dann schüttelte sie den Kopf.

»Du kannst sie in ein Krankenhaus bringen«, sagte Bugsy. »Oder irgendwas.«

»Mir kommt eine Idee«, sagte sie und war einen Moment darauf verschwunden.

»Bugsy«, keuchte Ellen mit schwerer Stimme.

»Ich bin hier«, sagte er und nahm ihre Hand.

»Es tut weh«, sagte sie.

♥

Um ihn herum wurde geschrien und gestorben. Doch Wally hörte nichts anderes als Jerushas letzte Worte. *Es tut mir leid.* Immer und immer wieder hallten sie in seinem Kopf wider.

Er hatte Jerusha im Stich gelassen. Er hatte Lucien im Stich gelassen. Er hatte Simoon, Hardhat und King Cobalt im Stich gelassen. Alle, denen er jemals etwas bedeutet hatte, hatte er enttäuscht. *Der gute alte Rustbelt.*

Wally rollte sich auf die Seite, auf den Arm, der ihm nicht das Bewusstsein raubte. Taumelnd gelang es ihm, auf ein Knie hochzukommen. Ein verkohlter Körper – Cameo? – lag eingerollt auf der Erde und bewegte sich kaum noch. Bugsy hielt sie im Arm und weinte. Lichtblitze und der Schein der Explosionen vom Kampf zwischen Bubbles und dem gigantischen

Ding, in das sich Tom Weathers verwandelt hatte, brachten seine Tränen zum Glänzen.

Lilith – Noel – betrachtete das Blutbad mit eigentümlichem Gesichtsausdruck. Über das qualmende Schlachtfeld hinweg sah sie Wally ins Auge. Dann leuchteten ihre Silberaugen in einem Blitz auf, und sie war verschwunden. Auch Bugsy bemerkte ihr Verschwinden. Er fluchte. Michelle war die Einzige, die noch kämpfte, und sie drohte zu unterliegen.

Wally stählte sich gegen die Schmerzen. Er biss die Zähne zusammen, aber dennoch entfuhr ihm ein Ächzen, als er sich aufrichtete. Wenn das Monster sich auch nur ein paar Sekunden damit ablenken ließe, Wally zu töten, würde das Michelle vielleicht helfen oder Bugsy Zeit verschaffen, um Hilfe für Cameo zu holen.

Tut mir leid, Ghost. Scheint, dass ich dich auch im Stich gelassen habe.

♣

Chernobog, dachte Michelle, während sie durch die Luft segelte. *Er sieht aus wie Chernobog, dieser verdammt große Dämon aus Fantasia. Und ich sehe aus wie eines dieser tanzenden Nilpferde. Bloß dreckiger und weniger graziös.*

Sie krachte in eine kleine Baumgruppe und machte bei ihrer Landung alles platt. Das Monster war es müde geworden, sie mit Lanzen aus Elektrizität und Sternenlicht vollzupumpen, und war dazu übergegangen, sie wie eine Stoffpuppe durch die Gegend zu werfen.

Ächzend rappelte sich Michelle auf. Inzwischen war sie furchtbar schwer, obwohl sie in möglichst schneller Folge Blasen auf ihn abfeuerte. Als sie wieder auf das Unding zustürmte, versanken ihre Füße im Boden. Das Ungeheuer brüllte sie an, sodass sein erigiertes Glied wackelte.

»Das ist jetzt echt nicht dein Ernst, oder?«, sagte sie. »Ein gigantischer Ständer? Junge, das ist so ein Riesenklischee.« Beim Sprechen bildete sie in ihrer Handfläche Blasen, winzige Blasen, beinahe unsichtbar, aber extrem kompakt. Dann ließ sie sie in einer Kaskade auf das Monster zurasen.

Als sie einschlugen, heulte das Ding vor Wut und Schmerz auf. Seine hässliche violett-schwarze Haut löste sich ab und legte fleischig-rote Muskeln und Knochen frei, doch die Wunde schien das Ungeheuer kein bisschen aufzuhalten. Es rannte auf sie zu und zog eine Blutspur hinter sich her. Wo die Blutstropfen ins Gras fielen, zischte und brannte es.

Michelle versuchte wegzulaufen, doch das Monster machte zu lange Schritte. Es packte sie, als würde sie nicht mehr wiegen als ein Spatz, und schleuderte sie auf eines der kleineren Gebäude. Sie krachte durch die Betonwände, als wären sie aus Papier. Wieder pumpte sich ihr Körper auf. Staub, Mörtel und Brocken und Bruchstücke von Betonblöcken bedeckten sie, als sie ausrollte.

Da bemerkte sie, dass Rusty und Fire Boy nicht mehr bei der Treppe waren. Als sie sich umsah, entdeckte sie Cameo, Bugsy und Lilith. Sie kauerten dicht beisammen. Wenigstens konnte Lilith sie rausteleportieren, wenn die Lage zu brenzlig werden sollte.

Während sie sich hochstemmte, warf sie einen Blick über die Schulter. Schon wieder steuerte das Monster auf sie zu. Sie warf Blasen und riss Löcher in seine Knie. Davon wurde es nur noch wütender. Es schnappte sie, hob sie zehn Meter in die Höhe und wirbelte sie um seinen Kopf herum.

Dann ließ es los.

Michelle sah das Rote Haus in einem Affenzahn auf sie zukommen. Mittlerweile stand es in Flammen. Würde sie darin einschlagen, wäre sie unter Flammen und Steinen begraben. Wie zum Teufel sollten sich die anderen dieses Monsters erwehren, während sie sich mit ihren Blasen wieder daraus befreite? Und wieder bekam sie Angst.

Mit ohrenbetäubendem Lärm schlug sie ein, in alle Richtungen flogen Ziegel davon, und Feuer und Asche schossen in den Himmel hinauf. Mit der Wucht ihres Körpers brachte sie Wände zum Einsturz, und angeschlagene Dielenbretter gaben unter ihr nach. Erst krachte sie durch ein Stockwerk, dann durch das nächste. Als ihr Fall vermutlich im Keller ein Ende fand, stürzte das Dach über ihr ein. Kurz darauf wurde sie von dem, was vom Roten Haus noch übrig war, begraben.

»Mist«, sagte sie.

Kongoville, Kongo
People's Paradise of Africa

Der Glassarg war dick. Mit einem Vorschlaghammer hätte er zu lange gebraucht, hätte er es womöglich gar nicht geschafft, und die guten Bürger von Kongoville hätten sich auf ihn gestürzt und ihn in Stücke gerissen, weil er das Grab ihrer Heldin entweihte.

Noel stand in der Tür des Mausoleums und sah die Straße hinauf und hinunter. Es war eigentümlich ruhig, auch wenn er ein paar eingeschlagene Ladenfenster sah. Während das Land mit der Tatsache rang, dass die Nshombos tot waren, hatte es bereits erste Plünderungen gegeben.

An einer der Baustellen standen die Kräne still, aber ein einsamer Grabenbagger räumte die Überreste eines Gebäudes fort, das eingerissen worden war, um einem weiteren Prachtbau des People's Paradise of Africa Platz zu machen.

Er teleportierte nicht gern in sich bewegende Ziele, aber er wollte auch keine Zeit vergeuden, indem er die Straße hinablief. Außerdem hätte das vielleicht die Aufmerksamkeit des nervösen Polizisten, der eigentlich den ausbleibenden Verkehr regeln sollte, auf ihn gelenkt.

Wie beim Schießen. Einfach dem Ziel folgen. Und er machte den Sprung.

Der Baggerfahrer stieß einen schrillen Schrei aus, als Lilith plötzlich auf seinem Schoß stand. Er versuchte, sich zur Tür hinauszuwinden, sodass Noel das Gleichgewicht verlor, zur Seite kippte und sich den Kopf an der Baggertür anschlug. Doch es gelang ihm, das Hemd des Mannes mit einer Hand zu fassen zu bekommen und mit der anderen seine Waffe zu ziehen.

Er drückte dem Fahrer den Pistolenlauf gegen den Hinterkopf. »Fahr, oder ich schieße«, sagte er auf Französisch.

Der Mann nickte. Dabei ging sein Kopf so schnell auf und ab wie die Nadel an einer Nähmaschine. Der Fahrer kehrte auf seinen Platz zurück.

»Fahr zum Mausoleum.« Der Mann warf Noel einen entsetzten Seitenblick zu. »Mach schon!«

Als sie die Straße hinunterrumpelten, blieb dem Verkehrspolizisten der Mund offen stehen, und er kramte hastig sein Funkgerät heraus.

Dann erreichten sie das Mausoleum. »Reiß die Wand ein.«

»Sir, bitte …«

Direkt neben dem Ohr des Fahrers spannte Noel den Abzug. Der Mann kreischte und setzte den Bagger in Bewegung. Die Wand stürzte ein.

Ein Teil des Schutts fiel auf den Sarg. Noel konnte bereits einige Risse ausmachen. »Räum diese Trümmer aus dem Weg und schlage den Glasdeckel ein«, befahl er.

Es kam ihm wie eine Ewigkeit vor, bis die Hebel betätigt waren, der Baggerlöffel angehoben wurde und damit die Bruchstücke der Wand weggeräumt waren. Endlich war der Glassarg freigelegt.

Die Hände des Fahrers zitterten. »Sir, sie ist unsere Heldin. Sie zu entweihen …«

»Sie wird wieder leben und in Sicherheit sein …« Ihm gingen die Ideen aus. Martinshörner näherten sich. »Weißt du noch, wie sie Tom Weathers gerettet hat, ihn von den Toten zurückgeholt hat?«

Der Mann nickte.

»Nun, ihre Macht ist noch lebendig, und sie wird Dr. Nshombo zurückbringen.«

Eifrig gehorchte der Fahrer. Beim zweiten Schlag brach das

Glas. Noel sprang aus der Kabine, während sich Polizisten bereits einen Weg durch den Schutt bahnten. Um ihn herum pfiffen und heulten Kugeln. Noel riss die Medaille um den Hals der Leiche an sich und geriet ins Schwanken, als ihn ein Schuss in der Schulter erwischte. Im ersten Moment spürte er an der Einschussstelle nur starke Hitze. Doch er wusste, dass der Schmerz noch kommen würde.

Er machte den Sprung zurück zum Roten Haus.

Das Rote Haus
Bunia, Kongo
People's Paradise of Africa

Ellens Atem ging flach, ihre Lider flatterten. Lilith drückte ihr die Medaille in die gesunde Hand. Bugsy hielt die Luft an. Hinter ihnen brüllte das Monster, und ein Blitzgewitter verwandelte die Nacht zum Tag.

Ellen schloss die Augen. Jemand, dem er noch nie begegnet war, öffnete sie wieder. Plötzlich war ihm schmerzhaft bewusst, dass er nackt war. »Hi«, sagte er. »Ich weiß, dass das ziemlich abgefahren klingt, aber die Sache ist die, dass du tot bist. Und ich bräuchte mal deine Hilfe.«

»Ich weiß, was ich bin«, sagte die neue Frau. Sie hatte einen afrikanischen Akzent.

»Bestens«, sagte Bugsy. »Wirklich, das ist spitze. Ich dachte mir, wenn du Ellen wieder zusammenflicken könntest, das wäre richtig, richtig klasse. Dann könnten wir …«

Die Frau setzte sich langsam auf. Ellens Haut brach und riss. An ihrem Körper lief ein purpurner Blutstrom hinab. »Nein«, sagte die Frau. »Dafür ist es zu spät. Hilf mir aufstehen.«

Bugsy nahm ihren gesunden Arm und hob sie hoch. Sie schien leichter als Ellen zu sein. Weniger stofflich. Die Schmerzensdame drehte den Kopf, als wäre sie nicht von fürchterlichen Wunden verkrüppelt. Offen und aufmerksam sah sie sich um. Bugsy folgte ihrem Blick und sah, was sie sah.

Leichen. Dutzende. Männer in zerrissenen Soldatenuniformen oder den weißen Kitteln der Sanitäter. Kinder hatten sich flach auf den Boden geworfen, um der Gewalt um sie herum zu entgehen, wenn sie nicht bereits tot waren. Und hinter ihnen, in den Ruinen des Roten Hauses, lieferten sich Bubbles und das Ungeheuer einen schrecklichen Schlagabtausch.

Mit jedem Schlag, den das Monster landete, wuchs Bubbles an, und mit jeder Blase, die am Körper des Giganten explodierte, wurde das Geschöpf größer, seine Klauen und sein Penis schlenkerten vor dem Nachthimmel Afrikas. Obwohl sie beide nicht in der Lage waren, dem anderen zu schaden, richteten sie um sie herum furchtbare Zerstörung an. Das Ungeheuer heulte den Mond am Himmel an.

Da fiel Bugsy auf, dass die beiden Kämpfenden Weiße waren und die Toten um sie herum Schwarze.

»Ihr habt keine Ahnung von den Schmerzen, die ich ertragen habe«, sagte die Schmerzensdame. Erst dachte er, sie würde die Toten betrachten, aber als er ihrem Blick folgte, bemerkte er die verkohlten Überreste von Nicks Fedora. Sie wandte sich zu ihm um. Cameos gesundes Auge wurde schmaler. Das andere war so sehr verbrannt, dass es sich nicht mehr schließen ließ. »Mit jeder heilenden Geste habe ich die Schmerzen auf mich genommen. Verstehst du, was ich sage? Sie behaupten, ich wäre ein Ass, aber ich habe nichts bekommen als Schmerzen.«

Ellen, dachte Bugsy. *Das ist nicht die Schmerzensdame, auch wenn ich ihre Stimme höre. Das ist Ellen.*

»Bitte«, sagte Bugsy. »Heile doch wenigstens …«

»Dies ist kein Tag zum Heilen. Dies ist der Tag, um Dinge zu beenden«, sagte die Schmerzensdame. »Tom Weathers hat mich getötet. Soll er die Schmerzen nehmen, die ich getragen habe.«

Etwas drang aus ihr heraus, ein Lichtstrahl, nur dass es kein Licht war. Eine Hitze, die gefror. Die Luft zwischen der Schmerzensdame und dem Monster krümmte sich und zitterte. Bugsy stellten sich die Haare auf Rücken und Nacken auf.

◆

Und Tom Weathers wurde von einer Welt aus Schmerz umfangen.

Es war, als würde er lebendig gestreckt, zerquetscht, erstickt und verbrannt. Alles gleichzeitig. Als würde dies alles mit jedem Nervenende seines Körpers geschehen. Mit jedem Atom.

Er schlug um sich. Doch der Schmerz wurde nur noch schlimmer, wuchs an, obwohl das gar nicht möglich war. Er fing an, an seinem Verstand zu nagen wie eine Flamme an einem Stück Papier.

»Schau, was passiert«, sagte Mark, dessen Stimme klar durch die schrecklichen, alles verzehrenden Qualen drang. »Eins der Eier, das du so ritterlich kaputtgeschlagen hast, ist wieder auferstanden. So ungefähr jedenfalls. Gerade einmal lange genug, um dir die ganzen Schmerzen zurückzuzahlen, die du anderen zugefügt hast. In gleicher Währung.«

Tom wollte etwas sagen, konnte aber nur schreien. Selbst in seinen unaussprechlichen Schmerzen war ihm bewusst, dass Meadows alles genauso spürte wie er selbst. Doch der alte Hippie sprach mit einer Heiterkeit, die noch dem heiligsten Märtyrer in den Flammen gut zu Gesicht gestanden hätte.

»Erinnerst du dich an Dolores Michel, Tom?«, fragte er. »Unsere Schmerzensdame? Sie konnte nicht nur die Schmerzen anderer auf sich nehmen. Sie konnte sie auch wieder austeilen.«

Radical wollte ein letztes Mal trotzig die Faust erheben, doch auch der Trotz verbrannte knisternd und zerfiel zu Asche.

Und in solchen Qualen starb er.

♠

Die Ruhe wirkte unnatürlich. Jetzt erst bemerkte Noel das Wimmern und Schreien der Verwundeten. Die Medaille, die sie noch immer umklammert hielt, glänzte auf Cameos Brust.

Aber der Dämon war verschwunden. Auf dem Boden lag

eine Gestalt. Noel rappelte sich auf und taumelte auf den liegenden Körper zu. Er musste die Pistole mit der linken Hand ziehen, denn wegen der Schusswunde in der Schulter konnte er den rechten Arm nicht mehr bewegen.

Vor Entsetzen verharrte er mitten in der Bewegung. Statt eines muskulösen Mannes Mitte vierzig lag da eine ausgemergelte Gestalt mit langen grauen Haaren und einem Bart, der aussah wie die Überreste einer Spinnwebe. Der hagere Leib war blutverschmiert und lockte Insekten an. Noel steckte die Pistole weg und legte dem Mann zwei Finger an die Kehle. Er spürte den Hauch eines Pulses. »Er ist nicht tot«, sagte er. »Selbst nach all dem ist dieser Schweinehund Weathers noch nicht tot.«

»Doch«, kam Bugsys Stimme über Noels Schulter. »Das ist Mark Meadows.«

♥

Michelle räumte mit ihren Blasen den Rest des Roten Hauses aus dem Weg und fluchte dabei. Als sie aus den Trümmern auftauchte, war das Monster verschwunden. Auch das Gewehrfeuer war mitsamt den Explosionen erstorben.

Während sie durch den Schutt stakste, klopfte sie Asche und Staub von sich ab. Bugsy, Rusty und Lilith hatten sich um einen Mann am Boden versammelt. Bugsy war nackt. Nur Cameo und Gardener konnte sie nirgends erkennen, und das machte ihr Angst.

»Wir sollten ihn töten«, sagte Lilith gerade und klang dabei so sachlich, als ginge es darum, ob sie den Bus oder ein Taxi nehmen sollten.

Der Mann auf dem Boden war schmächtig gebaut, fast ausgezehrt. In seinem Gesicht zeigten sich Furchen, und auf seinem Kopf wuchs ihm ein graublondes Haarbüschel. Sein schmales Kinn war von einem langen, dünnen Zottelbart bedeckt. Er wirkte ungefähr so alt wie Michelles Vater.

»Aber das ist nicht Tom Weathers«, sagte Rusty verwirrt. »Weiß nicht, wer der Typ ist, aber das ist ein anderer Kerl. Und das ist auch nicht dieses Dämonendings.«

»Ja und nein«, sagte Bugsy. »Das ist Mark Meadows. Sein Ass funktioniert so, dass er sich in andere Leute verwandeln kann, wenn er Drogen nimmt, und er war auf einem ziemlich langen, ziemlich üblen Trip. Das ist der Typ, den Radical ... ich weiß auch nicht, gekidnappt hat, kann man wohl sagen.«

Rusty schüttelte den Kopf. »Der liegt da ja bloß herum. Kommt mir jetzt nicht richtig vor, den zu töten, wenn er so wehrlos ist.«

Lilith verdrehte die Augen. »Wie auch immer das passiert ist, es könnte wieder passieren. Weathers ist zu gefährlich, als dass er am Leben bleiben dürfte. Und die einzige Möglichkeit, Weathers zu töten, ist, Meadows zu töten. Sie sind ein und dieselbe Person.«

»Nun, nicht ganz«, erwiderte Bugsy. »Ihn zu töten ist aber trotzdem das Klügste. Selbst wenn er im Moment nicht Weathers ist, könnte er zu Weathers werden, wenn er erwacht.«

»Ich tu es«, erklärte Lilith. »Was ist schon ein Toter mehr inmitten dieses ...« Sie deutete auf das Blutbad um sie herum.

Michelle ging näher heran. Einmal mehr wunderte sie sich, wie Niobe sich hatte in diesen Mann verlieben können. »Hier ist genug getötet worden.«

»Das ist Tom Weathers«, sagte Lilith. »Ich werde nicht zulassen, dass der einfach so davonkommt.«

»Aber dir bleibt nichts anderes übrig«, sagte Michelle. »Du bist ein Mörder. Du tötest kaltblütig Menschen für Geld. Und soweit ich sehen kann, empfindest du keinerlei Reue für deine Taten. Das macht dich zu einem Soziopathen. Du kannst so viel Rinde wegschneiden, wie du willst, ein beschissenes Sandwich wird dadurch auch nicht besser. Ja, auch ich habe Menschen getötet, aber ich habe nie jemanden getötet, der nicht versucht hätte, mich zu töten. Ich habe es nie kaltblütig getan. Auch habe ich mich nie mit jemandem angefreundet, damit ich mich später in dessen Zimmer schleichen und ihm die Kehle aufschlitzen kann. Und damit wir uns richtig verstehen: Ich hatte nie ein gutes Gefühl dabei, wenn ich jemanden töten musste, selbst wenn es dabei um mein eigenes Leben ging. Deine Taten kannst du nicht einfach mit Tee, einem Stück Kuchen und hübschen Klamotten wegwischen, Noel. Das ist der große Unterschied zwischen uns. Es vergeht kein Tag, an dem ich nicht voller Trauer bereue, was ich getan habe.«

»Mir war überhaupt nicht bewusst, dass du die Einzige von uns bist, die über eine solche Klarheit und Reinheit verfügt«, sagte Lilith. »Das solltest du auf jeden Fall hegen und pflegen, Bubbles. Und was Weathers angeht … macht, was ihr wollt. Es fällt auf euch zurück.« Sie ging in die Dunkelheit davon.

Meadows stöhnte und machte die Augen auf. Er setzte sich auf und sah sie benommen an.

»Jetzt müssen wir uns aber mal entscheiden«, sagte Bugsy. »Verdammt, er hat Cameo getötet. In Paris hat er Garou und den Eulentyp und einen Haufen Sicherheitsleute umgebracht. Sogar Klaus hätte er beinahe erledigt. Wären er und die Nshombos nicht gewesen, dann wäre Gardener noch am Leben. Und wie viele andere noch? Hunderte? Tausende? Mark Meadows war vielleicht nicht Tom Weathers, aber er hat ihn erschaffen.«

»Das stimmt«, sagte Mark Meadows leise. In seinen großen blauen Augen standen Tränen.

»Also echt jetzt«, erklärte ihm Michelle, »misch du dich da nicht ein.«

»Wäre es andersrum gewesen«, fuhr Bugsy fort, »würden wir da jetzt heulend rumsitzen, würde Weathers uns das Hirn mit dem Dosenöffner herausholen, unsere Innereien herauswühlen und uns in den Hals pissen, und dabei würde er sich den Arsch ablachen. Er hätte uns alle getötet, kaum dass er uns gesehen hätte.«

»Ja«, sagte Michelle. »Und wenn wir ihn jetzt töten, wären wir wie Weathers. Ihn jetzt zu töten wäre schlicht und einfach Rache.«

»Da habe ich kein Problem mit«, fauchte Bugsy zurück. »Was ist dein Vorschlag, Bubbles?«

»Gnade«, sagte sie. Dann sah sie Rusty an. Der hielt sich den Arm, der in einem seltsamen Winkel herunterhing. Ihm liefen Tränen über die Wangen, die braune Spuren hinterließen. Sein Schmerz war frisch und deutlich sichtbar. So wie Bugsys Trauer. Und Michelle besaß nicht die Macht, dies alles wiedergutzumachen. »Rusty«, sagte sie, »wie stimmst du ab?«

Freitag, 1. Januar
Neujahr

Das Rote Haus
Bunia, Kongo
People's Paradise of Africa

»Du bist immer noch nackt«, sagte Bubbles.

»Ja«, sagte Bugsy. »Ich will schon die ganze Zeit meine Hose anziehen, aber … ich komme schon noch dazu.«

Ellen lag noch an derselben Stelle und im Gras neben ihr die Medaille der Schmerzensdame. Ihr Kopf ruhte auf den Überresten von Nicks Hut wie auf einem Kissen. Ihr ruiniertes Gesicht war friedlich. Als würde sie schlafen. Er rechnete jeden Augenblick damit, dass sie zitterte, so wie sie es getan hatte, wenn es sie fröstelte.

»Sie hat es geschafft«, sagte Bugsy. »Sie hat den Scheißradical erledigt. Keiner von uns hätte das gepackt, und sie … sie hat's einfach getan.«

Sie schwiegen.

»Wir sollten gehen«, sagte Bubbles.

»Gleich«, sagte Bugsy. »Ich komme. Aber gebt mir … gebt mir nur noch eine Minute.«

♣

»Du musst in ein Krankenhaus«, sagte Noel. »Und zwar so-fort.« Im Flüsterton, aber nicht so leise, dass Wally es nicht hören konnte, fügte er hinzu: »Und zu einem verdammten Schmied, falls überhaupt noch was zu retten ist.«

»Warte mal«, sagte Wally, doch es klang mehr wie ein Gur-geln. Er watschelte in Richtung Garten und der beiden Affen-brotbäume. Bei jedem Schritt musste er vor Anstrengung keu-chen und bekam stechende Schmerzen in der Seite, wenn sich Knochensplitter in seine Eingeweihten bohrten.

Hinter ihm sagte Bubbles: »Was macht er?«

»Sich verabschieden«, antwortete Noel.

Ghost lief herbei. Sie nahm seine Hand, doch er versuchte, sich nicht auf sie zu stützen, denn er wollte ihr nicht wehtun, sollte er stürzen.

Unter den Affenbrotbäumen blieben sie stehen, als die ersten Sonnenstrahlen lange Schatten über das Schlachtfeld warfen. Wally versuchte nach oben zu fassen, um Samen zu pflücken, aber den einen Arm konnte er nicht bewegen, und wenn er den anderen über den Kopf hob, bekam er vor lauter Schmerzen keine Luft mehr. Doch Ghost erkannte, was er vorhatte. Ihre Füße lösten sich vom Boden. Wie ein Engel schwebte sie zwi-schen den Ästen empor und pflückte Samen.

Wally sagte zu dem Baum: »Sie ist ein gutes Mädchen, Jerusha. Ich glaube, dass sie wieder wird. Du hättest sie gemocht. Ich werde ihr alles über dich erzählen.« Er sah sich nach Noel, Bub-bles und den anderen um. »Ich werde allen von dir erzählen.«

Ein Stich. Ihm stockte der Atem. Und dann kamen die Trä-nen, sie quollen zu machtvoll hervor, um sie aufzuhalten. »Ahh, verdammt, Jerusha. Warum musstest du gebissen wer-den? Eigentlich hätte ich sterben sollen, nicht du.«

Ihm war bewusst, dass die anderen ihn beobachteten, aber es war ihm egal. Wally humpelte zum Stamm eines der Affen-brotbäume. Er lehnte sich dagegen und umfasste den Stamm. Das Holz roch ganz, ganz leicht nach Jerusha. Wally schniefte.

»Danke, dass du mit einem großen dummen Kerl nach Afrika gekommen bist«, flüsterte er. »Danke, dass du so nett zu mir warst. Danke, dass du meine Freundin warst.« Er drückte seine Lippen gegen den Baum, achtete aber darauf, die Rinde dabei nicht zu verletzen. »Ich werde dich nie vergessen, Jerusha. Und wenn ich eine Million Jahre alt werde.«

Durch den Affenbrotbaum fuhr eine Brise, und Wally war so, als könne er Jerushas Lachen in den raschelnden Blättern hören. Oder weinte sie so wie er?

Ghost schwebte herab und landete mit einem Arm voller Affenbrotbaumsamen neben Wally.

Wally rief Noel zu. »Okay. Jetzt sind wir fertig.«

Epiloge

Kisangani, Kongo
People's Paradise of Africa

Zombies patrouillierten in den Außenbezirken von Kisangani.

Moto – so hieß Fire Boy – saß neben ihr auf dem Beifahrersitz des Jeeps. »Hab keine Angst vor denen«, erklärte ihm Michelle.

Neben der Straße saßen ein paar Männer, deren Haltung überhaupt nicht zombiehaft war und die Michelle erkannte. Leopardenmänner, die verwandelt worden waren, als Alicia Nshombo gestorben war. Michelle waren sie in ihrer menschlichen Gestalt lieber. Sie bremste ab und rief: »Joey, hier ist jemand, der Adesina kennenlernen muss. Und vielleicht auch dich.«

»Was geht mich das einen feuchten Scheiß an, Bubbles?«, gurgelte einer der Zombies.

Moto klappte die Kinnlade herunter, und ein Feuerstrahl umhüllte den Zombie.

»Himmelherrgottscheiße«, drang Joeys Stimme aus dem Mund des brennenden Leichnams. »Dieser kleine Pisser hat meinen Liebling gebrutzelt.«

»Ach, bitte.« Michelle formte eine Blase und verwandelte den lodernden Zombie in einen matschigen Haufen aus Knochen und Fleisch. »Ich fahr jetzt rein.« Sie schaltete in den ersten Gang runter und bog auf das Gelände ein.

Die Anlage sah besser aus, als Michelle erwartet hatte. Joeys Zombies, die Gefangenen und die Mitarbeiter hatten die Überreste von Alicia Nshombo und ihren Anhängern beseitigt. Das Blut war verschwunden, und der Geruch von frischer Farbe lag in der Luft.

Michelle parkte den Jeep und stieg aus. Aus einem der kleinen Häuser kam Joey heraus. Sofort gesellte sich eine Phalanx von Zombies zu ihr. »Was zum Donnerwetter willst du?«, fragte sie.

»Weltfrieden, ein Ende des Hungers und einen schaumigen Cappuccino«, gab Michelle zurück. »Sieht nicht so aus, als würde ich irgendwas davon hier kriegen.«

»Wer ist der kleine Pisser mit dem schlechten Atem?«

Moto war aus dem Jeep geklettert, um an Michelles Seite zu bleiben. Er nahm ihre Hand und sah Joey ängstlich an. »Das ist Moto«, erklärte Michelle. »Moto, das ist Joey.«

»Hallo«, sagte er. Dabei rülpste er eine kleine Flamme hervor, aber weiter nichts. Michelle drückte seine Hand.

Joey funkelte Michelle gefährlich an – was diese gewohnt war. Dann betrachtete sie Moto und zeigte ihm ein schwaches Lächeln. Der Junge umfasste Michelles Hand noch fester, lächelte aber zurück.

»Wo ist Adesina?«, fragte Michelle.

»Michelle!« Adesina kam auf dem Hauptweg herbeigerannt. Nun, sie raste eher dahin. Auf dem Insektenleib wirkte das hübsche Gesicht seltsam. Dann sprang sie in die Luft und flog unbeholfen auf Michelle zu. *Sie hat sich noch nicht an ihre Flügel gewöhnt*, dachte Michelle, breitete die Arme aus, fing Adesina auf und umarmte sie sacht.

Adesina berührte Michelles Gesicht mit ihren Vorderbeinen. Eine Welle von Wärme und Glück durchflutete Michelle. *Das ist Moto*, dachte Michelle. Adesina rückte von ihr ab, und Michelle ließ sie los. Sogleich wurde sie von Trauer erfüllt.

Adesina flatterte vor Moto herum. Einen Augenblick lang

befürchtete Michelle, er würde den Mund aufmachen und Adesina in Brand stecken. Doch stattdessen streckte er den Arm aus, und Adesina landete. Er zog sie an sein Gesicht heran, und sie setzte ihm die Vorderbeine auf die Wangen, so wie sie es bei Michelle getan hatte. Sogleich wich sein ängstlicher Ausdruck einem glückseligen Strahlen.

»Wann machst du dich vom Acker?«, fragte Joey.

Michelle beobachtete Adesina und Moto. Es war gut. Es war richtig von ihr gewesen, ihn hierherzubringen.

»Ich bin mir nicht sicher.« Michelle lächelte Joey an. Denn eine fröhliche Michelle ging Joey ohne Ende auf die Nerven. »Ich habe mir überlegt, ob ich nicht Juliet anrufe und sie frage, ob sie uns in diesem hübschen Urlaubsort nicht Gesellschaft leisten will.«

Joeys Zombies knurrten wütend. »Warum zum Henker solltest du das tun?«, fragte Joey.

»Weil wir drei ein paar Sachen klären müssen.« Michelle warf einen Blick zu Adesina und Moto hinüber. Sie schienen gut miteinander auszukommen. »Und ich werde eine Weile hierbleiben, um dir zu helfen.«

»Einen Scheiß wirst du tun«, sagte Joey. Ihre Stimme war schroff, und sie stupste Michelle in den Rücken. »Nicht nach dem, was du diesem kleinen Scheißer angetan hast. Der Mummy.«

»Vor allem nach dem, was ich ihr angetan habe.«

»Scheiße, Mann, du hast sie umgebracht«, spie Joey aus. »Du hättest so eine Art Heldin sein sollen, und du hast ein Kind umgebracht. Was bist du bloß für eine Scheißtype?«

»Ich bin ein Mensch.« Michelle überkam eine furchtbare Trauer. »So wie du. So wie alle anderen auch.«

»Das werde ich dir nie verzeihen«, sagte Joey.

»Das ist okay.« Michelle berührte Joeys Wange und wischte eine Träne weg. »Ich auch nicht.«

»Blöde Kuh.«

»Exakt.«

Blythe van Renssaeler
Memorial Clinic Jokertown
Manhattan, New York

Bei jedem Schritt quietschten die Gummigaloschen, die Finn über seine Hufe gezogen hatte, als er in das Wartezimmer trabte. »Sie haben einen hübschen, gesunden Sohn, 3,2 Kilo schwer.«

Noel reichte dem Jokerarzt eine Zigarre. Er war noch nicht in der Lage, etwas zu sagen.

»Sie sind mehr der traditionelle Typ, was? Helfen ihr nicht beim Atmen und zählen nicht die Kontraktionen mit. Keine Videoaufnahme des glücklichen Ereignisses.«

»Meine Güte, nein«, sagte Noel.

Finn lachte angesichts seines entsetzten Tonfalls. »Das kann ich Ihnen nicht verübeln. Normalerweise scheuchen die Frauen ihre Männer fluchend hinaus, und nicht selten fällt mir einer in Ohnmacht. Männer können mit Blut eben nicht so gut umgehen wie Frauen.«

Bei mir war das nie ein Problem. Aber bei Gott, das habe ich ein für alle Mal hinter mir.

»Wie soll er denn heißen?«, fragte Finn.

»Jasper, nach meinem Vater. Kann ich ihn …« Noel blieb die Stimme weg.

»Niobe ist in ihrem Zimmer, und Ihr Sohn ist bei ihr. Kommen Sie.« Finn führte ihn aus dem Wartezimmer hinaus und einen Gang hinunter.

Niobe trug ein weißes Spitzennachthemd, das sie von zu Hause mitgebracht hatte. Eine Krankenschwester mit Fühlern anstelle von Augenbrauen und den Facettenaugen einer Hummel kämmte ihr das Haar über der Schulter. An den Schläfen waren die Strähnen noch immer ein bisschen schweißnass. Im Arm hielt Niobe ein weiches blaues Deckenbündel.

Sie sah zu Noel auf, und nie zuvor hatte er eine so reine Freude, einen solchen Triumph und eine solche Liebe in ihrem Gesicht gesehen. »Sag Hallo zu deinem Sohn«, sagte sie.

Mit drei großen Schritten war er bei ihr und küsste sie. Dann sah er in das verschrumpelte rote Gesicht des Babys hinab. Immerhin hatte der Bengel einen üppig kastanienbraunen Haarschopf und beinahe aquamarinblaue Augen, denn abgesehen davon war er erstaunlich hässlich.

Niobe drückte ihm das Bündel in die Hand. Einen Moment lang hielt er ihn umständlich, doch dann fand der kleine warme Körper seinen Platz auf seinem Arm. Mit seinem winzigen knospenförmigen Mund machte er Saugbewegungen, und zwischen seinen Lippen entfuhr ihm ein erstaunlich erwachsen klingender Seufzer. Von dem Baby ging ein unbeschreiblicher Geruch aus, doch er weckte in Noel Erinnerungen an frisch gebackenes Brot, Kekse und Holzfeuer an einem kalten Abend. Er erinnerte Noel an alles Gute, Geborgene und Liebe.

Noel umfasste das Baby fester, und wie ein elektrischer Schock durchzuckte ihn Liebe und das Bedürfnis, das Baby zu beschützen. Er wusste, dass er für dieses Kind sein Leben geben würde.

Er sah Niobe an, die ihn anlächelte, doch in ihren grünen Augen lag etwas Ernstes.

»Ich liebe dich«, sagte Noel.

Sie gab ihm nicht die übliche Antwort. Stattdessen fragte sie: »Bist du jetzt wieder ganz zu Hause?«

»Ja.« Und er fügte hinzu: »Jetzt und für immer.«

»Gut.«

Vereinte Nationen
Manhattan, New York

Lohengrins Büroalltag änderte sich nie. Ständig klingelten die Telefone. Die leisen Glockenlaute, die ihm eingehende E-Mails ankündigten, pflasterten den Weg zum Nervenzusammenbruch. Klaus war etwas angeschlagener, etwas müder. Doch er hatte auch ein paar Lachfalten, die ihm gelegentliche Siege eingebracht hatten, von daher war alles in Ordnung.

Er lehnte sich auf seinem Stuhl zurück. Sein Lächeln war sanfter, als Bugsy erwartet hatte, und auch seine Stimme klang freundlich. »Du siehst gut aus, mein Freund.«

»Du bringst mich ja zum Erröten«, erwiderte Bugsy. »Aber du siehst auch ziemlich schick aus. Die Augenklappe steht dir. Voll der grausame Pirat Odin.«

Klaus verzog nicht einmal gequält das Gesicht. Daran erkannte Bugsy, wie mitgenommen er selbst aussehen musste. Eigentlich hatte er geglaubt, es besser überspielt zu haben. »Tut mir leid. Was passiert ist«, sagte Lohengrin.

»Das muss dir nicht leidtun«, sagte Bugsy. »Das Risiko war uns allen bewusst.«

Es entstand eine Pause, und das war die Einladung dazu, alles auszuspucken. Bugsy erwog, von seiner Rückkehr in Ellens Wohnung zu erzählen, als er seine Sachen holen wollte und gesehen hatte, dass noch alles da war. Die gesammelten Artikel über hundert verlorene Menschenleben. All diese letzten Gelegenheiten waren nun dahin. All die Stimmen waren zum Schweigen gebracht. Die Toten waren wieder tot.

Er ließ das Schweigen für sich sprechen.

Lohengrin nickte. »Was wirst du jetzt tun?«

Bugsy hob in gespielter Verwirrung die Augenbrauen. »Nun«, sagte er. »Ich habe mir gedacht, dass ich vielleicht Mittagessen gehe. Und an der NYU ist gerade eine Insektenkundler-Konferenz. Dachte, da hänge ich vielleicht mal in den Bars ab und mache mich interessant. Es geht zwar um die Lyme-Krankheit, aber ich hoffe, dass eine süße Studentin dabei ist, die auf Wespen steht.«

Diesmal machte Lohengrin ein leicht gequältes Gesicht. Gut so. »Du musst nicht immer aus allem einen Witz machen, Jonathan.«

»O doch, das muss ich«, sagte Bugsy grinsend. »Doch, das muss ich.«

»Ich meinte, ob du beim Komitee bleiben willst.«, sagte Lohengrin.

»Behalte ich einen Job, bei dem ich mich der Todesgefahr aussetze oder meinen Freunden zuschauen muss, wie sie leiden und sterben, während die ganze Scheißveranstaltung langsam in der ewigen Jauchegrube der Bürokratie versinkt?«

»Genau«, sagte Lohengrin.

»Ich weiß nicht«, entgegnete Bugsy. Und einen Moment später: »Ich bleibe dabei, wenn du dabeibleibst. Oder wir könnten uns selbstständig machen. Durch die Welt ziehen und für Gerechtigkeit sorgen, Bösewichte gemäß unserer persönlichen Wertvorstellungen zu Fall bringen und flotte Bienen anbaggern.«

Da klingelte das Telefon. Lohengrin ging nicht ran. »Hört sich verführerisch an«, sagte er mit einem Grinsen.

»Ja, bis dir auffällt, dass Radical genau derselben Tätigkeitsbeschreibung gefolgt ist. Das lief jetzt nicht so wahnsinnig prickelnd.«

»Hätte schlimmer sein können«, sagte Lohengrin.

»Ein Satz, nach dem man leben kann.«

Jerusha Carter Childhood Development Institute
Jokertown, Manhattan, New York

»Tut es weh, wenn ich das mache?«, fragte Dr. Finn. Er streckte Wallys Arm und hob ihn vorsichtig nach oben.

»Nö. Gar nicht, Doc.« Dumpfer Schmerz pochte in Wallys Schulter. »Äh, vielleicht ein bisschen.«

Finn ließ Wallys Arm los. »Die Kugel hat enormen Schaden angerichtet, als sie in Ihrer Schulter gesplittert ist. Ich müsste lügen, wenn ich behaupten würde, dass ich nicht erstaunt war, dass Sie keine dauerhafte Funktionseinschränkung in Ihrem Arm davongetragen haben.« Er notierte etwas in Wallys Krankenblatt. »Sie können von Glück sagen, dass Sie nicht auch noch Ihr Bein verloren haben«, fügte er geistesabwesend hinzu.

»Welches?«

Finn sah ihn über den Rand seiner Brille hinweg an. »Nachdem Sie von einem Krokodil angegriffen worden sind? Beide.« Er klang ernst, aber seine Augen leuchteten. »Sie können Ihr Hemd jetzt wieder zumachen.«

Wally stieg behutsam von dem Untersuchungstisch herunter. Auf der langen Reise durch den Kongo hatte sich die Schusswunde in seinem Bein entzündet. Finn hatte ihm auch etwas über Flussparasiten erzählt. Jetzt hatten sie wieder alles unter Kontrolle, doch nach sechsmonatiger Behandlung mit Antibiotika war sein Bein immer noch nicht so kräftig wie einst.

In dem anderen Bein, das das Kroko erwischt hatte, waren immer noch Bissspuren zu sehen. Finn ging davon aus, dass sie auch nicht mehr weggehen würden, obwohl er bereitwillig zugab, dass er nur sehr wenig über die Heilungsprozesse von Eisen wusste.

Auch Wallys Seite schmerzte immer noch. Dort hatten sie ihn aufgeschnitten, um sechs gebrochene Rippen zu behandeln. Dazu hatten sie ein großes Stück Eisen entfernt. Der Großteil seiner Haut war nachgewachsen, dick und schwer wie eh und je, aber zurückgeblieben waren einige empfindliche Stellen.

Finn kritzelte etwas auf einen Rezeptblock. Er riss das Blatt ab und reichte es Wally. »Ich verschreibe Ihnen noch einmal ein Medikament. Danach sollten Sie eigentlich wiederhergestellt sein.«

»Danke.« Wally steckte das Rezept in die Brusttasche seines Overalls. »Lassen Sie uns nach den Kindern sehen«, sagte er.

Finn führte ihn den Gang hinunter und durch eine Plastikbahn, die vor der Tür angebracht war. Durch die gelangte man aus seiner Klinik in die neue Schule. In den Korridoren roch es nach frischer Farbe. Finns Hufe hinterließen kleine Vertiefungen im Linoleum, denn der Teppich war noch nicht überall verlegt. Und angesichts der Menge an – hellen und kinderfreundlich bunten – Teppichrollen, die sich überall stapelten, war nicht davon auszugehen, dass das bald der Fall sein würde.

Das Jerusha Carter Childhood Development Institute – oder die »Carter School«, wie die Leute meistens sagten – umfasste einen großen Innenhof. In dessen Mitte wuchs ein Affenbrotbaum, der einem Spielplatz Schatten spendete. Dort spielte Ghost neben einem Dutzend Kinder, die Jerusha aus Nyunzu gerettet hatte. Ein paar der Kinder waren bereits adoptiert worden. Manche würde man jahrelang therapeutisch betreuen müssen.

Wally und Finn schlenderten durch einen der Säulengänge, die um den Hof herumliefen. Ghost entdeckte sie. (Sie hieß Yerodin, doch für Wally war sie immer noch Ghost, das würde sich womöglich auch nicht mehr ändern.) Sie winkte ihnen und grinste breit.

»*Wallywally!*«, rief sie. »Komm spielen!« So nannte sie ihn, Wallywally.

Wally winkte zurück. Er kannte ihre Spielgefährten: Cesar, der kleine Junge, der damals im Labor von Nyunzu für ihn und Jerusha übersetzt hatte. Und das Jokermädchen, dem überall zusätzliche Finger wuchsen. Irgendwie gab es ihm ein gutes Gefühl zu wissen, dass sich Ghost mit Kindern angefreundet hatte, die Lucien gekannt hatten.

Das Trio stimmte einen Sprechchor an: »Wallywally, spiel! Wallywally, spiel!«

Wally wischte sich die Augen und grinste. »Ich bin gleich da, Kinder.«

Mit einem Nicken deutete Finn auf die Kinder. »Wie geht es ihr?«

Wally seufzte. »Sie hat immer noch Albträume. Hin und wieder eine schlechte Nacht. Manchmal wache ich auf, und da steht sie über mich gebeugt.« Er zuckte mit den Schultern. »Aber wissen Sie was, Doc? Manchmal glaube ich, dass sie stärker ist als ich. Ehrlich.«

Finn sah ihn komisch an. Dann wandte er seine Aufmerksamkeit wieder den Kindern auf dem Spielplatz zu. »Unterschätzen Sie sich nicht, Wally.« Ein, zwei Minuten lang beobachteten sie die Kinder in freundschaftlichem Schweigen. Dann sah Finn auf seine Uhr und sagte: »Tja, ich muss meine Runde machen.«

»Bis dann, Doc.«

Finn trabte in seine Klinik zurück.

Wally trampelte durch den Sandkasten, in dem Ghost und Cesar mit einem gelben Plastikeimer ein Loch gruben. Er setzte sich im Schneidersitz zu ihnen in den Sand. Ghost kletterte ihm auf den Schoß.

»Also. Was willst du heute zum Mittagessen, Kleine?«

»EBM«, sagte sie. Das war ihr persönliches Kurzwort für Erdnussbutter und Mango.

Wally sah zu dem Affenbrotbaum auf. Sonnenlicht fiel durch seine Äste. Er stellte sich vor, Gardener würde das hören, stellte sich ihr Lachen vor, stellte sich vor, wie sie sich eine Haarlocke hinters Ohr strich. Er umfasste Ghost und lächelte.

»Ja, ich auch.«

White Sands National Monument
White Sands, New Mexico

»Was zum Henker«, fragte Jay Ackroyd, als er in einen Apfel biss, »ist das denn?«

Das war ein Baby-Triceratops. Im Mondlicht, das die großen weißen Sanddünen mit Silber überzog, konnte man zwar erkennen, dass er gefleckt war, aber nicht, welche Farbe er hatte. Das Wesen stand hinter Sprout Meadows auf einem roten Rodelschlitten, dessen Kufe im weichen Sand eingesunken waren.

»Kota, der Baby-Triceratops«, sagte Mark Meadows, der sich gegen den eisigen Winterwind eingemummelt hatte. »Letztes Jahr war das ein beliebtes Spielzeug oder so.«

Der Dino drehte den grinsenden Kopf mit seinen drei kleinen Plüschhörnern und der Nackenkrause seiner Stimme zu und rollte liebreizend mit den Augen. Jay Ackroyd schreckte vor dem Roboterspielzeug zurück, als hätte er Angst, es würde ihm an die Kehle gehen. Er hatte sich absichtlich unauffällig angezogen: einen bauschigen braunen Mantel, einen Schal und eine Wollmütze, die ihm über die Ohren ging. »Und weshalb schleppst du das mir dir herum?«, fragte er.

Mark zuckte mit den Schultern. »Sprout mag es.«

»Obwohl *er* es ihr geschenkt hat«, fügte Sun Hei Lian hinzu.

Ackroyd schüttelte sich theatralisch. »Mein Gott«, sagte er. »Ich dachte immer, New Mexico wäre eine Wüste. Aber hier draußen ist es ja kälter als das Herz eines Kautionsagenten.«

»Du solltest mal um diese Jahreszeit in die Gobi kommen«, sagte Sun Hei Lian.

»Nee, ohne mich.« Der Detektiv steckte seine freie Hand in die Hosentasche.

»Es ist echt schön, dass du gekommen bist, um Lebewohl zu sagen, Jay«, sagte Mark Meadows.

Ackroyd zuckte mit den Schultern. »Kein Ding. Kann nicht anders. Und ihr seid sicher, dass ihr das tun wollt? Denn für eure Reise gibt es keine Rückfahrkarte.«

»Nun, mal sehen«, sagte Hei Lian. »Mark wird wegen all der Verbrechen des Radical gesucht. Das Land, dem ich mein ganzes Leben lang gedient habe, hat eine Prämie auf meinen Kopf ausgesetzt. Keiner von uns lässt eine Familie zurück. Wir haben echt *allen* Grund hierzubleiben.«

Jay sah Mark an. »Hast du ihr erzählt, dass sie den Rest ihres Lebens auf einem Planeten verbringen wird, auf dem die Borgias wie eine Bilderbuchfamilie aus der Vorabendserie aussehen würden?«

»Ich war chinesische Agentin, Mr. Ackroyd«, versetzte Hei Lian. »Mit Intrigen kann ich umgehen.«

»Ich erinnere mich genauso gut an Takis wie du, Jay«, sagte Mark. »Aber vergiss nicht, dass ich bereits auf der Flucht vor den Gesetzeshütern war, bevor Radical mich übernommen hat. Ich kann aber wieder zum Forscher werden. Wissenschaft liegt mir.« Er spürte, wie ihn Wärme durchströmte. »Und sie können Sprout heilen.«

»Aber, Daddy«, sagte sie, »mir fehlt doch nichts.«

Er streichelte ihr über die Wange. »Natürlich nicht, Schatz. Und sie können dir helfen… einen Haufen neuer spaßiger Sachen zu lernen.«

»Bist du dir sicher?«, fragte Jay.

Mark zuckte mit den Schultern. »Falls nicht, dann mache ich die Arbeit eben selbst. Vielleicht hätte ich das schon die ganze Zeit machen sollen, anstatt einem Traum hinterherzujagen, der sich als Albtraum für die ganze Welt herausgestellt hat.«

Hei Lians behandschuhte Hand drückte die seine. »Du hast viel Gutes getan«, sagte sie. »Du hast vielen Menschen geholfen.«

»Aber dadurch wird das andere nicht besser.«

»Nein. Aber sich an das Gute zu erinnern hilft uns weiterzumachen. Für uns alle drei beginnt eine neue Welt. Schlage dieses Geschenk nicht aus, Geliebter, denn nicht vielen Menschen wird es angeboten.«

»Ohne Scheiß jetzt«, sagte Jay. »Dann gibt es also keinen Cap'n Trips mehr?«

Mark schüttelte entschlossen den Kopf. »Das liegt für immer hinter mir. Ich lege den lila Zylinder endgültig ab, denn ich habe meine Lektion nur zu gründlich gelernt. Niemand sollte über solche Macht verfügen, Mann. War ja klar, dass ich damit nicht umgehen konnte.«

Ackroyd sah Hei Lian an. »Eine Sache wundert mich noch, Colonel. Bei allem Respekt gegenüber meinem alten Kumpel Mark hier, aber der Kerl ist ein dürrer alter Sack. Du bist eine bezaubernde Spionin. Weshalb fühlst du dich zu ihm hingezogen?«

Sie ergriff Marks Arm und schmiegte sich an ihn. »Er ist ein guter und freundlicher Mensch. Da er der erste seiner Art ist, der mir je begegnet ist, habe ich beschlossen, dass es töricht wäre, wenn ich ihn mir durch die Lappen gehen ließe. Und Danke für das Kompliment, Mr. Ackroyd, aber ich bin auch nicht mehr die Jüngste. Und ganz eindeutig im Ruhestand, was das Spionagegeschäft angeht.«

Jay zuckte mit den Schultern. Nach einem letzten Biss warf er das Kerngehäuse des Apfels über die nächste Düne.

»Du sollst keinen Abfall wegwerfen, Mr. Popinjay«, sagte Sprout streng.

»Das ist biologisch abbaubar, Kind.« Jay Ackroyd sah zum

klaren Sternenhimmel empor. »Dann endet es hier, wo alles anfing. White Sands, New Mexico.« Er streckte einen Zeigefinger in die Luft. »Ich könnte euch einfach dorthin katapultieren. Würde euch eine Menge Reisezeit ersparen. Ihr kämt gleich zur Sache.«

»Nein danke«, sagte Mark. »Ich denke, die Reise wird Sprout die nötige Zeit geben, sich zu akklimatisieren. Uns allen, um ehrlich zu sein.«

»Sieh, Daddy, sieh!«, sagte Sprout, sprang auf und ab und zeigte an den Himmel. »Eine Sternschnuppe! Wünsch dir was!«

Mark sah nach oben, und plötzlich wuchs das Licht an, verwandelte sich in die gleißende, rosa- und ockerfarben strahlende Muschelform eines lebenden takisianischen Raumschiffs, das sich von oben herabsenkte. »Ich habe mir was gewünscht, Liebes«, sagte er. »Und es wird alles in Erfüllung gehen.«

Bunia
Kongo

In der Nähe von Bunia steht ein Hain auf dem Grundstück eines alten Anwesens. Der Garten umgibt die Ruine des dortigen Hauses und ist voller seltsamer Pflanzen und Bäume, von denen viele hier gar nicht heimisch sind, aber mit offensichtlicher Leichtigkeit eine unglaubliche Blütenpracht entfalten. Man sieht hier Orangenbäume, Apfelbäume, Mangobäume, Blumen jeglicher Art, Kakteen, Yuccas und Palmen. Um viele von ihnen winden sich wundersame Ranken, samtgrüne Teppiche, die von Blüten in lebhaftem Rot und knalligem Blau und so leuchtendem Orange gesprenkelt sind, dass es in den Augen wehtut.

In der Mitte dieses Hains, im Zentrum, wo die Fundamente des Hauses noch zu sehen sind, wachsen zwei riesige, ineinander verschlungene Affenbrotbäume, deren Stämme jeweils einen Umfang von fünfundvierzig Metern haben – Savannenbäume, die hier im Dschungel eigentlich nicht vorkommen. Und doch sind beide gesund und gedeihen und stehen so dick und hoch, als wären sie ein paar Jahrhunderte alt.

Die Einheimischen nennen die Affenbrotbäume »die Liebenden«. Denn sie lehnen aneinander, und ihre Äste umschlingen die Stämme des anderen wie in einer Umarmung. Ihre Kronen sind vollkommen ineinander verflochten. Baobab-Früchte hängen schwer an den Zweigen. In den ineinander geschlungenen, schläfrigen Köpfen der Liebenden haben Adler, Geier und Störche ihre Nester aus kleinen Zweigen gebaut. Eulen kauern in den Spalten des Stamms. Eichhörnchen und Eidechsen, Schlangen und Baumfrösche und tausend verschiedene Insektenarten haben hier ein Heim gefunden.

Wegen seiner wilden Schönheit besuchen die Einheimischen diesen Ort, aber sie behaupten, dass sie auch von seiner Magie angezogen werden. Im Schatten der Affenbrotbäume lassen sich Paare verheiraten, und am Ende der Zeremonie nehmen sie einen Samen der Baobab-Frucht mit, um vor ihrem eigenen Haus einen Baum zu pflanzen. Denn so folgt ihnen das Glück des Hains ihr ganzes Leben. Ihre Kranken bringen sie hierher, um ihnen Kuka und Bungha, das sie aus den Früchten der Bäume zubereiten, zu essen zu geben. Man sagt, dass der Segen der Liebenden manchmal über diejenigen kommt, die vom Baum essen, und dass selbst Schwerkranke, bei denen die Ärzte alle Hoffnung aufgegeben haben, noch geheilt werden können.

Man sagt auch, dass man, wenn man in der schwarzen Stille der Nacht die Ohren spitzt, manchmal eine Stimme in den Zweigen des Hains wispern hört. Die Stimme einer Frau, die unaufhörlich nach jemandem ruft.

Die Stimme der Frau zu hören bedeutet die stärkste Magie. Wenn du ihr genau zuhörst, sagt man, erfährst du den Namen der Liebe deines Lebens. Skeptiker behaupten, es wäre nur der Wind, aber diejenigen, die den Hain am besten kennen, können darüber nur lächeln und den Kopf schütteln. Nein, werden sie antworten. Hier herrscht tatsächlich Magie. Du musst dir nur gestatten, sie zu spüren.

Und diese Magie ist unsterblich.

Abspann

In den Hauptrollen | geschaffen und geschrieben von

Jerusha (Gardener) Carter | S. L. Farrell
Wally (Rustbelt) Gunderson | Ian Tregillis
Noel (Double Helix) Matthews | Melinda M. Snodgrass
Mark (Cap'n Trips) Meadows | Victor Milán
Michelle (Amazing Bubbles) Pond | Caroline Spector
Jonathan (Bugsy) Tipton-Clarke | Daniel Abraham
Tom (Radical) Weathers | Victor Milán

In den Nebenrollen | erschaffen von

Ellen (Cameo) Allworth | Kevin Andrew Murphy
Josephine (Hoodoo Mama) Hebert | George R. R. Martin
Colonel Sun Hei Lian | Victor Milán
Aliyah (Simoon) Malik | John Jos. Miller
Sprout Meadows | Victor Milán
Dr. Kitengi Nshombo | Victor Milán
Alicia Nshombo | Victor Milán
Mollie (Tesseract) Steunenberg | Ian Tregillis
Juliet (Ink) Summers | Caroline Spector
Ghost | George R. R. Martin

Schwester Julie | S. L. Farrell
Mrs. Clark | Victor Milán
Devlin (Ha'Penny) Pear | Melinda M. Snodgrass
Dr. Washikala | Victor Milán
Ibada | S. L. Farrell
Makemba | Caroline Spector
Garou | Victor Milán
Nikolaas (Burrowing Owl) Buxtehude | Victor Milán
Wilma Mankiller | Daniel Abraham
Buford (Toad Man) Calhoun | Royce Wideman
Donatien (Tricolor) Racine | George R. R. Martin
Tom (Brave Hawk) Diedrich | Steve Perrin
Michael (Drummer Boy) Vogali | S. L. Farrell
Drake (Ra) Thomas | Walton Simons

Nachwort des Herausgebers

Wild Cards ist fiktiv, die Kindersoldaten in Afrika dagegen sind bittere Wirklichkeit. In unserer alternativen Romanwelt ist das People's Paradise of Africa ein erschreckender Ort, doch ist er kaum erschreckender als der reale Kongo. Der zweite Kongokrieg begann 1998 und wurde 2003 offiziell beendet, doch kommt es bis heute zu gelegentlichen Massakern. Mehr als fünfeinhalb Millionen Menschen sind den Kämpfen zum Opfer gefallen. Damit ist dieser Konflikt der blutigste seit dem Zweiten Weltkrieg. Und die Opfer des Ersten Kongokriegs, der zwischen 1996 und 1997 tobte, sind dabei noch gar nicht berücksichtigt.

Viele der Gefallenen waren Kinder.

In vielen Fällen waren ihre Mörder ebenfalls Kinder. Man braucht keine Superkräfte, um zu töten. Ein Gewehr reicht völlig aus. Leucrotta, Hunger, Ghost, Wrecker und all die anderen Kinderasse sind fiktive Persönlichkeiten, doch in unserer Welt leben Kinder, deren Geschichten gar nicht mal so anderes verlaufen sind.

Zur Zeit von Joseph Conrad lockten Kautschuk und Elfenbein Menschen ins Herz der Finsternis. Heute sind es Gold, Coltan, Diamanten und Uran, doch die Finsternis ist dieselbe. Westliche Medien leisten Bewundernswertes bei der Berichterstattung über die Konflikte im Irak, in Afghanistan, Gaza und in anderen wohlvertrauten Krisengebieten der Welt, doch der Tod von Millionen von Kongolesen ist kaum eine Erwähnung